寄给心动

初厘 著

不要对生活没有期待了,
我可以成为你的期待吗?

不要她精致优秀,
只要她能是她,
做宋落自己。

目 录

卷一 · 像热风 ···001

卷二 · 在坠落 ···091

卷三 · 像暮色 ···181

卷四 · 在热恋 ···287

番外 ···349

邢在宇，我想我应该比我意识到的，还要爱你。

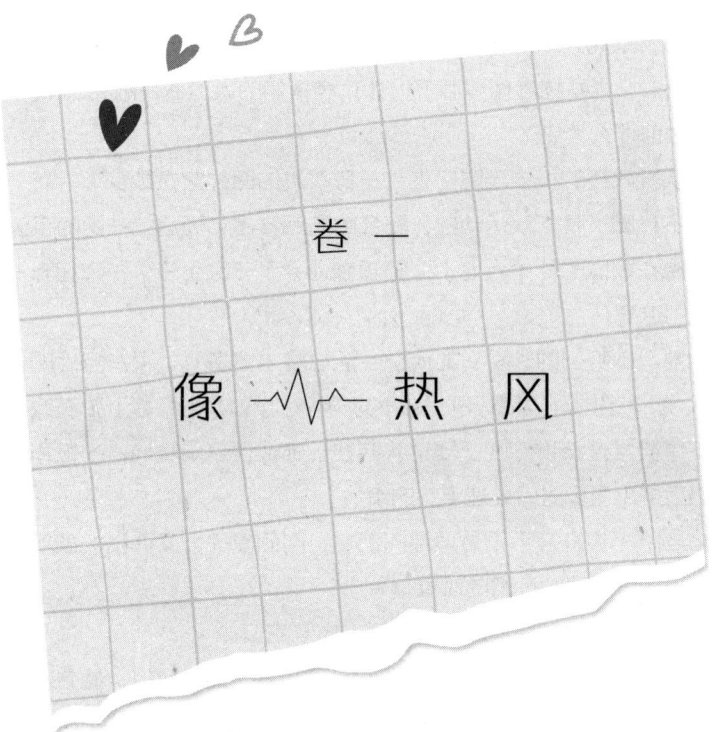

卷 一

像 热 风

喜欢他的感觉就像热风的浮躁，被掠夺，去掠夺，
再心甘情愿去赴一场夏日热恋。

第 一 章

深夏时节,京北大学的林荫大道绿意生长,交错的枝丫伸展着,树叶在风中撞击,沙沙作响。阳光从树叶间隙洒下,让布满树荫的大道变得敞亮起来。最近多雨,天气不再像之前那么炎热。

宋落刚从行政楼的报告厅跑出来,一身严肃的西装穿在她身上,有一种职场人的干练感。不过脚下是一双运动鞋,配套的高跟鞋出会场后就被她随手丢在了帆布单肩包里。跑在校园的林荫大道上,她频繁地看了三次手表,一边狂奔一边默念老天爷保佑她别迟到。

上大学前,她听到的、看到的大学生活总是丰富多彩、很有意思的,但是等到她自己上大学,倒也是"丰富多彩",不过这个"丰富多彩"是上午满课,中午学生会开会,下午奖学金演讲,晚上辩论队院赛。她忙得晕头转向,午饭和晚饭吃的都是面包,只为挤出更多时间处理手头的事情。

她一边赶路一边打开手机处理部门消息,刚回复完,又弹出一条新消息。发消息的人是家里头有意让她订婚的对象。

邢琛:明天有空吗?我去接你,然后去你家吃饭。

宋落退出聊天框标记为未读,打算忙完再回复,如果可以,她想立马拒绝,但要是被她爸知道,她爸肯定又要说她。马上要到小礼堂了,顾不上想其他,她把手机揣回口袋,加快脚步前进。

宋落赶在辩论赛开场前十五分钟到达会议室,她的舍友,也是今晚的战友方柚白等在门口,看到她跑来,急忙招手:"落落姐,这里!"

宋落一边跑一边掏鞋子,汗流浃背地停在方柚白跟前,接过她递过来的水喝了几口,缓过来后开始换鞋,也顾不得是在礼堂侧门口,旁边的校道来来往往的全是刚下课的学生。

"你准备一下,资料我都给你整理好了。"方柚白知道宋落今天行程过满,提前帮她做了辩论前期工作。

宋落拿出粉饼补妆,妆容还是特地早起半小时化的伪素颜妆。轻轻抿唇,豆沙色的唇釉被抹匀,她满意地看着镜子里自己的仪容仪表,迅速从奖学金演讲时谦卑

的姿态转换为杀气腾腾的正方二辩。

宋落跟着方柚白进到会场,同队的一辩和四辩是大三的学姐,两人同她们问好,她们的精神状态不错,可眼下的青黑浓重,涂了遮瑕膏也没完全遮住。为了这场比赛,整个辩论队集体熬了三个大夜,好几天没睡好。

一行人站在台下等辩论主席宣读规则,宋落才注意到她们这边是清一色的女生,对面是对半开,男女各两人。

"柚子,我们成娘子军了。"宋落往后微微一靠,和三辩方柚白咬耳朵。

方柚白淡淡一瞥,满不在乎:"照样能让对方心服口服!"

宋落和方柚白在班赛时就是最佳组合,被邀请加入院辩论队后,更是被称为商学院的王炸组合,作为搭档默契十足。

宋落竖起大拇指:"拿下这场,我们就能进半决赛!"

说到半决赛,一辩的学姐说起上一场比赛的结果:"A组法学院赢了艺术学院,已经出线半决赛了。"

"这么快?"方柚白惊讶,他们B组比A组整整慢了两场。

大三学姐继续说:"嗯,我们赢了建筑学院的话,下一场就和昨天进半决赛的外语学院打。"

方柚白和两位学姐讨论打外语学院的赢面大不大,宋落抓到关键点,问:"昨天法学院的邢在宇上场了?"

三人面面相觑,都知道宋落的问话是什么意思。

几乎全校都知道商学院的宋落和法学院的邢在宇不对盘。不对盘到什么程度?几乎是有对方的地方就是擂台,非要比出个第一第二,学校表白墙就有一条帖子专门梳理他们两个谁拿的第一最多,由于他们交手的频率太高,后来成了押宝楼,一旦开打,就有人开始站队。

"没上,法学院派大一的小分队上去,压根没用到大二的。"一辩学姐说。

四辩学姐轻笑:"看来法学院没把艺术学院当对手,全当给大一的积累比赛经验了。"

若是积分赛用大一的还情有可原,就算输了后面追回来即可,但半决赛一场定生死,法学院派出的阵容却仍旧全是大一的,可想而知他们的整体实力有多强。不过,京北大学的法学院确实有这样的实力,听说他们学院入学的第一个活动就是新生杯辩论赛,比赛阶段的训练也很魔鬼,打完院赛的新生被训练到了几乎能上华辩(世界华语辩论锦标赛)的水平。

法学院辩论队的情况就类似国球(乒乓球)比赛的一个玩笑话,拿下国内冠军可比拿国际赛事冠军难。同样，法学院院辩论赛的冠军比校辩论赛的冠军难拿。邢在宇就是他们那届新生杯冠军队伍中的最佳辩手，当年他创造的纪录至今未被打破。

虽是这样，宋落内心依旧波澜不惊，她转开话题，拍了拍一辩学姐的肩膀，说："学姐加油，争取开篇立论用气场杀掉对方。"

她的语气很平常，别人听在耳里却是另一种感觉。

一辩学姐打了个激灵，感受到了表白墙上说的，别的男女是CP[①]感，而宋落和邢在宇两个名字放在一块，大家直接感受到的是仇恨感。不管宋落是不是要干掉邢在宇，拿下这场比赛都是他们院辩论队的目标。

她们打足了气势，在质询环节就成功地碾压对手，自由辩四人天衣无缝的配合拿下了本赛段团队分最高，宋落还赢到了本场的最佳辩手。四人轻松地赢下建筑学院，代表商学院时隔三年再一次进入半决赛。

消息传到年级群，商学院的学子们都在狂欢，各方发来"贺电"，特别是辩论队的群里，队长就差换上辩论时穿的西装，录制一段视频感谢父老乡亲，诉说他们走到今天是多么多么不容易了。

宋落还有事，不能和方柚白一同回宿舍，她一边刷着手机消息，一边往大学生活动中心赶去。

路过理学院的老教学楼时，一道声音叫住她："学姐！"

凑到她跟前的女孩乌发长度到肩头，俏皮可爱，宋落被突然出现的她吓得后退两步。女孩叫乔粟艺，上周刚进入宋落所在的学生会的秘书处，被分到她带的组，但她不热衷搞形式开组会，她们也只在上周运动会的筹备会上聊过两句。

她的自来熟令宋落招架不住。宋落停下脚步，神色淡然地回应："嗯，下课了？"

乔粟艺早就习惯了宋落淡然的态度，秘书处的学长学姐也跟他们说过宋落性子有点冷，但人好说话，所以乔粟艺对宋落很有好感。还有一个特殊的原因就是——宋落真的长得很好看！她不是那种甜美可爱系，也不是那种过分妖娆妩媚的猫系，就是那种令人觉得舒服的知性学姐。她五官大方，浓淡适宜，温柔微鬈的长发垂到胸前，不笑的时候有种清冷的感觉。身上的气质很干净，让人感觉仿佛呼吸到雨后清新的空气，恨不得融化在她的气息里。作为一个比起帅哥更爱看美女的人，乔粟艺当然想和宋学姐打好关系。

乔粟艺粲然一笑："刚结束比赛，学姐要不要和我们一块吃个饭？"

她话音刚落，身后一个男人咳了咳，他笑着说："粟艺说什么呢，我们的复盘会

---

① "CP"是英文"couple"的缩写，有夫妻、情侣的意思。

还没开,吃什么饭!"

乔粟艺惊呼:"啊,我给忘了!"

宋落抬眸往她身后看去,三个男人站在大榕树下。

天早就暗了,这处的路灯又昏暗,只能勉强看到人影,但她还是一眼就注意到了站在他们中间的男人。他匿在黑暗里,个子很高,抱着手,浑身透着一股慵懒劲,旁边的另一个男人在和他闲聊。他轻笑,百无聊赖地把玩着黑色的电子烟杆。他正是全校传得离谱,和她不对盘的邢在宇。

他穿着一身黑色散袖口长袍,前襟的红色和领口金色的麦穗标志成了暗色里唯一的光亮。他应该是刚下模拟法庭,里面白色的衬衣扣子解开两颗,深色的领带被随意地拉开,歪歪地挂在脖子上,哪里看得出是表白墙上常被人夸的法院男神,更像一个街头混混误披了法官袍,没个正经样。

刚才叫乔粟艺的男人走过来对她招了招手:"走走走,你这孩子怎么乱开小差?"

乔粟艺啊了一声:"怎么开小差了……"

和美女打招呼是开小差?那她开得可多了。

男人悄悄瞟宋落一眼,压低声音对她说:"你悠着点,叫宋落和我们吃饭,你是忘了宇哥还在?"

乔粟艺反应过来,回头对宋落抱歉地一笑,小幅度挥手,用口型说了句拜拜。

宋落顿感无奈,外头关于她和邢在宇的传闻已经离谱到这个程度了?真相是——他们压根没有竞争关系。不过他俩没有人解释过,邢在宇怎么想她不知道,她是觉得没必要。

宋落转身走前,听到邢在宇漫不经心地说:"你们去吧,我买单。"

乔粟艺问:"学长,你不饿吗?"

刚刚比赛的时候她都饿得不行了,快没力气说话了,差点被对面压着打。

邢在宇没回答,摆了摆手朝着校园大道走去。

宋落不紧不慢地走着,因为注意力放在身后,能感觉到男人就走在她后面,而且距离很近。走远前她听到他同伴的议论声:

"宇哥这是干吗?京北大学路这么多,非要和宋落走同一条?"

"群里说商学院出线了,有很大概率和我们碰上,宇哥这是约战去了?被人看到闹大怎么办?"

"不管了,要是闹大就叫人去表白墙帮他控评。"

乔粟艺单纯地问:"为什么要控评啊?"

"还能为什么,为我们法律援助社几天后的招生考虑!"

宋落在心里嗤笑一声，想多了，他们不可能会约战。

宋落敛起思绪，加快脚步走进综合楼，拐弯后，一直跟着她的邢在宇出声叫道："阿落。"

他自来熟的亲昵称呼让宋落很不适应，她不是没纠正过，邢在宇听她说完认真点头，然后我行我素，权当她浪费口水。

思量片刻，她停了下来，没转身，不在意地问："有事？"

他走到宋落跟前，玩味地看着她，法官袍随意敞开，被当成风衣外套穿在身上，双手插在裤兜里，弯腰到和她视线平齐，朝她笑着问："上周我说的事，考虑清楚了？"

宋落挑了挑眉，对上男人的帅脸："考虑什么？"

邢在宇意味深长地勾了勾唇角："踹了我小叔。"

接着补了句："跟我好。"

第 二 章

说起两人的关系，不深，但绝对不浅。宋落知道邢在宇这号人是在她上高一的时候，两人分别以第一、第二的成绩考入一中，第一是邢在宇，第二是她，也正是因为这样，她才注意到他。

高三之前两人分别在不同的班级，后来学校重组火箭班，两人便做了一年的同班同学。在别人眼里他们是针锋相对的学霸，每次考试都在较劲，可能因为争得太厉害，他们升大学后不到一个月，他们的高中事迹便传开了。

他们在高中为争物理第一，卷面字迹潦草的顽固分子邢在宇都开始把他那总是"睡"倒的符号写正，拿了满分，在月考上压了宋落一头；为了扳回一局，宋落在第二次月考时理科分数考出一中新纪录，拿下当月第一。诸如此类的事迹广为流传。

大家惋惜不能亲自见证当时的盛况，毕竟上大学后一个人在商学院，一个人在法学院，很少碰到一块。但两人偶尔也会出现在同一场赛事中，那一股赌谁会拿第一的风再次刮起。

有人猜测他们上辈子是仇人，这辈子才会话都没说两句就掐得你死我活。在别人的印象里，他们就是总想置对方于死地的冤家。实际上，宋落从知道邢在宇这号人到上个星期，从没跟他真正地深入接触过，在高中时期倒是说过几句客套话，也是在人多的场合，没什么特别深刻的印象。

至于他说的让宋落考虑的事情，宋落不禁想到了当时的场景。那天邢琛约她出门聊事情，中途说要去郊外的私家娱乐城见客户，便带她去了。在那儿，宋落第一次见识到了公子哥们喜欢的烧钱、刺激的私人跑车比赛。当时邢在宇受朋友邀约参加一场私人赛车，他刚赢了比赛，放浪形骸得很，完全打破了宋落对他的刻板印象——成绩不错的竞争对手。他性子不太着调，比她会玩，也比她更叛逆。

他抱着头盔走到她跟前，痞笑着问："听说你和我小叔在一起了？"

山间风大，宋落压着衣角淡声反问："是又怎样，不是又怎样？"

邢在宇说："不是就没意思，是的话——去我车上坐坐？"

她犹豫几秒，受好奇心驱使，上了邢在宇的车。

回想他在车上和自己说的话，宋落笑了笑："有意思？"

邢在宇直起身子，惋惜地道："看来是没想好。"

宋落越过他："我没有任何想法。"

虽然不喜欢家里给她安排的结婚对象，但她也不想和邢在宇扯上关系，要是真这样做，就会被卷入邢在宇和邢琛之间。她对他们叔侄之间所谓的矛盾没兴趣。

邢在宇侧身让路，倚在墙上，吊儿郎当地说："没想法——怎么还能在我车上坐上一小时？"

她停下脚步，邢在宇直起身子站回她身后，她的肩胛骨碰到他结实的胸膛，若是有人从背后看过来，就像他正搂着她。距离过近，她嗅到他衣衫上的清淡香味，很冷的一款香，又染着几分沉。宋落闻出是乌木沉香，她对香水并没有太多研究，能闻出微弱的乌木香味是因为她用的香水是乌木玫瑰，比他的甜一点、清一点。

他抬起手搭在她的肩头，她瞟了一眼，他只是绅士地将手搭在她肩头，没有多余的动作。

另一侧的耳边感受到他温热的气息，宋落敏感地往前移去，清晰地听到他漫不经心的轻笑声："阿落，你再认真想想。"

宋落侧过脸和他对视："邢学长，我是个商学生。"

他还是那副贱得要死的笑容："阿落你说笑了，我还是法学生呢。"

近到像要亲吻的距离，胜负欲大过所有的感官体验，宋落直面邢在宇，丝毫不退缩。

她承认男人的脸是真的长得好看，但也真的欠揍，他显然没明白她话里的意思，她冷声说："我是个资本家，我看不到这笔生意的收益，没兴趣。"

说完，她抬手推开他放在自己肩头的手，往前走。"以及，邢学长作为法学生，公序良俗还是要讲的。"所以踢掉他小叔和他好的话，还是不要再提了。

邢在宇站在原地，蓦地明白了她的那句话，没说什么。

"还有，不许叫我阿落，我和你不熟。"宋落转头警告。

他懒散地歪了下头，做出深思的样子："怎么不熟？怎么说也是高中同学。"

流里流气的口吻，宋落不想再跟他交流下去，快步离开，不用回头都知道邢在宇一定一脸得意，心里不由得暗骂他一句"死变态"。

宋落拐了个弯才敢深呼吸，没想到他跟上来就是为了问清楚上周在车上聊到的事情。她对邢在宇和邢琛的事情不感兴趣，当时没答应，现在也是这个态度，希望邢在宇以后也少来缠着她问这些。

到了学生会的办公室，宋落从部门的桌子上拿过小组成员的报名表。她最近忙得晕头转向，秘书长分给她的小组成员都没时间认全，先抓紧时间把所有人的联系方式存好，拉一个群给他们分工作，一个月后就是学校的大型活动——校运会。前期秘书处的任务又烦琐又重，她不敢掉以轻心。

她伏案办公，办公室里来了其他人，是隔壁学习部的戚相宜，她念的是导演专业。两人初中是同桌，高中虽然不在一个班，但是关系一直要好。

宋落抬眼看了看，出声打招呼："怎么这个点过来了？"

戚相宜窝到木沙发里，仰头望着天花板哀叹："我感觉我太难了。"

宋落保存好文件，打开下一个："怎么难？"

戚相宜抱着抱枕，摸了摸："我为什么不是全能的人啊？！"

"你们部门遇到难事了？"宋落问。

戚相宜摇头，忽然想起某件事，开心地问："落落，你是不是会跳韩舞？"

宋落手一顿，掩饰住心里的惊讶，淡定地问："怎么突然这样问？"

"我记得你会跳，还跳得挺好的！"戚相宜双手一拍，藏不住开心，"这就好办多了！"

不知道戚相宜抱的是什么目的，她确实会跳，而且这还是她的秘密，因为她爸不喜欢她做太多与学习无关的事情，就连课外活动都要求她选择和专业有一定相关性的，就像参加校学生会能扩展她的人脉，加入科研组可以丰富她的校园经历，参加辩论队能锻炼她的口才。

当初她爸让她参加辩论队，还有最重要的一点原因。她爸宋庆海是京北大学法学院的教授，他希望她能在辩论队打出一番成绩，这样别人就会觉得她不仅本专业优秀，还继承了他良好的法学素养。所以在别人眼里，她和邢在宇掐得要死要活都是假的，她不过是在循规蹈矩地按照她爸的安排过她的校园生活。

会和邢在宇碰上，不过是凑巧罢了。

宋落垂眸"嗯"了一声。她不是喜欢跳舞，是不喜欢长跑这类健身运动，所以偶尔会去校外的私人舞蹈室练舞，当锻炼身体。

戚相宜回想去年学生会见面会时宋落跳的那二十秒的舞蹈，作为导演专业的人，她喜欢研究人体在镜头前呈现的画面，每个细节都不会放过，见宋落跳过一次后，她就被宋落对自己身体的控制能力惊艳到了。走到宋落旁边，戚相宜手撑着桌子笑嘻嘻地问："能不能帮忙录个舞蹈视频？"

宋落惊讶地问："舞蹈视频？"

戚相宜解释："是我的一个朋友因为工作需要，要录制一个双人舞视频，但是找不到跳男生部分好看的女生，所以拜托我帮忙。"

宋落想起她是校街舞队的。"你不就可以？"

戚相宜很业余，叹气说："我不行，动作太软了。"

宋落说："你们街舞队有厉害的人吧？"

戚相宜面露难色："其实……我不想让别人知道我和他有来往啦，所以不想跟他们说。"

"我就行？"宋落好笑地问。

戚相宜扑到她背后，揽着她的脖子嘿嘿笑："落落，我们谁跟谁啊，我们这么要好，加班加出来的革命友谊，我当然首选你啦！"

宋落回想一遍课程表，答应了："可以。"跳一段不耽误事，就当去运动好了。

戚相宜开心地欢呼："那我今晚回去把视频发给你，就半分钟，你这么聪明，肯定学得很快！"

说完她从书包里掏出一堆进口零食，推到宋落面前："都给你！事情完成后我请你吃饭。"

宋落对零食不是很感兴趣，只拿了一包软糖："好了，剩下的你留着吧，我——减肥。"

"好好好！"戚相宜抱起书包，"我先回宿舍啦，落落你也早点回去休息。"

宋落没有抬头，点头回应了她，继续调整文件格式。做完这些，她收拾好东西赶回宿舍。

她走到楼梯转角，没想到邢在宇也在。他站在楼道口，脱下的法官袍随意搭在胳膊上，正低眸含笑听着站在他前面的女人说话。他目光温柔，但下一秒说出口的话又一刀戳人心窝。

他笑笑说："学妹不好意思啊，我不喜欢你这款。"

女人身子一顿，攥紧拳头，肩膀抖了抖："怎么……怎么不行了？"

他们是一个辩论队的，几次培训下来交流得很好，她感觉他对自己是不一样的。都说邢在宇桀骜不驯，不爱和人打交道，但每次她有问题问他，他都会很耐心地解答。上一次要举办队内赛，有个资料他找到深夜两点，贴心地整理好发给她……她以为他是喜欢自己的。

邢在宇不知道女人的内心活动，也不关心，转了转手里的黑色烟杆，勾起唇角："刑诉挂科的，我都看不上。"

女人慢慢垂下头，应该是被他敷衍的理由伤害到了。宋落停在原地，不好意思上前打扰，怕接下来女人情绪爆发。撞到别人告白被拒绝……很尴尬的。

而邢在宇不按常理出牌，他抬头，也不管现在是什么气氛，目光直直地落在她身上："阿落，忙完了？刚才说的事，要不然你开个条件？"他语气自然，仿佛她和他才是这场谈话的主角。

女人快速转身，看到站在转角的宋落，咬着下唇，更委屈了。突然被叫到的宋落错愕几秒，察言观色一流的她立马明白女人是因为被她看到而感到羞耻。女人头也不回地跑掉了。

"邢在宇。"宋落无语地走过去，"你没必要这个时候叫我吧？"

她躲得好好的，他非要叫她，明显就是故意的。拒绝别人已经够伤人心了，他还摆出一副无所谓的模样，人家女孩子一片真心被辜负，怕是要哭好几天。

"我就是想拉你入局。"他迈步走过去，停在她面前，看着她轻佻地问道，"怎样？"

第 三 章

宋落回到宿舍，想起邢在宇那副势在必得的模样，气得多摁了一下沐浴露，不小心挤多了。拉她入局怎样？一点也不怎么样。她理都没理，直接无视他走掉了。

洗完澡她擦拭着头发上的水，从衣柜深处拿出吹风机。学生宿舍不允许使用大功率电器，不超过规定功率的吹风机是能用的。宋落的头发又厚又长，每次用小功率吹风机都要吹半个小时。

戚相宜给她发来消息，聊天框出现在最前面。

先是一个视频。

戚相宜：就是这个视频啦，落落你跳男生部分，不难的！我相信你！

她戴上蓝牙耳机，一边悠哉地吹头，一边点开戚相宜发来的视频。视频加载成功，音乐响起的那一秒她愣住了，歌曲名瞬间浮现在脑海里。Trouble Maker（《麻烦制造者》）她跳男生部分？她不由得好奇戚相宜的朋友拍这个视频的目的是什么，选这么经典的曲目，肯定不会是单纯学习，如果是其他的那她得再考虑考虑。思量片刻，她在输入框打下委婉拒绝的话。

　　戚相宜似乎读懂了她的心思，回复道：他拍摄这个视频是出于工作需要，不需要你露脸，到时候戴帽子和口罩就好了。

　　如果不露脸，宋落是挺心动的。虽然一直在练舞，但她从来不敢在外面参加活动，琢磨着不暴露身份还可以和同好跳个舞……

　　宋落：好，时间地点给一下。

　　戚相宜发了好几个欢呼的表情。

　　收到时间和地点后，她放下手机开始赶贸易实务作业，对着信用证填商业发票，盯着一堆大写的英文眼睛有点花，脑子差点运转不过来。她停笔揉了揉太阳穴，撑着脑袋在心底叹气。她隔壁的方柚白拉着凳子坐到她身边，想和她聊下一场辩论赛的事情。

　　方柚白瞧见宋落的电脑屏幕，咬了口薯片说：“落落姐，我说你这不是找虐吗？专业选修课不选理论类，非要选实务类。”

　　国际贸易类专业每个学期都会有专业选修课，大概分为理论类和实务类。理论类考核比较简单，写结课论文就好，实务类要求高，期末不仅要实操，还要考试，除了必修的实务课，大部分人都不会再选实务类选修课。

　　宋落填写完最后一行金额的英文大写，放下笔说：“我是都选了。”

　　方柚白咽了咽口水：“说起努力，你说第二没人敢说第一。”

　　住对床的万莺摘下眼镜，靠在椅子上一边整理脸上的面膜，一边说："邢在宇得请求一战，上学期图书馆借书活动排名刚出来，邢在宇拿了第一。我记得上个学期他参加了很多课外活动，哪来的时间看书啊……"

　　说完，万莺意识到自己提了不该提的人，抿唇干笑着。

　　方柚白觑了一眼宋落，怕她介意她们在宿舍聊邢在宇，而她神情淡然，拿起马克杯喝了口温水，示意她们继续。

　　方柚白硬着头皮哈哈笑了两声："借了没看吧，肯定是为了拿图书馆借书活动第一名。"

　　一直在看文献资料的蓝京溪出声："相反，他全看了。"

　　蓝京溪继续说："我们核查的时候有学妹也怀疑他是刷借阅本数，然后对了一下他上学期的课表，发现他借阅的书一部分是课程推荐的必读书。而且，他上学期——满绩点。"

"原来世界上真的有会认真把老师推荐的书看完的人啊……"方柚白瞟到宋落书架上的《国富论》和《水煮三国》，立马闭嘴。

那正是自由贸易区理论课老师推荐的书中的两本。真的有人会看，不只邢在宇会，宋落也会。

宋落顺着她的目光看到自己的书，玩味地笑着，调侃道："怎么不说了？"

方柚白装糊涂："没……没什么好说的，看书是好事！"

宋落合起电脑，站起身要去洗漱，正在看手机的万莺激动地说："落落，邢在宇是不是威胁你了？"

方柚白把薯片丢到一边，快步走过去拿过手机查看："哪里哪里，他竟然敢威胁我们落落姐？"

宋落脚步一顿，趿拉着鞋子过去："怎么回事？"

"表白墙，你快看。"方柚白把手机伸到宋落眼前，她被迫后仰了一下。

宋落接过手机，点开表白墙最新的投稿。

京北大学表白墙：墙墙投稿。这是我不小心看到的。今天晚自习后我去大学生活动中心取东西，看到一个男生堵着一个女生说什么让她认真想想，语气霸道，女生表情不是很好，不知道两人在聊什么，感觉像男生压迫女生和他做一笔交易。借此提醒，女孩子在外千万要注意安全啊！

宋落看完说："关我……和邢在宇什么事？"

万莺按着脸上的面膜站起来，点开评论区："看这里！"

评论区的回复还在不断增加。

——好可怕啊，那个点大学生活动中心没几个人了吧。

——女生没事吧？安全吗？如果有认识的人来报个平安。

——话说……我从五楼下楼，经过三楼，只看到了邢在宇和宋落，我也不确定啊，可能是我看错了，毕竟他们不对盘，不可能待在一块。

——四楼下来的也看到了，不能确定，只能说长得很像。

——如果是他们两个那应该没事了，估计是大佬互下战书吧，话说最近有什么比赛？

——校级辩论赛商学院刚进半决赛，要是出线，很大概率会碰上法学院，应该是这个比赛。

——本来法学院打辩论赛就有一定优势了，邢在宇还去挑衅宋落，实在没必

要吧？

——投稿不是说像交易吗，难道想要商学院弃赛？

——楼上别造谣法学院，你有什么猜疑欢迎来和我们对峙，我们还不至于打辩论赛还要威胁对方弃赛。

——谁知道啊，虽然辩论是你们擅长的，但商学院也不弱好不好。

——还没碰上就想扫清对手，两人……真这么看对方不爽？

…………

宋落还以为那个点大学生活动中心没多少人，没想到还是被看到了，还传得很离谱。

"不是我和邢在宇。"宋落把手机还回去，表情平静地去阳台洗漱。

走廊灯光微弱，照不清人脸，没有人能确定那两人就是她和邢在宇，想都不想，宋落便否认了。

方柚白听了这句话心里有底气了："那这不就是造谣嘛！"

"表白墙而已，不用在意。"宋落含混地安慰她一句。

方柚白哪里甘心，进到院辩论队的群，群里的几个人也在讨论这件事。

队长：真的假的？威胁我们落落了？

副队长田明：假的吧，我们这么菜，今年好不容易进半决赛，就成了三届冠军法学院的眼中钉？

队长：小明你分析得很好，下次别再分析了，理由有点伤人。

副队长纪泛：@二辩宋落 出来说说，表白墙的风向越来越不对劲，都要阴谋论我们和法学院打假赛，让他们拿冠军了，鬼知道现在我心里的想法是我们能进前三名都是祖坟冒青烟了。

方柚白站在阳台门口，关注着手机里的动向，给宋落同步口述群里聊天的内容："现在都在说法学院欺负人，拿了三届冠军之后目中无人了。"

擦完脸的宋落眯了眯眼："怎么还讨论到法学院目中无人了？"愈发离谱了吧。

"你放心，我替你回复队长了！"方柚白一脸认真，"你的清白要维护。"

听完这番话的宋落反而心高高悬起，回到床位拿起手机查看。

群里。

三辩方柚白：落落说她今晚没见过邢在宇，是别人乱猜的。

队长：没见过？好家伙！没见过我们还在等什么，评论里说法学院欺负人就算了，还造谣我们商学院同流合污，这还能忍？

队长：落落真的没见过他？

宋落毫不犹豫地回复：没见过。

底下几个队友纷纷应和，说要去表白墙找回场子，今天难得为学院争光，不允许别人玷污学院的光辉形象。宋落预感不妙，退出TIM（QQ办公简洁版）系统，急忙切换登录QQ去表白墙看一看情况。

法学院深夜辩论技巧培训会刚结束，队长叫住邢在宇。

邢在宇把写到一半的诉状收好，吊儿郎当地垮着肩，抬眸问："怎么了？"

他今天亲眼看到邢在宇走在宋落身后，不确定邢在宇是不是真的威胁人家去了，表白墙闹得又厉害，只能问："我说在宇，你今天真的追着宋落威胁人家去了？"

邢在宇蹙眉，不明白他的意思，队长打开表白墙把手机塞到他手里，碎碎念："我知道你肯定不会和她聊什么比赛交易，但是造成了不好的影响，你看怎么办吧！"

邢在宇大概扫了一眼，要解释见宋落不是因为比赛的事情。

周敬插话："商学院辩论队队长出来说话了，他说宋落今天压根没见过宇哥。"

邢在宇沉下脸："没见过？"

队长松了一口气："没见过啊，没见过就好。"

队长视线碰到邢在宇阴沉的脸，拍了他一下，憨笑说："在宇你怎么了？没事了啊，既然没见过那就是被误会了。"然后转头对其他队员说："大家立马拿起手机给我冲了这帮乱讲话的人，造我们的谣，当我们书是白念的啊，不给他们一点教训，我们法学院的脸面何在？"

邢在宇刷到一分钟前商学院辩论队队长的回复：楼上的各位别再造谣了，我们家宋落今天没见过邢在宇，这次进半决赛对我们学院而言是历史性的突破，我们都很珍惜这次机会，说为了利益放弃比赛的洗洗睡了啊，时间不早了。另外给大家上图澄清。

图上是商学院辩论队队长和宋落的对话，邢在宇盯着那三个字，气笑了。好样的宋落，没见过他。

他点开学生会大群，找到宋落的名字，发起了临时聊天。

第 四 章

第二天早上有课不敢熬夜，宋落回复完队长就睡了，第二天去教室的路上刷新消息，看到辩论队的成员昨晚在群里欢呼他们在表白墙评论区取得的胜利。

正在喝酸奶的方柚白凑过来看到她在看昨晚的聊天记录，怕她感受不到昨晚大家的喜悦，为她详细解说道："虽然这个胜利是法学院稳定发挥得来的，但是我们商学院也成功争回了面子。"

她说完，宋落瞥到队长发的那条"落落和邢在宇是不对盘，但我们两院的辩论队对彼此心生好感，达成一致对外的想法，日后也要相亲相爱！"的消息，静默了几秒。

方柚白还在感慨："不愧是法学院辩论队的人才，昨晚的反驳有理有据，我等看完心生佩服。"

宋落抬腕看了眼时间："你慢慢佩服吧，计量经济学课还有五分钟上课。"

话音刚落，方柚白就拉着宋落一路狂奔，还有五分钟意味着每晚到一分钟就要坐得离老师近一排，作为学渣的她可不想成为老师关注的对象。不过，多亏宿舍还有一个学习勤奋的学霸蓝京溪，她已经帮她们占了倒数第二排的位置。

宋落刚坐下，手机就振了振，她点开微信，看到联系人不由得拧眉。

邢琛：小落，我今晚去你家一趟吧。

宋落神情凝重：邢先生没事还是不要来我家了吧。

她上次给的答复已经很明显了。昨天他邀请自己吃饭她也明确拒绝了，搞不懂邢琛到底在坚持什么。家里有意向让她和邢琛结婚，邢琛出于事业考虑，需要一场外人看起来美满的婚姻，但她并不需要，更不想要，第一次见面她就表明了态度，他却只当她使小孩性子。

邢琛：小落，我和你爸聊过了，他很高兴我们能继续往来。

邢琛：我不会亏待你，等你毕业了我们就结婚，三年后你想离婚也可以。

宋落看完第一句话心生烦意，在输入框敲下：结婚是我和你的事，还是我爸和你的事？

想了想，她又删掉，开了飞行模式，把手机反扣在桌面上，专心上课。

下课前老师布置小组课题作业，方柚白划拉着系统自动分配的名单，黑着脸说："真搞不懂大学的小组作业到底是想让我学到专业知识，还是学习如何和懒散又爱混成绩的人相处。"

看完名单，宋落退出课程软件："一个学期三次作业，这才是第一次。"

万莺拍了拍方柚白的肩膀，宽慰她说："没事，偷懒这件事情你不能输给他们。"

方柚白呵呵一笑："要是都这样，我们得集体拿零分。"

上个学期的贸易实务课程小组作业第一堂课就布置了，临近期末，他们组没有任何一个人吱声，最后还是她站出来组织的。五个人里四个人都不认真对待作业，她感觉全组的作业都是她写的。别人蹦迪、享受生活,她熬夜写论文、赶PPT,她感觉自己就是个大冤种。

万莺深深明白方柚白的苦难:"这次你没有和那四个人一组,放宽心。"

"你和谁一组?"方柚白问。

"落姐。"万莺指了指宋落,然后又换个方向指了指,"京溪学霸。"

方柚白假笑:"我真的会谢。"全宿舍只有她受伤的世界达成了。

"我就搞不懂了,都是一个宿舍的,我就不能和你们分到一组?"方柚白想自己最近是不是在水逆期。她打开星座博主的微博验证想法,不然她也不会这么倒霉。

宋落反应没有方柚白这么大,不是因为队友是靠得住的舍友,是因为她要拿高分,所以会全力以赴。她背好书包说:"中午不和你们吃饭了,我部门还有事。"

望着宋落离去的背影,方柚白摇了摇头说:"我们落落姐真的是工作狂魔啊。"

不仅学习好,课外活动常拿奖,人也长得漂亮,性子又好,宋落在所有人眼里就是优秀的代名词。邢在宇也是,但他和宋落不一样,他更像那种被老天爷眷顾,天生优秀的人,做什么事都毫不费力,恣意潇洒,早早就站在了终点。而宋落更努力,不管做什么都拼尽全力,她往前的脚印是能被看到的,大家会觉得这一种优秀更有感染力,似乎他们努努力也能做到,所以大部分人对宋落更有好感。

"今年的校奖学金非她莫属了。"万莺认同。

宋落走在教学楼里,路过的人都在悄悄打量她,她在心里无奈地叹气。昨晚的闹剧……闹得有点厉害了。

太多的关注令她不自在,她下二楼时换了一个方向,走远路去了大学生活动中心。路上宋庆海给她打来电话,响十声后她不耐烦地接起来,放到耳边,换上最平常的语气:"爸,怎么了?"

宋庆海用命令的语气说:"今晚小邢来家里做客,你下课早点回来。"顿了会儿,又说:"你下午没课了吧?你早点回来吧,不能怠慢了人家。"

宋落面色淡然:"爸,我下午学生会还有工作,要晚点回去。"

宋庆海不悦:"什么工作非要今天做?"

"校运会。"宋落捏准宋庆海的心理,继续道,"这次的表现会纳入期末考核,如果我明年还想留任学生会,这一次的活动需要积极表现。"

她不想见邢琛,所以才找借口晚回去。这个"晚",当然是等到邢琛走,如果被

宋庆海责怪，她到时候随便找个理由圆过去就好。

一听是关于宋落未来的发展，宋庆海退了一步，笑着说："那忙完再回来。"

宋落回："嗯。"

宋庆海关心道："你也别太拼，和同学分担工作，快点做完。"

宋落说："好。我到办公室了，爸再见。"

宋落刷完午饭的钱，直接把手机关机，忙着手里的活，直到晚上七点才打开手机。意料之中，宋庆海的短信一条接着一条，都在问她去哪儿了，未接电话差不多有十个。宋落给宋庆海回消息说手机没电了，忙忘了。

宋庆海回她：小邢已经走了，你这孩子……我说你什么好。

宋庆海：算了，爸爸也和他聊过了，下次我们两家人再一块见个面。

宋落靠在阳台栏杆上，用了整整三分钟，敲下一行字：爸，我不想这么早结婚。

宋庆海：怎么早了？你毕业才结啊。

宋落无力地垂下手，毕了业也不想结，要是真的和邢琛在一起，那这辈子……都会过这种暗无天日的被操控的生活，比溺水还令人窒息。她转移话题说等会儿到家。宋落放缓步伐，往学校后门的教职工楼走去。

宋庆海因为要上课，周一到周五会住在学校，周末回郊区的小洋楼住。她走到坡顶，看到榕树下有两个男人剑拔弩张，气氛似凝固住，都在克制着自己不做点燃炮火的人。面对她的男人是邢琛，至于另一个比他高出一截的……她认出是邢在宇。她这人不太爱记人，像邢琛这样长得还可以的，她都需要多见几次才会对他有印象，邢在宇却很不一样，他身上有种过于特别的气质，像风的味道，混浊又湿热，是一种让人无法忽视的强势存在。所以她一眼认出了他。

不知道邢琛说了什么，邢在宇伸手拽住他的领子，没有挥拳，说了一番话后把他往后推，宋落隐约听到他说："赶紧滚，别脏了我的眼，恶心。"

邢琛挺直腰板，整了整西装上被他抓起的皱痕，勉强控制住脸上的表情："在宇，你的脾气也该收收了，让你妈和爷爷担心也不好。平日在学校里好好表现，把专业学好，就是给你妈最大的安慰，别什么事情都和她过不去。"

邢在宇冷笑。哪里好？从邢琛从外面被接回邢家，到邢琛继承公司，他就没有遇到过什么好事。

"多听你妈的话，叛逆期也过了，该收收性子了。"

邢在宇不屑道："得了吧，你的虚情假意拿去哄能给你好处的老头和女人，我可不吃这套。"

邢在宇气焰熏天，邢琛心底有点发怵，不敢再逗留，拉开车门驾车离开，两人不欢而散。

宋落准备躲到榕树后面，还未来得及有动作，邢在宇便转身抬头和她打了照面。他怒气还没消，宋落被他的戾气吓到，屏住呼吸。夏日晚风温热，缠着她的发梢，撩起他的衣角，两人一瞬间僵持住。

须臾，宋落佯装镇定地越过他，邢在宇随着她后退走两步，挡住她的路，换上笑脸说："阿落，晚好。"他嬉皮笑脸的模样，和方才在邢琛面前的暴戾完全不一样。宋落抬眸对上他的视线。

"你挡我的路了。"宋落说。

邢在宇看了眼她怀里的书："你很忙？"

不懂他的话是什么意思，宋落嗯了一声："忙。"和他一样忙。

邢在宇问："忙到我给你发的消息都没时间回复？"

他昨晚给她发了消息，久久没得到回复。

宋落黛眉轻蹙："你？消息？"

忽然想起什么，她说："不好意思，我的临时聊天框是关闭的。"她猜他应该从学生会的大群找了自己。

邢在宇抿唇不语，宋落当着他的面打开屏蔽的消息。

昨天 23 点 56 分。

邢在宇：没见过？

邢在宇：那样都不算见过，下次要和阿落亲热到哪个程度才算见过？

最后一句话弄得宋落有几分不好意思，肩膀上似乎能感受到他昨天将手搭上来的力度，接触亲密，她却回答没见过。

"不然呢，你想坐实什么？"宋落反问，她是为了避免麻烦才说没见过。

邢在宇说："那种传闻可信？"

宋落深深地凝视他："哦，邢学长是在暗示我辩论打得很垃圾，不值得被收买？"

"当然不，阿落还是很厉害的。"邢在宇笑笑。

他跳过这个话题，扯着宋落走到榕树下，她拖着步伐被迫跟上。

"有事说事。"宋落扯回自己的衣服。

他问："刚刚的对话你都听到了？"

宋落仰头看着他漫不经心的样子，说："我对你，对你和你小叔之间的事情都不感兴趣。"

她察觉到他们关系不合，不愿蹚浑水，再次表明立场："我只想过好自己的生活。"

好吧，虽然她的生活现在好不到哪里去，可她不想再出现意外，她已经够累了……

说完她转身往单元楼走去，并不想和他浪费口水。

"宋落。"他微微提高音量叫了她。

宋落停下脚步，他没出声，她转身，只见男人站在苍苍榕树下，身子颀长，眉眼隐在黑暗里，她瞧不清。

"没事。"他敛去语气里的锋芒，掺入几分柔和。

宋落想是不是她的错觉，她觉得邢在宇这个人应该挺好的，没外面传的那么不靠谱。

"我小叔那方面不行，医生确诊过的，为你的幸福考虑我才极力劝你别和他好。"邢在宇目光落在她脸上，语气痞坏。

宋落："……"刚才一定是错觉。

她依旧神情淡然："那你真是好侄子，小叔不行你亲自上？要给你颁奖吗？"

邢在宇恬不知耻地点头："嗯。"

宋落嗤笑道："不要脸。"特别不要脸。

她拿出手机当面把他的QQ拉黑，扬了扬手机："拉黑了，邢学长作为法学生，讲话要有证据，下次拿到有力的证据再和我说这件事。"然后不等他反驳，宋落迈开步子上楼。

失去话语权的邢在宇挫败感涌现，他微微摇头，笑了笑，还从没有谁能让他这样哑口无言。

第 五 章

宋落回到家之后不免陷入沉思，看样子，邢琛和邢在宇关系很差……她赶走脑中的一堆想法，反正她不会和邢琛结婚，他们的事情轮不到她插手。

宋庆海见她进门，从鞋柜里给她拿出鞋子："累吗？"

宋落摇头："还好，不累的。"

"你也是，今天小邢来家里，怎么说你都该露个面，这样做太不懂事了。"宋庆海责怪说。

"下次再见也可以。"宋落不放在心上，转移话题，"妈今天回小别墅住？"

宋庆海提起老婆就眉眼弯弯："她这两天出差了，顺便去国外看看你弟弟，周末回别墅区一起吃饭。"

"好。"宋落浅浅点头。

宋庆海又说："听说你们商学院进半决赛了？"

宋落点头。

宋庆海说："做得好。"

他拍了拍宋落的肩："像我宋庆海的女儿。"

宋落唇边的笑容有几分僵硬，他继续说："好好打，这次的半决赛能出线最好。"

她明白父亲的心思，不过是想要被同事夸赞一句：女儿像你，优秀又厉害。

"会的。"她垂下眼睫，藏住眼中的酸涩，抱着书往房间走去，"我先写作业了。"

宋庆海说好，让她别太累。

回到房间，宋落瘫倒在床上，感觉怪怪的。心里有两个声音争执不下，回家后宋庆海对她嘘寒问暖，让她感觉宋庆海是在乎她的，但他在学业上对她的高要求和在婚事上的强硬态度，又让她觉得宋庆海对她过于冷漠。她深深叹口气，这一点一直在她心中郁结，找不到解开的线头。

一大早，宋落就赶着回宿舍，不愿意在家里多停留。

她换了一身舒适的连衣裙，淡雅紫，带着碎花，长发用鲨鱼夹绾起，露出一截白皙的脖子。

她赶完选修课的作业，方柚白才从床上下来，打着哈欠说："早呀，落落姐。"

宋落分不开注意力，随口回："早。"

方柚白悄无声息地走到她身后，扑向她，从背后抱住她的脖子蹭了蹭，本就松垮的头发被蹭落，宋落偏开头问："怎么了？"

对上宋落一张过分好看的脸，方柚白咽了咽口水："谁要是早起看到你这张脸……"

宋落停笔："嗯？"

方柚白接着说："肯定忍不住……"

在宋落警告的眼神下，她闭了嘴，吞下后面的三个字。

宋落拍掉方柚白的手："也轮不到你，闭嘴少说话。"

方柚白走向洗漱台，"啧啧"几声："真羡慕能和我们落落姐谈恋爱的男人。"

宋落团了手边的废纸往她脑袋上砸，让她老实点。闹归闹，在方柚白又来哀求"参考一下"计量经济学作业的时候，宋落还是大方地给了她。拿到作业的方柚白不忘吹捧她："哪个男人能伺候我们落落姐，泼天的福分！"

宋落说："你要是嘴闲就去西门夜市街叫卖。"

方柚白不敢说了，老老实实去写作业。写到一半，方柚白丢开笔玩手机，在

QQ 空间刷到常年不"营业"的各类社团号更新，对宋落说："今天社团招新，要不要去看看？"

宋落兴致不高："不了，你去吧。"

方柚白劝她："别整天坐着啊，难得周末没课，不出门走一趟多可惜。"

宋落想到昨晚组员说打印好的资料放在了部门柜子里，便说："去一趟吧，我顺便去学生会办公室。"

"行行行，我们落落姐真是事业型女性，不知道你未来的对象会是哪种类型。"方柚白想不出宋落适合哪种类型的男人，貌似男人能做到的，她也能做到，甚至做得更好更优秀。

宋落开玩笑回："想好了，等技术发达了搞一个 AI（人工智能）男友。"

方柚白耷拉着脸："别啊，落落姐，多不幸福啊——"

听懂她意思的宋落走过去扯回作业："看来你还是太闲，话太多。"

方柚白怂了，赶紧叫姐姐，发誓再也不乱说话了，宋落见她态度好，就把作业给回去，但心里明白下一次她还敢。

外头落了小雨，炎炎夏日终于迎来几分凉爽。两人各撑一把伞，沿着校道漫步聊天。前面的廊檐下，有几个人正在发报名表，旁边竖着一块牌子，写着"法律援助社"。方柚白躲着水洼。"每年'百团大战'的时候就数法律援助社最精明，别的社团老实巴交地在规划好的地方招新，他们偷偷潜入宿舍区领先一步。"

说起法律援助社，宋落想到了那晚在她家楼下一脸欠揍样的邢在宇，当然，长得不欠揍，说的话很欠揍。

"难道不是招生太难才出此下策？"宋落瞥了一眼正热情招揽新生的几人。

方柚白沉默几秒，说："落落姐，你说话可小声些，我怕他们跟你急。"

宋落的嘴不愧是做二辩好攻手的料，连方柚白这种嘴也只能给宋落做三辩打辅助，圆圆场子。

"不过法律援助社是十大精英社之一，加上还有邢在宇在，今年招生肯定容易很多。"方柚白说。

京北大学的社团有星级之分，分为精英社和日常社，精英社里都是专业本领过硬的人。但因为会接校外的活动，有时候还会参加国际赛事，所以别看各精英社这会儿招人热情，还是要挺过三次专业考核才能进去。难进但吸引人的一点是，做专业活有钱拿。但法律援助社除外，从社名看就知道为什么没钱拿，但还是会有法学生慕名前去。

"应该容易吧。"宋落搭话。

方柚白说:"虽然都说邢在宇是浪子,追他的人一大堆,情史也丰富,但再怎么渣,就他那张脸……"

宋落转头:"怎么?"

方柚白俏皮地笑笑:"看脸就好。"

又在宋落面前提及她的死对头,方柚白拍了拍嘴:"看我又乱说话。"

宋落莫明地不排斥,也想知道别人对他的看法。"你继续,没事。"

方柚白惊讶:"啊?"

宋落不咸不淡地说:"知己知彼。"

方柚白眼睛亮亮的:"百战百胜!"

原来如此,宋落不愧是他们商学院的才女,有思想、有度量,不会因为谈及对手而跳脚。

"听说他大一到现在换了不下十个女朋友,处得久的几个月,短的一周不到,跟他告白和要联系方式的更是数不过来。不过他成绩好,人又帅,家境更是不用说,这样的男人身边女人多我完全能理解。"方柚白把手放到嘴边悄悄说。

宋落问:"你怎么知道?"

方柚白说:"他三天两头上表白墙,压根不需要特意打听,不夸张地说,全京北大学的人都知道。"

宋落来不及深想,前面有人叫方柚白,是她们的同班同学,让她们到摊位上坐坐。

"柚白,宋落,你们快过来。"唐力智笑着叫道。

方柚白凑到她耳边说:"不是我说,唐力智肯定对你有意思。"

宋落说:"他先叫了你的名字。"

方柚白说:"上学期春游的时候他对你呵护备至你忘了?还有一次你们分到一组,他主动担下你的一部分工作也忘了?"

宋落对同班同学没感觉,打住话题,不想本没有的事,真要讨论出点什么,让人听到又误会。

"好了,我先走了。"宋落继续往前走,"回见。"

方柚白叹了声,都大二了,他们的院花宋落大美女还没脱单是有原因的,看看这个自掐"桃花"的动作,简直不要太熟练。

宋落往前走去,虽然下了雨,这条路上还是挤满了人,他们怀里捧着一堆报名表,收获满满。

不远处的摊位上的乔粟艺看到宋落,站起身向她招了招手:"宋学姐!"

不少人转头，目光落在她身上，宋落呼吸微微一顿，接着坦然地接下大家的注视。

乔粟艺身边的周敬捂住她的嘴巴，低声警告道："你干什么呢！宇哥还在呢！"

他回头找人，没在摊位最醒目的位置上看到邢在宇，急忙问："人呢，宇哥人呢？"他们法律援助社的活招牌去哪儿了？周敬松了一口气的同时担忧邢在宇开溜，叫人给他发消息，让他快些回来。

"怎么了啊……"乔粟艺嘟囔。

周敬小声说："今天是社团招新日，上次表白墙的事情闹得不小，要是他们同时出现，岂不是成了修罗场？"

乔粟艺不满："什么嘛……宋学姐人很好的。"

周敬知道乔粟艺在校学生会秘书处。"你家宋学姐人好，不代表宇哥是个安分的。"

乔粟艺瘪了瘪嘴，无力反驳。毕竟，邢在宇狂蜂浪蝶，是京北大学出了名的浪子，追他的人要从法学院排到西大门的夜市街。

这边的宋落走入人群，耳边的议论声逐渐明显。

"宋落怎么来了啊，没听说她加入了什么社团啊？"

"对啊，学生会的招新今年不是提前了吗？"

"难道是来找人的？"

"找邢在宇吗？前两天表白墙上闹得挺凶的。"

"不会吧，他们怕是不屑理会对方。"

"肯定是给邢在宇添堵来了，让他们社团无新可招。"

保持淡定的宋落扯了扯唇角，大家真的想多了，她都不知道邢在宇今天会来。她也明白大家看戏的心思，他们恨不得她真的当场和邢在宇闹一出，给他们枯燥的大学生活加点料。

走到法律援助社的摊位前，她礼貌地和乔粟艺打招呼："辛苦了，怎么在这儿？"

乔粟艺是大一新生，才被招进社团，她就在摊位上帮忙揽客了，宋落不由得好奇。

乔粟艺推开周敬，挂上傻笑："不辛苦！我闲着没事，报完名顺便给学长们帮忙。学姐去哪儿呀？"

宋落说："去办公室取资料。"说这句话时她提高了音量，打消大家想看戏的念头。

周敬如释重负，扬起唇角，对她展示了友好的笑容。

宋落觉得有点奇怪，和乔粟艺聊了几句就先走了，拐弯走进小公园，不愿再被大家的目光追随。这处安静许多，宋落放缓步伐，路过凉亭时撞到了一个女人正在告白，女人紧张得攥紧裙摆。

宋落偏头看去，男人懒懒地倚靠在柱子上，双手插兜，白衬衫的袖子松松挽起，一身正装偏被他穿出了休闲的感觉。他额前的碎发微微遮住眉眼，戴着一副无框眼镜，宋落看不清他的神情，从侧面望去只见他薄唇含着笑，轻浮得很。符合方柚白刚才说的，情场浪子。下一秒他抬眸，她的目光被捕捉，她立马拉下伞，挡住脸不让他看到，匆匆离开。本周第二次撞到有人和邢在宇告白，她不想再被他拉进去，便逃开了。

邢在宇望着宋落的背影，嘴角漫不经心地翘了翘："不好意思啊，我不喜欢太乖的。"说完，才移动目光看了眼跟前的人。

她下意识地看了眼今天穿的可爱风森系裙，想要解释，但他往外急急走去，不给她再说话的机会。然后她看到男人弓着身躲到一个女人的伞下，女人被吓到，往外趔趄了一下，他伸手环着女人的腰身不让她摔倒，往自己怀里带去，两人亲密相贴着。女人的裙子……是和她穿的裙子一个风格的森系碎花裙，所以邢在宇是不喜欢乖的，还是不喜欢她？

第 六 章

伞不大，邢在宇挤进来后瞬间变得拥挤。此外，她还差点被他吓得摔倒在地，对他没了好脾气，扭动身子："放手。"

邢在宇松开手，讪笑道："出于友好，无意冒犯。"

宋落冷冷地看他一眼："真出于友好就不会跟上来。"不要和她扯上关系，就是最大的友好。

"那不行。"邢在宇摸了摸后脑勺，"再不走我就走不掉了。"

她挑眉，表示不信。邢在宇好笑地说："我要回社团办公室拿个资料，半路下雨，我没伞，她说送我，路过凉亭时她叫停我，接下来就是你看到的。"

听完他的解释，宋落感觉怪怪的，怎么整得她跟查岗似的。

宋落转了下伞："美女倾慕你，你还避之不及？"

雨还在下，邢在宇肩头溅到了一些水珠，不在意地拂了拂："要是阿落你这个美女，我上赶着。"谁避谁傻子。

听到他的话，她不悦地转头，鼻尖擦过他的衬衫，冷冽的香闯入她的鼻腔，她脑子短暂地陷入三秒空白，不自觉地抬头，终于看清了他的眉眼，也在他眼睛里面……看到了自己的身影，随着里面的粼粼波光，潋滟，生辉。她要回头，他的手绕过她身后，两指压在她的耳骨上，她动弹不得。他的指尖温热，混着她的体温，她一时间不知道自己是不是耳朵红了。是的话，肯定是因为他。

"阿落，你——很好看。"

声音清冷，语气真诚，没有往日的不着调，在他的笑容中，宋落忽然想到今早方柚白的那一番流氓发言：晨起看到她这张脸，指不定要发生些什么。加上和邢在宇微妙的氛围，宋落心尖一颤，心跳加快，怪异的转变令她不知所措。

伞是她拿着，丝毫没有照顾邢在宇一米九的身高而往上举，他便一直弯着腰和她说话，就在她无措的几秒里，他夺走她手里的伞，举高，再偏向她。

宋落垂下眼皮，掩饰自己的慌乱。她才到他肩头，目光平齐地看过去，看到他握伞的手，手腕处那一层薄薄的皮下一根青筋紧绷着，过于赏心悦目，诱人沉沦在他那份野蛮的气息里。

谁都没再说话，宋落猜到方才无措的不只她，邢在宇也是。

到了大学生活动中心的大楼，他收好伞，宋落接过伞放到雨具收纳架上，转身上楼。他跟在宋落身后，脚步声几乎和她的重合，像刻意，又似无意。宋落按捺住转头的冲动，走进办公室把门带上。

同行一小段路，宋落感觉这辈子心都没跳得这么快过，她正好站在落地镜前，把自己打量了一番。最日常的裙子，微微凌乱的头发，素颜。好看？怕不是情场浪子撩拨人的话。

冷静下来后，她拉开部门的柜子，清点打印好的表格，眼看快到午餐时间，打算坐会儿再走，顺便去食堂。简单的打印不会出什么大失误，她确认一遍后，变得无所事事，鬼使神差地点开了表白墙。方柚白一个没接触过邢在宇的人都能对他了解那么多，表白墙真的开了一个单元供大家交流邢在宇的个人信息？她带着好奇心进到QQ空间。

一刷新，便看到表白墙更新了投稿。有十五张图片，她从第一张开始看。几乎都是新生投稿在问关于社团招新的事情，还有一些是"海底捞"，想要一段美好的校园邂逅。越看到后面，宋落越觉得没劲，就在她想要退出的时候，下一张投稿吸引了她的注意力。

——墙墙，我要投稿，给广大姐妹排个雷，邢学霸不喜欢乖乖女。别问，问就是撞了南墙。

点开评论区，果真都是在讨论邢在宇找女朋友的标准。

——目前收到的信息：不喜欢学习不好的，不喜欢刑诉挂科的，不喜欢乖乖女，还有人补充吗？

——上次看到一条，说是不喜欢穿紫色裙子的。

——再补充一条，不喜欢戴鲨鱼夹的。

宋落走到落地镜前。她算不上长得乖，但她今天穿了一条紫色的裙子，头上是鲨鱼夹，完美踩雷了？

她继续往下翻。

——得了吧……邢学霸就不喜欢女人吧。

——我也觉得是，挑三拣四的，这不喜欢那不喜欢。

——合理怀疑邢学霸只是找个借口拒绝而已，难道你想告白的时候听到对方拒绝你的原因是不喜欢长得丑的，不喜欢长得胖的，不喜欢脸上长痘的？

——楼上这样一说，邢学霸很有绅士风度。

——是啊……要是不喜欢，不拒绝难道答应？这才是妥妥的大渣男。

——那学霸到底喜欢什么样的啊，宋落那样的？

看到这条评论的宋落指尖一抖，差点点了个赞，慌得背过手。

——别了吧，今天宋落路过社团招新摊位，穿着紫色碎花裙，美得不行，一头乌发松松地用鲨鱼夹绾起，颇有民国风味。

——中了两条，邢学霸不会喜欢的。

宋落无语。

虽然事实如此，真的看到心里还是不舒服，就像高中别人说她理综考不过邢在宇一样，她奋发图强，理综成绩连压他三次。成绩归成绩，不至于别人说邢在宇不喜欢她，她就非要较劲让他喜欢上。她不傻。

她没把大家的议论放在心上，收拾好东西，下楼碰到邢在宇和一个女生一同撑伞离开，先前心底剩下的最后一丝涟漪瞬间消失，她面无表情地撑起伞走入雨幕。

夏日的雨断断续续下了一周，方柚白站在阳台上叉着腰唉声叹气："这雨也真够烦的，叫人心情都不美丽了。"

宋落把洗好的睡衣晾好，瞟了眼外面黑沉的天说："夏日下雨，挺好的。"

方柚白问："有什么好的啊，夏天你不想出门玩吗？"

宋落说："不关夏天的事，单纯喜欢下雨。"说完走进屋子。

"奇怪，哪会有人喜欢下雨天啊？"方柚白嘟囔。

坐到电脑前的宋落在心里默默回了一句：因为下雨天出行不便，她必须二十四小时留意的手机会消停些，特别是像这样的雨夜，最好不过。

站在阳台的方柚白冲进来，激动地乱喊："我的天！我们半决赛输给外语学院了！"

宋落猛地回头，讶异地问："输了？辩论赛？"

方柚白含泪点头："嗯……输了。"

宋落心情复杂，舔舔唇瓣，答不上话。

"我还以为我们有机会去大礼堂呢。"方柚白难受地说。

大礼堂是所有参加校辩论赛的人心中最神圣的殿堂，只有进入总决赛的两支队伍能登上，所以打到大礼堂是所有学院辩论队最大的梦想。

宋落垂下头，不自然地安慰她："还能抢三强，没事。"

方柚白塌着肩膀苦涩地笑笑："也是，商学院进三强属于创造历史了，我们继续努力！"

闲聊完，方柚白捧着手机和其他队员聊天，群里的几人互相加油打气。

宋落没心情看信息，惴惴不安地等待，大概十分钟后，宋庆海打电话来，她走出宿舍接通。

宋庆海急声道："落落，怎么回事，你们商学院怎么会输给外语学院？"

宋落说："我这场没上场，还没开复盘会，还不知道情况。"

宋庆海问："你怎么不上场？"

宋落轻轻吸气："不是说上就能上的，这场半决赛大家都很看重，上的是大三的四位学长学姐，他们的辩论经验比我丰富，也应该他们上。"

宋庆海顿住了，一个"你"字吐了几次又说不出全话。

"落落，你比他们优秀，你其实可以去争取的！"宋庆海看过宋落的比赛视频，她的辩论打得很好，逻辑性极强，给对方的迷惑性也强。

"爸，怎么说大学也是小社会，锋芒毕露不好。"其实她一点也不认为自己比其他人优秀，不过是用这种说辞安慰宋庆海。

宋庆海失落地叹气："好好好，爸爸懂。马上要校运会了，好好表现，争取留任。"

"好。"宋落淡淡应下。

挂掉电话的宋落在阳台上站了许久，负罪感袭来。其实没有进入决赛她不全是难过，心底甚至涌现了一丝丝开心和……庆幸。所以她不敢在辩论队群说话，感觉自己自私的想法对不起大家。

她点开一个小时前邢琛发来的微信。

邢琛：新开了一家餐厅，小落你要是想叫同学和朋友一起去，挂我的账就好。

他的语气令宋落不适。宋落的家庭情况不比邢琛的差，这一副施恩的作态，怪硌硬她的。而且邢琛想和她结婚不过是因为不想失去宋氏集团这个合作伙伴。说起来，她姓宋，外人都以为她随爸姓，其实她的宋是她妈宋偲的宋。

她长大后才知道宋庆海是给宋家做上门女婿，她震惊到了，以为心气高的宋庆海不会这么做，可仔细想想，他确实是实打实的妻奴，把个人的大部分时间放在家庭上，愿意做妻子的后盾。她也总对宋庆海的严格管教深感无力，他不是不爱她、不心疼她，是爱她，却爱得很严格、很苛刻。

无视邢琛的示好，她点开下一条微信。

宋泽：姐，江湖救急！

宋落：要钱没有，要命一条。

宋泽：姐姐，我不要钱，我可以给你钱，你能不能来酒吧把我领回去？

宋落：你疯了，你不是在国外吗，怎么回来了？

宋泽：说来话长……你能不能过来？不然爸知道了肯定要打死我。

宋落：嗯？

宋泽：一千块。

她不回答，宋泽加价：两千块！

她还是不回答，宋泽妥协：姐姐，我就剩三千了，再不行只能把底裤给你了。

宋落：……我怎么会有你这么穷的弟弟？

她都不想认了。

宋泽：我给你签卖身契好不好？求你救救我！

宋落回屋子拿了件外套，一边往外走一边回复：此条信息为证，宋泽先生至今日累计欠宋落女士五百万，开始赚钱后为她当牛做马直到偿还清楚。

宋泽：行……

狠还是宋落狠，这一次直接开价五百万，他妈那个资本家在他姐面前都是小人物了。

第 七 章

邢在宇不情不愿地去了母亲冯朵枚约的餐厅。他母亲忙，上一次见面还是他放暑假的时候。她早出晚归是家常便饭，一个月出差好几次，不特意约着吃饭，两人是不会见面的。到的时候，冯朵枚还在打电话，他坐下来拿起菜单开始看，等她挂了电话让她拿主意。冯朵枚欣慰地看着眼前的儿子，给他倒果汁，温声细语地问他最近在学校的学习情况。

邢在宇不在意地回："上大学成绩就那样，哪能还和高中一样？"

冯朵枚不认同，蹙眉说："妈不是老古董，当然知道大学的考核和高中不同，但是你也不能怠慢了你的专业学习。好好学，完成……"

"好了。"邢在宇干脆地打断，知道她后面要说什么。

席间的氛围变得僵硬。

冯朵枚吃完放下筷子，擦了擦嘴，提到今天和他见面要说的正事："你最近是不是和你小叔见面了？"

"嗯。"只是偶然碰到，邢在宇不愿解释太多细节。

"以后别和他见面了。"冯朵枚神情凝重，"你知道妈不喜欢他们，我也不希望你去和他争抢什么，我们就好好过我们的。"

又是听得耳朵快起茧的话，邢在宇心烦，但面上毫无表情。

"我不稀罕邢家的钱，你爸留给你的股份也够我们生活了。我什么都不要他们家的，只要你完成你爸当初没能实现的梦想。"冯朵枚正言厉色地告诫他，"懂了没？"

自从他爸出差时因为交通事故意外去世，冯朵枚就把所有的过错归咎于他爸当初放弃法院的工作去接手家里的公司这件事上，如果不是这样，她的婚姻会是幸福完整的，所以她对邢家人的埋怨不止一点点。

邢在宇含混地"嗯"一声，擦了擦嘴，拿起东西说："学校还有事，先走了。"

冯朵枚叫住他："月底你爷爷的生日你去一趟就好了，别停留太久，反正他也不在乎我们一家。"

邢在宇冷冷地点头，心底变得毫无波澜。走出门，他长长地叹了口气，对家里复杂的关系排斥又厌恶。

管嘉傲给他打电话，他放到耳边淡声说道："说事。"

电话那头的管嘉傲被冷到，吞着口水颤颤地说："就……就是去酒吧喝一杯，想问问宇哥你去不去。"

邢在宇扫了眼繁华又冰冷的街道，路面湿漉漉的，雨下得不是时候，烦闷被激起，无处排解。

他问："地址？"

管嘉傲马上把定位发给他，邢在宇转身去停车场开车。

宋落赶到宋泽说的酒吧，有点远，在商业圈那边。她松了一口气，不在万水湖红灯区就好，不然她也不能保证单单用钱就能把宋泽捞出来。

她推门进了这家酒吧，愣了一下，这里和她印象中的大多数酒吧不一样，不是很安静，但也没那么吵，像是闹市中僻出的另一个闹市，闹得和外面不一样。这儿，更理想主义。

酒吧很大，她来不及细看，去吧台向调酒师说明来意，调酒的小哥笑着说帮她叫老板，顺手倒了一杯果酒推到她面前："冰摇梅子葡萄汁。"

宋落看了眼玫红色的液体，没心情品酒，礼貌地说了谢谢，拿在手里没喝。小哥不恼，他见惯了各种各样的人，大家各有各的脾性，转头催手下的人再去通报一次。

酒吧被划为两个区，一边和一般的清吧无二，喝酒、闲聊、有乐队驻唱。另一边做成下嵌式的观影区，光线略暗，比电影院多了些暧昧的氛围。时间尚早，距离播放电影还有一段时间，大家都挤在玩闹区。忽然一阵骚动，宋落望去。

最前面的小高台上站着驻唱乐队，呼声太混乱，宋落听不清他们口中喊的名字。主唱是个女的，戴着夸张的粉色假发，和台下的人互动。场子热了起来。

旁边的调酒小哥给她解释："这是拼盘演奏。"

宋落好奇："拼盘？"

小哥说："台上的五个人不是一个乐队的，兴致来了就一块凑合玩一玩。"

宋落抬眼，了然。她倚在吧台边，隔着摇晃的胳膊缝隙望去。

主唱搬着麦架往旁边挪了挪，背上电吉他拨弦确定连接无误，然后转头对着最后面的鼓手点了点头，示意可以开始了。宋落目光随着移动，在看清鼓手的容貌时惊了一下。邢在宇穿着一件有夸张涂鸦的黑色T恤，大大咧咧地坐在凳子上，修长的五指转着木制鼓棒，吊儿郎当地点头回应。

接着，鼓棒敲了三下，乐声响起，全场沸腾起来。

他踩着节拍敲着鼓，身子微微晃动，表现得并不像这首歌这样热烈，更多的是自如，而打击出来的鼓声和他面上的漫不经心又不一样，手腕力重，胳膊的肌肉紧绷着，曲线流畅，鼓点密集。宋落的心跳也如此。她有点羡慕邢在宇身上的这份洒脱，他学习不费力，又玩车、玩音乐，怎么开心怎么来。

旁边的小哥叫她到后面的休息室说话，宋落眸子里的光渐渐熄灭，用理智压制心中莫名生出的惊羡。

不羡慕也不向往。她是这样告诉自己的。

———〰———

宋落亲自去和老板了解了情况，才知道宋泽是想来这里找一份工作，然后被发现是未成年人，就被扣下来了。越听，宋落越不想说宋泽是她亲弟弟。一个未成年人，找个餐馆刷碗赚钱就算了，来酒吧找工作不就是等着老板打电话叫家长吗？她瞟了眼垂着头站在墙角的比自己高一个头的少年，长个不长脑啊……宋泽悄悄地抬头，碰到宋落冷漠的眼神，立马低头降低存在感。

宋泽也没有给酒吧造成什么损失，老板人好说话，就让她把人带走了。两人出了酒吧后门，外头是京江，雨下得正大，廊檐下也坐满了形形色色的男女。

她气得扬起手，宋泽蹲下抱头："姐，我错了！"

宋落拍了他的头一下："就嘴巴上知道自己错了。"

宋泽小声申冤："身体也知道了。"身体哪是知道了，是面对她怂了而已。

"起来。"宋落冷声道。

宋泽打量她，小心翼翼地问："姐，不气了？"

宋落在手机上敲了敲："不气了，会有人替我生气的。"

宋泽冲上来捧住她的手，惨兮兮地说："姐，我求你别和爸妈说，我会被骂死的。"

抢回手机，宋落后退半步："知道会被骂为什么这个时候回来？"

"我……"宋泽磕磕巴巴说不出一句完整的话，"我——不想在国外念书了。"

"回来？"她问。

宋泽点头。

宋落语调平静："就你？回来正好高三，你跟得上？你是回来体恤年级最后一名，帮他垫底，让他有个心理安慰吗？"

宋泽急了，握着拳头低吼："你看不起谁啊？"

宋落说："是是是，我最看得起一元二次方程都解不出的人。"

宋泽确定了，爸妈最多是用拳头让他受伤，他姐一张嘴，他就有种自己呼吸都是浪费地球资源的感觉，且很有负罪感。

说不过她，宋泽蹲在地上耍赖："反正我不要回去了！"

"在外面不好？"宋落放软声音问。怎么说也是亲弟弟，她以为他是在外面受委屈了。

宋泽说："嗯，不好。一个人有什么好的。"

听完他的抱怨，宋落怅然若失地笑笑，看着黑暗的江面。他们完全是两个极端，她想要自由，而他急需家人的陪伴。宋落也不怪他，说："行了，起来吧。"

宋泽皱成一团的小脸上浮现笑容，殷勤地跑过来给她捶背，说着好话："姐，我可想你了，国外一点都不好玩。"

他叽叽喳喳了十多分钟，宋落拍掉他的手："回都回来了，你打算怎么办？"

宋泽答不上，她又说："一直瞒着爸妈？"

宋泽支吾："我……也是没办法啊，爸妈肯定会说我。"

说不定今晚知道，明早就把他打包送上飞机。

宋落了解宋庆海的脾性，把他打一顿都是轻的，她勾唇笑笑："不如……你先去外公外婆家住吧。"

宋泽受到启发，开心地说："对啊！外公外婆最疼我，我可以从他们那儿下手。"还不忘夸宋落："不愧是我姐，脑瓜子聪明，人美心善。"

紧接着，他口中人美心善的姐姐扯过许愿墙边给顾客准备的空白便利贴和笔，利落地写下几个大字，塞到他手里。

宋落微笑道："去吧。"

他打开一看，气呼呼地瞪着她，却不敢多说一句。纸条上写着：此条信息为证，宋泽先生至今日累计欠宋落女士八百万，开始赚钱后给她当牛做马直到偿还清。

"三百万？"宋泽惊呼，"出个主意这么贵？"

宋落淡淡地反问："你的命不值？"

到嘴边的话被他咽下去。算他倒霉，碰上宋落这个黑心商家。

目送恼羞成怒的宋泽离开，宋落掏出手机用微信给他转了五百块，嘱咐他去外公外婆家要乖一点。

收了转账的宋泽恨不得抱着她大哭一场，回复她：姐姐，你真好，刚刚是我乱说话，以后我会对你很好很好的！

宋落叹气。她弟弟，真的有点蠢，五百块在八百万面前，压根不算什么。

她正放空思绪，门边的风铃响起。她回头，推开门的是邢在宇，目光碰上，他直勾勾地看着她。

"阿落。"他笑着叫了她，还是那副自来熟的模样。

宋落抱着手坐在高脚凳上，只看着他，不应。

他指间夹着一根烟，捻灭了，路过垃圾桶丢了进去，信步走向她："来玩的？"

宋落轻轻嗯了一声，看清了他的衣着，普通的黑裤黑衣，但架不住脸长得好看，气质又好，显得衣品不错，手上还绑着十多条夸张的彩带。

他拉开她旁边的高脚凳，随意地屈腿搭在银色凳撑上，面对着她，玩味地说："看不出啊……"

宋落眨了眨眼："看不出什么？"

倏地，他凑近，她扶着靠背的手收紧，邢在宇看了一眼，她慌忙松开，假装很自在。

他低声笑笑，宋落感觉被他戏弄到了，开口要嘲讽回去，这时风铃声再次响起，他们齐齐回头。

两个女生牵着手怯生生地走出来，互相推搡，扭捏着，最后一个女生站出来，紧张地对邢在宇说："请问……你可以收下我们的彩带吗？"

邢在宇抬起左手腕："这个？"

上面已经绑了十多条细彩带。宋落以为是他为了要酷绑的，没想到是别人送的。

"嗯！"女生点了点头，红着脸不好意思地说，"你的架子鼓打得很帅，我……和她都很喜欢！"

"可以。"邢在宇伸出他的左手，"我自己来吧。"

女生把彩带放到他掌心，还说了很多鼓励的话，让他以后常来，她们也会继续支持他。

宋落看明白了，送彩带就类似粉丝给偶像送花，表达自己对偶像的喜欢。她们喜欢邢在宇。这是宋落解读到的。

"你常来这儿收礼物？"宋落问。

邢在宇把彩带整理好，说道："阿落表达要准确，我是来玩，不是来收礼物。"

"我是第一次。"他说完碰上宋落眼里的疑惑，补上，"第一次来驻唱。"

宋落偏开头说："知道了。"第一次来就收获一帮粉丝，真有能耐。

"你呢，常来？"邢在宇看样子不打算离开，和她聊起来。

宋落说："猜。"

习惯了她淡然的态度，邢在宇目光落在她脸上："不开心？"

宋落顿了顿："很明显？"

邢在宇说："笑都是涩的。"

宋落承认："是不开心。"她心里一直想着她爸的话，从小受他的管制，这类话听得多了，但还是会难过。

"怎么了，我小叔惹你不开心了？"邢在宇幸灾乐祸地问。

宋落支着下巴说："你只能想到这个？"

邢在宇回答："当然，毕竟我是来撬墙脚的。"时刻关注对手的情况，好找机会下手。

这话，真够直接的。

宋落顺着他的话故意说："我和他是要结婚的。"

邢在宇不在意："和我结婚不行？"

宋落意味深长地拖着调子："跟律师结婚好危险啊——"

邢在宇疑惑："嗯？"

宋落开玩笑说："万一我们离婚，我是不是连底裤都分不到？"

邢在宇笑了，话说得一本正经："宋小姐您大可放心，像底裤这种一方专用的生活用品属于夫妻一方的个人财产，您对底裤的所有权是神圣不可侵犯的。"

他一板一眼，像在辩论台上和她对辩。

宋落无语，去他的神圣不可侵犯。

宋落呵呵冷笑，假惺惺地说："邢律的专业知识不错。"

邢在宇痞笑："不敢当，倒是宋小姐精打细算，我怕我才是需要担心底裤的那个人。"

他可没少听说宋落在各类商科赛事上的战绩，沙盘模拟遥遥领先，模拟经营翻盘逆袭第一，金奖拿到手软。若他是据理力争的律师，那她就是玩透规则的商人。两人是不分上下的人精。邢在宇看着眼前的女人，嚼着笑，心底忽地对她产生了巨大的好奇心，但也仅限于想想。

"放心，我和邢学长还是形同陌路比较好。"宋落起身，拉了拉身上的外套。

邢在宇和她同时起身，垂眸看她："阿落，你还是多笑笑吧。"

她笑起来挺好看的，就是平时太沉闷了。

"管天管地还管我笑不笑？"宋落反驳。

邢在宇习惯了她爱呛他，从兜里抽出一条彩带，拉过她的手，不容她反抗，慢条斯理地绑在她的右手腕上。"男左女右。"

图案是酒吧的 LOGO（标识），重彩画，夸张得有几分可怖，贴在她白皙的肌肤上有种鲜明的对比。

并不知道带子有什么含义，宋落嫌弃："拿哪个美女送的给我？"

邢在宇扎了半个蝴蝶结："我的。这是我的带子。"

他的手指时不时碰到她，男性野蛮的力量直直地冲击而来。她和他距离太近，近到能感受到彼此的呼吸。温热，湿润，痒，缠。这是她对他的呼吸打在自己脸上的初始感受。

宋落本来没感觉的，直到他唇角微微翘了翘，说："来都来了，一无所获不太好。"

听完，她忽然品到其中的深意，异样的情愫自心间往外蔓延。

后门被推开，管嘉傲环顾一圈喊道："宇哥，有事，来一下。"

邢在宇拍了拍她的肩膀，轻声道："等一会儿。"然后走向后门。

外头落了雨，但还是有很多情人腻在一起，旁边的人大多在聊人生哲学，黏糊的情话也不少，那些关于爱的话，局中人乐在其中，旁人听多了只觉得无趣。宋落就是那个旁人。情话谁都能说得好听，真做起来就不一定了，就像邢琛给她"画饼"，什么结婚三年以后离婚，随便她逍遥自在，那自信的语气，还以为她占了多大便宜。

相比起来，邢在宇比邢琛好得多，宋落在学校听到不少邢在宇的风流事，但一码归一码，从没听到谁说他目中无人，不尊重女性。大一时，他还在"该不该提倡做全职太太"这一辩题里为女性发声，他的总结陈词"全职太太的出现让许多人见识到了女性的力量，她们生来不凡，即使卸下这层身份，也可傲视群雄"，当晚刷爆表白墙，大出风头。单凭这点，宋落就对他心生好感，不过只是单纯的欣赏。

宋落见到不远处有一个男人递彩带给女人，嘴里不停地说着好话，她绕过去碰到服务生，见他端的托盘上放了一小撮彩带，问："今天是有活动？"

服务生和她解释，送彩带是酒吧主打活动，一周一次，也是给单身男女认识的机会。酒吧的艳遇和暧昧单是听听，就会有无数人心动，在别人看来这是"狩猎"的好机会，在宋落的脑子里就是好商机，一个活动能增加客流量，稳赚不赔。

服务生递给她一条彩带，宋落接过翻看，多问了一句："就只有搭讪的作用？"

服务生从胸前抽出一支马克笔递过去："可以在上面留下联系方式。"

那就还是搭讪。

宋落把彩带收到口袋里，谢绝："不用了，谢谢你。"

她看了一圈江边的露天卡座，天气是不佳，但到了这儿，商家完美地利用了外界的变化为酒吧增加诱惑力。天晴，吹江风，谈暧昧。落雨，听雨声，暧昧更绵长。

管嘉傲不满邢在宇时不时看向卡座那边。"宇哥，你看什么啊？"

邢在宇冷眼瞥他，管嘉傲身子一抖，不自在地咳了咳，放柔声音说："今晚万臣不来了，但我带了我妈看中的小媳妇来了，你可不许先跑，怎么都得给我撑场面。"

邢在宇抱着手讥笑："你还搞小女生的娘家人帮忙撑场面那套？"

管嘉傲嘴硬："玩两局牌，看个电影就好。哎呀，我妈非要我和她处着，我也不好拒绝，你就帮个忙。"

邢在宇问："这算什么忙？"

管嘉傲自信满满："小姑娘没见过世面，我们就表现得浑蛋一点，让她看不上我们这些花心公子哥，回家和她爸妈哭一场，我妈打我一顿，婚事就吹了。"

邢在宇唇角动了动，内心无语，损人又损己，像是他管嘉傲会做的事情。

邢在宇直接走向宋落，管嘉傲这才知道他刚才看的是人，而不是江景，也感觉到新奇，毕竟许久没见邢在宇和哪个女生走得近。

邢在宇问宋落："在想什么？"

宋落转身，如实交代："在想如果那块地方改成面向京江的单座，合理利用空间，收益肯定能增加。"

邢在宇瞥了一眼，勾唇笑："你脑子里只有钱？"

宋落点头，微微扬起下巴："不行？"

邢在宇握住她的手腕，拉着她："行。"脑子里有钱可比有其他的好多了。

"去哪儿？"宋落的手压在他的手腕上，碰到凸起的腕骨，慌忙移开手。

管嘉傲看清了邢在宇牵着的女人，长得清艳，和他见过的很多大美女不一样，更多是气质吸引人，多看一眼，就多一种韵味。他嬉笑着叫人："这是嫂子啊？"

邢在宇搂过她的肩膀："不是嫂子。"

宋落挣扎了一下，邢在宇低头和她咬耳朵："带你去玩。"

宋落跟他拉开距离，想从他脸上读懂他的用意。男人脸上是笑意，却不达眼底，身上冷冷的气息倒是让她觉得安心。

他转头对管嘉傲说："暂时不是。"

管嘉傲噎住，既然不是，他还搂着人家女孩子不松手。

宋落乜他一眼："怎么可能会是，忘了我和你小叔的事？"

邢在宇松开搂着她消瘦肩头的手，改成搭在她肩上，又捏住她的下巴晃了晃，轻佻地说："不碍事。"

把两人的对话听了个全的管嘉傲咽了咽口水，他不是傻子，立马理清了其中的关系，他也知道邢在宇有个不对付的小叔，所以邢在宇是在撬他小叔的墙脚？

为了长命考虑，知道得越少越好，管嘉傲拉开门不再停留："八号座，你们……慢慢来啊！"

宋落抬手用胳膊肘顶了顶他："你故意的吧？"

邢在宇揽住她的脖子："怎么会？你这么乖。"

宋落道："乖？那就好，听说你不喜欢乖的。"

知道她说的是表白墙上关于他的择偶信息交流的投稿，邢在宇用舌尖顶了顶后槽牙，嘲笑地问："你也信？"

宋落和他贴得紧，他的体温过高，说话时胸腔振动，他的变化她能感受得一清二楚。此刻他的反问像是假装不在意的重视，以往她会觉得是捉弄，现在她却感觉是在乎。奇了怪了。

没等她说信不信，邢在宇就抚着她的长发说："哄你的。"

宋落问："所以是真的？"指他不喜欢乖的。

邢在宇哼笑："我说你乖你还真的以为你乖？"哄她的是前面说她乖的那句话，宋落装乖还差不多。

宋落瞪他，邢在宇点到为止，收起玩笑话，带她进去，合上酒吧的后门。

第 八 章

酒吧比刚来时安静，灯光暗了许多，路都快要看不清了。电影区有斑驳的灯光投射到四处，幕布上暂时还在放综艺节目，没放电影，下面的卡座早就被订满。宋落跟着邢在宇走到最后一排的卡座，管嘉傲和一个女人坐在那儿等着，桌上点着小苍兰味的香薰，棕色的玻璃外壳，橘色灯火跳跃着，随风摇摆。邢在宇给他们介绍了对方，女人的名字叫孟织，是管嘉傲的小青梅。

管嘉傲大大咧咧地坐在软沙发上，嘴里叼着一根烟，像高中校门口常能见到的那种街头混混，和刚才在后门傻乎乎的感觉完全不同。随后他咳了咳，坐在他旁边的女人给他递过杯子，管嘉傲一口饮尽，才发觉是酒，咳得更厉害了。

邢在宇从烟盒里抽出一根烟咬住，甩开银质的打火机点燃，吸了一口，吐出白烟："不行就别逞强。"

管嘉傲偏不，抖掉烟灰转移话题，拿过旁边的新扑克牌拆封："玩两局？"

宋落看向邢在宇，他的神情隐在白雾中，她看不清，目光便多停留了一会儿。

邢在宇往后靠，手搭在她身后的靠背上，对面的管嘉傲看过来，像他抱着美女在占人家便宜。

他压低声音和宋落说话，应该是因为刚抽了烟，声音听着有点沙哑："十点半，会玩？"

宋落摇头，她懂的桌游少之又少，更别说酒席间的游戏。

邢在宇又靠近了一点，跟她把规则简单说了一遍。A 代表 1 点，2 到 10 代表本身的点数不变，从 J 到 K，加上大小王代表的都是半点，每回合可以自行选择是否抽牌，牌面数相加更靠近十点半的就是赢家，超过的直接淘汰。

"让他赢吗?"宋落问邢在宇。

邢在宇疑惑:"嗯?"

宋落抬了抬下巴示意管嘉傲身边的女人:"他不是要耍帅撩美女?"

邢在宇握拳放到唇边低笑。哪是撩,分明是趁机甩开。

管嘉傲装出痞子样,像足了以前常看的港剧《赌王》里跩得跟二五八万似的反派角色,吊儿郎当地发着牌。

第一张。宋落拿了张K,邢在宇拿了张4,管嘉傲和孟织分别拿了2和3。开局邢在宇就处于劣势,管嘉傲拉了拉衣袖,颇有大干一场的架势,提议道:"两两一队,如何?"

邢在宇移动腿轻轻碰了碰宋落,她莞尔一笑:"可以。"

开始发第二张牌,宋落拿到了5,心跳漏了一拍,没有经验,是真的心慌。

管嘉傲一副势在必得的表情:"爆了?"

邢在宇不说话,管嘉傲旁边的孟织翻开牌,一张10,她脸上表情丰富,怯生生地说:"爆了。"

"哟——"管嘉傲脸上的表情维持不住,倒吸一口凉气。

"你们呢?"管嘉傲不信第一局他们就输了。

邢在宇面不改色:"继续发。"意思是还没爆。

管嘉傲先拿一张,看到牌数后才敢喘气,得意地问:"你们要不要?"

已经五点半的宋落犹豫,想着保险起见,不要好了,邢在宇问她:"要?"

宋落用手挡着嘴,凑到他耳边悄声说:"我的牌很危险。"

邢在宇侧头,鼻尖碰到她的头发,有很淡的玫瑰香,唇角上扬:"那就不要。"

说不要,向来喜欢玩反杀的宋落又不太甘心,总觉得能赌一把。就在她要改主意时,桌子下的手被男人握住,十指相扣,他的手指摩挲着她的指腹,这是她第一次直面成熟男人力量的压迫。她看向对面的管嘉傲,他正和孟织聊着天,没注意他们,她没有马上甩开。

他们的掌心间是一张牌,早带了他的体温。宋落挑了挑眉,邢在宇深深地望着她的双眸,无声交流着,她读懂了他的意思。

"礼尚往来。"宋落不动声色地把自己的牌塞到他手里。

这个角落很昏暗,唯一的光源是卡座上的香薰。孟织看着对面对视交谈的男女,他们藏匿在黑暗中,为了听清对方的说话声,男人弯腰,女人则侧仰着头,下颌线流畅优美,锁骨明显,有种诱人的妩媚。

孟织问身旁的人:"嘉傲哥,那个是宇哥的女朋友吗?"

孟织高中出国前一直跟管嘉傲和邢在宇上同一所学校，比他们低一级，加上又是邻居，这几年虽来往不算密切，但也算熟识。

管嘉傲也看到了他们的互动，紧抿双唇，琢磨着要给小姑娘解释才好，但总不能说邢在宇现在亲密的对象是他小叔看中的女人吧，那邢在宇以后出门脑门上都要被人贴上"男小三"三个大字了。

他随口乱解释："应该，但别叫嫂子。"应该有点那种关系，但绝对不能正面叫嫂子。

孟织点头，表示懂了："宇哥还在追她吧？"

管嘉傲"哼"了一声："怎么可能，邢在宇身边缺过女人？要真的追她，分分钟追到手。"

对他兄弟他就是这么自信。

孟织咋舌："落姐也不错吧。"

管嘉傲不服，但不说，他心里就是觉得邢在宇厉害，邢在宇最好。

管嘉傲敲了敲桌子，揶揄两人说："你们到底是讨论正经事还是谈情说爱？"

宋落愣住，摆正身子往后一靠，碰到了邢在宇的胳膊，又挺直腰背。对比她，邢在宇自若许多，收回手给宋落倒了杯果酒。

他笑着望向宋落："你说呢？"

宋落的手指被酒杯上的水汽濡湿，冰冰凉凉，心头的不满暂时被安抚，不然这杯果酒就要往邢在宇欠揍的脸上"招呼"了。

宋落冷淡地呷一口酒："都不是。"

跟邢在宇是这样说，转过脸面对管嘉傲和孟织，她恬然轻笑着问："不是偷情？"

邢在宇被呛到，随后低笑出声，动作越发大胆，直接搂着她的肩膀轻拍："是啊，小婶婶。"

捏着两张牌的管嘉傲在心里骂了句脏话，双腿一阵发麻，心想你们低调点会死啊？孟织没见过这种场面，咽了咽口水，惊恐地看向管嘉傲寻求答案。

管嘉傲打哈哈："他们……开玩笑的，你别理。"

孟织赶忙点头，她也不相信宋落会做这种事情，一定是情侣间的情趣罢了。

邢在宇没放开宋落，把跟她换到的牌搭在原先的那张4上面："不要。"

宋落也说不要。

管嘉傲说："我要！"

接着管嘉傲又要了三张，邢在宇和宋落还是没要。

"宇哥，你们也太谨慎了吧。"管嘉傲乐呵呵地又添了一张。

而邢在宇压根没搭理他，正问宋落给他的牌有没有坑他。

宋落偷偷看过他给的牌，拂开他的手："你可以加倍数让他喝。"

她虽没上过酒桌，但玩起罚酒来绝对不心软。

邢在宇立马照办，在开牌前和管嘉傲加码，管嘉傲自信过头，答应他输了就喝三杯。

开牌。邢在宇一张4一张5，九点。管嘉傲秀出自己的牌，2、2、5、J、Q，整整十点。他笑得猖狂，满心期待着三杯酒下到邢在宇的肚子里。

宋落开牌，K和红桃10，十点半。

管嘉傲哑口无言，瞪大双眼："不是吧，运气这么好？"

宋落眨了眨眼睛，喝着果酒掩盖眼里的狡黠，点头认下。

"当然，我们家阿落有这个本事。"邢在宇嚣张地说。

管嘉傲还是不信，没见过"菜鸟"第一局玩得这么漂亮的。

电影放映时间到，管嘉傲有天大的冤屈也没机会申辩了，邢在宇监督他把三杯啤酒全喝了，本想装混混吓唬走孟织的管嘉傲狼狈地喝完三杯酒，被呛到好几次，孟织给他递水递纸巾，他也狠不下心来捉弄人家小姑娘。今晚放的是迪士尼动画片《魔发奇缘》，宋落不喜欢看动画片，但刚赢了游戏，心情好，靠在软沙发里望着银幕，整个人平和许多。

管嘉傲看完开头就打了个哈欠，无聊地撑着脑袋碎碎念："我还以为今晚能看到悬疑片，结果是孩子看的东西。"

孟织不这么觉得，愉快地说道："迪士尼的动画片也是给大人看的，不过我还好，我对乐佩公主不是很感兴趣。"

她转头问宋落："落姐，你喜欢哪个迪士尼公主？"

宋落把问题抛回去："你呢？"

孟织想了想："我喜欢艾莎。"

对电影不感兴趣的管嘉傲插话："艾莎不能算公主吧，完全是女王。"

孟织反驳："女王以前也是公主啊，我不管，我就是喜欢这个。"

"好好好，孟大小姐说了算，你说什么就是什么。"管嘉傲不敢再说话。

孟织望向宋落，等她给出答案。

宋落说："花木兰。"说完又加了句，"和艾莎一样有女王气场。"

孟织捧着脸笑意加深，十分认同宋落的话，掏出手机要加她的微信，宋落亮了码，旁边的管嘉傲顺便也扫了。邢在宇看到这一幕，想起那天晚上她当着他的面把他的 QQ 拉黑，对比现在，连管嘉傲都能蹭到她的微信，他是多不招她喜欢？

电影进入正题，邢在宇碰了碰宋落的胳膊，酒吧里的空调气温低，她的皮肤冰凉，但比起凉意，邢在宇更多的是觉得柔软。内心忽然一阵悸动，压下多余的想法，他调侃道："真喜欢花木兰？"不是他多嘴，他可看不出宋落有这样无私地奉献自我的大情怀。

人情往来上，宋落说话不会很直，她母亲喜欢把话说得讨喜，耳濡目染下，她也学会很多说话技巧，就像刚才她故意把问题抛回去，让孟织先说，她的答案会根据孟织的答案改变。

她不喜欢看动画片，在心里当然排不出一二三名，所以喜欢哪个都行。孟织喜欢女王艾莎，那她就喜欢同样有女王气场的花木兰。孟织听完开心，她也没损失，按生意场上说的，买卖不亏。

生意归生意，宋落不是喜欢戴着面具生活的人，面对邢在宇时，她懒声告诉他真实的答案："都不喜欢。"

邢在宇从旁边拿了一件牛仔外套盖在她身上，谈及自己的想法："我挺喜欢乐佩的。"

乐佩就是今晚电影的主角——长发公主。

外套上的味道和他 T 恤上的清香一样，宋落心安理得地套上。空调温度太低，她穿着短裤，自己的外套盖了腿，单穿雪纺衬衫挡不住寒，有他的外套正好。

"邢学长还有公主情结啊？"宋落问。

邢在宇反问："我就不能有王子情结？"

电影里尤金闯入了乐佩的城堡，被她绑在椅子上，两人争执不下，互相看不惯彼此，观影的人们笑得开心。

听着耳边的哄笑声，宋落说："可他们说尤金并不能算王子，他是一个小偷。"

邢在宇不以为然："如果公主是公主，那小偷也可以为了公主成为王子。"

突如其来的深奥发言。宋落一怔："你们——律师的嘴都这么能说吗？"

"是啊，颠倒黑白都可以。"邢在宇故意说，"阿落有需要的话可以聘用我，我的嘴能帮你代言。"

知道他是在笑她太假，爱讲场面话，喜欢打太极，宋落不争辩，转移了话题："乐佩也不过是等待被人拯救的公主，很值得喜欢？"

被动、弱小，以此衬出王子的厉害。

邢在宇摇头："你还是不要开小差了，把电影看完再说话吧。"

宋落手中的手机振了振，掌心有点麻。来电人——邢琛。和她坐得极近的邢在宇也看到了。

犹豫再三,她起身去走廊接了邢琛的电话,才接通,邢琛急不可耐的声音就传来:"小落,你在哪儿?能不能现在和我一起去看看我外婆?事发突然,我知道你不乐意,但是我外婆病情突然恶化,你和我一起去,她会开心的。"

宋落回绝:"不好意思,邢先生,我不想做让人误会的事情。"和他去见他外婆的行为不太像话。

"小落,我已经和宋叔叔说了,不会做让你为难的事情。"邢琛诚恳地说道。

她翻找到宋庆海的微信留言,他嘱咐她代表宋家去看看老人家。

宋落心一沉:"现在就很让我为难。"先告诉她爸再通知她,不就是先斩后奏?

邢琛在脑子里搜刮说辞,宋落打断他:"你来接我吧。"

听到她愿意去,对面忙说了好。宋落给他地址,邢琛说二十分钟后到。

挂完电话她看向走廊尽头,邢在宇倚靠在墙边,刚抽完一根烟,气质慵懒。烟被他摁灭,他抬眸谛视她:"我送你。"

宋落跟在他身后,邢在宇送她到门口,撑起她的伞,把伞偏向她,雨幕被隔绝,两人站在路口,沉默无言。酒吧里声音杂,不知道宋落和邢琛说了什么,但他心里总不是滋味,又闷又堵。

良久。

"宋落。"他喊了她一声,打破沉默,不似往日的轻浮,严肃又透着几分认真。

"怎么了?"因为等会儿要和邢琛见面,宋落心里正烦。

邢在宇单手插兜,歪着头睨她:"以后不要来酒吧了。"

宋落学着他的样子,给他一记冷眼:"你还管这个?"

从街道口驶来一辆车,车灯闪了闪,十秒钟后宋落的手机振了振,她接起电话听了一会儿,和对方说马上到。

"伞。"宋落夺过他手里的伞,丝毫不怜惜他会淋雨。

邢在宇大掌摁住她的脑袋,强迫她的视线从车子上移开,只能看着他。

他一字一顿地说:"乖小孩就不要装坏。"所以不要来酒吧了。说完他松开手。

宋落移开伞,他被雨淋湿了肩头,发梢滴着水珠,眸子里的光闪烁着,和香薰里跳跃的火苗一样。似乎,熄灭或生长,全由她主导。

"你怎么知道不是坏小孩在装乖?"她丢下这句话,转身走向前面的黑色车子。

邢在宇闷闷地笑了一声,目送她上了车才转身回酒吧。

回到酒吧,电影已经播到后半部分,他没了看的心思,瘫坐在沙发上,眯着眼听英文台词,坐等结束。

管嘉傲凑过来:"人走了?"

邢在宇点头。

"宇哥……她真是你小叔的对象?"管嘉傲心里一堆问题,就等着邢在宇一一解答。

他知道邢在宇和邢琛的关系特别差,具体原因不太清楚,反正每次两人碰面都会不欢而散。管嘉傲听家里人说过邢家的事,邢琛和邢在宇的父亲是同父异母的兄弟,兄弟感情一般般。以前邢在宇的父亲还在世时,公司是他打理的,人一走,邢琛立马接手了公司,还深得邢老爷子的喜爱。管嘉傲猜两人是因为继承权闹不和。他不敢问邢在宇太多,这些还是他根据邢在宇双修了金融学位推断的,或许以后真的要因为公司和邢琛争得头破血流。

邢在宇瞥了他一眼,不说话,管嘉傲劝导:"就算你对你小叔不满,但这样做落人口舌怎么办?"

邢在宇沉吟片刻:"我没打算把她卷入我和邢琛之间。"

他一开始确实有想法,思考后还是放弃了,没必要给她增加烦恼,所以送她离开时,他才说了那些话。

"那你是在干吗呢?"管嘉傲问。

邢在宇觉得奇怪:"我干了什么?"

管嘉傲比画着:"就是……就是对人家姑娘动手动脚的。"

摸小手、搂肩膀、说悄悄话,别以为他没看到,两只眼睛都盯着呢。

邢在宇漫不经心地玩着手里的纸杯,懒懒地说:"这是我和她的事,关邢琛什么事?"

管嘉傲如鲠在喉,这话听着似乎没问题,但仔细想想,又和撬墙脚的行为无二……

不管发生什么,作为好友的管嘉傲都会把邢在宇往好处想,他问:"是不是她追你,纠缠你?"

他只能想到这个可能了。

她追自己?邢在宇用力一拍纸杯,纸杯瘪成一团,被宋落轻视和怠慢的不满浮上心头。

久久不见回应,管嘉傲心想自己猜得没错,邢在宇完全有这个魅力。再说了,邢琛那个阴鸷的老男人有什么好爱的,不管哪个女人都会把年轻帅气的邢在宇作为首选,他笑着说:"你也小心点,毕竟她和你小叔关系不浅,给你挖坑怎么办?"

"不。"邢在宇打断他,勾起唇角,痞笑着说,"是我在追她。"

管嘉傲无语，心想自己是昨晚熬夜熬得精神失常了吗？第一次听到邢在宇说要追人。

"开……开玩笑吧？"管嘉傲还不相信。

电影开始放片尾曲，邢在宇拿过被宋落丢在角落的外套，利落地穿好。看他这散漫不爱搭理人的态度，管嘉傲觉得，多半……是真的。

管嘉傲慌张地问："什么时候的事，怎么以前没听你说过？"

邢在宇正在看舍友发来的消息，他们问他今晚要不要给他留宿舍门，他回了要。

"就在刚刚。"邢在宇说完转身离开，潇洒地抬手挥挥，"记得把孟织送到家。"

管嘉傲愣在原地。刚刚？他说了什么话启发了邢在宇要去追人？

心情像坐了趟过山车，他心想算了，再理论下去他也说不过邢在宇这张金嘴，真的东窗事发了再说，但邢在宇追人这种戏码，他决定奔赴在八卦第一线。

第 九 章

宋落坐上副驾驶座，邢琛才收回目光。

"你朋友？"邢琛感觉那个男人有点熟悉。

宋落直接说："是邢在宇。"

邢琛握紧方向盘，脸色黑沉："你怎么和他在一起？"

"我们是高中同班同学，不正常？"宋落反问。

邢琛讪笑道："抱歉，我没别的意思。"

宋落没打算隐瞒邢琛她和邢在宇认识，其实也是想用这件事情硌硬邢琛，今晚他的行为让她很不满。

"小宇性子顽劣，脾气也犟，为人处世上过于特立独行，做事没什么分寸，你以后还是和他保持距离吧。"邢琛温声说。

宋落忍不住哼笑出声，很轻，邢琛不知道她怎么了，瞥她一眼，问："怎么了？"

"没有，就是觉得有点不舒服。"宋落答。

邢琛关心地问："哪里不舒服？"

宋落没说太多，听完他的话心里不舒服。他当着她的面说邢在宇的不好，度量太小，怪恶心人的，也激发了她的逆反心理。本来她还打算跟他走个过场，毕竟宋庆海开口了。

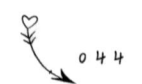

到了医院停车场，她合上车门，往出口走去，邢琛说走这边，宋落半回身，冷冷地说："邢先生自己去吧。"

邢琛急忙走到她跟前，问道："小落，你是生气了？"

宋落答："是，而且我也没打算和你去。"

"小落，我是什么地方让你不自在了？"邢琛拦下她。

宋落看着他的脸，对他虚伪的绅士做法厌恶到了极点。每个人社交时都多少会伪装自己，她能接受，但这人偏偏是邢琛，她需要努力克制自己不去揭穿他。

"如果你不再联系我，我会觉得非常自在。"宋落拍开他的手，越过他，"邢先生赶紧上去吧，再晚老人家要休息了。"

她头也不回地走到医院大门口，拦了辆出租车回学校，在路上给宋庆海发消息。

宋落：邢先生说天色不早了，他自己过去就好。我觉得也是，匆匆见长辈有点失礼。

一直等着消息的宋庆海回复：对对对，爸爸怎么没想到。你先不要去，下次我们再正式地和他们吃个饭。

宋落含糊地发了个"嗯"，结束和宋庆海的压抑的对话。

———〰———

周六宋落起了个大早，然后泡在图书馆。休息间隙收到宋泽的微信，他把外婆做的一桌子菜秀给她看，聊天页面似乎成了他的吃播实时报道，气得宋落差点拉黑他。

宋泽吃饱喝足，给她发道：姐姐，我觉得来外婆家就是最明智的选择，我现在幸福得要升天啦！

宋落冷漠地回：吃饱喝足该考虑后路了吧？

宋泽：后路，什么后路？

宋落：你打算在外婆家窝到什么时候？

宋泽：这……我不知道怎么办，我不想被骂，呜呜呜。

宋落：其实也不是没有办法。

宋泽迅速回复：等等，你先说说多少钱，我再考虑听不听。

总被坑的宋泽学乖了，不能再被宋落这个黑心商家讹诈。

宋落嗤笑：贵就不听？

宋泽有骨气地回复：我宁愿被爸打一顿去住院，也不敢听几百万的主意。

宋落不逗他了：不收费。

宋泽：今天的太阳是从西边出来的啊？怎么回事，我姐这个资本家突然变好人了？

宋落：兑换成人情。

宋泽就知道没这么简单，但欠人情他没问题，他欠她一屁股债，可以说命都是她的了，区区人情，不打紧。然后宋落告诉他怎么做，宋泽听完想着要不还是挨一顿打好了，宋落竟然让他去和外婆撒娇，让她帮忙找个高中入学。

宋落说：你要么在爸妈发现前把事情定下来，要么就等着被抓到丢出国。

宋泽屈服了，比起学习，他更不想出国，立马下楼去跟外婆撒娇。

宋落揉了揉眉心，有点担心以后家里要是没钱了，一定是因为宋泽这个傻小子被人骗了。

她在图书馆待到下午三点，回去睡了半小时，然后去跑步。洗完澡收到宋泽的信息，说给她买了好吃的，等会儿送过去，让她去学校外面拿。她不能去外婆家，不然宋庆海问起来就露馅了，宋泽也懂，才自己跑来。她让他去西大门等她，尽量别靠近教职工的住宿区，免得遇上宋庆海。

收拾完，方柚白跑进宿舍，喘着气问："落落你去哪儿？"

宋落说："去拿个东西。"

方柚白提醒她："今晚我们陪法学院模辩（模拟辩论），你记得去一趟。"

"法学院模辩？"宋落停下动作，"我们和法学院模辩？"

方柚白问："你没看群消息？"

宋落登录QQ，看到辩论队群头像上的小红点标示着99+。昨晚回来她忘记登录QQ了，下面还有秘书处的工作分配。翻着群消息，宋落越看越无语。上次表白墙上有人传她和邢在宇私下有交易，两院辩论队当晚撑完传谣的人，发展出了革命友谊，后来两个队长在一次经济法课上碰上了，聊得欢快。法学院辩论队队长邀请他们打模拟辩论赛，最近商学院辩论队也没有特别忙的事情，他们队长就答应了，当天就定了四个人开始准备辩题材料。怪不得昨晚和今天没见到方柚白，原来她跑去社团办公室熬辩题去了。

"你放心！邢在宇应该不在。"方柚白都打听好了，今晚邢在宇有事不来。

"我再看吧，到时候再和你说。"听到邢在宇不去，她又不是主要参赛人员，也没了观看的想法。

宋落路过法学院时看到了邢在宇，他背着黑色双肩包，手里拿着两本专业书，一身休闲装，干净清爽，戴着无框眼镜，斯文得不行。他也看到她了，冲她笑了笑，

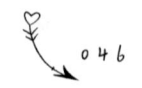

没上前。

一个女生叫住邢在宇,宋落拔腿往校门口走,不想见证今天邢在宇又出什么新的择偶标准。几分钟后,邢在宇突然出现在她身边,宋落不自在地往外移了半步。这个点是晚饭时间,校园里人来人往,他和她走在一起无疑是引人注目的。

宋落淡声问:"有事?"

邢在宇点头:"今晚的模辩你上?"

宋落说:"我很少打,这次也不在陪练名单上。"

"去看看?"邢在宇问她。

宋落问了才知道他在决赛的首发名单上,今晚的模辩会到场。方柚白的消息不靠谱。

"再说吧。邢学长还是离我远一点吧,我不想走到哪儿都被人关注。"宋落理了理头发,碰到金丝边的鲨鱼夹,犹豫一下,没取下来。

"你去哪儿?"邢在宇继续跟着她。

拐进学校外面的小院子,远离人群,宋落指了指凉亭里提着两大包零食的高挑男生,说:"约会,邢学长可以走了吗?"

邢在宇看了男生一眼,挑眉,缄默不言。

宋泽看到她走来,兴奋地大喊:"姐!"接着傻大个在原地又蹦又跳,还冲她招手。

邢在宇揶揄:"原来你好这口啊。怪不得我入不了阿落的眼。"

他长叹一口气,十分惋惜。

宋落无语。

"那是我弟。"她十分不情愿地说。

邢在宇轻笑,活动了下手腕,身心舒畅:"既然这样,我就不打扰阿落见家里人了。"然后他转身原路返回。

宋落搞不明白他跟上来是为了什么,以为她是去见邢琛,想要借机撑一顿邢琛?

宋泽提着两个大袋子跑过来,严肃地盯着男人走远的背影问:"姐,那是谁?"

宋落懒得说明和邢在宇之间复杂的关系,敷衍地回答:"社团同学。"

宋泽不信,他又多看了几眼,确定记住了男人的基本特征才收回目光。

"收到了,你可以回去了。"宋落轻松地提起两大袋零食。

宋泽改了主意:"我送你去宿舍区。"

宋落问:"你是定好学校了?"

宋泽回答："外婆说明天就帮我弄好。没事的，外婆做事你放心！"

宋落把袋子放到凉亭的凳子上："外婆做事我当然放心，我对你不放心。"

宋泽一头雾水："我怎么了？"

他为自己开解："我很乖的，在家不赖床，一日三餐都跟外公外婆一起吃，还陪他们聊天散步。"

一身少爷病的宋泽这么殷勤，宋落不会傻到以为他是真乖，他起码有一半的心思是希望乖一点老人家能宠着他，后面东窗事发还能有人护着他。

"你陪我走去宿舍区，你是觉得教职工宿舍楼很远，能给你足够的逃跑时间？"宋落呛他。

宋泽缩着头，化身乖宝宝："我错了，姐姐说得对。"不想死就别作的道理他还是懂的。

宋落拎着袋子回宿舍。"赶紧回家吧，事情没定前都别出来。"

宋泽殷勤道："好的，姐姐，姐姐慢走，姐姐下次见！"

他一口一个姐姐，宋落都要腻死了。她深呼吸劝自己不要动手，宋泽本来就蠢，再打岂不是更蠢了？

回到宿舍，她把零食拿出来摆到柜子里，翻到几样喜欢的小零食，在心里小小地赞赏了一下宋泽。这个弟弟还算可以，记得她爱吃什么。

桌上的手机屏幕闪了闪，她解锁点开微信。

戚相宜：抱歉啊，落落，本来说明天录制的，但是他明天还有工作，能不能今晚录？

戚相宜：回头我请你吃饭！

宋落洗过澡了，一般懒得再动，不然弄得大汗淋漓，就白洗了。但出了一趟门，后背出了层薄汗，睡前还得洗一次，她就应了下来：见外了，我今天有时间可以过去，哪里见？

戚相宜开心地回：晚上九点在学校综合楼的三号舞蹈室，可以吗？

她看了眼时间，19：31。时间约得有点晚，对方应该很忙，同样忙起来就忙到深夜的宋落能理解，告诉戚相宜自己会按时过去。

戚相宜发来衣着颜色的要求，宋落换了衣服后去了一趟法学院，今晚的模辩算半个社团活动，不露个面不合适。她拿了几包零食，在宿舍区的超市买了盒装的饮料，提着两个大袋子往法学院走去。

京北大学的法学院在学校西门旁，是从宿舍区过去距离最远的楼。别的学院的楼这几年翻修的、新建的都有，只有法学院的还是二十年前的老楼。到了门口，年代感扑面而来，踏入这里，整个人莫名地挺直腰杆，肃然起敬。

宋落在楼梯口碰到乔粟艺，她脸上浮现笑容："宋学姐你来啦！"

"嗯，过来看看。"宋落扬了扬手里的零食。

乔粟艺跑来把最重的饮料抱在怀里，对着走廊尽头的男同学叫了一声，让他把东西全部拿到模辩教室。

"你们几个人？"宋落把零食袋子交出去，活动手腕缓解酸胀感。

乔粟艺掰着手指数了数："我们院队的人都来了。"

"开始了？"宋落放慢步子，不想提前进去，尽量避免社交。

乔粟艺说："早开始啦，现在到质询环节了。"

两人正说着话，方柚白出现在门口，喊道："乔学妹，一辩有事，你暂时替一下。"

乔粟艺积极地跑过去："来了来了！"

方柚白瞥到宋落阔步走来，讪笑道："那个……"

明白她要说邢在宇的事情，宋落说："我看一眼就走，还有事。"

方柚白陪在她身旁："好好好，我陪你看一会儿。"

走到教室最后面的窗口边，能看到前面辩论台上的情况。商学院持反方，队长带着三个副队长上了。正方的法学院随意许多，一辩乔粟艺刚上去，正埋头整理等会儿要用的小结稿，二辩和四辩盯着场内的战况，就坐着，也不动笔。三辩是邢在宇，他抬手扶了扶眼镜，拿过话筒站起来。

方柚白咝了一声，宋落睨她："怎么？"

"根据今年校会那边制定的规则，质询限定在二三辩，且不能重复点对方的一个选手，队长要和邢在宇对两次了。"方柚白连队长怎么个惨法都想好了。

宋落问："前面二辩互点了？"

方柚白说："是啊，小明副队点了法学院二辩，不敢和邢在宇对线啊。"

宋落顿时心疼队长。

"本来想支持一下队长，但是今天近距离看了邢在宇后，我直接变成墙头草了。"方柚白自封帅哥鉴赏大师，夸夸其谈，"你看他那帅得掉渣的微分碎盖头，一般男人留这种发型我只觉得非主流，他就不一样，帅哥很会，好看的耳郭和下颌线以及脖颈线都完美地露出来，长度正好，简直是给他优越的长相添上了完美的一笔。就算他是浪子，也照样迷倒众生。"

方柚白就是这种心理，帅哥要渣要浪是他们的事，她不靠近，就欣赏着，反正也渣不到她。

宋落的注意力被她长长的一段话转移，望向坐在辩论台后的男人。

邢在宇穿着宽松的白T恤，面部线条流畅，出于友好的淡笑却让人感觉是讥讽，是他与生俱来的压迫感让人生出的想法。他浑身充满狂野不羁的张扬感，站起来后礼貌地说有请对方的三辩。

商学院队长愣神，下一秒拿起话筒站起来，磕巴地说了句："不胜荣幸。"

邢在宇低头，翻了翻稿纸，打趣说："对方辩友不用太紧张，我不吃人。"

他的话惹得在台下观看的学弟学妹笑出声，但气氛缓和了。

屏幕上的时间在流逝，他依旧不慌不忙，用近乎温柔的语气问了第一个犀利的问题。倏地，宋落想到上高三那年开学补课的第一天。

学校重组火箭班，要把另一个班的优等生分过来，他属于要被分过来的那批。两个班是上下楼，放学后她下楼回家，邢在宇捧着一摞书上楼，和同样要被分过来的周敬聊着天。

宋落不确定当时他有没有看到自己，越过他的时候听到周敬压低声音和他说："以后你和宋落一个班会不会打起来？你可别搞得校花郁闷了。"

她听到自己的名字抬了头，撞上一双幽深的黑眸，她捕捉不到他的情绪，却能感受到里面某种说不上来的热烈。

他说："怎么会？我又不吃人。"说完，他勾了勾唇，笑意不达眼底。

——假温情。这是当时宋落的第一个想法。

第 十 章

宋落没看完邢在宇的那轮质询，先去了约好的舞蹈室，跳了两遍男生的部分。差不多到了九点，戚相宜和一个男人走进来，他戴着帽子和口罩。

"久等啦！"戚相宜给宋落递了一杯冰凉的柠檬水，"不加糖。"

宋落接过说了声谢谢，不在意加没加糖，她管理身材不会刻意节食，对卡路里的控制很随意，她比较重视能量消耗，只要消耗的能量超过摄入量就好。

男人摘下口罩，她认出他是最近参加乐队选秀小火了一把的万臣。去年的拉票阶段，全校一大半地方都挂了他的横幅和投票二维码，不关注娱乐新闻的宋落也就眼熟了。

"麻烦你了。"万臣礼貌地笑笑说。

宋落主动伸手，他握上，没有过多的寒暄，有戚相宜在，气氛也不会太尴尬。

公事公办。

宋落和他跟着音乐走位，试跳两遍，互相讨论细节和要改掉的动作，帮忙录像的戚相宜听着他们交流，像是听学校大会上领导冗长的发言，昏昏欲睡。

正式录制前，宋落把宽大的白色T恤拉起来，把衣角往运动内衣里塞，露出腰部曲线，站在她背后的戚相宜咽了咽口水："落落……你的曲线也太好看了吧。"

力量感和柔美感完美融合，没有一点赘肉。

宋落有几分不自在，早知道她上身穿紧一点，男友风T恤虽然很酷，但过于宽大，在镜头里只会吃动作。戴上口罩和帽子，遮住脸上的绯红，无视戚相宜的夸奖，她淡定地说："开始吧。"

正式开录，万臣动作迟钝卡不上点，框架太小，视频拍出来跳得没有排练时好。

"那个……"万臣想到自己跳的女生部分即将要被上百万粉丝看到，羞耻感涌现，就开了小差。

宋落了解到他是上综艺时被惩罚，需要反串跳舞，才找她一起录这支舞。她能理解万臣，他心里估计有偶像包袱，手脚放不开。她拉开口罩呼吸新鲜空气，建议道："要不休整一会儿？"

门口传来两道交谈声，三人回头。

特地从隔壁大学赶来的管嘉傲钩着邢在宇的脖子，好声好气地劝："反正你也没什么事，别看那两本臭书了。万臣要跳女团舞，我们可不能错过现场。"

邢在宇刚要拒绝就看到了站在万臣旁边的宋落。她把口罩拉到下巴，露出的嘴唇饱满红润，微微张开喘着气，胸膛频繁起伏。

管嘉傲没有认出宋落，凑近邢在宇，戏谑地说："我听说是反串跳舞，万臣这个没谈过恋爱的岂不是要占便宜了？"

邢在宇冷眼瞥他："是万臣被占便宜。"

管嘉傲不解："啊，什么意思？"

管嘉傲打量女人，想起是上次在酒吧见到的女人，顿时瞪大双眼哑口无言，更搞不懂了，他看上的女人和别的男人跳亲密双人舞，是他女人占了便宜？不对，宋落还不是他女人。

戚相宜愣住，下意识地站到万臣身边，小声问："要叫他们走吗？"

"不用。"万臣沉着脸，转头问他们，"很闲？"

管嘉傲拉着邢在宇在最后面入座，回道："对啊，约你几次都没个声，不得亲自来看看？"然后抬手拍了拍邢在宇的胸膛："宇哥，你说是不是？"

邢在宇没应答，万臣一直看着他，他只好笑着说："你继续。"

万臣看了眼宋落，她拉上口罩，压低帽檐："继续吧。"

戚相宜和万臣交换眼神，不知道眼下要怎么办才好，邢在宇和宋落不合是全校都知道的。但，他们在彼此的眼神里找不到答案。

邢在宇坐在侧面的角落，宋落面对着镜子，从镜子中感受到了他灼热的视线。他就这样看着她，直白，不遮掩。宋落被看得差点卡错拍子，心想还是速战速决的好，她和邢在宇不适合待在一个空间。

有两个动作需要亲密接触，不用万臣主动提，她在跳的时候就稍微改了，手没搭他的肩膀，毕竟他是拥有上百万粉丝的乐队主唱，这个视频本就是为娱乐拍的，别弄到最后因为太还原被粉丝骂。坐在后面看的管嘉傲咂嘴，感觉索然无味，互动一点爆点都没有。

"就这样啊，粉丝都图啥？"管嘉傲吐槽。

邢在宇没好气："不然呢，你当你看片？"

管嘉傲无语："……在外头，宇哥你说话也注意点分寸。"

邢在宇撑他："你也知道要脸？"

管嘉傲不敢答，总感觉邢在宇跟吃了炮仗似的，自己就感叹了一句还被他抓着撑。

邢在宇抱着手面无表情地望着镜头前默契十足的男女，虽然拍摄时没有肢体触碰，但是停下讨论时，两人的手和胳膊偶尔会碰到。

他抬腕看了眼时间，闲散地说："十一点了，还不走？"

在外头野惯了的管嘉傲"啊"了一声，点开手机。"嗐，才十一点，夜生活不是刚开始嘛。"

"十一点半门禁。"邢在宇懒懒地合上眼，"让他快点。"

管嘉傲当然懂邢在宇说的"他"指的是万臣，咽了咽口水，不懂这位爷又哪里不痛快了，只好起身去温声建议万臣抓紧时间，马上到门禁时间了，大家要赶着回去。

万臣不好意思耽误宋落太久，就说要上一个视频，小细节上的失误不要紧。

"下次我请你吃饭。"万臣大方地说。

宋落本来要拒绝的，碰上戚相宜期待地望着她的水汪汪的眼睛，她点头："嗯，你和相宜说就好。"

万臣笑笑道："好，辛苦你了！"

宋落提前走一步，他们几个人是熟人，她和他们可不是，多停留一秒都尴尬。她背着书包下楼梯，把喝空的水瓶丢到可回收垃圾桶，用鲨鱼夹绾起长发，再用湿纸巾把脸和脖子上黏糊糊的汗擦掉。

这个点综合楼没有人，楼梯处的灯亮度偏暗，她肆无忌惮起来，直接把塞起来的衣角往外扯。指尖钩到内衣的边缘时，耳边有人叫了她的名字，吓得她手往上抬，差点走光。

回头看到男人，她臭着脸："邢学长，你走路都没声吗？"

邢在宇的视线从她的腹部往上移，落在她一张白里透红的小脸上，刚刚运动完，她透红的脸如夏日多汁的水蜜桃，还是脆软的那种，看起来很可口。

宋落快速拉好衣角，扯了扯，把皱痕抚平，不满地问："有事吗？"完了又说："邢学长该不会又要对我进行每日一劝吧？"

邢在宇微微摇头："送你回去，有点晚了。"

综合楼离宿舍区不算特别远，但路上人少，她一个人走在偌大的校园里也不安全。没说好不好，她拉着书包的带子走在前面。邢在宇跟上，落后她两个阶梯。夏日的夜风凉爽，走到竹林小道，四周很安静，只有树叶的沙沙声。深夜的蝉鸣声突兀地打扰这片宁静。宋落不习惯被跟着，主要是不能观察对方的情绪变化，处于社交劣势的感觉让她很不自在，她放慢步子，缩短两人的距离。

她回身，对上他紧随着她的目光，停下说："有话直说吧。"

邢在宇轻笑："没什么话。"

宋落不信，故意说："看来是死心了。"

邢在宇说："也没死心。"

她眸光闪了闪："那是什么意思？"

邢在宇走到她旁边，扯着她的袖子说："我尊重你的决定，你要是想和我小叔好，那就和我小叔好。但我还是不得不多嘴一句，要是碰到他不做人事，也千万别忍。"

他后面的话怪怪的，但宋落更在乎的是第一句，轻讽："哦，原来和你小叔结婚是我的决定，你这是在尊重我。"明明是她爸的决定，她的感受总是被忽视，邢在宇说的话让她心生烦闷，她不喜欢这种所谓的"尊重"。

邢在宇蹙眉，感受到了她的不满，却不知道她为什么不开心。宋落跳过这个话题，他又不知道事情的真相，她把话说得过了。"放心，真的嫁到你们家，过年你给我拜年我一定给你一个大红包。"

宋落用轻松的语气开玩笑，他却怎么听都不是滋味。

"怎么不去模辩？"邢在宇问。

宋落抬头望着过分干净的夜空，连月亮都找不到。"校赛结束了，我也准备退社团了。"

邢在宇意外："退了？"

宋落说："是啊，我本来就对辩论不感兴趣，能坚持一年已经很不错了。"

她打算好了，退了辩论队后跟老师做科研，也算是转移宋庆海的注意力。可能宋庆海不会同意，比起这些，或许经常拿奖的女儿更让他有面子。

"你——"邢在宇忽然笑了。

宋落转头："我怎么了？"

邢在宇淡淡地吐出两个字："很假。"

听到最后一个字，宋落身子一顿，佯装不在意："是吗？"

手机铃声打断了他们的交谈。是宋落的手机响了，方柚白打来了电话。她接了放到耳边，方柚白着急地说："落落姐你在哪儿？今晚学校突击查寝，你赶紧回来拍照！"

京北大学偶尔会查寝，方式很简单粗暴，学生要按照规定好的姿势在宿舍内拍照，证明没有私自在外住。

宋落环顾周围，还有十多分钟才能到宿舍。她问："几点要？"

方柚白正和其他两人研究怎么摆姿势，随口回："两分钟后！"

宋落："……"除非瞬移，要不然她绝对到不了宿舍。

"我在学校内，能不能说明情况就好？"宋落想其他办法。

方柚白赶着拍照，随口说："在就好，你找个学校里显眼的标志拍照，然后发过来，万莺等会儿统一发给纪检委员。"这个方法可行，宋落说没问题。

放下电话，她看向邢在宇。他也在接电话。

邢在宇挂了电话说："我也不知道今晚会突然查寝。"舍友通知他回去拍照。

"你们部门和舍管协会的关系这么差？"宋落借机损他一句。邢在宇是校会纪检部的，一般宿管协会开展全校性的查寝工作都需要和纪检部配合，作为副部长的邢在宇竟然一点消息都没收到，可见他们之间的关系也不怎么样。

邢在宇刚在群里看到消息，干笑一声："不小心滑掉了。"

两人没有继续说，赶着找显眼的建筑拍打卡照片。周围除了前面文学院的孔子像，就没有别的特别建筑了，最后两人互相帮忙拍了张站在孔子像前的照片。

宋落看着宿舍聊天群里自己的照片，无语地说："游客照都没有我们拍的照这么傻。"

恰巧，这次的姿势是单手竖大拇指放在身前，看着更傻了。

广播即将结束，宿舍门马上要关了，宋落加快步子往商学院学生住的梨园赶去，一边对他说："你赶紧走吧，这两步路还不至于碰见鬼。"

法学院的男生住竹园，从梨园过去还要经过两栋楼，而且宿舍门口正热闹，一堆小情侣依依不舍地告别着，亲吻的、拥抱的、说着情话的都有，她可不想被大家注意到，又在表白墙为他们盖一座楼。邢在宇哪是担心她碰到鬼，是想害她还差不多。

她跑到尽头，马上要拐弯时，他出声叫住她。宋落一只脚下了阶梯，回身望他。这处只有一盏昏黄的路灯，光影里有夏虫在乱飞，有飞蛾不顾一切地扑向光源，撞了南墙，掉进绿油油的草丛。光洒在中间，他们都站在暗处，谁也没看清对方的神情。他戴着眼镜，挡住了眼神，宋落眯了眯眼睛，试图在他的脸上读出想要的信息，但，无果。

广播结束，半晌他才开了口："其实乐佩是自己逃出高塔的，并不只是因为遇到了尤金。"

第 十 一 章

踩点进了宿舍大门的宋落满腹疑惑，邢在宇跟了她一路，就是为了告诉她那天在酒吧播放的电影的细节？还是他们法学生说话都喜欢打太极？她想不明白，也觉得深思浪费时间，于是把这件事抛在脑后。但她今晚还明白了一件事——以后，邢在宇不会再缠着她问她跟不跟他好了。

甩掉他本该觉得轻松，毕竟她是个厌恶事情脱离掌控和怕麻烦的人，此刻却没了轻松的感觉。她压下心底多余的想法，在脑子里列出明天要做的事。

她推开宿舍门，三个人不知道正在看什么，都聚在方柚白的书桌那儿，见她进门，齐齐回头，脸上全是不可思议的表情。

宋落摸了摸自己的脸："脏了？"

三人整齐划一地对她咧嘴笑笑，给她惊起一层鸡皮疙瘩。

方柚白忽然拍案而起："落落你就说吧，是不是邢在宇私下约你，给你穿小鞋了？"

万莺同仇敌忾："是啊，和姐妹们说，他要是敢对你不敬，明天我们去法学院闹得他不得安宁！"

宋落感到莫名其妙，合上门走到她睡的位置放下书包："大半夜打鸡血了？"

她还以为只有第二天上课要交的作业没写她们才会深夜亢奋。

蓝京溪理智许多，推了推眼镜，淡定地说："你和邢在宇上表白墙了……准确地说，你和邢在宇的……情头（情侣头像）上表白墙了。"

宋落一惊，眨了眨眼。情头是什么？

——〽——

这个月，宋落频繁登录QQ不下五次。因为班级群和部门群的文件多，原版QQ界面过于复杂，为了让界面看起来整洁她才换了TIM版本，现在两边切换弄得她心烦。

宋落板着脸看留言，这次关于他俩的投稿是连着其他的投稿一同发的，前面除去"海底捞"就是吐槽今晚突袭拍打卡照，但评论区的注意力全在她和邢在宇的情头上。

最后一张投稿：墙墙，我想投稿，我怕被大家围攻，所以先匿名。真的只是八卦心态，绝对没有强行配对的意思！今晚宿舍突击检查，然后发现宋美女和邢学霸的打卡照……有点般配，看图。

下面配了两张图片。

——不是有意的！因为有朋友是商学院的，发来宋美女的照片感叹美女随手一拍都这么好看，在原相机面前依旧美得不可方物。正好另一个学院的朋友发了邢学霸的照片，然后……就发现很像情头。

纪检委员收集好照片会打包好发到考核群，有心人想要翻找他们两人的照片也不难。

宋落也不知道到底是她的错还是邢在宇在学校过于出名闹的。

评论疯狂增加。

——可别说……真的有点那种感觉。

——文学院孔子像？大半夜的两个学霸怎么会出现在文学院啊？

——难道是月黑风高约战去了？

——总不能是大半夜去拜孔子他老人家，保佑自己考个好成绩吧。

——楼上太绝对了，万一我和学霸差的就是拜孔子呢？

宋落："……"她是坚定的唯物主义者，真不拜孔子。

——别的不说，帅哥美女做这么土的动作真的好好看啊，他们真的好配。

——同样面无表情的脸和同款白T恤，他们继续打吧，我自己悄悄嗑CP。

——楼上恶心不恶心，两人明明不对付还嗑，硌硬谁啊？

——宋美女穿的是宽松男友风T恤吧，邢学霸不喜欢穿这类衣服的女生。

——邢在宇又出什么择偶标准了？

——这是今天告白失败的姐妹总结的经验,给大家避雷。

——还有鲨鱼夹,美女踩了两个雷,大家就别嗑了,被当事人看到不好。

…………

宋落反扣手机,回头对上六只八卦的眼睛。"呃,我说是凑巧你们信吗?"

一人点头,两人摇头,点头的是蓝京溪。遵从少数服从多数的原则,她们的态度是不信。

"我帮相宜录个视频,在综合楼碰上他了,都赶着拍照,接着就互相拍了。"宋落认真地给她们说明。

万莺撇嘴:"从综合楼到文学院,你们都走了小竹林?为什么啊?从综合楼到竹园最近的路是月拱桥。"

才发现疑点的方柚白跟着问:"对啊,为什么啊?"

"你们可以问邢在宇,我怎么知道?"宋落恢复原先那副死气沉沉的表情,三人不敢再深问。

看得出他们的关系真的很差,不然也不会提到邢在宇宋落就表现出不耐烦。

宋落用回避的态度让舍友暂时放过了她,表白墙的评论区就没有这么和平了。第二天一早起来再看,评论区有人拿上次说事,法学院和商学院又被推到风口浪尖上。网上的流言来得快去得也快,几天过去,当事人没有下一步动作,传闻便逐渐消失,大家继续该干吗干吗。这就是大学的舆论,和社会上的热搜一样过了几天便没人关注了。

——∿——

宋落吃完早餐,照常去图书馆写作业,走到门口碰到同样来学习的邢在宇,他穿着白T恤,背双肩包,戴一副斯文的无框眼镜,含着笑冲她微微挑眉,一看就没安好心。

她拐到旁边的咖啡厅买了杯咖啡,邢在宇排在她后面,结完账跟她肩并肩走出来。

她坐下,他就坐在她对面,宋落问:"图书馆是没有别的位置了吗?"

邢在宇在手机屏幕上点了点,把手机放到她面前:"我约了这个位置。"

图书馆为了杜绝恶意占位的行为,推出了小程序预约座位,严格到时间段预约。她的位置是今早出门时约的,邢在宇的……绝对不是提前约的,肯定是刚才临时约的。今天周五,大家白天上课,晚上有活动,是一周里图书馆人最少的时候,随时能约到位置。

两人面对面坐着,宋落在填写贸易单证,无视对面的邢在宇。谁都没说话,时间悄然流逝。良久,宋落抬头,见他正优哉游哉地读着一本诗集,此外桌面上没有任何一本专业书。她到图书馆努力学习,他到图书馆打发时间,两人成绩还处在同一水平,宋落被他的行为打击到了。

邢在宇看到她的平板电脑上显示着大大的CONTRACT(合同),笑着问:"需要帮忙吗?以我的专业水平看个合同还是可以的。"

宋落关掉平板电脑,严肃地说:"我怕亏本,不敢让邢学长帮忙。"

他沉声说好,继续看书,宋落不敢再分心和他闲聊,赶紧填制手里的单证。全部过完一笔生意的单子,细数下来就写了近十张单证,作业烦琐又让人疲惫,她再看屏幕时眼睛酸涩得难受。

"要帮你打水吗?"邢在宇问她。

宋落想说不用,但记起来今早出门没有装水,咖啡也喝完了。

"谢了。"她把杯子递过去。

邢在宇拉开椅子迈步走向茶水间,宋落把作业打包上交。

商学院辩论队今晚参加三强赛,队长发群消息提醒全体成员,让大家有空过去看,结束了聚个餐。

手机振动几下,是宋泽的来电,她拿起手机去阳台接。

"怎么了?"宋落问。

"宋落,你马上给我到你奶奶家来!"宋庆海呵斥道。

没有过多的惊讶,宋落早就预料到会被发现,她挂了电话回去收拾东西。邢在宇正好打完水回来,宋落见他欲言又止的模样,来不及问他今天找她是因为什么,从他手里接过水杯道了谢便走了。

四十分钟后,宋落赶到老城区的奶奶家,推开院门就听到宋庆海的吼声,声音大到屋顶都快被掀翻了。

宋泽跪在地上,腰杆挺直,任由宋庆海骂,噤着不说话,一副赴死的模样。

"我回来了。"宋落打破局面。

宋泽惊得回身,心想她回来干什么。宋庆海三步并作两步,走上前把宋落扯过来,推到宋泽身边,让她跟着跪下。

"你们能耐了是不是?背着我和你妈搞大动作啊。"宋庆海气得来回走,想动手又硬生生忍住,"一声不吭回国,然后让你外婆去办入学手续,现在连高考报名都登记好了,学会先斩后奏了?"

话是冲宋落喊的，宋泽张口说："是我的主意，你骂姐干什么？"

"你闭嘴！"宋庆海指着宋泽，"逞什么英雄，你们什么德行，作为你们的老子我不知道？"

宋泽不服，站起来说："你知道什么？你知道就不会让我初中毕业就出国了。"

"反了是不是？"宋庆海拿过旁边的棍子，"不打你，你以为你没错是吧！"

宋泽自从进入叛逆期，就一直处在叛逆的情绪里，想出声反驳，屋子里的奶奶拄着拐杖走出来说："闹够了没，你小子是不懂礼吗，你爸爸说话你也要顶嘴？"

宋落拉住宋泽的衣角，示意他不要闹。

"反正我没错！"宋泽说完跪在宋落身旁，一身反骨。

话激到宋庆海，他扬起木棍要打下去，宋落出声阻止："是我的主意，我觉得小泽想要回国也没错。"

宋庆海说："有你说话的份？你做姐姐的只会怂恿弟弟是吧？还真是懂事，回来之后知道去外婆家，怎么不来看你奶奶？"

坐在沙发上的奶奶呵呵笑了一声："当然是我没他外婆疼他，哪里懂得心疼我老人家。"

宋落心一沉，这些年奶奶一直对她妈很不满，觉得他们姐弟是宋偲家的种，不是他们老宋家的种，养也养不熟，对他们苛责居多。碰上这种情况，酸两句是一定的。宋泽年轻气盛，受不得委屈，更受不得别人说疼爱他的外婆，小声嘟囔："我要是来看奶奶，她不得第一时间把我给告了？"

接着一棍子结实地打在宋泽后背，他疼得闷哼一声，宋落急忙护着他："爸，别打了。"

"会说你奶奶的不是了，你的礼义廉耻学到狗肚子里了？"说完他拉开宋落，又给了宋泽一棍。

宋泽匍匐在地上，宋落正想着要怎么办的时候，大院的门被推开，一身干练职场装的宋偲走进来。

"你叫的？"宋庆海看着宋落。

宋落承认："是。"

宋庆海让她到奶奶家她就懂了，如果在外婆家，外婆肯定不会让他对宋泽动手或者责骂，所以他才把宋泽带来奶奶家，在这里他更像一个父亲，不需要看人脸色。现在宋偲来了，他的发言权被夺走了。

"有必要闹这一出？"宋偲走到屋子门口，冷冰冰地说。

宋庆海上前解释来龙去脉，说了宋泽私自做主回国高考的事情，而宋偲依旧冷着脸，最后说："那就随便他。"

"这……"宋庆海急忙找说辞，宋偲打断他："他爱去哪儿去哪儿。"完全一副撒手掌柜的样子。

"好了，我下午还有应酬，他的事情让秘书处理就好，下个星期让他去住校。"显然来之前宋偲就已经想好要怎么做了。

宋庆海欲言又止，妥协地说了"好"，然后领着她到屋子里坐，关心她最近的身体情况。宋偲没有看姐弟俩一眼，进去向老太太问了声好，便不再多说话。

宋落扶着宋泽赶紧离开，随便进了一间客房给他检查伤口。

"姐，妈她刚刚都没看我一眼。"宋泽扑在床上小声念叨。

宋偲管着一个大集团，他们一年能见到她的次数很少，自从有记忆以来她就在各个国家奔波，就算有机会面对面坐下，她也不会过多和他们交谈。别人的母亲是温柔和蔼的，但她和宋泽的母亲不是，她更多是严厉和不好亲近的。

"想太多了。"宋落给他上了药，嘱咐道，"明天回了外婆家，让阿姨带你去一趟医院。"

宋庆海下手重，做个检查比较安心。

"知道了。"宋泽跟受了伤的落水狗一样，抱着被子，正忧伤难受。

宋落说："有妈这句话，你就安心去学校，好好学习，别到时候大专都考不上。"

"知道了。"宋泽蒙起头，不想再说话。

宋落把空间让给他，走到客厅，碰到宋庆海正在和宋偲说她最近和邢琛相亲的事。

"爸。"宋落打断他，"现在说这事太早了，我才大二。"

奶奶咧嘴笑着说："大二怎么了，先订婚也可以。我在你这个年龄都怀你爸了。"

有人赞同，宋庆海更有底气了。宋偲瞥她一眼，宋落悬着一颗心，像是在等待被宣判死亡。

"先处着。"她站起身，走到宋落旁边拍了拍她的肩，"我最近和邢家在谈一笔生意，不管结不结婚，你的做法精明一些。"给女儿提完醒，她赶时间去应酬，没有停留，直接离开了。

宋落的心一点一点下坠，母亲的态度是暧昧不明的，她读懂了母亲的意思，是让她看在生意上不要把两人的关系弄僵，而"先处着"三个字在宋庆海那儿，就是可行的意思。

向来对两个孩子说不上很喜欢的奶奶说："邢家不错的，女孩子读这么多书也就这样，说嫁个好人家，你们年轻女孩不爱听，以后你就懂什么是'不听老人言，吃亏在眼前'了。"

宋庆海认同这句话，准备一块说教宋落。宋落不想听他们接下来要对她说的话，只想逃离。"今晚还有比赛，我先回学校了。"不等他们说"好"，她就拔腿往外走，急切地想要逃离这种家庭带给她的压抑感和窒息感。

回学校的路上她整个人都很无力，心中某种支撑着她麻木行走的信念被一点一点敲碎。很累，就是觉得很累，堵着的情绪让她难受到反胃。

第 十 二 章

回到宿舍，方柚白拉着她去看三强赛，最后一次社团活动不能缺席，宋落只能过去，虽然她一点也不想在难过的时候社交。

三强赛打得很漂亮，商学院甩开艺术学院五分，成功获得第三名。台下商学院的学生都在呐喊鼓掌，宋落牵强地笑着，极力克制自己，不想让坏情绪扫了他们的兴。结束后一行人直接去聚餐，包厢里，队长拉着几个活跃的学弟学妹一块唱歌，方柚白坐在宋落旁边跟唱，拉着她的手随着音乐摇动。

方柚白问要不要帮她点歌，宋落摆手道："有点闷，我出去站会儿。"

"行，有事给我打电话。"前面有人叫方柚白，轮到她唱歌了，她顾不上多问宋落，也没注意到她反常的情绪。

宋落走到KTV楼下，站在门口吹风，混浊的思绪渐渐清明，沉沉地叹了口气。

一辆豪车停在店门口，她下意识地望过去，见到一对互动亲密的男女从店里走出来，女人仰着头娇笑着说话，男人宠溺地低着头，面带笑意。本是幸福的画面，但在看清男人是邢琛的那刻，她在心底冷嘲一声。本想自我开导是女性亲戚，觉得邢琛还不至于在她家人面前一套，背后又是另一套，然而下一秒，邢琛低头亲了亲女人的唇。女人捶了他一下，力度跟搔痒一般，娇嗔着说："有人看着呢。"

宋落摸到手机，录了一小段，然后收起手机，目送两人坐上车子消失在车水马龙的街道上。

"看到了？"背后一道阴沉的男声响起，她吓了一跳。

宋落要转身，腰间多出一条有力的胳膊，环着她进到小巷子里，似乎知道她要做什么，他笑着说："是我，邢在宇。"

宋落挣脱他的怀抱，巷子太窄，她整个人摔在墙上，前面就是他。

"你有病啊？"一惊一乍，她觉得自己要吓出心脏病了，心里麻麻的感觉蔓延全身。

　　他抬手伸向她，宋落偏开头，却躲不开他的靠近，他的指腹擦过她的眉梢："头发乱了。"

　　宋落移动身子，胡乱抓一下头发，不悦地瞅着他："你刚刚那句话是什么意思？"

　　冷静下来后，宋落第一时间想起他刚才在她背后幽幽问的那句话。

　　邢在宇从兜里拿出烟，咬了一根在嘴里，斜靠在墙上，浑身像没了骨头似的，漫不经心地掀开眼皮端视她，重复一遍："看到了？"指的是邢琛和别的女人卿卿我我。

　　宋落被吓了一跳，思维活络起来，联想到了之前的事。

　　"你今天早上在图书馆就想说了吧？"她问。

　　不只在图书馆，有几次邢在宇都想说，怕她不信才没有继续。

　　邢在宇点燃烟，吐了口白雾。"是。"

　　"生气了？"他脸上挂着笑。

　　宋落起身走过去，和他站在同一边，靠在他身旁，不让烟雾碰到她。"没有。"

　　她确实没生气，若是邢在宇第一次堵着她时就说邢琛外头有人，她一个标点符号都不会相信，她这个人偏，不是亲眼所见是绝对不会相信的。

　　说得难听点，她多疑、多虑、多思，反而现在，再听邢在宇说起，她还会为他记上一功。

　　"这都不气啊，你们做正室的都这么大方？"邢在宇看着她的侧脸。宋落长得好看，但不是传统意义上给人带来视觉享受的大美女，更多是她清冷和明艳杂糅的气质打动人心。邢在宇下意识地认为，她的好看无可取代，是她宋落独有的韵味。

　　宋落轻笑，抱手靠着墙，迎上他的视线："邢在宇，我有点好奇，你和你小叔有什么天大的恩怨，总想给他穿小鞋？"

　　邢在宇起身走到不远处的垃圾桶旁，弹了弹烟灰，把烟摁灭，开玩笑说："恩怨有点大，公司本来是我爸的，我爸去世后成了他的，你说我能不给他穿小鞋？"

　　原来是狗血的豪门争权戏码。宋落问他："你觉得我信？"

　　邢在宇说："你不信。"

　　他们心里都跟明镜似的。

　　"邢琛的恶行曝光了，这会儿打算怎么劝我？"宋落好玩地问。

　　邢在宇走到她跟前，弯腰盯着她："你不是个傻子，不用我劝你也该清醒了吧。"

　　目睹邢琛背后和别的女人好上，他不信宋落还会继续和邢琛订婚。

"不撬墙脚了？"宋落挑眉。

邢在宇拍了拍她肩头沾到的墙上的白粉："我是根正苗红的好学生，这多不合适啊。"他行为轻佻，眼里的玩味愈来愈浓。

倏地，衣领被女人一扯，他双手撑在墙上，避免压到她，低头对上她带着攻击性的双眸。

像错觉，霎时，她双瞳剪水，讥讽道："邢在宇，你——很假。"

他把身子放低了一点，和她视线平齐，唇齿间笑着蹦出一个单音："嗯？"

很假？想到上次他也是这样说她的，所以，这是回击？

"不是吗？"宋落松开手，一下一下抚平他衣领的褶皱，"假好心。"

"阿落。"邢在宇抬手捏住她的下巴，靠近她，鼻尖跟她的微微相碰。

她眼睛眨了眨，扑闪的睫毛挡住眼底的慌乱。

邢在宇发现，每每向她施压，她的明艳会慢慢被抹淡，随之而来的是一种难以言喻的感觉，那种感觉会吞噬他的理智，让他一秒被拉入她的世界，他爱惨了她浑身明显的破碎感。

"小妮子是欠收拾吧。"邢在宇捏着她下巴的手轻轻晃动，耳后的头发散落到脸颊旁。

宋落双手握住他的手腕，清晰地感受到他的力气，男人的气息侵袭着她的每一次呼吸，她像被禁锢在只有他的世界里。此时，宋落才意识到——玩脱了。

他手往上，改成捏着她的脸，直视着她，等着看她出糗。宋落偏不，她的手伸过去攀着他的肩膀，一偏头吻上他的唇瓣，典型的薄唇，老人家说这类人都薄情，伤人极深。突如其来的唇瓣相碰，邢在宇愕然垂眸。她的上唇落在他的双唇间，一触即分。味，清清楚楚地尝到了。

宋落狡黠地笑着说："尼古丁的味道没有那么呛人。"

她较真的语气和神情令邢在宇失笑，这样的宋落，怎么说……很是令人动心。他的心跳突然加快，一下又一下，血脉偾张。

"是吗？"邢在宇捧着她的脸，"才一下，怎么能尝清楚？"

说完，他吻住她的唇珠，轻轻地含住，吮吸。亲吻的每一个微小动作被她在脑海里拆解，宋落感受到理智在崩塌。吻越来越重，要再深入一点的时候，邢在宇倒吸了一口凉气。

"你这小妮子怎么还咬人？"邢在宇的下唇被她磕到，舔了一下，已经肿起来了。

宋落板着脸一副"我没错"的样子："有意见你倒是别亲。"

她表现得再怎么云淡风轻，邢在宇伸手碰她耳朵时还是看出了她的害羞，她耳朵烫得厉害。

"别乱动手。"宋落拍开他的手,挡住耳朵,努力维持表情不崩掉,不想让他看到她的羞赧。

邢在宇举起手:"行,不碰你。"

宋落整了整头发,拨下来遮住她的耳朵和脸颊,男人痞气地笑着,声音低沉。为了扳回一局,她不屑地说:"味道也就那样吧,苦。"

邢在宇从兜里掏出一盒口气清新糖,摇了摇:"再来?"

糖碰撞着铁盒,淅沥作响,像雨声。

看了一眼,是青柠味,她冷冷地说:"赶着来占我便宜?"

邢在宇不要脸地说:"怎么不是你占我便宜?"

"你到我这儿都几手货了,好意思问我?"宋落哼笑说。真要好好算一笔账的话,亏的还是她。

邢在宇情史一堆,排队跟他告白的人无数,每天一个择偶标准。她也有暧昧对象,但也仅仅是有好感,真的让她动心要谈恋爱的还没有。

邢在宇拉开她的手,倒了两颗糖在她掌心,往自己嘴里倒了两颗:"要不然你亲回来,我们阿落这么会算计,到我这儿,我可不能让你亏本回去。"

"想得美。"宋落把糖塞进嘴里,酸凉感席卷她的唇舌,人也清醒了许多。

打量四周,他们并肩站在窄小昏暗的小巷里,地面的水洼映着月光,雨季的潮湿感重,显得这处阴森森的。

她往邢在宇那边靠了一下,肩膀抵着他的胳膊,他没有避开,两人就这样沉默地站着。

"你不会是为了邢琛的事情特地跟着我来 KTV 的吧?"

"我还没那么闲。"

"来泡美女?"

邢在宇往她那边倒一下:"我在你这儿到底是什么形象?"

两人的距离拉近了些,宋落盯着两人的鞋子,有点脏了。"二手货。"

邢在宇说:"阿落,这你可冤枉我了。"

宋落仰头:"你这是要和我说你还完好无损?"

到嘴边的话被邢在宇咽下去。

宋落没有打住的意思:"那你才是真的假。假浪子。"

邢在宇揽住她的肩膀,抬手捏了捏她的脸,好笑地问:"我还是浪子啊?"

什么时候外头都把他的形象传成这样了?

宋落避开他的动作，躲向一边，结果直接靠到了他怀里，暗骂一句"这人真轻浮"，平时也是这样占别的女生便宜的吗？

"不喜欢这个称呼啊？不做浪子，那做渣男吧。"

邢在宇低笑一声，什么话都让她说了。

宋落觉得自己说得没错，浪子的本质就是渣男，好听点说句浪子，潇洒一点，不给面子直接说一句渣男，他不要前者，当然就叫他后者。

她兜里的手机振动，宋落推开他接起，方柚白大声喊着："落落姐，你在哪儿呢？我们准备回去了。"

"外面。"宋落顿了一下，"我在外面等你们。"

"好，等会儿买点小吃再回去。"方柚白心情好，全然不顾昨天还信誓旦旦地说要瘦十斤，不然她追的星全部塌房①的誓言。

挂掉电话，宋落起身整理衣服，邢在宇就淡淡地看着她。她扣好被他蹭开的一颗扣子，说："今天的事谢了，我会和邢琛算这笔账，但你和他的事我不掺和。"

"阿落，亲都亲了，界限还划得这么清啊？"邢在宇使坏说。

刚褪去的羞红又一次攀爬上来，宋落脖子一圈都是红的。

"邢在宇，是你先说的不再干涉我和邢琛的事情，怎么又是我把界限划得太清楚？"宋落直接把衬衫最上面的扣子扣好，也不管外头气温有二十多摄氏度。

"哦，我翻悔了。"邢在宇神色怡然地说道。

"翻悔？"宋落眯了眯眼睛，"什么意思？"

邢在宇把一盒糖塞到她手里，凑到她耳边，声音低沉地说："这个墙脚我撬定了。"

外头跟着他一块来玩的舍友在叫他的名字。

拉开距离后，他勾起唇角，附在她耳朵边悄声说："阿落，晚安。"

宋落还没消化完他的话，他便往另一边走去。

外面方柚白在喊着她的名字，问她在哪儿，宋落转身走出小巷。

第 十 三 章

宋落回到宿舍，洗完澡就窝在被子里。室内空调温度适宜，吹得她有几分昏沉，

---

① 网络用语。在追星的情境中，指明星出现一些负面新闻，在粉丝心中的形象崩塌，就像家里的房子塌了一样。

脑子里把今天的事情囫囵地想了一遍，不爱说脏话的她都忍不住在心里骂一句——真他妈糟心。

手机里宋泽可怜巴巴地发来消息：姐姐，我明天去学校，你可以送我吗？

宋泽常年不在国内，和家里人接触较少，在外是天不怕地不怕的浑少爷，被家人苛责便瞬间萎靡。说到底还是他对亲情的期待值太高了，一旦落空，就跌入无尽的深渊，被消极吞噬。她忽然想，她呢，对亲情又是什么感觉？

深想，细想，再想。或许已经麻木了，她竟找不到一个词形容，也探知到了心底生出的那一丁点厌恶和……恶心。

宋落回复他"明天见"，"落水狗"宋泽乖乖说"好"，让她一定不要忘记。她没了耐心，一个浑小子变得这么娇气，真是让人不习惯。她叫他去睡觉，少在互联网上装什么忧伤少年。

下面的三人还在开宿舍座谈会，宋落放下手机侧躺着听她们聊八卦。

万莺倏地压低声音说："看到表白墙最新的消息了没？"

"谁的？"方柚白拖着凳子坐到对床的两人中间。

蓝京溪说："是说今天落落和邢在宇在图书馆坐一张桌子学习的事情？"

方柚白点头："嘘，别让落落姐听到了。"

万莺用瘦脸仪搓了搓脸："他们最近……怎么突然来往密切了？"

方柚白摇头："这我就不知道了，我只知道他们高中同班过，但关系也没多好。"

她说着瞪大双眼："不是吧，他该不会是想要泡我们落落姐?!"

"不可能吧。"蓝京溪听到这儿，论文数据都没心思算了，转身对着两人，"他跟花蝴蝶似的，我们落落不喜欢这款。"

"浪子谁不爱啊？"万莺抹完眼霜，贴上瘦下巴的热敷贴，含混地说，"保不准落落真的动心了呢。"

方柚白不信："绝对不可能！"

"我们落落姐可精了，绝对不会碰这样的人。"

"不过吧，美女有颜有钱还有实力，多交往两个帅哥也不是不行。"

听完全部对话的宋落："……"

她翻了个身，面对着墙壁，思绪被拉到那个昏暗潮湿的小巷子里。那儿拥挤、窄小、闷热，接吻不像接吻，更像在较劲，就像以前他们高中暗自比成绩一样，这也是她内心毫无波动的原因，暧昧的影子过于缥缈，只剩下带着攻击性的撩拨。她不排斥，甚至想要继续这场游戏。

校长奖学金的最后一轮评选下来，宋落入选了，她的名字旁边是邢在宇的名字。

方柚白拉着她快步走向上课的教室，念叨说："估计大家又要开始押宝了。"指的是押这次奖学金名额花落谁家。

宋落坐下拿出课本摊开，好心提醒一句："校长奖学金有十个名额。"

"哦，对！"方柚白受到启发，"那我开启第三个选项，买你们都中，然后我就狠赚一笔！"

押宝不压钱，毕竟学校也不允许，所以纯属大家为了热闹扯淡，过把瘾。

方柚白笑呵呵地翻了翻帆布包，只从里面掏出两双一次性筷子，难以置信地拽着包包的角，倒过来抖了抖，又掉下两颗软糖和一个随身小镜子。"不是吧，我没带笔！"方柚白抱着脑袋努力回想，记起刚刚出门太急，随手一捞，捞到长的东西，以为是笔……没想到是筷子。

对她的粗枝大叶感到无语，宋落递过去一支笔："全国英语竞赛明天就开始了，好好复习。"

方柚白没什么追求："我已经拿到校级奖项了，全国的奖还是你们这些学霸去争吧。"这不是她的追求。

宋落也不想争，但昨晚宋庆海给她打电话，嘱咐她好好考试，拿个好名次，好争取校长奖学金。

下课后宋落就往教职工楼走去，只要第二天有大考，宋庆海都会叫她回家住，给她做好吃的，最主要的是对她说教。宋泽的事情算翻篇了，宋庆海端着菜上桌时面带笑意，而宋落连吞咽都艰难。

"考完试不忙了吧？"宋庆海问。

宋落道："学生会加班做材料，国庆假期结束后就要办校运会了。"

宋庆海微笑："不打紧，明天我们一家人一块吃个饭，讨论一下你和邢琛的事情。"

"我怎么不知道？"宋落黑着脸问。怎么就要吃饭讨论她的事情了？

"前天邢琛给我打电话说了他的想法。"宋庆海给她夹菜，好声好气地劝道，"知道你不满意，但你妈妈也说了邢琛这个人能处，你怎么就不愿意接触看看呢？"

"两家人都快见面了，只是单纯地处处？"宋落反问。这等于拿着刀架在她脖子上让她去处。

宋庆海道："你懂什么，两家人见面是对你们的尊重。要是邢琛以后真的对你不好,也会看在宋家的面子上不敢乱来,是给你保障懂不懂?"

她不懂,她只知道如果一个男人对她好是因为她的家庭背景,那也不是真的好。

"爸爸知道你不爱听……"宋庆海放轻声音要再劝。

宋落心如死灰地打断他:"那您还是别说了。"说完她起身收拾碗筷,放到水槽。

"宋落,你这是什么态度?"宋庆海愤怒地起身。

宋落冷静地面对他:"我不想和邢琛订婚,就这么简单。"

她拿过东西穿鞋离开,把宋庆海的骂声关在那间让人窒息的屋子里,快速地跑向宿舍。

路上她接到了宋偲的电话,特别意外,因为宋偲总是很忙,几乎不和她多说几句话。

她胆怯地接起,叫了声:"妈。"

宋偲直入主题:"我听你爸说了你对和邢琛结婚的态度。"

宋落"嗯"了一声。

"宋落,你很不理智。"宋偲指出她的毛病,"我那天怎么和你说的?"

宋落没忘记她那天让自己放精明些。

"那我就要和他结婚吗?"宋落靠在墙上,垂着头盯着鞋子,失落地问。

对面的宋偲顿了顿:"你要是想要主动权就不要意气用事。把你爸那边稳住,我们和邢家的生意也要继续做,你知道怎么做了吧?"

她妈总是这样,不像个母亲,字里行间都是利益至上,为什么不能想想她的感受?

"我知道了。"宋落妥协,她没有任何本事摆脱当前的状况——宋庆海的"望女成凤",宋偲的家族生意。

"明天的考试好好考,你爸说关系到奖学金的评优,希望你能上心。"宋偲最后说完这句话便挂了。

宋落厌倦了,关掉手机回了宿舍便睡下了,急切地想要清空脑子里所有的想法。

郁闷了一个晚上导致她第二天考试迟到了。早上是上班高峰期,堵车堵得厉害,拦不到车,又没赶上学校去考场的校车,她只好搭乘地铁跑去了考试的场馆。跑了一路,到门口听到广播播报距离考试开始已经三十分钟,不允许考生再进入考场,场馆的大门自动合上,宋落愣在原地,傻了眼。人生第一次考试迟到,她心慌又无措,而且这场考试还关系到奖学金的评优。未来得及哀号一声,旁边就站了个人,挡住了初晨的阳光。

"关门了啊。"男人叹了一声,全然听不出他的惋惜。宋落抬头,没想到是邢在宇。

"你……也迟到了？"

邢在宇垂眸看她，思维跳跃地说："昨晚大家都押我们能拿奖学金，我现在开个小号去押全没获奖，不知道来不来得及。"

他的玩笑话让宋落更烦闷，比起这些，她忧心的是宋庆海的质问。

从没有碰到过这种情况的宋落惴惴不安，做优秀学生的思想根深蒂固。若是知道她错过竞赛，接着这学期的评优泡汤一半，宋庆海肯定要大发雷霆。

不理会邢在宇，她坐到旁边的长凳上。邢在宇坐在她旁边欠揍地问："有必要要死要活吗？"

宋落抠着装考试用具的透明袋子，从昨晚到现在，她脑中的那根弦绷到极限，郁闷地吐出心底的慌张："你懂什么，我爸要是知道肯定要说死我。"

邢在宇一怔，女人好看的小脸上布满委屈，那双平日清亮的眼睛也变得暗淡，里面的光看似就要灭掉。他不再扯胡话，她的失落让人难以忽视，没了戏弄的心，就陪她坐着。

一坐，天光渐暗。考场早已清空，他们还是坐着。

他转头一直看着她的侧脸，不知道她在想什么，他忽然想到了一句诗——"让我跟着你的静默一起沉默"，这一刻他突然有点看懂了宋落，以及以前的宋落。

"原来我们是同道中人啊。我妈昨天也跟我说这场考试很重要来着，结果我睡过头了。"邢在宇在酒吧喝了一晚酒，昏沉地睡了一觉，洗了个澡才赶来。

宋落没听他说过自己的事，问道："套我话？"搞什么感同身受。

邢在宇很想安慰眼前的女孩，继续笑着说："要不是我妈压着，我都懒得学了，她生怕我的学历比不上邢琛的，所以你知道我多讨厌邢琛了吧？"

"你要是真的不学，"宋落踢了踢脚边的石子，"按照你这放荡的样子，只是个跛扈的公子哥。"

邢在宇不否认，吊儿郎当地说："是啊，所以你不觉得我们太乖了吗？"

她终于转头，看着黄昏的最后一道光熄灭前的邢在宇，他的话不知道是真是假，但需要被理解的宋落信了。是骗她也好，起码此刻，她找到了共鸣。抑制不住内心的蠢蠢欲动，隐藏在心底的渴望被他的眼神点燃，狂溢而出。

她说："那——要不我们试试不乖的样子？"

第 十 四 章

做坏小孩的第一步，邢在宇带她去吃了晚餐，准确地说是包括早中晚餐的一餐，随便在路边选的一家餐厅。幸好不难吃，不然宋落的心情只会更糟糕。

"你点。"邢在宇把点菜用的平板电脑推到她面前。

宋落也不客气，问他有没有忌口，邢在宇不吃香菜，其他的都可以，她听到这儿，抬头乜他。

"不行？"邢在宇问。

宋落说："我喜欢吃香菜。"

邢在宇倒没有表现出嫌弃，撑着下巴懒懒地说："点吧，有香菜的话我的那份给你。"

邢在宇丝毫不介意她给他的那份加香菜，只说最后给她就好。宋落有点感动，但不觉得他的行为是出于爱意，他们之间不可能有什么真爱，她倾向于解释为——盟友的示好。

这样做没什么必要，最后宋落在下单的备注框里打上：都不放香菜。

她放下平板电脑，看向对面的邢在宇，他专注地盯着手机，处理堆积一整天的消息。宋落也看到自己的微信消息页面宋庆海的留言。

宋庆海：今天考试感觉如何？

没考的她没有任何感觉，舔着唇瓣缓了缓，承认自己怕被宋庆海骂。如果去考了，考得不理想也就算了，她现在的状态是缺考，成绩出来之后查不到她的成绩，到时候就会露出破绽。

倏地，一双骨节分明的手伸过来，捏住她的手机一角，扯过去，反扣在另一边的桌角。

宋落抬头，见他含着笑，指节叩了叩木制的桌面："聊聊？"

"你说。"宋落坐好。

邢在宇问："等会儿想去哪儿玩？"

宋落愕然，以为他是要和她谈正经事，结果是饭后消遣的话题。

邢在宇读懂了宋落的表情，朝她笑着说："我们阿落也太单纯了，你以为我要说什么？"

"没。"宋落面无表情地喝了几口茶水，回答他的上一个问题，"不去了，坐了一整天，随便散个步，门禁前回宿舍就好。"

"我还以为这个'不乖'是直接夜不归宿。"邢在宇说。

从没有夜不归宿过的宋落蹙眉，心理上暂时不能接受这件事。

邢在宇感叹："阿落啊，还是太乖了。"

菜正好上了，宋落瞥他："闭嘴吃饭。"

两人就安静地吃完了一顿饭。隔壁聊得火热，他们这边只有轻微的餐具碰撞声。

饭钱是邢在宇给的，宋落问要不要分摊，他说："不用了，真想给下次请回来。"

他没打算和她分得这么清楚。

出门时，天黑压压的，夏雨大颗大颗地下坠，天边闪过一道银光，随即是轰响的雷声。散步消食是不可能了，两人打算直接回学校。

夏季多雨是好事，但过多就惹人烦了，特别是在没有带伞的情况下。他们面面相觑。宋落四处张望，问他要不要在屋檐下等一会儿。雨季多是阵雨，可能不到半个小时就会停。正要出口询问，邢在宇拉住她的手腕，搂着她的肩膀把她带往雨中。

"你疯了吗?!"宋落抵抗不了他的力气，被迫迈着步跟上。

头顶传来他的低笑声："我的车在附近，淋一会儿不碍事。"

宋落连后退的机会都没有。他们跑出来，马路空旷，视线范围里找不到下一个能避雨的地方。雨淋湿了她的肩头，头发都贴上头皮了。突然感觉打在她身上的雨变少了，她微微抬头，看到头上挡了他黑色的书包。不大不小，她站在下面刚好被挡住。

他拉过她的手放到自己腰间："跟好。"

别无选择的宋落认命地环住他的腰身，弯腰躲在他辟出的"小天地"里。

从餐厅到商城的停车场跑了大概五分钟，到了屋檐下，她擦了把脸，半个身子都湿透了。再看邢在宇，他也差不多，比她还严重一点。俗话说，天塌下来有高个子顶着。雨落下来，高个的先淋湿。

到了他的车子前，邢在宇从车后座拿出两条毛巾，盖到她头上，随口说："昨天刚买的。"意思是干净的。

宋落擦了擦头发，身上还黏糊难受，不过也好多了。

邢在宇打开后备厢，不知道在翻什么。宋落站在不远处打量他的车，通透的黑，对车没有研究的她只认识标志，是奥迪。

他拿着一件白色T恤递给她："去车里换吧。"

宋落警惕地看了一下，没有动作。

邢在宇解释："我的。我准备从宿舍搬出去，昨天去学校拿行李，忘记拿下来了，放在后备厢。"

衣服贴在身上很不舒服，内心挣扎了一下，宋落接过，进到车后座把上衣脱下，换上宽松的白T恤。下车时邢在宇刚擦完头发，把额前的碎发往后一拨，露出额头。

这是宋落第一次看到他这样，他骨相好，棱角分明，帅气的长相混着他身上的那股戾气，有一种独特的少年感，真不怪学校有这么多女生追他，单从长相看，宋落也会心动。但纵观整个人，宋落对他还是有所忌惮的。

他擦拭着眼镜镜片，慢条斯理地戴上，对上她直勾勾的眼神，勾唇笑笑："会开车？"

宋落回答道："有证。"

他摇了摇手里的钥匙："试试？"

没上过几次路的宋落眸光闪了闪，问他："你确定？"

"确定。"邢在宇说，先坐上了副驾驶座。

宋落腹诽，这人是真的不怕死。

她上路的次数不算多，但她对自己的技术还是满意的，自信地拉开驾驶座的门上去。她坐下系上安全带，插钥匙启动车子，椅子自动调好位置，而她还踩不到油门，下意识地扶着椅子尝试再往前靠靠。目睹她所有行为的邢在宇眼皮一跳，心想让她开车的决定是不是太草率了……

他把后座的靠枕捞过来，垫在她身后，说："不能再往前了，垫个靠枕吧。"

垫上去刚好，但……她左边踩空了，心慌地握住方向盘，又试探性地踩了踩。邢在宇大掌搭在她膝盖上，握住，把她的腿分开。动作过于羞耻，宋落打了他的手背一下："干什么？"

他手背见红，但没放手，继续用力往外拉，耐心地说："这是自动挡，油门在右边，没有离合。中间的是刹车。"

宋落脸骤红，她驾照考的是手动挡，是第一次开自动挡的车。然后她左脚搭上刹车，惹得邢在宇失笑："右脚正脚刹车，斜脚油门，没有左脚的事。"

宋落推开他的手，故作镇定："知道了。"

点火后看向挡位，她蒙了一下，和手动挡完全不一样啊……

她固执地装作懂的模样逗到邢在宇，他心底生出兴趣，被大家爱慕的清冷女神原来私底下遇到事是这副模样，有几分娇憨。

他一只手靠着车窗撑着下巴，另一只手把手刹放下，接着搭在挡位柄上，移动一下："这是前进挡。"

宋落看了眼对应的英文符号，记了下来，然后慢慢踩下油门驾驶着车开出去。

开出商城停车场，宋落发现一件事：自动挡开起来比手动挡爽多了，完全不用考虑在哪个地方换几挡，只用思考油门踩得多重，有点像傻瓜开车。碰到红灯，她踩下刹车，在前面的车子后停下，邢在宇拨动了一下挡位，漫不经心地说："临时停车挂 N 挡，空挡。"

宋落默默记下。邢在宇看着她，专心的她十分恬静，有种特别的气质，身上有种让人无法移开眼的魔力，邢在宇也对她起了玩弄的心思。"啧"了一声，他说："阿落是真的乖啊，开车都中规中矩、老实本分。"

宋落一愣，不满他对自己的评价。

邢在宇脸上布满坏笑："这样怎么做坏小孩啊？"

他的手又挨了一次打，实在是有点疼，他讪讪地把手收回来。手背上的红痕明显，他已经挨了两个巴掌，教她开车还讨不到好了。

"别叫什么阿落，我和你还没这么亲。"绿灯亮起，宋落挂到前进挡，一脚踩下油门，"不安好心。"

邢在宇道："我这样叫你是为了表示友好，倒是你叫我'邢学长'——才显得不安好心。"

别人叫他一声邢学长是表示尊重，然而到她的嘴里完全变了味，更像是为了讽刺他才叫的。

她没有直接回答，邢在宇以为她是被自己堵到没话说了。紧接着，她打下左转向灯换道，轻松超车，踩油门的力度加重，把车速提上去。

车忽地往前冲，受惯性影响，邢在宇向前倒去，又被安全带勒回来，胸口闷疼一下，手已经不知不觉握住了车窗上面的扶手，看着数字跳升，心惊。

"宋落。"邢在宇叫了她一声，现在握着方向盘掌握他们命运的人是她，他不敢刺激她，侧面提醒，"在城市道路车速不能过高。"

宋落浅笑："邢学长放心，我科一和科四满分过的，还是遵纪守法的好公民。"

这下好了，邢在宇越听越不放心。车子开到学校附近，他刚想说他来开吧，宋落就踩下刹车，然后利落地操控挡位把车停到停车位里。这没什么，只是整个过程车速很快，邢在宇总觉得下一秒就要撞上花圃。

其间，邢在宇的心跳都不知道漏了几拍。

"吧嗒"一声，她解开安全带，顺手去拿放在后排的雨伞，应该是他放在车上备用的。也不问他，她直接用了。

撑开伞下车，单手扶着车门，她弯腰冲他莞尔一笑说："邢学长喜欢叫那就叫吧，怎么说我们现在也算盟友。有机会下次请邢学长吃饭。"门当着他的面关上了。

良久，邢在宇才从她这一番让人肾上腺素持续飙升的操作中缓过神来，心里笑骂了一句：真是个小疯子。他承认他喜欢这样有点疯的宋落，也改变了对她带着贬义的乖乖女刻板印象，接受了她说的关系——盟友。什么盟友都好，能和她扯上关系就行。

第 十 五 章

宋落洗完澡上床时手脚还有点发虚，心里堵着一口气，停车也是铆足了劲和他对着干才那样做了，后怕得不行。下面的方柚白又拉着万莺在夜聊，宋落拿出手机刷微博，想转移一下注意力，结果微信蹦出戚相宜的消息。

戚相宜：我……终于结束实训了，我真的恨透了这个专业，每个学期好几节实训课，考核准备期要人命。

戚相宜：话说上次的事情谢谢你！还有还有，你们的视频爆了！大家都好奇你是谁。

宋落担心地问：没被扒出来吧？

戚相宜：你放心，他们团队对外一致说是工作人员，粉丝也没往学校这边想，我观察了几天表白墙，没有人发现不对劲。

宋落对视频的数据不感兴趣，她纯粹是帮个忙而已，听到戚相宜说没事，她也就放心了。

这会儿，宋落才想起来问：你和万臣到底是什么关系？

戚相宜：呃……就是……

宋落：粉丝？

戚相宜：对对对！我是他粉丝！

宋落：你看我信吗？

戚相宜：哎！落落你说什么呢，我这人喜欢的人多你不是不知道。

宋落还真的不知道，因为戚相宜是导演专业的，深谙娱乐圈内的门道，圈里的人她还真的粉不起来。而且万臣是玩乐队的，没听说过她还喜欢摇滚男。

宋落：我不问，你有事和我说就好。

戚相宜立马说谢谢不问之恩，问她：国庆节想好去哪儿玩了？

顺道吐槽：我们学校也真的是，今年陪新生提前开学就算了，下周调休连上七天课，我真的恨透了调休。

宋落没想好国庆节怎么过：看家里安排吧。

戚相宜怜惜地说：就你受得了你家的风气，搁我早就掀桌不干了。

宋落也不是不想反抗，家里就有一个不服管教的，哪次碰到事宋泽不反骨毕露？恨不得把屋顶都掀了，以此表达自己的不满。结果是什么？没有人会在乎他们怎么想，只会被为难，说教也会更严重。

　　方柚白在床下叫她，宋落从床帘里探出头："怎么了？"

　　"落落姐，明天晚上辩论赛决赛，一起去！"方柚白开心地邀请她。

　　决赛是法学院和外语学院打，邢在宇也会上场，她想了想，点头同意了，她觉得自己有点奇怪，第一想法竟然不是去看比赛比得怎样，想的竟然是邢在宇在，可以去看。

　　她躺下给戚相宜回消息：还记得邢在宇吗？

　　戚相宜懂了：嗯，怎么了？想跟我打听他？你真的和他不合？

　　宋落：没有，随口问问。

　　戚相宜：他是万臣的朋友，我接触过几次，人……放荡得很，花蝴蝶似的，真来招惹你，你就离他远点。

　　他在外头的形象这么差啊……真是活该。虽然这样想，但她有点羡慕邢在宇。她躺在床上思绪万千。以前她总觉得自己和邢在宇是不一样的，直到今天她才发现没什么不一样，但是同样在高压的家庭里，他比她活得坦诚、肆意多了。就像落了大雨，她的第一个念头是躲雨，邢在宇则相反。她起先是不能接受被淋湿的，等真的被他拽入雨中，她似乎……比他还要沉溺在这种极端、疯狂、偏执的情绪里。

　　宋落侧躺着屈起腿，无声地笑笑。或许，真的被他拉入局了。

―――∿―――

　　第二天是周日，她刚从图书馆回来，方柚白还在化妆，对她说："落落姐盛装打扮一下，今天打完决赛就是颁奖仪式，队长说我们要拍张集体照留念。"

　　宋落没有打扮的心思，想到了什么，停住动作问："拍集体合照吗？"

　　"集体？"方柚白刚戴完隐形眼镜，眨了眨眼睛，眼泪簌簌落下，吸了吸鼻子，"你是说全场合照啊？"

　　宋落点头。一般这种活动都会拍。

　　"拍吧。"方柚白睁开眼，瞳孔是好看的巧克力色，她说起辩论队群里的消息，"不知道外语学院和不和我们拍，队长说我们要和法学院拍。"

　　宋落有了主意，拉开衣柜挑选衣服，一边问："我们院的辩论队……什么时候和法学院的这么要好了？"

"我们队长和法学院的队长一见如故,好得不行。这不是怕你介意嘛,就没好意思和你细说。"方柚白拿着两支唇釉放在唇边对比,考虑今天涂哪个颜色,转头询问宋落的建议,她指了指左边的红梨色。

宋落拉起下面的帘子,换了条裙子。她懂方柚白说的介意是什么意思,她们都怕提邢在宇触她霉头,不敢多说,要是知道自己早就和邢在宇玩在一块了,不知道会不会惊掉下巴。

梳好头发的方柚白看清宋落的打扮愣了一下:"这身……"

淡紫色裙子,金色鲨鱼夹……怎么有点熟悉,这不是表白墙上"邢在宇择偶避雷信息收集"里提到的其中两条嘛。

方柚白悟了,她一听说有合照就换身能硌硬邢在宇的穿着,不愧是他们商学院不可一世的女神,看不惯对手就正面杠。

宋落简单地涂了点粉底,抿了抿唇,抹开豆沙色的唇釉,问道:"这身不好?"

"好!特别好!"方柚白的夸奖是发自内心的。

撇开邢在宇的喜好,宋落穿这条温柔的紫色法式淑女裙特别好看,腰身盈盈一握,裙摆摇曳,露出白皙的脚踝,清丽得像好看的簪花小楷,半分柔情半分板正,没有谁会不喜欢。

宋落很少打扮,主要是每天在学校里除了学习还是学习,也没了打扮的心思,今天这样穿纯属是故意的。

到了大礼堂,宋落站在门口,戚相宜脸上挂着笑跑上来:"坐前面。"

校级辩论赛由校学生会的学习部负责承办,看戚相宜的脸色,应该几天没好好休息了,筹备比赛和考试的双重压力,让她累得够呛。

"不好吧。"宋落今天是以商学院辩论队成员的身份来的。

戚相宜拉住她的手把她往工作人员的座位上扯:"不管,我等会儿要盯舞台,这帮学弟学妹都怵我,不敢和我闲聊,你就大发慈悲陪陪我。"

大门口拥进一批人,戚相宜把宋落摁在座位上后跑到前面引导观众入场,宋落只好在群里跟队长说一声,等会儿拍照的时候她再和大家会合。队长正在兴头上,连声说好,说要拍照了会告诉她。

宋落放下手机,感觉被包围了一般,入眼黑黑的一片,她才反应过来是穿着正装的参赛队员来了。给工作人员预留的座位一般有两排,也作为参赛队员的临时休息地,场地划分是秘书处做的,对这个她熟悉。接着,有人在她的左手边落座。她看去,邢在宇正含着笑看她。

宋落:"……"

点开通知群里发的座位安排表，这块区域上打着"法学院辩论队休息区"几个大字。她大意了。

跟着过来的其余法学院辩论队队员在看清她是谁后，交头接耳，窃窃私语。

"宇哥，咱们坐后面，我……我再和你对一下质询的稿子。"周敬干笑着发出邀请。

周敬是二辩，邢在宇是三辩，按理说质询环节两人是需要打配合的。

邢在宇无动于衷："你随便，没必要。"

周敬扯着旁边的队长小声问："怎么办啊？他们会不会打起来？"

打四辩的队长捏着稿子说道："不至于吧，在宇是顾大局的，最近我们和商学院辩论队关系不错，他不会的。"

早就被两队情谊冲昏头了的队长当然不懂周敬的意思，作为邢在宇的高中同学，他可是亲眼见证过两人在年级成绩榜掐起来的场景，那没有硝烟的战场啊……

周敬心有余悸，又说不过他，保险起见坐到了邢在宇身后的位置，时刻盯着两人，要是不对劲就阻止。

坐在一起的两人瞬间成了整个会场最靓丽的"风景线"，进场的人都下意识地往这边看一眼，无一例外地交头接耳讨论起来。

宋落维持着淡漠的表情，刷着手机。邢在宇拉出折叠的小桌子，用钢笔在纸上写上自己的批注。在外人看来，这对组合就是俊男靓女，撇开其他的不说，外表是绝配。

男人西装革履，黑发薄唇，典则俊雅。女人面容姣好，宛如一朵盛放在春季的紫荆花，淡雅清丽。

外人见到的都是表面的，这边的邢在宇写着字，满是坏笑的脸对着她："阿落这是给我加油来了？"

"不自恋会死？"宋落冷冷地看他一眼。

"不知道。但不和你说话，就会。"邢在宇合上黑色的钢笔，把资料往后递去。

周敬双手接过，连忙道谢："谢谢宇哥，谢谢宇哥，真是解了萦绕在我心头的问题。"

给完资料，邢在宇双手空空。宋落问："你不需要资料？"

"需要啊。"邢在宇从包里拿出几张空白的A4纸，拿起钢笔在上面点了点，无声地说，这就是他的资料。

宋落无语，这算哪门子资料。

懒得深问下去，邢在宇肯定会自恋地说都记在脑子里了，傻子才需要带稿纸。

比赛很快开始，辩论主席开始宣读比赛规则，邢在宇从口袋里拉出一条深蓝色的丝绸领带，不紧不慢地系好。目睹整个过程的宋落头疼地想，大少爷多半是来玩的，一点紧张感都没有。外语学院的四人慌慌张张地清点要带上场的资料，他的三个队友也在进行最后一遍确认，只有他——在关心仪容仪表。

　　"领子可以吗？"他问。

　　宋落嫌弃地小声说："在公众场合你可以装作不认识我吗？"

　　桀骜不驯的邢在宇暗地里不知道树敌多少，她怕被连带记恨上。

　　邢在宇不管她怎么想，微微低着头，让她能看清领子。

　　领子露出一截没弄好，宋落左右看看，快速帮他整理好，指尖碰到他的后颈肌肤，被烫了一下，匆匆收回手，整个过程不到十秒，然后她清了清嗓子说："好了，上去吧。"

　　邢在宇扣好西装扣子，痞笑道："谢谢阿落。"

　　她莫名地被他这一眼和这个笑弄得心脏怦怦地乱跳，似被灌了一杯蜜水，轻快的感觉渐渐充盈了她的心。

　　简短的互动还是被戚相宜看到了，她交代组员注意台上，有事情叫她，然后坐到宋落身旁，目光从邢在宇放在座位上的书包上移开，盯着宋落问："你和他怎么回事？"

　　宋落一时接不上话："哪……个他？"

　　台上正轮到正方法学院辩论队做自我介绍，邢在宇拿起话筒，难得端肃几分，沉声说："正方三辩邢在宇。"

　　场内轰动了一会儿，宋落望去，直接对上了邢在宇的双眼，又装作不经意地移开视线，在心里骂了句他找死啊，就这样盯着她这个方向。

　　四辩接过话筒不得不提高音量："携正方法学院代表队问候在场各位！"

　　法学院来的学生多，掌声热烈，还有人吹口哨喊了句"雄起"，惹来一片笑声。

　　戚相宜观察着场内，掩嘴凑在宋落耳边说："邢在宇啊，你不是和他不合吗？还有，你不是准备和他小叔订婚？"

　　宋落重点落在后面那句："你怎么知道我要和邢琛订婚？"

　　"啊，你不知道啊？"戚相宜声音有几分沉重，"都传开了，我也是从我爸妈那边听到的。"

　　所谓的"传开"，是指在京北商圈内传开了，毕竟两家的结合对其他企业多多少少有影响。

　　"没有。"宋落神情变得严肃，戚相宜不敢多问。

宋落不用去问就知道是谁的杰作，宋偲不喜欢宣扬没有定下的事情，那只可能是宋庆海。他当然不会光明正大地说出去，一定是和邢琛来往密切，别人才猜两家是要准备联姻。舆论压向她，等于是架着她同意这门婚事，她深觉宋庆海的行为太过了。

比赛过半，她脑子里嗡嗡作响，有几分昏沉。场内不知道是怎么回事，笑声此起彼伏，她往台上看。正是双方三辩的质询环节，轮到反方三辩提问正方，但邢在宇过于游刃有余，好像他才是提出问题的那个。

决赛的辩题是根据一本小说《朝闻道》里的某个情节提出的——作为科学家的挚爱是否应该阻止其走向真理祭坛。两人已经过了几个来回。

反方问邢在宇："挚爱之人的观点是不是值得尊重？"

"值得。"邢在宇快速回答。

反方："但爱情不是你的全部，你有没有对民主的向往，有没有对未来的追求？"

邢在宇说有，但还未来得及解释就被打断，他只好停下听对方说，因为这个环节不是他的主场。

反方："追求真理此时对科学家来说是最有价值的，婚姻关系可以解除，爱情也可以选择放弃，对吧？"

邢在宇抓住机会，吐字清晰地快速回答："反方辩友，您方把问题引向偏激方向了。社会让科学家获得资源的最终目的是，让科学家运用所获得的知识为社会做出贡献，为社会创造出更多的社会资源，而不是在知道真理后就去赴死，也不是在知道真理后就赶着和对象分手、离婚，然后去赴死。这得多伤人心啊，若是这样还怎么谈我们今天说到的'挚爱'，是吧。"

因为不能反问，邢在宇最后的"是吧"语气略带一种无奈，场内的氛围变得欢快轻松不少，鼓掌最欢的除了法学院的人，就是他们商学院的。

戚相宜道："啧，你们两家关系不错嘛。"

宋落给她一记刀子眼："什么两家？说话悠着些。"

"怎么说也算半个亲戚。"戚相宜乐呵呵地说。

宋落道："安静。"

戚相宜闭嘴不言。

台下笑得厉害，反方三辩慌张地翻找手上的资料，而邢在宇就这么站着，说是悠闲自在也不为过。工作人员举牌提醒还有十秒，反方三辩干脆不找了，就这个问题接着和邢在宇辩论下去："但是你爱她，她未必真的爱你啊，你的阻止还有意义吗?"

邢在宇勾唇雅笑："她爱不爱我不重要，因为我爱她，我就会阻止她为真理赴死。"顿了下，又说："用尽全力去阻止。"

说到最后一句话，他瞟到这边，眼笑眉舒，宋落一惊，垂下眼帘继续发挥她的演技，装眼瞎看不见。他是故意的吧，有意无意地让她产生一种今天是她要为真理赴死的感觉。可别，她求生欲很强的，没想着死。

耳朵热得微妙，坐不下去了，宋落和戚相宜说自己去趟厕所，打算在外面等到拍照环节再回来。

在外面大概坐了半个小时后，陆陆续续有人从会场里走出来，她猜想应该是散场了，准备往里走去。这时一道男声叫住她，唐力智冲她摇手："宋落。"

宋落转身，目光落在他身上的那一刻，他的脸红了起来。对此类场景不能说熟悉，起码也接触过一两次的宋落大概知道唐力智找她准备干什么。上一次拒绝别人的说辞是什么来着？

还没组织好语言，唐力智就走到她跟前，不好意思地挠了挠头："你怎么在这里？是要回宿舍吗？"

"不是。"宋落恢复淡雅的模样，"准备和辩论队碰头。"

"这样啊……"唐力智内心反复拉扯，终于下定决心，攥着拳头对她鼓起勇气叫道，"宋落！"

宋落走也不是，不走也不是，想着干脆等他说完再认真拒绝好了。

"阿落。"另一道清越的声音叫了她，她仿佛看到了救星。只是……这个救星，是邢在宇。

外头天热，他把外套脱下，解开袖扣，领带松松地挂在脖子上，宽松的白衬衫穿在他身上，显出几分少年的清瘦，像足了日剧里常能看到的穿着宽大校服衬衫的男高中生。但微微挽起袖子露出的胳膊青筋纵横，男性的气息浓烈地扑来，风流偶傥。

邢在宇走到她身后，一把揽住她的脖子往自己怀里带，宋落撞到他的胸膛，整个人被他身上冷冷的气息包围，他笑着说："还有事，人我带走了。"

不等唐力智答话，邢在宇就握着她的肩头带她转身，微微用力推着她往前走。

过了转角，宋落挣脱开他，无语地说："你就不能换个时间再来？"

邢在宇把扯开透气的领带拉好，扣上袖扣："等他告白完，你拒绝他后，我再来？那岂不是对不住我们刚刚建立的盟友关系？就算关系不牢固，也不能这样对不对？"

080

宋落道："盟友关系就是帮忙掐桃花？"这是什么联盟？

邢在宇听出她的不满，拍了拍她的肩头："阿落都这样说了，下次我带你去赛道跑一圈，怎样？"

去他们赛车的跑道跑一圈她可不敢，她惜命。

他走到她跟前，笑得特别贱："我给忘了，阿落比较乖，还是带你开一圈环城路吧。"

宋落挑眉："别后悔。"

邢在宇望着她勾起的红唇，不敢应了，毕竟她是有点疯的。

"邢学长，不敢了？"

"好。"邢在宇咬牙答应，关键时刻哪能尿？

"不怕死啊？"宋落好奇地问。

邢在宇意味深长地说："我会阻止挚爱为真理赴死，但是挚爱要死我甘愿陪。"

宋落问："这是哪门子真理？"

邢在宇指了指她，又指了指自己，只说了两个字："咱们。"

"根据您方的开篇定义，挚爱是指世间最真诚和最真实的情感。"宋落说到了刚才他们一辩稿的内容，越过他时说，"真诚和真实，像我们之间的情感？我和邢学长连情感都没有吧。"

唇枪舌剑，谁都没向谁服软。

宋落眼尖地看到对面来人了，正要避开，发现是那晚向邢在宇告白的女生，宋落有动作前，被邢在宇扯到了楼梯间里。

脚步声越来越近，宋落不自在地扭动身子："放手。"

"别出声。"邢在宇低头看着她说。

宋落移开视线，抱着手不说话。

外面一道清脆的女声传来："学长，你真的好棒呀，上次你教我写的作业拿了优秀，老师当着全班的面夸了我。"声音软绵绵、娇滴滴的，惹人怜爱。

男人害羞地问："周末……要不要一起吃个饭？"

女人说："好呀，吃完我想逛街，你可以陪我吗？"

"好……"

宋落一听对话就发现问题了，男人是冤大头吗？又是帮写作业，又是请吃饭，还准备把钱搭上？！可走廊上的男人沉浸在恋爱的喜悦里，丝毫没觉得不对劲。她忽然理解那天邢在宇的态度了，估计他也是被当成冤大头算计，但也难说，邢在宇的条件摆在那儿，女人估计是真的图他这个人。

怜悯归怜悯，别的女人对他是什么心思，宋落也懒得管，等两人的声音从走廊上消失，她讥讽地说："邢学长人格魅力不够啊，人家学妹转眼就找到下家了，你无福消受了。"

邢在宇睨她一眼，说了最近电视剧里的经典台词："这福气给你要不要啊？"

宋落推他，没好气地说："挡路了，让开。"

邢在宇笑笑，她生起气来跟小炮仗似的，有点可爱。

他没个正形，举起双手，往外后退着让出路，宋落头也不回，阔步离开。

两人一前一后进到大礼堂，装作不认识的样子，跟着工作人员的指导拍了合照。

结束后，各个辩论队组织聚餐，宋落和队长说了退队的事情，对方没有太惊讶，当初她也是中途加入的，也说过会随时退出，他反而很感谢她愿意在院队缺人的时候顶上。

聚餐宋落没去，因为国际贸易竞赛要开小组会，作为副队长的她要按时到场。

开完小组会，她等戚相宜开完活动总结会一块回宿舍。

"真不考虑国庆节一块出游？"戚相宜坚持不懈地问。

宋落摊手："这次是真的不行了，我爸估计要我在家反省。"

戚相宜问道："又怎么了？"

宋落气定神闲："我刚刚把辩论队退了。"

戚相宜一惊："怎么退了？比赛都打完了，等大二学年结束自动退队不就好了？"

"不了。"宋落拨开耳边的碎发，"我就想现在退。"

戚相宜叹气道："也是，后面是华辩，万一他强迫你去参加怎么办？不喜欢的事情做起来多痛苦啊。"

"嗯。"宋落不愿多解释，默认了戚相宜替她解释的。

她就是想现在退，没有任何理由，非要找一个的话，就是她不想再装了。什么乖小孩，再这样下去，邢在宇肯定又要笑话她。

第 十 六 章

被宋庆海教训是意料之中的事情。周末的家庭聚餐上，宋庆海在偏厅休息室说了她整整一个小时，宋落麻木地坐着，听他说那些所谓的大道理。

大门口一颗脑袋探出来又收回去，宋落对上宋泽关心的眼神。为了不让即将到

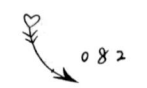

来的爷爷奶奶扫兴，宋落主动说："我退掉辩论队是因为国际贸易竞赛到了，分不出心去参加华辩。"

再说了，她一个半路出家的辩论选手，是上去被虐吗？

"你！"宋庆海心底的怨气难消，"落落，你不能只顾自己专业的事情，应该多多发展兴趣爱好。"

可她对辩论没有任何兴趣。"我还是先把本专业的比赛弄好吧。"宋落垂着头说。

宋庆海气馁地坐下来，欲言又止。过了一会儿，他接着说："等会儿你奶奶来了对她态度好一些，上次你弟说的那些话伤了她老人家的心，她哪里没有外婆对你们好？"

宋落听得出宋庆海的话外音，他表面是指责他们姐弟都向着外婆家，对奶奶家有意见，其实也是在说她只愿意学商，不愿意学法学。

"嗯。"宋落心里也有自己的小天平。外婆就是比奶奶更疼他们，每次犯错，奶奶恨不得把他们送到宋庆海面前让他骂一顿，因为这样宋泽没少挨揍，怎么可能喜欢得起来？

"还有你和小邢的婚事，下个月月底就定下来。"宋庆海又提到邢琛。

宋落心如止水，清澈的双眼看着宋庆海问："如果我拒绝呢？"

接二连三的逆反让宋庆海面露愠色："那你就不是我宋庆海的女儿！"

宋落从坐在这里开始，心间对宋庆海这个父亲仅有的尊重就这样被他冷漠的语言一点一点击碎。"那就不是吧。"宋落不想装了。

她真的厌恶这种家庭氛围，在宋庆海看来，要活得有意义就是要做第一，这算什么意义？快二十年了，她只要违背他的意愿就不配做他的女儿，宋庆海对她总是这样狠心。

说完她阔步走向门外，宋庆海指着她的背影怒吼："宋落你什么态度？你给我回来！"

宋泽紧张地跟上她："姐，你去哪儿？"

宋落不答话，一直往外走，宋泽是想跟上，但又想帮她挡住宋庆海，后面的宋庆海要是追上来，他就堵住门，假装好意地劝宋庆海冷静，给她逃走的机会。

从楼上下来，她坐电梯到酒店的一楼大厅。今天有人办宴会，来往的男女穿着西装和礼服，宋落显得格格不入。她想从外面的走廊出去，才走到门口，就看到一个男人把另一个男人推到墙上，一拳直接揍到他脸上，然后便是女人的惊呼声。

"在宇你干什么？你疯了吗?!"郭思宛拉住邢在宇的手，被他挣脱。

"你别在爷爷面前说三道四，也别以为你在这个家的地位就稳了。"邢在宇占据身高优势，扯着他的衣领重重地把他推到墙上。

"我说什么了？"邢琛的唇角破了皮，他用手背擦了擦，"我说你在学校学习成绩好，以后要完成你爸未达成的心愿，不对？"

邢在宇凝视着他的眼神暴戾恣睢，上前一步，郭思宛泪如雨下，哀求说："今天是你爷爷的生日，在宇你就放过你小叔吧，看在我的面子上，好不好？求求你了。"

宋落抱着手靠在墙上听前面的闹剧，心底对这个豪门夺权的戏码起了点兴趣。拦着邢在宇的人是那天和邢琛出现在KTV门口的女人，能说出看在她面子上的话，估计和邢在宇的关系匪浅。

两男争一女的戏码？那就更有趣了。

而邢在宇甩开女人，冷笑着说："你在我这儿有什么面子？"

女人哭得越发凶，被邢在宇的话伤得很深。

邢在宇走之前对邢琛说："趁着还有机会，好好享受现在有的待遇，我怕这是你这辈子最风光的时候了，私生子。"

邢琛震怒，郭思宛抱住他一直哭着说不要再闹了，他心疼她，只能忍下这口气。

听到"私生子"三个字的宋落笑了。邢家的瓜……有点大。

邢在宇走后，邢琛抱着女人，温柔地拍着她的背安抚。宋落悠闲地走过去，邢琛看到她的那一瞬间动作僵住，郭思宛也注意到她了，哭声变小。

"邢先生。"宋落站定在他面前，神色漠然，"如果你想娶我，就别在我看不到的地方对其他阿猫阿狗散发好意。"

她当然不是吃醋，纯属找话恶心邢琛。他们之间的对错不需要她来判断，她只需要知道自己应该站在邢在宇这边就好了。谁让他们是盟友呢？

"邢琛哥……"郭思宛咬住下唇，无措地看着他。

"我还有事，下次再和宋小姐聊。"邢琛拉着郭思宛走进会客厅。

——〽——

宋落出了酒店，没见到邢在宇的身影。她沿着街道走，在第一个巷口停下了脚步，从学生会的群里找到了邢在宇的号码，保存后给他发了消息。

宋落：去哪儿了？

宋落：我是宋落。

不知道处在愤怒状态的邢在宇会不会看手机，此刻她就是很不想一个人待着，她不怀好意地想，跟一个心情比她还差的人待在一块，或许她就没这么惨了。

邢在宇迅速回复：在我后面？

和聪明的人交流很舒服，单从她的两条消息，邢在宇就知道她应该看到了酒店走廊上的那一幕，还跟了上来。

邢在宇又发来一条：巷子里。

没有更具体的位置，宋落按照第六感往里走。

这条巷子是连通两条街的捷径，但这边人少，巷子里偶尔有人穿过，路灯也格外敷衍，要亮不亮。

她在最暗的地方看到了靠在墙上的邢在宇，外套被他随手丢在旁边的长凳上，领带和袖箍也随手一丢，丝毫不在意价值不菲的西装被弄脏。他颓废地抽着烟，所有的烦闷都藏在烟雾里。

见她走过来，他扯过西装铺在凳子上，宋落明白他的意思，直接坐在他的外套上。布料细软，带着丝丝余温，她手撑着凳子边缘，抬头看他。今晚参加宴会，他没带香烟，抽的是电子烟，不臭，但二手烟味道还是很呛。黑色烟杆上的电条跳动，随后他吐出一口白色的烟雾。

她没有很认真地看过邢在宇的脸，她身边不缺帅哥，毕竟有她表哥珠玉在前，能入她眼的人极少，加上有她弟这个笨蛋帅哥，她很少去观察别的男人。第一次，她把目光停留在一个人身上的时间拉长，确实像他们说的，他有种符合浪子气质的帅气长相，深沉的眼中藏着汪洋。可惜此刻的海洋连浪都不见掀动，过分寂静。

宋落之前总觉得他是个缺点满满的人，细细去想，偏又觉得他完美无瑕。他的白衬衫起了褶皱，修长的腿微微屈着，西裤倒是整洁干净，整个人看起来很颓靡。他看似拥有了所有，又一无所有。怕他在这份沉默里消亡殆尽，隔着黑暗她无声地面对他坐着。宋落回想他们每次的见面和交谈……似乎都在昏暗潮湿的环境里。是不是侧面反映，他们面具下真实的面孔是黑暗扭曲且满是污浊的？

"抽的是什么味的？"宋落问他。

邢在宇偏头看了看眼前的乖女孩，扬了扬手里的烟杆，说："试试？"

宋落没抽过烟，正想说好，他又轻笑着说："别，我可不能带坏你。"

他收起电子烟，走到她旁边坐下，坐在西装外套垫着的位置外面，不碰到宋落干净的衣裙。

又是一阵沉默。宋落问："要不要我说个笑话给你转换心情？"

邢在宇看她一眼："哄人还要预告？"那还算哄人？

"算了。"宋落也想不到要说什么，真要说只能现场给他百度照念。

那效果一定大打折扣，不如不说。

"走前帮你恶心了邢琛一句。"宋落试图说些让他变得轻松的话题。

邢在宇说:"是吗——阿落人……还怪好的。"

"我很差劲?"

邢在宇摇头:"你很好。"不管她的本质是好是坏,在他这儿宋落不坏。她是个乖女孩。

不习惯过问他人事情的宋落主动问:"为什么打他?"

心理健康书里写过,倾诉后人的情绪会好很多,她便问了他。沉吟片刻,邢在宇说了今天的事情。

一楼宴会厅办的正是他爷爷的七十大寿,他象征性地走个过场,邢琛一直和他爷爷提他在学校的事情,夸他专业学习好,以后大有作为。

"夸你不是好事吗?"宋落巴不得被夸,宋庆海就没有夸过她。

邢在宇靠在凳子上,懒懒地说:"我爸喜欢法学,毕业后准备当法官的,但是我家老爷子想要他继承家产,逼迫他回公司上班。那时候闹得厉害,老爷子对法学心生厌恶。我爸不在之后,我妈一心想要我学法,完成她亡夫未完成的梦想,我就念了法学。"所以,听到邢在宇专业学习好,以后要走他爸没走的路时,他爷爷肯定气坏了。拱火的是邢琛,当然就揍了他。

"你喜欢学法?"宋落问。

邢在宇对上她那双盛着盈盈秋水的眼睛,淡淡地吐出两个字:"讨厌。"

宋落没信。答案又违心又假。那天在考试场地外,他没骗她,他们都太乖了,循规蹈矩地生活着,这种压迫感她是感同身受的。明明自己也很可悲,宋落还有闲心同情别人,心想邢在宇也蛮可怜的。

他把黑色烟杆递给她:"咖啡味,不算甜,很涩。"

宋落接过,犹豫一会儿,含上黑色烟嘴吸了一口,却什么都没有。

"不凑巧,烟弹没了。"邢在宇拿回来检查后笑着说,"上天注定要你改日再做坏小孩了。"

他拔出烟弹丢进对面的垃圾桶,投得很准,连分类都没错。

宋落很讨厌"注定"这种说法。

"只是尝味道的话,"宋落凑近他,纤细的五指抚上他的脸颊,拉近两人的距离,唇下一秒就要碰上他的,"方法很多。"

邢在宇一愣,垂眸看着她。四目相对,突然间——她看到那一片汪洋里,有涟漪。万千春光住进了他的眸中,她有点明白绿意初生的蓬勃感是什么样的了。谈心动太过,那一刻欲念攀爬,欲占据了她所有的理智。

"邢在宇，你——要不要跟我好？"她问他。

像那日他在综合楼前问她的一样，但语气没有他轻佻，透着几分郑重。

远处大厦上大钟的秒针振了三次，感觉被放大，画面被拉长，一切慢了下来。

宋落以为他要拒绝她，毕竟浪子偶尔也正经，或许想在她这儿积德了呢？想法还未站稳脚跟，他就捧起她的脸，在一记长长的吻里，她尝到了他的答案。味道没有想象中的涩，胸膛里的那一份渴望再一次被他温柔的攻势切开。吻，是甜的。

——⋀——

宋落跟着邢在宇去了附近的电子烟售卖店，她第一次来这种地方，不是很适应，站在门口对他说："你去买吧。"

邢在宇霸道地搂着她的肩膀，带着她进去，站在陈列柜前，低声和她说："选一个味。"

"我？"宋落仰头迷茫地问。

邢在宇嗯了一声，说："选个喜欢的。"

不是她要抽，她以为邢在宇选择困难才拜托她，礼貌地询问他的想法："你喜欢苦一点的？"

邢在宇无所谓，他问了老板哪种口味比较甜，老板让他们从水果味里挑。

她抬手随便抽出一盒，不再和他逗留下去："就这个了。"看了一眼，是乌龙桃子味的。

他接过去结账，宋落站在门口的屋檐下等他，天边划过一道闪电，阵阵雷声响起，短短一分钟不到，雨淅淅沥沥地下了起来。她闻着雨裹挟的清香说："不是阵雨。"

阵雨和连绵的雨味道有区别，不知道别人能不能闻出来，但她能很准确地判断出来，或许是因为喜欢雨天，她才练出了这个本领。阵雨闷沉，里边的灰尘味浓厚，连绵的雨会有种露水的薄凉和清香。对比起来，她比较喜欢后者。

邢在宇把电子烟的烟弹装好，放到西装内袋里，把外套随意地搭在臂弯，看了眼地面溅起的水珠，惋惜地说："还想带你去我租的新房看看。"

宋落不扭捏："跑这么远干什么？"

她往后指指，是他们刚出来的那家高级酒店。

邢在宇笑了笑，拉开西装外套挡在她头上，带着她原路返回："走吧。"

又是不等她考虑好就行动，她被迫跟着，后面她跑得还有点上了瘾。

宋落跟着他跑进潮湿的小巷子，走过狭窄的廊檐躲雨处时，他让她走里面，她悄悄看了一眼，他的左肩头全湿透了。

到酒店大门口，她的白布鞋湿了，他护得好，裙子倒没湿。往亮堂堂的大厅走去，邢在宇问她带身份证了没，宋落迟钝地摇了摇头，身上的体温已经在上升了。

邢在宇从西装内袋里拿出钱包，让她坐在休息区等他，然后迈着长腿走向前台。

不到十分钟，邢在宇过来叫她。宋落回神，邢在宇站定在她面前，弯腰轻轻地拍了拍她不小心蹭脏了的肩，收起了平日里不正经的样子，说："走吧，身上都湿了，去洗个热水澡。"

宋落拿过他手里的房卡走向电梯。宋落踩上软乎乎的毯子，属于酒店的气息袭来，她停下脚步等落后她一步的男人。

进到屋子里，她催他先去洗澡，毕竟他用外套护着她，自己淋了雨。

宋落一个人逛了一圈房间，邢在宇大手笔，选的大床房，还带一个客厅和一个书房，她简单地在外面的浴室洗了个澡。洗完澡，她走到房间，拉开落地窗帘，遥望着远处的江景，玻璃上的水珠作怪，夜景变得模糊起来，她下意识抬手去擦，只碰到一片凉意。

茶几上的手机闪了闪，她坐在柔软的地毯上，拿过手机点开微信。难得地，宋偲给她发了微信。

宋偲：宋落，你去哪儿了？我听你爸和宋泽说了你的事，你自己再想想吧，有没有必要这样做。

她妈总是这样，一件事情让她自己去想、去判断，美其名曰是对她的锻炼。她也知道宋偲是想把她培养成一个能够从公司利益出发考虑问题的接班人，可……她不想成为一个抛弃内心那一点点自我意识和善意的人。太冰冷、太可怕了，就像宋偲一样。

她知道如何处理邢琛的事情，甚至可以做到完美。不说会不会走到结婚那一步，现在两家合作，为了长远利益着想，她应该先答应下来，像宋偲说的，放精明一点，稳住合作对象。但她不想，一点也不想，她厌恶了这种样子：乖巧听话，仿佛被抽掉了灵魂，只剩下麻木的躯壳，成为他们的提线木偶。

宋落关掉手机，靠着沙发望着天花板，勒令脑子不去多想其他。

大概十分钟后，邢在宇从浴室出来，头上盖着一条毛巾，发梢滴着水珠，他随意擦了两下，黑发凌乱得很有美感。

"喝吗？"他从冰箱里拿了瓶红酒走过来。

她点了点头。

他坐在她旁边，醒酒、倒酒，动作娴熟，做起来优美得像一幅二十世纪复古油画，她看得有几分痴，放轻呼吸，怕打扰了画中的人。

　　女人落在他手上的目光直白，很好地取悦了邢在宇。

　　"抿一口。"邢在宇递过高脚杯。

　　宋落看他一眼，没动手，倾身用唇碰到玻璃杯边缘。邢在宇挑了挑眉，不由得勾唇笑笑。

　　女人像只猫，会勾人，也很傲娇。他抬了杯脚，酒红色的液体缓缓被她饮下。

　　宋落头靠在沙发上，盯着天花板上的壁灯，回味说："味很馊。"

　　"馊？"邢在宇喝了一口，"正常味道。"

　　宋落摇头解释："发酵的果酒都有种馊味，我很讨厌。"

　　"换啤酒？"邢在宇贴心地问。

　　"想喝水。"宋落对酒的欲望不大，奇怪的是，其实进到这间屋子里她就有种微醺的昏沉感，似乎即将要被宣判、被掠夺。

　　冷气开得很足，宋落躲在棉被里，周围的环境给她的感觉像前年去南方表妹家玩遇到的回南天，所有的所有，全溺在湿漉漉的凛冬里，包括空气，都在发霉腐烂。

　　"邢在宇，能不能再抱我一会儿？"她问他。

　　女人的声调柔柔的，邢在宇整个人连同心都倒戈向她，取过玻璃杯，他靠在床头，把她环到怀里。

　　怀里的女人特别乖，靠在他肩头，乌发划过他的胸膛，有点痒。他问她怎么了，宋落放在他背后的手收紧。

　　宋落问他："你假期去哪儿？"

　　后天就正式放国庆假了。

　　邢在宇笑着问："想继续约我？"

　　宋落顿了一会儿，答道："嗯。"她不想回家，不想面对宋庆海和宋偲。

　　"和律所的人一起去乡下做法律援助，可能住到收假，回来再带你去玩。"邢在宇没忘记答应她要带她开一圈环城路，搭上命也好，反正副驾驶座他是坐定了。

　　宋落知道他从大一开始就在外面实习，想了一下问："我能跟去吗？"

　　邢在宇笑了一声："我这出去工作还拖家带口，工作还是度假？"

　　宋落收回抱着他的手，变成他单方面抱着她，冷声说："不愿意就算了，又不是求你。"

　　他抬手揉了揉她的脑袋，妥协说："愿意，那就跟着去吧。"反正除了工作时间，其余的时间可以自由支配。

宋落意识到她刚刚是……撒娇了？长这么大，她还没和谁撒过娇，感觉微妙又奇怪。

他都答应了，宋落就不再深问，反正邢在宇会解决好。"等会儿送我回宿舍。"

没想到她要回宿舍，邢在宇笑了："不住一晚？"

宋落可不敢。"明天还有课，晚上纪检委员要查人。"自从上了大学，她在考勤上从不敢马虎，这可关乎她各类奖项的评比。渐渐地，她就养成了只要不放假，必然会在门禁前回到宿舍的习惯，不在外面过夜。

邢在宇忽然觉得自己罪大恶极，拐了个乖乖女来这儿，但明明怀里的人才是策划者。邢在宇失笑说："怎么感觉……我成了浑蛋？"

宋落从他怀里爬起来走向浴室，讥讽一句："邢学长，你对自己是什么德行心里没数？"真当他在京北大学是人人称赞的品学兼优的好学生？浑蛋名号比学霸名号响亮多了。

邢在宇松松地绑着腰带，跟上她的步伐，走到她身后，直接把她抱起来，痞气地说："等会儿你再说有没有。"

"你干什么！"宋落慌张地攀着他的肩膀，怕掉下去。

邢在宇关浴室门前看了眼墙上的钟："现在十点半，十一点送你回去，保证能赶上门禁。"

卷二

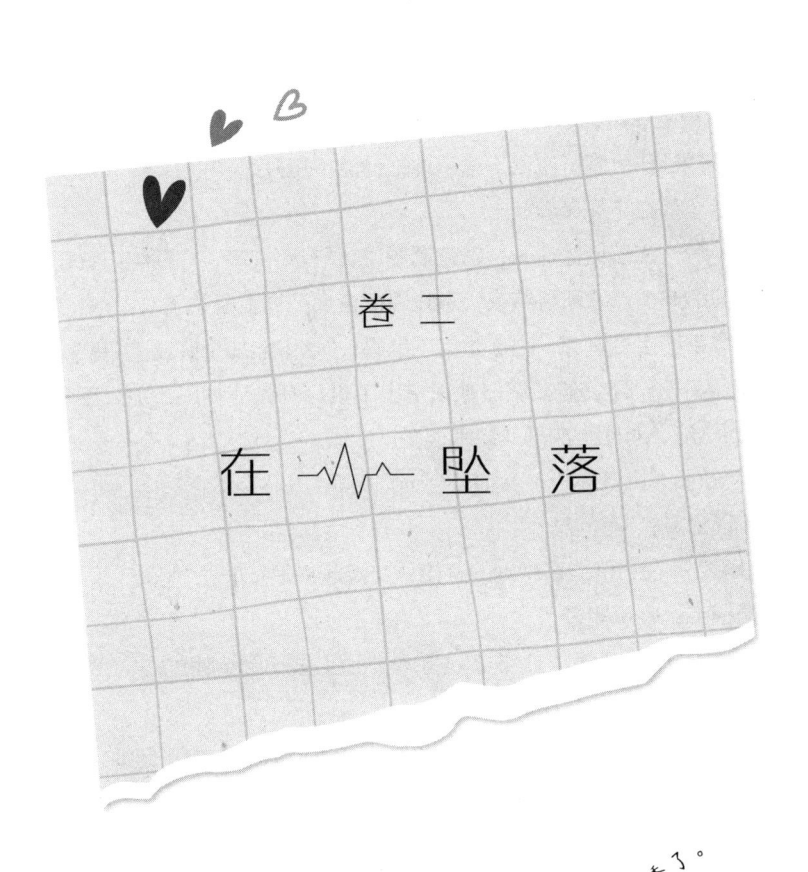

在 ⟍⋏⟋ 坠 落

不要去做别人眼里的优秀，你已经很优秀了。
就轻轻松松地活着，然后和温柔的人在一起。

第 十 七 章

邢在宇浑蛋是浑蛋，但说到做到，在十一点半之前把她送到宿舍区，她拉开车门要下车，被他扯住手腕。宋落下意识地把他的手甩开。

"躲什么？"邢在宇坏笑着问。

"哪里躲了？"宋落掩盖慌张，岔开话题说，"有事说事，广播结束就要关门了。"

学校睡前的广播点歌即将结束，意味着宿舍大门马上要关了。

邢在宇单手把手机解锁，出示微信二维码："这下能加个好友了吧？"

宋落羞赧不已，怀疑他在调侃她，拿出手机打开微信扫码添加，丢下一句话反呛回去："当然能，对比上次确实亲密很多。"

他哼笑着问："阿落你一个女孩子害不害臊啊？"

宋落不以为意："有问题？"

"没问题。"邢在宇倒是喜欢她的直接，交谈起来很舒服，"明天下课来接你。"

宋落摆摆手，表示知道了。

拖着疲惫的身子回到宿舍，宋落洗完澡，拉上被子倒头睡过去。

早上七点四十，方柚白在下面叫宋落。

"落落姐，起床啦！"方柚白扯着嗓子，声音不敢太大，怕吓到她，又不敢太小，生怕她听不到。

万莺正在收拾课本，好奇地问："落落怎么回事？以往早上六点半就醒了，这次睡得这么沉。"

蓝京溪背好书包，走之前对她们说："先把她叫起来，我去占位置，你们慢慢走过去，老位置不要忘了。"她口中的老位置指的是倒数第二排。

"辛苦京溪学霸啦！"万莺笑嘻嘻地说。有个超级自律又好相处的学霸舍友是别人羡慕不来的幸福，起码整个大学期间她们都不用担心去晚了被迫坐到老师眼皮底下。

这边的方柚白已经喊了三次，而宋落没有任何动静，连翻身的动作都没有。眼看就要七点五十分了，八点二十上课，从宿舍赶去商学院需要十分钟，加上洗漱和早餐时间，再睡下去铁定迟到。

"宋落！迟到了！"方柚白大吼一声。

睡得沉的宋落惊醒，慌张地拉开帘子，惊恐地看着方柚白："怎……怎么了？"

女人的头发乱糟糟的，但气色很好，脸颊白里透红，像七八月最甜的水蜜桃，让人想要咬一口。方柚白调侃道："落落姐这是昨晚出门鬼混，导致今天起不来了？"

宋落用手抓了抓头发，爬下床跑去卫生间，无视方柚白八卦的眼神。

十分钟后，宋落穿戴整齐和两人一起出了门。

方柚白挽着她的胳膊，嘿嘿笑着问："落落姐，大夏天的散头发不热吗？"

万莺挽着另一边，碰了碰她手腕上的发圈："绑起来吧。"

宋落挺直腰杆，欲盖弥彰："搭配需要。"

她不动声色地摆脱两人，飞快地往教室走去。

方柚白挽着万莺的手，盯着宋落逃窜的背影说："这……有情况了吧？"

万莺推了推眼镜，点头："铁定有了。"

"是谁呢？"方柚白问。

万莺说："这就不知道了，等时机成熟再问落落。"

上课铃声响起，两人不敢再瞎聊，奔向教室。

———〜———

宋落坐在靠墙的位置，撑着脑袋昏昏欲睡。她昨晚睡得很沉，但压根睡不够，是真的很困，不是那种单纯的困，那种一杯咖啡就能提神的困，是精神上的疲惫，眼皮子都在打架。

放假的前一天，上午满课，上的还是计量经济学和概率论，宋落第一次感觉脑子不够用。

快十点时，手机弹出微信消息提示，她放下笔，悄悄点开。

邢在宇：醒了？

宋落没好气地回：第一节大课要下课了。

邢在宇：吃了没？

宋落才感觉肚子很空：没。

大概三分钟后，邢在宇回复：我给你买，下课后在商学院 A 楼后面等我。

宋落：查我课表？

学校的教务系统软件输入姓名是可以检索到课表的，这样做是为了让学生搜索老师的课表方便蹭课，大家也常用这个方法悄悄地跟心目中的男神女神上同一节课。

邢在宇：不用查都知道。

脑子不够用的宋落后知后觉，她上课的教室就在商学院的这几栋楼里，除非是实训课和公共课需要去实验楼或者综合楼。

宋落：知道了。

盯着两人的聊天记录，不平衡的心态跑出来。过了混乱的一晚，邢在宇不仅精神好，第二天还没课，舒舒服服睡到自然醒。她反扣手机，把心底的憋屈全部发泄到算题上面。

等到下课，她和方柚白三人说自己要去拿个资料，拜托她们帮她占个位置，然后下楼去 A 楼后面等邢在宇。教学楼后面是两个学院的交界处，人烟稀少，这个点大家都赶着去下一个教室，来往的人寥寥无几。她走进后面的林荫道，邢在宇跟着进来。

宋落看到凳子直接坐下，能坐着绝对不站着。

跟在她身后的邢在宇看出她的疲惫，走上前把早餐递给她："红豆面包。"

宋落目光闪了闪，不知道是不是巧合，邢在宇买的面包正好是她喜欢吃的那种。

"面包店刚烤出炉的，还是热的。"邢在宇把面包放到她手里，顺手给她把矿泉水的瓶盖拧开了。

宋落接过面包，热乎乎的，往嘴里塞一个，甜得过分了。

"今天师傅肯定多放了一勺糖。"不爱吃太甜的食物的宋落点评。

女人腮帮子鼓动，吃相斯文。他想到高三的时候，她早上来得比较迟，只能在大课间吃早餐，一个人拿着一本书站在走廊最冷清的拐角，吃着早餐看错题，吃的几乎都是红豆包，看得出她很喜欢。

他下楼打球经过时总会看到这一幕，宋落脸上的表情总是很淡然，但他似乎能读到很多种情绪。

她下来得急，书包让舍友帮忙拿去教室了，正愁着用什么擦嘴，邢在宇把手伸到口袋里，另一只手碰到她的脸，说："脸上沾东西了。"

他刚摸到手帕，正想拿出来，林荫道尽头传来脚步声，越来越近。

"快点快点，马上要迟到了，我可不想被老张提问。"

"慢点跑啊！没力气了。"

两人对视，从对方的眼神里读到了彼此的意思——怎么办？

未等他们做出反应就被两个女生撞上，认出林荫道休息区的男女是邢在宇和宋落，穿着短裙的女生惊讶地捂嘴，另一个女生拉着她停住了脚步。空气尴尬三秒，邢在宇讪讪地收回手，宋落装作没事人的样子。女生们不好意思多说什么，迈着微小的步伐通过休息区。

就在宋落以为事情就这样翻篇的时候，耳边传来女生们小声的议论声。

"打起来了吧？"

"是吗？"

"你……你没看到啊？邢学霸的手都放到宋美女的脸颊边上了，要是我们没来，那张好看的小脸上怕是有一个巴掌印了吧？"

"咝——不至于吧，邢学霸还打女人呀？"

"不说打吧，起码是威胁。"

"就因为她今天穿了紫色的裙子？"

"是的吧。"

…………

议论声渐远，宋落"扑哧"一声笑出来。她们竟然以为邢在宇要给她一记耳光，原因是她穿了紫色的裙子。有点冤枉了，她穿这条裙子纯属凑巧，今天出门急，随手在衣柜里拿的。

他拿出手帕用力擦了一下她的嘴，冷声问："很好笑？"

"好笑啊。"宋落躲开，自己接过来擦，一边说，"反正风评被害的是你，又不是我。"

就算捅到表白墙上，她只会是无辜的小白兔，他才是那个恶霸。

邢在宇在她身旁坐下，宋落喝完水胃舒舒服服的，心想人还是要吃早餐的。

"谢了。"宋落把垃圾丢进垃圾桶，用两分诚意向他道谢。

倏地，下巴被捏住，邢在宇迫使宋落和他对视，宋落下意识地双手拉住他的手腕，他的脸凑上来："你倒乐得悠闲？"

男人这是计较上刚才的事情了？

宋落不示弱，轻佻地回一句："不是我悠闲不悠闲的事，我和邢学长的关系就那样。"

意思是传闻中他们关系就差，也不怪别人一看见他们一起出现就往坏处想。

"是吗——"邢在宇痞气地问，"我和阿落的关系就那样？"

"嗯，就……这样。"宋落嘴硬地说，但耳朵不自觉地红了起来。

他俯身亲了亲她的唇瓣，玩味地笑着说："嗯，就这样。"

太阳毒辣，宋落背后出了汗，散下来的头发有几缕贴在她的脖子上，邢在宇撩开："把头发扎起来。"

他擦过她肌肤的指尖温热，宋落拍开，低声骂一句："正经一点。"

接着她四处张望，怕被人发现，传开没什么，要是被她爸知道，一顿骂都是轻的。

"怎么整得跟偷情似的？"他取下她手腕上和裙子同色系的发圈，伸手环住她，五指顺着她的头发，柔顺光滑，透着淡淡的清香。他全部握在手里，然后绑起来。

宋落提心吊胆地打量周围，脑子里的弦紧绷着，话到嘴边冷淡得很："我们不就是吗？"

跟他好，但还没有明面踢掉他小叔，就是偷情啊。

邢在宇垂眸把她所有的神情收入眼底，大掌扶住她的后脑勺，弯腰讨了一记深吻。"是。"

虽然知道她说的是玩笑话，但他心里还是有点不舒服。

宋落推开他："好了，打铃了。"说完丢下他跑回教室。

邢在宇坐了一会儿才离开。

———⌇———

宋落回到开了空调的教室，乱跳的心依旧无法平静，整得她真的跟偷情回来似的。上课期间她开了小差，在表白墙刷新了好几次，确认那两个女生没有在表白墙投稿才松了口气。

放假在即，方柚白没心思听课，凑过来和宋落闲聊："落落姐，假期你打算去哪儿？"

有去处的宋落随口说："和朋友出游。"

方柚白秒懂，揶揄地嘿嘿笑："好的呢，注意安全哟！"

宋落说："知道了，我又不是小孩子。"

方柚白调侃："嗯，保护好自己。"

宋落意识到不对劲，斜她一眼："取笑我？"

"哪有！"方柚白把手放到嘴边，悄声问，"落落姐，你是不是交男朋友了？"

宋落身体一顿，坐在他们前面的人猛地咳了咳，班上的人全部看向这边，吓得方柚白不敢再搞小动作，坐回原位。

讲台上的老师不悦地说："唐力智，这道题你有不同的解法？"

搞出大动作的人正是唐力智，方柚白唉声叹气，躲在老师看不到的角度凑过去说："估计是听到了我们的聊天内容，知道你有主了，难过着呢。"

宋落不是没被男生告白过，但他们被拒绝后绝不会再凑上来。像唐力智这种就有点棘手了，她不想让他多花心思在她身上，但他又没做什么，她总不能先开口拒绝吧。暂时处理不了的问题，宋落全部采取冷处理的态度，和唐力智保持好社交距离就好。

下课后，她回宿舍收拾衣服，把衣服装进一个小号行李箱，整个过程中宿舍其他三人默默盯着她看，一言不发，眼睛却说了内心的话。

"行了，有事就问吧。"宋落给邢在宇回消息，约好二十分钟后学校停车场见。

方柚白和万莺激动地发问。

"是不是有男朋友了？"

"是谁？"

就知道她们想问这个。宋落琢磨了一下，以防万一她们以后对她有误会，点头说："算是吧。"也不算特别正经的男朋友。"名字就不说了，保密。"宋落不想太多人知道她和邢在宇的事情。

"好事好事。"方柚白笑得跟吃结婚席一样开心。

万莺跟着狂点头："我们落落脱单是好事！"

蓝京溪怕耽误宋落，最后拿定主意："先去玩吧，回来请我们吃饭。"当初说好，宿舍谁脱单谁请吃饭。

一顿饭而已，吃完能让她们不这么八卦，宋落乐意，答应下来后，拉着箱子走了。

人一走，万莺和方柚白就抱着对方狂吼。

"太棒了！我们落落脱单啦！"

"那个男人一定很好，毕竟我们落落姐可是人间清醒啊，能被她看上的男人肯定不差。"

宋落不知道舍友背地里在狂欢什么，更不知道她们对"素未谋面"的男人夸的话一套接着一套。她打着遮阳伞去图书馆下面的停车场，出了汗，整个人闷得难受。

邢在宇抱着手站在入口处等她，穿着白T恤，脖子上戴着一条装饰的链子，领子上挂着一副无框眼镜，戴着墨镜，遮住半张脸，身后背着吉他包，手边是他的黑色行李箱，见到她扬起笑容喊了她一声："阿落。"

他阔步走向她，接过她手里的行李。午休时间校园人少，宋落懒得再回避什么，把行李丢给他，快速跑到阴凉处。

"你……不是去进行法律援助吗？怎么带吉他？"怎么看着像准备要去玩乐队的样子？

邢在宇在前面领路："不冲突。"

法律援助之余，顺便给村民唱个歌也不是不行。没有经验的宋落很快自我说服他背着吉他包有合理性。

和他走到地下停车场，阵阵凉风吹来，宋落身上黏糊的感觉减轻了许多。

一辆车停在他们面前，从主驾驶座下来一个男人，他脖子上挂着一根粗链条，沙滩风的花衬衫穿在身上吊儿郎当的，隔着车把车钥匙抛向邢在宇。

"宇哥你也真是矫情，你平时开的那辆几百万的车好得很，非要我给你整辆什么女生开起来舒服的车，你什么时候这么娇滴滴的——"余光瞥到邢在宇身后的宋落，他立马闭嘴，有点明白车子是给谁弄的了，但不敢确定，毕竟宋落和邢在宇不是那种关系。

邢在宇脱下吉他包，拍到管嘉傲怀里，用冷若冰霜的眼神扫他一眼，正热得胸闷的管嘉傲瞬间不热了，被冷得恨不得裹上棉袄。

邢在宇冷冷地说："话多。"

管嘉傲哈哈傻笑，迎上宋落："落落姐，你也在啊。"

邢在宇把两人的行李放好，走过去搂住宋落，打开副驾驶的车门让她进去，隔绝要套近乎的管嘉傲。

看着合上的车门，管嘉傲焦急地压低声音问："这……宇哥，你这又是整哪一出啊？你不是去搞法律援助吗？怎么还……还带了她？"

"不行？"邢在宇取下墨镜。

管嘉傲顶不住了，没了遮挡，邢在宇这眼神像快要把他吞了一样，他嗫嚅着答："也……不是不行，就是你和落落姐这样不……不太好吧。"宋落不是他准婶婶吗？最近圈子里都在传宋家和邢家订婚是八九不离十的事情了。

邢在宇拿出挂在衣领上的无框眼镜戴上，气质从不正经变得文质彬彬的，他拍了拍管嘉傲的肩膀，勾唇轻笑："别乱叫姐，叫嫂子。"

管嘉傲愣了，什么???又是哪儿跟哪儿，怎么就变成嫂子了？上次不是还不准喊来着吗？

邢在宇绕过车身，上了主驾驶位，车子启动开出去，只留抱着吉他包的管嘉傲在风中凌乱。

第 十 八 章

车子开到地面，强烈的阳光透过玻璃投射进来，宋落下意识地抬手挡在眼前，眯着眼靠在椅子上，问道："管嘉傲不去吗？"

邢在宇向右打了一圈半方向盘，出校门拐进主干道，单手取下挂在领口的墨镜递给她，随口解释："他找我借吉他。"

宋落不客气地接过戴上，轻松地睁开眼睛直视前方路况，坐在冷气充足的车子里小幅度地伸展身子。

"吉他换车？"宋落当然听到了两人对话的内容，他开的这辆车外观上确实更讨女性喜欢，车内的布置也偏温馨，又问，"给我借的？"

邢在宇逐一解答她的疑惑："他的吉他送去维修了，才向我借。空闲时间带你去练车。"

宋落鲜少有机会自己开车，家里有司机，平时去哪儿也轮不到自己上手，眼下有机会便来了兴趣，笑着说："在前面停车换个司机？"

邢在宇打下右转向灯，停在路边的临时停车位里，拉开门下车，绕到副驾驶车门旁，宋落图方便，直接从副驾驶位爬到主驾驶位。坐到位置上，座椅根据她的身形自动调节，这会儿不用再在腰后垫一个枕头，腿一伸就能碰到油门和刹车。

她喜欢所有能够掌握主动权的事情，双手握着方向盘略显兴奋："走了？"

邢在宇把她搁置在收纳柜里的墨镜收好，双手抬了抬鼻梁上的眼镜，温声笑着说："走吧。"

迫不及待地点火、打转向灯、挂挡，宋落打方向盘轻踩油门，车子一震，她吓了一跳，茫然地问他："怎……怎么了？"车子不会出问题了吧？她一开就出问题，那她要不要负责维修啊……

邢在宇右手已经握上了车窗上的扶手，无奈地叹气："没松手刹……"说完帮她松了手刹。

车子顺利出发，逐渐地，空气变得沉默下来。"下次我自己松手刹。"宋落沉着脸说。

邢在宇看了她一眼，很是不客气地取笑她："你该不会是怪我连续两次帮你松手刹，导致你开车忘记要松手刹？"

"没有。"宋落淡淡地回答。

就是"有"的意思。邢在宇听出来了，哼笑了一声，惹得旁边的女人微微皱眉。

车子开出市区，她换到高速道，根据导航提示提升速度。显示器上的数字飙到八十多，邢在宇心生不安，以往赛车的速度甚至能到这个的两倍，他也感觉还好，现在看到女人踩到这个速度，他心惊肉跳。早知道不招惹她了，疯起来真是要命。

"不赶时间，可以慢点。"邢在宇只敢侧面提示，让她慢一点。

宋落微微一笑："我赶时间。"

邢在宇："……"反正她就是和他对着干。

一个小时后，到了目的地，邢在宇在村口和她换了位置，乡村的路况复杂，不放心让她开。等到方向盘重回他手里，他才敢把憋了一路的话说出来："阿落，我怕只有我敢坐你的副驾驶了，我对你够好吧。"

重新戴上墨镜的宋落嘴角抽了抽："所以呢？"别以为她没听出来他在间接说她技术烂。

"跟我好不亏。"邢在宇含笑说。

宋落很是冷漠地回："教练也敢坐我的副驾驶，我是不是也要跟他好？"

邢在宇："……"性质一样？

幸好到了他租的农家乐，不然两人肯定又要硌硬对方几句。

宋落下车，站在院子里，抬头看着眼前这栋欧式的小洋楼，难以置信地问："你租了一整套？"

邢在宇和管家确认入住手续，漫不经心地回："我怕大小姐住得不舒服，不得给你找个好地方？"

宋落率先进屋子，走了一圈，农家乐布置得正合她意，清冷的简约风，色调主打白灰，是个复式的LOFT①，有占了一整面墙的落地窗，视野开阔，而且面对的方向和村庄的方向相反，很好地保护了隐私。

邢在宇拖着两人的行李进门，见她在看落地窗旁边养的绿植，他搬着行李上楼。

宋落对上面的邢在宇说："我住右边那间。"

他顿了一下，扶着扶手俯视她，笑得痞坏："不睡一块？"

宋落转身继续捣鼓绿植："不好意思，我晚上睡觉有踹人的习惯。"

只是开个玩笑，邢在宇把她的行李放到右边的房间，自己进了左边的房间。

二十分钟后，他换了深蓝色的衬衫和西裤，宋落问他："就开始忙了？"

"律所的律师已经到村里了。"邢在宇点头，走前交代，"吃晚饭时我回不来，等会儿有阿姨来给你做饭。"

窝在沙发里的宋落觉得邢在宇……还蛮细心的，果真和他说的一样，她是来这里享受生活的。

时间还早，她拿出电脑开始写国际贸易竞赛的商业策划书。这个比赛是他们专业硬性要求学生在本科期间参加的一个比赛，要是不清楚这个专业要学什么，参加一次比赛大概就一清二楚了。网上说得花里胡哨，接触专业两年的宋落觉得这个专

---

① 原指"屋顶之下，存放东西的阁楼"，后来发展为一种设计风格，现指室内少有墙隔断的开放式挑高空间。

业就是说着英语的销售员。

她抱着电脑坐在落地窗前的懒人沙发里办公,泛白的日光渐渐变成橙黄色洒在木制地板上时,邢在宇请的阿姨敲了家门。阿姨拎着一堆水产,和她热情地打招呼,宋落请她进来,闲着无聊和她聊了会儿天,顺便了解村庄的情况。这是京北附近的一个渔村,这几年发展得不错,靠海吃海,旅游行业和水产相关行业做得最好,阿姨给她推荐了好几个风景区,并让她走前多买一些水产,说这儿便宜实惠,自己在家做能吃到吐。说法夸张,但是在理。宋落嘴上说好,她跟着邢在宇来无非是想找个能待的地方,对风景区不感兴趣,对水产更没兴趣了。

做好晚饭,阿姨赶着回家忙农活,宋落吃完晚餐继续忙着写策划。外头变得乌黑,她放在茶几上的手机响起来,用肩膀夹住接听,电话那头是宋泽,他问她假期回不回家。

"怎么了?我有事情不回去了。"宋落正在写英文版合同,分心应付他。

宋泽嘟囔:"那我也不回去了,我才不想回家。"正好他要补课,不需要回家面对宋庆海。

她调侃说:"在国外不是死都要回来,现在假期有时间不愿回家?"

宋泽支支吾吾,委屈巴巴:"什么原因姐你又不是不知道,还打趣我。"

"你也别往心里去,爸妈总归是在乎你的,别太较真。"宋落说得违心,但没办法,宋泽跟她不同,第一次经历这些,如果不好好开导,真怕他憋出病来。

"姐。"宋泽哀声叫她,"家里的钱我一毛都不要,公司全给你,你要好好的。"

不愧是她的好弟弟,会给她挖坑了。

宋落讥笑:"我真的掌权的那一刻,就是你被扫地出门的时候。"

宋泽:"……"

宋落提醒道:"不要就不要,欠我的钱你记得还了。"

宋泽赶紧说:"……姐,时间不早了,我要睡了,晚安。"

她看了眼时钟,才晚上八点,睡哪门子的觉?玩游戏去了还差不多。

挂掉弟弟的电话,她回房间洗完澡继续忙,睡前也没见邢在宇回来。第二天起床时他也早已出门了,一连三天都是如此。阿姨每天准时来做饭,早中晚一顿不落下,宋落有种她是自己来度假的错觉,对住在屋檐下的另一个人的存在毫无感觉。

中午她在餐厅吃午饭,阿姨帮忙晒衣服。望着阳台上并排晒着的两人的衣衫,夏风藏在衣角里,把它们掀起又放下,她微微出了神。相处几天下来,张阿姨和宋落熟识不少,话题也多了起来,她唏嘘说:"我刚从村里过来的时候,那边闹了起来。"

宋落收回注意力，接话："闹……闹什么？"

张阿姨很好地发挥村里人八卦的能力，给宋落把来龙去脉简单说了一遍："我们村的封阿奶生病了，需要一大笔手术费，阿爷上了年纪没工作能力，但生病需要钱是吧，阿爷就想让三个孩子帮忙想个办法，就是叫三兄妹凑个钱。但是嫁出去的小女儿早几年就不和他们联系了，口头上说断绝亲子关系，现在两个哥哥闹着妹妹一家也要给一部分钱，不然他们也不给。这事闹了两个月，我们全村人都知道了，阿爷没办法啊，听村干部说不行就告到法院，这不是前几天有个律所来做什么法律援助嘛，阿爷就去请他们帮忙。"

"然后呢？"宋落听得起劲。

张阿姨叹气："他们去了几次小女儿家做思想工作，但是小女儿就是不愿意给钱，今天去的时候被她老公赶出来了，场面闹得有点难堪。"

家家有本难念的经，这类事情宋落是第一次接触，想象不到所谓的难堪是什么样的。

别墅的门铃响起，张阿姨放下手中的工作，对她说："我去看看，宋小姐您继续吃。"

宋落以为是附近来推销水产的渔户，让张阿姨出面更好。她夹了一个花甲悠哉地吃起来，琢磨着邢在宇最近应该是为封爷爷一家的事忙得不可开交。

"邢先生！"张阿姨开门，见是邢在宇，惊喜地叫了他一声，随后惊呼道，"您……您怎么了？没事吧！"

宋落放下筷子，走到走廊，见到三天未曾见面的男人，瞧见他此刻的模样也惊到了。他白净的衬衫上全是乌黑的泥垢，还有黏糊糊的透明液体，腥味直冲鼻腔，宋落闻出是蛋清的味道。全身上下，要不是一张好看的脸顶着，宋落还以为他是荒野求生回来的。男人黑着脸掠过她，直接往楼上走去，一句话也没说。

"这……"张阿姨呆愣地走到宋落身旁，小声问，"邢先生没事吧？"

张阿姨又说："哎哟，一看就是小女儿那家闹的，她婆家在本地出了名地野蛮，老公凶得很咧。"

宋落反应过来，对张阿姨说："应该没事，阿姨你先回去吧。"

张阿姨知道自己在这儿待久了也不好，出了事，或许这对小夫妻不想外人在场。两人的关系也是张阿姨自己推断的，孤男寡女住一个屋，又长得不像，而且邢先生每天都嘱咐她给宋小姐做不同样式的菜，按照宋小姐的口味来。肯定是小夫妻，老公在外工作，老婆来陪罢了。宋落合上门前见张阿姨眼中八卦的火苗越烧越旺，看来今晚村里的饭后话题有了。

102

犹豫了一会儿，她上楼敲了敲邢在宇的房门。下一秒，门被拉开。男人刚洗完澡，衣衫带着清香，全然不见进门时的狼狈，白色的毛巾盖在头上，发梢擦过一遍，有种慵懒的凌乱美，但身上的戾气未消。他垂眸看她，无声地问她有什么事。

　　宋落咽了咽口水，对上那双幽深的眼眸，心底一颤，故作镇定地问："吃了没？"

　　邢在宇淡淡地吐出一个字："没。"

　　宋落转身，扶着楼梯扶手："一块吃。"

　　邢在宇反手合上门，跟着她下了楼。

　　餐桌上，两人面对面落座，安静地吃着午餐。宋落能理解邢在宇这一份无声的愠怒，他用尽所有的素养克制心底的怒气，神情便愈发冷漠。

　　"下午还忙？"宋落问。

　　邢在宇回答："休息。"

　　宋落说："那就睡觉，本来就放假，就不要悄悄在背后卷同学了。"

　　邢在宇挑眉："你不是？"

　　正在筹备国际贸易竞赛策划案的宋落心虚地狡辩："我这是紧急作业，回去就要上交，不能不做。"

　　吃完午餐，宋落坐在毛毯上继续改策划案，邢在宇从房间捧着电脑和平板电脑下来，两人对视一眼，没说什么，他在她对面坐下。

　　午后的蝉鸣声断断续续，配着烈阳很有夏日的味道。他们面对面忙着自己手里的事，空间里只有敲击键盘的响声。宋落做完简单版的邀请函，给本次带队的大三学姐发去，暂时清闲下来，她抬头看着眼前的男人。她先占了软毛毯上的位置，邢在宇坐的位置是沙发另一侧，茶几偏矮，他低着身子，胳膊微屈搭在腿上，大大咧咧地坐着，戴着眼镜，镜片反射着电脑的亮光，他办公的神情严肃，眼神锐利地浏览网页上的内容。认真办公的邢在宇成熟稳重，很有魅力，她的目光在他身上多停留了一会儿。

　　"阿落。"他唇角噙着笑叫她的名字，雅痞地问，"看什么？"

　　宋落做贼心虚地移开目光："想事情。"

　　邢在宇摘下眼镜，抽出一张棉柔巾擦了擦，重新戴上，宋落好奇地问："你们律师出门进行法律援助还要装斯文啊？"

　　自从来到小渔村，他就一直戴着眼镜，宋落以为他是为了打造形象，毕竟律师的外在形象也是一张名片，需要在委托人面前表现出可靠的样子，像邢在宇这样的浪子，穿了西装，再戴副眼镜，看起来确实可靠很多。

他好笑地回复:"近视。"

"读书这么努力的啊。"宋落又问,"多少度?"

"摘了眼镜也不耽误办正经事的度数。"邢在宇一本正经地给她详细解释。

宋落在茶几下踹了他一脚,邢在宇轻笑出声。盯着他的笑容,宋落想到张阿姨说的话,隐隐担心他,但两人又不是无话不谈的关系,宋落也不好意思干涉他的私事。

学姐给她打电话问她会不会用PS做展位图,宋落不会用这么专业的软件,学姐着急地说:"你有学设计的朋友吗?"戚相宜是学导演的,但不知道她会不会。

学姐说自己再去找人,让她把英文合同改一改,问题有点多,宋落应了"好"。

说起合同,宋落看了看电脑,又看了看对面的男人,会看合同的专业人士不就是他嘛。她想着怎么开口比较好,起身坐到他旁边,邢在宇捧着手机在看一个视频,是万臣乐队的表演。

"最近有演出?"宋落主动找话题。

邢在宇为了方便她看,把手机捧到两人中间:"不是,是他们私下聚餐来了兴致玩的。"

旁边的电吉他手正是那天在停车场见到的管嘉傲。这几个公子哥确实会玩,私下赛车、玩乐队……眼尖的宋落还发现戚相宜在最前排,举着手跳得最欢,视线一刻都离不开台上的主唱万臣,怪不得她和自己聊起假期一脸期待的样子。

"你也会玩电吉他?"宋落问他。

在她的印象中邢在宇还会电子琴,他在高中班级毕业晚会上表演过一次。

邢在宇说:"和万臣学的,半吊子。"

宋落感到佩服,那他属于乐队里的全能人了。

"万臣从初中开始就想玩乐队,也找不到什么人一起,我们几个只好陪着他玩,我也是那时候开始学的。"邢在宇说完,转头看她,"想听?"

"电吉他不是都借出去了?"宋落没在现场认真地感受过乐队的氛围,确实想近距离看看。

邢在宇拿过平板电脑打开库乐队软件,连接上电脑的乐谱,搜索了刚才视频里的那首歌。宋落乖巧地坐在旁边看他操作,邢在宇拉着她坐到他的双腿中间,她挺着腰杆,被困在茶几和他之间,坐着柔软的沙发也不自在。

他选的乐器是架子鼓,前奏响起,他修长的五指灵活地点着模拟乐器,完美地跟上节奏,而宋落如临大敌,他的胸膛贴着她的后背,她听的不知道是鼓声还是他的心跳声,或者是她自己的心跳声。

一曲落下，宋落怔住，思绪飘散，要移动身子的时候，他把下巴搭在她的肩头，呼吸声、心跳声很近，几乎要和她的同步。

"阿落。"他低声唤她。

"嗯……"

"做个交易？"邢在宇坏笑着问她。

宋落偏头，碰上他炽热的目光，酥麻的感觉从背后爬进脑子里，能猜出这个交易会是什么。

他当她默认，继续说："我帮你看合同。"

原来他听到了她和学姐打电话的内容。

"我要做什么？"

"今晚陪我去散步。"

听完，宋落嫣然一笑，爽快答应："可以。"

就当是心情不好的邢在宇需要人陪却找不到合适的理由，所以和她做了这笔交易吧。

第 十 九 章

吃完晚餐，宋落跟邢在宇出了门，这是她来到小渔村后第一次出门，见到外面蔚蓝的天空时，有种恍如隔世的错觉。

邢在宇带着她沿着郊外的公路散步，和小渔村所在的方向相反。她明白了他想回避白天的事，看来封家的事情给他造成了不小的打击。

她打破两人之间的沉默："刚刚那首歌叫什么？"

邢在宇说："《想要去海边》。"

宋落嗤笑："我们倒好，往和海边相反的方向走。"

"你想去？"邢在宇转身看她。

远处的橘云立体感十足，仿佛是雕塑出来的画面。层次丰富的黄色浅浅淡淡地晕染傍晚的天空，金光透过云层映在水面上，她脑子里蹦出"浮光跃金"一词，用来形容这个画面再合适不过。

"不想。"宋落顺着他的心情说话。

邢在宇轻笑："别装了，下次带你去。"

宋落说："那行。"想去的欲望一般般，他说什么就是什么。

"邢在宇，"终于还是憋不住，她关心地问道，"下午怎么弄得那么狼狈？"

貌似他一直在等她这句话，听到时，笑意加深。

"去劝和被泼了水，砸了鸡蛋。"邢在宇自嘲地笑笑，"拍了黑照没？"

宋落抬起胳膊肘推他，他往外趔趄两步，又走回她身旁。

"我就算要笑你，也会光明正大地笑你，没心思攒你的黑料。"宋落暗道下次再碰到这个场面一定要拍下来。

他揽着她的肩膀说："我们阿落心地还是很善良的嘛。"

宋落抬头望他，只能看到他的下巴和侧脸，问出心底的疑惑："我听张阿姨说了他们一家的事情，封爷爷一家貌似对小女儿也不是很好，很多时候都向着两个儿子，怎么现在出事又要小女儿分担？"明眼人都看得出是小女儿受委屈了。

"我们也知道小女儿受委屈了。"邢在宇轻叹一口气，抬手揉了揉她的脑袋，"可有时候这些事很难说清楚，小女儿需要对老人家负赡养义务，这个是逃不掉的，在法律上，他们的诉求也是合理的。"

宋落直接说："说什么法律保证公平，最后不还是委屈了人家。"

他又何尝体会不到其中的种种，良久才说道："学法的人都知道我们的标准和义务是什么，如果我们可以把标准和义务置之不理，按照我们心中认为的正义去行事，那我们就背叛了从事这一份工作的初衷。"

"什么义务？"宋落问他。

邢在宇答："忠于法律。"

宋落沉默了："邢在宇，是不是所有的事情都有着极其复杂的两面性？"

就像宋庆海对她一样。有时候他的关爱让她觉得自己是全世界最幸福的小孩，有时候他的苛刻又让她觉得自己活得很煎熬。如果有一天她变得和那个小女儿一样，没有履行她作为子女的义务，上了法庭，她是不是就成了不占理的那一方？

邢在宇听出她的无奈和低落，说道："是啊，我们就是活在这样的世界里。"

"可是怎么办，我有点接受不了。"宋落大胆地吐出心里的想法，"说我偏激也好，极端也好，我期待的感情或许就像那句话说的，'我渴望有人至死都暴烈地爱着我'。"

她不要复杂的爱，所谓的"为你好"都不要。就想有人温柔地、亲和地关爱着她，和她理想中的一样，不用去猜忌任何人的心，舒舒服服地享受爱意朝她涌来。

因为她的话，他心尖一颤，不禁笑了，他又何尝不是。

"忽然觉得我们的想法对上了。"邢在宇带她走入隧道。

外头天还亮着，隧道处在偏远的公路上，里面的灯光还没有打开，一片漆黑。他揽着她的手放下来，就这样和她保持距离并肩走着，偶尔手背碰到，但也没有下一步动作。她能清晰地感受到他的体温，能知道他是走在她身边的。隧道很长，走到一半时他先牵住了她的手，两人十指紧紧地相扣着，他的声音划破死寂的黑暗。

他问：" 看过《溺水小刀》吗？"

"看过，拍得太隐晦了，我后来才知道故事有点像《白夜行》。"宋落先前以为那是部青春爱情片，后来才懂是一个少年对少女的默默守护。

故事比《白夜行》好一点，起码他们的爱情没有太悲伤，有过甜蜜和幸福，分开时也很好地告别了，不过在最后，少女站到了光明的地方，而为了守住那年意外失手杀人的秘密，少年永远沉入了那片海，悔恨一辈子。少年成了少女的神明，一个立于黑暗中的守护神。

"日剧虽然有点中二，但有时候大道理说得没错。"邢在宇安慰她，"勇敢地站在光里，做自己。"

宋落问："怎么，邢学长要成为那个少年啊？"

邢在宇轻佻地说："也不是不可以，毕竟我们是盟友关系。我愿意为阿落站在黑暗里。你的合同我都包了。"

知道他是在说玩笑话活跃气氛，她看到隧道的另一边，天空已经黑透，群星闪耀着，夜美得迷人。

"如果是这样的话……"宋落反握住他的手，抬头凝视着黑暗中的男人。

忽然觉得谈心聊这种话题，还挺肉麻的，邢在宇换了轻松的语气打趣她，停下脚步，接话道："阿落是打起精神要站在光里了啊？"

她摇头，轻声说："就一起死在黑暗里吧。"

他惊住，还没反应过来，她就搂住他的脖子吻了他。女人的气息侵袭过来，甘甜中又夹带着她心事的苦涩。好久，他才回应了她，迫切地想要吻掉她唇边的涩，留下甜。

很多年后邢在宇问过她那天晚上为什么会这样想，宋落懒懒地躺在他怀里，摩挲着他胳膊上的文身笑着回："我好像一直努力去做最好的那一个，发了疯地想要站在最显眼处，成为瞩目的人物，实则所有的风光都毫无意义。这时候生命中突然闯进一个人，说了一堆玩笑话也好，不走心也好，但他愿意站在我这边，哄骗得我心动，心想让他陪着自己做最好的那个多累啊，干脆一起沉溺在黑暗里，不也是另一种意思的'有人至死都暴烈地爱着我'？"

邢在宇想想也是，生和死一样伟大，他们不过是选了常人丢弃的选项罢了。

一起死在黑暗里也好，反正这个黑暗由他们自己定义。黑暗也能是另一种意义的光明。

晚上回到小别墅，宋落洗完澡下来见他又捧着电脑在客厅忙，她擦着头发凑近看，以为他在写什么起诉书，但只看到满屏幕的可行计划。

"这是什么？"宋落好奇地问。难道律师还要像他们写策划案一样，来一个plan A（A计划）和plan B（B计划）？

邢在宇摁下回车键，打下一个"5"，给她解释："从小女儿一家的角度出发写的建议书。"

宋落凑到电脑屏幕前，一目三行，很快就明白了他在写什么。通篇没有晦涩难懂的专业术语，而是用最简单、最直白的话写明建议，再详细地分析利弊和风险，甚至连日后再起纠纷要如何做都写出了三点建议。

她悄然移动目光看向他，邢在宇的视线没有离开电脑，手指飞快地敲下一行字，笑着说："不用夸我。"

"哼，谁想夸你，自恋。"宋落起身去厨房，从冰箱里翻出今天张阿姨买来的西瓜，切成两半，拿了勺子回到她办公的位置坐下。

邢在宇停顿："没我的份？"

宋落塞了一口鲜红的果肉到嘴里："自己动手。"

邢在宇摘下眼镜去了厨房，看到中岛台上放着切好的半个西瓜和勺子，他转身看到亮堂的客厅里，女人正抱着半个西瓜小口小口地享用，隔段时间就滑动鼠标，看着电脑的表情专注认真。

回到位置上，他继续投入文件的撰写中，写完后发给带队的律师，抬眼瞥见宋落神情凝重地抿唇。

"合同在哪儿？我帮你看。"邢在宇问。

正忙着的宋落抽空抬头："我给你发。"接着继续投入工作里。

在她发文件的间隙，他把桌面上吃剩的东西处理干净，倒了两杯温水，推到她手边。

微信接收了英文合同，他打开简单浏览一遍，问她："你写的？"

"嗯，学姐说有些细节不对。"宋落目前上的专业课没有关于如何写一份外贸合同的内容，她不知道学姐说的"细节不对"是指哪里不对，又不敢去麻烦学姐，现在学姐已经揽下了策划书里最重要的部分，再去问，怕整份策划书都是学姐写的了。

邢在宇重新创建一个文档，按照记忆中看过的外贸合同重新写了一遍，从细节到格式全部给她弄好。用英文写作对他而言压力不大，不到半个小时就写好了，和她说:"你们的保险和仲裁细节不够清楚。"

宋落说:"学姐说只是模拟比赛,这些就随便写写。"

商业策划也是比赛评分的一项,里面的有些东西是可以虚构的,所以她就省略掉了。

邢在宇根据她的贸易术语划分权责,然后将发生争议时选择的仲裁地以及后续如何处理全部写清楚。

宋落弄完秘书处临时紧急要的一份文件,点开两人的对话框接收文件,看完后问:"你还懂贸易术语?"

"国际商法课会学到。"这门课是下个学期开课,但在律所实习因为工作需要,他提前了解过。

"挺靠谱的。"宋落不用再修改,直接把文件给学姐发过去。

闲下来后,宋落问他写那份可行性分析文件要做什么,她说:"小女儿一家是必须要受这份气了吗?"

邢在宇说:"按理说是,但法律规定都是定死的,人是活的,不是非要法律出面才能解决,我们可以先协调。"

"会同意吗?"宋落觉得老人家就是想要钱。

"会的。"邢在宇给她分析,"这件事情已经在村里闹开,谁不知道整件事情的来龙去脉?老人家心里也清楚,以后还要在村里生活,闹得太难堪,别人家对他们的观感也不好,往后还是要在村里过日子的,所以各退一步是最好的。"

他说的在理,有更好的解决办法的时候,法律武器可以作为最后的选择。

"确实。"宋落认同,调解能解决是最好的。

她认真地打量邢在宇,他问又怎么了。

"我挺佩服你的,不喜欢的事情还能做得这么起劲。"宋落故意说道。

意识到她说的是上次她问他喜欢自己的专业吗,他说不喜欢,现在她赶着来开他玩笑。

邢在宇伸手弹了她的脑门一下,宋落气得踢他一脚,连忙爬起来,捧着电脑上楼,上到一半时说:"你说喜欢我又不会取笑你,你跟你妈置气又不是跟我置气。"

邢在宇认输,妥协说:"行,我喜欢,可以了吗?"他确实讨厌母亲给他安排好路,但喜欢法学是真心的,他怕被误会是因为服从母亲的安排才学了法学,所以故意叛逆说讨厌。

"那就祝邢律心想事成,睡了。"宋落笑着挥挥手,进了自己的房间。

邢在宇笑了笑,他们两个习惯戴着面具在别人面前生活的人,遇到对方时,所有的伪装全都被不留情面地撕破。奇怪的是，这种感觉他不讨厌，反而觉得很轻松。

接下来的两天邢在宇依旧早出晚归，她每晚陪他出门散步，作为交易，他帮她把展位设计图做了，顺利地完成了国际贸易竞赛的策划案。

———〜———

白天邢在宇出门忙，她缩在客厅的沙发里赶比赛资料。夏日午后总是让人昏昏欲睡，她打着哈欠听秘书长讲收假后校运会的工作分工，短短二十分钟不到，她昨天处理完了的工作再一次堆积成山。

秘书长叫她："下面请宋落学姐给我们说两句。"

宋落弹坐起来，私聊秘书长：杳杳姐，我要说什么？

覃杳杳：你随便说说。

宋落：我……来宣布散会？

覃杳杳：……

覃杳杳：落落，我这是给你表现的机会，这次校运会和后面的十佳歌手比赛结束后就是留任期中考核了，你知道我的意思吧？

宋落只好硬着头皮打开会议室的麦克风，总结前期的准备工作，顺便把自己带的组员做得好的方面夸一夸。

在厨房里洗碗的张阿姨慌慌张张地冲出来，双手还滴着水，指着自己的手机喊道："宋小姐，您赶紧去看看吧，您丈夫被人打了！"

她还没整明白是怎么回事，整个秘书处的人都听到了张阿姨的那句话，秘书长开麦惊讶地问："落落你结婚了？什么时候的事情？"

宋落关掉语音，眼里满是错愕，看到秘书处的群里消息一条接着一条蹦出来。

宋落来不及回答覃杳杳和众人的问题，拿起手机问张阿姨："怎么回事？"

张阿姨点开手机里的一段视频，宋落接过查看。本来聊得好好的，坐在邢在宇和另一个律师对面的两个女人突然站起来撒泼，大喊他们这帮律师欺负人，骂还不解气，还开始摔东西。邢在宇第一时间站起来护住同行的老律师，不让他被误伤，女人以为他是要打人，直接上去扯他的衣服，整洁的白衬衫瞬间满是褶皱。女人还不饶人地乱骂人。

"这两个女人是谁？"宋落指着动手的两个女人问。

张阿姨认得村里的人，把知道的情况全部告诉宋落："是封阿爷家的大媳妇和二媳妇。一听邢先生他们给出的解决方案是让两家各退一步，小女儿家给小部分医药费，她们觉得自己家吃亏了，便动手打了人。"

宋落走向玄关："张阿姨，你给我带路吧。"

张阿姨劝她："那里现在肯定很乱，宋小姐您还是不要去了，不安全。"万一被误伤，邢先生回来怕是会责怪她。

"没事，走吧。"宋落套上鞋子，打开门催张阿姨抓紧。

张阿姨没辙，脱下围裙走在前面给宋落带路，还说了封家两个媳妇的脾气。她们平时在村里就不讲理，惹得很多人对她们有意见，爱占小便宜，说她们也全然听不进去，总是一副自以为是的嘴脸。

国庆假期就快过去了，宋落第一次踏进后面的渔村。旅游业的发展给当地居民带来了很大的好处，生活条件得到极大改善，房屋全部翻新过，蓝白相间，风格统一，很有海边度假村的感觉。

风景好是好，但她没心思看，担心邢在宇的情况。

第 二 十 章

上了坡就是封家，外面围了一圈人，村主任也在，宋落穿过人群，麻烦大家给她让让。

她听到一个妇女哀号："还以为你们是来帮我们的，你们这些律师就是骗人的，专门帮封佩研一家人欺负我们！"

邢在宇护着一个微胖的男人，关心地问："师父您没事吧？"

袁澈安抚地拍拍他说："我没事，你让开，我再给她说一下情况。"

一看到人多，女人吼得更大声了，似乎自己受了天大的委屈，要村民给她评理。

场面陷入僵局，邢在宇心想要不先走，等到人冷静下来，他们再找这家的两个儿子单独聊聊，不然闹大对律所影响不好。

"宋小姐别上去了。"张阿姨刚说完，宋落就直接拨开人群走进去。

女人又要喊，宋落装出慌慌张张的样子跑进来打断他们，走到邢在宇面前拉着他问："你没事吧？"

邢在宇在这里看到她，很意外："你……"

话没说完，宋落看到他肩膀上沾了灰，白衬衫成了脏衬衫，她拔高音量喊："怎么了，谁打你了？"转身对上女人，指着她问："是不是你？"

"你……你是谁啊？"易桦结巴地问。

宋落怒气冲冲地走到她跟前，嚣张地说："你打我老公还问我是谁，你好意思？你别仗着自己是弱势的一方就乱来，我告诉你，他要是出事，我就把你们告到法院去，让你们牢底坐穿！"

听到"坐牢"两个字，易桦磕磕巴巴地说："你……你可别乱说话，我没对他做什么。"

"你说了不算，去医院验完伤再说。"宋落学着刚才进门前女人嚣张跋扈的语气说。

邢在宇立马明白宋落来这里唱的是哪一出，走到她身边，双手握着她的肩膀温声劝道："好了，阿落好了。"

宋落在心里翻了个白眼，腹诽道嘴上说着好了，晃着她的时候还把她往前推了一下。她用胳膊肘顶了顶他的胸膛，警告他悠着点。

她继续对女人说瞎话："我爸是公安局的，你要是不信就等着牢底坐穿吧！"

"好了阿落。"邢在宇搂着她往外走，"都是误会，我没事。"

"怎么没事了？打人的视频我可都有，要不是我看到视频了，我还不知道你在外面受了这种委屈！"宋落的语气比女人委屈千倍百倍，"谁不是爹疼娘爱的，你好心来做法律援助，这几天又是被泼脏水又是被打，是来挨打的吗？！"

大家听到宋落的话，议论起来，人家律师是好心，结果被欺负，还说他们家惹上事了，来闹的年轻女人城里有关系，看穿着就知道家境不错，她的丈夫肯定也不是简单的人物，封家给人家难堪，这会儿不仅没拿到钱，还要赔上人。封家几人听得心里发虚，恐惧浮现在脸上。

邢在宇临走前对惊讶地愣在原地的袁澈说："师父，我先劝劝她，您继续和他们说事情。"

他的暗示明显，局势被扭转过来，袁澈说交给他，看了眼邢在宇怀里漂亮的女人，笑着说："你先带你太太去吃午餐，剩下的交给我。"

两个男人暗笑着打配合，宋落看得一清二楚，等到走远了，她挣脱开他，邢在宇反而将她搂得更紧。

"放手。"宋落不爽道。

邢在宇痞笑："我老婆这么关心我，我多抱抱没事吧？"

宋落瞪他："你再说。"

"好了，不说了。"邢在宇牵着她往小洋楼走去，一路上碰到几个村民，大家热情地和邢在宇打招呼，有些人还和宋落问好，弄得她不好意思了。

到家没多久，邢在宇接到了袁澈的电话，说事情办妥了。邢在宇站在落地窗前，回身看了眼坐在沙发上的宋落，勾唇笑着说："师父您放心，我会向小落转达您的谢意。"

男人笑得太贱，格外刺眼，宋落翻个身子不理会，捧起手机查看消息。

短短半个小时，秘书处的工作群消息已经显示99+，还在不停地刷新。

记录看不过来，宋落想了想，主动回复：一个意外而已，不是丈夫，是男朋友。

她发完这条，后面跟了十几条消息，全部是省略号。

面对这堆符号，宋落又问：怎么了？

乔粟艺主动站出来解释：宋学姐……覃学姐跟我们说了半个小时，说一定是有什么误会，也没听说你有对象，让我们不要乱传消息，等你回来再说。

宋落无语，早知道就不偷懒，翻上去看一下。

覃杳杳激动地回复：宋落你什么时候脱单的啊，我怎么不知道？我刚刚还给你圆了一大堆，简直是浪费我的口水。

宋落翻到了最前面覃杳杳发的大段消息：别着急啊，我想落落那边是出了急事，肯定不是我们听到的那样，再说了，按照我和落落的关系，她要是真的脱单我能不知道吗？一定是听错了！再说一次，关键时刻谁也不能掉链子，秘书处可是一家人，我不希望在表白墙上看到不实的消息挂在上面。

另外的两个同级也站出来应和覃杳杳，信誓旦旦地保证，宋落几乎每天都和她们有工作交流，课余时间总在一起忙学生会的事情，哪来的时间去谈恋爱？而她，把她们做的思想工作全部推翻。

宋落：那个，我其实没脱单……

覃杳杳：你看我们信吗？

覃杳杳也不为难她，又说：好了，我们大家一定会保密的，不用解释，我们都懂。

其余十个人跟着保证绝对不泄露消息。

宋落又不傻，这么多人知道还能瞒得住？世界上就没有不透风的墙。不出意外，没过多久全校都会知道她脱单了。无所谓了，就当她脱单了吧，还能挡掉一些不必要的麻烦，也挺不错的。

"今晚律所在海边聚餐，一起？"邢在宇挂电话后问她。

宋落回完秘书处的消息，问："不好吧？"

邢在宇说："没什么不好的，全律所都知道我带老婆来做法律援助了。"

"别造谣，还老婆，你到法律规定的结婚年龄了？"宋落不屑地说。

"没差别。"邢在宇从冰箱里拿出昨晚冰镇好的西瓜汁，倒了一杯给她，含笑说，"我们其实已经和封家的两个儿子聊妥了，但是两个媳妇觉得他们家出的钱比小女儿家多,不甘心,闹了那一出。你反呛回去后,她们不敢闹了,和解书也签了。袁律他们叫我一定要请你这个功臣一块吃个饭。"

这倒是给宋落弄得不好意思了,她也就即兴演了一下,模仿了一下当时撒泼的那个媳妇,没想到还成了功臣。

———〰———

晚上宋落没和邢在宇去吃饭,因为国际贸易竞赛的策划案突然出了问题,给他们赞助的商家要更换主推的产品,商品信息全部要更新,工作量大,截止时间是明天中午,全员加班无一幸免,等她忙完自己手头上的任务,已经晚上十一点了。

饥肠辘辘的她打算下楼煮个面条打发一下,邢在宇正好回来,他提着一个大塑料袋,宋落眼前一亮。

"袁律他们知道你在忙,让我给你带了晚餐。"邢在宇把东西放到餐桌上,一样一样拿出来。一共五个菜,还是热乎的。

为了比赛用的策划案,国庆假期都没好好享受,能在这个时候吃上一口热的饭菜,宋落心里感动不已。她吃饱出来,看到邢在宇在使用她的电脑,走到他身后,瞄到他正着手给她修改报价单。

"你还会这个?"宋落问。

邢在宇重新设计了报价单的图案,说:"会做PPT的一般做这个都不难。"

宋落会做PPT,但是关系到设计的东西,她就做得很差,完全没有什么高级的感觉。

等他做完,宋落把文件发给学姐,问他:"明天几点走?"后天就上课了,明天要回学校。

"睡到自然醒。"邢在宇合上电脑,看向站在落地窗前的她,"要不要出门走走?"

"这几天走得还不够啊?"一整天忙得团团转,宋落骨子里透着懒,犯困想睡觉。

"去海边看看?"

拒绝的话被她咽下,她轻声说了"好",夜晚的海她还没看过,心里生出了期待。

农家乐离海边有段距离,村里的路灯只有零星几盏,邢在宇提着一个户外老式复古野营灯走在前面,宋落就悠哉地跟着他。月明星稀,国庆节之后风里的温热褪去,稍夹带着冰凉,套件薄的开衫,正好能适应温度。

邢在宇交代她跟在他身后,不要往其他地方走,宋落盯着前面男人宽阔的肩膀,忽然感慨说："其实你也不用在意太多，你要是喜欢律师这份职业就认真去做，也不用为了反抗你妈和自己的本心背道而驰。"这几天邢在宇尽心尽力，她都看在眼里，说他不喜欢法学专业是不可能的。

"那你呢？"邢在宇转移话题，"你喜欢你的专业吗？"

宋落走到他身旁，望着他说："喜欢。我爸当初想让我学法，但我想要成为像我妈那样的人，毅然决然地选了商科。"还挺庆幸的，家里能做主的是宋偲，她不用到法学院受她爸的折磨。

"但是，真的学了这个专业，好像也没有特别开心。"宋落惆怅地叹口气，"越长大就越发现很多事情不能顺心，容易因为小事开心，也容易因为小事难过。"

邢在宇跳下一个矮墙，把手伸向她，让她跳下来，从这里可以抄近路去海边。宋落没顾虑太多，往他怀里一跳，被稳稳地接住。

"知道为什么不开心吗？"他问。

宋落摇头："为什么？"

"因为生活太单调了，你在做着别人期待的事情，而不是你期待的事情。"

"这就是你这么放荡的原因？"

"好好说话，怎么叫放荡？这叫尝试新鲜事物。"

不远处有一个露天的沙滩电影院，支着一块布，三三两两的人面对着大海听浪声看电影。宋落拉着他跑过去，也不管洞洞鞋进了沙子，开怀地说："知道你看不起我的循规蹈矩，但我有我的活法。"

邢在宇不发表自己的看法，和她坐在卡座最后排，点了两杯果酒和小吃。

说是电影院，但放的东西很杂，今晚放的是纪录片《人生第一次》，前排的人看得入迷，甚至有人悄悄落了泪。在宿舍的时候万莺和方柚白一起看过，她有时候也会凑过去看，断断续续地也算看了一遍，但她无动于衷，不喜欢煽情的情节。她偏头看向黑暗的海，远处的灯塔闪闪发亮。

"不喜欢吗？"邢在宇注意到她心不在焉。

宋落淡声谈着心里的想法："说不上有太大的感觉。很多人看《人生第一次》的时候都会哭，我看的时候也会感动，但完全无法把那些画面和自己的经历联系起来，我只是单纯地为别人的经历而感动。很久以后我才知道是为什么，因为我看不到前面的路，理所当然地不会想要太多第一次。"所以她看这部纪录片时无法感同身受。

"没想到你这么悲观。"邢在宇好笑地说。

宋落放肆地笑着说："我才二十，悲伤一点不行啊？"

见她卸掉身上掩饰情绪的面具，邢在宇挨在她旁边说："看不到就看不到吧，就算人要原地踏步一辈子，也是自己的选择，不是吗？"

"是。"宋落接着又摇头，"可原地踏步只会堆积无数的失意。"

可能她的话太难接下去，邢在宇沉默了。

"多尝试一些第一次吧。"他说。就算看不到未来要走什么路，把当下过好就行了。

第 二 十 一 章

宋落不再说话，她靠在软卡座里，喝着小酒，吹着海风，百无聊赖地看着幕布上的纪录片。

"等天亮看完日出再回去吧。"邢在宇对她说。

"日出？"她还没看过日出。

邢在宇说："算一个第一次。"

女人仰着头看他，含着娇媚的笑。邢在宇的目光顺着她脖子上微微凸显的青筋往下，落在她的领口，因为缩着肩膀，她的锁骨明显，他喉结一动，她眼神迷离，邢在宇不敢再继续看下去，转头望向一边。而宋落早把他所有的微表情收入眼底，她揽着他的脖子，邢在宇怕她摔下沙发，下意识地伸手托着她的腰，两人紧紧相贴。

"醉了？"他的大掌抚摸上她发烫的脸颊。

宋落轻笑："没醉。"她很清醒，也知道自己在做什么。

紧接着，邢在宇感觉到一个吻落在自己的脖子上，宋落看着他脖子上的小黑痣，用鼻尖蹭了蹭那处，问他："我是不是要定制一个第一次清单，过过像你这样的放荡人生？"

邢在宇提起旁边的灯，打断暧昧的亲昵，哑声说："去走走。"

说完，他放开她先起了身。

宋落躺得正舒服，用了好大毅力才压下偷懒的想法，站起身跟上邢在宇的步伐。

凌晨的海边漆黑，风吹个不停，她压着鬓边的碎发，随着他的脚步渐渐远离海边的露天清吧，四下里安静下来，翻涌的浪声有几分可怖。

"等一下。"忽然有寒意攀爬到背后，宋落抱着肩膀，试图叫停前面的男人。

猝不及防地，跟前的邢在宇转了身，搂着她的腰把她带到怀里，捏着她的下巴吻了下来。浪不知道撞了几次礁石，他才和她微微拉开距离。

"还看日出吗？"宋落问他。

邢在宇扫了一眼四周："也不是不行。"

"要不要踩踩浪？"邢在宇问她。

话音刚落，宋落就踢掉拖鞋，提着裙摆往海边跑。这处黑得连路都看不到，邢在宇担心她摔倒，拿着照明的灯跟上。

本以为她就是想简单地踩踩水，但她不停地往里走，水漫延到她的大腿，邢在宇扯住她的胳膊把她拉回来："水深，别走了。"

宋落拉着他的衣摆，开心地笑着说："没事的，再往里走一段。"

水凉得刺骨，宋落却兴奋得不行，他把灯举到她脸前，把她难掩激动的表情看得一清二楚，无奈地说："真是疯婆娘。"

"我开心，你管得着吗？"宋落笑容越来越深，是真的发自内心享受这个时刻。

他搂着她，不让浪把她推倒，知道她是压抑久了，来寻求刺激的。

闹了一会儿，宋落不敢太过，怕晚上巡逻的人以为他们想不开，搞什么情侣殉情，就上岸了。衣服湿漉漉地贴着身子，邢在宇把自己的针织衫套在她身上，怕她感冒。日出是看不了了，邢在宇拉着她回家。

一个澡泡了一个多小时，宋落觉得她的皮都掉了一层，裹着被子懒得动。她以为邢在宇在自己房间睡下了。半晌，他走进来，躺到她旁边。

接着屋子里的灯暗下，他拍了拍她："分一点被子。"

把她捞到怀里，邢在宇闭上眼："睡吧。"

宋落反而精神了，翻个身捞出枕头下的手机，查看部门刚发的任务安排文件。现在她为了进QQ空间方便，把TIM卸载了，用了原版本的软件。看到空间提示表白墙更新，她无聊地点进去看。在方柚白的影响下，她也快养成了每日必看一次表白墙的习惯，实在是八卦太多了。

快速浏览一遍，五则日常分享和告白，三则寻物启事，两则"海底捞"求联系方式，没太大看点。滑到最后一张投稿，看到邢在宇的大名，她了然是信息交流帖。这次与以往不同，是在整合信息，排除已知的"不喜欢"，总结邢在宇到底喜欢什么样的女人，评论里有一条评论吸引了她的目光。

——我不得不佩服宋美女，每次表白墙上有姐妹说邢学霸不喜欢什么，她就往身上穿戴点什么，是个敬业的对手。

宋落无语，只能说是巧合。好吧，虽然也有故意的时候。

旁边的男人平躺睡着，她出声问："你到底喜欢穿哪种风格或者哪种颜色衣服的女生？"

她好奇这位爷到底有多挑。

邢在宇懒懒地掀开眼皮，望着黑暗中捧着手机的女人，冷光打在她白里透红的脸上，头发半遮面，丰姿冶丽，他的喉结上下滚动了一下。

宋落催着问："数不过来？"

手机被抽走，他捧着她的脸亲了亲她的唇角："想知道？"

"我……"她一点也不想知道了。

过了一会儿，宋落听到他说："像你这样的。"

宋落在离开小渔村前还是看了场日出。清晨，他拉着她往海边走去，宋落困得眼皮打架，整个人挂在他身上。等到天边的橘云浮现，风渐渐找回了夏日的温度，海平面有细碎的晨光在浮动。见到眼前的风景，宋落整个人清醒过来，紧盯着海平面上那颗"沙糖橘"，生怕错过它升起的过程。已经有渔民出海了，他们都想在这样的好天气里有个大丰收。

风吹乱她的头发，邢在宇望着她的侧脸，被她的神情吸引，情不自禁地说道："早安。"

她回头，望着他莞尔一笑："早。"

看日出真的能被治愈，就连看邢在宇这个浑蛋都顺眼多了。

———⎍⎍———

宋落从小渔村回来后就忙得晕头转向，每天的睡眠时间只有可怜兮兮的五小时不到，校运会的工作刚解决，导师那边的大学生创新项目又开始了。

方柚白看了一眼在书桌旁捧着电脑写论文的宋落，缓缓凑到万莺和蓝京溪身旁问："落落姐这么忙，这都收假一周了，也不见她和男朋友甜蜜地打个电话或者视频，会不会分手啊？"

蓝京溪瞪她一眼："乱说什么？"

万莺认同方柚白："热恋期被冷落，很容易出问题的。"

方柚白说："这样也好，我们落落姐是事业型女性，姐夫会理解的。"

宋落太阳穴跳了跳，捏着电容笔，在计量经济模型旁边写下一行备注，淡淡地说："要说悄悄话等我睡了再说，我还没聋。"

方柚白笑嘻嘻地讨好说："哎呀，我们这不是担心你的情感问题嘛！"

宋落说："没什么好担心的。"自从回来，她就没有和邢在宇见过面，聊天框的对话停在国庆放假前一天，那七天就跟一场梦一样。

手边的电话振了振，晚上十点还给她打电话的只有宋庆海，她起身去阳台接。

"怎么了？"宋落心里还对那晚的对话不爽，语气淡然。

宋庆海咄咄逼人："小落你怎么回事，为什么校长奖学金你没在名单上？"

奖学金的事情早被她忘到脑后了，事已至此，她冷静地说："英语竞赛迟到了，没考，没成绩，就没有达到评优条件。"

"什么！"宋庆海的尖声刺耳。

宋落耳朵一疼，把电话拿开。

"你现在马上给我回家！"宋庆海怒气冲冲地说。

宋落拒绝："天色不早了，爸你早点休息吧。"

宋庆海憋不住，数落说："宋落你是什么态度，你知不知道你这个行为会造成什么后果？你……"

"我知道。"宋落打断宋庆海，继续说，"会让你在同事面前丢脸，优秀的女儿不再优秀，平时爱炫耀的你一定会被他们在背后议论。而这一切，对我的生活没有任何影响。"

宋庆海被气得血压升高："宋落你要反了？我是在为难你对吗？我做的所有都是错的，对吧？"

宋落听着他一声又一声的反问，他的怒气勾出自己心底的恐慌。她紧紧地攥着拳头，指甲抠到掌心的嫩肉，用刺痛让自己保持清醒，苦涩地笑着说："你没错，是我不够优秀。"

"爸，我今年二十岁了。我不喜欢你给我安排的生活，很厌恶，甚至恶心。"她接着说。

宋庆海气得砸东西，宋落清晰地听到玻璃破碎的声音。挂电话前，宋庆海放话："明天周末我们一家和小邢一家人吃饭，你必须给我到场。"

电话被挂断，"嘟嘟"声让她心烦意乱，拉开阳台门对上三人关心的眼神，吵得太大声，估计她们都听到了，是个人都能猜出她和家里人吵架了。她没有力气再去解释，回到床位拿起外套便往外跑去。

方柚白要去追，蓝京溪拉住她说："别去了，让落落自己待一会儿。"

想起宋落那双泛红的眼，方柚白怜惜地说："突然觉得落落姐也不容易。"她一直很努力，但是家里人还把她逼得这么紧。

万莺转移话题，拉着两人谋划等会儿宋落不回来怎么和纪检委员圆过去。

跑出来的宋落站在宿舍区的活动区域迷茫了一会儿，不知道自己能去哪儿。真的和宋庆海闹翻，她连一个落脚的地方都没有。她忽然觉得自己可悲极了，做了二十年的提线木偶，落得这般凄凉。

手里的手机又响起来，她本来不想接的，看到是邢琛，犹豫一下，还是接了。接通，对面的男人迫不及待地说："宋小姐，我们见个面吧，那天的事情我可以解释，而且两家人快见面了，我不希望我们之间有误会。"

宋落失笑，邢琛不会以为她会心大到忘记那天他替别的女人出头的事，继续和他结婚吧？

第 二 十 二 章

宋落在学校林荫大道的尽头等邢琛，晚上十一点后，校园里的人变少，除了能熬夜的自习室和宿舍区人多，其余地方只有寥寥几人。等了二十多分钟，一辆车停在宋落身旁。

副驾驶的车窗降下，邢在宇欠揍的脸出现在眼前。"等人？"他含笑问。

宋落拉了拉外套，四下里望一圈，没看见邢琛，才搭理他："嗯，你呢？"

邢在宇开了车锁说："先上来。"

宋落犹豫几秒，拉开车门坐进去，车里比外面暖和多了，她冰冷的手脚慢慢回温。

"等谁？"邢在宇从车后座拎出一杯奶茶，塞到她手里，"管嘉傲买的。"

她摇了摇，乳白色的液体里有透明的琥珀珍珠，的确不是邢在宇会买的东西。

宋落插上吸管吸了一口，甜味特淡，正合她口味，回他："邢琛。"

邢在宇听到熟悉的名字，微不可察地挑了挑眉："深夜约会啊。"

"谁说是和他约会了？"宋落给他一记刀子眼。

邢在宇漫不经心地笑了笑，听到这句话莫名开心。

"校道不能停车。"宋落提醒他。

邢在宇直接熄火："不停我们阿落岂不是要吹冷风？"

出于好心，宋落跟他说了舍友的事情："别不当回事，上次我舍友骑电动车赶去开会，路上碰到另外两个舍友，她们都赶时间去签到。当时也是抱着侥幸的心理，想着三个人同坐一辆车几分钟不碍事，结果没开出去五米就被巡逻的保安叔叔碰到，车子被锁了，不仅会议迟到，为了拿回车子，三个人跑了三趟副院长办公室，每人写了三千字深刻的检讨。"

男人听完，吊儿郎当地问："阿落这是关心我啊？"

宋落无语。"没，你继续停吧。"

邢在宇靠在座椅上，手搭在方向盘上，食指一下一下地点着。"我俩一块写检讨，貌似挺不错。"

宋落被他的话气到翻白眼，大少爷图什么啊，想"炸"掉表白墙吗？还想拖她下水，不安好心的男人。

他浅笑着说："算一个第一次。"

邢在宇打开车内的灯，看清女人脸上的酡红，跟刚才路过花店门口看到的那种深红玫瑰一般，俏媚又生动。

"闭嘴。"宋落吼他一声。

邢在宇越发得寸进尺，手背直接贴上她的脸："奇怪，怎么脸红了？"

宋落说："你要点脸好不好？"

邢在宇指腹摩挲着她的耳垂，直截了当地回："不好。"

宋落怀里的手机响起来，她挣脱开他，接了放到耳边，把奶茶塞回去，掩饰她的心慌意乱。

电话那头是邢琛，他说："小落，我已经到校道入口了，你在哪儿？"

入口到尽头几百米长，她怕邢在宇跟他碰到会起冲突，说道："你等我一会儿，我马上到。"

"好，不着急。"邢琛让她慢慢来。

她挂了电话，转身看到男人十分自然地喝着她的奶茶，目光灼灼地盯着她。

"等会儿把车开到停车场，保安叔叔巡逻到这边被抓就不好说了。"宋落要开车门下去。

"吧嗒"一声，车门锁上，她疑惑地回头，不知道他又在搞什么。才转动半个身子，她就被他压着肩膀抵在椅子靠背上。他捧着她的脸，坏笑着说："我小叔都说不急了，那就亲一会儿。"说完吻下来。

吻得过深，她几乎要缺氧，推着他的肩膀偏过头喘气，骂了一声："你疯了吗?!"

邢在宇喘息也重，捏了捏她的脸："嗯，疯了。"很不满她毫不留情就要走掉的样子。

宋落头紧紧靠着椅背，忽然想到什么，她放在他肩膀上的手往上移动，捧起他的脸，亲了亲他的唇角，笑着说："对啊，急什么。"

对她态度的转变，邢在宇目光微微闪动。

宋落揉乱他的发型，忽然觉得搂着她的男人像只不讲理的大型犬。透过凌乱的发丝对上他幽深的双眸，她说："邢学长不是来撬墙脚的吗？我配合一下。"原来打的是这个主意。

"干脆别去了。"邢在宇下意识地说道。

说完，他舔了下唇瓣，心跳加速，他……也没想到自己会吐出这句话。

宋落倒是严肃起来："不行。"不见邢琛就不知道宋庆海明天会怎么搞，怎么也得去摸个底。

邢在宇低下身子，从她环着他的手臂里钻出来，无奈地说："行吧，我这个墙脚撬得不彻底。"

宋落让他少嘴贱。

他开了锁，宋落下车，合上门，整了整被他弄乱的衣衫才往校道的入口走去。到的时候邢琛站在车旁，宋落无语，叔侄怎么都一个德行，就算夜深了，也不能乱占用校道啊。

"邢先生。"宋落站定在他面前，跟他保持着适当的社交距离。

邢琛整个人看起来有些疲惫，见到她急忙解释："小落，关于上次的事情，我想和你解释一下。"

"你要解释什么？"宋落被逗笑，"你要说你和那个女人没有关系，你希望我能和你结婚？"

他不说话，是默认。

宋落抱着手，板着脸问："邢先生，你是把我当成什么人了，别和我说男人偷腥是正常的，我对你的苦衷不感兴趣。"

邢琛硬着头皮说："小落，我希望你能考虑到两家的合作。"

他的话成功踩到她的雷点，她最讨厌被威胁。

"要想和邢家合作就要结婚的话，为什么一定得是你？"宋落傲慢地笑笑。

邢琛瞳孔放大，脸逐渐变黑："在宇和你说了什么？"

宋落反问："你觉得他会说什么？"

邢琛说："你别听他乱说，他一直对他爷爷不满，总爱和我们对着干。"

"好了，邢先生。"宋落不留情面地讥讽道，"一个长辈在外面贬低晚辈也太……没教养了吧。"

邢琛住了嘴，又想为自己争取，解释说："我不是那个意思，我希望你不要被他骗了。"

"我不是傻子。"宋落在心底讥笑，还能骗什么？该干的不该干的，他们全干了，难不成邢在宇还图她的钱？公子哥活得比她逍遥，压根看不上她那几个铜板。

静默片刻，宋落拢了拢外套，淡漠地说道："我不是意气用事的人，和邢氏的合作我是支持的，但是我不想被人左右，也请你不要以为讨好我父母就能拿捏我，你要是还想继续做这笔生意，那就不要越界，我对订婚是什么态度你是知道的，不需要我多说了吧?"

邢琛看着她,心底一阵麻意,误以为此刻站在他面前的是宋偲,说一不二,像一意孤行的冷血动物。

"明天……"他犹豫地问。

宋落道:"我会去。"

邢琛不敢再深聊其他,路上想好的合作条件没来得及说一个字,全被她的气场压着,只能说好。

倏地,一道欠扁的声音叫了宋落。

"阿落。"

面对面站着的宋落和邢琛身子一僵,比起宋落,邢琛更失态。

宋落转头望向她刚才来的方向,站在路灯阴影处的男人神情慵懒,身子颀长,白色T恤外穿着黑色的夹克,极简又休闲。他一手插兜,一手提起袋子晃了晃,里面是喝了半杯的奶茶。

"你喝一半的奶茶忘了拿。"

准确地说她只喝了几口,其他的都是他喝的。

宋落不介意他全部喝完,有必要打着还奶茶的幌子找过来?

全场只有邢在宇还是那副怡然自得的模样,他迈着长腿走到他们这边,到了宋落旁边,伸手钩住她的脖子把她带进怀里,明知故问:"你和我小叔认识?"

宋落仰头看他,没有错过他眼中的狡黠,狗男人……绝对是故意的。

"在宇。"邢琛沉声叫他,"对女生别这么轻浮。"

"言重了,我们可是高中同学,小叔你才是,大半夜约人家小姑娘见面才是不怀好意吧?"邢在宇用同样的语气怼回去。

被夹在中间的宋落很不自在,在邢琛看不到的地方轻轻地推了一下邢在宇,警告他悠着点。

"时间不早了,邢先生早点回去吧。"宋落也没拉开邢在宇的手,任由他搭着。

她的纵容让他心情愉快,对邢琛的语气都温和许多:"回吧,赶紧回公司忙起来,不然什么时候易主了,你就什么都没了。"

邢琛被气到,选择无视邢在宇,对宋落说了再见便上车走了。

等人走了,她推开他的手:"故意的?"

邢在宇回:"嗯,故意的。"

"不开心?"他问。

宋落摇头:"硌硬他不是我们达成的共识?"

邢在宇摸了摸下巴，沉思了一会儿，问："我刚刚是不是应该再过分一点？"

宋落狐疑："嗯？"

邢在宇笑意加深，两人之间不知不觉养成的默契告诉宋落，他嘴巴里蹦出的准没好话。

"打住，吞回去，烂在肚子里。"可别说出来污了她的耳朵。

邢在宇叫冤："展示一下同学情谊也不行？"

宋落懒得理会春风得意的男人，转身往宿舍区走去。他跟在她身后，经过他的车时，宋落腰间突然多了一只有力的胳膊，搂住她往车上带。

她后背贴着他，拍了拍他的手，压低声音说道："你干什么，不怕被看到啊？"

"月黑风高，没人看。"邢在宇把人塞到副驾驶座，拉过安全带替她系上。

宋落问他："去哪儿？"还有十分钟就门禁了。

"带你参观我新租的房子。"邢在宇揉了揉她的脑袋。

本应该拒绝的，但此时不想面对舍友的宋落最后一句话都没说，不想回去让舍友担心。看着她们那种可怜巴巴地看着她的眼神，知道的是她们担心她，不知道的还以为是她们受了欺负跟她求安慰。

宋落拿过放在前面台子上的奶茶，靠在椅子上喝起来，可能是报复性摄入热量的负罪感抵消了心中的烦闷，心情好了许多。

邢在宇的公寓离学校很近，十分钟的车程就到了。

跟着他坐电梯上去，看他又是刷卡又是按掌纹，她问了句："一个月租金多少？"

邢在宇答："几千。"

高档小区房，大少爷这个消费也正常。

进到屋子里，她换鞋逛了一圈，和在小渔村住的 LOFT 户型差不多，这个偏小，商务风更重。从楼下就能看到二楼的卧室，整间屋子收入眼底，宋落还蛮喜欢这个风格的。

"洗完澡了？"邢在宇问。

宋落早就洗了。"借我一套睡衣。"

邢在宇去楼上的衣帽间拿了一套他的长袖灰色睡衣。宋落正想去卫生间换上，邢在宇就拿着洗漱用品进去了，她干脆去二楼卧室换。睡衣是舒适宽松的款式，穿在她身上跟披着床单一样，裤子和袖子长出一大截，她费了好大的劲才挽好。

二楼的卧室布置简单，有占据一面墙的镶嵌式书柜，她走过去看了一下，专业书只占不到三分之一，大部分是诗集和名著，她在心里感叹没想到邢在宇还这么会陶冶情操。书桌是 L 形的，坐在里面办公有种被环绕的安全感。宋落坐着人体工学椅转了一圈，看着中央的大床，软度和舒适度显而易见，邢在宇确实会享受。还有一面墙放的是他的一些收藏，赛车的头盔、鼓槌、黑胶唱片、滑板……很多很杂，兴趣爱好过于广泛了。

楼梯上传来脚步声，她转着椅子面向那儿，指着桌面上的台式电脑问："能借用吗？"

邢在宇看了眼时钟，已经十二点了，不知道她还要忙什么，随口说："平板电脑和笔记本电脑的密码全部是六个1。"

就是可以随便用的意思。宋落琢磨着这个密码，他不怕被偷盗破译吗？

她登录微信，在宿舍群和大家说今晚她住外面。

方柚白迅速回复：放心！我们已经帮你瞒过纪检委员了，你好好休息，周末愉快！

万莺发了个可爱的猫猫点头的表情，接着一本正经的蓝京溪跟着发了同款表情，宋落本想说自己没事，又怕她们担心这担心那的，于是只回了谢谢。

忙完人情世故忙工作。幸好她习惯关掉电脑前把文件传到微信上保存，直接打开文档继续把做到一半的文件做了。

把头发擦得半干的邢在宇瞥了一眼，看到《校运会各部门工作详细安排》的标题，明白她是在忙学生会的工作。他给宋落拿了新的洗漱用品，催她先去洗漱，她只能照办，回来后继续蹲在椅子上检查文件。邢在宇关掉楼下的灯上来，见她对着十个文档不停地切换，拿过旁边的防蓝光眼镜给她戴上。

宋落后仰了一下："干什么？"

邢在宇看清眼前女人的容貌，她本身气质清冷，戴上眼镜后更多了几分知性的魅力。

心头一热，当下他便改了主意，轻佻地捏着她的下巴痞笑着说："阿落，该休息了。"

因为这一句话，宋落的脸不自然地红起来。

他按下电脑的休眠键，弯腰吻住椅子上仰着头看他的女人。

第二十三章

宋落躺在床上，望着房间顶部的构造，不得不说邢在宇的审美很在线，卧室的灯光设计一绝，没有主灯，主要光源来自环绕式的暖黄色壁灯，不算太亮，为此刻增添了几分暧昧的气氛。

一个吻落在眼睛上,她下意识地闭上眼睛,听到他低沉的声音问:"看什么?"

宋落摇头笑笑,望着男人。她对高中的邢在宇记忆不深,回想起来脑子里浮现的也是如今的容貌。他的五官优越,乌黑深沉的眼眸里有淡淡柔光,他似乎因为室内的灯光变得温柔起来。但,都是表象。

外头又落了雨,雷声沉闷,雨声也不清脆,似乎在宣告夏日的结束,萧索的秋天就要到了。

宋落窝在邢在宇怀里享受思绪空白的时刻,邢在宇慢条斯理地替她挽好袖口,心里琢磨着要不要给她买一套合身的睡衣,被冒出来的想法吓到,立马打住思绪不敢继续。

她摸向他手臂上的文身,好奇地问:"什么时候文的?"

邢在宇看了一眼,回答:"收到京北大学录取通知书的那天。"

"怎么,"她嫣然一笑,"搞纪念啊?"

邢在宇说:"因为考上法学专业我妈太高兴了,我心里不爽就跑去文身。"

她调侃道:"原来跩哥邢在宇反抗的方式这么像小学生。"

和妈妈吵个架就去文身,未免太意气用事了。

他也不恼她嘲笑自己,说:"只是小小地庆祝一下,以后可以少受我妈的掌控。"

"那也幼稚。"宋落说。

他坐到她身边:"像你这样逆来顺受就不幼稚?"

宋落蹙眉:"再说一遍?"什么叫逆来顺受?

他俯身吻她,过了一会儿,拉开距离坏笑着说:"得了吧,我们谁也看不上谁。"

宋落被逗笑,环着他的脖子靠近他,点头认同:"是啊,我们谁也看不上谁。"

偏偏看不上对方的他们还走到了一块。

抱着她躺在床上,邢在宇关灯前故意一本正经地问:"不用送你回学校了吧?"

她翻了个白眼:"送回去你替我去道歉,跟阿姨说清楚,让我不被记名顺利回到宿舍。"想了想,又说:"其实登记也没事,等名单递到你们纪检部,邢学长帮我把名字抹干净不就好了?"

"阿落,违法乱纪的事情我们可不能做。"邢在宇关了灯。

室内陷入黑暗。

"少装老实人。"宋落困意来袭,打着哈欠损他一句。

接着床尾书桌上的台灯亮了起来,她翻身问他:"你不睡吗?"

她看了眼电子钟,已经晚上三点了。

"你不是文件没做完？"邢在宇大大咧咧地坐在椅子上，转过来和她对视，重新戴上了斯文的眼镜，像一只狼在装好人。

文件明早就要交，她本来打算早起弄的，邢在宇乐意做她也不拦着，抱着软绵绵的被子说："行，记邢学长一功。"

她说完就睡过去了，这边的邢在宇忙了一个小时才对完校运会的分工，拿过旁边的一张纸给她写详细的备注，写好修改了什么和出现了什么问题，怎么解决的也一并写了。

他回到床上发现女人就睡在正中间，两边的位置都少得可怜，轻手轻脚地把她抱过去一点，才躺下来，她就挤过来了。自从记事以来都是一个人睡的邢在宇不是说不习惯和别人一块睡，只是宋落的睡相……很霸道，一定要睡床的中间，他分到的位置少得可怜。最后为了能睡个安稳觉，他把她搂到怀里，一起睡中间，谁也没挤到谁。

——〰——

宋落起床后蹲在书桌前，检查了一遍文件，也不知道改了哪里，还是哪里都没改，然后就发现鼠标旁边放了一张纸。上面是邢在宇手写的备注，字迹工整，还分了要点写出来，看完就明白文件修改了哪儿，做了哪些调整，以及开会的时候要给大家讲解的重点也大概写了，应该是习惯使然，随手落款了名字和时间。

她笑了笑，对邢在宇的所作所为很满意。她把纸折叠起来塞到衣服口袋里，回去对着写会议讲解内容。把文件发送给秘书长覃杳杳后，她趿拉着鞋子下楼。她睡醒差不多十点钟，早不见邢在宇的身影，也不知道他昨晚睡了没有。

刚下到客厅，公寓的门就被推开，邢在宇拎着两个大购物袋进来。宋落问他去了哪儿，邢在宇脱掉风衣外套，挽起袖子把买来的东西分好类，说道："去买了些食材和生活用品。"

宋落用遥控器打开电视，大屏幕亮起，她感叹大少爷的豪气，小公寓的电视有一面墙那么大，就跟小型电影院差不多。

邢在宇见她盘腿坐在沙发上，全部的注意力被电视抢走，走到她面前，问她："想吃什么？"

宋落分出注意力看他一眼："随便。"

他不动。

"还有事？"

邢在宇了然，这是嫌他烦。

"先去洗漱，回来再看。"他把买来的洗面奶放到茶几上，说完走回厨房。

宋落看了一眼那款洗面奶，估计是导购员说什么他信什么，买的这支洗面奶是挺常见的爆款。她看了他一眼，笑了笑，不打趣他了。

她放下遥控器去浴室洗漱，洗脸的时候手湿答答的，她找不到擦手的纸巾，脸上又全是水，闭着眼睛喊道："邢在宇，你帮我去楼上把我的鲨鱼夹拿来。"

吩咐得理所应当，邢在宇熄火，快步往楼上走去，没在书桌和床头柜上找到她要的鲨鱼夹，认真地在地毯上找了一圈，最后是在窗帘下面找到的。估计是昨晚随手丢的。

他来到卫生间，她指了指长发："帮我绾起来，要全湿了。"

她的手上不只是水，还有洗面奶的泡沫，邢在宇上手帮她弄，按照记忆中她夹头发的样子照做，弄了一分钟，一直没弄好，宋落像被拉着头发，不舒服地问："好了没？"

邢在宇还在研究："夹不住。"她的头发太厚，夹子有点小，但是平时她都能夹起来，也不知道他哪个步骤不对，怎么也夹不稳。

"行不行啊……"宋落闭着眼睛，看不清当下是什么情况。

邢在宇抓着她的头发，说："你洗吧，我帮你拿着头发。"

宋落："……"

她把脸上的洗面奶洗掉，他递过棉柔巾。擦完脸，她接过鲨鱼夹自己绾头发。

过了十几秒钟，刚刚邢在宇怎么也夹不稳的头发就被她弄好了。

"有技巧？"他挑眉问。

宋落道："没技巧，是你笨。"

邢在宇才不信，扣着她的肩膀让她转过身子，细致地看了一眼，原来是夹了一半。

宋落挣脱他，走回客厅，继续坐在沙发里，调侃道："能坐实一点，邢学长是真的不喜欢鲨鱼夹。"

邢在宇听明白她是在暗讽他手笨，黑着脸走过去："再说一遍？"

宋落见好就收，捧着肚子说："好饿啊，你要煮到什么时候啊？"

"饿死得了。"邢在宇反呛回去。

宋落笑笑："你舍得吗？"

邢在宇无奈："行，舍不得。"

这句玩笑话让她莫名产生了一种微妙的感觉，她悄悄看向他的方向。

在家里的邢在宇穿着和平日差不多的休闲风衣服，白T恤搭配深灰色的阔腿垂感长裤，前面的抽绳随着动作轻摆，头发是起来后随手一抓的，乱也帅，果然人只要顶着一张好看的脸，穿麻袋也好看。

她在邢在宇家吃了个午餐，晚餐前赶到约好的餐厅。

第二十四章

宋泽出门接她，臭着张脸，跩跩地斜靠在大厅的柱子旁，跟上门讨债的一样。

"你怎么来了？"宋落听说他最近去补习班，应该忙得脚不沾地的。

宋泽冷笑："我不来就不知道他们要让我姐嫁给一个老男人了。"

"大八岁，不算老吧。"宋落不以为然。

宋泽激动地挥着手："八岁！"

他竖着大拇指和食指夸张地说："这个年龄还要靠联姻结婚的男人，不是偷腥成性就是那方面有问题！"

宋落无语，这两条怎么听怎么耳熟，貌似邢在宇也这样损过邢琛。

不见宋落接话，他惊呼："不是吧，真说中了？"

她淡淡地看他一眼，迈步往电梯间走去。

"姐，真的啊？"宋泽紧紧跟着她，心里干着急，"你说话啊！"

宋落没办法，叹气说："是的，外面有人。"

宋泽顾不上什么教养，骂了一句，气愤地说道："那方面也不行？真的不行？这个男人什么品种啊，还两样全占了。"

站在电梯按键前的女服务员微微低着头，想尽量降低自己的存在感，生怕惹恼了正在发脾气的宋泽。

"闭嘴，我没试过我怎么知道行不行？"宋落没好气地说。

"你没……"宋泽搂着她的肩膀拍了拍劝道，"没试过是对的，千千万万个男人等着咱们，死都不要偷腥的。不行不行，你别去了，按照爸的性子，肯定要逼你答应，你回学校。"

宋落问："妈来了？"

宋泽回答："来了。"

宋落放心了："那就行。"

搞不明白"行"是什么意思，他还想劝宋落，又被打断。

"不管等会儿席间发生什么,你收着脾气。"宋落下电梯后嘱咐他。

宋泽皱着眉问:"让你订婚什么的,我也忍着?"他觉得不行,他得给她撑腰。

到了门口,她停下步伐,认真地审视宋泽,他挺直腰杆接受着她的打量。

过了好一会儿,她说:"这是笔生意,不是婚姻。"

宋泽不懂:"所以要出卖你的婚姻吗?"

她问:"你有更好的办法吗?"

宋泽摇头,宋落无所谓地说道:"就当吃个饭,别有太大压力。"

在她的手碰到门把手前,宋泽拉住她,气馁地说:"姐,对不起。"

他在国外的时候总是羡慕他姐能在父母身旁,在熟悉的环境里成长,这一次回国他才慢慢看清楚他姐背负着多少压力,就连在学校,很多事情都要受到父亲的管控,没有他想象中的轻松。

"真的觉得对不起就做好觉悟。"宋落望着他浅笑,动着嘴巴无声地说了几个字。

过于熟悉这个词的宋泽立马读懂了——当牛做马。

……他滥好心什么,资本家都使劲压榨他。

进门看清一桌子的人,除了邢琛和她父母,邢家的老爷子也来了,她上前礼貌地同老爷子问好,他笑着请她入座。宋泽挨着宋落就座,不让邢琛靠近她,就连宋庆海给他使眼色也当看不见,就像宋落说的,今天来谈的是生意,不是婚姻。

开席后,说话的几乎只有宋偲和邢老爷子,两人聊着最近的金融形势和项目的意向,关于联姻的事情一句话都没聊。

宋泽打量了一眼宋庆海,借着给宋落夹菜的机会凑近她,幸灾乐祸地说:"你看咱爸,还真的以为是来聊怎么把你八抬大轿嫁出去的。"

她看向邢琛,勾唇笑了笑,看来昨晚的话奏效了,应该是邢琛和老爷子说了什么,所以老爷子没有主动去聊关于两家联姻的事情。偶尔有安静的时候,宋庆海就迫不及待地插话:"邢老先生,你看两个孩子……"说到一半,两道声音打断他。一道是邢琛的,另一道是宋偲的。

听到宋偲出声阻止宋庆海,宋落还挺意外的。

邢建泉笑着打圆场:"今天就是吃顿饭,两个孩子的事情就让他们自己接触,我们大人干涉太多也不好。"

宋泽奸笑,小声说:"你看看爸的脸色,搞不懂他今天这么急着把你推出去干什么。"

宋落让他克制一点,宋泽说:"克制什么,我就是要灿烂地笑!"

宋落信了,儿子就是来克父亲的。

"姐,你真的一定要嫁给那个老男人啊?"宋泽不甘心地问。

宋落淡定地喝汤,分心听着宋偲他们的聊天内容,一边说:"他们家要是有女孩子另说。"

意思是他可以上门去做人家的女婿了。

为什么是女婿?是因为宋偲已经属意她做接班人,轮不到宋泽了。

宋泽:"……"他招谁惹谁了,怎么都想把他卖去赚钱。

聊得正火热,刚才尴尬的话题也被带过时,大门再次被推开。见到来人,邢建泉的笑容格外灿烂,亲自去门口拉着邢在宇进来。"给大家介绍一下,这是我孙子,邢在宇。"

席间的人停了筷子,宋落难以置信地对上男人的目光,心想他来干什么?

而邢在宇照旧是那副欠揍的样子,宋落不由得一阵心慌。

邢在宇礼貌地同宋家夫妻问好,宋庆海一听他是老爷子的孙子,还是他们法学院的高才生,热情地拉着他的手喜笑颜开地说:"原来是在宇啊。"

"宋教授好。"邢在宇礼仪得体。

席间来了一个和宋庆海同一个专业领域的,他还是长辈,爱显摆的坏毛病冒出来,说:"下个学期你们班的国际商法课是我上。"

邢在宇顺着问:"这么快就定了?"

宋庆海笑着说:"快年底了,你们准备开始选课了,教务处也早就安排好课程了。"

"能上宋教授的课是我的荣幸。"邢在宇颔首微笑说。

才因为孙子愿意来陪自己吃顿饭,所以心情不错的老爷子瞬间垮了脸,他心里一直不满孙子和去世的儿子念相同的专业,觉得都是因为念法学要做什么法官,才放弃家里给安排好的路。父子断了几年来往,后来虽然缓和了关系,但又出了意外,从那之后儿媳妇就有意和他们一家保持距离,害得孙子也不亲近他。所以他对邢在宇目前读的专业很不满,怕孙子变得和大儿子一样,因此记恨上他们,偏偏宋庆海还一直拉着邢在宇聊,他的脸更臭了。

邢琛乐于见此场景,也不阻拦,任由宋庆海打开话匣子拉着邢在宇说个不停。

傻如宋泽也发现了不对劲,又凑近宋落和她咬耳朵:"姐,那人是谁啊?"

宋落一个词一个词地蹦出来:"他侄子,邢在宇,我同级。"

宋泽点了点头,忽然想到什么,说:"他侄子和你同级啊,那不就是和你差不多大嘛,这老爷子……"

"喀喀喀。"宋偲清了清嗓子,示意他们注意点餐桌礼仪。

宋泽闭嘴不说话了,面上敷衍完宋偲,拉着椅子更凑近宋落,非要现场八卦个明白。

宋泽继续说:"老爷子在外'彩旗飘飘'啊,弄出个小儿子和孙子差不了几岁。不过……这人怎么这么眼熟?"他总觉得在哪里见过邢在宇,可怎么都想不起来了。

"我高三时和他同班。"宋落说。

宋泽自己解释:"可能看你们班合照的时候注意过,人挺帅的,姐你……"

宋落转头狐疑地看他,冷漠地问:"我怎么?"

宋泽用手遮住嘴,凑到她耳边,贱兮兮地说:"真的要和邢家联姻,小年轻不比老腊肉好?"

宋落淡淡地哼笑一声,看了大圆桌对面的小年轻和老腊肉一眼,玩味地问宋泽:"你觉得小年轻好?"

"必须好呀,我觉得他各方面条件都比邢琛好。"宋泽喝了口果汁,认真对比起对面两个男人的硬性条件。外貌,小年轻胜;出身,小年轻胜;气质,也是小年轻胜。非要选一个姐夫,他选邢在宇。

宋落对赶着在这儿给她"选妃"的弟弟无语,慢条斯理地夹了块肉,说:"你要是真的为你姐好,平时在学校多注意一下,给我问几个男高中生的联系方式,不比他们好?"

宋泽被狠狠呛到,咳声一次比一次大,吸引了所有人的注意力,他慌张地摆手:"没事没事。"

宋落一脸嫌弃的表情,把纸巾塞到他手里,让他赶紧擦擦。

"姐,你想什么呢!"宋泽压低声音警告她。

宋落说:"想让你闭嘴。"一天天的就他话多。

餐桌上的话题还在继续,依旧还是宋偲和邢建泉在聊,邢在宇偶尔顺着聊几句。聊到最近某个关于新能源的话题,邢在宇接着宋偲的话问:"宋总是想要开发这方面的项目?"

宋氏是做家居的,关于新能源项目的开发宋落也大概了解过,被他们的话题吸引,放慢了就餐的动作。

宋偲说:"最近有在关注,而且低消耗的家居推广有利于吸引部分环保主义顾客。"

邢琛说了自己的想法:"可宋氏主推的并不是这个,而且现在新能源家居用品很多企业在做,风险也是估摸不准的,贸然进入市场反而不太好。"

这也是宋偲的顾虑,放弃优势去开发新项目的风险过大。

邢在宇浅谈自己的想法:"如果前期没有经验,倒是不用急着把主推产品做出来，或者做出一个系列作为主打，然后在本季主打系列里加上想要推广的节能产品就好了，损失可以降到最低。科技是向前发展的，宋氏找我们合作可能考虑的也是这一点。"

邢家主营软件技术开发，这也是宋氏会找上门合作的原因。邢在宇的一番话完全对宋偲的胃口，商人都是利益至上的，如果能降低成本获得最大的利益，谁能不喜欢？

而邢琛考虑的和邢在宇相反，他是想把合作扩大，但只是简单地尝试推出新产品，能给宋氏带来的好处并不多。宋氏在家电行业的影响力是他一直想要获得的，若是能达成合作，可以扩大邢氏的业务，迫不及待要做出一番成绩给邢建泉看的邢琛有些急不可耐了。

宋偲有意想和邢在宇继续聊，但他三言两语就把话题推回去给邢建泉，并不打算出什么风头，本来这场晚饭的主角就是宋偲和邢建泉。

他们的话题宋落也不是很感兴趣。吃饱喝足，他们换到旁边的会客厅继续聊。宋泽更加无聊，甚至觉得自己是不是失心疯了，竟然想着干坐在这里还不如回学校写数学试卷，整个人的精气神似乎被抽干，歪歪斜斜地靠着宋落。

肩膀一沉，宋落微微偏头对他说："坐好。"

宋泽从小就爱黏她，特别是去无聊的宴会场合，他也不到处乱跑，就这样挨着她不乐意动弹。

她手里的手机振了振，按亮屏幕扫了一眼，立马关掉，不让宋泽看到。是邢在宇发来的，他问她还要坐多久。抬头看向坐在对面的单人沙发上的邢在宇，他正百无聊赖地玩着手机，对商业上的话题丝毫不感兴趣。似乎感受到了她的注视，邢在宇抬眸，四目相对，他轻佻地笑了笑。目光乱瞟的宋泽注意到了，他的小眼神在两人之间转了两圈，感觉不对劲，很不对劲。

"姐，你和他有仇吗？"宋泽拉着宋落聊天。

宋落躲开邢在宇的注视，说："算吧，大家都说我和他不合。"

"啊？"宋泽哭丧着脸，"怎么不合呢？我还想说有好人选了。"

"收起你的好奇心。"宋落冷冷地丢下这句话，随后起身说去趟卫生间。

她走到外面的走廊，靠在墙上拿出手机回复邢在宇的消息。才拿出来，包厢的门就被人推开，她把手机收到口袋里，出来的是邢在宇，他含笑看着她。宋落无视他热烈的眼神，双手放到口袋里，问他："跟过来有事？"

她才不信他是偶然路过上来坐一坐。他和邢家的关系不好，哪会有闲心赶着来给老爷子做乖孙子？再说了，非要赶着今天过来就很奇怪。邢在宇阔步走向她，正要说话，包厢门再次被推开。

"姐，你干吗啊，搞这么久？"宋泽语气里还有几分着急。

邢在宇回身看了一眼打扰他们交谈的男人，被瞪了一眼。

宋泽走到他们中间，他还记得宋落说的两人不合，不动声色地护在宋落面前，关心地问："你是不是不舒服？"

"我才出来两分钟不到，上小厕都没这么快。"宋落真是无语到了极点，几岁了，还这么黏她。

宋泽才不管这么多，转身搂着宋落的肩膀带她走远，小声问她："姐，你该不会真的想要跟他发展一下吧？"

"把你脑子里龌龊的想法收起来。"宋落翻白眼。

宋泽继续说："你要是想，我也是赞同的。"

"……"

"真的，我老看不惯邢琛那个老男人了，还有爸妈也好过分，竟然让你和一个油腻的男人在一块。"

宋落轻笑，这个他俩倒是想到一块了，因为看不惯邢琛，也不想被爸妈控制，所以选择邢在宇，是冤家也没事。他们……还是有几分像姐弟的。

"哎呀，不说了，姐你放心，以前我不知道爸妈竟然打的是这个主意，现在我知道了，我一定帮你！"宋泽说完左顾右盼，看到卫生间的绿色标识，急忙说："我去上个厕所！"

出来的三个人，只有宋泽是真的要去厕所的。

走廊尽头的邢在宇走向她，拉着她进了楼梯间。他撑着楼梯扶手，俯身向前，她就这么被禁锢在这方小天地里。

宋落微微垂眸，看到他手背上暴起的青色脉络。他指节泛白，手腕上戴着手表，有一种成熟男人的魅力。她缓缓抬手压在他的手背上，感受到他滚烫的体温，人是温血动物，怎么邢在宇不管在什么季节都跟火炭一样烧人？

她抬眸含笑望着他："说事。"

他松开右手，翻过手掌，贴着她的掌心，宋落感觉到有东西硌在两人之间。

"项链忘拿了。"他贴着她的耳朵悄声说。语气暧昧又缱绻，气息扫过她的脸颊，不受控制地，她的脸骤红。因为他的这句话，昨晚各种旖旎的画面跑到她的脑海里，当时他嫌弃项链碍事，直接取了下来，然后随手放在床头柜上。早上她顾着处理文件，就忘了。

隔着一道木门，外面传来宋泽咋咋呼呼的声音，他一个劲地喊："姐！姐！人呢？奇怪了，我就上了个厕所，跑哪儿去了？"

要是楼梯间的门被推开，一眼就能看清他们在做什么，宋落的心高高悬起来。

她的紧张貌似取悦到他了，他靠她更近，她小腿的肌肤碰到了他的裤子冰凉的布料，警告地喊了一声他的名字。他的唇滑过她的额头，宋落心都要跳出来了。

"别紧张。"他坏笑着说。

宋落也不想啊，但这个接触距离要是真的被宋泽看到，他的喊声能响彻整个酒店。好在宋泽人傻，发现人不见了就跑回去找，没动来楼梯间看看的心思。

宋落松了一口气，把项链拿过来："大老远跑来就是为了送项链？"

邢在宇一只手放到她背后，把她压到自己怀里，下巴蹭着她的软发轻笑："不然还有什么？"

说完他沉沉地笑了。她的耳朵贴着他，被震得酥酥麻麻的，心跳全乱了。

"起来。"宋落没好气地说。

邢在宇又拿过项链："帮你戴。"毕竟是他拿来的。

宋落燥得很，抬手捶了他一下，邢在宇笑得更欢了。他的手指不小心钩到她的衣领，往上拉好盖住。她受不了他这副磨叽的样子，推开他整理衣着，让他十分钟后再进去，她先回去。不等他的答案，她就摔门离去。

小妮子的脾气也真是够暴的，戏弄一下都不行，邢在宇心里感慨。

宋落回到包厢，碰到要出门的宋偲，她老实地喊了声"妈"，宋偲径直走向阳台，示意她跟上。

等宋落站在宋偲跟前，宋偲直接说了来意："还在气那次聚餐的事？"

因为上一次聚餐时被训，宋落从假期到现在没有回过一次家，宋庆海着急，给她打了几次电话。确实气，但她不想说，知道自己就算把所有的苦水倒出来，宋偲也给不了她想要的安慰。

"你爸的想法也没错，你没必要和他过不去。"宋偲从口袋里拿出烟盒，取出一根女士细烟，红唇含上烟嘴，点燃吸了一口，继续说："寒假你来公司实习吧。"

看着烟雾里的宋偲，宋落心里空落落的，貌似她从没看懂过自己的母亲。别人家是父亲主外，母亲主内，他们家完全相反。可别人家的父亲就算再忙，也会惦记着孩子，但她的母亲对她和宋泽的态度总是淡淡的，似乎跟他们不是血脉相连的亲人，像陌生人。多余的埋怨解决不了问题，宋落沉默了。

宋偲当她在耍小孩子脾气，回身抱着手睥睨她："还是因为订婚的事情不开心？"随后又说："你们订婚的事情可以往后延迟，过段时间再议，但是宋落……"

宋落打断她："不需要。"

宋偲挑了挑眉。

宋落迎着她锐利的目光："你们想怎么安排就怎么安排吧，实习的事情我会好好做的。"

她的话令宋偲很意外，总是冷着脸的宋偲难得一见地笑了下。

"像我宋偲的女儿。"她走到宋落身旁，伸手整了整她的衣领，"有空回去看看你外婆，她想你了。"

宋落心情沉重地"嗯"了一声。

"回去吧，别和你爸计较太多。"宋偲交代她。

抽完一根烟估计还要几分钟，宋落不打扰宋偲的个人时间，转身先出了阳台。

进门后被站在门边的男人吓到，她差点喊出声。不知道他什么时候站在这里的，又听到了多少对话。男人周身的温度降到冰点，目光透着寒气，一片死寂，宋落不自觉地紧张起来。他……在生气？宋落不确定，正想开口，邢在宇的电话响起。

他接了放到耳边，冷声说："学校有急事，我先走了，改天再去看您。"

挂断电话，不给她说句话的机会，他转身直接离开，看她的眼神就像看陌生人一样。

第 二 十 五 章

回来后过了一个月，宋落不知道是不是自己想多了，总觉得邢在宇在生她的气。前两周的校运会上以为能碰到他，结果整整三天都没见到他人影，后来才知道他因为华辩只负责校运会前期的工作，后面的工作就不参与了。微信对话框里的消息还停留在一个月前，往上划拉，没几分钟就能拉到顶部。

加上好友后，他们也没聊过几句，所以……半个月不联系也很正常，又不是真的男女朋友关系，是她想太多了。她自嘲地笑了笑，甩掉脑子里多余的想法，打开电脑继续赶作业。

对面的椅子被轻缓地拉开，细微的声音在安静的图书馆里显得突兀，招来了周围同学的注意。手边推来一杯咖啡，是暖的。她还未来得及做出反应，身边的同学就开始小声议论起来。

"傅大神？"

"早知道我今早约那桌了，你还说什么离阳台太近，风大。要是能和大神同桌，淋雪我都愿意。"

"又是羡慕宋美女的一天，上次和邢学霸同桌，这次和傅大神同桌，我有她一半就好了，不求多。"

"别做梦了，你要先有宋美女一半优秀，再去妄想有她一半的待遇。"

"那……还是算了，听说上次国际贸易竞赛的省级赛他们队拿了第一，下个月去参加全国大赛。我舍友是工作人员，她说宋落作为主谈，英语说得老流利了。本来比赛就是模拟而已，但他们组是真的谈下了一笔生意，赞助他们的公司高兴坏了，一听说他们要去参加全国赛，一挥手给他们报销全部的费用，酒店都给他们订最高级的。"

…………

宋落面无表情地听着这些话，内心并没有多大的起伏，抬头看向给自己递咖啡的男人。来的人是她表哥，傅斯朗。

说起傅斯朗，他和邢在宇一样，都是能在表白墙引起"腥风血雨"的男人。不过他不同于邢在宇，他在外的名声好很多，皮相又好，专业知识过硬，家境也很不错，但常给人一种清冷疏离的感觉，不太好亲近。

"怎么苦大仇深的？"傅斯朗落座，拿出平板电脑和文件，压低声音问她。

宋落捧过咖啡，指尖的冰冷被融化，抿了一口，苦涩的醇香味让她清醒许多。"有吗？"

傅斯朗戴上蓝牙耳机，瞥她一眼，再多的话不用他说，宋落心虚地揉了揉脸，自顾自地解释："论文太难了吧。"她转过电脑让屏幕面向他，试图证明自己真的是因为论文太难心情不好。

傅斯朗深深看她一眼，她垂下眼睫，知道表哥的那双鹰眼能把她所有的想法一眼看破，只能躲开他的打量。

"最近忙？"傅斯朗也听家里人说过宋落最近的事情，以为她是因为要订婚不开心。

宋落敲着键盘漫不经心地"嗯"了一声。

两人对视一眼，没有再深聊。傅斯朗和她一样，家里都有爱管他们的长辈，也明白彼此的身不由己，他们都要强，谁也没说过安慰对方的话，就硬熬着。两人有点惺惺相惜，偶尔互相帮个忙，但更多是傅斯朗作为表哥照顾她这个表妹。

他们各自忙着手里的工作，图书馆也恢复了原先的安静，有几人本来是很散漫的，现在不远处坐着两个学霸在专心致志地学习，氛围莫名被带动起来，也不开小差了，该干吗就干吗。傅斯朗握着钢笔在空白的A4纸上写笔记，宋落工作间隙抬头，看到他放在手边的一张纸上写的是最近一个政策的分析，勉强能看懂一二，因为他写的是日文。

坐到午饭时间，傅斯朗带她去二食堂用餐，一路上从他们身边经过的人都难以置信地往回看了好几眼，他们甚至听到了一句离谱的话——宋落和傅大神是在交往吗？

到了食堂二楼，宋落坐在餐桌边等着傅斯朗给她打饭，一边翻开手机处理堆积的消息。

微信最前面的消息是宿舍群的，红点里的数字还在增加，她点进去。

方柚白：看看这是什么！不知道真的假的。

方柚白：[图片.jpg]

万莺：我的妈啊!!!我就睡了个懒觉，怎么就变天了呢？

蓝京溪狂打了一串红色感叹号，刺到宋落的眼睛了。引起话题的那张图是表白墙发的匿名投稿。

墙墙，匿名投一个稿，我太激动了，我一定要投这个稿，我现在打字手都在颤抖。今天我在图书馆七楼碰到宋美女和傅大神同桌，没错，就是外语学院的傅大神！准确地说是面对面坐着，两人还交谈了，还对视了，我怎么感觉两人有点……那种关系啊？马上给大家上个图。[图片.jpg]

宋落："……"就离谱。

她止住群里不对劲的风向，三个人已经在猜她的男朋友是不是傅斯朗了。

宋落：这是我表哥，我外婆和他奶奶是亲姐妹。

万莺：???

蓝京溪：!!!

她们被吓得不轻。从方柚白的回答来看，她还有点飘了。

她问：落落姐，你缺表嫂吗？

宋落：缺啊，你敢？

方柚白立马怂了：不敢不敢，大神这种人物我们就在远处看看，不亲近比较好，站在他三米外，我都觉得恐怖。

宋落看了眼拿着两个托盘回到位置的傅斯朗：不至于吧？

万莺：你是他表妹，你当然不觉得怎么样，神还是继续在天上吧，不敢拽下来，也拽不下来。

宋落收起手机，接过他递过来的筷子，笑着说："表哥你也快二十五了，就没打算谈恋爱？"

傅斯朗淡淡地看她一眼："你很闲？"

心底还是有点怕傅斯朗的宋落立马识趣地闭嘴。

"下午我和你提前去会场。"傅斯朗说起今天找宋落的正经事。

下午学生会有个模拟联合国大赛的工作，她要带组员去给学习部帮忙。

听到这里，宋落夹着菜问他："这是贿赂我的？"

傅斯朗说："嗯，好好吃。"

她就知道表哥的关心不是天上掉馅饼。

她没有了解过这类比赛，只知道里面的发言就和他们打辩论一样，唇枪舌剑少不了，但是他们的比赛更复杂，需要从代表的国家的立场去进行政策辩论，从而争取支持者。

傅斯朗去这么早的原因很简单——提前争取支持者。

"表哥，你明年就研三毕业了，你打算回家继承你们家的千亿家产吗？"宋落问。

听到她夸张的说法，傅斯朗停了筷，不清楚家里到底有没有千亿，但他并没有要继承的想法。

傅斯朗说："不打算。"

宋落说："也是，还有大表哥，不然你们可能要上演争财产的戏码了。"

傅斯朗好笑地问："心情不好？"

宋落摇头："没有啊。"就是做事提不起兴趣。

傅斯朗回到原来的话题，评价道："说话和宋泽一样难听了。"

宋落说："表哥，你这一句话把我和阿泽都骂了。"

傅斯朗雅笑："周末我提前过生日，你和宋泽一起来玩。"

提到他生日，宋落望了一眼窗外灰沉沉的天，马上就十二月了，今年就要过去了。

她轻声说了"好"，心想或许该放松一下了，肯定是压力太大，她整个人对什么都提不起兴趣。

———〜〜〜———

下午的比赛是学习部主办，她需要忙的事情不多，安排好后，就坐在最后一排看比赛。

戚相宜刚把所有的事情安排妥当,捶着腰扶着椅子来到她身边坐下,聊起表白墙的事情:"他们竟然传你和傅哥是一对,你说离谱不离谱?"

其他人不知道宋落和傅斯朗的关系,但作为宋落从初中到大学的好友,戚相宜是清楚的,今天看到表白墙上的投稿,她直接笑出声,把组员都吓了一跳。

"没办法,我表哥优秀。"宋落干巴巴地夸着傅斯朗。

戚相宜察觉不对劲,紧张地问她:"生气了啊?"

宋落蹙眉,傅斯朗问她就算了,怎么连戚相宜都觉得她心情不好?

"没有,我很开心。"宋落望着她,认真地说。

戚相宜看着眼前沉着脸的美人,她眉宇之间的寒意比外头的冷风还刺人,看不出开心的样子。戚相宜不敢再多问,怕她为了证明自己开心,说出的话更刺人。

比赛结束的时候差不多八点钟了,整座楼只有他们这间大型会议室还亮着灯。宋落在门口等人,不远处走来几个人,她不经意地抬头看去,和迎面走来的男人目光撞上。他穿着黑色的长款羽绒服,脸上的表情是少见的阴冷,宛如这仲冬的天气一样。习惯他总是一副吊儿郎当的模样,现在看到他这副表情,宋落心底发怵又不安。停顿不到五秒,他偏头继续和同伴说话,直接无视了她。

他刚刚的眼神……和当时她在阳台外见到的一样,像陌生人,像他们从未认识。

"小落。"身后传来傅斯朗叫她的声音。

傅斯朗外穿一件深棕色的毛呢大衣,里面是得体的西装,走到她旁边说:"我带你去吃晚餐。"接着递过一杯水果茶:"刚点的外卖。"

宋落心安理得地收下,反正没少在傅斯朗这里蹭好吃的,然后跟着傅斯朗往行政楼的停车场走去。

人走远,邢在宇才往后看了一眼。暗中观察的周敬跟着邢在宇回头看一眼,心想他这偷偷摸摸的行为,是不是又在脑子里谋划怎么给对家添堵?

这边做完比赛收尾工作的乔粟艺出门碰上邢在宇一行人,看时间他们应该是去社团办公室熬华辩的辩题,她乐呵呵地跑过去,和他们一块去熬辩题。

她注意到两人看向宋落远去的背影,乐呵呵地聊起今天看到的事情:"是宋学姐和傅大神啊,今天他们也是一块来比赛场地的,休息时间一直凑在一块聊天,关系好像真的不错,就是不知道是不是表白墙上说的情侣关系,我也不敢问。"

她知道宋落有对象的事情,全部门约定好保密,她也就没有往外说。

听到八卦的周敬正想深问,忽然觉得氛围不对劲,怎么感觉周身冷飕飕的……明明刚吃完饭,身子应该是暖的。

旁边的男人嗓音冷冽:"关系好?"

乔粟艺点头:"是啊,宋学姐给傅大神买水,傅大神给宋学姐送喝的,很要好的。"

邢在宇不冷不热地出声:"嗯?"

刚想补充一句"郎才女貌"的乔粟艺终于发现不对劲了,闭上嘴,怯生生地看向周敬,无声地求救着。

周敬揽住邢在宇的肩膀,哈哈笑着:"不管怎么样,女神脱单是好事,就算还没有脱单,有发展目标也是好事,我们尊重祝……"

"福"字没说出口,手就被邢在宇狠狠拍开,手背直接红了,疼得他龇牙咧嘴。

接着邢在宇阔步走在前面,和他们拉开距离。

乔粟艺小声问:"邢学长怎么啦?今天进展不顺利吗?"

他们下一场要打半决赛,辩题上碰到不少难题,最近队里的气氛很压抑。

"我也不知道啊,刚刚还好好的。"周敬能肯定和辩题没有关系,大少爷打辩论跟玩似的,毫无压力,下午还润色出了一辩稿,把要打的大方向全部定好了。

这一路上非要说一个让他不开心的……就是碰到对家宋落宋美女。但是,远远看一眼心情就不好,他们的关系已经这么差了吗?

——⌇——

自从那天在行政楼外面碰见宋落和傅斯朗,邢在宇脑子里全是她在阳台上说的话,当听到她选择继续和邢探订婚,莫名地觉得窝火。这还能算盟友?他心底冷笑一声,或许他在她那儿,什么都算不上。

没有特意联系,他们确实和陌生人没有任何区别,邢在宇点开和宋落的聊天框,聊天内容少得可怜,合作伙伴聊起来都比他们火热。他犹豫一会儿,准备返回联系人页面,不小心碰到她的头像,朋友圈那一栏有照片更新,是她和傅斯朗的合照,他点了进去。照片是十分钟前发的,她捧着蛋糕和男人并排站着,难得地,她笑得很开心,配文是一个蛋糕表情,后面跟了句"补一张合照",看得出两人的关系不浅。他从床上坐起来,给管嘉傲拨去电话。

响了几声后,对面接起,笑嘻嘻地问他:"宇哥怎么了,大好周末怎么舍得联系我?"

管嘉傲应该在酒吧里,听筒里全是刺耳的音乐声,吵得邢在宇更烦了。

"半小时后俱乐部见。"丢下这句话,邢在宇便把电话挂了,然后套上外套去公寓楼下的停车场开车。

被挂电话的管嘉傲蒙在原地,过了一会儿才反应过来邢在宇说了什么,眼皮一跳,顾不上这酒局才刚开始,匆匆往外赶。大半夜去俱乐部还能干吗,肯定又是玩赛车,但最近没有比赛,这个时间点去,肯定是出了什么事。上次邢在宇和他妈吵完架三更半夜地疯跑了十多圈,他在看台上腿都软了,生怕赛车飞出赛道,伤了、残了可怎么办?想到这儿,他让代驾的司机再开快点。

第 二 十 六 章

宋泽看着那张被裁剪过才发出的照片,不爽地吐槽:"姐,你也太小气了吧。"

卸完妆的宋落从房车的卫生间出来,开始护肤,淡然反问:"你有意见?"

他怎么敢有意见啊。今天傅斯朗过生日,每年他都会到郊外的露营地过,和三两好友小聚一下。宋泽是第一次参加这类活动,兴奋得不行,感觉自己也算半个大人了。席间玩游戏的时候他过于忘我,不小心把宋落给得罪了,然后那条庆生朋友圈的合照里,他就被裁掉了,明明是三个人的快乐,他却被遗忘。

宋落套上开衫,坐到懒人沙发里,拿起手机,打开微信看消息。聊天页面无数个红点,她被吓得一愣,反应过来后,先点开宿舍群,三个人着急得不行,一直艾特她。

方柚白:落落姐,你赶紧回复解释一下,有你微信的人都炸了,再过两分钟就要传到表白墙了。@宋落

蓝京溪:你接电话啊,你和傅大神的绯闻就要坐实了。@宋落

万莺:你干吗呢?去哪儿了?回来啊!要变天了!!!@宋落

透着屏幕都能感受到她们的着急。宋落没有浪费时间问什么来龙去脉,一看就知道她给傅斯朗庆生的朋友圈被人误会了。也怪她大意,因为发的时候和宋泽拌嘴,没有选要屏蔽的分组,发朋友圈的想法只是想让家里的亲戚看到,让他们安心。

评论快五十多条了,点赞更不用说了,她点开回复,打下一行字:再和表哥说一句生日快乐!接着惴惴不安地摁下发送键,切换回宿舍的聊天群。

宋落:我……这样说可以了吧?

万莺刚查看完:可以了可以了,我相信不会有人这么不识趣地把你的朋友圈截图发到表白墙的,要不然都可以告他暴露你的隐私了。

方柚白:吓死我了,我真的好怕表白墙上要掀起一场"腥风血雨"。

宋落有几分无奈:不至于吧。

蓝京溪简洁明了地点评:大学生闲,至于。

宋落：……

所以她这一年多以来给表白墙提供了很多丰富大家生活的八卦对吗……

马上就期末了，相信大家也不会再有闲心八卦。

又简单和她们聊了几句，她退出微信，不打算去别的群做出回应，不然会显得有些无中生有，也完全没有必要，看到她回复的，识趣的都不会再讨论了。

坐在沙发另一头的宋泽快快的，靠着沙发转头望她："姐，我们去附近转转吧。"

宋落看了眼时间，22：27。

"时间不早了，你明早还要回学校。"宋落拿过遥控器打开投影仪，打算看部电影就睡觉。

宋泽不乐意，挨着她撒娇说："这座山都被开发了，我们四处走走也是可以的，而且今天是周末，夜生活很丰富的。"怕她再拒绝，他又可怜兮兮地说："我回去就要被关到寒假了，不对，准确地说是大年三十前一天才解放，爸现在还给我报了晚自习的一对一补课，我回去就像坐牢啊！"

宋落偏开身子，他重心不稳，一头栽到软沙发里。

他用手戳着宋落的蝴蝶骨，黏糊糊地喊她："姐——姐——"

宋落烦了，站起来拎起抱枕往他脸上一砸："滚回你的房车去。"

傅斯朗给每个人租了一辆房车，宋泽的房车就在她的隔壁。

宋泽坐起来，小表情委屈极了，用一双狗狗眼盯着宋落看，非要她松口答应。僵持半分钟，宋落走向房门，吐槽道："真是欠你的。"宋泽开心地"哒"了一声，殷勤地给她拿外套和包包。

出去就是空旷的平地，这处露营地有两排房车，周末人多，全被订满了，有不少人在外面烤火聊天。傅斯朗的几个好友在不远处聊得火热，温着牛奶喝，傅斯朗不在其中。她走向傅斯朗的房车，透过门听到里面打电话的声音，怕打扰到他，最后只发了微信和他说两人在附近走走，很快回来，让他不用担心。

宋泽玩心大，跟她耍赖说要进山逛着玩，不然多没趣，宋落只好给露营管家打电话，租借了一辆能在山间道路通行的五菱宏光mini（微型汽车）。小小的一辆车，宋泽觉得应该很好操控，说他想开，宋落冷声说："别看车小，要证。"一句话堵住了他的心思，他乖巧地坐到副驾驶等宋落。

宋落用手机查了这块区域的地图，带他从山腰往山下逛，开着车子跑两圈或许小少爷就觉得没意思了。宋落把车窗摇下来，寒风呼啸刮来，宋落手指冷得僵硬，催他把窗关上，他偏不，就是要吹风看风景。

瞥了眼趴在窗旁的宋泽，宋落不知道这是今晚第几次对他的行为表示无语，想吐槽他这种忧伤非主流少年的做派能不能收一收。

听见黑暗里传来震耳的引擎声,他突然一动不动,然后查看地图,兴奋地说:"姐,这里有个俱乐部,肯定有人在玩赛车,说不定还能观赏,我们去看看吧!"

宋落专心开车,没听到什么引擎声。"大晚上哪个俱乐部开门,你听错了。"

"不会的,夜间玩赛车的也很多,我们去看看吧!"他越说越兴奋,颇有一种她不让,他就下车自己过去的气势,宋落只能妥协。

在俱乐部的停车坪泊好车,她看到门口有几个涂鸦样式的门牌,恍惚几秒。这是邢琛带她来过的地方,也是在这里邢在宇不要脸地问她要不要去他车上坐坐。她垂下眼,掩盖心中生出的异样情绪,不想让宋泽看出自己的不对劲。宋泽高兴坏了,跑到门口让她帮忙拍照,一定要和酷极了的灯牌合照一张。

刚拍完,看到不远处有个人走向俱乐部,宋泽惊讶地叫住对方:"邢其源!"

被叫住的高个子少年怀里抱着一堆零食,看到宋泽开心地大笑,问:"宋泽,你怎么在这里?"

宋泽走到宋落身边,搂着她的肩膀骄傲地说:"我和我姐四处逛逛,就到这里来了。"他又指了指里面:"今晚有比赛吗,我怎么听到赛车声?"

邢其源讪讪一笑:"也不算是吧。"

宋泽察觉到门口的冷清,要是真的有比赛不至于门口才停着四五辆车,问他:"被包场了?"

邢其源单手推开门:"是我朋友来玩,没事的,你们进来吧。"

他们跟在邢其源身后进了俱乐部,因为被包了场,大厅空无一人,脚步声显得格外突兀。

宋落肩膀抵到他的胳膊,冷冷地问他:"他怎么回事?"

宋泽装傻:"什么怎么回事?"

宋落眯了眯眼睛:"邢家人?你别想糊弄我。"

她的音量微微拔高,宋泽怕在前面带路的邢其源听到,搂着她的肩膀低头在她耳边说:"我也是为了你着想啊,邢家就邢琛一个男人?我才不信。"

难道上次让他帮忙物色男高中生的事情他记在心上了?她刚想夸他一句,宋泽又说:"我和他认识也是缘分,真的不全是那些……嗯嗯,你懂的。"

前面的邢其源听到,回头笑得没心没肺地说:"是啊,我和阿泽老有缘了,连续三次周考我们都坐前后座,一来二去就聊熟悉了。"

宋泽就读的学校是一中,一中出来的宋落知道高三周考座位是按照全年级成绩来安排的,宋泽什么水平她一清二楚,两人还是前后座,那邢其源什么水平也不用多说了。还……真的很有缘分，三次周考都坐前后座，成绩保持得很好，持续垫底，发挥得很正常。

宋泽收到宋落的刀子眼，干笑着转移话题："是啊是啊，其源你今天怎么来这儿了？不过也多亏了你，不然我们就要白来一趟了。"

走到后山的跑道边，邢其源和远处一个穿着连体工装的人打招呼，一边说："我堂哥一个人跑来玩，他朋友不放心，叫我跟着一块来。"

他向那个有胡楂的男人介绍了他们，宋落注意到那人在捣鼓自己看不懂的检测机器。

邢其源问："要不要参观一下？"他指向不远处的房间，里面还有很多赛车的零件。

男孩子对这些都很好奇，宋泽看向宋落，询问她的想法。

"去吧。"宋落大手一挥，宋泽乐颠颠地跟邢其源走了。

宋落看向观众席的看台，发现那里站了个人，她拉紧围巾，漫步走向观众席。

刚上台阶，一道巨大的引擎声由远及近，飞快地掠过她旁边的赛道，她回头看向那辆深蓝色的赛车，车的速度越来越快，就在要拐弯的时候，看台上的人拎着一个大喇叭突然喊："你要死啊，你慢点不行吗?!"

连续两个弯都过得很漂亮，看台上的声音也越来越暴躁，宋落被眼前有几分滑稽的场景逗笑，估计是赛车手和教练在训练，不然也不会包场。

空气中还有车轮摩擦赛道后的焦味，刺鼻又难闻，宋落把围巾往上扯，遮住鼻子。又跑了一圈，车子停了下来，穿着专业赛车服的男人把头盔摘下来，随意地把头发撩开，看台上的男人慌张地跑下去，往他身上扑，喇叭没来得及关，男人的喊声在安静的赛道上显得格外响亮。

"你知不知道我怕死了，你疯了啊，比比赛时开得还要快，知不知道……"

一道戏谑的男声通过喇叭传来："别整得给老子哭丧似的。"

宋落微微一愣，怀疑是自己听错了，鬼使神差地，她往那边走去。

—⋁—

管嘉傲面对此时的邢在宇有点怂，但他还是要说他几句："宇哥，邢爷，我叫你爷行吗?！你以后能不能不要在不爽的时候来玩赛车啊，我心跳是你车速的两倍你知不知道？你出事了，我要怎么办啊，我要怎么和你妈交代啊？"

邢在宇被念得烦，把头盔拍到他怀里："嘴别碎得跟长舌妇一样。"

管嘉傲不服:"你还骂我,知不知道我在看台上就要呼吸不过来了?"

邢在宇笑了笑,冲屋子里喊:"小柱,给你管哥上呼吸机。"

穿着工装的小柱从里面出来,手上粘了车用的油,黑漆漆的,他开玩笑说:"管哥,这大半夜的,我们也挺不容易的,呼吸机在旁边的医务室里,你自己拿啊。"

管嘉傲气得翻白眼。"是我让你们不容易吗?是……"他不敢把罪名推到邢在宇身上,现在这位爷心情不好,搞不好又要上车跑个几圈,他就真的要戴着呼吸机去看台陪着了。

邢在宇把上半身的赛车服脱了,绑在腰间,里面单穿着一件白色T恤,背后全是汗,无视还在碎碎念的管嘉傲。他进里面洗了个澡,换了身干净的衣服。出来的时候见管嘉傲站在路灯下面挠头,他戴好眼镜,从烟盒里拿了根烟咬到嘴里,抽了两口才走过去,问他:"看什么?"

"你好了啊。"管嘉傲疑惑地指了指黑暗里一个往远处走的背影,"刚刚有个人走过来看,是个女生,我没看清是谁,但总觉得熟悉,我刚发现她,她就转身走了,我记得今天我和我哥说包场了,怎么还有外人?"

女人正好走到下一盏路灯下面,看清她侧脸的邢在宇一顿,身体反应比脑子快,快步追上去,路过垃圾桶时,把烟摁灭。

这边的宋落心跳还没平静下来,差一点就要被管嘉傲发现,要是后面碰到邢在宇不知道能说些什么,没多想,她就跑了。

走到零件房门口,她准备叫宋泽走,手突然被拽住,然后有人拉着她往前走,惊得宋落叫了一声。男人拉她进到俱乐部的大厅。被他摁在凳子上,宋落才看清他的脸。邢在宇沉着脸,眼神阴鸷,宋落被他这副模样震慑到……第一次见他这个表情,很恐怖。

看了她好一会儿,他一句话都没说,移开目光,走到门口,从烟盒里拿了烟,背着她抽了起来。一根烟抽完后,他似乎冷静了下来,转身和她说:"我送你回去。"

宋落这才看到他眼下的青黑以及眉宇之间的疲惫,他这段时间忙比赛和实习应该很累。

走到他旁边,她小声说:"我……开了车。"

邢在宇没说话,宋落拿出车钥匙摁了一下,那辆mini闪了闪,她走出去,想了想,转身说:"我住在山腰露营地,不是很远,先走了。"

说到露营地,他想到她和傅斯朗的那张照片,走向刚拉开车门的她,把她堵在车边,钳制住她的手腕,整个人笼罩着她。

"宋落。"他似乎有话要说,但最后只叫了她的名字。

手腕传来丝丝的刺痛，她挣了一下，没挣开，抬头想问他到底想干什么，他捏着她的双颊吻了下来，掠夺着她的呼吸。

他吻得重，宋落找不到支撑点，身子左右晃动了一下，在她要往下滑时，被一把托住腰身。他继续追吻下来，躲不过，她迎着这个深吻，搂着他的脖子主动贴上去。

分开时，他抵着她的额头，指腹擦过她的唇瓣，低声骂了一句："没良心的。"

宋落喘着笑，快要接不上气了，不甘示弱地回骂："你也没良心。"

见她笑得开怀，他心头一热，压着她的后脑勺把她按到怀里，紧紧地搂着她。宋落鼻尖蹭着他的皮衣领子，冷沉的香味令她安心许多，堆积一个月的烦闷情绪慢慢化开。

"你开车还是我开车？"他问。

听这个意思是要和她走。望着他的双眸，宋落挑了挑眉，无声地问他是什么意思，邢在宇只望着她雅痞地笑笑，不言而喻。宋落起了坏心思，把钥匙放到他手里："你开。"

她推开他，拉开副驾驶车门，邢在宇犹豫片刻，弯腰坐进了这辆小小的五菱宏光mini的主驾驶座。

车子启动，往野营区驶去，宋落转头望着车技娴熟的男人，他打了一圈方向盘，专注地看着前面的夜间路况，她不禁笑出声。

邢在宇看她一眼："笑什么？"

宋落掩嘴笑："就觉得很割裂。"

"割裂？"

"某人半小时前开着赛车多威风，现在开着这辆mini，两个画面联想起来就很……割裂。"车子和男人的体型严重不匹配，他一双修长的腿无处安放，动弹的空间都没多少。

邢在宇也不计较，难得见她笑了，也跟着勾唇笑笑，虽然被嘲笑，但是心情格外地好。

第二十七章

等到了露营区，和管家还完车，她带着他往房车走去，忽然想起什么，她脱下围巾踮起脚给他套上。

才洗过澡的邢在宇浑身暖烘烘的,身上的体温还高着,内搭外套着一件羊羔毛的皮衣,没觉得冷,抬手拒绝她:"我不冷。"

"套上。"宋落说话间打了个战,呼出一口白气。

邢在宇微微蹙眉,她解释:"不想被发现就套上。"

他的眼一沉,原来是这个意思,才下去的不悦又被激得冒出来,充斥全身,连演都懒得演,臭着脸。

宋落哪里顾得上他是什么表情,替他围好围巾,打量远处傅斯朗他们烤火的地方,拉着邢在宇从房车后面狭窄的走道去她住的那间。

她刷卡开门,推着邢在宇进去,整个过程不到一分钟,她心都要跳出来了。一进门,她就被他抵在门上,他捏着她的下巴就吻下来,她压根招架不住。

门外传来傅斯朗的声音:"小落,回来了吗?"

吓得宋落咬了他的下唇一下,空气里的抽气声格外明显。她捂住他的嘴巴,做了个"嘘"的手势,用蛮力把他推到卫生间里面,警告他不许动,门外的傅斯朗又问了一遍,宋落整理好衣衫拉开了门。

"回来了,表哥有事吗?"宋落淡笑着问。

傅斯朗穿着一件黑色的羽绒服,戴着帽子,他问:"要不要和我们一块坐会儿?"

车里还有邢在宇,她不敢离开,摇头说:"不了,学生会有个工作,我要忙一会儿。"

傅斯朗没觉得哪里不对劲,关心道:"你继续忙,别太累着自己,肚子饿就出来拿吃的。"

"小泽呢?"他问。

宋落一惊,怎么把这人给忘了?"他碰到同学,和同学一块在附近玩,我等会儿给他打电话。"

傅斯朗应了"好",然后便走了。

她关上门,瞥见卫生间的门不知何时被拉开,男人抱着手含笑看着她,屋里只有一盏落地灯开着,气氛过于暧昧,衬得他的笑有些不怀好意和……撩拨人。

"表哥?"邢在宇没错过最关键的信息。

宋落问:"有意见?"

邢在宇说:"没意见。"怎么会有意见?乐见有情人终成表兄妹。

没看懂他这是怎么回事,他的表情又变回那个贱兮兮的样子,欠揍得厉害。

她给宋泽打电话,对面好一会儿才接起。

大大咧咧的宋泽兴奋地道:"喂,姐,怎么了?"

宋落不好意思地说:"那个……我已经回来了,你看看你……"

宋泽笑容一顿:"走了?你怎么不和我说?我——"

他突然一顿,过了几秒又笑呵呵地说:"姐姐你就先回去吧,我和小源玩一会儿,等会儿再回去,我会和表哥说的。"说完就着急要挂电话。她隐约听到那边管嘉傲豪迈的声音:"宋小少爷,我开车带你们跑两圈怎么样?玩一会儿再回去,也不算白来。"

电话被挂断,剩下的只有嘟嘟声,也不知道管嘉傲带着他们要玩什么。

她转身看到男人用手机在打字,立马想明白是怎么回事了,问他:"你让管嘉傲送他们?"

邢在宇把手机放下说:"嗯,不然你再过去一趟?"

冬天的山间格外冷,她是不想再跑了。她还没反应过来,又被他拽到怀里。

"真不要脸。"宋落不屑地骂了一声。

邢在宇得手了也不管她说什么,亲了亲她的脸颊:"还有更不要脸的。"

后半夜,外头的聚会早散了,她窝在被子里,享受好不容易得来的宁静,隐隐约约听到外面落了细雨,心里光是想到寒冬里的雨,整个人就更不想离开被窝了。

她拖着声音困乏地问:"什么时候走?"

邢在宇枕着手,侧躺着面向她:"就赶我走?"

宋落看了眼时间,凌晨四点半了,马上天就要亮了。

"天亮就滚。"她闭眼前说。

邢在宇看着女人的睡颜,她背对着落地灯,发丝被晕染着,似乎在发着温柔的光。他抬手碰了碰她的脸,她睁开了眼睛,满是不爽。

"邢学长还有话说吗?"宋落被吵到,不悦地问。

邢在宇捏着她的下巴,左右看了看,漫不经心地说:"宋落,你还真的蛮像资本家的。"架势做得也很足,像继续和邢琛订婚,背后和他厮混,更像现在,温存之后没有任何柔情。

她知道他嘴里的"资本家"不是夸她,带着嘲讽的意思。

"所以你这段时间都在不满我这一点?"宋落心里有事,碰上他,也就直截了当地问了。

惊讶于她的直接,他心里反倒扭捏了几分。"算是吧。"

宋落哼了一声。

"要继续和邢琛订婚？"他还是问出了纠结很久的问题。

宋落点头："是啊。"

他唇边泛着苦，一时间不知道怎么接话。

宋落睁开眼，一双澄澈的眼睛盯着他："我只有答应订婚才能稳住我爸，我需要时间。"

马上就要进公司实习了，反正也只是口头上答应，又不是真的订婚，按照宋偲说的做，确实是当下最好的选择。

"又要笑我资本家？"宋落问，心里生出了期待，还有一丝害怕，害怕他给的答案是肯定的。

邢在宇深深地看着她，接着笑了，俯身吻她："有什么好笑的？现在占到便宜的是我。"

宋落被取悦到，主动伸手环上他的脖子，跟着他一块笑了："就不怕我这样的人吗？"

"什么样的人？"

"唯利是图。"

邢在宇摩挲着她的鬓发："不怕。你也不是那样的人。"

"我……是什么样的人？"

他笑而不语，宋落催他说。

"值得成为盟友的人。"

听到他说他不怕她这样的人，她心底泛起了一片涟漪。浪子都这么会说话哄人的吗？她确实有点心动了。

"看什么？"他低头问她。

宋落嫣然一笑，望着他认真地说："我也不怕你这样的人。"

"哦？"邢在宇学着她问，"什么样的人？"

"不知道，但你很好。"对她很好，已经好久没有一个人对她这么温柔了。

邢在宇愣了一下，揉了揉她的脑袋："不困啊？"

"闭嘴，睡觉了。"宋落聊不动了。

邢在宇去把灯关掉，上床挨着她睡下。两人忘记调闹钟，是被敲门声叫醒的。

门外的宋泽大嗓门地喊着："姐，起床了没？表哥他们有事先回去了，他让我等你。"

宋落吓得差点从床上掉下来，她把床尾的衣服丢到邢在宇身上，让他躲进卫生间去。

刚睡醒的邢在宇没好脾气，这是来到房车后第二次被她塞到卫生间里。

宋落用最快的速度换衣服，然后把凌乱的床铺整理好，把门拉开一条缝隙，看向门口一脸憔悴，顶着黑眼圈的宋泽，紧张地问："怎么了？"

宋泽挤进来。"进去说，外面冷死了。"

宋落来不及拒绝，他直接进了屋子，环顾一圈，总感觉哪里不对劲。

"我们什么时候走？"宋泽在房间里踱步。

宋落把他摁在沙发上，不让他乱走，万一发现什么可就不好了。

"我现在就送你去学校。"宋落说完把他推出去，让他去退房。宋泽只好照办。她走到卫生间把门拉开，邢在宇已经换好衣服，开了一副洗漱用品在刷牙，又把她昨晚刚开封的递给她，她犹豫一下，接过，和他并肩站在盥洗池前。

他擦完脸，看着镜子中面无表情地刷牙的她说："我的车停在山脚停车场，等会儿你开那辆车送他。"

宋落含混地问："你呢？"

邢在宇不以为意："我坐管嘉傲的车。"

定好后，两人不再说话，出了房车就默契地往不同的方向离开。

她把宋泽送到学校，嘱咐他好好上课，周末回去陪外公外婆吃顿饭。宋泽打着哈欠说好，可能因为太困了，压根没察觉到宋落怎么突然开了辆豪车这种不对劲的地方。

下车前，宋落又交代了宋泽一次，他显得有几分不耐烦，问她："姐，这样生活你不累吗？"

宋落微微愣住："累？"

宋泽才回国不到几个月，已经完全受不住宋庆海的管制。"按照爸的高要求生活，真的很累。"

宋落问："还有别的选择？"

宋泽摇头："没有。"回答声如细小的蚊子声。

"你就是书读得少，想得太多。"宋落回身冲他微笑，安慰说，"不要把成绩看成是爸对你的要求，这也是你的成绩，你要对自己负责，不能因为要对抗爸的霸道，而疏忽了学习。"

宋泽有点佩服。"姐，你以前都是这样劝自己的？"

宋落想了想，摇头："以前我是憋着气受下了，只是最近遇到了一些人和事，想清楚了。"

说到这儿，她想到了邢在宇。在处理和父母的矛盾时，其实邢在宇做得更好，他是不满家人的安排，但是他能把不满的情绪从他因为喜欢而去做的事情里分开，并不是丢掉理智，偏激地去反抗。

宋泽似懂非懂，看着这样的宋落，不忍心再惹麻烦，乖乖保证会好好听话，然后下车走了。

送完他，宋落犹豫一下，发微信问邢在宇：怎么还你车？

那边迅速回复。邢在宇：今晚开去我公寓。

她回：今晚不行，明天周一要上课，不能夜不归宿。

邢在宇笑了笑，回她：知道了，乖乖女。今晚华辩那边要熬辩题，我不回去，你把车停在学校停车场就好。

宋落立马给他回了"好"。

———〰———

在前面开车的管嘉傲咽了咽口水，叫了邢在宇："宇哥……你昨晚住在哪儿？"

邢在宇坦荡地说道："宋落那儿。"

管嘉傲重重地一踩油门，差点撞上绿化带，惹来邢在宇的冷刀子眼。

"不是吧，宇哥，睡的那儿？"

"嗯。"

语言系统出现短暂的错乱后，管嘉傲忧心地问："这个……你和她，还有你小叔……"

邢在宇放下手机说："我们的事和邢琛无关。"又怕管嘉傲不明白，背后做什么蠢事，补充说："也不准在背后乱议论她。"

管嘉傲心想得了，邢在宇真的上心了，都成"我们"了。

"行行行，我把她当嫂子敬着。"

邢在宇笑笑，很满意这句话。

第 二 十 八 章

宋落回到学校的第一件事就是睡觉。一觉睡到晚饭的饭点，她拉开床帘对上正仰头往这边看的方柚白。方柚白乐呵呵地问："落落姐醒了？"

被她的笑容弄得浑身燥热，宋落转移话题说："暖气开这么足，不怕热啊？"

方柚白嘿嘿笑："你自己心虚，怪暖气干吗？"

宋落下床从衣柜里拿出一件黑色的羽绒服，准备脱衣服，感觉落在她身上的目光过于热烈，她转身，看到方柚白好奇的样子。

　　"看什么看？"宋落把万莺丢在她桌子上的小毛绒玩具砸过去。

　　方柚白接住，捂着眼睛说瞎话："不看不看，我也怕看到不该看的东西。"

　　"上次你在朋友圈回复后，傅大神是你表哥的事情大家都知道了，那些不敢靠近傅大神的人又看到了希望。"方柚白和她聊八卦。

　　宋落微微出神："想贿赂我啊？"

　　方柚白打了一个响指。宋落说："那你们还是死心吧，我也不知道我表哥喜欢什么类型的。"

　　方柚白猜测："知性大方？就是那种和他同个水平，然后能产生精神共鸣的？"

　　宋落回想一下："他身边不缺这一款，要谈早谈了。反正我和我姨婆一家一个心态，这辈子我表哥不单着就好了，爱哪种类型的都行。"

　　方柚白说："好吧，神的事情我们不懂。"

　　不和她瞎扯，宋落换好衣服洗漱好，背着书包就出门了，实在是受不了方柚白八卦的样子。

　　她吃过晚餐去自习室写作业，睡了一整天，估计今晚要睡不着了，干脆补作业和处理工作好了。

　　写到一半，邢在宇给她发来消息：给你买一些暖身子的饮料？

　　看完消息她左右看看，没看到他的身影，问他：你知道我在哪儿？

　　邢在宇回：有人在表白墙捞你，背景是自习室。

　　宋落这才注意到宿舍群的消息。

　　方柚白：不愧是我们商学院的院花，绝世大美女，本学期不知道是第几次出现在表白墙的"海底捞"板块了。[图片.jpg]

　　万莺：这人一看就是不常看表白墙的新生吧，常看的都不需要在表白墙"海底捞"了，直接用名字搜课表，明天上课在教室堵她。

　　蓝京溪：或者上体育课在操场光明正大地看落落。

　　宋落见三人聊得过于热烈，不合时宜地问：明天的实务作业写完了？

　　方柚白：？

　　万莺：救大命！我马上到宿舍了，京溪学霸和落落姐你们在吗？

　　宋落：今晚不回去了。

　　蓝京溪：在研究室跑数据，估计回不去。

　　方柚白特别积极主动：好的，我现在去研究室和你拿作业。

看着她们因为作业的事情手忙脚乱，宋落怡然自得地退出聊天框，点开和邢在宇的聊天框，回复：喝奶茶。她决定放纵一下自己。

邢在宇：十分钟后到。

说十分钟就十分钟，邢在宇拎着一杯奶茶大摇大摆地走进来，反而给宋落弄得不好意思了。

这个点自习室的人挺多的，他越靠近她，大家的脖子就伸得越长，就在她以为邢在宇要坐下来的时候，他望了一圈，然后从后门出去，接着她的手机弹出消息。

邢在宇：你在二楼自习室？

宋落无语，敢情刚刚大少爷是没看到她？

想起他没戴眼镜，宋落就大发慈悲地不开他玩笑，回复：你在后门等我，我去拿。

随后她起身，众人又一次伸长脖子看向这里，犹豫一下，她往前面走去，把他们的八卦心杀死在摇篮里。

到了门外，她往后门望去，没看见人，刚要伸手去拿手机，旁边漆黑的楼道里就传来他的声音："这边。"

宋落被他拉过去，撞到他怀里，乜了他一眼："放手。"

他不仅不放，还掐了她的腰一把，弄得她腿根打战。

"别乱来。"话是这样说，宋落也不是白被占便宜，手直接伸到他领子里，冷得邢在宇整个人都精神了。

邢在宇突然挺直腰杆这一下，把宋落逗笑了，她问："故意装作没看到我？"

邢在宇漫不经心地嗯了一声："不然你怎么出来，我又怎么能把你堵在楼梯口？"

"狗男人。"宋落骂出口。他不恼她说他，反而笑得特别开心。

二楼的自习室里有人出来了，他们往楼梯口走，交谈声逐渐变得清晰，貌似在讨论刚才写的某道题，产生了分歧，争执不下。

宋落推他的肩膀，小声说："放手。"

他还是不动，侧耳听得认真，还说了句："法考题。"

邢在宇的语气和神态认真得不行，好像下一秒就要上去和他们一起探讨了。不知道他的学术精神为什么会在这种时候冒出来，她才不管他们说的是什么，就是讨论今天的彩票她都没兴趣，只想快点走人，不想被发现。

声音越来越近，或许是他的神情太认真，宋落还跟着听了听。

"甲应该是抢夺罪未遂吧，他都把项链还回去了。"

"还回去有什么用？他已经抢了，还跑了，已经构成了抢夺罪里说到的'取得'

和'建立自己的占有'，我觉得应该是抢夺罪中止。"

"有没有可能是既遂呢？"

"都还回去了，不能吧。"

…………

三人走到转角，宋落急得推了他一下，都什么时候了还既遂未遂的，她都要疯了。

邢在宇抬手摸了摸她的耳朵，痞气地说："别慌。"

他拖着她往暗处走。

下一秒，讨论声戛然而止，几人应该是注意到了他们。宋落脑子里紧绷着的弦就要崩掉，偏偏男人坏到骨子里，就着刚刚捏她下巴的动作吻了下来，本该躲的她，心想算了，搂着他回吻。

半分钟里，没有任何谈话声，只有细碎的脚步声，几人逃跑似的经过他们，耳尖的宋落听到其中一个人说道："我的天啊，宿舍楼下已经不能满足小情侣了吗？已经开始到自习室门口虐单身狗了？"

有个人应和："天一黑，校园哪里不是约会胜地？只是好可惜，楼道太黑了，压根看不清是哪对男女。"

接下来的话就听不到了，宋落一阵无语，推开邢在宇："你就不怕被看到？"

邢在宇反问："看到又怎么样？"

宋落哽住，狗男人够嚣张、够不要脸，她一时间都不知道怎么说他。

他一脸回味无穷的样子，她以为他是在想那个吻，结果他说："那三人不行，判了个冤假错案。"

宋落疑惑地看着他。

"甲偷了乙的项链，跑了一段距离后才还回去，但是已经构成了抢夺罪既遂。"

宋落冷冷地道："邢律，你可真风趣。"

邢在宇也是刚好做过这道题，见怀里的女人一直在参毛，用哄着的语气开玩笑说："这道题里，甲抢了乙的项链，然后跑走了，没跑多远发现项链不值钱，又跑回去打了她两耳光，并说'出来混，也不知道戴条好项链'。"

宋落也不知道自己是不是吃错药了，真的听邢在宇说完了这道题，还被逗得不行，扶着他笑得身子晃了晃。见她这样，邢在宇也跟着勾唇无声地笑了笑。

"你们写的都是这种题？"怪搞笑的。

邢在宇点头："差不多吧。"不是题目多搞笑，有时候现实比题目还要滑稽。

宋落大方地夸了他一句："怪不得你们律师都很风趣。"就像笑话大全看多了，说话也有趣了。

"风趣？"他反问。

宋落收回刚刚的话："你例外，你痞、贱、坏。"

他捧着她脸的手在她艳红的唇上揩了一下，惹得宋落一直躲。

闹了一会儿，邢在宇辩论队的队友打电话问他去哪儿了，让他快点回来，准备开始打模辩了。

宋落提着奶茶直接回了自习室，眼神都没给他一个。邢在宇耸了耸肩，女人在他怀里妩媚多姿，像个深情的痴种，一旦甩开他，头都不回一下。

他赶回辩论教室，几个人还在争执，对要打的三个定义各有各的看法，看来一时间定不下。他坐到自己放书包的位置，从里面摸出本子和平板电脑写起来。

周敬被吵得头疼，揉着额角缓解，看到邢在宇回来了，打算避一避，等他们吵累了再说。他走到邢在宇身后，见邢在宇难得地在手写笔记，还是对着法考选择题，他笑嘻嘻地问："宇哥这是做错题归纳呢？"

邢在宇抬头看了他一眼，目光冷淡得很。

周敬又说："原来学霸也是需要努力的，突然发现我们也没有什么不同。"

邢在宇终于说话了："不是，在抄笑话。"

周敬问："什么笑话？"

他凑近看了一眼：

甲想要盗窃丙的渔网，渔民乙知道了并提供了作案工具（渔船），次日甲深夜去盗窃渔网，事后甲、乙发现盗窃的是乙的渔网，丙的渔网在盗窃现场，但当时的甲并没有发现……

周敬看完想笑，但是联想到整件事情，他笑不出来。

"宇哥……你……你是霸，你是神。"周敬是真的一句话都说不出来了，别人是做错题归纳，他是找笑话抄在纸上。

邢在宇瞥到手机弹出淘宝客服的回复信息，放下笔拿过来点开，周敬注意到弹出的商品信息是个——鲨鱼夹？？？表白墙上不是说他不喜欢戴鲨鱼夹的女生吗？

邢在宇回复对方：头发厚的也能全夹？

周敬发现不对劲，悄声问："宇哥……你是不是看上谁了？"

邢在宇正眼看他，吓得周敬拍了拍自己的嘴巴："瞧我，乱说话。"他不敢再问，识趣地跑开。

邢在宇最后听客服推荐的，买了一个超大号的鲨鱼夹，宋落那个发量应该够用了。

年底校园十佳歌手的校赛如期举行，宋落被叫去帮忙，这之前宋庆海又给她打了电话，她是不想接的，但想到宋偲给她的保证，起码这段时间宋庆海不会再提和邢琛订婚的事情，她就接了。

一接通，宋庆海责怪的话劈头盖脸就来："小落，你是对爸爸有意见吗？周末也不回来了，话也不说两句了。"虽是责怪，但语气柔和了许多，更像是一种和父母吵架后他们示好的抱怨。

宋落狠不下心，淡淡地回："是最近太忙了，没有不回去看你的意思。"

宋庆海让她晚上回去和他吃饭，她没有犹豫就答应了。

回到家，她没见到宋偲，关心地问："妈又去忙了？"

提到宋偲，宋庆海脸上的表情生动许多。"嗯，她国外有笔单子要去谈，要出去半个月，前天刚走。"

看他这样，宋落忍下心中微妙的感觉，没有问出口。

上了饭桌，宋庆海一直给她夹菜，宋落就安静地吃着饭，时不时说句谢谢。

"我和你妈说好了，今年寒假带你们去海南跨年，难得过年小泽在国内，我们一家人好好聚一聚。"说完，他一脸期待。

宋落没意见，点头说"好"。

离开时，宋庆海还是没忍住说了订婚的事情，用苦口婆心的语气："小落，不是爸爸干预你的人生，做父母的都希望你们过得幸福，其实和邢琛在一起没有什么不好的，你以后也不用吃什么苦。不说了，等会儿又惹你烦，去吧，忙完十佳歌手比赛就是考核了，你争取留任。"

宋落了然，他不再说不是因为体谅她、理解她，而是因为宋偲发了话，宋庆海就会听从。她收回目光，心里还是对他的话不满，原来婚姻只看以后吃不吃苦，而不是那个人适不适合她。不对，他们所有人都认为邢琛适合她。她忍下烦意，不想和宋庆海做过多争辩，因为毫无意义，她想要改变这个局面，但用争吵无法改变，只有努力做出成绩，才不会被人左右。她心里对假期的实习有一点迫不及待了。

回宿舍取了工作牌，她去了十佳歌手比赛现场，距离开始还有半个小时，观众席已经坐满了人。文艺部还在调试设备，和她同级的文艺部副部长苏绘泠叫了她，她走过去。

"今天怎么是你来啊？"苏绘泠笑得不太好意思。

宋落说："社团总结会快到了，其他人在忙那边的资料，查查姐叫我带组员来帮忙，怎么了？"

话音刚落，不远处传来小骚动。她看去，邢在宇拿着份资料在翻阅核对，和组员交代注意事项，胸前挂着和她一样的工作牌。

苏绘泠抱歉地说："纪检部负责签到的是邢在宇。"她怕他们是冤家，不愿意合作。

"没事。"宋落收回目光，去和乔粟艺对接工作，并没有因为邢在宇的到来而不开心。

弄完会场的事情，等到正式开始，她走到音乐厅后面的花园，打算在这里消磨时间，然后在凉亭碰到了本应该盯场的邢在宇。他穿着黑色卫衣，外面套着同色系的长款羽绒服，一只手插在衣服口袋里取暖，另外一只手的指间橘色星火忽明忽暗。见到她，他也不意外，吸了一口烟后很自然地往吸烟区设立的烟灰缸里弹掉烟灰。

他吐完烟，正想说话，女人走到他身边，伸手问："还有吗？"

邢在宇意外："要抽？"

宋落点头，他笑着说："没了。"

宋落抬了抬下巴，示意的是他手上的："不是还有？"

她目光露骨，邢在宇勾唇笑笑，很喜欢不掩饰情绪的宋落。

第 二 十 九 章

邢在宇犹豫一下，把烟递了出去，她也不嫌弃，叼住吸了一口，被浓烈的烟味呛到，咳得很厉害。他抬手给她拍了拍背，宋落心里生出一点点感激的时候，他笑了。

耳边传来男人的低笑声，宋落满不在乎地继续抽着，在心里骂了一句"这个狗男人"，到第二口熟练多了，没有再被呛到。

"不开心？"他走近她一步，和她肩膀相碰。

他的气息笼罩过来，宋落揉了揉眉心，吸了最后一口烟，随着吐出的白雾叹了口气道："嗯，不知道能不能算不开心。"

"不开心不应该是生气或者愤怒？"邢在宇弯腰凑到她面前，细细打量她后，雅笑说，"阿落……面上看不出不开心。"

宋落自嘲地笑了笑，摁灭烟头，手搭在他肩上，强迫他弯着腰，无奈地说："是啊,有一天我发现我不开心时,不会生气,就这样沉默着,也不知道是好事还是坏事。"

"是成长。"邢在宇又补了句,"是成长就是好事。"

"可成长不应该是越变越温柔吗,为什么我会越来越冷漠?"宋落看着他说。

邢在宇心中一震,惊讶于她的坦诚,也开心于她对他的坦诚。"可是成长就能做大人了。"起码不用再受别人的掌控了。

"什么是成长?"宋落从没有认真地思考过这个词意味着什么。

邢在宇弯了一会儿腰,站得不太舒服,单手搂过她的腰,把她抱起来走到花圃边沿的瓷砖边。他半倚靠着坐在上面,把她拽到怀里,站在他的双腿间,这样她可以继续占领着"主导者"的位置,他的视线正好和她的平齐。

"太复杂了,我也想不明白。"邢在宇轻笑着答道。

宋落苦涩地勾了勾唇:"是啊,谁又能想明白呢?我们一直在说'成长',可什么才是真的成长?我有时候甚至觉得我爸比我还幼稚,他总是用自己的愤怒让我向他妥协,我确实很惧怕这样的他,但——那样就是成长了,就是大人了吗?"

他听完陷入了沉默,头抵在宋落的肩头。他又何尝不是,被大人用他们的愤怒威胁去做一个听话的孩子,认为只有这样他才会长大,才是让他们骄傲的孩子。

"阿落。"邢在宇仰头看她。

宋落垂下眼眸,看不明白他眼中的情绪。

"不要去做别人眼里的优秀,你已经很优秀了。"邢在宇抚摸上她的脸颊,"就轻轻松松地活着,然后和温柔的人在一起。"

不知道怎么的,他的这番话让她很受用,她忽然不想在乎这么多了,搂着他的脖子倾身向他:"抱我一会儿好不好?"

又是这样轻柔的语气,上一次她这样还是在那个荒唐的雨夜里,有点像哀求,她是真的很需要被慰藉。

邢在宇压着她的后脑勺把她按到怀里,紧紧地搂着她,清晰地听到她吸了吸鼻子。

"突然没那么难过了。"宋落说完不在意地笑笑,"想不通的事情……就不想了,活在当下好了。"她想起他在海边对她说的那句话。

邢在宇一下又一下地顺着她的长发,像安抚一只受伤的小猫。

邢在宇怀里的手机振了振,他单手从口袋里拿出来接起:"嗯,马上回去,你们先找个人替我上半场。"

听起来,应该是华辩那边要打模辩。宋落放开他要站起来,他挂完电话拉她一把，又用手揩了下她的唇，说道："结束了在停车场等我。"

"去哪儿？"宋落犹豫了，今天是周三，不是周末，按原则她是不出校门的。

邢在宇说："我家。"

"啧——不正经。"宋落乜他一眼。

邢在宇揉了揉她的脑袋："让你开车。"

宋落笑了："那行。"

邢在宇无奈地想，原来教开车比他本人还有吸引力。

没耽误多久，他赶着去大学生活动中心，宋落一个人坐在花圃边放空，差不多快结束才回去。

———〰———

宋落以为自己一个人过惯了，会很不习惯另一个人和她待在一个空间。平日住校时，大部分时间她也更愿意出门忙，回来就待在床帘围成的小空间里。可这样的她，破天荒地连续一个星期都和邢在宇回他的公寓住，已经到了不用特意说明，舍友就帮她应付好纪检委员那边的考勤的程度。

等她意识到这件事时，她坐在床上深刻地进行了自我反省，能来他家但是不能来得这么频繁，害怕自己会养成习惯。楼下的邢在宇做完早餐喊她，她收起思绪，趿拉着鞋子下楼吃东西。

吃完早餐，宋落坐着邢在宇的车去上课，他上午没课，直接去了图书馆，宋落的课一整天都是满的。通过这一周宋落也知道了一件事——他们商科的课多到离谱。对比邢在宇的课表，显得他们更惨了。

到了教室，方柚白冲她招手，宋落去老位置坐下，被三个人围住，好奇地望着。

宋落蹙眉："怎么了？"

方柚白嬉笑着问："今晚回宿舍住吗？"

万莺接话："不回也没事，我们现在作案手法娴熟，保证能瞒过去。"

"得了吧。"宋落挣脱她们，漫不经心地说，"后面都回去住。"

总往邢在宇那里跑也不像话，搞得他们真的是男女朋友一样。

"吵架啦？"蓝京溪忍不住问。方柚白和万莺望着她的眼神里都是担忧。

宋落无语："没有，别想太多，没有的事。"

坐在四人前面的一个女生转身，盯了宋落几秒，然后问："落落，你真的脱单了？"

"哎呀，小伽，你从哪里听说的？没有的事。"方柚白打哈哈敷衍过去。

宿舍对宋落脱单的事情对外都保持一个说法，装傻说不知道，要不然传开，宋落不得在表白墙上挂几天？谈个恋爱闹得尽人皆知，以后分分合合又要沦为谈资，干脆低调点。

小伽说："表白墙啊。"

作为表白墙的常客，方柚白马上拿出手机点开，快速划拉到提到宋落的那一则：墙墙投稿，匿名。我发现宋美女最近貌似谈恋爱了，细节不多说了，总之八九不离十了。

方柚白看完气得拍桌："有病吧，为什么别人恋爱还赶着去表白墙说啊，烦不烦？吃他家饭了？"

万莺比方柚白还气，立马评论回复：图九吃饱了撑的啊，别人谈不谈恋爱关你什么事？怎么还发上表白墙啊，你住海边吗？

她的评论一出现，好几个人都点了赞，也跟着帮腔回复。

身为当事人的宋落还没来得及插一句话，微信就弹出一条新消息，是戚相宜发来的。

戚相宜：落落，你恋爱了？

宋落一时间不知道怎么说，回了一个省略号。

戚相宜：是邢在宇吧。

宋落眼皮一跳，又把戚相宜最开始说的那句话读了一遍，突然觉得不是方柚白那种起哄看热闹的语气，而是透着几分沉重。

宋落：有点复杂，下课后我去找你。

戚相宜迅速回复：嗯，附近的商场刚开了一家餐厅，去探店。

宋落：好。

她收起手机，对着正在争论的几个人淡淡地说："没有对象，快上课了，下课再说吧。"

周围的人看着她，不敢再说其他的，毕竟当事人都发话了。

一整天的课，宋落都上得心不在焉，最后一节课下课就到传媒学院等戚相宜，看到她脸色苍白，宋落被吓了一跳。

"最近又实训？"宋落只能想到这个。

戚相宜点头："是啊，学习部的学姐还和我聊了留任的事情，我有点纠结。"

宋落说："我倒是想退。"

戚相宜看了她一眼，笑了一下："你还是老样子。"

宋落也笑了："嗯，还是那副样子。"

两人散步去餐厅，点完餐，戚相宜盯着她看，弄得宋落有几分不好意思，摸了摸自己的脸问："怎么了？"

戚相宜摇了摇头："就是突然觉得这些年你变了蛮多的。"

"刚刚不是还说我和原来一样？"宋落反问。

戚相宜说："某些方面啦。"

可能认识比较久了，对彼此都过于熟悉，细微的变化都能一眼看破。

宋落搅拌着手里的咖啡，问她："怎么发现的？"

她没问怎么觉得是邢在宇，而是问怎么发现的，等于默认了戚相宜的猜测。

在回答之前，戚相宜抿了下唇，惴惴不安地问："是真的在交往？"

宋落摇头："我们没交往。"

"落落，要是这样还是赶紧断了吧。"戚相宜显得有些心急，握着宋落的手忧心忡忡地说，"邢在宇那样的男人我不了解，但……我还是怕他做出伤害你的事情。"

毕竟浪子的名号不是讹传的。

宋落能肯定自己的想法："不想和他断。"

戚相宜问："为什么啊？落落，你值得更好的，你可以去试着接触那些追求你，你也觉得还不错的男人，要为以后考虑啊。"

说到以后，宋落陷入茫然："以后是什么，结婚吗？"

戚相宜回："嗯。"

宋落撑着下巴望着街道，人来人往，每个人都有自己要去往的目的地，而她连下一步该怎么走都不知道。"我怕我的婚姻像我爸妈的这样，我对婚姻没有任何期待，甚至也不想考虑以后，我……挺喜欢现在的。"

戚相宜还是担心邢在宇的人品问题，干着急，又怕说的话让宋落不开心。

"你什么时候知道的？"宋落问道。

戚相宜吞吞吐吐了一会儿，泄气地说："十佳歌手比赛那天我也去帮忙了，见你去后花园透气，就想跟过去和你聊会儿天，结果就看到了你们。"

宋落挑了挑眉，想起那晚的事。"全看到了？"

戚相宜点头："没听到什么，你放心，就见你们没聊几句就……搂在一起了。"

说完她脸骤红，不好意思地吸着奶茶掩饰尴尬。

宋落嫣然一笑，看来是真的没听到什么，若是戚相宜听到他俩的对话，肯定要弄出动静来。

戚相宜继续说："我本来也不确定的，后面有一天下课想去找你问问，见你下课就往停车场走,我好奇,就跟上去了。"

不用多说后面看到什么了,肯定是她上了邢在宇的车。

"你别生气啊,我不是有意的。"戚相宜很担心,那几天一直守着表白墙,怕有人看到曝光出去,就在她准备放下心时看到了那个投稿,没忍住问了宋落。

"没生气。"宋落耸了耸肩,"和你说完我觉得轻松很多。"

其实对和邢在宇的事,她说没有任何情绪是假的,对这段关系,她偶尔也会有烦闷的地方,今天戚相宜找她聊天,反而让她舒心许多。

"你要继续和他在一起就在一起吧,我没意见。"戚相宜表明态度,捧着她的手,坚定地说,"你做什么选择我都支持你。"

一开始戚相宜挺惊讶的,人人都说两人不合,动不动就能掐起来,谁知道背后是这种关系……好得超乎他们的想象。她能预料到如果他们的关系真的曝光了,全校人都要傻掉了。

"其实吧,"宋落收回目光,"那天邢在宇和我说,去和温柔的人在一起,我不知道怎么的,第一个想到的是他。"

戚相宜瞪大眼睛,眨了眨。

"我接触过很多人,但没有人像他一样,给我的感觉是像泡在温水里的那种舒服。"宋落含笑说。

"落落,你喜欢他吗?"戚相宜小声问。

宋落摇头:"说喜欢太过了,就当我是在烦闷的生活里想透个气吧,而邢在宇就是那扇窗。"

或许这个想法有点自私,但谁又能保证邢在宇不是这个想法?

他们都一样吧,带着私心在享受这段关系。

戚相宜悟了:"怪不得说不是情侣。"

宋落笑笑:"我们是盟友……相宜,就让我自私一点吧,我不想急于去坦白,去改变和邢在宇的相处方式,多享受一段时间。万一,这辈子就这一次了……"

她的语气里充满了伤悲,甚至有点哀求的意思在,戚相宜垂眸盯着掌心,理解宋落处于高压家庭里的心态。

"随便啦。"整理好情绪,戚相宜咧嘴乐观地笑笑,"一段关系中不着急去下定义的这段时间是最美好的。"

宋落认同这句话:"是的。"最是牢固,也最易破碎。

宋落回来后没有联系邢在宇，他也没有联系她，两人似乎形成了某种默契，不需要多问，就会顺着对方的想法行事。直到放寒假，她都没有再找过邢在宇。偶尔听到方柚白她们在宿舍讨论，像前段时间他们校队拿了华辩的金奖，在模拟法庭竞赛的校赛上得了第一名……似乎他们又回到了原先的相处方式，互不来往，就听着旁人说起对方的经历，认为他们不对付。

　　等到正式放寒假，宋落忙了起来。先是去公司报到，宋偲将她分到了秘书处，没有明说和她的关系，只有宋偲身边的汪特助知道她的身份，应该是宋偲吩咐过，不区别对待。宋偲把她交给秘书长，就继续忙去了。

　　秘书长给她分的格子间在办公室的角落，隔壁也新来了一个男生，她了解后知道他比她大一级，叫书一南，今年大三，就读于京北财经大学，专业是经济学。她还在离公司近的地方租了一间公寓。租房这个想法也挺突然的，她突然很想找到一个自己的落脚点，不想寒假回到家还被宋庆海说教，更不想上班下班都对着宋偲。

　　但自己租房比她想象中的难，光是办入住手续她都跑迷糊了，入住第一天浴室的灯还出了问题，她打电话给房东，对方说工人下班了，明天再来修，当晚就要用的宋落只能自己动手。她去附近的大商场购买生活用品，顺便买个灯泡，结果人家问她什么规格，她一句话都答不上来。老板好心和她说实在不知道是哪种灯泡，就把旧的带过来，他给她拿一模一样的。

　　宋落提着两个购物袋回去，取了灯泡又跑了一趟。回了家，还没休息，一通电话打了过来，宋泽怯懦地喊了她一声，听着奇怪，她停下动作。

　　宋落问："怎么了？"

　　宋泽"嗯嗯啊啊"了几声，问道："姐姐，你能不能来学校一趟啊？"

　　宋落的第一反应是："挨骂还是受夸？"

　　她看了眼时钟，晚上八点了，老师要夸奖他也不会挑这个时间段。

　　"姐姐……"宋泽一副要哭的样子。

　　受不了他这副姐宝男的样子，她妥协说："知道了，半个小时后到。"

　　宋落挂完电话打了车过去，因为住得离公司近，她没想着备辆车，看来还是得备着，就怕之后还会有突发情况。

　　到了一中门口，她拉紧围巾，有几分恍惚，上一次来还是为了参加高中毕业时的班级聚会，那会儿太想摆脱高中生活，离开的时候没有像其他同学那样抹眼泪难受，走得很干脆，直到今天也没有怀念过自己的高中生活。

她和保安叔叔说明来意，按照记忆找到宋泽说的地方，在门口看到穿着棉质校服的宋泽和邢其源。他俩肩并肩站着，她没来得及问怎么回事，里面的老师就问："宋泽的家长到了吗？"

"到了。"宋落给他一个眼神，宋泽双手合十，做出求饶的样子。

推开门，办公室里的人全都回了头，她看到男人的脸的时候吓了一跳："邢在宇？"

对宋落的出现，朱玟的反应最大，她吓得手里的钢笔都掉到了地上，目光在邢在宇和宋落之前徘徊，如鲠在喉，抿了抿唇，还是一句话都没说出来。

两人从一中毕业没多久，在校时又是响当当的风云人物，老师们都认识他们，多少也听到学生中间传两人不合，朱玟不知道是不是真的，对老师来说只要学生学习好，不违反纪律就好了，但眼下的情况不一样，朱玟说不紧张是假的。

宋落很快就接受了当前的情况，估摸着邢在宇也是被叫来的，是被谁叫来的也不用多问了，当然是和宋泽并排站在一起的邢其源。

宋落主动向老师问好："老师好，请问是宋泽出了什么事情吗？"

邢在宇随着她的话转头看向老师。

被两个晚辈这样看着，朱玟觉得自己倒像来见老师的家长，清了清嗓子严肃地说："也……也不是什么大事，晚自习他俩没在班里，被教导主任抓到翻墙逃课了。"

宋落和邢在宇站在老师面前，听她进行一大段思想教育，她说到一半顿住，对上眼前的两人，再狠的话也说不出了。以前他们上学哪里受过这种待遇？他们站在一块都是在表彰大会和颁奖典礼上。

"好了，你们把他们领回去多多进行劝导吧，叫你们家长来是因为他们马上要高考了，要全力以赴，而不是把心思花在别的地方。"朱玟说完挥挥手，"辛苦你们走一趟了，今天没事就到这儿吧。"

他们和老师打完招呼就出门了，门外的两人缩着脑袋站在冷风里，宋落先往楼梯间走，叫宋泽跟上，宋泽立马跑过去，怕挨骂，又黏糊糊地喊了几声姐姐。

走到楼下的空地，她转身狠狠拍了宋泽的胳膊一下："你疯了吗？要是今天我没接到你的电话，你打算叫谁来？万一被爸妈知道，你少不了一顿揍。"

宋泽也意识到了事情的严重性，老实站好承认错误："姐，我错了。"

"什么事情非要爬围墙？"宋落问。

宋泽说："就……想出校门。"

宋落问："邢其源是不是你拉下水的？"

宋泽否认："我们只是在围墙边偶遇的，这个绝对是真的。"

宋落服了他们，还能在围墙边偶遇。

"周末就能出去了，你就不能耐心等等？"宋落问。

宋泽神情怏怏的，因为比她高，垂着头给她认错的样子有几分滑稽。

"说话。"宋落催他。

宋泽握着拳头嘟囔："一到周末爸就让管家接我回家叫老师给我补课，我除了在学校就是在家里，已经很久没出门了，就连外公外婆家也不允许我去。"

理解他这个年纪的叛逆心理，宋落叹了口气，见他耳朵冻得通红，又取下围巾围到他脖子上。"先好好学习，不用我多说，你知道如果你连一所大学都考不上，爸妈会怎么做吧。"

宋泽委屈巴巴地看着她："姐，我讨厌爸妈这样对我，也讨厌他们这样对你。"

宋落拍了拍他的脑袋："讨厌，然后呢？"

"然后……"他想了想，赌气说不知道。

"讨厌并不是只有对着干这条路可以走。"宋落耐心劝导他，"应该变得强大起来。"

宋泽红了眼，他不是不知道宋落这么努力是为了争取话语权，他就是好心疼她。

"你真的会和邢琛结婚吗？"宋泽问。

宋落望着眼前的弟弟，品到他话里的自责，给他说了其中的利害："邢琛想利用我和他的关系与宋氏合作，如果只是这样，那只要我能在公司拥有话语权，就不是只有联姻这条路可以走。"

他怯生生地看了宋落一眼："姐，我是不是拖你后腿了？"

宋落摇头："没有。"

宋泽和她保证："我会好好学习的，一定考个大学。"

他有这个觉悟，宋落就安心多了，不然真的闹大，宋庆海肯定气得要揍他一顿。

宋落的表情放松很多，宋泽又黏糊糊地凑上来说："放寒假了我给你补过生日。"

宋落的生日在元旦，正好赶上她要期末复习，她这个人不太注重什么仪式感，也就没过。

"好，你先好好学习，其他都好说。"宋泽说给她过生日，其实就是想要出去玩。

给宋泽买了一袋零食后，宋落就赶着回公寓，再不抓紧时间打扫，她今晚可以不用睡觉了。

到了校门口，看到熟悉的车停在那儿，她正犹豫不决的时候，车窗降了下来，邢在宇看着她，示意她过去。宋落拉开副驾驶的门坐上去，问他："特意等我？"

邢在宇探了下暖风口，说："嗯，送你回去。"

车子启动后,两人没有过多交谈,宋落忍不住偷偷看了他一眼。

他眉宇间的疲惫过于明显,整个人阴沉沉的,宋落没有多问,点开导航定了公寓的位置,对他说:"送到这里就好。"

邢在宇瞥了眼地址,问她:"出来租房了?"

宋落点头:"离公司近,出行方便。"

车内又陷入安静。

到了公寓楼下,宋落背上挎包,拉开车门要下去,邢在宇出声问:"要不要去喝一杯?"

宋落不确定地重复:"喝一杯?"

不等她答复,邢在宇把车门锁上,直接把车开到商场的地下停车场,下车后绕到她那边打开车门。宋落想了想说:"去吃饭吧,我还没吃。"

邢在宇轻笑:"我也没吃。"

宋落问:"真的假的?"

邢在宇望着她说:"和袁律出差刚回来,七点才下飞机。"下了飞机就急急忙忙往学校赶。

莫名地,听到他这一番解释,这段时间没和他见面的宋落心里舒服多了。

第 三 十 章

去的是上次的电影酒吧,宋落坐在卡座里,望着空荡荡的舞台问:"今晚没人唱歌?"

邢在宇看了眼时间,说:"来晚了,刚结束。"

"老板也挺奇怪的,别的酒吧现在才开始唱不久,他们这边倒是结束得很早。"

邢在宇给她解释:"这家酒吧主打的是电影,前面唱歌也就是热场子。"

他这样一说,宋落瞬间理解了老板为什么不花钱请人驻唱,而是让有兴趣的人随意组个临时乐队上去玩。

服务员小哥给他们端上来两杯调好的酒,宋落抱歉地笑笑:"不好意思,我们没有点。"

服务员笑着说:"是我们老板送的。"

邢在宇回身看向吧台,一个穿着休闲装的男人冲他挥挥手。

宋落凑近他问:"你认识吗?"

邢在宇懒散地挥手表达谢意，和她说："认识，交情还不错。"

瞥见女人凑得近，他顺手虚虚地揽着她的肩膀，压低声音说："有没有想看的电影？可以和他说。"

能自己点电影让宋落很心动，而且还是让今晚所有来酒吧的人陪她看她想看的电影，特权……未免太大了。

"下次吧，我明天还要上班。"宋落打算今晚早点休息，明天早点去公司，把下午谈判的资料过一遍。

邢在宇说："行。"

吃完晚餐，宋落赶着回家，邢在宇送她到公寓楼下，目送她上去，走到一半，她停下脚步，回身问他："会换灯泡吗？"

邢在宇微微挑眉，拿不准她的意思。

"不会啊？"宋落抱着手问，语气里满是"要是你说不会就要被我看不起"的感觉。

邢在宇低笑着摇了摇头："只是换灯？"

宋落被他逗笑了，瞬间明白了他话里的意思，无辜地耸了耸肩说："我住十六楼二号房，你随意。"说完她摁下电梯的关门键。进了家门，她抬手摸了摸自己的脸颊，热得发烫，无奈地笑了笑，她也够大胆的，竟然对一个男人提出了留宿的邀请。

换完舒适的家居服，她对着茶几上的灯泡，心想要是十分钟内邢在宇不来她就自己换了。

不到五分钟，门铃响了起来，她走到玄关，从显示屏上看清男人的容貌，给他开了门，一本正经地说："灯泡在那儿，去换吧。"

邢在宇嗤笑："真坏了？"

宋落说："真的啊，你以为我在说什么？"

邢在宇深深地看了她一眼，认输说："行，我想多了。"

他脱掉外套让她老实地坐在沙发上等他，借了手电筒去玄关把电闸拉下，屋内陷入一片昏暗，然后搬着凳子去厕所换灯泡。

宋落百无聊赖地望着落地窗外的夜景，公寓在商圈，不远处就是灯红酒绿的万水湖，车声和人声明显，不算特别吵，但也没有特别安静，那种声音就像雨天的白噪声，听着也算是舒心，特别容易让人变得懒惰。

坐了好一会儿，她没了耐心，打着手机的光往卫生间走去，往里照，邢在宇站在高凳上认真地查看电路，白衬衫的袖子挽了起来。他用工具把电线重新连上去，然后用黑色的胶带把连接处包起来，缠了几圈。因为一直维持着这个动作，手背上的血管暴起，似乎有种野蛮的力量在其中暴虐横行。

"不是灯坏了，是电路断了。"邢在宇弄好，把旧的灯装上去，然后从凳子上下来，去把电闸打开，卫生间的灯跟着亮起来。

"你理科不是挺不错的？这都没检查出来。"邢在宇开玩笑说。

宋落看着他把用到的工具放回原位，连踩过的凳子都替她擦干净了。

宋落当然能自己上手，靠着门戏谑地说："你真的站在楼下思考了十分钟要不要帮我换灯泡？"

邢在宇停下动作："你觉得呢？"

宋落趿拉着鞋子走到玄关，看着他说："邢学长要是没事可以走了，夜深了，待在独居女生的房子里不太好吧。"

邢在宇无赖地问："我帮了忙，你也不舍得给我倒杯水？"

"今晚喝的酒还不够多？"说到这里，宋落怔住，缓过来，看着他笑了。

"不说了？"邢在宇雅痞地笑着问。

宋落骂了他一句："心机男。"

这对邢在宇来说不痛不痒。

他把客厅的灯关了，走过去搂住她的腰往自己怀里带，寻着她的唇吻下来，宋落人都被亲得意识迷糊，等和他站在花洒下才找回思绪。水刚打开，还是凉的，凉得她往他怀里钻。

凌晨三点，宋落吹完头发直接倒到床上，邢在宇在外面摸索洗衣机怎么用。

过了一会儿，邢在宇推门进来，看到她裹着被子对着落地窗发呆，露着一颗脑袋，头发乱七八糟的。

他问："怎么不睡了？"

宋落抬了抬下巴："你看，下雪了。"

邢在宇关掉大灯，整个房间只有一盏昏黄的壁灯，他准备去拉上窗帘，宋落制止他："就留着吧。"她有点想看雪。

床的一边挨着窗户，邢在宇绕到另外一边躺下，侧躺着面向她，伸手拍了拍她的背说："躺下来看吧。"

宋落躺下来，脑子空空的，疲惫感慢慢袭来。

"宋落。"耳边传来他的叫声。

"嗯？"宋落闭着眼回答。

良久没听到他说话，宋落转头看他："怎么了？"

邢在宇笑笑，摇了摇头，给她拉好被子："好好干。"

"好奇怪。"怎么突然鼓励起她来了？

邢在宇抱着她，下巴搭在她头顶，声音有点飘："就当是私心吧。"

"私心？"宋落不懂他指什么，困得不行，就懒得问了。

邢在宇看着她的睡颜长叹了口气，想到今天在楼道隐蔽处听到她和宋泽说的那些话，知道她也不容易，所以私心地想她能掌握更多的主动权，然后，踹掉邢琛。

宋落第二天起来的时候邢在宇已经走了，给她留了早餐，用她昨天买的食材做的。她想了想，给他发了微信消息：早餐谢了。

邢在宇迅速回复：今晚回来记得把床单收了。

宋落看向阳台，浅绿色的床单随着冷风摆动，走到门前拉开门，冬日的暖阳有几分晃眼，她靠着门看着楼下的车流，觉得今天会是蛮不错的一天。

去了公司她觉得自己想错了，一上午三个会，下午忙完昨天安排好的事情，接着和业务部的团队负责人跑业务。本来她是不用去的，但她对业务流程不是很熟悉，秘书长说她想去也可以，她手上的事情不多，便跟着去了，差不多下班的时间才回到公司。她进到秘书处的办公室，里面正聊得火热，她放下资料走过去，好奇地问怎么了。

坐在她对面的顾纤压低声音说："刚刚跟我们公司合作的祝华集团的老总来了，进了总裁办公室没多久，助理就出来叫了书一南进去了，我们觉得他的身份肯定不简单。"

"一定不简单好不好！"另一个同事蒋铮铮肯定地说，还给他们分析，"你看啊，一个实习生直接被分来我们秘书处。"

说完大家看向宋落，意思是她也是实习生直接过来秘书处的，蒋铮铮清了清嗓子说："这不算什么，今天他跟的都是重要的会议，总裁和业务部开小会的时候还点名叫他跟着。"

做外贸的都知道业务部意味着什么，被总裁带着手把手教，说明不是一般重视，是非常重视。

宋落一边听一边忙着手里的活，一副不以为意的样子，惹得顾纤忍不住问："你就没有点紧张感？"

宋落微微蹙眉："很……值得紧张吗？"

她不知道书一南是什么身份，但是她是宋偲女儿这个身份就让她没有必要去忧心这些。

顾纤有几分佩服："你们这些新职员……还挺有个性的。"看得很开，也没有什么忧患意识，不怕被压一头。

宋落莞尔一笑，不再多说，整理今天的会议记录归档到公司系统里。

半个小时后，书一南从办公室里出来，回到工位收东西，离下班还有半个小时，这个举动让其他人忍不住多看了几眼。

外面的一个男人开口催他："小南好了没有？"

书一南讪讪一笑，拿起书包和秘书长报备完便走了。

"肯定有关系！"顾纤憋不住起了头讨论。

"祝总还搂着他的肩膀，跟亲人似的。"

"宋总也跟着去了。"

……

宋落停了笔，心想或许宋偲是在照顾合作伙伴的孩子，一块吃个晚餐，很正常。

汪特助在外面叫她，宋落和他去了楼梯间，他对她恭敬地说道："总裁让我交代大小姐，要是有空，最近多回家陪陪老先生和老夫人。"

"知道了。"宋落回答，打算今晚回去吃个饭。

汪特助又说："你申请去业务部的事情，总裁的意思是继续留在秘书处，后面可以尝试跟业务部的单子。"

今天宋落给宋偲打了去业务部的报告，她觉得要想更深入地了解公司，就要从最基础的业务做起。她争取道："汪特助，你再帮我说说吧，我跟着学也可以。"

汪特助犹豫一下，对上宋落的目光，最后妥协说了"好"。他有点搞不明白大小姐的想法，大家都巴不得到公司后被分到悠闲一点的岗位，她却主动要求去压力最大的业务部，和祝总带来的那个新人完全不一样，他对宋落的好感多了一些。只是他总感觉不对劲，自从两人到了公司，总裁对书一南比对亲女儿还上心，很多重要的场合都让他跟着。

宋落不知道汪特助在想什么，说完这些，也差不多到下班时间了，她回座位拿过通勤包，打算坐地铁到偏远一点的地方再让老宅的司机来接她。

到了商城门口，宋落瞥见戚相宜一脸慌张地走出来。碰到宋落，她吓了一跳。

第三十一章

"怎么了？"宋落好笑地问。

戚相宜拉着她的手快速走远。"没……没什么，我们先走吧。"

宋落拉住她，盯着她看："到底怎么回事？"

戚相宜的脸色不是很好看，望着她欲言又止。

"你不说我自己去查。"宋落说。

戚相宜拗不过她，怯怯地说道："可能是我想多了。我刚刚从六楼的餐厅出来，我看到宋姨和两个人在吃饭，关系……挺不错的。"

这话听着没有什么问题，宋落追问："我妈的表现很反常吗？"那两个人应该是祝总和书一南，如果只是简单的应酬，外人不会觉得有什么问题，那就只能是表现反常。

"嗯……"戚相宜点头，怕宋落多想，着急地解释道，"是我多心了，我就是很难得见到宋姨露出开心的表情，但我也很少见宋姨，我的一面之词不成立啊。"

宋落愣怔，她觉得成立，因为她也很少见到宋偲笑。戚相宜觉得是自己无中生有，拉着宋落去附近的美食街，说请她吃饭，也算庆祝她入职。宋落给司机发了消息，说今晚不过去了，她现在这个样子去见外公外婆也只会让他们担心。

见戚相宜愁眉苦脸的，宋落点完单，问她怎么了，戚相宜捧着脸苦闷地说："最近想拍一个小短剧去参加比赛，想着我的零花钱多少也够我花，今天去查看，结果里面连五千都不到。"

印象中她的零花钱一个月不少，宋落忍不住问："你的钱都花去哪儿了？"

"就……"戚相宜心虚地觑宋落一眼，似乎是面对着家里审问她花销的长辈，"买包包，没了。"

宋落记起来她是个买包狂魔，因为在这方面开销过大，才被限制生活费。

"多少？"宋落问。

戚相宜眼里闪着光，单纯地问："宋总这是要包我吗？我身娇体软还会夸人，一定不辜负你！"

宋落从包里拿出一张空白A4纸："白纸黑字，算我投资你。"

戚相宜无语。

宋泽总在朋友圈吐槽宋落是资本家，本来她是不信的，现在信了，但缺钱的她果断屈服，接过笔在上面写字。

那天之后宋落不自觉地把那件事情放到了心上。不是她心胸狭隘、疑心病重，而是书一南进出宋偲的办公室频繁，好几次宋偲出门应酬都带着他去。公司里关于书一南的流言蜚语越来越多，但他压根不在意，跟个没事人一样，做着自己该做的

事情，到了时间按时下班。对比起来宋落就苦多了，去了业务部跟单子之后，有时候一加班就加到晚上八九点，凌晨才回到公寓都是常态，总想着熬到过年就好了。

大年三十的前三天，宋落被一通电话叫醒，她看到来电人的名字，清醒了过来，接起问道："水姐，怎么了？"

水致烟语速很快，听得出她十分焦急："码头的仓库起火了，你现在和我去现场看一下是什么情况。"

宋落心底一震，从床上爬起来用冷水洗了个脸，套上外套，下楼开车急匆匆地往码头赶去。这笔单子是她去业务部之后一直跟着的，想着能在年前结束，也能过个好年，昨天刚把货运到码头的仓库，等着第二天装船，没想到紧要关头出了意外。

她赶到的时候，水致烟已经在处理后续的事情了。

"水姐，货没事吧？没伤到人吧？"宋落喘着气问。

水致烟拧眉，抬手拍了拍她的肩膀："百分之三十的货出了问题，等会儿你联系一下保险公司，然后我跟那边的负责人联系一下，我们协商解决方案。"

货物延期，货也没有上船，责任还是他们的。

来不及宣泄负面情绪，宋落按照水致烟的吩咐去联系保险公司，再亲自去和码头的负责人问情况。忙完码头的事情回到公司，还没坐下来喝口水，汪特助就叫她去办公室一趟，秘书处其他的人也在公司群看到了仓库的事情，望着她的眼神里满是担心。

顾纤上前安慰她："你不用怕，这也是意外，等会儿进去，你跟在水姐后面别说话就好。"

宋落心里自有主意，点头接下她的好意。

她走到门口，看到水致烟在等她。水致烟神色疲惫，身上已经换上了干练的职业装，招手叫她过去。

宋落走到她跟前，乖巧地叫了一声："水姐。"

"你也别紧张，我已经提前和总裁说明情况了，她能理解的。"水致烟见她一个大学生第一次跟单子就遇到这么大的事情，就多安慰了几句。

"我知道的。"宋落微微一笑，心里很感激大家对她的照顾。

汪特助推开门，扫了她们一眼，说："进来吧。"

她跟在水致烟后面走进去，宋偲刚到公司，正在看合同，他们进来后也没多说什么，水致烟已经习惯，老实地等着宋偲看完手里的文件。

等到她签下自己的大名，没有抬头就说："说说情况。"

水致烟公事公办，把早就打好的腹稿说出来，事发的原因和协商好的解决方案都有条理地说清楚，宋偲满意地点头："国外的公司没有意见就行，尽量把损失降到最低。"

水致烟说："嗯，已经让工厂重新备货了，手续办下来之后就发货。"

宋偲停笔："可以，你先下去吧。"接着看向宋落，点名说："你留下。"

一直淡定地应对突发情况的水致烟忽然变得紧张，看了一下宋落和宋偲，总觉得她们莫名地相似，来不及想太多，忙说："总裁，小落她……"

"我有别的事情问她。"宋偲冷冷地看向水致烟，下逐客令，"先下去。"

汪特助及时站出来："水经理，请吧。"

水致烟不好再多说，跟着汪特助出去。

等到门关上，宋偲从桌前站起来，走到她前面，打量她的穿着，问道："没回家？"

宋落拉了拉自己的衣摆，点头。

宋偲坐在会客沙发上，凝视着她，问："前段时间宋泽在学校惹事，是你去处理的？"

没想到宋偲会知道，宋落没有抱着侥幸心理，承认了这件事。

"你爸心情很不好。"宋偲淡淡地说。

宋落心倏地一紧："小泽没事吧？"

宋偲说："没事。"

听到她这样说，宋落放下心来。

"你下次回家最好和你爸主动说一下这件事。"宋偲揉了揉眉头，想到家里激烈的争吵声，只想尽快平息丈夫的怒火。

宋落见她不耐烦的模样，目光渐渐暗下来，干涩地回她："知道了。"

"你也别总偏心他，他就是太自我了，性子还是需要多磨磨。"宋偲拿起咖啡抿了一口。

难得听到宋偲说关于宋泽和她的事情，但她说的话却让宋落的心一点一点地下坠，更像是被宋庆海烦透了，才忍不住站出来说几句话，不然按照她往常的处理方式，只会视而不见。

"妈。"宋落还是想要为宋泽说句话。

宋偲淡淡地瞥她："这里是公司。"

宋落一顿，略过称呼："小泽确实叛逆了一点，但是心不坏，对他的管教不用这么严苛。"

显然宋偲并不在乎用哪种教育方式，下了最后通牒："要是他考不上大学，就老老实实出国念书。"

宋落哽住，吞吐了一会儿，选择了默不作声。

"还有你跟的单子。"宋偲说回工作上的事情。虽然是坐着，却很好地保持住了上位者的气场："你太心急了。"

宋落不解："心急？"

宋偲微微蹙眉："你回秘书处吧，业务部那边等毕业后再去。"

"这次的单子是个意外。"这段时间她跟着水致烟学到了很多，比课本上干巴巴的知识有用多了。

宋偲看她一眼："和这次的单子无关，你在秘书处不好吗？"

"我更想做业务。"在以业务为主的公司里，秘书处顶多算是协调的部门。

宋偲沉吟片刻，道："宋落，你说你不想在公司里利用特权，但你和汪特助提出要我同意你去业务部，你知道这意味着什么吗？"

这是宋落没想到的，她干干地笑了笑："你想说我间接利用了特权是吗？"

不等她接话，宋落又问："你觉得是这样？"

宋偲说："不是我觉得的问题……"

话说到一半，门被敲响，宋偲说了声"进"，接着书一南出现在门口，抱歉地笑了笑。宋偲站起身对宋落说："你先下去吧。还有你这身衣服，换掉。我不想在正式场合看到不上心的穿着。"

宋落想算了，今晚回家再说清楚好了，也不急于一时，她整理好外套，越过书一南走出门。他冲她笑笑，宋落看到他示好的笑容反而很不自在。合上门前，她听到书一南说："偲姨，晚上我叔叔订了餐厅，你要不要一块过来？"

门合上，她没听到宋偲的回答，但心里还是很硌硬。碰到一直候在门口的汪特助，她走上前问："书一南是祝总的侄子？"

汪特助诚实地回答："是的。书一南是祝家的孩子，父母离婚后改跟妈妈姓了。"

宋落没忍住，多问了一句："他们的交情很深吗？"

汪特助看了她一会儿，垂下眼帘低声说："不太清楚，大小姐还是亲自问总裁比较好。"

宋落了然，那就是交情很深。

她开车回了一趟出租屋，换洗完又赶回办公室，没在工位见到书一南，她装作漫不经心的样子问顾纤："书一南不在吗？"

顾纤正在录今早的会议资料，一边答："他啊，刚刚和总裁出去了，应该是去见客户。"

宋落坐下来，望着隔壁的工位走神，耳边是同事的窃窃私语声，还是不变的话题——书一南和宋偲的关系。

下班后，她乘电梯到楼下，犹豫一会儿，拿出手机给手机里最不常联系的人打去了电话。嘟嘟声快结束的时候，宋偲才接起来。

宋落紧接着开口问："妈，你现在有时间吗？"

宋偲一愣，还是那副生人勿近的语气："有事？"

宋落站在路灯下，看着车流，心忽上忽下，说出口："一起吃个饭，想和你说事。"

那边的宋偲拒绝得很快："改天回家说，我这边还有事情。"

宋落很想问是什么事情，最后选择了沉默。

挂掉电话，她把手机收到口袋里，望着高楼大厦上面那四方的天空，脑子里一片混乱，不知道应该思考什么，恨不得没有意识去深想和猜测。她停在上次碰到戚相宜的商城外，给她打电话。

戚相宜接得飞快，听筒里传来嘈杂的音乐声，她声音很大："喂？落落，有事吗？"

宋落问她："上次你是在哪个餐厅碰到我妈的？"

戚相宜想起那次的事情，说："万嘉商城六楼的西餐厅。"

宋落走到电梯前，按下向上的按键。

"落落，你……问这个干什么？"戚相宜总有种不好的预感。

宋落说："没事，就随口问问。"

戚相宜还想继续问，那边有道男声叫她："相宜，快进场了，我们赶紧走吧。"

戚相宜打发完好友，问宋落："今天万臣他们乐队开演唱会，你要不要来？就当解压了。"

"不了，你好好玩。"宋落说完挂掉电话。

电梯门打开，她走进去按下了"6"。电梯上升，她靠在边上望着下面偌大的商城。因为快过年了，入目是一片喜庆的红，每个商店门口都挂着大大的打折牌子和新品到货提示。

到了六楼，她往西餐厅在的地方走去，正巧碰到书一南手里提着两袋礼物，他惊讶地问："宋落，你怎么在这儿？"

宋落淡然地说："随便看看，你呢？"

书一南扬了扬手里的袋子："今天我过生日，我和家里人出来吃个饭。"

餐厅门口走出来一个人，宋落看去，正好和宋偲四目相对，她愣了一下，宋落看出了她眼睛里一闪而过的慌意。

"偲姨，你怎么出来了？"书一南笑着迎上宋偲。

宋偲走过去拍了拍他的肩膀："你叔叔在里面等着，先进去。"

书一南觉得奇怪，但也乖乖地听话先走了，还对宋落说改天请她吃蛋糕。

人一走，宋落就问："外遇？"

宋偲神色凝重："你乱说什么？"

宋落说："我爸知道吗？"

宋偲严肃地喊她的名字："宋落！"

宋落在原地站定，身体动弹不得，嘴里一股涩味："那这算什么？"

宋偲厉声解释："不是你想的那样，你先回家等我。"

"如果不是这样，为什么我的母亲在公司对陌生人多加照顾，为什么要在陌生人的生日那天准点出现？"宋落顾不了这么多，指甲掐进掌心，疼痛让她保持清醒，维持住最后的尊严，自嘲说，"以前我总以为你淡薄是天性使然，今天我才发现不是这样的，你不淡薄，你只是对你的孩子淡薄。"

"宋落。"宋偲脸上的表情松动，语气急切了几分。

宋落受不了这种突然之间倾倒而来的情绪。"今年元旦我过生日的时候，除了你，所有人都给我发了祝福信息。"就连宋庆海都提前给她准备了礼物，她本来是不在意这类小事的，但宋偲的所作所为让她忍不住拿出来对比。

"我不知道你有什么不得不的原因这样对我和小泽。"宋落说完深吸一口气，"从明天开始我不去公司了，如果我的存在让某些人觉得碍眼，我选择退出。"

她的目光冷冷地扫过周围，最后停在在门口偷偷看着这边的书一南身上，不屑地笑了笑。笑自己，也是笑这个滑稽的场面。她转身离开，不想再多停留一秒，宋偲追了她几步，后面的书一南叫了宋偲，宋落没有再听到身后有脚步声。

从商城出来，天很应景地下了小雪，宋落手脚冰凉，漫无目的地走在这条热闹的街上，现在的她就算有了出租屋，依旧不知道何去何从。她还是那个没有落脚地的宋落。

口袋里的手机响起来，她拿出来看，不是宋偲，是戚相宜。

"喂。"宋落咽下嘴里的涩味，轻轻开了口，哪知声音哽咽得严重，对面的戚相宜被吓到了。

"落落你还好吗？"戚相宜说完跑了起来，"你在哪儿？我去接你！"

宋落意识到自己的失态，清了清嗓子："没事，太冷了。你今天不是要看演唱会吗，找我干什么？"

戚相宜还是不放心。"我不看了，我现在去找你。"

宋落明白戚相宜对万臣的心思，忙说："我去找你，很快就到，但票……"不知道现在还能不能买到。

"票你不用担心，万臣给了我好几张。"戚相宜怕她不适应嘈杂的环境，但宋落说二十分钟后到，就把电话挂了。

宋落在车上补了妆，不想让任何人看到她的失态，接着把手机关了机，她不想被宋偲联系到，起码今天她不想再见到宋偲。

戚相宜在入口所在的街道等她，见她从车上下来，拉着她打量了好一会儿。宋落微微挑眉，问："你干什么？"

戚相宜长呼一口气："吓死我了，我还以为你出事了。"

宋落垂眸，睫毛掩盖掉眼里微妙的情绪，说："想多了。"

不远处的管嘉傲手里抱着一堆应援棒，挥手叫戚相宜："相宜好了没？我们要进去了！"

戚相宜看着管嘉傲解释："这是万臣第一次办演唱会，我们约好一块给他加油。"她没想到戚相宜和管嘉傲的关系竟然这么好。

管嘉傲看到宋落，开口的时候差点咬到舌头，称呼在嘴里打转好几个来回，才叫道："嫂……落落姐也来玩啊。"

不敢真的叫嫂子，怕宋落给他白眼，但是管嘉傲在心里发誓，他行为上绝对会把宋落当嫂子对待。

"走不走？"一道男声淡漠地问，透着几分不耐烦和无精打采。

宋落抬眼看去，邢在宇手里拎着个袋子，穿着一件黑色的棉质棒球服，手腕上戴着黑色的运动手表，浑身慵懒劲，似乎今天晚上是被强迫出门的，很不乐意出现在这儿。

见到她，邢在宇意外地挑了挑眉。宋落压了压鬓边的碎发，掩饰方才心跳漏掉的那一拍。卡在两人中间的管嘉傲和戚相宜默契地对望一眼，然后往前走，假装热烈地交谈着，把空间留给他们。

邢在宇看了一眼她的穿着，里面还是正装，脚下踩着的是五厘米的高跟鞋，看样子是下班后直接过来的。

"刚下班？"他从袋子里拿出一瓶水，拧开瓶盖递给她。

迟疑了一下，宋落接了过来。"是啊。"真是上了一个糟心的班。

察觉到她的心情不太好，邢在宇没有再多问其他。

四人走的是内场的 VIP 通道，怪不得戚相宜说有票，完全是内部人员的待遇。他们来得晚，到的时候差不多开始了。站在入口，宋落愣了一下，没发现有椅子，简单来说面前就是一个绿色的坪地，称得上简易，全场唯一看起来花费了心思的就是舞台，灯光和音响看着就很高级。

台上已经摆好乐器，宋落也认出前面的深蓝色电吉他是万臣的，戚相宜已经完全融入这个氛围里，忍不住在原地蹦了几下。被她带动，管嘉傲也挥着荧光棒一摇一摆。

等天差不多黑下，主持人从后台走出来，全场欢呼声四起。鲜少经历这种嘈杂环境的宋落被吓到，下意识地往邢在宇那边靠去。

他以为是宋落穿高跟鞋站着不舒服，扶住她问："要不要找个地方休息？"

宋落微微摇头。

热场的音乐声响起，前面的管嘉傲玩得正上头，转身问邢在宇："宇哥，过一阵我们找个时间去上次那个庄园聚一聚？"

邢在宇看他一眼："上次不是刚聚完？"

管嘉傲后退两步，揽住他的脖子："你上次不是去做法律援助没来嘛，玩得不尽兴。"

"再说。"邢在宇没有立刻答应下来，他假期还要去实习，聚会的事情难说。

管嘉傲当久了游乐人间的闲散公子，见不得邢在宇这种"改邪归正"的，开玩笑说："这怎么行啊，你上次生日也是，一句不办了，哥几个给你准备的全部作废。你说你也是，最近怎么扭扭捏捏的，好日子还使性子。"

邢在宇冷不丁地看他一眼，管嘉傲立马捂住嘴："行，算我多嘴，你想玩的时候再找我，我保证随叫随到。"

邢在宇抬手狠狠推了一下他的后脑勺，管嘉傲往前跟跄几下，差点摔在草地上。

听完他们全部对话的宋落缓缓收回目光，陷入了沉思。

演唱会很快开始，戚相宜和在场的其他粉丝一样，也不管嗓子会怎么样，一个劲地疯狂喊，有那么几个瞬间，宋落能听到的只有她的喊声。

台上的万臣和平日里在学校看到的很不一样，沉浸在音乐里，不需要刻意地带动氛围，只是几句撩拨人的歌词，便能掀起一阵又一阵的欢呼声，聚光灯下的他，真的就像星辰在闪耀。宋落能在戚相宜的眼里看到他散发着的光，就这样站在她身后，窥见了她的秘密。

因为穿着的束缚，宋落心有余而力不足，蹦跶不起来，最后只能是干站着听了大半场演唱会。差不多结束的时候，她借口上厕所先出了会场，在场馆门口的石凳上坐了几分钟，缓解腿肚子的酸胀感。寒风料峭，她坐在外面，身上的体温被冷风不断地剥夺，她忍着不舒服站起身，犹豫了一下，往对面的商业街走去。

卷三

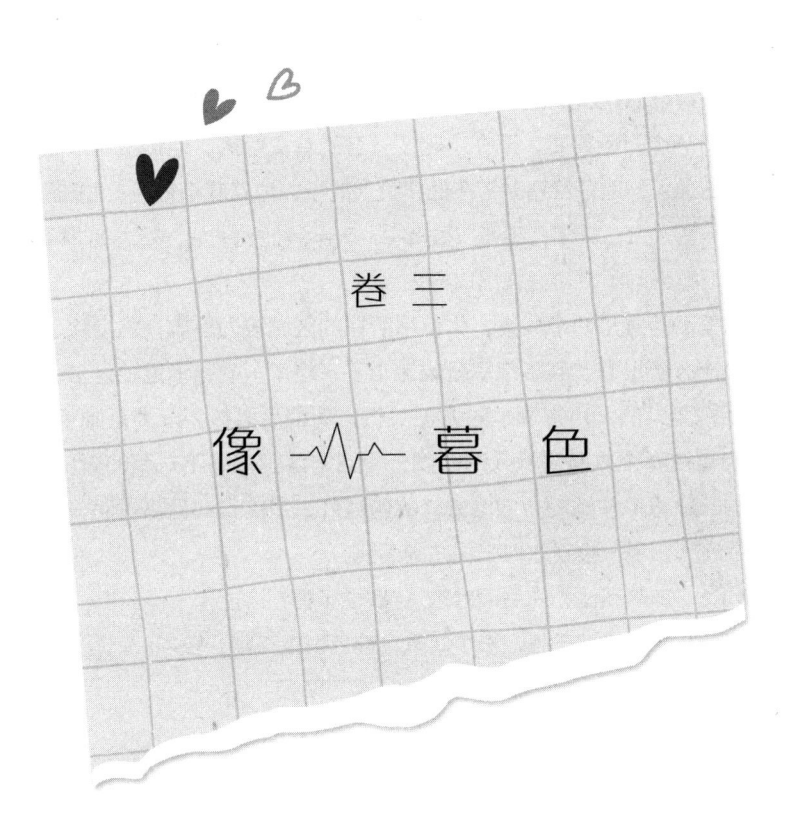

像 ─⋏⋏─ 暮 色

夏日，是浪漫和心动的序章，
写满了邢在宇和宋落的名字。

第 三 十 二 章

邢在宇被管嘉傲拉着给万臣喊口号，一个大老爷们弄得跟十几岁的小姑娘似的，不害臊地一口一个万臣哥哥，邢在宇起了一身的鸡皮疙瘩。他转头往宋落在的方向看去，没看到她人，甩开管嘉傲搭在他肩膀上的手，拉着戚相宜问："宋落人呢？"

场馆内声音太大，戚相宜还处在兴奋中，听不清他说的话，疑惑地"啊"了几声。

邢在宇干脆不问了，转身往出口寻去。

外面和里面简直是两个极端，体育馆所在的区域较为偏僻，路上除了等着散场的出租车，什么都没有，商贩都早就收摊走了。望了一圈，不见她人影，邢在宇给她打了电话，温柔的女声提醒他对方已关机，请稍后再拨，以为是她手机没电了。就在他不知道往哪个方向去找人的时候，看到宋落正在马路对面的街口等红绿灯，他想都不想，急急地往她的方向跑去。跳到绿灯，宋落走向马路对面，还差几步到台阶时，看到邢在宇一脸着急地出现在她面前。

"怎么了？"宋落问他，往后面看去，"散场了吗？"

邢在宇盯着她，见她无恙，松了口气，神色恢复正常，轻声说："没，快了。"

瞥见她手里提着一个盒子，他问："你去买了东西？"

宋落拎到他面前："嗯，一个蛋糕。"

她手机关机了，又不愿意开机被找到，在钱包里翻找了好一会儿才凑到了一个蛋糕的钱。

邢在宇垂眸看着那个浅蓝色的方盒，问："你饿了？"印象中宋落不太喜欢奶油类的吃食。

宋落摇头，勾唇笑笑："就……给我过个生日吧。"

邢在宇哑然，心突然高高提起："你……今天生日？"

"不是。"宋落顿了一下，问他，"不是也可以吧？"

"可以。"邢在宇弄不明白她想做什么，但如果她想过，也不是不可以。

"算了。"宋落放下蛋糕，"我大方一点，就当是给我们两个买的生日蛋糕吧。"

"我们？"邢在宇挑眉。

宋落笑笑："你也没过生日，我也没过生日，正好补一个。"

182

邢在宇没有匀出精力去想里面的弯弯绕绕，随着她的意点了点头。她想过，那就当补过两个人的生日吧。

邢在宇给管嘉傲留言后，开车带着宋落离开体育馆，她直接提出去他家。离这里最近的是她的出租屋，只是找个地方的话，那里就合适。但邢在宇没有多问，按照她的意思行事。

从电梯下来，邢在宇一只手提着蛋糕，另一只手拿着宋落一时兴起买的一束洁白的洋桔梗，开门后把东西放在玄关柜上，然后给她找鞋子。宋落低头看了一眼脚上这双粉色的拖鞋，大小正合脚，心底有说不出的微妙感。

屋内的暖气充足后，她才把外套脱下，邢在宇从厨房里走出来，对她说："去洗澡换身衣服。"

宋落穿着正装被束缚得难受，直接上到二楼找衣服。在衣柜的角落找到邢在宇叠好的粉色睡衣，忍不住在心里嫌弃一句：真幼稚。她在邢在宇家用的日用品都是他买的，不是网购的，是亲自去超市挑选的，挑选的眼光——很烂。那家超市她也去过，记得生活专区的衣服还挺好看的，也不知道邢在宇是怎么在好看的衣服里挑到这件粉得近玫红色的丑衣服，以及脚下这双成套的拖鞋的。吃人嘴软，拿人手短，宋落也就是在心里吐槽一下，还是穿了这件衣服。进到卫生间，她顺手从架子上拿过鲨鱼夹把长发绾起来，说到鲨鱼夹，她得夸一下邢在宇的眼光，这是唯一一个他买来，她看得还算顺眼的东西。

洗完澡下楼，邢在宇还在厨房里忙活，她倒了杯红酒窝在落地窗前的懒人沙发里，望着外面的夜雪随着风飘动，摇摇晃晃地落在人世间，找不到扎根处。

邢在宇出来见到醒好的半瓶红酒都被喝了，没说她什么，打开蛋糕，问她："要吹蜡烛吗？"

宋落回头："要。"她已经好多年没有在生日的时候吹过蜡烛了。

邢在宇打开蜡烛包装，发现是"1"和"8"两个数字，低声笑了笑，肯定不是宋落主动要的，怕是商家讨巧给她选的。插好后，他叫她过来。

宋落赤脚踩在毛毯上，盘腿坐下，几缕头发落在她脸颊边，加上她脸上的酡红，身上的破碎感愈加明显——她比瓷器还易碎，他指腹摩挲着她的肌肤时都下意识地放轻动作。

宋落望向他，问他："怎么了？"

邢在宇看着她微微一笑："没事。"然后弄好生日皇冠，给她戴上。

"唱生日歌？"邢在宇询问她的意见。

"唱点别的吧。"宋落摇头，很霸道地追加了条件，"你唱。"

邢在宇说："给你放吧。"

宋落失望地看他："无趣男。"连唱个歌都不会。

"不唱了，吹蜡烛。"宋落对仪式感没有耐心，才刚开始，就想马上结束。

在她撑着桌子大吸一口气要吹灭蜡烛的时候，邢在宇打断她，笑吟吟地问："阿落今年几岁了？"

宋落迟钝地回："二十一了。"

"那，祝宋落二十一岁生日快乐。"邢在宇脸上满是笑意。

烛光映在他脸上，温暖着她的心，她突然觉得，有这么几秒，她陷入了他的笑容里，这种感觉像他第二次吻她时，在他黑漆漆的眸子里，窥见一片春意。现在的她，似乎被在那片春意里疯长的灌木缠绕，再也逃不出去。

"吹吧。"邢在宇修长的手指微微推动蛋糕的底盘移向她。

宋落抬眸，凝视着他，笑着问："你呢，几岁了？"

邢在宇说："能做你哥哥的年龄。"

宋落也不计较他占自己便宜，很是大方地说："那，我也祝邢在宇哥哥二十二岁生日快乐。"

说完，她听到他低沉地笑了。

一个没有任何意义的雪夜，两个傻子补办了他们的生日，仪式不像仪式，能看得出他们往常是真的没有一点仪式感，但很自在。

宋落抱着腿，把脸埋在膝盖里，看着邢在宇醒酒。她已经喝掉了他两支红酒，头有点昏了，却不想睡下。以往遇到糟糕的事，她总是习惯用睡觉去逃避，想着睡醒会是新的一天，所有糟糕的事都会远离她，但今天不知道怎么了，她一点都不想睡过去，想用此刻的快乐弥补今天所有的不愉快。

"最后一杯，喝完抱你去睡觉。"邢在宇把杯子推到她手边，语气里满是无可奈何。

本来不想开第三支的，但宋落嘟囔了好一会儿，表示如果他不开，她可能立马摔门离开，找一个能让她喝得烂醉还没有人阻拦的地方待着。

宋落接过喝了一大口，不忘说："小气包。"

邢在宇肉疼地说："我小气包？你也不看看你今晚喝掉几个万。"

刚说完，她"砰"的一下倒在桌上，吓得邢在宇探身过去，关心地问："怎么了？"

她额头抵在胳膊上，摇了摇头，然后转头对上他的眼睛。

见到她眼尾的红，邢在宇的心被紧紧攥住，放柔语气问："不舒服吗？"

宋落吸了吸鼻子点头："特别不舒服。"

邢在宇问："要不要上去睡？"

宋落摇头。

知道她有心事，邢在宇败给她了："喝吧，酒柜里还有三支，想喝全给你开了。"

听了他的话，宋落眼泪止不住，大颗大颗地落下，烫得她的脸颊更热了。她很难受，嗓子眼像被堵住了，连鼻子都酸涩得不行。"邢在宇，为什么我爸妈都没有你对我好啊……"她喃喃地说。

他身子一顿，没有接话，给她足够的倾诉空间。安静的空间里能听到门口时钟的转动声，一下接着一下，推着她堆积的情绪爆发。

"我一直以为我妈性子冷，所以不太喜欢管我和我弟，我那时候就想，她对所有人都这样，没有什么值得计较和难过的。我甚至还会窃喜，她属意我接手公司，所以才会对我严加管教，我是被她重视的，我和其他人有着细微的不同。后来我发现我错了。"

宋落鼻音越来越重，邢在宇拨开落在她脸颊上的碎发，见到平日里孤傲又坚强的女人脸上满是泪痕，泪珠不断地从眼角涌出，她的情绪在土崩瓦解："她是会笑的，是会开心的，甚至……会温柔地去对一个人好。我甚至想，那个人是小泽都好，为什么是外人？是在赤裸裸地告诉我，我妈对我们有多刻薄吗？"

"阿落。"邢在宇再也克制不住，打断了她，疼惜地揩掉她的眼泪，在触碰到她的脸颊时，甚至被烫到。

"别哭了。"他心疼地哄她，走到她旁边，把她抱进怀里，想用微弱的力量去安抚她不安的心。

"邢在宇，我的梦想和我的信念……似乎都崩塌了。"宋落的话语里满是痛苦，"我想要做最优秀的那个，不是因为我争强好胜，也不单单是因为我爸推着我，我也有私心，我想，要是我能优秀一些，我妈就会多多关注我，我爸也不会总为这些事生气，小泽……也不用一直在国外待着。

"我骗自己努努力就好了，但我的努力，已经是无用功了。现在……我不知道还能找什么理由骗自己了。我很不开心，我想要自己开心一点，我该怎么做啊……"

听着怀里的她如此消沉，邢在宇搂着她的力道不禁加重，试图把她从坏情绪里拽出来。

"阿落，你很好，不需要任何人的肯定。"他凑近她耳边，一字一顿认真地说道。

"睡一觉就好了，别再难过了好吗？"邢在宇轻轻拍着她的背，像哄婴儿入睡一般。

宋落脑子里一片混乱，她搂着他的脖子，头埋在他的肩膀上，貌似在这片汹涌的汪洋里，只有他这一根浮木。

—— ⟍⋀⋁⋀⟋ ——

宋落不知道睡到了几点，醒来时头一阵疼，昨晚破碎的片段在脑子里缓缓拼凑上，才意识到自己在邢在宇面前失态了。她懊恼地揉了揉头发，瞥到床头柜上的电子闹钟，已经下午两点了，没想到自己睡了这么久。

宋落还看到闹钟下面压着一张纸，她挪动身子过去，抽出来躺在床上看，是邢在宇的字迹：

> 早餐在桌上，如果醒来已经中午了，冰箱里有食材，可以自己做饭，实在不想做就点外卖，但要记得看点评，选一些口碑好的店铺。如果已经下午临近晚上，就热一下早餐抵饿，等我回来给你做饭。你的手机放在书桌上充电。我去律所了，大概七点后回。
>
> 邢在宇，2.19 留

宋落拿开纸坐起来，在桌子上看到自己的手机正充着电。她和邢在宇的手机型号一样，所以用的是他的充电线。其实她的手机昨晚关机前还有百分之七十八的电量，并不是没电。怕她找不到手机，他就细心地留了字条，这个留言方式老套又古板，但……她很受用，她把这张纸叠好，塞到通勤包的内夹层，拉上拉链。

她确实懒，懒到不想点外卖，躺在楼下的沙发上想，邢在宇没说醒过来中下午了怎么办，这时候该吃什么？想到这里，她跑上楼拿过手机，打算和他聊两句。

才开机就弹出了五十多通未接来电，她意外又不意外。不意外的是，她失联一小段时间，会有个人不停地打她的电话；意外的是，这次不是宋庆海，是宋偲。微信里还有她的留言。

宋偲：你在哪儿？

宋偲：给我回个电话。

宋偲：小落，你接下电话好吗？

…………

和宋偲的性子一样，她发来的消息干巴巴的，隔着屏幕都能感知到她说这些话的语气是多么淡漠。

微信留言不多，不到十条，她似乎很不擅长用社交软件，所以才会给她打了一通又一通的电话。

她退出去，给邢在宇发了消息：现在呢，我该吃什么？

邢在宇秒回她：阿落，你几岁了？想吃什么就吃什么，还用问我？

昨天不是刚祝她二十一岁生日快乐吗，搁这儿阴阳怪气什么？

宋落不爽地点开聊天框：不说拉倒。

邢在宇服了她：把早餐吃干净，今天我六点提前下班。

宋落看到消息，笑着倒在软软的沙发里，笑意还未深，宋偲的电话又一次打进来，她犹豫了一下，点了接通。

第 三 十 三 章

宋偲约她见面，宋落本想拒绝的，但宋偲告诉她自己现在就在她家附近，如果她不愿意出门，可以过去见她，连约她见面都是往常那样——强势且不通人情。

最后她答应和宋偲在商城附近的一家咖啡厅见面。

她起身瞥到餐桌上的早餐，想了想，放进微波炉热好，吃完了才上楼换衣服出门。去见宋偲前，她回了一趟出租屋，换了身干净的日常服。

咖啡厅里。

宋落在宋偲对面落座，和服务员点了一杯果汁，不想在不上班的日子里喝浓稠的咖啡。她一直没有看宋偲，因为她知道她所有的情绪在宋偲眼里都无处可逃，被迫坦诚，是她讨厌的。

"小落。"宋偲叫了她。

宋落顿了一下，才看向她。宋偲还是和平常一样，穿着打扮精致，表情清冷。她眼里难得一见地闪过一丝疲惫，宋落想，或许是她已经对自己失去了信心，只会觉得是因为自己昨天突然闹了那么一出，打乱了她的计划，才让她疲惫。

"你说吧。"宋落敛起目光，干涩地开口，"你不是要给我解释吗？"

宋偲不擅长和自己的孩子打交道，一时间不知道从哪儿说起好。

宋落有点生气，她叫自己出来却一句话不说，是什么意思？

沉默了良久，宋落压下心底的烦意，移开目光淡淡开口："小时候我被爸罚抄，小泽不忍心看我熬夜不停地抄，就悄悄地趁我出去上补习班的时候帮我抄了，但是他不小心打翻了钢笔墨水，我写好的那一沓全部被泼到，全都不能用了，我没有按时上交,被罚站了十个小时。"

宋偲认真地听着,没弄明白宋落想要通过这件事情表达什么。而且,孩子一直都是宋庆海亲自管教,她不知道宋落做错事会被罚抄,更不知道宋落被罚站。

"小落,以前……"宋偲以为宋落想说自己不关心她,准备顺着她的话接下去。

宋落打断了她,继续说:"那天晚上小泽陪我站了一晚上,他给我道歉,但我压根听不进去。他也知道我生气,误以为他是恶作剧,然后很认真地告诉我,解释是给在乎的人听的,所以即使我不信,他也要说,要说到我信为止。"一遍又一遍地诚恳解释,总会有一遍打动她。

听到最后一句话,宋偲愣了一下,忽然明白了宋落要说什么。

"你还有话要说吗?如果没有,我就先走了。"宋落看向宋偲,盯着她那双冷漠的眼睛,强忍住心尖在发颤的难受感。

在宋落要起身的时候,宋偲开了口:"书一南是我好朋友的儿子,他在书一南三岁那年离世,因为我和他一直很要好,所以会格外照顾他的孩子。"

宋落唇抿成一条线,嘴角颤了颤:"这是你忽视自己孩子的理由吗?"

"不是。"宋偲双手交叠放在大腿上,"他是我的初恋。"

在窥探到真相一角的时候,宋落被一种狂烈的感觉压迫着,窒息得难受。

"你接下来要告诉我,你压根不爱我爸,一直爱着你的初恋,所以才会对他的儿子格外好?"宋落攥着手,强使自己看起来很正常。

"我和他都很强势,他也需要给自己的家族一个交代,我们不适合走到最后。他对身为宋氏继承人的我来说,不是一个完美的结婚对象,如果和他在一起,我可能会失去公司的继承权,所以我选择了你父亲。"宋偲怕宋落误会,紧接着解释:"我没做过对不起你父亲的事情。"

宋落了然,没做过对不起他的事情,不代表没做过亏欠他的事情。

"是吗?"宋落自嘲地笑笑,"和一个爱你的男人结婚,冷漠地对待他和你的孩子,就是你的责任和担当?辜负自己的家庭,把你那多余的温情给你初恋的孩子,你让我和宋泽看起来像个笑话。"

"小落!"宋偲沉声叫她的名字,而后放轻声音,自责地垂眸说,"我在感情里做过错事,我知道我亏欠了你父亲。"宋庆海很爱她,她是知道的。

"为什么不仅不弥补我爸,还要这样对我们?"宋落不理解。

宋偲手指互相摩挲着:"我不知道该以怎样的态度对待你们。"因为不喜欢但还是走到了一起,又因为不知道怎么处理那一份情感,家庭似乎也成了工作的一部分。

宋落坐不下去了,站起身丢下最后一句话:"我今天才懂,不是世上所有的母亲都深爱她的孩子，你对我和宋泽的不叫母爱，我们只是'有幸'被匀到一点关心罢了。"她不想听宋偲辩解因为对初恋余情未了，所以不能全身心投入自己的家庭，又因为可怜初恋孤苦伶仃的孩子，便多加照顾。这不是她的过错，凭什么要她承担后果？

宋偲急急地站起来拦住她："小落，不是这样的。"

"就算不是这样，"宋落忍不住红了眼，"你也不该这样对待我们啊……"

"小落，你要是不喜欢书一南，以后我就不让他过来了。"宋偲显得有些急切，皱眉说。

"我在乎的是他吗？"宋落自始至终不过是想要宋偲的态度罢了。

但宋偲只是沉默。宋落说："公司我就不去了，我对做你的继承人不感兴趣，我想我们现在的状态也不适合再见面。今年我会去爷爷奶奶和外公外婆家拜年的，尊敬老人家这一点你不用担心，我会做好。"说完心底的想法，她推开宋偲跑了出去。

宋偲想要叫住她，却倍感无力。在这件事情上，她是最大的过错方，所有的解释都是无力的，她确实伤害了她的孩子。

——〰——

一种窒息的感觉压向宋落，她控制不住自己的情绪，沿着街道一直走，急切地想让自己好受一点。她甚至宁愿今天没有来见过宋偲，真相往往比想象中的更令人难以接受。

在外人眼里，她生活在一个很好的家庭，她母亲是事业有成的企业家，她父亲是大学教授，吃穿用度都是最好的。可事实是，对这个家庭上心的只有三个人，她的母亲因为心里有其他人，应付着这个家庭，以为给他们提供好的条件就是爱，多么讽刺啊。

不知不觉走到了商圈附近的万水湖，她怀里的手机响起，拿出来看了一眼，是邢在宇打来的。在电话准备挂断的时候她才接起来。

"是我。"宋落淡淡地开口，压住异常的情绪。

那边的邢在宇顿了一下，匆忙问："在哪儿？怎么了？"

宋落迟钝地报出地点："在……万水湖。"

万水湖是酒吧区，夜幕降临后，这一片音乐声不断，形形色色的男女在这里缓解深夜的寂寞。

邢在宇回到公寓，找了一圈没见她的影子，才急忙给她打去电话，听到她说在万水湖，忙问："碰上事了？"

安然无恙的宋落不知道怎么想的，或许是茫然的她需要一些毫无意义的安慰和关心，含混地说："嗯……"

邢在宇语气更急了："怎么了？"

宋落看到对面有几个壮汉，撒谎道："我惹了一些不该惹的人，怎么办？"

邢在宇着急地说："能怎么办，跑啊！傻瓜！"

宋落因为他这一句带着点责怪的话，笑出了声。

"如果我说我在派出所呢？"宋落又问。

邢在宇去拿车钥匙，一边问："万水湖区的派出所吗？我现在去领人。"

宋落从餐厅出来时的郁闷一点一点被抚平。

"没有，我骗你的。"宋落过了马路，远离了万水湖的中心区。

邢在宇没有生气，反而松了口气，是真的怕她遇上事。

"那你还会来接我吗？"宋落站在马路边上，望着车流问。

邢在宇一愣，接着说："原地等我。"拿过羽绒服，他去楼下开车。

宋落站了几分钟，外面开始下雪，城市又会变成银装素裹的模样。她伸手接雪，雪融化在掌心的那一刻她冷得直打哆嗦，最后找到公交车站，躲在下面，不忘告诉邢在宇自己挪动了位置。

车子不能在公交车站停，邢在宇把车子停在不远处的路边临时停车点，下车沿路去找她。她裹着一身黑色的长羽绒服，站在站牌后面，缩着脖子小小地移动步子，保持身上的体温。

"阿落。"他唤她。

宋落转身，见到他，勾唇笑了笑，邢在宇被感染到，跟着笑了起来。

"走吧。"他转身，示意她跟上。

宋落快步走到他身边，呼出一口白气，嘟囔了句："真冷。"

邢在宇拉出她的手，往她掌心里放了钥匙："你开回去。"

她挑了挑眉："真的假的？"

邢在宇含笑："真的。"

第一次在雪天开车，宋落满怀期待地坐进主驾驶座。这辆车是那次管嘉傲给他换的，他一直没换回原来的车，所以她坐上去很合适，开起来也舒服。邢在宇已经不需要拉着车扶手了，完全能适应宋落开车时的各类突发情况，像突然刹车或者忘记放手刹等。等到出了中心区，她给车子提了速，邢在宇才感觉有点慌。很不对劲……似乎回到了第一次坐她开的车时的感觉。

"那个……"邢在宇想要她减速。

宋落在路口利落地打方向盘，不减速直接拐了弯，整个过程中，邢在宇的一颗心要跳出嗓子眼。

"等有空，带我去玩赛车。"宋落用的是肯定的语气，而不是询问他的意见。

邢在宇忙找借口："赛车需要证。"

宋落蹙眉："你陪练，技术到位了，我就去考。"

邢在宇无语，就不能别老惦记着开车吗？

宋落没有得到想要的答案，把油门踩重了几分，邢在宇妥协了："有空，行了吗？"

宋落松开油门，缓缓踩下刹车，嫣然一笑："好！"

邢在宇无奈了，但也没办法阻止这位"姑奶奶"寻求刺激。本来他以为自己是个极端热爱刺激和享乐的人，但遇到宋落后，他甘拜下风。她比他还要疯狂。

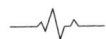

———⎍⎍———

回到公寓，宋落窝在沙发里看电视，邢在宇没多问她出去干什么了，继续回厨房忙活。弄好了出来叫她吃东西，见她拿个本子在认真地写着什么。

邢在宇凑过来问："写作业？"

宋落大方地展示笔记上面的内容："不是，在做清单。"

这个本子邢在宇见过，是宋落用来做每日计划的，现在最顶端写着几个大字——《关于第一次的清单》，下面罗列了很多点，就连第一次坐在落地窗前看雪、喝啤酒都写了。

他微微挑眉："怎么做这个？"

宋落浅笑："就是突然想开了，以后宋落就是宋落，优不优秀不重要。"

因为优秀已经没有任何意义了，不如随心所欲一点。

"阿落想开了就好。"邢在宇说。

宋落坦荡地说："嗯，要试着过一下像你这样放荡的人生。"随后把本子推向他："你替我写几个，我暂时只能想到这些。"

邢在宇接过本子，从上到下看了一遍，接过她递过来的钢笔，接着在下一行写下第二十四项，写好后递给她，宋落捧着看了一眼，当场翻了个白眼。

邢在宇无所谓地摸了摸发尾："你可以删掉。"

宋落深深地看着他，勾唇笑笑，改了主意："也不是不可以。"

这倒给邢在宇弄迷糊了,他垂眸躲过她的打量,本来是写着捉弄她,没想到她还当真了。

"啧,邢学长是不好意思了?"宋落靠着沙发,抱着手,挑衅地问。

邢在宇起身说:"得了吧,别招我。"

望着他走进厨房的背影,宋落笑出了声。邢在宇被开玩笑后的反应……还蛮好玩的。

第二天就是大年三十,邢在宇一大早就起来加班,宋落迷迷糊糊地从床上坐起来,望着他的背影问:"几点了啊?"

邢在宇以为自己吵到她了,转动椅子面向她:"早上五点。"

屋里暖气足,宋落从被子里出来,挪到床尾,探着脑袋看他在做什么。

"你几点回家?"宋落问他。

邢在宇继续敲键盘:"中午去我爷爷家吃饭。"

"你不陪你妈过年?"宋落诧异地问。

邢在宇略显无奈:"我妈回我外公家了,在江都,待到元宵节才回来,往年我是要去的,今年律所案件多,就没时间过去了。"

宋落昨晚就收到宋庆海发来的安排,中午在爷爷奶奶家吃饭,晚上在外公外婆家吃饭,一起跨年。要是没有发生那件事情,宋落会很乐意和他们待在一个屋子里,但是现在,她只想走远一点。

"晚上呢?"宋落追问。

邢在宇漫不经心地说:"管嘉傲他们包了个场子玩,我过去看看。"

他是打算回家睡觉的,但是他妈总说大年三十一个人待着,以后会孤独一辈子的,不吉利,让他在外面找朋友玩也好,反正不准一个人跨年,今晚还会打电话突击检查。

宋落问:"能带我去吗?"

邢在宇停顿一下,问她:"你不在家里待着?"

宋落揉了揉凌乱的头发:"不了,追随你去看看浪荡人生是什么样子的。"

邢在宇侧身捏住她的下巴,晃了晃:"别老把浪荡人生挂在嘴边,我是正经人。"

"喊。"宋落拍开他的手,很是不屑,不打扰赶工的邢在宇,爬回去继续睡觉。

差不多七点,邢在宇把灯灭了,躺到另外一边睡下。

"不忙了吗?"宋落疑惑地问。

邢在宇揉了揉眉心:"袁律急着要一份文件,我就起来给他弄了。"

"你还蛮……敬业的。"宋落侧身看向他。

邢在宇就当是闲聊，问她："你呢，实习怎么样？"

宋落没有接话，说了其他的事："清单第二十四项真的不试试？"

被她露骨的话惊到，邢在宇摁住她的脑袋："你不想说就直接拒绝回答，没必要牺牲这么大。"

可能是宋偲的事情带给她的阴影太大，想都没想，她就问他："你……不会真的在外面包了其他人吧？"

邢在宇一哽："你乱说什么？"

宋落严肃地警告他："你要是真的想在外面有点什么，那也要在和我断了这种关系后。"

本来打算好好睡个回笼觉的邢在宇睡意全无，直接拉着她的手腕把她拽到身下，她惊呼了一声。

然后脸被他狠狠捏了一下，她听到他痞气地说："等会儿起来把第二十四项画掉。"

他的态度转变太快，宋落还未反应过来，他就吻了下来。

快到中午时，她被邢在宇催着起床，不情不愿地去洗漱。

出来看到手机消息不停弹出，是宋泽一直在催她回家，见他情绪高涨，宋落好奇地问怎么了。

宋泽傻呵呵地回复：妈妈今年过年没有工作，她说初一带我们一起去海南！

宋庆海和她说过去海南旅游的事情，宋落没兴趣，回他：我就不去了，你和他们去吧。

宋泽追问她：为什么啊？

关于宋偲的事情，她不知道怎么开口。

宋落开玩笑说：忙着给你物色姐夫。

宋泽：爸又催你和那个老男人处对象了？

宋落：少问大人的事，好好学习。

宋泽不服气，也不管到底是怎么回事，在聊天页面一顿数落宋庆海怎么怎么过分。

不理会他这个愤怒少年，宋落把手机扣到架子上。

邢在宇过来敲了敲门，问她："你看到学生会的群文件了吗？"

被吸引了注意力的宋落回头："没有。"

她走出去凑到他身边，看他手机上的内容。原来是副会长闲着没事，正在群里招呼家在京北的同学一块搞个过年团建，打个羽毛球，消遣之余顺便增进一下同学情谊。

习惯了学生会动不动就来个内部团建，宋落问他："去吗？"

邢在宇垂眸看着她好看的小脸，问："你呢？"

宋落点开可以同时编辑的文档，直接在第一行第一个框里填上自己的名字。正好有理由躲开海南的旅行，肯定要去。

拿回手机的邢在宇犹豫了一下，在她后面跟着填上自己的名字。就这样，第一组的名额被他们占满。

一直在观察动静的副会长冒出来：那个……宋落同学和邢在宇同学，这个是组队名单，不是对抗名单。

第三十四章

学生会大群有两百来人，大家在通知和文件下发后热情高涨地讨论着，都没急着报名，也就没有注意到两人填写了文档，副会长突然冒出这一句话，群里瞬间安静下来，有些人直接回到自己部门的小群里八卦起来。戚相宜那边也看到了消息，跟宋落说了部门小群里的聊天内容。

戚相宜：得了，我这边的小崽子们都好期待你们两个在群里你一言我一语地掐起来。

戚相宜：不仅如此，外地的都想立马"打飞的"回来参加羽毛球活动，要亲眼看你们把球往对方脸上打。

宋落无奈：你们就不能和平友爱一点？我们秘书处就没有一个人讨论。

随后她问邢在宇："你们部门有人讨论我们的事吗？"

邢在宇看了眼消息框，没有红点提示，回答："没有。"

宋落快速回复戚相宜：纪检部也没有，你自己反思一下，是不是你们部门的作风问题。

戚相宜：……你敢在当事人面前讨论她的八卦吗？

宋落：……

很在理，但她不认。

戚相宜抓住重点：你在他家？

不然怎么能这么快问到答案。

宋落也没有瞒着：从演唱会回来就在。

戚相宜算了下，大概住了三天，所以……她心里还没有下定论，学生会大群里副会长又"冒泡"了。

副会长：宋落和邢在宇你们看看，要不要改一下？

他以为是两人没认真看通知，所以填错了。

宋落直接回复：我不改。

几乎同一时间，邢在宇也回：我不改。

大群里再次陷入沉默，大家觉得两人是杠上了，谁也不让谁，就算写错了，凭什么是自己改？

副会长颤巍巍地回：那……那就这样吧。

还能怎么办啊，总不能让他们在群里掐起来吧，只能比赛的时候上点心，不让场面陷入混乱就好。

回完消息，宋落和邢在宇都把这事抛到脑后，赶着回家吃年夜饭。邢在宇把她送回出租屋，约好晚上十点见，她回楼上换了一身衣服，自己开车回爷爷奶奶家。

今天路上车子少，大部分人都早早回家吃年夜饭了，一路上碰到的红灯也少，二十分钟不到就到了老城区。她把车停在路边的停车位，拿着前段时间买好的礼品往爷爷奶奶家赶。

宋泽收到她出发的消息后，一直在门口等着她，见到她就眉开眼笑的，走过来拿过她手里的东西，乐呵呵地问："姐累不累？"

"还好。"宋落扶了下腰。

宋泽脸上的笑容更灿烂了，宋落忍不住问："你是买彩票中奖了吗？"

"不是，是妈送了我一套绝版手办。"宋泽黏糊糊地凑过来，此刻的他就像是全世界最幸福的小孩。宋落的心一点一点下沉，不得不多想宋偲今天的举动有点讨好的意思在里面。

经过前两天的事情，她是开心不起来了，但对宋泽来说，是母亲终于关心自己了，当然开心。

进到屋子里，宋庆海也笑得特别开心。她和长辈一一问好，目光碰到坐在主位的宋偲，不咸不淡地叫了声妈后便不再说话。

一顿没有出意外的团圆饭结束后，他们要赶着去外公外婆家，也就没有多做停留。

临走前老太太拉住宋庆海，假装是跟他说悄悄话，刻意放大自己的声音说："连续几年都是在那边守岁，你多久没带孩子和我们过年了？"

宋庆海下意识地看向宋偲的方向，拍了拍母亲的手，安抚说："妈，你说什么呢，都在京北，见一面又不难，哪还要计较在哪边守岁？"

老太太还想说什么，宋庆海给她使眼色，摇了摇头，疼儿子的老太太最后只好作罢。

站在庭院里的宋落把这一幕收入眼底，抿了抿唇，忽然觉得宋偲在宋庆海面前确实有恃无恐，结婚后全是宋庆海打理家里琐碎的小事，她却在外面疼惜初恋的孩子，多可笑啊……

宋偲似乎能感知到她的想法，看了过来，过了一会儿才说："小落，你和我坐一辆车。"

今天宋庆海和宋偲各开了一辆车。

宋落委婉拒绝："不了，我开了车。"说完，她去门口和爷爷奶奶正式告别后独自走出巷子。

宋泽感觉不对劲，灵光一闪，忙说："我去监督姐开车，爸、妈，我们等会儿见！"

不等他们答应，他就抱着自己的绝版手办匆匆跟上宋落。

宋泽坐到副驾驶座，忍不住问她："姐，你是生爸妈的气了吗？"

宋落冷冷地回："没有。"

宋泽哭丧着脸："你骗人。"

宋落开到路口，拐进了一条要绕远的路，拉长到外婆家的时间，不在乎地回："你想多了。"

宋泽不甘心地追问："你真的不去海南？"

"不去，我社团那边有事情。"宋落怕他不问出个所以然不罢休，又说，"你去了好好玩，别老惦记我。"

宋泽还想问，见她淡然的样子，只好嘟囔了一句："好吧。"

宋落转移话题，和他聊了他最近在学校的事情，宋泽热情地和她分享学校生活，知道他收心学习后，她也就安心许多。

到了外婆家，才把车开进院子就看到两个白发苍苍的老人站在门口等他们。宋泽推开车门，张开双手奔向两人，嘴里高呼："外公外婆，我好想你们！"两个老人家开心得不行。

宋落提着东西跟着进去，外婆拉着她左右看看，关心地问："我们家落妹最近怎么瘦了啊？"

宋落浅笑："说什么呢，外婆，我胖了三斤。"

外公手搭在她的肩膀上，笑得看不到眼睛："谁说的，我就没看出来，我们家落妹就是瘦了。"

宋泽见到两人围着宋落，立马上前争宠："外公外婆为什么只问姐姐，不问我？"

被闹得没法子，两个人只好顺着夸了宋泽几句，还夸得宋泽飘飘然了。

进到客厅，后面进来的宋偲叫住宋落："小落，和我去一趟书房。"

宋落回身，微微皱眉，不是很乐意和宋偲独处。

看到这个场面的宋庆海并不知道母女俩之间发生了什么，以为是宋落去公司实习和宋偲闹得不愉快，他上前拍了拍宋落的肩膀说："和你妈妈去吧，大过年的，和气一点。"

宋落仰头看着宋庆海，欲言又止……她疑惑地想，她爸到底知不知道这些年宋偲都在外面做了什么，怎么能这么心大？

宋庆海柔声帮妻子劝女儿："去吧。"

宋落拒绝不了，只能跟着宋偲上楼去书房。

进到屋子里，也不等宋偲招呼她，她就随意地找个位置坐下。"你有什么话就说吧。"

宋偲没坐在书桌后的主位，而是随着宋落坐在会客的沙发上。

"小落，我知道上次的事情惹得你不开心，妈妈也认真反省了，你能不能别生气了？"宋偲放柔声音问她。

不习惯宋偲温和地同她说话，她反而被弄得十分不自在，疑惑自己是不是习惯了被冷漠地对待，以前渴望被宋偲关心，等到她真的关心自己的时候，又觉得无比不自在和……硌硬。

"反省？"宋落冷淡地"哧"了一声，"去一次海南，还是给小泽送一次手办？"

宋偲知道自己理亏，没法接她的话。

"你希望我不生气也可以。"宋落站起身，俯视着她，缓缓说道，"你和书一南断了所有的联系，保证从今往后不会和他有任何来往，你能做到吗？"

宋偲没有说话。

"你不能。"宋落替她说出了这个答案，"你是商人，你知道鱼和熊掌不可兼得，所以我要忍受书一南做我的哥哥还是弟弟？你准备利用我爸对你的包容让他多一个儿子？"

一次又一次说这件事，宋偲不累，宋落也累了。

"如果你没有想好怎么做，就不要再找我了。"宋落敛起目光，"我和你不适合单独聊天。"宋落拉开书房的门出去，毫不留情地关上了门，留下独自懊恼的宋偲。手边的手机响起，看到来电人显示书一南的名字，她扶着额长长地叹了口气。

宋落为了避免和宋偲再有独处的机会，吃饭的时候坐到了外婆旁边，宋泽又非要黏着她，就贴着她落座。吃完饭，宋偲和外公上了楼，本来想叫宋落一起，但她正拉着外婆聊天，假装没注意到他们。大概坐到八点钟，宋落和宋庆海说自己出门和朋友聚会，宋庆海难得心情好，也没有计较她不在家陪家里人跨年，只让她注意安全，有事打电话。

走到门口的宋落忍不住回头看了一眼偌大的别墅，其实……今天全家人除了她，每个人都很开心，他们开心的原因很简单，因为宋偲在家，没有再忙公司的事情，对他们又表现得比往常还要关心。

口袋里的手机振了振，她接起放到耳边："怎么了？"

邢在宇问她："去接你？"

宋落想了想说："好，我去别墅区外面的马路边等你？"

邢在宇说："不用，我爷爷家和你们家在一个别墅区，你在你们家外面的路口等我，我开车过去。"

她有点惊讶，没想到这么凑巧。

她到了路口，看到车子正停在那儿，接着邢在宇推门下来，单手扶着车门，笑着问："开吗？"

宋落乐意至极，跑过去，在上车前搂住他的腰，扬唇笑着夸道："邢学长很上道，奖励一下。"

女人猝不及防地投怀送抱，他没站稳，整个人靠到车上，环着她的腰垂眸看她，挑了挑眉："怎么奖励？"

宋落用冰凉的手贴着他的脖子，冷得邢在宇身子一僵，她大笑："这样！"

"没良心的。"邢在宇揉了揉她的脑袋，压着她的肩膀推她进车，给她关上门，自己绕过车身上了副驾驶座。

等到车子走远，躲在巷子转角处的宋泽才敢大口呼吸，本来是想追出来找宋落说两句话，没想到会碰到这个场面。他的瞳孔放大，难以置信他姐拒绝去海南旅行是真的要给他在外面物色姐夫。

男人额前的碎发多少遮住了五官，加上还低着头，又被他姐挡住了一点，宋泽没太看清楚他的脸，但侧脸以及下颌线……似乎他在哪儿看见过，而且特意记过。他短暂地陷入无措，脑子里的记忆慢慢浮现。男人……不就是那次他送零食的时候跟在他姐身后的那个人嘛！

宋落和邢在宇一块去了管嘉傲包的一个娱乐场，里面吃的喝的不用说，项目也多，有桌球、保龄球、麻将等一堆娱乐项目。来的人不是很多，就十几个人。邢在宇和他们都认识，他带宋落进门的时候就有好几个人过来打招呼，知道她是宋落之后脸上的表情变得有几分微妙，笑容也尴尬许多。

两人进到管嘉傲在的包厢，等门合上，宋落好奇地问："为什么他们都那样看着我们？"

邢在宇没有注意，反问："哪样？"

宋落回想，勉强形容出来："就是感觉……很不可思议，甚至还有几分看戏的意思在里面。"

邢在宇想不明白，也没感觉出来。

坐在沙发里摇晃着红酒杯的管嘉傲应该是几杯酒下肚后，胆子大了起来，跩得要命地说："还能因为什么，准婶婶和侄子一块出门玩，那帮不务正业的富二代能不好奇？恨不得今晚能搞出点动静，不然这年过得索然无味。"

说白了，现在大家看宋落是惊叹，佩服这个女人能在小叔和侄子中间游走；看邢在宇呢……多半是觉得他脑门上贴着个"男小三"的"爱情标签"。他不敢说真话，也就腹诽几句。

"给你们闲得。"邢在宇眼神很不和善地看他一眼，"你不也和他们一样？"

管嘉傲不服："我怎么能跟他们一样？"

宋落帮腔："哪里不一样？都是纨绔富二代。"

管嘉傲义正词严："不，我是富三代。"

两人："……"

管嘉傲发现不对劲，立马转移话题，笑着说："过来坐，万臣马上就到了，我们先玩两局。"

宋落不解地问："就你们吗，不和外面的人玩？"

管嘉傲说："不了，包这个场子也是让大家开心一下，我们自己玩自己的。"

宋落信了，这个作风很富三代。

管嘉傲拿过一根台球杆，装模作样地用巧克粉擦了擦杆子的顶端，豪迈地拍了拍桌子边缘："来，我们先来一局。"

邢在宇放下果汁，倾身靠近宋落问："会玩吗？"

宋落第一次接触台球，诚实地回答："我不会。"

邢在宇笑笑："教你？"

被勾起极大兴趣的宋落忙点头："好！"

邢在宇带她去选杆，宋落没有什么经验，选了一根黑色的，拿在手里掂了掂说："就这个吧。"

他没选，站在边上对管嘉傲说："你开球。"

管嘉傲扫了他们几眼："我和嫂子打？"

宋落被他的称呼吓得一哽，邢在宇勾了勾唇说："嗯。"

他没有纠正，宋落也就没多说什么，真的解释……反而有种怪怪的感觉。

管嘉傲弄好球，使坏问："只玩多没意思，押点什么？"

邢在宇听出弦外之音，问："你想要什么？"

管嘉傲嘻嘻笑了一声，说："你停在我家车库的那辆车。"

"可以。"邢在宇淡淡应下。

管嘉傲开心地"哒"了一声，他惦记邢在宇那辆车已经很久了，每天都要去车库看一眼，现在有机会拿到手，别提多开心了。

"输了怎么办？"宋落问他。

邢在宇说："没事。"

宋落惴惴不安："你那辆车……挺贵吧？有点受不起了。"

邢在宇双手撑着台球桌的边缘，看着她哼笑了一声，问："是啊，阿落要给我打欠条？"

想都不想，宋落就拒绝了，这辈子她还没有给别人打过欠条，都是别人给她打。

"你也问他要个玩意。"宋落手搭在杆上，"不能亏。"

邢在宇直起身子，漫不经心地笑着说："听到没？"

一直看着他们秀恩爱的管嘉傲不仅听到了，还听得一清二楚，也懂了邢在宇这句话的意思，顿了一下，肉疼地说："赢了，我家新楼盘里的房你们选一套。"

"送房？"宋落觉得不可思议。

邢在宇倒是无所谓："他家就是房子多，不用客气。"

管嘉傲无语，他们两个是来打劫的吧，他给出的可是自己的份额。

宋落胜负心更强了。"来吧。"就算不懂，她也会立马搞懂。

本来管嘉傲觉得自己就要把邢在宇的爱车收入囊中了，但是……宋落真的是进步飞快，再加上邢在宇这个场外援助，让她在不停地进球，他已经在旁边候了好久，更气人的是——

"这个角度？"宋落好学地问。

邢在宇用杆子量了一下："不对，右边一点。"

宋落往右边挪动："这样？"

邢在宇放下杆子，走过去，很自然地和她进行肢体接触，带着她的身子移动，大手握住杆子，在她耳边说："先击吃库，就会碰到全色球。"

宋落迅速调整，然后把主动权交给邢在宇，让他带着她挥杆，角度没问题，球落到袋里。

开球后没上过场的管嘉傲看得直打哈欠："我说你们……"

两人齐齐抬头看向他。

管嘉傲举手投降："没事，你们继续，我喝酒。"他怕自己再多说一句话，邢在宇就要用眼神杀了他。

宋落把最后一个球打进去，开心得蹦起来抱住邢在宇，他伸手搂住她的腰，一只手扶在她背上，跟着笑了笑，不忘嘱咐她小心一点。

万臣正好推门进来，见到这个和邢在宇的行事作风严重不符的场面，忍不住问："宇哥……这是怎么了？"

痛失一套房的管嘉傲冷着脸说："夫妻打劫来了。"

万臣弄不清情况。

那边的宋落莞尔一笑，问："要不要再押一局？"

管嘉傲被吓得手抖，酒洒到裤子上，连忙摇头："那个……准备跨年了，就……万臣，去去去，去把电视打开，中央一台，一起倒计时。"

万臣搞不懂管嘉傲整的又是哪一出，按照他说的把电视打开，调到中央一台。

听完这句话，宋落扶着邢在宇的肩膀笑出了声。邢在宇拍了拍她的肩膀，指了指角落的吧台说："去吃点东西。"

宋落点头说好，然后跑过去。

邢在宇走到管嘉傲身边，他不爽地嘟囔："你是故意的吧？"

见他一副委屈的表情，邢在宇学着他以前的语气说："扭扭捏捏的干什么？"

管嘉傲指了指自己，瞪大双眼："我扭扭捏捏？"

万臣怕他们打起来，充当中间人劝和："好啦好啦，多大点事，没必要吵。"

管嘉傲不服："是我要吵架吗？"

邢在宇拿起茶几上一杯倒满的酒递给他："喝完，车给你。"

管嘉傲骂人的话都在嗓子眼了，又被他这句话硬生生地堵回去了，惊得狂咽了几下口水，问道："真的……假的？"

邢在宇微微挑眉，又把酒杯往他面前递一点。也不管真假，喝一杯酒不亏，管嘉傲接过来，闷头喝下去。

邢在宇把车钥匙拿出来放在茶几上，然后转身去吧台找宋落。

万臣难以置信地说："真给？"什么都不用付出，就喝了一杯香槟？赚邢少爷的车这么容易？

管嘉傲也有种不真实感，颤巍巍地去拿那把钥匙，嘀咕了一句："明……明天我问他什么时候和我去过户。"车主名字得写他。

万臣惊叹："宇哥是这么大方的人？"

管嘉傲拍了他后脑勺一下："你瞎啊，他哪里大方？"

万臣指着钥匙问："这算什么？"

管嘉傲眼睛转了转，找了个合适的说辞："是我刚刚帮他追老婆的酬劳。"

这样一想，就很合理了，陪他们打一场台球，输给邢在宇，然后让宋落开心，宋落一开心就会对邢在宇有好感，车子不就到手了嘛。

万臣听完也觉得有理，恍然大悟地点头，随后想想不对劲啊，没记错的话，管嘉傲也押了东西，于是问他："你刚刚押了什么？"

管嘉傲说："新开发区的大平层。"

万臣无语，赚了什么啊，压根没赚好不好！

宋落坐下来后喝了几杯香槟，邢在宇过来看到瓶子空了三分之一，眼皮一跳："少喝点。"

宋落灌了一大口："少管我。"

他不敢再说了，怕宋落和他唱反调。

"坐。"宋落大方地拍了拍旁边的高脚凳。

邢在宇坐下，她推给他一杯酒，他直接拒绝："等会儿要开车回去。"

"也是，这个时间难约到代驾。"宋落也不强求，自己仰头喝了一大口。

这段时间她总是心事重重的样子，邢在宇有点担心地看着她。

"看我干什么？"宋落轻笑。

邢在宇摇了摇头，勾唇浅笑："你很好看。"

突然被夸，宋落脸更红了，为了掩饰小鹿乱撞的心，她又喝了一大口酒。

"要回去了吗？"邢在宇问她。

宋落指着坐在沙发上攀谈的两个男人说："不和他们一起跨年吗？"

邢在宇说："今晚会下雪，等会儿带啤酒和炸鸡回去。"

宋落眼睛一亮，想到了清单中的一项，甜笑着说："好！"

邢在宇是行动派，打包好东西马上带她离开。

站在门口送客的管嘉傲看着开远的车子，缩了缩脖子，感慨道："还真的是来打劫的。"走之前还不忘带吃的。

万臣问他："宇哥……这是玩真的？"

管嘉傲抬手打在他的胸膛上，恶狠狠地警告："把玩字去掉，小心宇哥听到削你。"

万臣秒懂，邢在宇是认真的。

第三十五章

两人回的是宋落的公寓，因为离娱乐场比较近。经过二十四小时便利店，他进去买了日用品和一些新鲜的果蔬。到家后，宋落抱着衣服去洗澡，把脸上的淡妆卸掉，洗完出来窝在客厅的沙发里等邢在宇洗澡。她拿出手机准备给宋庆海报告行程，告诉他自己已经回出租屋，不打算回家了。宋庆海也就念叨了几句，嘱咐她注意安全，好好休息，闲聊几句后没再说什么，随她去了。

在她要退出微信的时候，宋泽的消息发了过来：姐姐……你真的不去海南旅行？

宋落把刚才和宋庆海说不去海南旅行的对话截图给宋泽。

他看完，快速回：咱爸没事吧？一家人出门玩多难得啊，竟然说什么"以社团为重，争取留任"，谁想留啊！

宋落心里认同，但为了不去海南，嘴上不认同，意味深长地回复：等你到大学就懂了，人总有一些身不由己。

宋泽：……搁这儿当什么哲学家。

半分钟后，宋泽不甘心地问：不去海南是因为交了男朋友对吗？

宋落蹙眉：你又在哪里乱听说了什么？

宋泽：姐，我都看到了。

宋落心一紧，看到什么了？在不确定的情况下，她选择静观其变，等宋泽先说。

宋泽没有诈到宋落，破罐子破摔，自己先坦白：今天来外婆家附近接你的男人是你男朋友吧？我都看到你们搂在一起了，他不仅抱你还摸你！

宋落怎么感觉隔着屏幕都能感受到宋泽……很生气？错觉吧。

宋泽发来一段语音，她点开听，怒吼声在空旷的客厅里回响："你别否认了，我就是看到了！那个男人抱你、摸你，他还笑了！特别得意！"

宋落怕卫生间里的邢在宇听到，立马调低音量，给他发消息：宋泽你疯了？好好说话，你吼什么？

宋泽压抑了一晚上，春晚的节目一个都没看进去，委屈得不行。

他飞快地打字：我说错了吗？我没说错吧！

宋落：他是扶了我，什么叫摸我，你用词能不能不要这么暧昧？是揉乱了我的头发。

宋泽不服：到底是谁用词暧昧？揉乱你的头发，分明你的用词更过分！！！

宋落：嗯，所以呢？［那你报警吧.jpg］

宋泽看到极具讽刺意味的表情，彻底崩溃：你就是有男朋友了！

宋落见他一副天要塌的样子，想到常在网上刷到的姐姐出嫁弟弟痛哭的视频，突然明白宋泽的反常是因为什么了。

宋落：你也不用这么伤心吧？

宋泽：要你管啊！所以到底是哪个男人？

宋落和宋泽解释不清楚她和邢在宇的关系，打马虎眼：暂时保密。

宋泽：我马上冲去你的出租屋！

这种事情像是宋泽能做出来的，她只好苦口婆心地相劝：八字还没一撇，你能不能淡定点？等以后有机会和你说。

那边的宋泽似乎思索了很久，过了好一会儿才回复：好吧，只要和那个老男人无关，我都……暂时能接受。

宋落想，那完蛋了。邢在宇是宋泽口中的老男人的侄子，多少带点关系。

打发完吵得不行的宋泽，宋落感觉世界终于安静了下来。邢在宇洗好澡出来，见她躺在沙发上一动不动，走过去探了下她的体温，掌心被烫到，讶异："你又喝了？"

宋落摇头："是暖气太足了吧。"进门前就感觉浑身燥热。

邢在宇调低了暖气，从衣帽间帮她拿了一件开衫，让她套上。

"你的房子倒是租得挺大的。"邢在宇在她的房子里走了一圈。

宋落侧卧着看向他："是吗？我觉得刚刚好。"当时就想着她的落脚点要大，要把所有东西都装进去，还要把屋子布置成她理想中的样子。可真的搬了进来，她连整理都很敷衍，只要屋子保持干净就够了，没有其他要求，所以这间屋子和入住时没有什么区别。

邢在宇微微一笑："大点挺好的。"

宋落催他把吃的拿去落地窗前，邢在宇弄完还贴心地帮她拿了张毛毯，让她在毛毯上坐得更舒服些。

还没到凌晨，雪就落下了。随风飘舞的雪像柳絮一般，恨不得飘满每一个角落，留下冬的印记。房顶上渐渐铺上了一层白色，城市变得朦胧起来，在雪中若隐若现，看不清，摸不到。不知道怎么的，她这次看雪的心情和上一次截然不同，连她抿的那口酒都醇香浓烈了许多。

"下次是不是要去淋雪？"邢在宇打断她的思绪。

宋落回想清单，笑着点头："还想打雪仗。"

邢在宇看着她的侧脸，捕捉到那一闪而过的失落，问："你……很喜欢冬天？"

宋落抱着膝盖摇了摇头："我喜欢夏天。"

"为什么？"他压根看不出。

"我喜欢……一切看起来和我不搭的东西。"她说得很傲慢，偏偏邢在宇不觉得讨厌。在他心里，她有这个资本。

远处的钟声响了几声，宋落抬头望了望，看到远处的天边有彩光在闪，一看就知道是有人在郊外放烟花，虽然听不到声音，但能想象到现场有多热闹。

"阿落。"宋落回头看他，男人的脸映入眼帘，她听到他说："新年快乐。"

她恍惚一下，喜笑颜开："邢在宇，新年快乐。"顿了一下，而后开玩笑地补了一句："恭喜发财。"

没想到他真的从口袋里拿出了一个大红包递到她面前。宋落的目光落在他骨节分明的手指上，感觉眼眶一热，鼻头酸涩得难受。

"什么嘛。"她娇嗔地说了句。

邢在宇把红包放到她手里，说："你叫我一声哥哥，我理应给。"

宋落咧嘴笑出声，她也就那天补过生日时叫过，没想到能在这个时候讨到一个大红包。

她接过，当着他的面打开，拉出十张一百，满足地收下。听言情小说重度痴迷者方柚白说过，霸总一般都是在红包里包卡，显得贵气，没摸到卡的宋落有一点点失望，不过想想，真的拿到卡也怪别扭的，还是现钱实在。

"差不多该睡了。"邢在宇收拾着地板上的东西，说道。

宋落没什么睡意，可能熬夜熬多了，夜深了反而更精神。"看电影吧。"她说。

他犹豫一下问："看什么？"

宋落思考了片刻，回答：《魔发奇缘》。"上次没看完，她想看完。

邢在宇去调电影，她拿着酒和毛毯窝回沙发里。前面的都看过，宋落没有二刷的心，直接快进到她之前看的最后一幕。这一次她看得比上一次有耐心，心底也没再比较，眼里心里只有公主和王子，认真地去感受他们的故事。当看到漫天的孔明灯下，公主和王子在船上互诉心意的壮观场面时，宋落被惊艳到了。等到片尾曲响起，字幕缓慢播放着，她听着歌词陷入了沉思。

邢在宇看过来，观察她的表情，笑着问："喜欢上乐佩公主了？"这是那次在酒吧的话题。

宋落点头，随后摇头。

邢在宇问："那到底是喜欢还是不喜欢？"

喜欢。她在心里这样回答。

她认真地看着他，叫他："邢在宇。"

"嗯？"

——我好像有点喜欢上你了。

宋落颤抖地接受脑海里冒出的想法，而千万种思绪萦绕心头，最后也只是沉沉地说了声没事。

他看了她好一会儿，没看出不对劲，继续和她聊着轻松的话题："你喜欢哪个情节，漫天孔明灯？"

宋落心还在狂跳，还未能消化那突然冒出来的情愫。

她愣了一下才缓过神，说："我喜欢……尤金剪掉乐佩的头发那一幕。"

邢在宇对这一幕印象不是很深刻，问道："为什么？"

宋落答不上："没有为什么。"就像今晚倏地看清自己对他的情意，没有为什么……

"你难道没有换个角度思考，尤金把乐佩有魔力的长发剪掉，她……就变得普通了？"邢在宇饶有兴趣地问。

宋落说："怎么会，他剪掉的是她的顾虑，她虽然变得普通了，但她自由了。是一种救赎。"

邢在宇听她这样说，愣了一下，她说话时透出的坚定目光令他失笑。

难得一见，她较真，她娇憨，她纯真。他，真的很喜欢这样的宋落。

"不要你永生的魔法，只要你自由。"他顿了一下，补充道，"我很喜欢这个说法。"

就像——不要她精致优秀，只要她能是她，做宋落自己。

她感同身受，轻声笑了笑："邢在宇。"

"嗯？"

"你能抱我一下吗？"她好像比以往任何时候都需要他的拥抱。

邢在宇把她抱进怀里，使坏说："按秒收费。"

宋落说："我是个资本家。"

"和你是资本家有什么关系？"

"我很有钱。"所以她有本事占有这个拥抱一辈子。

邢在宇不知道她的想法，揉了揉她的后脑勺宠溺地说："行，宋资本家，请你用钱羞辱我。"

这话逗得宋落在他怀里笑出声。

——⌁——

初一到初三宋落回外婆家住，初四邢在宇约她出门，两人一起吃了个饭，然后回了宋落家，因为她家离体育场比较近。闹到大半夜，第二天一大早宋落不情不愿地被闹钟叫醒，她闭着眼睛在床上乱摸了一通，最后在邢在宇睡的那个枕头下找到了自己的手机。本想关掉闹钟继续睡的，但学生会的羽毛球赛定在大年初五，她不想迟到，只能从床上爬起来。洗漱完才想起来，邢在宇去哪儿了？

她趿拉着拖鞋去客厅，看到他大大咧咧地坐在落地窗前的矮凳上，嘴里叼着一根烟，抽完最后一口，吐完白雾，把烟摁灭，接着研究说明书，旁边是组装到一半的架子。那是她入住时买的一个置物架，因为嫌麻烦，连快递包装都没有拆开，没想到他看到后会亲自动手安装。一种充沛的情感在心间鼓动着，她的唇角微微上扬。

听到脚步声，邢在宇抬头看了她一眼，继续低头忙手里的活，漫不经心地说："醒了？"

他额前的碎发遮住眉眼，穿着白色短袖，露出有力的胳膊，拧紧螺丝钉的时候，肌肉线条绷得好看，手背上的青筋微微突起，有种落拓不羁的气质。

宋落走到他跟前，蹲下来看："怎么想起装这个？"

邢在宇见她穿得单薄，伸手把刚才为了散烟味才开的窗户关上，说道："再不装就落灰了。"

宋落走到玄关，从快递堆里选出几个，拿到他面前："这几个也装了。"

她还买了几个桌面收纳柜，也因为懒没有装。

邢在宇无奈地说："你是买来等我装的？"

宋落起身去厨房，笑着说："对啊。"

家里的男人不都是这样用的？她本想这样说，却又觉得他们之间说这些很尴尬，也就没说。

差不多十点，宋落和邢在宇从她的公寓出发。

宋落坐在副驾驶座哈欠打个不停，不爽地瞥了一眼旁边正在开车的男人，问他："你不困？"

邢在宇现在整个人还有点兴奋，但面上淡淡地回："不困。"

宋落拉紧帽子。得了吧，只有她睡眠不足是吧。

到了目的地，他在路口放她下来，停好车去给她买热饮。宋落裹着棉外套站在冷风中，寒风吹得她清醒了许多。幸好是在室内打，不然外面寒风呼啸，羽毛球都不知道会往哪个方向飞。

"宋落？"身后一道男声惊喜地叫她。

她觉得耳熟，转身看清他的脸，瞬间觉得倒胃口。

书一南开心地说："你怎么在这里啊？你是身体不舒服吗？好久没见你去公司了。"

宋落懒得对他笑脸相迎，跳过第一个问题，并不想和他说自己为什么在这里，回了后面的问题："不想去了。"

书一南的笑容变得尴尬。

"阿落。"邢在宇打断他们的谈话。

他提着热饮走到宋落身旁，把她搂到怀里，冷冷地看向书一南。

书一南顿了一下，看着眼前亲密的两人，疑惑地问："这位是……"

宋落淡淡地说："我男朋友。"

说完感觉邢在宇捏着她肩膀的力道忽然加重，宋落惊了一下，邢在宇才意识到自己反应过激了。

两人对望几秒，似乎从对方的眼里看到了很多种复杂的情绪，又似乎什么都没看到。

书一南出声打断他们，不怀好意地问："小落你不去实习，难道是只顾着谈恋爱去了吗？偲姨要是知道……"

宋落收回目光，笑着问他："你知道我和宋总的关系啊？"

书一南怯怯地点头，宋落笑得灿烂："你早说嘛，我还以为你不知道，这样就方便多了。"

她转头故意给邢在宇介绍："他就是我妈初恋的儿子，恨不得给我做弟弟，喊我妈一声妈的人。"

邢在宇脑子转动得飞快，弄明白了宋落不去实习的原因，还理清楚了他们之间复杂的关系，配合地笑着说："阿落说公司来了一个没眼力见的，原来就是他啊。"

书一南表情变得微妙，第一次被别人当面说得下不了台。

宋落很大方地说:"你要是这么喜欢我妈,我不介意你真的叫她妈。你要是觉得我的话让你受了委屈,等会儿也可以给她打电话告我的状。"说完她拉着邢在宇转身往体育馆走去。

书一南愣在原地,紧紧地攥着手,唇抿成一条线,看着两人离去的背影,心里很不舒服。

邢在宇见她脸上的笑容消失,板着脸十分不爽的样子,问她:"不开心?"

宋落很少当面给人难堪,可见她对书一南敌意很深。邢在宇也没想到她最近碰到的事这么荒唐,怪不得她那天喝醉哭着说了那些话。

"有点,但我本来不想不开心的。"宋落直截了当地说。

"行了,别理他。"邢在宇安慰她,"还是想想等会儿怎么赢比赛吧。"

第 三 十 六 章

宋落先进的门,到的时候戚相宜已经来了,她见到宋落,立马跑过来拉着她走到场馆的角落。

宋落跟着她走,不解地问:"怎么了?"

戚相宜一脸严肃:"你说呢?"

宋落语气轻松:"是关于我和邢在宇组队的事情?"

戚相宜点头。两个当事人看到的只是冰山一角,那些没有他们在的群早就讨论开了。

"你押了什么?"宋落问她,豪迈地拍了拍她的肩膀,"看在朋友一场的分上,我可以让你赢。"

戚相宜无语。她打量了一下宋落:白嫩的小脸干净好看,英气美艳,高马尾随着她的动作微微摇摆,整个人有种遗世独立的美感。她看起来丝毫不紧张,反而很轻松。戚相宜心想,皇帝不急太监急,宋落都不怕,她还担心什么啊!

场馆门口传来说话声,副会长带着一群人走进来,他十分热情地说道:"都来集合啊,准备好我们就开始了。"戚相宜还有话要说,也只能咽下去。加入看戏大军好了,操什么老妈子的心。

副会长宣读完规则,邢在宇才从门口走进来,双手插在羽绒服的口袋里,里面是一身黑色的运动装,吊儿郎当的。这个场面就像上学的时候,几个差生总喜欢故意来迟,当着全班人的面走进来,然后坐在最后一排,对所有人的目光视若无睹。

宋落不禁想到高中的时候。按理说火箭班的都是尖子生，每个人都拼了命地想要考个好大学，不敢耽误学习，偏偏邢在宇不一样，他坐在最后一排，总趴在桌子上偷懒。大部分时间就是百无聊赖地撑着下巴四处张望，吊儿郎当地和周围的同学谈天说地。

他戴着一副无框眼镜，含笑问："开始了？"

纪检部的部长郝大海开心地挥着手招呼道："快了快了，在宇你快过来。"

邢在宇抽出手，漫不经心地挥了挥，算是回应，然后站在了宋落旁边。

见状，全场人都噤声了。那边的副会长疯狂给郝大海使眼色，郝大海摸了摸自己的寸头，局促地笑了笑，不知道要怎么做了。

宋落抬头，她比他矮一点，只能看到他线条流畅的下颌，他脸上的表情被无框眼镜遮住了。

装斯文。宋落腹诽。

来之前，副会长准备力挽狂澜，现在看到两人站在一块，突然……觉得挺养眼的，他们双方都不介意，那他就不挽了，直接拿出名单宣读，就是念到最前面的两个名字时舌头有点打结。接着他组织大家抽签，因为是趣味团建，规则很简单，就是抽签对打，赢的队伍获得奖品。

邢在宇手插在口袋里，外套拉链没有拉上，借着两人的站立姿势，拉起衣服像裹着她那样，伸手推了推她，小声说："你去抽。"

宋落犹豫了。她运气向来很差，所以她从来没有参加过什么抽奖活动，宁愿花钱去买，也不要一次又一次证明她的手有多臭。

"抽到不好的怎么办？"宋落问他。

邢在宇挑眉："就一个趣味比赛，还能不好到哪里？"

有他这句话，宋落的心理压力少了许多，但在看到对手的时候……

邢在宇看了一眼站在他们对面的郝大海和覃杳杳，揉了揉眉心，在她耳边说："阿落，你的手也太臭了。"

宋落乜了他一眼，不是他坚持让自己抽的吗？

"邢学长，你也太封建了，碰上职位比自己高的就怂了？"宋落冷哼说。

邢在宇拿着球拍转了转，对她说："我把球调整好角度，你往他们身上打。"

宋落疑惑地看着他。

邢在宇面无表情地说："你不是勇士吗？上吧。"

宋落被气笑了，她是怎么看上这个男人的？一点怜惜她的心都没有。

覃杳杳尴尬地挥手："真巧啊，落落。"

郝大海一时间也不知道该说什么好，一直傻呵呵地笑。

宋落把外套脱了，朝对面说："学姐，你们别客气，比赛第一，友谊第二。"

才说完，一只大手压在她肩膀上，压得她身子一斜，邢在宇压低声音说："郝学长是体育特长生。"

宋落无语，原来她的手臭在这里。

郝大海听完笑得不行，反正笑得比之前灿烂多了，宋落的心却高高地提起来了。

其他人对自己的分组丝毫不感兴趣，第一组抽完开赛，他们就聚在场地边，不愿错过接下来的任何一个细节。

副会长爬上裁判坐的高凳子，吹了声口哨："各就各位啊，我们打一局，每局十一个球，先领先两个球的队伍获胜。"

邢在宇拉了拉发带，把眼镜摘下来，宋落问："能看见？"

邢在宇撩开额前的碎发："没问题。"然后对她说："等会儿接不到的就赶紧避开。"

宋落沉思："说声左右打配合不过分吧，就直接避开？"

邢在宇在琢磨可行性。

他们平淡地交流着，边上听的人可不是这样认为，不少人交头接耳起来。

"还没开始打就吵起来了？"

"宋学姐真敢说，话里话外都在嫌弃邢学长近视拖后腿。"

"邢学长更过分，竟然想做队伍的主导者。"

"以前我还觉得表白墙上是乱传的，都没什么交集的两个人怎么会关系不和呢？现在看来……表白墙上的投稿也不是捕风捉影的。"

"会不会比着比着就打起来了？"

"哟——我去找相机。"

"录像不过分吧？"

…………

耳尖的宋落听到他们的讨论，有点哭笑不得，在别人眼里，他们的关系已经差到这个地步了？

比赛开始，用剪刀石头布决定发球权，宋落运气极差，覃杳杳拿到了发球权。

郝大海笑着说："学妹接好了哟。"

宋落专注地盯着球。

郝大海嘴上喊的是她，结果把球往她的盲区打，她没注意，球掉在线内，对方领先了一分。

场上只有覃杳杳和郝大海的欢呼声，其他人都在安静地观望邢在宇和宋落之间微妙的氛围。

"这种情况你应该补位吧？"宋落就事论事。

邢在宇不觉得："你跑快点不就接到了？"

宋落拧眉。

全场人倒吸一口凉气的声音明显，她不敢再说下去了，怕下一秒会有人报警，说这里有民事纠纷。

第二个回合开始了，还是郝大海发球，依旧往宋落的盲区打，大家看向邢在宇，他拿着球拍站在后方，还是没动。这一次宋落接住了，不过接得不太好，覃杳杳快速打回去，球被压得很低，宋落反拍垫起来。打了五六个来回，覃杳杳和她不相上下。

又僵持了一会儿，宋落打不动了，最后一下把球打高，郝大海跳起来接球，直直冲着她来，身后的邢在宇终于有了动作，对她说："往左。"

宋落接完球，有人说："邢学长是不打算动手了吗？全让宋学姐来。"

宋落还没来得及退回原位，郝大海就用力把球压过来，邢在宇补上来，拍子一挥打过去。

郝大海来了兴致，对上邢在宇没有收力，球飞快地在两人中间过了七八次，能听到挥拍带起的风声，众人不免屏住呼吸。

最后一下，邢在宇原地弹跳而起，判断好球的路线，往和观众一样看呆了的覃杳杳那边用力一挥，球迅速飞过去，两人乱了阵脚，撞在一起，球砸到了他们脚边。

一比一，平分。

宋落抱着拍子咽了咽口水，这个杀球动作……邢在宇做得很好看……不，应该是过分好看。

他脱下外套，单穿着白色的T恤，擦完汗注意到她的目光，看过来。像触电一样，宋落慌忙转开头，莫名地被他身上的这一股少年感蛊惑，虽然不在夏天，她却像闻到了空气中微酸冰汽水的味道，少年放肆又张扬。他上前想和她说话，宋落站回原位，她怕暴露了自己内心真实的情感。邢在宇只以为她是想在人前和他装作不熟，于是默默地站回原位。

后来的几个球，宋落打得很投入，郝大海的球她也敢正面接，挥得手酸才肯让邢在宇接球。

邢在宇打得比宋落更凶残，技巧占一部分，多是力气占上风。别看郝大海身板壮硕，一场下来，也扶着凳子大喘气。邢在宇气定神闲地喝着水，喉结上下一滚，平复着心跳。

众人看得咋舌，可能这就是真正优秀的人吧，不光学习成绩好，运动也好。

宋落和邢在宇最先到十一分，拿了首胜。副会长给他们送了今天的奖品——两本学生会定制的笔记本。宋落拿到手后，嘴角抽了抽。就这……她刚刚那么拼命干什么？是嫌平时领得不够多？

邢在宇翻着看了几眼，这样的本子他公寓里有十来本，每次获奖学校都会赠送。

比赛继续，宋落拿过运动包往场馆的沐浴间走去，打算洗澡换一身干净的衣服，不然浑身汗淋淋的，在这个季节很容易生病。邢在宇跟在她身后，低头刷着手机。

宋落的手机振了振，是身后的男人发来的消息，她点开。

邢在宇：我们霸屏表白墙了。

在宋落的意料之中。

宋落：是不是夸我们厉害？

邢在宇：你是不是太自信了？

宋落还没问为什么，宿舍群里突然热闹起来。

方柚白：[图片.jpg]

方柚白：落落姐，怎么回事，你怎么和邢在宇打起来了，人没事吧？

宋落：……我没事，别听风就是雨。

万莺：我不信，除非你发自拍。

蓝京溪复制粘贴：我不信，除非你发自拍。

宋落：想看自拍啊？

宋落丢出一个表情：[也不看看自己是哪根葱.jpg]

回完她们，宋落看了下表白墙，就是一张投稿图，评论区大家聊着聊着就传成她和邢在宇水火不容打起来了。开局一张图，接下来全是编的。

她站在走廊刷手机，忽然腰被环住，有人轻松地把她抱起来，往里带去，吓得她小小地惊呼了一声。看清邢在宇的脸，她骂道："你疯了啊，外面还有人。"

邢在宇不以为意："反正看不到。"

他嘱咐她："走路时别低头看手机。"

宋落催他放手，抱着衣服跑进去。

洗个澡出来，宋落身子暖洋洋的，刚吹干的头发随意披散着，迈着悠闲的步子去外面的饮料机买热饮。刚选好热咖啡就瞥见书一南和他的好友有说有笑地走过来，他身上穿的是篮球服，应该是在隔壁场馆打篮球。

"小落。"书一南笑着和她打招呼。

宋落感觉晦气，怎么还能遇上他，纠正道："我叫宋落。"她很不喜欢他自来熟的亲密称呼。

"你小子的女朋友？"书一南的好友打趣问。

书一南尴尬地笑笑："不是，是偲姨的女儿。"

好友继续说："原来阿姨有孩子啊。"

听语气，这人知道宋偲，还知道宋偲和书一南关系不错。

书一南说："你乱说什么？"

好友钩着他的脖子笑着说："怎么也算你妹妹了。"

书一南笑笑，算认了这个说法。

听着他们的聊天内容，宋落直犯恶心，准备开口反驳。倏地，一个网球擦着她耳边飞过去，直接砸在书一南胸口，疼得他面目狰狞。

"占便宜也不是你这样占的吧，真不要脸。"邢在宇痞笑着说。他阔步走到她身边，伸手把她揽到怀里。他刚洗完澡，身上有好闻的沐浴露清香，浅浅淡淡，宋落的心却止不住地加速狂跳。

两人不是第一次拥抱，明明还做过更亲密的事情，但她就是难以克制自己的心动。

为了掩饰爬上来的羞赧，宋落蹲下来捡起在地上滚了几圈的网球，握在手里感受它的重量，听它擦过耳边时的风声，书一南可受了不少罪。

"你是谁啊，怎么还打人？"好友帮腔，一顿责问劈头盖脸就来。

宋落抛了抛手里的球，学着邢在宇的桀骜语气说："打他需要理由吗？"

宋落不管还有外人在场，看向书一南说："你和宋偲是什么关系，想要怎么发展我都没有兴趣，但你要是再出现在我面前，我不能保证我会做出什么事。还有，我这人说话比较难听，你现在的做法跟男小三有什么区别？"

说完她拉着邢在宇回场馆，他替她拉开门帘。

宋落忽然想到什么，转身笑着对书一南说："你等会儿可以打电话向宋偲诉苦，她最近在讨好我，我挺不习惯的，你最好能让她改变一下态度，不然疼爱你的阿姨可没了。"说完她头也不回地走进去。

邢在宇跟在她身后，问道："不去实习就因为这事？"

宋落嗯了一声。

邢在宇说："不是更应该留下来？"

宋落停下脚步说："我不稀罕。"自从知道宋偲的事情，她对公司的事都兴致缺缺，这样还不如不去，在家好好享受假期有什么不好？

邢在宇绕到她面前，弯腰和她视线平齐，抱着手朝她笑着问："阿落就不怕他图谋不轨？"

宋落轻笑："我就怕他唯唯诺诺，不敢有这个心。"

"哦？"邢在宇饶有兴趣地看着她。

宋落淡淡地说："他要做宋氏接班人吗？他敢做，宋偲敢给？宋偲敢给，我外公会同意？我现在就怕他们闹得不够大，书一南得寸进尺是我乐见的，我挺期待后面会发生什么，现在啊……就怕他什么都不做。"

邢在宇顺着她的逻辑去看整件事情，失笑说："阿落这是站在道德制高点上布局？"

宋落伸手拍了拍他的肩："是啊，书一南可千万别做尿包。"

"万一没闹开呢？"邢在宇问。

宋落说："那更好啊，他就一辈子做见不得光的过街老鼠好了，反正做什么都不会对我产生威胁。"

当她不在意宋偲的那份母爱了，书一南的所作所为就根本影响不到她。

邢在宇深深地看着眼前的女人，觉得她不仅聪明，还有点疯的特质在身上，他是真的不敢轻易招惹她了。

话音落下，她没有错过男人眼底的情绪变化，扬眉问他："怕了？"

她很坦诚，没有装出楚楚可怜的模样，虽然她喜欢邢在宇，但不代表她会因为这一份喜欢去伪装出一副惹人喜爱的模样。

邢在宇伸手压着她的脑袋把她按到怀里，捧着她的脸亲了一下："有什么好怕的？"再嚣张、再理智、再有心机的宋落他都喜欢，这样的宋落才是真实的宋落。

宋落含笑推开他，怕会突然有人出来被看到。

他搂着她不松手，宋落把头埋在他肩膀上，顿了一下，对他说："邢在宇，我们做个约定吧。"

第 三 十 七 章

本来邢在宇还不知道宋落所说的"约定"是什么意思，但在接下来的一整个学期，他很好地领悟了这个"约定"。

他正在图书馆忙律所的案件，QQ弹出组员私聊他的消息，本来打算整理完案例再处理学生会的工作，他扫了一眼，看到消息里有熟悉的名字，眉头不禁紧紧皱起。

祁闯：宇哥，今天在综合楼抽查出勤，碰上一点小意外。

祁闯：就是……我们刚到 308 教室就碰到从后门偷溜出来的宋落学姐，这个情况，怎么处理比较好？

邢在宇眼皮一跳，切换到微信，点开置顶的聊天框。这段时间他忙着出差，距离两人上次聊天已经一周了，他们似乎很不喜欢在网上聊天，没事的时候是真的不会联系。

邢在宇问她：早退是怎么回事？

宋落迅速回复：啊？没有啊。

宋落：难道是我昨晚没回宿舍住的事情暴露了？这么快就传到你那里了？

邢在宇被带偏：昨晚去哪儿了？

宋落：怎么，去哪里还要和邢学长报备啊？

邢在宇放下笔，盯着手机键盘，不知道说什么比较合适，怕惹得她不开心。

他犹豫几秒，在心里打着腹稿时，宋落发来了消息。

宋落：昨晚相宜约我出去玩，然后在我的出租屋过夜。

接着她又紧张地问：真的查到我了？

邢在宇也不捉弄她：不是夜不归宿。

宋落：那是什么？

邢在宇：你现在在哪儿？

宋落：厕所……

邢在宇顿了一下，失笑，起了坏心思：我的组员和我说，最近常发现你违反课堂纪律。

那边的宋落想也不想就回复：怎么可能，我作为三好学生，怎么会做这样的事情？

狡辩完，宋落又说：说好的约定，怎么一到关键时刻邢学长就掉链子？

邢在宇想起几个月前在体育馆她说的约定：一不揭穿对方私下的行为；二要做利益共同体，维护彼此的利益；三要无条件地支持对方，站在对方这边，谁要是做不到，就是叛徒。从那天开始，宋落藏在深处的嚣张跋扈渐渐地外显，当然是在他面前外显，在外面，她还是那个清冷的宋落，知性又大方。

邢在宇：我怎么感觉这个约定全是你在占便宜？

碰上事立马让他帮忙打掩护。

宋落：哦，你要毁约啊？

邢在宇无奈地叹气：我会和那边说明情况，你早点回教室。

宋落：好！谢谢邢学长。

能想到她说这句话的时候是什么表情，他哑然笑了笑。

邢在宇切换回QQ，回复祁闯：宋学姐说她是三好学生，不会做这样的事情。

一直站在楼梯间等待邢在宇指示的祁闯一头雾水。听这个语气，宇哥是联系宋学姐去了？外面不是传他们的关系不好吗，为什么还能聊上天？不过这都不是重点，重点是到底记不记名，通不通报？

就在他拿不准主意的时候，看到宋落迎面走来，她看到他的时候，眼珠子转了转，指着他胳膊上的红臂章，笑着说："来检查了？"

祁闯怯懦地点头，宋落又问："你是邢在宇的组员？"

祁闯再一次点头，宋落的笑容变得意味深长："怪不得啊……"

祁闯怕她误会，忙说："是我误会宋学姐了，不关宇哥的事。"

宋落当然知道这件事和邢在宇没有关系，心里惦记的是别的事情，自以为很和蔼地说："知道啦，不关他的事，你去忙吧。"然后她转身回了教室。

祁闯怔住，这……笑意不达眼底，不像是没关系的样子，反而更让人觉得是记恨上了。

手机里，邢在宇给他答复：你等一会儿，如果她回教室就算了。

祁闯犹豫要不要告诉邢在宇刚才的事情，又怕激化矛盾，就作罢了。

宋落坐回原位，方柚白担忧地问："落落姐，你没事吧，你都第几次去厕所了？"

宋落喝了口水，揉了揉眉心，不在意地说没事。

旁边的万莺递过来一包纸巾："你要是实在吐得厉害就去医院看看吧。"

从早上上课到现在，宋落跑了三趟卫生间，吐了两次。

方柚白突然想到什么，下意识地问她："你该不会……怀孕了吧？"

话一出，惹得其他两人倒吸一口凉气。别说她们，宋落的心都狂跳了几下。

她立马反驳："不可能，压根不可能！"他们的措施做得很严格的，但……

"也有意外啊。"方柚白又丢出一句话，搅得宋落心全乱了。

宋落强撑着，坚决不信自己的运气会差到这个地步，忙给自己解释："可能是我昨晚吃错东西了吧。"

蓝京溪推了推眼镜，问她："你吃了什么？"

宋落回想了一下："胡吃……海喝？反正就是喝了混酒，吃的东西也很杂。"

万莺了然："得了，你不吐谁吐。"

三人倾向于她吃错东西了，而宋落思绪混乱，上午课上讲的知识点一个也没听进去。

等到中午休息，戚相宜的电话打过来，宋落焦虑不安地接起："怎么了？"

戚相宜宿醉后头疼得不行，扶着额角问："落落，你回学校上课了？"

宋落点头："是啊，你好点了吗？"

昨晚宋落在宿舍写作业写得好好的，戚相宜突然打来一通电话，哭得惨兮兮的，一直说自己失恋了，宋落一听就知道她是喝糊涂了，立马去万水湖找人，到了那儿，看到桌上十几个酒瓶，给宋落吓了一跳。

她坐下来听戚相宜倒苦水，说她还没告白就失恋了，活在人世间没意义了。

醉鬼说的话，她左耳进右耳出，搭着话跟着喝了几杯，吃了点小吃，最后带她回去。

戚相宜在她的出租屋逛了一圈，发现屋子空得很，不像有人常住的样子，问她："我好多了，你呢？"

宋落没戚相宜喝得多，只陪她喝了几杯，主要也是去接她走的。

"我没事，我……中午回去一趟，我订了一个外卖，等会儿你帮我拿。"宋落思来想去，还是回去一趟好了。

戚相宜说好，说她买菜做午餐，宋落回来就能吃了。

回到家，宋落忙问："我订的外卖在哪儿？"

戚相宜打着哈欠指了指角落："那儿。"

宋落丢下书包，拎着袋子进了卫生间。戚相宜疑惑地看看书包，又看看合上的卫生间门，发现地上有一张小票，捡起来看了一眼，在看到"验孕棒"三个大字时，她浑身一僵，跑到门口敲门："落落你出来，搞什么鬼啊？到底怎么回事啊！"

宋落还在琢磨怎么用，回她："你等会儿啊！我也不知道怎么回事。"

戚相宜手抬起又放下，长叹一口气说："我在客厅等你，你快点！"

宋落也想快，但是她没有经验，又是百度又是查小红书，终于摸透怎么用了，拆开三支验孕棒准备测，捣鼓了一下，她默默地打开洗漱镜后面的柜子，拿出卫生巾垫上。

一上午的糟心化为愤恨，她怒把外卖袋塞进垃圾桶。

她出了卫生间，戚相宜跑过来拉着她看了又看，捧着她的脸问："落落你没事吧，怎么这么憔悴？"

宋落看向比她还憔悴的戚相宜，喊了一声："你看看镜子，再说我。"

戚相宜哪还顾得了这么多，问她："真的？"

宋落说："假的。"

戚相宜放心了："那就好！"又问："怎么回事？"

"我'大姨妈'来了，肯定没事。"

"刚来？"

"嗯。"

戚相宜抿了抿唇："万一是不小心落了红呢？"

宋落"唰"地站起来，跑回卫生间掏出外卖，拿出里面的东西，用干净的袋子装好，说："我……要是没有继续来'大姨妈'，我晚上就测。"

戚相宜推了她一下："你也太不小心了吧。"

宋落理直气壮："我有做安全措施，肯定是误会。"

戚相宜问了来龙去脉，宋落把上午吐了几次的事情和她说了。

戚相宜自责地说："这都赖我，肯定是东西太凉，你又快来'大姨妈'了，吃得杂，肠胃容易不舒服。"

宋落更相信戚相宜这个说法，点头："我也觉得，我这几天好好养养。"

说完，恶心感又上来，她跑回卫生间又吐了一次。

"咱们去医院吧。"戚相宜不放心地说。

宋落怏怏的："不行，今天下午是我爸的课，我要去上。"

宋落的国际商法课选的是宋庆海的课，新学期开始后，她每周都要去见他一面，她其他课都敢逃，但宋庆海的课绝对不敢逃。

"你要是不介意，用点土方法？"戚相宜想起自己不舒服时奶奶给自己刮痧，本以为是老人家胡来，结果有一次她胸口闷得难受，奶奶给她刮了脖子，她睡了一觉后，整个人神清气爽。

宋落不想去医院，最后选择了戚相宜的土方法，刮的过程疼得流了很多泪，好在吃完午饭睡一觉后好了许多，也没有再吐。

下午戚相宜开着车载她去学校，宋落眯着眼睛躺在副驾驶座上，忍不住问："你和万臣真的没以后了？"

戚相宜手一抖，很快又稳住方向盘。"落落，你是不想要命了？这个时候问我万臣的事情。"

宋落痛经，难受得出了虚汗，这会儿疼得都快迷糊了，哪里还想得到那么多，回她："没，就是担心你。"

戚相宜眼神闪了闪，嘴里满是苦涩："他都有女朋友了，我也应该退出了。"

她仔细想了想，自己也没加入过吧。自始至终，她都是以一个支持者的身份和他来往，或许在万臣的眼里，她顶多算一个粉丝，都不能算是朋友。

宋落也没什么感情经历，给不了什么实质性的建议，只能点头："那我们往前看？"

戚相宜嘴上说好，心里门儿清，从高中就喜欢的人，哪能说不喜欢就不喜欢了……

两人在停车场分开，戚相宜去传媒学院的实训教室，宋落去综合楼上课。

国际商法课是他们的专业必修课，可以自由选择老师，而这门课就只有两个任课老师，其中一个是宋庆海。宋落总不能选另外的老师，要不然宋庆海又要念叨她是不想见他。舍友则选择了另一个老师，她们不敢和宋落一块去上课，怕宋教授热心，对女儿的舍友多加照顾，就不能在课上开小差了。

宋落去教室的时候已经快上课了，她惊讶地发现最后面最右边的那排没有人坐，桌面上有一本占位的书，不过靠墙的那个位置没有被占，她就一个人缩到角落里，趴在桌子上休息。以往她都是坐在前面的，但今天状态不好，她不想让宋庆海担心。

铃声响起来，一阵脚步声从后门传来，她感觉到旁边有人坐下，应该是占位的人来了。

———〰———

宋庆海进门后，没有多说什么，直接开始讲课。他讲着讲着，目光扫了一圈偌大的教室，看到坐在最后一排的女儿趴着没动静，拿着课本走下去，一边说上节课留下的案例。

宋落的胳膊被碰了一下，她不满地转头，对上一双幽深的眸子，吓得她呼吸一滞。

现在已经到了六月份，邢在宇穿着黑色的帽衫，黑发薄唇，少年感十足，只一眼就让人移不开目光。她给忘了，邢在宇这个学期也要上国际商法课，他也选了宋庆海的课。

而男人在看到她的反应后，戏谑地勾了勾唇，压低声音说："老师来了。"

恍惚间，也不知道是不是她疼出了错觉，记忆被拉到高中的课堂。

在几个不经意回身的瞬间，她下意识地看向最角落的位置，见过几次他课上和别人说话。高中繁重的学习任务对他来说不痛不痒，他像个游戏人间的矜贵公子。偏偏他的散漫不让人讨厌，他有一种由内而外透出的自信感，是令人向往的存在。怪不得高中有那么多女生喜欢他。貌似谁也不能拒绝在青春期存在感这么强的男生。每每下课，教室外都堵着一堆"路过"的人，一到门口便伸长脖子往里望。

她压下心底的澎湃，故作淡定地坐起来。宋庆海见她没事，并且已经打开课本开始认真听课，便绕了一圈回到讲台上。

才过去半节课，宋落就疼得直不起身子，撑着下巴硬扛。手忽然被抓住，她差点跳起来。

头上响起一道男声："怎么了？"

宋落想缩回手，他用力一扯，紧紧握住。

坐在邢在宇旁边的周敬转头和他说话："宇哥，这次作业我们组队？"

宋落手还被邢在宇握着，吓得要死，不敢乱动，生怕周敬的目光往下移。听到问话才注意到宋庆海布置了第二次课堂作业，以小组的形式完成，自由组队。

邢在宇漫不经心地问："一组几人？"

周敬看了眼投影，回他："四个人。我们三个先组可以吧？"说着指了指坐在他另一边的同学，是他们的同班同学。

"可以。"邢在宇应下。

周敬热情地物色最后一个人选："那我们再找一个班里的，强强联手，一定能拿第一！"

邢在宇向宋落微微抬了抬下巴："算她一个。"

周敬往前靠了靠，看见了被高大的邢在宇挡住的宋落，眼神在他们之间乱瞟，心想这是什么缘分，这不对盘的两人怎么还能选到同一门课？

"我？"宋落用空着的手指了指自己，似乎想到了什么，笑着点头，"好啊，谢谢周同学。"

周敬是两人的高中同学，和宋落也认识，他不好意思再多说什么，争第一的心瞬间没了，只希望顺顺利利完成本次作业，两人不要因为作业而打起来。

组队完成，下课后，周敬作为组长去报了名字。

宋落因为不舒服提前跑了，还没走出教室门口几步就被邢在宇抓到，他越过她丢下一句话："停车场见。"

宋落不爽地腹诽，男人也真是没良心，出差期间消息都不发一条，回来就想约她，想得美。

她还没做决定就听到宋庆海在前门叫她："落落，来一下。"

邢在宇也听到了，宋落耸了耸肩，表示自己也没有办法。

宋落走向宋庆海，叫了声爸，他伸手揽住她的肩膀，带着她走另一边的楼梯下去。

"不舒服吗？"宋庆海课上一直在观察宋落，见她擦了好几次汗，京北的六月不

221

热，出的肯定是虚汗，多半是身体不舒服。

宋落没瞒着："痛经。"

宋庆海放柔声音："去办公室，我给你倒热水。"

宋落点点头。不得不说，宋庆海有时候对她还是很温柔的，她的身体情况他一直很关心。

到了办公室，给她倒完水，宋庆海顿了一下才问："你最近没去公司？"

宋落淡淡地应了一声："嗯。"没有多说其他。

宋庆海问："是不是和你妈赌气了？"

宋落说："我妈和你说了？"

"我猜的。"宋庆海接下来就说了一大段让她多多体谅宋偲的话，说宋偲在外打拼多么多么不容易。她刚刚对宋庆海生出来的好感也一点点碎掉。但关于宋偲做的事情，她说不出口，最后只是沉默地听完训，找到机会马上逃跑。

她烦得很，微信里邢在宇给她留言，说回公寓等她。从办公室出来后，她还是决定去找邢在宇。

她身子不舒服，是打车过去的。到了他公寓所在的楼层，听到他在家门口和人争吵，她躲在拐角悄悄地打量，见到一个女人动作激烈，不知道在和他争辩什么，他一直沉着脸。他说了句话，女人尖叫道："好啊，你翅膀硬了，我管不了你了是吗？你是不是想我死啊？"

"妈！"邢在宇打断女人的自我诅咒。

"你还认我这个妈就按照我说的做。"丢下这句话，冯朵枚转身离开。

宋落匆匆回到电梯间，门一开，她走进电梯，女人也跟着进来，她能强烈地感受到女人的怒气，看来两人吵得很厉害。而且邢在宇的母亲比宋庆海还过分，甚至以死相逼。要不今天还是回去好了，她怕邢在宇正烦着，不想被人打扰。

等到门开，她和女人一同走出去，假装她就是这里的住户，现在要出门。

宋落约了车，在路边等着，没一会儿收到戚相宜的信息。

戚相宜刚下课，问宋落：在哪儿？

宋落忧心忡忡的，答非所问：相宜，你心情不好，是不是想一个人待着？

戚相宜：那我昨晚就不会给你打电话了。

盯着这句话，宋落心里有了主意，回复戚相宜：我宿舍有车的备用钥匙，你要去我的出租屋住也可以，改天再聊你说的项目。

最近戚相宜拍的短电影拿了奖，想让她帮忙看一下后续的商业发展。

戚相宜搞不懂宋落在干什么，应了好，说回头再聊。

宋落取消约的车，转头进了公寓楼，按下上楼按键，心想着，不管邢在宇喜不喜欢心情不好的时候被人打扰，反正她今天要进门。

第三十八章

宋落是个鲜少在感情里主动的人，心底有点害怕被拒绝，万一今天邢在宇心情不佳，把她拒之门外可怎么办？为了避免出现这个情况，她没有敲门，用密码进的门。

进到屋子里，没见有动静。宋落踢掉脚上的鞋子，径直走向客厅的落地窗，撩开帘子一角，看到男人站在外面，嘴里含着烟，吸了一口，双颊微微凹陷，吐出一口白雾，双眉紧锁着。这副混子的模样，让他看起来很不好惹。

宋落拉开玻璃门，闻到呛人的烟味，忍不住咳了咳。邢在宇回头看见她，问道："你怎么来了？"

宋落走到阳台，合上门，走到他旁边接过快要燃尽的烟，摁灭在烟灰缸里，冷冷地说："不是某人给我发微信叫我来的吗？"

邢在宇一时没想起来，失笑说："是吗？"

见他这副魂不守舍的模样，宋落抱着手问："不欢迎我啊？"

邢在宇摇头："不是。"

宋落搓了搓胳膊，转移话题："别站在外面了，好冷。"

她走进屋子里，招手叫他："进来。"

邢在宇拿过烟灰缸跟进去。

他处理完烟蒂，宋落凑到他旁边，拉着他的袖子闻了闻，嫌弃地说："你好臭，去洗个澡换身衣服。"

被嫌弃的邢在宇挑了挑眉。平日里他身上有时也带着烟味，也没见她嫌弃，今天怎么表现得这么明显，难道以前是装的？

迎着他疑惑的目光，宋落拿出手机点开外卖软件："洗完澡吃个饭。"

身旁的男人一声不吭，她仰头看他："怎么了？"

邢在宇摇了摇头："没。"

她催他赶紧去，邢在宇站在她面前一动不动，她也推不动，毕竟男女之间力量悬殊，他的身板比她大，哪能轻易推动？她想，心情不好的邢少爷也太难伺候了，给他管吃管喝还不领情。就在她琢磨怎么劝比较好的时候，头上传来邢在宇的声音。

"阿落。"

她仰着脑袋，示意他说。

邢在宇轻笑："能不能抱我一下？"

宋落微怔，紧接着毫不犹豫地张开手搂住他的腰，整个人陷进他怀里，好几秒后，男人才缓缓搂上她，收紧手臂。

"邢在宇。"她把头埋在他肩膀处，说话声传到他耳朵里，闷闷沉沉的。

"嗯？"邢在宇偏头，下巴碰到她细软的头发，上面是淡淡的洗发水清香。

宋落笑着说："像你抱着我，不像我抱着你。"

邢在宇调整了一下姿势："这样还不行？"

宋落松开手，压着他的肩膀："身子放低点。"

被迫弯腰的邢在宇和她视线平齐，她张开手搂住他的脖子，然后把他往怀里摁。邢在宇无奈了，托着她的腰身把她抱起来，坐到沙发里。

"你不开心吗？"宋落问他。邢在宇只有在很难过的时候才会说那句话，所以……他的心情很糟糕吧。

邢在宇说："是，不太开心。"

宋落没有安慰人的经验，直接问："可以和我说吗？"

邢在宇垂眸看她，迎上那双清澈的眼睛，里面映出她的真诚。

"我和我妈吵架了。这段时间我一直在忙律所的实习，她不太乐意。以前我去律所实习她睁一只眼闭一只眼，现在她觉得差不多了，觉得我应该辞掉律所的工作，然后她暑期安排我去检察院实习。"

宋落问："你拒绝了？"

邢在宇点头："拒绝了，在律所挺好的。但她希望我能考到检察院，所以对我的决定很不满，说了一些过激的话。"

宋落能理解他的感受，每次面对怒气冲冲的父母，他们想的是不要去在乎，但听到父母说的那些气话时，很难不去多想，毕竟那是生育他们的亲人，心里还是在乎的。在这种别扭的亲情拉扯里，事后他们比任何人都要难受和自责，她搞不懂，大人为什么总要这样。

"邢在宇，我们做个约定吧。"

邢在宇放在她背后的大掌拍了拍："又要给我挖什么坑？"

宋落白他一眼："偏见！"

邢在宇握着她的肩，无所谓地说道："你说吧，我答应。"

"不先听听，然后再考虑一下？"真不怕她挖坑啊。

邢在宇说:"行,你先说。"

宋落正襟危坐,认真地说:"你不会去检察院实习,我也不会顺从我家里人的意思……和邢琛结婚。"说完,她小心翼翼地打量他的表情,试图从他脸上提前获知答案,而男人的表情依旧和先前没什么差别,她也就无法提前得到答案。

这个条件……是她临时改的,她本来想说她也不去公司实习,想想又换成了这个,就怕邢在宇觉得条件不对等,然后拒绝她。

"好。"他回答的声音清越又干脆,带着几分爽快,似乎……很满意这个交换。

宋落笑了笑,望着她的邢在宇被感染,也跟着笑了。

他起身说:"我去洗澡。"

宋落把他拉回来:"别去了,你抱我这么久,我身上也全是烟味了。"

邢在宇凑过来,嗅了嗅:"我闻闻。"

宋落挺直腰杆,仰着头露出优美的脖颈,邢在宇眼尖地看到衬衫领子下有一抹红痕,上手解开她的扣子。

"哎!"宋落还没反应过来,扣子就被他解到锁骨处。

一片红痕暴露出来,他脸一沉,死死地盯着她:"昨晚干什么去了?"

宋落往后退了退:"怎么了?"

邢在宇打断她的动作,大掌霸道地压在她颈后,用力一捞,把人带到跟前,拉开她的衣衫,发现肩膀上也是红痕,才意识到不是他想的那样。他碰了碰,她疼得龇牙。

"身体不舒服?"邢在宇拉开她的手。

宋落扯着衣摆,不好意思地说:"你别动手,里面没穿打底衣。"只有一件内衣啊!

邢在宇哪管这么多,动作迅速地把她的衣服拉开,她背后也有深深浅浅的痕迹。"疼吗?"他问。

宋落红着脸,羞赧到结巴:"疼啊……"

邢在宇看她一眼,去楼上找来她的睡衣,替她套上:"怎么回事?"

宋落简单说了昨晚的事:"相宜失恋了,去酒吧喝酒,我过去陪她喝了几杯,应该是肠胃不舒服,吐了几次,相宜就给我刮痧了。你还别说,刮痧后我整个人都好多了!"

邢在宇听完,沉吟片刻,说:"你是最近太累了,身体累出毛病了,就算昨晚不喝酒,正常饮食也会吐。"按照老人家的说法就是身子堆积了痧气,太阳穴会鼓涨得难受,整个人头重脚轻,吃不下东西,吃了就吐。

"这样啊。"宋落把心放回肚子里。

她突然想起什么，跑到卫生间脱裤子看了看，松了口气，确实是生理期到了。

放松下来后，生理痛感明显起来，她又开始冒虚汗。

邢在宇看到她走进客厅，脸色苍白，问她："生理期？"

宋落点头，反应过来后问："你怎么知道？"

邢在宇说："大半年了，我能不知道？"

她痛感越来越明显，只能缩在床上硬熬，邢在宇出门给她买了止痛药和红糖。喝完一杯滚烫的红糖水，她又出了身虚汗，最后还是布洛芬救了她。

她睡一觉醒来，睁开眼，第一时间看向电子闹钟，20：31，没想到她睡了两个小时。坐起来看向床尾，男人正伏案办公，她没有打扰他，从旁边的枕头底下摸出手机，处理堆积的消息。

微信里不知道什么时候多了个小群，她点进去，只看到页面上显示的拉好友的系统消息。

是邢在宇拉她进群的。

她查看群成员列表，也就四个人，于是想到了今天下午小组作业组队的事情，"ZJ"应该就是周敬了。

她返回聊天页面，周敬发了一个文件，上面写着：小组任务分工。

周敬：大家看看啊，我把要做的事情都写清楚了，大家根据要求完成就好，到时由我汇总。

宋落第一次感受到组长的服务，没想到等别人下达具体任务的感觉这么爽，不用去想怎么安排，按照要求行动即可。她点开查看她的任务，要做一个案例分析，她被分到的是去找相似的案例，提供进行案例分析的依据。下一行是邢在宇的任务，他负责根据她找到的案例写论述。

她的大眼睛转了转，坐起来笑着叫他："邢学长！"

专注于合同的邢在宇背后一阵发寒，顿了一下才转头："怎么？"

宋落抱着怀里的热水袋挪到床尾，嫣然笑着说："那个小组作业，你看看——"

邢在宇严肃地说："宋落，作业要自己写。"

宋落说："约法三章不作数了啊？"

邢在宇不为所动："作数，那你帮我写写？"

宋落躺倒在床上，侧身低头看他："你好没意思。"

邢在宇摘下眼镜，耐心和她解释："其他都可以，作业还是要自己写的。"

"我没说不自己写啊，问题是我没有经验，你得教我。"

邢在宇思索了一会儿，点头："可以。"

他哪知道一句"可以"，变成了手把手教学，和他自己写没有任何区别。

宋落则按照他教的，随便找了几个跟课题相关的案例，然后丢给他，说他可以写案例分析了，接着告诉周敬她已经完成任务，也和邢在宇交接好了，不知情的周敬忙说好，还对宋落说辛苦了。

晚上睡觉前，邢在宇从楼下接了杯温水上来，递给她："阿落。"

宋落接下，说："你说吧。"

邢在宇从没见她这么怠慢学习，问她："最近要参加什么比赛吗？"

宋落摇头："不参加。"

"绩点呢？"邢在宇追问。

宋落不以为意："只要期末考试有六十分就及格了。"

听完她的话，邢在宇正言厉色："你以前不是一直拿第一吗？"

宋落"哦"了一声，又说："没兴趣了。"

她放下杯子，裹着被子睡下，眨了眨眼说："你要是没什么事情，我就睡了。"

邢在宇不敢说了，怕惹她烦，关掉房间的灯，在床的另一边睡下。

他翻了几个身后，宋落被吵到，推了他一下，说："实在不习惯，我等会儿就回出租屋。"

邢在宇开灯坐起来，低头看着睡眼惺忪的她，问了今晚一直困扰他的问题："你最近是不是太堕落了？"

宋落"嗯"了一声，说："拼了命去拿第一干什么？很累人的。"

顺其自然，这个学期考个一般般的成绩她也认了，她都已经做好准备了，就算宋庆海生气要骂人，她也不在乎了。

邢在宇欲言又止，最后给她拉上被子："你睡吧。"

见他起身套上外套拿着电脑下楼，明白他是要忙，宋落没了继续睡的心思。本来就因为痛经心情不好，他这样一问，她脾气上来，拿出手机给戚相宜发消息。

宋落：你在哪儿？

戚相宜：你的出租屋，我没地方去。

宋落看了眼时间：我半个小时内到，你给我留门。

戚相宜不放心：这个点？太晚了吧。宿舍还能出来？

宋落：我不在宿舍，我从邢在宇这里过去。

戚相宜劝她：你们吵架了？就算吵架也别大半夜走人，不然闹得也太僵了。

宋落是一分钟都不想待了，亏她今天好心想来陪着他，最后还招人烦。不管戚相宜怎么劝她都不听，换好衣服，她从楼上下去。

邢在宇抬头看她下楼，穿戴整齐的样子像是要走，抿唇问："去哪儿？"

"回出租屋。"宋落淡淡地回，走到玄关处穿鞋。

邢在宇跟上她，路过挂钟看了一眼，已经深夜一点了。他不放心，说："太晚了，不安全。"

宋落无视他的好意，后退一大步跟他划清界限："不晚，打扰邢学长多不好。"

邢在宇见她面色不好，想起她昨天病恹恹一整天，放柔语气："生气了？"

"嗯。"宋落点头。

"因为我说你太堕落？"

"还有。"

"还有？"

宋落抱手："你很嫌弃我。"从眼神到举止都在嫌弃她。

"我可没有。"邢在宇无辜地说。

宋落指着沙发上的电脑说："这还叫没有？都把你赶出你的房间了。"

邢在宇拉着她的手带她进门，宋落小小地挣扎了一下，没挣开，被他摁在沙发上。她看清电脑上是做到一半的小组汇报作业，旁边是一个写满字的笔记本，要点列得一清二楚，还用记号笔标注好了。

"我在给你画重点，小组汇报后有个自由提问环节，你爸肯定会问你。你的作业完成得这么敷衍，肯定会露出马脚，给你加个保险。"邢在宇轻叹一口气，解释道。好心帮她，还被误会成冷暴力对她。

宋落了解了真相，有几分不好意思："我……你又不早说，我以为我占了你的床你不开心。"

邢在宇可开心死了。他关掉电脑，撕下纸，递给她："祖宗，去睡觉，可以吗？"

宋落接过，叠好放在口袋里。"行吧，大晚上的，也不安全，我上去睡了。"

走到二楼，听到男人低低的笑声，宋落就知道他要偷偷笑她。

她跟戚相宜说暂时不回去了，对方很不屑地说：得了，臭情侣，以后你说你们吵架了，只要不是分手，我都不能太当回事。

宋落看完消息，心一慌：你乱说什么，你又不是不知道我们的关系。

戚相宜：落落，你就没考虑过进一步发展吗？

宋落一愣，她从没思考过这个问题。

戚相宜：就不交往试试？

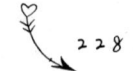

宋落：怎么就要试试了？怎么就觉得我们合适？

戚相宜：你不是挺喜欢他的吗？可以试试。

看到"喜欢"两个字，她心跳得更快了，不安地问：很明显吗？

戚相宜：可能是我暗恋别人久了，你这种比我还不会藏心思的，我一眼就能看出来。

宋落惴惴不安地瞥了眼邢在宇，拉过被子，悄悄回复戚相宜：那你说……邢在宇会看出来吗？

戚相宜：不知道，应该看不出来吧。

宋落：为什么？

戚相宜：因为他和万臣是兄弟，一样眼瞎。

宋落认为这个答案带着太多主观性，邢在宇是被万臣牵连了。

戚相宜又说：好了，顺其自然就可以了，你别有太大压力。

反正感情的事情，急不来。

"关灯了？"邢在宇问。

宋落说："关吧。"

在黑暗里，她止不住地胡思乱想。顺其自然……像他们这样的关系要怎么顺其自然？而且，邢在宇喜欢她吗？他对自己是挺好的，但她更愿意相信，是因为两人那一点特殊的关系他才对她好，是出于关系的照顾，并不是出于喜欢。

她翻了个身，动静有点大，邢在宇问她怎么了，她慌张地说没事，其实内心怕得不行。如果……邢在宇知道她喜欢他，会不会破坏他们目前的关系？再则，她从没了解过邢在宇，他是不是已经有喜欢的人了？以前她不能理解戚相宜对万臣的感情，在这个心事重重的晚上，她似乎有些懂了。她还知道了一件事——潇洒了二十一年的宋落，在邢在宇这儿栽了。

那，要告白吗？

第 三 十 九 章

从邢在宇的公寓回来后，感情小白宋落想找戚相宜做参谋，但戚相宜也没什么经验，暗恋经验倒是有，可宋落不想要暗恋经验，她想要告白成功的经验。

在她的理智暂时回来的时候，她觉得干耗下去也不是办法，犹豫和纠结都是属于胆小鬼的，不如早点说明白。俗话说长痛不如短痛，如果邢在宇不是良人，她就尽早走出这段感情。想是这样想，真的要去行动的时候，她却成了感情里的胆小鬼。她害怕被拒绝，害怕他说从没喜欢过她，更害怕他嘲笑她没有契约精神。正好到期末了，要上交的作业得抓紧完成，还要准备考试。她借这些事逃避，暂时把感情的事情放到一边，安慰自己考完试再找邢在宇说也不迟。

考完试当天，她做了良久的心理准备，拿出手机要给邢在宇发消息约他见面时，外婆给她打了电话，说是要全家人一起庆祝宋泽考上大学。

自从那次被叫家长后，宋泽开始奋发图强，成绩提高不少，最后考上了二本，报的第一志愿是京北对外贸易学院，专业和她的一样，昨天刚得到消息，已经顺利录取上了。这对学渣宋泽来说，完全是捡了大便宜，全家人在听到这个消息时，比当初知道她考上京北大学还开心。

宋庆海作为一个高等学府的教授，儿子考了一个二本院校，他是不满意的。但宋偲对宋泽能考出这个成绩很开心，并打算给他办升学宴，作为妻奴的宋庆海难得见妻子对孩子的事情上心，也跟着开心。不管是出于何种原因开心，反正一家人心情都很好，叫她回去吃饭，她不能不去，只能把去见邢在宇这件事情延后了。

她和傅斯朗是坐车回老宅的，傅斯朗的家人定居在日本，只有他在国内读书。她外婆很喜欢姐姐家的小孙子，说什么都要把傅斯朗叫来家里吃饭。等两人到了家，看到门口布置满了气球和各类饰品，更夸张的是，门前拉着一张横幅，写着：祝宋泽金榜题名。

傅斯朗抬头看到后，脸上的表情和宋落一样微妙，干笑说："小泽……倒是挺幸福。"

他们家考上大学的人里还没有谁有过这样的待遇，这架势说句赶上过年了都不过分。宋落无奈地耸了耸肩，不是她对宋偲有偏见，她只感觉这是宋偲的示好，宋偲在做给她看。

他们进到屋里，宋泽闻声而来，喜笑颜开地冲他们挥手："表哥，姐！"

宋落看到他挎着礼仪小姐挎的那种绶带，唇角抽了抽，这应该是傻人有傻福吧。

傅斯朗给了宋泽一个分量十足的红包，然后提着礼物去屋子里和长辈打招呼，独留宋落忍受宋泽黏糊糊的折磨。

宋泽嘿嘿傻笑："姐，你不用给红包的。"

宋落冷笑："你要是实在想要红包，就从八百万里面扣吧，表哥封给你多少，你就扣多少。"

宋泽："……"真正的资本家就算是在亲情面前也不会手软，还能面不改色地坑弟一把。说的就是宋落。

她换鞋进门，宋泽凑到她耳边小声说："姐，我姐夫就没有点表示？"

宋落一顿："姐夫？"明白他指的是她那不存在的男朋友。

宋落淡然地说："表示什么？你是考上哈佛了吗？"

宋泽嘟嘴不满："姐，你看不起我。"

宋落掏出红包塞进他怀里，嫌弃地说："知道就好。"

宋泽捧着红包傻笑，虽然他姐说话不好听，但她还是爱他的，没有面上表现的这么凶狠。

她进到大厅，看到宋庆海站在门边，见到她的时候沉着脸说："宋落，你跟我来一趟书房。"

宋落不想吵到外公外婆，便和宋庆海上了楼。

宋泽怕宋落被骂，回到客厅去催外婆喊人上桌吃饭。

书房里，宋庆海叉着腰气呼呼地在她面前踱步，就差捶胸顿足了。

"你这个学期到底怎么回事？"宋庆海厉声问她。

宋落明知故问："我怎么了？"

宋庆海眉毛一竖："你还问怎么了？今天你们学院的成绩排名出来了，你的课程成绩下滑严重。一门我能理解，十门课，除去考查课，五门考试课平均分都不到八十分。"

她听完宋庆海生气的原因，脸上的表情没有任何变化，似乎现在挨骂的不是自己。

"你没有什么要说的？"见她不说话，宋庆海又问。

宋落干脆地回答："没有，爸，你还有什么要说的吗？"

宋庆海黑脸："宋落，你什么态度？"

宋落淡淡地说："我并没有考差，也没有补考，综合成绩已经达到良好的标准，我不知道我需要给出什么样的交代。"

"宋落！"宋庆海拦住要离开书房的宋落，呵斥她，"这个学期你怠慢学业，我都看在眼里，我当是学业繁重，你是想要放松一下才没多说什么，但没想到你到期末考试还是一副无所谓的态度。"

"那你教教我，我应该怎么做？"宋落冷声回。

宋庆海被她的回答堵住，不知道怎么接话。

"我先下去了，外婆估计要找我了。"宋落手搭上门把，拧开门出去，把门合上。

宋庆海看着空荡的书房，心里的郁结最后化为一声长叹。孩子长大了，说不动了，也不知道他们到底在想什么……

宋落走到会客厅门口，听到里面传来客套的对话声，准备进去时，碰到了匆匆跑出来的宋泽。宋落问他怎么了，他拉着她走到阳台上。

入夏后，京北的太阳毒辣，紫外线又强，宋落把手挡在眼睛上面，眯着眼说："又搞什么？"

宋泽一脸不爽："邢琛来了。"

宋落惊讶："他来干什么？"

宋泽比她还生气，跺脚说："我怎么知道？不是我邀请的，我可不想在我的好日子里见到这个晦气的家伙。"

那就是宋庆海邀请的，宋落都不用去问。

"你别进去了。"宋泽推着她的肩膀，带她走到大门口。

宋落搞不懂："他来他的，我来我的，我为什么要走？"

宋泽说："鬼知道等会儿在餐桌上他们要怎么点鸳鸯谱，你是个有男朋友的人，别沾这种晦气桃花。我等下和外公外婆说你社团有急事，必须要你去处理。"

"我不在，鸳鸯谱就不点了？"宋落怕他们点得更加肆无忌惮，宋庆海恨不得今天她就和邢琛去领证。

宋泽急了，恶狠狠地说："他们敢！"

他气得胸膛频繁起伏，宋落欣慰地笑了笑，以前总跟在她背后的小屁孩也会保护她了。

"好了，你赶紧走吧。"宋泽不让她去蹚浑水，安慰她说，"等会儿我把表哥拉到我们这边，他们要是敢在餐桌上乱说不好听的话，我叫表哥撑死他们！"

感动不到三秒，宋落冷冷地瞟他一眼，说："不坑姐，改坑表哥了？"

宋泽贱兮兮地笑着说："姐，你知道我说话没什么分量，表哥冷着个脸，就算说句'你好'都能把对方的气势削弱一半。对付邢琛还是交给表哥好了，我就给他打打配合。"

宋泽保证："绝对不让你吃亏！"

"那我改天再给你庆祝？"宋落正好不想待在这儿，饭桌上一半人都是她不想见的，压根不像吃饭，更像上刑。

宋泽忙说好，把她推到门外，"砰"的一声合上门。

宋落站在门口微微出神，明明是为她好才让她走，怎么整得像是把她扫地出门？管不了这么多，她约了车，正好有时间，打算去找邢在宇。她不确定自己今天能不能把想说的话说出口，但总比一直犹豫不敢去见他好。

她私下问过戚相宜邢在宇的情况，例如有没有走得比较近的异性。但戚相宜和万臣已经有段时间没有联系了，没办法从他那儿套到有用的信息，对她的问题一概不知。向来做事利索的宋落忽然也成了曾经的戚相宜，原地踏步，止步不前。

在路上，她做了无数个假设，其中一个就是：邢在宇已经有喜欢的人了。但假设归假设，宋落通过和邢在宇日常的相处推敲，并不觉得他会有喜欢的异性。只是没想到，她宋落有一天也会碰到原本只有在电视剧里才会看到的狗血剧情。

当她到了邢在宇公寓的楼层，走到上次那个拐角时，看到一个年轻的女人拉着他的袖子，苦苦哀求着他，邢在宇没有挣脱，微微蹙眉低头看着她。是上次在酒店走廊上帮着邢琛说话的女人。接下来她说的话让宋落身上的温度一点一点消退。

郭思宛放低姿态，声音颤抖着对邢在宇说："在宇，我知道你讨厌邢琛哥的部分原因是我，我当时是真的不知道你们的关系，他帮了我很多，如果不是他我可能连大学都没机会上了。我和他在一起并不是想气你，我是……真的很喜欢邢琛哥。我们的关系不是一直挺好的吗？你不要因此讨厌邢琛哥，不要和你爷爷对着干了好不好？"

邢在宇也不知道郭思宛是怎么知道他公寓的地址的，她的哀求也让他感觉莫名其妙，板着脸忍住不耐烦，冷声问："他不是巴不得我不去公司吗？怎么成我和我爷爷对着干了？"

郭思宛紧咬着下唇摇了摇头："在宇……你能不能别和邢琛哥闹得这么僵了？"

邢在宇轻蔑地笑笑："是不是他做错事惹到老爷子了？都让你来我这里当说客了，是不是想让我千万别在这个节骨眼回邢家，免得老爷子架空他？"

"在宇，你怎么能把邢琛哥想得这么坏？"郭思宛往他的方向靠近一步，泫然欲泣，"是因为我当初拒绝你选择了邢琛哥吗？"

听到这儿，宋落愣在原地，紧紧靠着墙，背后一阵发凉。她没有走，她想知道邢在宇会怎么说，可……最后只有关门声，没有任何回答。郭思宛在门前站了一会儿，转身离开，宋落身体反应比脑子快，先进了电梯按下关门键，不想和郭思宛正面碰上。

她跑出小区，茫然地走到马路对面，一时理不清楚其中的关系。如果郭思宛说的是真的，那邢在宇和邢琛的关系之所以闹得这么僵，很大一部分原因是邢琛抢走了他喜欢的人。可能他当初问她要不要和他好，和她在一起，就是为了报复邢琛吧。但就算是假的，她也开心不起来。他们开始这段关系的目的不纯，不管是哪一种，她貌似都不应该再喜欢他了。太多复杂的想法困扰着她，每一个问题想到最后都是她的自我否定。

手机响起来，显示的是戚相宜的名字，她接起来，丧气地说："相宜，我应该失恋了。"

对面的戚相宜被吓到："怎……怎么回事？"

宋落苦涩地笑笑："不是什么大事，只是这段时间自己被蒙蔽了双眼，自我美化和合理化了我和邢在宇的关系，以为只要坦白心意，就能自然而然地收到他肯定的答复。"

戚相宜反问："难道不能吗？"

宋落没有回答，她的告白可能会让邢在宇感到困扰，并不是只有她有烦心事，他也有自己的烦心事，或许他并不打算恋爱呢，她为什么要破坏当前的关系？

"相宜，你说得挺对的，我确实变了。"宋落自嘲了一下，她从不是胆小怯懦的人，却因为害怕失去，止步不前。

"你在哪儿？我去接你。"戚相宜怕宋落想不开做傻事。

宋落报了地址，站在路边等戚相宜。宋落在的地方离邢在宇的小区不是很远，她看到郭思宛站在路边，不久后一辆车停在她面前，邢琛从驾驶座下来，急匆匆地上前一把搂住她，一副心有余悸的模样，似乎郭思宛为了他去见的不是邢在宇，而是阎王。

宋落不禁又想，或许邢在宇是喜欢郭思宛的，邢琛抢走他喜欢的人，他也要试着抢走邢琛的东西。如果邢琛不能和自己结婚，让邢氏损失严重，一切就是邢琛的过错。很狗血，但不排除是真的。

她上车的同时收到了邢在宇的微信，他问她假期准备干什么。宋落摁熄屏幕，并没有立马回复。

旁边的戚相宜小心翼翼地打量她："要不要去吃点东西？"

宋落摇头："不是很饿，回出租屋吧。我明天要和秘书处的人去三下乡，想休息了。"

戚相宜没有多问，知道宋落心情不好时喜欢自己消化，情绪恢复得差不多了，才会和别人说。戚相宜问过她为什么会这样，宋落漫不经心地说坏情绪会给身边的人增加负担。可谁心情不好的时候都会想找人倾诉，没人愿意憋着，宋落是从小被宋庆海高要求，才会连生气都这么懂事。

宋落回去后，点开和邢在宇的聊天框好几次，他们的聊天记录很少，就算以后要对着某些东西怀念这段感情，聊天记录首先要被排除。好一会儿，她回复：假期应该很忙，部门有事。相宜对商业上的事情不是很懂，我还要跟她跑项目，帮她把关。

最近戚相宜带她见了一个人，是戚相宜以前去外面的机构上补习班时认识的老师，也是学导演出身的。他想拍一部电影，但是没有投资人，所以想问宋落感不感兴趣。

宋落的外公在她十八岁那天把宋氏百分之五的股份当礼物送给她了，她手头确实有点钱。但外公怕她乱花钱，又给她上了条条框框约束她，她实际握在手上的钱也不算特别多，所以一下子赞助上千万，对她来说有一定的难度。看过企划案后，她挺感兴趣的，最后答应帮他们找其他投资商。

她对自己说，不是不想和邢在宇见面，是她假期真的有事要忙。

邢在宇很快回复她：嗯，你先忙。

她又等了几分钟，没有新的消息弹出，丢开手机，抱着腿把下巴搁在膝盖上望着窗外的高楼大厦，长叹了一口气。所以，他们暂时不会见面了，意味着，这段关系不用太快结束。

等到她帮戚相宜找到了两个投资商，假期也快结束了。

那次之后，她和邢在宇真的没再见过面，这样看来他们也挺没缘分的，不刻意见面就不会见面，不刻意留意，也不会听到他的消息。

新学期第一周的周末，宋庆海叫她回学校教职工宿舍吃饭。

回到家发现只有她和宋庆海，她问在厨房里忙活的宋庆海："小泽没来？"

宋庆海笑着说："上周新生开学军训，他早就去学校了。"

宋落去厨房拿碗筷，宋庆海赶她："去屋里坐会儿，不需要你帮忙。"

被赶出厨房后，宋落闲着没事看手机消息。学生会的部长群下达了新文件，是关于部门招新的。新生军训要结束了，新的一轮招新要开始了，让各部门做好准备。

宋落上个学期做的唯一一件让宋庆海满意的事就是顺利留任学生会。她百无聊赖地翻着文件，大概过了一遍，转发到她和副秘书长们的小群里，让他们三个研究一下文件，定一下选人方案和时间，打算做甩手掌柜。

新消息弹出，是好友申请，备注是纪检部祁闻，宋落点了通过。

祁闻：宋学姐你好！我是纪检部的祁闻，想问问你们部门初面的教室定了没有，如果你不介意，和我们纪检部用一间教室可以吗？

初面都是两个部门用一间教室，一前一后。因为正好是新学期开学，社团申请教室又多，京北大学的教室供不应求，只能两个部门在一间教室面试。

不只他问，苏绘泠也给她发了消息，问她要不要和文艺部用一间教室。

宋落回复祁闻：学弟不好意思，文艺部的部长刚来问我了，我们部门打算和文艺部一起。

祁闻收到回复，转到四人小群：@纪检部邢在宇　宇哥……他们和文艺部一块了。

另一个人说：为什么不选我们啊？

祁闯思索片刻：难道是因为对方是部长去问的？

其他两人也觉得有道理，你一言我一语地讨论了起来，说早知道就让邢在宇亲自去了。

邢在宇刚忙完，看到这个消息，不悦地抿唇，手指叩了叩桌面，压了一个假期的烦闷喷薄而出，不知道是不是错觉，他感觉宋落在有意躲着他，问过她几次，她都说在忙。答案每次都只有那一个。怕惹她不耐烦，他不好追问，只好去问她身边的人。她也有闲的时候，但他去问的时候，她给的回答是没时间，准备去应酬。

他切回微信，直截了当地问宋落：宋落，你是不是故意躲着我？

那边的宋落看到这条消息，心跳漏了一拍，怕被他看出端倪，不知道如何回复比较好。

宋落撒谎了，想着绝对不能告诉他自己真实的心情，回复：没有啊。

怕他继续质问，忙又回：怎么突然这样问？

这边的邢在宇在收到她的消息后，并不觉得她说的是实话。

宋落惴惴不安地等着他的回复，就怕被他一眼看穿自己的谎言。

邢在宇：晚上我去接你。

这次肯定不能拒绝和他见面，但她又怕见面后……算了，总不能现在被揭穿，宋落回：好。

宋庆海喊她过去吃饭，宋落收起手机，心里还惦记着今晚要见邢在宇的事情。

宋庆海叫了她一声，她迟缓地回应了一声："啊？"他盯着女儿的饭碗，严肃地说："吃饭不要开小差。"

宋落夹了颗西蓝花塞到嘴里，斯文地咀嚼，做出让宋庆海最满意的吃相。

"落落，假期怎么没有去公司实习？"宋庆海问。

他一副试探的语气令宋落不自在，宋落敷衍道："打算毕业后再说。"也不知道书一南还在不在公司，她可不想和他在同一个空间里待着，更不想看他假装好人的嘴脸。

宋庆海问："你是在生你妈的气？"

宋落不知道他想问什么，不喜欢弯弯绕绕的，放下筷子看着他说："爸，你有话直说吧。"

宋庆海迟疑了一下，审视她一番，良久才问："是因为书一南的事情吗？"

宋落一惊，望了他许久，问："你……知道他？"

宋庆海点头，拿起旁边的酒杯抿了一口酒："也知道他的父亲祝立乾。"

宋落机械地咀嚼着嘴里的食物，努力消化宋庆海的话。

"落落，别和你妈置气了。"宋庆海轻笑，"我知道我这些年管你管得严，你很不开心。"

宋落黛眉拧紧："爸，你什么意思？"

宋庆海说："往后这两年你想做什么爸爸都没意见，你不想这么早结婚，那就毕业后再说。你以前不是说羡慕小泽在国外念书吗？你要是想出国做交换生，也可以。"

"爸！"宋落厉声打断他。她没想到因为宋偲，宋庆海可以做出这么大的让步，"这又是什么意思？你说这些就是为了让我不要和我妈置气？"

"是。"宋庆海承认，"爸爸希望你不要再生你妈妈的气了，这件事就让它过去，回来后继续去公司实习，你要知道宋家未来都是你的。"

"够了。"宋落放下碗筷，"我过不去，爸你可以容忍她心里还喜欢别人，甚至对旧爱的儿子好，我不能。"在她心里，书一南是小偷。

宋庆海见到向来要强的女儿红了眼眶，心里自责，但还是坚持自己的想法。"落落，我知道这些年你妈心不在家庭，但你看最近，她不是很关心你和小泽吗？说明她还是有把我们放在心上的。"

宋落觉得她没法和宋庆海交流。他很爱宋偲，爱到能委屈自己的孩子。为了留住宋偲的心，他不计较宋偲对旧爱难以忘怀，甚至能容忍书一南的存在。她不是他，做不到对宋偲无限包容。

宋落依旧没有松口，宋庆海逐渐变得颓靡，拿起旁边的酒喝了一口。"你和小泽都考上大学了，我和你妈也老了，我不管她在乎过谁，喜欢过谁，反正我是那个会陪她老去的人。以后你们过你们的人生，我和你妈过我们的。"

宋落看到他斑白的双鬓，垂下眼，心情复杂。宋庆海年轻时也是京北大学优秀的教授，他和大多数书生一样，古板中带着点风趣。再加上英俊的外表，追他的人很多，却因为喜欢宋偲，愿意无视她的过往，甘愿全身心照顾家庭。

她有了选择，哑声开口："我打算出国，定好之后我再和你说。"

宋庆海眼里闪过一丝期待，也不深问，忙说："有需要的和爸爸说，我替你办。"

宋落没有多说其他，索然无味地吃完一顿饭，然后就回宿舍了。心情郁闷地睡了一觉，等到晚上邢于宇的电话打来，说在宿舍区门口等她，她才记起来他们约了见面，匆匆地乱套一件衣服，跑下楼。

她在门口张望，没找到男人的身影，目光掠过的地方全是小情侣在腻歪。

手机振了振，邢在宇给她发了消息：前面的榕树下。

宋落抬头看去，灯光照不到的地方，一个高挑的男人站在那儿，能看出是邢在宇，她快步跑过去。

"怎么到这儿来了？"宋落换上轻快的语气问他。

他一直垂眼盯着她看，试图看出点什么。

宋落摸了摸自己的脸："脏了？"

邢在宇摇头，淡声问："去你那儿，还是我那儿？"

她想了想："你那儿吧，我那儿太远了。"

邢在宇抓住她的胳膊拉着她去停车场，宋落吓得拉紧帽衫的帽子，挡住脸，一路躲躲藏藏，不让人看清。走出宿舍区，在校道上碰到一个女生挡住邢在宇的路，宋落立马甩开他，转身背对他们。

"邢……邢学长，你……你好。"女生站在邢在宇面前，紧张得不行。

宋落了然，一看就是来告白的。

邢在宇今天没有心情应付这类事情，拒绝得比以往快，连后面的话都懒得听，直接说："不好意思，你不适合。"然后走回去把宋落扯到怀里，带着她往前走。

不到一分钟，女生的告白便以失败告终。她愣在原地，以往邢在宇拒绝人都会说点不痛不痒的理由，这次直接否定了她整个人，她被狠狠打击到了。她的目光追随邢在宇，看到他怀里的女人一直低着头，怕被人看到。所以，邢学霸是有喜欢的人了？

第四十章

到了邢在宇的公寓，感受到他情绪低落，宋落试图缓解两人之间的气氛。"你生气了？"她问。

问完才觉得自己说话过于直白，也让邢在宇很难回答，她解释："不是故意躲着你不见面，是真的忙，相宜那边的事情很急，我帮她跑了一整个假期。"

邢在宇深深地看着她，看得她心里一虚，就在她以为邢在宇要揭穿她的时候，他点头："嗯。"

宋落蒙了，他这是相信了？

"宋资本家很忙，我懂。"邢在宇冷声说。

宋落察觉到他话里的不怀好意，表情变得比他还冷："找我干什么？今晚不方便留宿，我明早还有线上实践课。"

邢在宇和她对视了几秒，手抚上她的脸颊："明早的课我帮你上。"

她挑眉："邢学长突然这么好说话了？"

邢在宇敛起眼底的情绪，转身去厨房。"吃了吗？给你做。"

宋落没吃，很不客气地使唤他，是他叫她出来的，吃他一顿饭不过分。

吃完晚餐，她去洗澡，缩到床上等他，摸出手机和戚相宜聊天，平复一下现在乱七八糟的心情。

宋落：你猜我在哪儿？

戚相宜最近在片场，正好到了吃夜宵休息的时间。她回复：邢在宇家。

宋落：就猜出来了？

戚相宜：你要是在你的出租屋，会这样问我？

宋落：不会。

戚相宜：那不就是了。怎么，说开了？

宋落：没有……相宜，我打算出国做交换生。

戚相宜被吓到：这么突然？

宋落：不突然吧，我需要一段时间消化一下最近发生的事情。

家里的事和……邢在宇的事。

戚相宜：那……和邢在宇的关系怎么办？

宋落：随便吧。

戚相宜：你今晚是去结束你们的关系的？

邢在宇正从楼下上来，脖子上挂着擦头发的毛巾，手里拿了杯温水，是给她倒的。她没有睡前喝水的习惯，但每次来过夜邢在宇都给她倒，她也就自然地接受了。

在他走到床边前，她潇洒地回复戚相宜：以后可没机会了。

戚相宜看着这句话，一时无语。这个回复是宋落的风格。

关掉手机，宋落伸手等着他递水，而邢在宇当着她的面喝了起来。

宋落脸一沉："不是吧，邢学长这么小心眼？"

邢在宇递给她剩下的半杯："不嫌弃吧？"

宋落接过来，喝完："不介意，都什么关系了，哪里介意这点口水？"

拌了两句嘴后，邢在宇把空杯子放在书桌上，上床把灯关掉，房间陷入一片黑暗。

良久，宋落不见他有动作，心想真的就是叫她来纯睡觉的？

"邢在宇。"她不满地轻轻踢了他一下，"小气包，你就是生气了。"

邢在宇侧身。"没生气。"

"放你的狗屁。"宋落被磨得没耐心了。

邢在宇确实是生气了，但她不对他说实话，他也不想和她说实话。

"女孩子矜持一点。"邢在宇看向她，"别说脏话。"

宋落起身："没事我就先回去了。"

说完，她肩膀被压住，他整个人笼罩在她上面。他想说话，但最后只是叹了口气。

"怎么不说了？"宋落知道他肯定要说她无情什么的。

邢在宇揉了揉她的头发："我们都不冷静，就少刺对方两句吧。"

"我很冷静。"宋落继续狡辩。

两人都在气头上。邢在宇被她这话一激，捏着她的下巴吻下去，接着他放柔语气，哄道："乖一点。"

面对会对她温柔的邢在宇，宋落一个"不"字都说不出口，一颗沉寂的心被温情点燃，为他而悸动。

…………

后半夜，外头开始打雷下雨，雷声清脆，夏天的感觉愈来愈浓烈。她挺喜欢雷雨交加的夜晚，此刻却心烦得不行。

宋落躺在邢在宇的怀里，他埋在她后颈那儿，温热的呼吸喷洒在她的脖子和耳垂上。他睡得很沉，似乎很久没有睡好觉了。这个睡姿让她很不自在，却不想推开他，任由他把她禁锢在怀里。明明浑身没劲，她还是不想睡，摸出手机和戚相宜聊天，今晚戚相宜拍夜戏，肯定还没睡。发现戚相宜给她的留言，她点开。

戚相宜：你上次不是问我邢在宇的家庭情况吗？我最近碰上管嘉傲，和他聊了几句。他家里的那些破事你也知道，最近他爷爷想让他回公司上班，他妈知道后很生气，情绪很激动。然后他妈用各种方法逼他保证会去检察院工作，让他准备明年的国考和省考。管嘉傲没仔细问过，但他推测邢在宇会去，说他最近去了几趟文身店，应该是去洗文身了。

戚相宜：律所的工作他早就辞掉了，假期就没有再去律所了。综合来看，八九不离十。

宋落看完大段留言，心一点一点下坠，脑子里只盘旋着一个想法——邢在宇要做叛徒了。

面对一堆复杂的事，她心力交瘁，急切地想要逃离当前的处境。犹豫很久，宋落选择结束她和邢在宇的关系。

京北大学社团年终总结会进入尾声，宋落百无聊赖地抱着手靠在舞台侧面，对讲机里全是传媒部部长的声音。他让后台的工作人员赶紧多拍几张照片，说这可是做下一期宣传栏资料的好素材。所谓的"好素材"正是此刻走上讲台的男人。

他作为十大精英社团之一法律援助社的主讲人，一出现，台下便起哄声不断，甚至有人憋不住吹起了口哨，还有人举起手机拍下大银幕上男人的脸。邢在宇调试话筒的间隙，目光随意地扫视着，最后落在宋落脸上，他勾唇轻笑，带着几分意味深长。

宋落迎上他的注视，故意抬手把碎发别到耳后，食指顺着脖颈下滑，停在领口，摩挲了一下，而后笑得明媚。顺着她的提示，男人微微偏头，领口露出一道浅色的红痕——正是她上周为了报复男人留下的痕迹。

印子也差不多消完了，从大银幕上看，只能看到他这处的小黑痣，在他的皮肤上尤为明显，给痞坏的他增添了一份魅感。

自从那次见面之后，两人看似和好了，却总隔着点什么，见面时经常似有似无地较着劲，说话一句比一句刺。他不满她的不坦诚，她心里介意他违约的行为，谁都不愿意低头，就僵持不下。

邢在宇漫不经心的动作让台下人更为激动，大家趁着没有老师参会开始吵起来，和他同社团的好友喊了声邢爷加油，其余人也随之应和。宋落心里冷嗤，一个社团年终总结会，也只有邢在宇有本事开得像粉丝见面会一样热闹。

苏绘泠忍不住说："邢在宇也太张扬了吧。"

宋落说："也不是一天两天了。"这男人就不知道"低调"怎么写。

苏绘泠以为宋落是对邢在宇不满，作为她的好友兼同事，立马替她说道："真不知道这样的人今年是怎么留任纪检部部长的。委屈你还要和他做一年同事。"

宋落听着男人清越的汇报声，转头对苏绘泠轻笑："学生会招生难，他都不要脸地给我们当门面了，谁能拒绝？"

苏绘泠哽住，不禁回想上学期期末邢在宇在换届大会上的竞职演讲。他挂着官方笑容说，靠着他的脸，纪检部都不用愁下一年的招新。作为连续多年招新招不满人的落魄部门，上一届纪检部部长郝大海恨不得当场宣布由邢在宇接任他的位置。

苏绘泠拍着宋落的肩膀保证："就算他现在是会长跟前的红人，在我心里你也比他厉害，我们文艺部也永远向着你们秘书处！"

宋落早已习惯身边的人谈到她和邢在宇的时候总把他俩对立起来。殊不知，昨晚男人发神经，非要拉着她在宿舍楼下热吻，美其名曰打卡情侣热门约会地，吓得她等人走完才敢回宿舍。

此刻，除了盯着在台上意气风发的男人，不少人还会用余光偷瞟她。坦然接受审视和打量，她拿出手机找到备注为"很行"的联系人，点开输入框。

苏绘泠咂嘴："有这样给男朋友备注的吗？"

这段时间表白墙上有两个八卦讨论热度很高。一个是学校里多次有人看到邢在宇拉着一个遮得很严实的女人，大家都猜是他女朋友。一个是宋落恋爱的传闻是真的，家里给她定了结婚对象，宋教授还十分满意未来的女婿。有人评价两人不愧是对头，就连谈恋爱都在较劲。苏绘泠也是试探性地说"男朋友"，没想到宋落没否认，看来传闻是真的。

宋落不以为意："贴切。"

苏绘泠："……"

发完消息，她收起手机，说："你看着场子，我先走一步，等会儿部门要聚餐。"

苏绘泠说好，让她玩得开心。宋落转头找了手下的人，让他们今晚随意玩，她买单。

她出了小礼堂，收到回复。很行：你家我家？

前一条消息是她发的：今晚约？有事和你说。

宋落回：我家。

很行：坐我的车？

宋落：不了，我和我表哥一起走。

不等对面回消息，傅斯朗的车停在跟前，她拉开后座车门上去。

傅斯朗从后视镜里看到她神色凝重，问她："怎么了，姨父又给你下什么命令了？"

宋落乱扯一句："和邢琛结婚算不算？"

傅斯朗知道她和邢琛的事情，问："真要和他结婚？"

宋落说："大概？无所谓了，反正还有两年，懒得想。"

傅斯朗沉默。他们家对孩子的教育抓得严，宋落的爸爸更是，记忆里宋落从懂事开始就在上各类辅导班，最忙的时候一天去上四个辅导班，从早到晚，日程比大人的排得还满。

"听说你想申请去国外做一年交换生？"傅斯朗问。

宋落点头："一年就好，我爸也同意了，回来他说什么就是什么，我听。"

结婚也好，怎么都好，反正她现在只想快点摆脱这种让人窒息的环境。

傅斯朗本想深问，看到路边站着一个女人，他问："介意多一个人吗？"

宋落直起身子："谁？"

傅斯朗看向窗外："她。"

宋落有印象，她是秘书处新招进来的小秘书，记得名字叫季暖。能记住是因为她也是商学院的，算半个直系学妹，人长得甜，笑的时候酒窝浅浅，很有记忆点。不知道他们是怎么认识的，宋落起了看戏的心："怎么说也是我学妹，叫她上车。"

傅斯朗降下车窗。

———∿———

到了目的地，宋落和傅斯朗道别后往小区走。她进到屋子里，看到洗好澡的邢在宇坐在沙发上，戴着和他气质不符的无框眼镜，慢条斯理地翻阅材料。

宋落踢掉鞋子，从冰箱里拿出两罐啤酒，打开一罐推到他手边，自己拿过一罐喝起来，没出声打扰他，屈着腿躺在沙发上刷手机，偶尔抬腿活动，也不在乎裙摆堆到腰间走光了。

邢在宇抬眼，平日里明媚张扬的女人小脸上似蒙了尘，缀着光的眸子也变得黯淡。

宋落放下手机，转头问他："弄完了？"

邢在宇挑眉，俯身捏着她的下巴，含去她刚抽到嘴里的烟，拉开距离后说："万臣他们说这味道是娘们抽的。"

宋落咳了下，把烟杆丢回去："给你们惯的臭毛病，瞧不起谁？"

邢在宇摸着她的耳朵，含笑说："抽我娘们选的味道，多管闲事。"

"可别，邢爷。"宋落取下鲨鱼夹，放下厚重的长发，"我可没这本事做你娘们。"

邢在宇脸色变得微妙，拉着调子说："是啊——我都忘了你要和我小叔订婚了。"

两人之间看似没有隔阂了，实际上，待在一起的时候总喜欢阴阳怪气地交流，发了狠地给对方找不自在。

"怎么，要提前改口？"宋落开玩笑地问。

倏地——邢在宇起身一把抱起她，宋落还没反应过来就被他压到松软的枕头里。他的唇紧贴上来，狂烈又凶猛，她似乎只能靠着他渡气来维持呼吸和心跳。

他去给她倒水时，她躺在床上望着天花板："明天上午第一节课是宋教授的国际经济法课，小组作业我还没汇总好，做不好汇报怎么办？"

新学期还有宋庆海的课，还是专业必修课，全班都要上，也不能选择任课老师。

邢在宇扣着她白皙的后脖颈不让她乱动："这时候你聊作业？"

宋落笑得没心没肺："邢爷，别的作业能不做，我爸留的作业不能不做。"

得，邢在宇认了。

"等会儿说些好听话，爷就给你平了这事。"邢在宇抵着她的额头说。

"惯你的毛病。"宋落笑骂他。

她笑得过于耀眼，邢在宇覆上去，掠夺她最后的笑意。

宋落醒来时，外头早黑了，屋内只有角落亮着一盏灯，她撑着身子坐起身。

邢在宇穿着浴袍，又戴上了他的斯文眼镜，正在给她汇总小组作业，顺便润色字句，修改好一张幻灯片，拿笔在一张便笺上写下要点。

宋落翻了个身躺下，心情复杂，拿出手机给舍友发消息说让她们明天代替自己上台，她有事请假。方柚白说好。

没一会儿，身后躺了人，他搂着她的腰凑近，懒洋洋地道："所有的重点都给你写在纸上了，别看走眼了乱念。"

"邢在宇。"宋落叫他。

他亲了亲她的唇："嗯？"

结束的话，最后她还是没能说出口。刚做了最亲密的事，转头就说断了联系，那她也太狠心了。宋落想问他是不是要去检察院实习了，是不是要按照他妈的要求生活了，也想问问他，是不是想要结束这段关系了，话到了嘴边却问不出来。

宋落冷下脸，转身拉过被子，不耐烦地说："睡觉。"

邢在宇贴过来："就睡了？刚帮你平了大事，不给点利息？"

"比我还资本家，就知道讨利息。"宋落伸脚踹他膝盖，心中有愤恨，骂出了口，"叛徒。"

当初说好一块厮混，谁听爸妈的话循规蹈矩地生活谁是狗，现在倒好，邢在宇这只狗要和他的检察官老妈看齐了，只有她还在想着反抗，他就是最没良心的狗。不再说话，她合上眼睛拒绝和他交流。邢在宇望着背对他的宋落，拨弄着她的头发，被她不耐烦地拍开。他一直想找个机会和她聊聊，但每次她都会逃避和他进一步交流。

"阿落。"邢在宇叫了她一声。

宋落心里很不舒服，不想多说。"再不睡天就亮了。"

邢在宇不再说话，打算明天起来再说。

等天亮醒来，身边的男人不见了，宋落隐去心里那一点苦涩，心想邢在宇这个浪子可能巴不得她说断了，好去找下一个好妹妹。收拾好行李，她拖着行李箱去机场，在路上给宋庆海报备行程，他说已经替她请好假了。车窗外的风景不停地倒退，终于可以逃离父母的管制，她却没有想象中的那么开心。

手机里邢在宇发来微信：去哪儿了？

宋落犹豫片刻，回复：你不是走了？

很行：走个鬼，给你买早餐去了！

宋落眼眶一热，狠心回：我不和叛徒有牵扯。

那边的邢在宇显然没了耐心：怎样算叛徒，违背我们之间的约定？

宋落视线模糊得厉害，眨了眨眼，费了好大的劲才控制住情绪。她以为不见面就能和他结束得晚一点，但要分开的人再怎么挽留，结果还是要分开的。再开心的过往在这个时候也只会像一把刀一样刺在她心里，她用了很大的勇气才敢面对这个现实。

她点开对话框，说了一直说不出的话：邢在宇，我们结束吧。

第四十一章

楚栀中午一下课便急匆匆地往公寓赶去，进到屋子里，看到玄关的鞋子全被踢乱了。她把书包放在玄关，弯腰把鞋子放整齐。走到客厅，看到沙发上躺着一个人，把自己卷进被子里，只露出个脑袋顶。她无奈地叹了口气，拎着刚从菜市场买回来的新鲜海鲜进厨房，拉上玻璃门，把水声隔开。

等到午餐做好，也不见沙发上的人有动静，楚栀下午还有实验课，没时间等她自然醒，走过去蹲在她旁边，推了推："表姐，起床了。"

被子里的人翻了个身继续睡，楚栀拉开被子，露出她那张熬夜后透着苍白的脸，点了点她的脑门："表姐，吃完再睡。"

宋落迷迷糊糊地睁开眼，见到楚栀含着浅笑看她，心中的烦意下去一半，下意识地伸手去摸楚栀的脸，捏了捏，含混地问："几点了？"

楚栀看了眼时钟："中午十二点半了。"

宋落趴在沙发上，脑子里计算了一下："我才睡了——五个小时。"

楚栀嗔怪："昨晚让你早睡，你非要熬夜看综艺。"

宋落撑着脑袋，五指轻佻地摩挲着她的脖子，说："这不是手机不能玩嘛，只能看点综艺。"

上次给邢在宇发完消息她就把手机关机了，没再用过，丢在行李箱的底部，不知道它被衣服卷到了哪里。她本来是不喜欢看综艺的，但没了手机，只能看电视打发时间，看综艺、追剧，竟然还有点上瘾，一看就是通宵。

楚栀往后躲开她的触碰，微微蹙眉，本不愿意多说，见宋落作息不规律，忍不住数落两句："表姐，你来江都五天了，五天都在熬夜看剧，你可以出门走走啊，江都有很多值得去的地方。"

宋落拖着疲惫的身子去卫生间洗漱，倚靠在门边，懒声说："我每年都来拜访小姨，你说的那几个地方我早就去过了，再说了，一个人玩也没劲。"

楚栀盛好饭菜端到餐桌上，用围裙擦了擦手，问她："你打算住多久？"

宋落想了想，轻笑："就看宋教授能给我请到多久的假了。"

说到这儿，楚栀想到今天早上自己的手机频繁振动，全是姨父发来的消息。因为宋落不用手机，家里人联系宋落全部通过她，就连话少的姨妈这三天也给她发了几条消息，全是关心宋落的。

"表姐，这样不好吧？"楚栀上学时做过最过分的事情就是迟到十分钟，像宋落这样无限期请假的做法，她想都不敢想。

宋落擦干净脸，楚栀用新买的马克杯给她倒了杯温水，递到她面前，她恍惚了几秒，不禁想到邢在宇也总是这样给她递水。不想让楚栀发现端倪，她垂下眼小口小口地喝着水。

"没什么不好的，宋教授脸面大，几句话的事情。"宋落在餐桌前落座，盘起腿。

站在远处的楚栀把宋落所有的举止看在眼里，欲言又止。表姐去年来她家时还是礼仪举止得体的淑女，举手投足都有种其他人模仿不来的优雅，她完全无法将印象中的表姐和眼前大大咧咧的女人联系到一起。通过她三天的观察，她觉得宋落肯定是碰到事了。

宋落喝了口粥，指了指对面的位置："栀子，坐。"

楚栀缓缓落座，替她盛汤，不放心地问："表姐，你是不是遇上难题了？"

宋落抬眼看了她一眼："有吗？"

楚栀不确定："没有吗？"

宋落"嗐"了一声："就是突然想要好好放松一下，请假出来玩几天，你别想太多。"

楚栀捏着筷子，没有下一步动作，又问："你是打算出国留学吗？"

宋落来江都只拿了一个行李箱，里面除了几套衣服，什么都没有，电脑还是借了她的，浏览记录全是国外的大学以及申请的流程。

"嗯，打算。"宋落索然无味地吃了个花甲，忽然猛喝水，"栀子，你盐是不是放多了？"

楚栀夹了一个，细嚼慢咽，无辜地摇了摇头："没有啊。"

宋落夹了一个闻了一下："肯定是你放多了盐。"

楚栀说："表姐是吃不习惯我们江都的菜吧。"

宋落想想也是，百无聊赖地靠在椅背上："怎么办？"

楚栀把水煮牛肉推到她那边："你试试？"

宋落看到辣椒，举手投降："不行，我吃不了辣。"

楚栀难以置信，吃了一块："表姐，这哪里辣啊？"

宋落将信将疑。见楚栀吃完跟个没事人一样，又想到戚相宜说有些菜就是看着辣，其实一点都不辣，反而有点甜，她决定尝试一下。她夹了一块放到嘴里，刚咽下，辣味直冲天灵盖，舌尖一片发麻，拿起旁边的柠檬水喝干净，又拿过玻璃水壶添满水，大概五分钟后，宋落才缓过来。

"表姐……你也太夸张了吧。"楚栀把刚夹起来的肉放到自己调好的蘸碟里，悠哉地吃了一口。

宋落捧着玻璃水壶，见楚栀还能吃下一口热米饭，她心底一颤。江都人……都这么能吃辣？

"要不下午我带你回家，让我妈给你做饭？"楚栀的母亲是京北人，会做那边的菜，比较符合宋落的口味。

宋落摇头："他们要上班，我去了还要招待我，太麻烦了。"

她就是想找个地方待一段时间，清空脑袋里的负能量，不想给太多人添麻烦。

"哦，所以你来麻烦我。"楚栀脸上的笑容消失。

平日里温软好说话的表妹摆了脸色，宋落殷勤地给她倒水："栀子你说什么呢，表姐我是那种人？"

楚栀眨了眨圆溜溜的杏眼："小泽说……"

宋落打断她："你别听宋泽乱说话，他是想破坏我和你的姐妹情。"

楚栀撑着下巴："表姐，你真的没事？"

不是她多心，宋落很明显是心情不好，不好到无法用她多年来的教养掩饰过去。

宋落颓丧地说："嗯，不太好。很不好，不好到都不知道怎么假装没事。所以我才来找你，我没地方去了。"

在京北，若是失联半天，找不到她的人说不定要去报警，她只想找个能减少社交的地方待一段时间。思来想去，只有楚栀这里最合适。她今年读大二，有自己的公寓，两人年龄相仿，从小到大一直要好。在楚栀这儿，她能暂时摘掉那个她戴烦的面具，做个不开心就臭着脸的宋落。

"是不是你爸又说你了？"楚栀知道宋落从小就在高要求下生活。

宋落摇头："只是……忽然觉得生活没意思了。"就算是之前打算不再努力做个优秀的人时，也没有这种感觉，似乎还有些事情支撑着她。但她给邢在宇发完那句话后，是真的觉得对生活失去了兴趣。

楚栀见不得她情绪低落，走到她身后，给她揉肩，说："我下午带你出门走走，别不开心了。"

宋落想，也确实该出个门了。

下午，她站在大学门口等楚栀，整个人缩到棉衣里。风一刮，感觉风钻到身体的每个角落，冷得她牙齿打战，看到楚栀跑出来时，她像见到了救星一样，小幅度地挥手："栀子……这儿。"

楚栀见宋落冻得耳朵都红了，把在教学楼下买的热咖啡塞到她手里，碰到她的手时，发现她抖得厉害，惊讶地问："表姐，不至于吧？"

"不行，不行。"宋落觉得她在南方没有办法做一个优雅的淑女，毛呢大衣什么的，压根挡不住这个寒风，她恨不得裹上军大衣，秋裤也要穿两条。

"哪儿都不去了，你陪我去商场买衣服，我请你吃饭。"宋落拽着楚栀往外面走。

楚栀拉住宋落，淡笑着说："我……有东西要还给朋友，要不你先去咖啡厅等我？"

宋落挽着她的手，整个人依偎着她取暖，说："不了不了，我和你一起去。"她感觉一停下来身上的热量全要被风带走了。

宋落跟着她走出校门，走了一条街，进了另一所大学，进门前，她抬头看了眼牌匾，上面刻着几个锋利的大字——江都师范大学。

"打算考研？"宋落问她。

楚栀点头："应该吧，不确定。"

宋落问："考本校吗？"

楚栀似乎想到了什么，笑容腼腆又可爱，回答："再说吧。"

楚栀成绩平平，一直是中等水平，但高考考得不错，分数高出一本线一大截，属于超常发挥。她想学医，但好的学校医学院分都高，为了能读医，她最后报了江都大学的儿科，也算是圆梦了。

楚栀笑得过于耀眼，宋落看得出神，她满怀憧憬的模样像春日里悄生的嫩芽，生机勃勃。宋落从小就很羡慕楚栀，她性子很好，很会安慰人，笑容甜甜的，在她这里似乎没有任何难事，一旦和她待在一起，那些坏情绪都会不知不觉地远离自己。

"表姐，刚刚我二表哥给我打电话问了你的事情。"楚栀犹豫一下，说了下午接到傅斯朗电话的事情。

宋落问："他怎么有空关心起我来了？"他不是忙着准备公务员考试和毕业吗？

楚栀吞吞吐吐，最后没把傅斯朗和她说的事情告诉宋落，含混地回答："我也不是很清楚，不说这个啦，今天早点回去吧。"

宋落觉得奇怪，又说不上来哪里奇怪。吃完晚饭，她买到了自己要穿的棉大衣，付完款扯了标签就换上，实在是抵不住寒。

逛完街，楚栀把宋落送回公寓。因为第二天早上有实验课，公寓离学校有段距离，她决定回宿舍住，走前交代宋落如果有人敲门一定要看过显示屏再开门。

宋落把她推出门："行了，不知道的还以为你是我姐，怎么婆婆妈妈的？"

楚栀拍开宋落的手："我是担心你。再说了，我们的年龄也没有差多少。"也就差个一年。

"好表妹，你就把心放回肚子里吧，保证你明天会见到一个健康完好的我。"宋落拍了拍她的肩膀，挥手说再见，接着把门合上。

把人送走，她从抽屉里拿出楚栀的备用机，打开外卖软件，看了一会儿，晚餐早消化完了，打算点夜宵来吃。虽然她不太吃得惯江都的菜，但是她特别喜欢江都的小吃。

买了五份，她窝到沙发里打开纪录片有滋有味地看起来。半小时后，门铃响起，她打着赤脚跑去，按照楚栀交代的，先看过显示屏确定是外卖小哥，再打开一条门缝拿东西。

门铃第三次响起的时候，她没了耐心，跑到门口，直接拉开门伸出手，东西还没拿到就说："谢谢了。"

而直到她手心的温度在江都的寒风里渐渐消退，热乎乎的外卖都还没放到她手上，她心中一跳，自我保护意识被唤醒，快速地要收回手，却被握住，吓得她惊呼出声。接着门被推开，她连连往后退，脚底板在毛茸茸的垫子上打滑几下，她后仰，眼看着就要摔在地上，那人用力一扯，她浑身泄了力气，整个人往前扑过去。

鼻尖碰到带着冷风的羽绒外套，她打了个激灵，正要推开面前的人时，腰被环住，身后的门被抱着她的人反手带上。她仰头去看，撞入他幽深的眼睛中。他眼里浪潮汹涌，带着一丝危险的气息。是邢在宇。宋落被吓得一个字也吐不出，脑子里一片空白。门铃声响起,男人把她放开,转身开门,对门外的人说了谢谢,再合上门时,手里拎着她刚点的奶茶。

"你怎么在这儿?"宋落终于找回理智,警惕地站到玄关处。

邢在宇没有回答,脱掉鞋子,用空着的手拉过她的手腕,把她往屋子里带。宋落脚步凌乱,他腿长步大,她撞到他的后背,鼻尖一阵酸痛。

邢在宇扫了眼屋子,卫生保持得还不错,但屋内物品摆放的习惯不像宋落,应该是另有人打扫。他的目光最后停留在茶几上,上面有两个拆封到一半的外卖,他把第三个放下。

宋落挣脱他,问:"你怎么找过来的?"

邢在宇这才垂眸看她。

感受得到他在生气,宋落不禁放轻呼吸,压抑的气氛充斥整个房间。她从没见过这样的邢在宇,别人总说他气场强大,能压迫得人连句反驳的话都不敢说,她一直不以为然,而现在,宋落被他这一瞥吓得心里发颤,一直压在心底的恐惧和自卑涌上来,让她在邢在宇面前压根抬不起头,更不敢对上他那道强烈的目光。

"我来要个交代。"邢在宇冷声说。

宋落蹙眉凝视他,怀疑自己听错了,问:"交代?"能有什么交代?

邢在宇神情冷厉:"为什么结束关系?"

宋落抿唇,而后说:"答案不是很明显吗?"

邢在宇反问:"你给我解释的机会了吗?"

才两句反问,宋落就被弄成了过错方,她不服气地反驳:"结束需要理由吗?真以为我们是甲乙合作方,终止合作的时候要给出明确的理由?"

"宋落,你好好说话。"邢在宇压低声音说。

宋落承认自己现在很坏,因为无法掩饰自己的情绪,只能用生气和愤怒去回应他。

"我好好说了啊,结束了就是结束了,哪有这么多为什么?邢在宇你是纯情高中生吗,处不下去要分开,还得赔偿你的精神损失?"宋落咄咄逼人地问他。

"宋落!"邢在宇低下头,眼底一片晦暗,隐藏了他全部的情绪,"我不是来逼问你的。"

他的语气放柔,宋落的怒气也逐渐消散,她意识到自己确实说了很过分的话。

"我不道歉。"宋落倔强地说。

邢在宇自嘲地笑笑:"我也不是来要你道歉的。"

宋落不适应男人突然转变态度,问他:"那你是来做什么的?就……"

非要再出现，非要她把好不容易淡忘掉的关于他的一切，再次清晰地想起吗……

"我道歉。"邢在宇缓缓抬眼看她，"这段时间是我不对，非要和你对着干，但我的本意并不是要和你结束。"

"所以呢？"宋落倏地感觉鼻子酸得难受，她心情不好的时候最听不得别人示弱的话，宁愿被冷漠对待。一旦别人把柔软的一面展示在她面前，她心底的委屈便会喷涌而出。她眼泪流下来，怎么都控制不住。

见到她哭，邢在宇一下慌了神："阿落……"

宋落擦掉眼泪，红着眼睛说："赶紧说，说完走人。"

她倔强得不愿意示弱一分。邢在宇把在飞机上想了一路的话简洁地说出来："那天我不知道你去找我了，我也不知道郭思宛会去找我，我不知道我们的对话你听到了多少，但是我和她没有任何关系。我也没打算按照我妈的要求去检察院实习，我提前结束律所的实习是因为袁律他们出来单干了，我打算和他们一起干。"

宋落听完这些话，吸了吸鼻子，委屈地说："你不是要去文身店洗文身吗？"然后去做他的风光的检察官。

邢在宇顿了一下，接着解释："不是去洗文身，是去文身。"

宋落愣住，都忘记哭了，他无奈地走到她跟前，拉起她的手，她小小地抵抗了一下，他把她的手拉得更紧，然后在她面前低下头，把后脖颈全部展现在她面前。

宋落看到他衣领下白皙的肌肤上文上了一串字母，应该是刚文上去没多久，肌肤上还有淡淡的红印。她不知道这句话的意思，目光掠过，盯着最后的名字拼写，愣怔住。

是她名字的拼写：Songluo。

指尖微微发颤，碰到那片肌肤，似乎被烫到，她忙缩回了手，后退几步，跌到沙发里，不知道应该说什么。她掌心摩挲着沙发，紧绷着手指，上面像是还留着他肌肤的触感，那种感觉遍布她的全身。就在她不知如何是好时，他蹲在她面前，放低姿态，微微仰头和低着头的她对视。

"我并不想和你结束。是我太蠢，明明喜欢你喜欢得要死，还和你兜兜转转了这么久。"

宋落有点蒙，下意识地往后缩了缩，他霸道地压住她的手背，不让她再退，追着她的视线，一字一顿认真地对她说："宋落，能不能给我一个机会去喜欢你？"

第四十二章

他突如其来的告白让她不知所措，向来自信的她，第一反应却是怀疑。

"你……开玩笑的吧？"宋落对上他炽热的目光，整个人似乎被灼烧着。

邢在宇也不恼，哼笑一声，大手把她的头压在自己肩上，偏头吻上她的耳朵："真心的。"

怕她不当回事，他又说了一次："宋落，我喜欢你。很喜欢。"

宋落缩在他怀里，感觉自己的体温疯狂飙升，特别是他亲吻过的耳朵，热得厉害。

"你，怎么找过来的？"宋落愣了一下，悸动的心无法平复，傻乎乎地脱口问了别的事情。

邢在宇一下一下顺着她的长发，使坏地卖关子说："这个应该怎么说呢……"

宋落甩了甩头，从他怀里出来，往后靠。"你老实一点。"

邢在宇无辜地摊手："行，我老实。"

他嘴上说着老实，下一秒就拉开了羽绒服的拉链，宋落说："这算什么老实？"

邢在宇把外套搭在沙发靠背上，里面是和浅色衬衫叠穿的黑色卫衣。他往上拉了拉阔腿的牛仔裤，没有坐在沙发上，而是继续半蹲在她面前。

"屋子里热，脱个外套总行吧？"他朝她笑着问。

宋落误会了，讪讪地移开脸，不去看他。

邢在宇不敢再调侃，百分百顺着她，安抚随时可能会炸毛的女人。

"你一直没回我消息，我找人去问了和你亲近的朋友，但他们都不知道你去哪儿了，只知道你请假了。然后我就去找了你表哥。"

宋落猛地回头，惊愕地说："你去找傅斯朗了？"

邢在宇点头，宋落不安："你没说什么吧？"

邢在宇说："我说没说，你信吗？"

宋落不信，她不觉得这事能瞒得过傅斯朗……

"我只说想知道你去哪儿了，他没多问，给了我一份文件，告诉我你在江都，还把详细地址发到了我手机里。"邢在宇轻描淡写地告诉她和傅斯朗沟通的过程。

宋落疑惑地问："文件？什么文件？"

邢在宇说："是一份外文商业合同，他问了我一些问题，具体情况比较复杂，后来还问了我一些法律上的细节，了解情况后我把他推荐给了袁律。"

宋落好看的五官皱起来，她反复品着邢在宇说的话，怎么感觉表哥把她卖了？

不是错觉。还有下午楚栀谈到傅斯朗给她打电话时的表情,宋落有证据证明俩亲亲表兄妹骗了她!这一定不是她的错觉。

门铃响起来,邢在宇起身去开门,外卖小哥送来两份外卖。他提进来,把它们放到其他三份旁边,抿唇,片刻后问:"你是买了多少?"

宋落拉开那份烧烤,拿出一串牛肉,咬了一口,说:"要你管。"

邢在宇低声笑笑,不再多说。

她解了馋,看向帮她把五份外卖解开摆放好的男人,问他:"你吃了吗?"

邢在宇摇头:"光顾着找你,忘了。"

宋落听到他漫不经心的回答,脸微微泛红,他没说什么特别的话,但听着……莫名地撩拨人。

宋落压下脑子里乱七八糟的想法,大方地把一半的夜宵分给他。两人沉默地吃着东西,整个客厅里只有电视纪录片的声音。为了避免尴尬,她假装很认真地看着电视,做出一副"现在谁都不应该打扰我"的模样。

快到凌晨时,她终于鼓足勇气看向男人。一转头,就落入他那双黑漆漆的眸子里,似被一烫,她躲开了。

"什么时候回去?"邢在宇问她。

宋落抱着腿,缩在沙发里。"我不知道。"

邢在宇揉了揉她的脑袋:"那就慢慢想。"说完,他起身去拿沙发上的羽绒服。

"走了?"宋落下意识地问出口。

又感觉自己的语气里对他的离开透着点失落,便装作淡定地补充道:"是住附近吗?"

邢在宇摇头:"没订房,直接回京北。"

宋落一愣:"回……京北?"一晚都不打算留?

"我明天还有课。"邢在宇轻笑,"而且我是来找你的,见到你就达到目的了。"

他拉开门,走前嘱咐:"不要偷懒,显示屏都没看就给人开门,不安全。晚上把门窗关好,小心用电。"他冲她摆了摆手,是说再见的意思。一直克制,收敛所有情绪的宋落再也憋不住,不爽地叫住他:"邢在宇。"

他停下动作:"嗯?"

宋落没穿鞋子,直接赤脚踩在地板上,邢在宇见了,不悦地沉着脸。屋子里供暖的是空调,南方可没什么地暖,所以屋子里暖,但地板还是冰冰凉凉的。

宋落被冷得脚趾蜷缩起来,站在玄关的小毛毯上才缓过来,顾不上自己,对他说:"你来江都的目的就只是确认我没事?"

邢在宇一顿，摇头："不是。"确认她没事是来江都的目的之一。

宋落问："你不是来追我的？"

邢在宇坦诚："是来追你的。"追她是主要的目的。

宋落盯着他说："你没诚意。追我没诚意。"

她眼神不再闪躲，就直勾勾地看着他，语气里透着些许怒气，邢在宇被她这副娇憨又倔强的样子逗到，勾唇笑笑，阔步走到她跟前，紧紧地拥着她。

"对不起，是我蠢。"邢在宇在她耳边轻轻叹气，"我追人没什么经验，我……不知道应该怎么做你才会舒服点，又怕把你逼得太紧，惹你烦。"

进一步也不是，退一步也不是，他整颗心都是焦灼的。

"不是很多人追过你吗，你连这个都不懂？"宋落仰头小声责问。

别人的追求不是他想要的，他自然也就没放在心上过。

邢在宇说："别人是别人，宋落是宋落。"

宋落问："夸我还是贬我？"

邢在宇认真地说："你和别人都不一样。"所以那些手段用到她身上行不通。

他这样说，宋落心间涌起一股暖流。

"邢在宇，你真的不打算去检察院实习了？"宋落问他。

邢在宇笑着说："我可不敢做叛徒，我想你做我老婆，可不是做我婶婶。"

宋落推他："少贫嘴。"

邢在宇收起吊儿郎当："行。"

他拍了拍宋落的背说："京北还有事，我不得不去处理，你在江都好好玩，想回去了再回去。"

他的话不假，但她还是没做出任何表示，邢在宇继续温声哄着她："我们阿落就行行好，把手机开机，给我一个哄你、追你的机会好不好？"

"你哄小孩啊？"宋落瞪他。

邢在宇笑笑："就当是吧。"

宋落从他怀里退出来，邢在宇出门前又上前抱了她一下才离开。她跑到阳台往下看，见他上了出租车，估计是真的有事。

从阳台回来，她把行李箱翻了一遍，终于在角落找到了快要积灰的手机，连上充电线，开机。一开机就弹出一堆短信和未接电话，她大概扫了一眼。宋偲的未接来电比宋庆海的还多，戚相宜和宋泽也给她发了一堆短信，特别是宋泽，一副天要塌的样子，短信发了99+，也没谁了。

邢在宇打来的未接电话也多，她清空，点开微信。她那天给邢在宇发了那句话后,他就给她拨了电话,但她没接。他的留言从让她接电话渐渐变成哀求她接电话,最后说不想搭理他也行,起码作个声,让他确认她是安全的。她能看出邢在宇没骗她,是真的对她有意思。

最新的消息弹出来。

很行:早点睡,晚安。

宋落收到后,笑了笑,回复:邢在宇,你今天说的话,全是真的?

很行:不信啊?我是不是要打车回去,把话再说一遍?

宋落端着架子:信啊,有人说要哄我、追我,我是信的。

她没立马答应下来,接受他的喜欢,毕竟……他也没说要和她交往啊。

那边弹出几次"对方正在输入",过了好一会儿,他回复:我会认真追的。

宋落浅笑,这几日的烦闷渐渐消散,整个人的状态好了很多。

——⋀——

这个月是考试月,楚栀刚熬夜复习完一本《蓝色生死恋》,在江都待了一周的宋落决定回京北,她开车亲自把人送到飞机场。这两天宋落一扫前几天的阴霾,整个人开朗许多,笑容也多了起来。楚栀想到二表哥和自己说的事,估计是令她纠结的人找到了她,和她解开误会了。

"表姐,下次假期再来。"楚栀手里拎着刚给宋落买的特产。

宋落嘬了口奶茶,说:"其他时间不能来?"

楚栀指了指自己的黑眼圈:"表姐,我也想,但我的精力不允许。"

宋落趁机摸了把她这张好看的脸,把学来的不正经的模样演绎得淋漓尽致:"是吗?我凑近一点看看。"

知道宋落又在开她玩笑,楚栀微微偏头躲开,嫣然一笑:"好了,表姐,落地给我发消息,注意安全。"

宋落看着她的笑窝,羡慕她身上的那一股朝气,搂着她拍了拍她的背:"注意休息,别给自己太大压力,我们家不缺钱,保持开心就好。"

"表姐,你少说两句,我好不容易决定从富足的环境里独立出来,你可别把我带歪了。"楚栀推开她,催她过安检。宋落进到里面,回头和她挥了好几次手才不舍地离开。

上飞机前,她给宋泽发消息说自己今天回去,收到消息的宋泽整个人容光焕发、神采奕奕,一连发来三条六十秒的语音。宋落懒得听他聒噪的声音,转换成文字,大概扫了一眼，全是开心的废话。她给发消息问她情况的人都回了消息，除了宋偲和邢在宇。宋偲她是不想搭理，邢在宇是因为……虽然这几天两人微信聊天变频繁了，但真的要和他见面，她还是有点害怕，但是是一种带着期待的害怕。

她低调地回到宿舍，想给舍友一个惊喜，结果姐妹情深地相拥完，她们就把这周布置下来的作业安排发给了她，让她不要忘了上交时间。

宋落回到京北不到半天，就在自习室补作业了。她把第二天要交的贸易实务单子写完，接着打开下周一要上交的商务英语作业文档，这时手边的手机屏幕亮起来，她盯着电脑，分心去摸手机，抓空了好几下才拿到手机。点开，是邢在宇发来的消息。

很行：回来了？

宋落惊讶：你怎么知道？

很行：表白墙上有人捞你。

宋落失笑，这个学期是新学年的第一学期，一些不知道她的新生会在表白墙上要她的联系方式，然后关于她的一堆真真假假的传闻又会被人以评论的方式挂出来。

很行：你不早说，我可以去接你。

宋落：不了，你不是挺忙的吗，我怎么好意思麻烦邢律？

最近邢在宇和袁律的团队一起出来开了律师事务所，他各类资格还没齐全，但也是大股东，每天都忙得不行。

很行：求你麻烦我，给我点表现机会。

宋落看了眼堆积的作业，故意说：怎么办，我好多作业没写完，我好想休息。

邢在宇本想说去他那儿写，最后说：晚一点我去自习室找你。

晚上十一点后，宋落去了二楼自习室，角落有独立空间，能坐下两人，对面是玻璃窗，隔出了一个私人空间，不会被其他人打扰。把位置发给邢在宇后，她继续写作业。

差不多十二点时，邢在宇带着两杯热饮上来，宋落见到他脖子上还挂着工作牌，上面有他的一寸照，照片里的人脸上带着几分轻浮和慵懒，唇角微勾，没有别人拍一寸照时的紧张和拘束，对自己的脸很自信才会是这个姿态。

"检查完了？"宋落见他的红色臂章都没摘下来。

邢在宇点头。新学年做了部长后，各类检查他都要亲自去看一眼，有时候臂章一戴就是一整天，事情烦琐又累人。

"写到哪儿了？"他问。

宋落有个计划本，上面把最近的作业都列出来了，一共五项，她才完成了两项。

邢在宇拿出电脑，开机后问她："今晚熬夜？"

宋落点头："明天下午有个小组展演，轮到我上台讲，她们都做完PPT了，我还没整合。"等于一点都没做。

邢在宇说："发给我。"

宋落微微挑眉："邢学长，这不太好吧，你说过……"

邢在宇看她那副得意扬扬的表情，直接打断她："我没说过，发过来。"

公然扯谎。宋落笑了笑，把压缩文件通过微信发给他。手里的作业实在是太多了，专业的作业她必须自己做，像整合PPT这种小事情，有人愿意帮她做，她乐意至极。

分好任务，谁都没再说话，各自忙着手里的事情。一直忙到凌晨三点，宋落困得不行，邢在宇从书包里拿出一个睡枕，塞到她怀里，小声说："睡一会儿，等宿舍区开门我叫你起来。"

宋落没有拒绝，把电脑丢在一边，也不问他怎么会在书包里装这种东西，抱着软乎乎的枕头就趴在桌子上睡过去。邢在宇做完她给的任务，打开律所的文件，投入新一轮的忙碌。

等到天蒙蒙亮时，他温声叫她起来，宋落迷迷糊糊地坐起来，睡眠严重不足。

"稿子给你写好了，等会儿照念也没有问题。"邢在宇收拾完她的东西，又收拾自己的东西，"今天晨检我要去，你等会儿自己回宿舍。"

宋落愣愣地点头说好。趴了一会儿，终于清醒了，她望着窗外缓缓升起的太阳放空自己。

没想到她和邢在宇在自习室待了一晚上。

她顺手拿起他写的稿子，确实写得很详细，连对应的页数也标记出来了。看到最后，她轻笑出声。

是一段留言。写得很生涩。

他们说追人写情书是必不可少的，不知道宋小姐喜不喜欢，就暂且写着吧。

最近看了一首诗，想到脑子里时常浮现的一个想法——阿落笑起来很好看。所以，就请你笑吧，因为你的笑将成为我手中清新的剑。

你可以拒绝给我面包，空气，光，春天，但绝不要拒绝给我你的笑，不然我会死掉。

落款邢在宇。

宋落看完笑得不行，写情书示爱和他的气质还真的不太搭。

她给他发消息，故意问：就这一首？

记忆中他看过很多诗集。

几分钟后，邢在宇抽空回她：以后每天写一首。

宋落没再回，收拾东西往宿舍赶，急着上课。

等到第一节大课结束，邢在宇给她发消息：给你买了早餐，在你刚才上课的教室楼层的转角置物架上，用纸袋装好了。

她确实没吃早餐，早餐来得及时，她跑去拿。是暖乎乎的红豆包。她提着袋子去下一节课的教室，准备在阳台上吃完。拉开纸袋，看到里面有一张绿色的卡纸，是邢在宇的字迹。

  刚才的诗忘了一句，"笑这个爱你的笨拙男孩"。

落款邢在宇。

她被逗得不行，还笨拙，油嘴滑舌还差不多。

她吃完早餐给他回复：早餐不错。

邢在宇：收到反馈。

一板一眼，她却觉得很好玩，特别享受这样的相处方式。宋落以为邢在宇说追她不过是心血来潮，没想到他还真的坚持送了差不多半个月的早餐，有空就陪她写作业，琐碎的任务全都毫无怨言地接手，每次她都能得到一张细节满满的手写"注意事项"，后面还跟着诗歌。弄得她一拿到"注意事项"，第一件事就是翻到最后面看今天又是哪首诗。

这次拿到的信纸上还有他在小括号里写的一句话——是不是先看了留言？如果是先看了留言，我应该离追到阿落不远了吧？

宋落很大方地在微信上回复：是先看了留言。

没有回答后面的问题，她相信邢在宇知道答案。

几分钟后，他说：今晚学校乐队社团路演，我和万臣也去，来看。

宋落没听说这个活动，但是知道乐队社团每个月有两次路演，问他：万臣也去？不怕人堵过来？

他回：刚决定去，堵不堵是他们的事，你看第一场。

看到这句话，她心里隐隐生出了期待，也知道这场路演是他临时起意的。是因为她的回复？

晚上七点，她一个人去了大学生活动中心前面的广场，简易的路演舞台已经搭建好，她看到楼道口站着万臣一行人，管嘉傲也来了。邢在宇也在其中，穿着休闲服，双手插兜，背着黑色的吉他包，他看到了她，冲她笑了笑。

　　旁边的人也注意到她了，看向她这个方向，揽着邢在宇的脖子，开怀大笑。宋落虽然听不到他们说了什么，但下一秒就看到管嘉傲被邢在宇狠狠地推开。肯定是开了欠揍的玩笑。

　　宋落拿出手机，问他：这是做什么？

　　对面的邢在宇一直在关注她，也跟着拿出手机，几秒后，她手里的手机振了振。

　　追你。他这样回复。

第四十三章

　　乐队社团一个月有两次路演，所以来的人不是特别多，才一百人不到。临近期末，大家都忙着赶作业，想着下一次还有机会，不用急于这一时。等乐队走上临时搭的台子，本校学生见到邢在宇和万臣后，尖叫声一片，有人喊着赚翻了，有人拿出手机拍照，都不想错过本校两大男神同台的机会。慕名而来的人越来越多，本来站在后面的宋落被人挤着挤着，就到了最前排。

　　她一抬头，对上男人热烈的目光。他勾唇笑了笑，她脸颊微微泛红，被他看得不好意思。

　　台下的人没有错过他垂眸轻笑的模样，一阵尖叫声在宋落耳边响起。有个女生应该是乐队常客，拿着一张万臣的横幅疯狂喊道："邢在宇!!!"公然在正主①面前新加一个墙头。

　　台上还有两个陌生的面孔，宋落在万臣的演唱会上见过一次，应该是跟万臣过来玩的。两人有舞台经验，面对大场合也不怯场。比他们更活跃的是管嘉傲，他甚至抱着自己的贝斯，腾出手和台下的人击掌打气。

　　宋落打量了他们一会儿，最后目光落在正在调试设备的邢在宇身上。他今天不打架子鼓，也不弹吉他，而是选了键盘乐器。宋落上一次见他玩键盘乐器是在高中班级毕业晚会那天，别人唱了首歌，他帮忙伴奏，要不是因为每个人都要表演节目，估计他连节目都懒得报。

---

① "正主"和下文的"墙头"都是粉丝圈用语，"正主"是指粉丝最喜欢的明星，"墙头"指有好感的其他明星。

他这人浑不正经的，气质和优雅的钢琴反差感实在太强，但他身上又有种神奇的魔力，当他修长的五指摁在黑白琴键上试音的时候，又会让人觉得他就是一个矜贵的公子，举手投足间绅士又骄矜。

　　万臣没有站在最中间，他往舞台旁边挪了挪，虽然还是拿着立麦，但站在舞台中间靠后位置的邢在宇更像是主角。果不其然，等乐队成员都调好设备后，万臣说："有请今天的主唱邢在宇。"全场安静了几秒，紧接着是一阵冲破天际的尖叫声。

　　听过学霸打辩论，但从没听过学霸唱歌，大家的期待值被拉到了最满。

　　在灯光打到邢在宇这边前，宋落看到他的嘴巴动了动，无声地说了句话——送给你的。

　　这首歌是送给她的。宋落浅浅地笑了。

　　邢在宇单手把立麦拉近，微微低头凑近，说道："这首歌，送给心动。"

　　台下有人喊道："邢学霸，你最近是不是谈恋爱了?!"

　　"对啊，你不对劲！"

　　"表白墙上说的都是真的吧。"

　　……

　　邢在宇说："没谈。"

　　有人大声回："不信！"

　　邢在宇无奈地笑着说："我还在追她。"

　　他说完，全场像疯了一样。

　　"是哪个院的啊，怎么还要邢学霸自己追？"

　　"对啊对啊，不知好歹啊。"

　　"说出来，我们帮你追。"一个慕名而来的男生大喊，"学霸早日脱单，给我们单身男性多点机会。"

　　"全校男生苦邢在宇单身久矣啊！"

　　你一言我一语，现场的氛围很好。

　　宋落站在人群中，大家的注意力都在台上，没有人注意到她，她就跟着大家笑，听他们开邢在宇的玩笑。以往被作业和社团活动压得没有闲心去慢慢感受大学生活的趣味，这是她第一次有轻松又舒服的感觉。

　　"邢学霸，你追的是谁，给些信息好不好？我们不想和你做情敌。"话一出，大家越来越好奇到底是谁能得到邢学霸的青睐，有人甚至把表白墙上发过的邢在宇择偶避雷信息列出来做排除。

　　大家说得差不多了，邢在宇扶着麦说："喜欢的她爱戴鲨鱼夹，最爱的不是紫色的衣裙，但她穿紫色很好看。喜欢玩刺激的项目，但车到现在还是开得很烂。说话很刺人，但也很会安慰人。脑子里总是有一些荒谬又极端的想法，但她说出口的每一个比喻，都很可爱。"

顿了一下，他继续说："她总是说我活得肆意潇洒，我曾经也是这样觉得的。但后来我发现，我只是把我的不开心藏得比她的还深，并不是不存在。如果不是她，我可能没有勇气去面对那些让我无法与之和解的事情，以及，做出我的反抗。"

台下人听得一愣一愣的，有人喊道："还说没追到，邢学霸故意说了这么多，是来秀恩爱的吧！"

"是的，我故意说了这么多，是想告诉大家我喜欢的女孩很优秀，想要做的事情都能做到最好。在我这里，她也是最好的。所以，不要对生活没有期待了，我可以成为你的期待吗？"

最后一句话，是对宋落说的。

一大段话说完，台下的人按捺不住了，听得动容，几个人庆幸自己从开始就一直在录像，火速把这段视频保存好，剪辑都省略掉，直接找表白墙账号投稿。

邢在宇说到最后一句话时看向了宋落，她没有避开，就这样坦然地迎上他的视线。

他勾唇笑了笑："她貌似说可以。"

台下的人开始你看看我，我看看你，没想到女主角就在他们之中。没给大家发现宋落的机会，灯光暗下，全部的灯打在乐队身上，一段柔和的琴声旋律响起，乐队演出正式开始。

宋落没听过邢在宇唱歌，那次让他唱生日歌他都拒绝了，心想他是不是五音不全，所以不敢在大家面前开口。意料之外，他唱歌很好听，应该是情人眼里出"大主唱"，她感觉他唱得比万臣要好。

他站在键盘前，骨节分明的五指随意地敲着黑白琴键，时而垂眸看一眼，额前细碎的头发就会遮住眉眼，身上仿佛镀了一层淡黄色的柔光。

宋落凝望着他，似乎他就在她耳边深情地吟唱。

> 或许是因为故事在对的时候开始
> 或许是因为我们除了争执还有幼稚
> 或许是因为我们之间的相处方式
> ……………
> 于是那一刻心动

我开始心动

　　……

　　所以那一刻心动

　　徘徊的心动

　　持续很久很久

　　……

　　她傻傻地问我

　　哪一刻对她心动

　　或许是因为她在我身边的每一刻

　　……

在旋律和歌词里，宋落的笑意渐渐加深。

心动就像这首歌。

确实很像。

她是从哪一刻开始对他心动的？细想起来，她还真的找不到一个确切的答案。

是他在江都认真地告白时？是跨年那晚他递来红包的瞬间？是他把她抵在车门上亲吻，骂她没良心的时候？是在隧道里两个想要挣脱束缚的人互相安慰时？是在那个潮湿昏暗的小巷里难以克制地亲吻时？是在酒吧里他纠结地劝告她时？是他不正经地问她要不要和他好时？还是高中每一个不经意转身的瞬间目光相触时？

……

似乎都是，但似乎又不全是。

宋落低声笑了笑，每一个和他有关的瞬间都是心动。他，邢在宇，就是心动，是宋落的心动。

最后一个琴音落下，安静的广场又热闹起来。歌曲温柔又缱绻，听完后，大家更激动了，一时间不知道有多羡慕那个被邢在宇喜欢的人。

台上的万臣叫了邢在宇一声，他转头看向万臣。

"走吗？"万臣问他。

本来今天管嘉傲攒了局，约好一块去喝一杯，放松一下，鲜少在小群说话的邢在宇直接说晚上学校有路演，让他们几个一起去。了解到是要追宋落，万臣豪爽地把乐队的朋友叫来，一块给他助威。

邢在宇用目光去搜寻宋落，没在人群里看到她，心底一慌，冲万臣挥挥手，意思是他先走了。台下有人"唉"了一声，问他怎么走了，万臣了然，拉过麦，转移大家的注意力，报了下一首歌的歌名。

一首歌过去，广场上多了很多人，估计都是看到了表白墙上的投稿，赶着来看邢学霸追人的，结果没赶上。但万臣的免费路演也很难得，看到就是赚到，大家也没有很难过，反正想看邢学霸的演出，回去刷视频回放也可以。

邢在宇去了后台，从书包里找到手机，点开微信想问宋落去哪儿了，就看到了她的留言。

阿落：在游泳馆后面。

游泳馆和大学生活动中心是两个方向，八点过后，那边的人逐渐变少，她选了安静的地方约他，肯定是有话说。邢在宇拿过包，抄了小路过去。校园很大，路上大概花了半个小时。他心里着急，心想早知道就骑一辆共享电车，路上节约点时间。

宋落是搭校车过去的。不得不说，邢在宇在校内的人气很高，坐在前排都能听到后面的同学在讨论邢在宇今天参加路演是为了给喜欢的人告白，一路上听到的话题全是关于他的。

她到了游泳馆后面的凉亭，看到男人先她一步到，她讶异地叫了他一声。

邢在宇急急转身，看到她，微微喘着气笑着说："哪有人约人还晚到的？"

宋落调侃道："邢部长是要扣我纪律分？"

邢在宇摇头："不敢，我还没追到手。"

宋落道："追到手就扣啊？"

邢在宇无奈地说："祖宗，你可别为难我了，我不是这个意思。"

宋落也是开玩笑的，把包里的一瓶水递给他。邢在宇接过，拧开喝了几口才缓过来。

"又不是让你马上到，这么赶。"宋落扯出一张湿纸巾给他擦汗。

邢在宇照顾她的身高，坐在石凳上，不客气地享受她的服务。

"我怕你一个人待久了，突然想清楚要拒绝我，那我不是没机会了？"

"贫嘴。"宋落把纸巾丢到垃圾桶里。

他的手被她拉起来，他低头一看，见她正把一条绸带慢慢环上他的手腕，最后打了一个结。他不明所以地看向她。

她冲他轻笑："这是不是表达很满意刚才的演出的意思？"

她想到那晚在露天酒吧时看到的场景，送彩带就是表达对一个人很喜欢的意思，但他手腕上的绸带和酒吧的不一样，是她今天戴的发带。

"是。"他笑着答，更满意手腕上的这一条。

"所以，我是追到宋小姐了吗？"邢在宇问她。

明明是心底确定的事情,他却在问出口的这一刻惴惴不安起来,还是怕得到的答案不是他期待的那一个。

宋落望着他:"是。"早就追到了,他在江都告白的时候,就追到了。

他抬手搂住她,手掌放在她背后,把她压到怀里的时候,还有种不真切的感觉,内心的激动无法用言语形容。

"阿落。"他叫了她一声。

宋落听到了他声音里的颤抖,伸手回抱住他:"我在。"

"谢谢你,愿意让我成为你生活里的期待。"他哑声说。

她抵在他肩头,收紧环着他腰身的手臂,傲娇地说:"你刚刚在台上说了我好多坏话。"

邢在宇低头吻了吻她的发丝:"不是坏话,说的都是爱你的话。"

在他心里,她好的、不好的,全是最好的。

"油嘴滑舌。"宋落嘴上骂人,人却直接坐在他大腿上,整个人缩在他的怀里,在他耳边说,"你虽然不正经,但对我很好。在我心里,你就是我的尤金。"

他剪掉了她所有的顾虑,让她潇洒又恣意地去感受生活,做一个开心自在的宋落。

"不是说尤金不是王子吗?"他开玩笑问。

宋落说:"别想骗我,我去查了资料,尤金是真的王子。"

"嗯?"

宋落捧着他的脸:"你也是我的王子。"是救赎了她的王子。

女人笑意盈盈,眼里盛着对他的爱意,他心中一紧,压着她的后颈,情不自禁地吻了下去。

宋落惊了一下,没有推开他,被他的吻弄得心跳加速。

吻很深,他们痴缠着对方,宋落的呼吸变得越发混乱,终于在要缺氧的时候推开他。"停……一下。"

邢在宇跟个没事人一样,单手捧着她的脸,亲了亲她的眉毛、眼睛、鼻尖、唇角,似羽毛在轻柔地撩拨。

宋落怕他再来,搂着他的脖子,紧紧地贴着他,在他怀里挪动几下,找一个最舒服的姿势坐下,说:"今天不行了。"是真的没力气了。

他打算把她送回宿舍区,走之前想去超市给她买一些吃的,宋落把他拦下:"别买零食了,真的会吃胖。"她前段时间在江都吃得没有节制,加上不运动,她胖了五斤,最近把夜宵都给戒了。

"要喝奶茶吗？"邢在宇脑子里盘算着买点什么给她带回去，总怕她夜里饿了。

宋落摇头："邢学长，你就放过我吧，我最近真的不能再吃了。"他再多说两种美食，她可能就要不管不顾地吃起来了。

"空手回去？"

宋落眨了眨眼看他："你真的打算放我回去？"

邢在宇对上她那双干净的眼睛，无奈地笑了笑："得了，别招我。"

宋落搂着他的腰贴上来，示意他低下头，邢在宇不知道她想做什么，按她的意思照做。

她在他耳边说了句话，惹得邢在宇笑出声，跟她拉开距离，深深地看了她一眼，她正笑得天真烂漫。

邢在宇宠溺地揉了揉她的后脑勺说："走，回家。"说完拉着她走出凉亭，往学校停车场走去。

十五分钟后，车子停在邢在宇公寓楼下，原本还克制、绅士的男人进门后直接把她压在门后面，捏着她的双颊吻下来，宋落只能搂着他稳住身体，迎着他才不这么被动。

……

邢在宇起身套上睡袍去楼下给她倒温水。宋落躺在床上等他上来，等得她有点困，打了个哈欠。差不多要睡着的时候，他从下面上来了，把水递给她，问道："要不要吃东西？"

宋落摇头，最近作业多，部门的事情也多，每天还要花时间应付他的追求，都没什么时间好好睡觉。她望着天花板说："邢在宇，我觉得我们不适合搞纯情恋爱那套。"费神费力。

"你不是乐在其中吗？"邢在宇坐在床边，帮她撩开微湿的头发。

宋落蹙眉："我有吗？"收到他的手写信确实很开心，但还是累，她无法用开心冲淡累的感觉，累就是累。

"没有，是我没注意到你的感受。"邢在宇顺着她说。

宋落身子缓缓滑下来，裹着棉被，思索片刻后得出结论："谈恋爱真的挺累的，如果你想出门约会，我可能……一个月出门一次还是可以的。"本想说看心情，又怕邢在宇不开心。

"不想出门就不出门。"邢在宇看透她的本质，"知道你是爱情懒虫。"

"什么爱情懒虫？"怎么还给她起外号了？

邢在宇："……"得，小鞭炮说不得，一点就燃。

她撑起疲惫的身子凑到他旁边，邢在宇顺势搂住她，问道："要去洗澡吗？"

宋落说："不是，你还没完成答应我的事。"

邢在宇才想起来她在耳边说的话，给她仔细看看——文身。

宋落上手比他快，跨坐在他身上，直接把他的衣服拉开。

邢在宇任由她拉开睡袍，靠在床头，双手护在她身后，让她坐得更舒服些。

宋落摩挲着他胳膊上的文身，小小的一行字，半环住他的胳膊。她知道文身会疼，心间泛起涟漪，哑声问："这……有含义吗？"上一次只顾着笑他，没细想过文身的含义。

"是一首歌的歌词，文身设计过，翻译成了意大利语，原英文是 There is a crack in everything。"

接着他又解释："万物皆有裂痕。"

听起来意思不是很好，但十八岁的邢在宇会文这句话很正常，那时候的少年对这个世界的好感度并不高，他厌恶被束缚、被管制。

宋落看着眼前的男人，似乎透过他看到了很久以前的邢在宇，她抚摸上他的脸，自责地说："我也不是记性特别不好的人，可，怎么都想不起来高中的时候你长什么样子。"

荒唐的是，她能回忆起关于他的细节，但记忆中的脸是男人现在的容貌，她记不清那张青涩的脸是什么样的了。

"记不得就记不得了。"邢在宇不放在心上，玩着她的发梢说，"我记得你长什么样就好了。"

宋落问："你记得我长什么样？"

邢在宇说："马尾高高的，跟高傲的你一样。"

他记忆中的少女很漂亮，气质独特，最让人难以忘记的是她的自信和高傲。无关美貌，青春期里自信的女孩，真的很吸引人。身边的很多男生都会谈到她，他也一样，会去注意她。或许那个时候，他就喜欢这样的宋落了。

"当你是夸我。"宋落低下身子吻他的唇角，拉开距离后看到他的唇角微微上扬，明白是她的举动取悦到他了，指了指他脖子后面，"后面的呢，又是什么意思？"

她把下巴搭在邢在宇肩膀上，垂眸看着那个文身，也是意大利语。

"是歌词的下一句，英文是 That's how the light gets in。那是光照进来的地方。"

听他说完，宋落愣住。

那是光照进来的地方，宋落。

所以，她是照在他生命里的那束光。

十八岁不能自我和解的少年写下了一句消极的话，那时的他对世界充满困惑，多年后，他把她的名字写到了答案里。一直以来，她总以为是他带她逃离了那座高塔，获得了自由，是他救赎了她。而现在，他告诉她，她让他和过去的自己和解了，她也是他的救赎。

"邢在宇，"宋落胸口闷闷的，埋下头说道，"文身可是很难洗掉的。"

邢在宇感觉到热泪打在他的肌肤上，错愕片刻。她哭了。

他安慰地拍了拍她的后背："傻瓜，哭什么。洗不掉就洗不掉，我巴不得洗不掉。"

她哭着哭着笑出了声："我们都是傻瓜。"

"嗯，都是。"邢在宇亲了亲她的脸颊，"乖，别哭了。"

他俩是在一起了，不是分手，场面被搞得这么伤感。

"邢在宇。"

"嗯？"

"我想我应该比我意识到的，还要爱你。"

听到这句话，他笑了："我也爱你。"

我也比我意识到的，还要心动。邢在宇在心里道。

第 四 十 四 章

正式和邢在宇在一起后，宋落以为自己会和大多数大学生一样，能在校园里谈一场甜甜的恋爱，但她在学校时一般只能在学生会例会上、课堂抽检时以及各类赛事上见到邢在宇。和谈恋爱之前一样。

周五宋庆海叫她回家吃个饭，想知道她为什么不打算出国做交换生了，宋落怕在餐桌上遇到宋偲，去之前给宋泽发了消息，让他一块回家吃饭。宋泽爽快地答应，还乐呵呵地说给她带了好吃的。

进门前她给邢在宇回消息，告诉他自己晚点去公寓找他。这个时间邢在宇估计正忙着律所的事，没有马上回复她。宋落关掉手机，输入密码进门。

刚开门进去就听到杯子砸在地上的声音，餐厅里，宋泽正冲宋庆海大声嚷："爸，你没事吧，你对小三的孩子这么包容，怎么没见你给我买城堡，包容包容我，把我宠上天？"

宋庆海被他的气势吓到，他本来是想让宋泽和他一块劝宋落才把书一南的事情告诉宋泽，没想到宋泽的反应比以前任何一次和他闹脾气时都要过激。面对个子已经蹿得比他高的儿子，意识到站在他面前的是个身强力壮的男人，他的语气不禁弱了一点。

宋庆海说："别把话说得这么难听，什么叫小三的儿子？"

宋泽这才了解到这段时间他姐的遭遇。难怪舒舒服服的公司实习她不去，弄了个工作室，整天为电影资金的事情去应酬，上饭桌就拼酒，上次还把自己喝进急诊室，急性肠胃炎发作，整个人状态差极了。他不安地陪了她一晚，她清醒后的第一句话就是让他保密。现在回想起来，他不仅心疼他姐，更气他爸妈。

"爸，你硬气点行不行？就算我妈没做出实质性的出轨行为，但是那人的儿子不要脸，他要来'舔'我们，你还端什么'正房'做派，不应该为了你的女儿把他弄走？要等他弄垮我们家公司才知道事情的严重性？"宋泽已经顾不上什么父子情面，脑子里全是上个月宋落在医院吊水的画面，非要讨一个说法。

"宋泽，说话注意点！"宋庆海理论不过，板着脸做出平日里训斥他的样子。

而宋泽上大学后早就放飞自我，哪里还受这种管教？"还注意，你等书一南坐上公司董事长的位置，看他给不给你养老。真的是，哪里来的野孩子，自己没有爸妈，非要觍着脸赖在我们家不走。"

"你看看你从进门到现在，说的都是什么话？教你的礼仪都忘了吗？"宋庆海呵斥他。

宋落看到宋庆海胸膛频繁起伏，怕宋泽再口出狂言把他气晕，出声打断："都别说了。"

两人齐齐看向玄关，宋庆海脸色不太好看，宋泽直接走过去拉着宋落的手要往外走。

宋泽没好气地说："别吃鸿门宴了，吃一肚子气。"

宋庆海厉声说："宋泽，你消停一点。"

宋泽说："停不下来，你不要女儿，我还要姐。"以前他不知道书一南的事情，现在知道了，绝对不会让宋落再受委屈。

"好了，我给爸带了东西，让我先给他。"宋落拉开宋泽的手，把下午去商场买的礼品放到茶几上，说了宋庆海要问她的事情，"我不打算去国外做交换生了，你也不用怕我做过分的事情，你想怎么做就怎么做，我想做什么就做什么。"

"落落，"宋庆海干巴巴地笑了一下，"怎么和爸爸说这些？"

宋落淡声说："既然你觉得以后你和我妈的日子是你们自己的，那我以后的日子

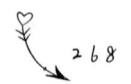

也是我自己的，互相不打扰就好。你也不用担心，我会尽到一个女儿该尽的责任。"

宋庆海听出宋落是要和他们划清界限。"落落……"他还想劝她。

宋落走到宋泽旁边说："我觉得这是最好的解决办法了，饭我就不吃了，还有事，走了。"

说完她开门离开。宋泽还想吐槽两句，见她走后，宋庆海脸上浮现伤心的表情，人一下子苍老许多，良心使然，他没再说什么，转身出去，带上门。

走出教职工宿舍区，宋泽追上宋落："姐，你等我一下。"

宋落放缓步伐，问："你不和爸再坐会儿？"

宋泽委屈巴巴地瞧她一眼："你又不是不知道，我哪里受得了这个气？"

宋落轻笑："你啊，性子该收收了。"

宋泽哼了声："以后再说，我现在有事要做。"

"你有什么事，向人讨债？"宋落问。他这个暴脾气，适合去收债。

"你瞧不起人！"宋泽嘀咕一句，习惯了来自亲姐的嫌弃，继续说，"我明天回外公外婆家和外公吃个饭，然后让他亲自下达指令让我寒假去公司实习，我倒要看看书一南是什么货色。"

"你可别做什么出格的事情。"宋落没再关注过书一南的事情，主要是觉得书一南对她构不成威胁。

宋泽冷傲地说："我就是去硌硬人的，不会做出格的事情。"

根据他的推断，书一南一定是个极其不要脸的绿茶①男。宋落喜欢放长线钓大鱼，最后收网搞一拨大的。他不行，不能受过夜气，决定最晚后天，他一定要强势入驻家里的公司，工位还一定要在书一南旁边，让全公司的人都知道，他宋泽，太子爷，来实习了！

"你有什么打算？"宋落原先是打算等到时机差不多了，就把事情捅到外公面前，书一南自有人收，她只需要站在道德制高点上坐收渔翁之利就好了。

宋泽说："很简单啊，只要让全公司的人知道我宋泽，董事长外孙，总裁亲儿子来公司实习了就好了。"

书一南不是在公司故意让别人觉得他和宋偲的关系不简单吗？他都不用耍手段，直接告诉其他人，谁才是真的关系不简单。至于怎么硌硬书一南，随机应变就好。

宋落被他逗笑，拍了拍他的脑袋："上大学后智商见长了。"

宋泽不服："我以前很笨？"

---

① 网络用语，指在人前装无辜，在背后挑拨离间，心机很深的一类人。

宋落说:"以前是莽夫,现在算有点脑子的莽夫。"

就当是夸奖吧,毕竟他姐说他有脑子实属难得。他拦在宋落前面,苦着脸问:"姐,那你就打算一直和爸妈这样?"

宋落苦涩地笑笑:"不然呢,你能立马改变他们的观念吗?妈狠不下心和书一南断了联系,爸万事顺着妈。就算他们知道自己不应该这样对我们,也需要很长的时间去改变。时间会给他们答案,但我的时间不是停滞不前的,我有自己的生活和人生,这些事情不值得我们劳神伤心。"

宋泽看着眼前年长自己两岁的姐姐,忽然明白她为什么会选择自己开工作室了,打心底欣赏她那一份独立和努力。他心疼地上去抱住她,认真地说:"姐,你永远是我姐。别人不疼你我疼你,你放心,你那个工作室有摆平不了的事情和我说。"

"行了,傻大个。"宋落被他压得快要后仰摔倒,抬手狠狠地揉了下他的头发,"我决定开工作室是因为想靠自己,不想显得那么被动,你别想太多。"

公司是宋家的,她能做主的部分太少,反正也是尝试,就想和戚相宜开个工作室。

"公司呢,你还回去吗?你可是外公钦定的接班人。"就连宋偲都没有得到过外公这样的肯定。

宋落嗯了一声:"暂时不回,所以这期间……"

宋泽表忠心:"我替你看着,你放心,我会好好地当牛做马的。"别说八百万,只要他姐永远别离开他,八千万他都想办法搞来。

宋落笑出声:"知道了,我的小奴才。"送上门的免费劳动力,她肯定要。

到了停车场,宋泽问她要不要一块吃个饭,宋落说她约了人,让他自己解决。

宋泽幽怨地问:"是那个男人?"

宋落勾唇笑笑,宋泽误会了她的意思,不怀好意地问:"不是吧,难道你还和爸念叨的小邢私下有来往?严重警告你,你不好好谈恋爱,搞七搞八的,我去你男朋友面前告你状。"

"小邢啊……"宋落故意回他,"是啊,我最近和小邢关系挺好的,你少替我操心。"

她坐进驾驶座,启动车子,冲他挥挥手。

看着车子漂亮地拐出停车场,宋泽捂着胸口,觉得总有一天他要被他姐气死,怎么可以谈一个男人,钓一个男人?但他能怎么办?真的东窗事发了,他就想办法给她糊弄过去吧。就算错了,也绝对不是他姐的错,全是那些男人的错!

宋落要去找的小邢是早就约好的邢在宇，都姓邢，和宋泽说的话也没毛病。

他们也就只有周末能见面，约会地点不是在她的出租屋就是在他的公寓，一块出门也是去邢在宇的几个好兄弟攒的局，坐一会儿就走了。

她去超市买了新鲜的果蔬和零食，拖着两个大袋子去邢在宇的公寓，准备摁门铃时，门从里面打开了。看到两张熟悉的面孔，男人正推着女人出门，是郭思宛和邢其源。

宋落愣了一下，邢其源反应比她快，推开郭思宛，接过她手里的袋子，脸上笑开了花，冲屋子里喊："表哥，表嫂来了！"

宋落被他的称呼吓到，邢其源又对她说："表嫂你先进来，外头冷。"

他放下两个大袋子，板着脸推郭思宛出门。

郭思宛见到宋落的时候停下了脚步，挣扎了一下，一直面对着宋落，不愿意挪动。

"你别在这里碍事。"邢其源推她一下，跟她一起出去，然后把门关上了。

隔着门，宋落听到郭思宛不悦地说："我怎么就碍事了？"

邢其源说："邢琛出事也是他自己搞的，你别整天来烦我表哥，也别以为你在我表哥这里有什么面子。"

宋落还想听是怎么回事，门外的吵架声渐渐变小，两人应该是走远了。

邢在宇来到玄关，看了眼地上的两个大袋子，顺手提起来，把里面的东西拿出来，分门别类放好，给她拿了拖鞋。

"怎么回事？"宋落脱下外套，把鞋子随便一套，走进屋子里，一边问他。

邢在宇轻描淡写地说："邢琛出事了。"

宋落来了兴趣："什么事？"

邢在宇瞥她一眼，看她满脸写着"出了什么事，说出来让我开心开心"，问她："你挺开心？"

"这么明显吗？"宋落对邢琛没有好感。

她之所以对邢琛没有好感，小部分原因是被迫和他订婚，大部分原因是邢琛小人作为，一直针对邢在宇。

"公司工厂的排污指标超标了，上面查得严，他是第一批被抓到的。"邢在宇对公司的事情不是很关心，说起来像在和她聊今天天气怎么样。

宋落嫌站着累，撑着流理台坐到上面，看着他问："你爷爷生气了？"

"嗯，气得不行。"邢在宇满足她的八卦欲，"我太爷爷是军人出身，虽然我爷爷不喜欢我们从政，但在我太爷爷的教育下成长，心里还是有一些红线是一定不能碰的。邢琛为了公司的利益背着他做这种事情，生气还是轻的，不等董事会决策，他已经把邢琛从总裁的位置上拉下来了。"

"那——你爷爷岂不是又要劝你回公司？"宋落担心邢在宇。

前段时间邢在宇因为坚持要去律所和他妈闹了一段时间，后面她突然变了态度，说只要不回家里的公司上班就好。邢在宇觉得他妈心里过不去的是爷爷对他爸的所作所为，她突然想清楚了，就不打算和他计较了，关系也算暂时缓和了。

"这用不着我担心了。"邢在宇好笑地说，"他上门劝我一次，其源就上门烦他一次。"

宋落问："烦什么？"

邢在宇说："他家一直管着分公司，他觉得在他爸手下工作太憋屈，又不能不去公司，所以起了歪心思，想去总部。"

宋落笑着说："怎么，想管他爸？"

邢在宇给她叉了片苹果，说："回答正确。"

见她心情不错，邢在宇问："碰上好事情了？"

宋落捧着他刚切好的水果拼盘，一边吃一边跟他说了刚才的事情，邢在宇挑眉问："你故意的吧？"

她无辜地眨了眨眼："邢学长，你在说什么？"

邢在宇擦完手，走到她旁边说："别人不懂你，我可清楚。"

"别把我说得跟城府很深似的。"宋落叉了片哈密瓜塞进他嘴里，邢在宇被甜得不行。

他托着她的腰身把她抱起来，带她到沙发里坐下。"不用一个月，你外公怕是要给你妈下将军令了。"

宋泽动作不会小，闹腾几天后，在家颐养天年的董事长肯定会发现事情不简单。

宋落装作认同，点头说："应该吧。"

"要不要再损一点？"邢在宇凑到她耳边问。

宋落"啧啧"几声："邢学长，到底是谁城府深？"

邢在宇捏了捏她的脸："这叫'妇唱夫随'。"

宋落好奇地问："怎么随？"

"你妈肯定拿宋泽没办法，反而因为觉得亏欠他，会默许他所有的行为。"邢在宇点到为止。

宋落说："有你这句话，宋泽能作破天际。我会转告他的。"

两人相视一笑，他们就是天生一对，都是坏种。

聊完琐事，宋落说："你是不是该交代一下那个女人的事情了？"

邢在宇问："哪个女人？"

宋落从他怀里出来，说："郭思宛，说你对她有意思。"

邢在宇想了一下："那可就冤枉我了。"

"你不是和邢琛抢过她吗？"宋落抱着手问。

邢在宇说："她家以前和我家是邻居，多少有点交情。后来她爸的公司破产了，我就没再见过她，也不知道她和邢琛是怎么认识的。她请我帮过几次忙，我也就顺手帮了一下，还能气邢琛，没想到被误会成对她有意思。"

他的解释不假，宋落那次碰到邢在宇揍邢琛，就听见他对郭思宛说过她在他儿没什么面子。

原来从头到尾都只是误会。听完这些，宋落对郭思宛的好感度跌到负数，她和邢琛纠缠不清就算了，还处在中间一直激化两人的矛盾。还有那天邢琛急急忙忙赶来接郭思宛，抱着她心疼得不行的模样，真硌硬人，戏可真多。

"今晚想吃什么？"邢在宇问她。

宋落笑着说："你自己吃吧，我约了相宜。"

邢在宇蹙眉："不是只约了我吗？"

宋落说："嗯，约完了啊，不是吗？"她人也到了。

邢在宇抱着手靠在沙发上，把帽衫的帽子扯上来盖住眼睛，消极地说："你最近是不是冷落我了？"

见他这个模样，宋落无奈地轻轻踢了他一下："邢学长好好准备法考，还有申请国外研究生的事情，不能怠慢。"

她是不准备申请当交换生了，但在知道邢在宇以前就打算去国外读研后，她就坚持要他去。

邢在宇见她笑得没心没肺，忽然说："阿落，要不我也不出国了？"

宋落脸上的笑容消失，问："为什么？"

"你又不去，我自己在国外待三年。"邢在宇觉得没意思。

宋落说："又不是不能见面。"

邢在宇说："不一样。"

宋落深深地看着他，笑着说："我倒是觉得挺好的。"

邢在宇以为她是不愿意每天和他见面，冷着脸问："为什么？"

宋落讨好地抱着他的胳膊，温声说道："因为我们不是会相互束缚对方的人。邢在宇呢，以后是要做大律师的，我希望我们家大律师能专注学业，学有所成。我也希望你能给我点时间，你的宋落能闯出一些成绩，一定能做到最优秀。"

他们不适合因为爱而互相迁就，更改对方设定好的人生轨迹，他们更适合相互成就，在他们的领域打拼出属于他们的成绩，这样的相处方式更适合他们。

"你已经是最优秀的了。"他低头吻着她的发顶，温柔地说。

宋落仰头嫣然一笑："就给我一个比你有钱的机会吧。"

虽然知道这位爷本身就家财万贯，但她"贼心不死"，梦还是要有的。

邢在宇开玩笑说："然后你用钱打发我，开豪车去学校接我？"

听完他的话，宋落来了精神："很不错，我喜欢！"

他轻轻弹了下她的额头："行，满足你的富婆梦。"

宋落看了眼时间，她和戚相宜约好在工作室开会，起身去楼上拿一些她的日用品，怕今晚要在那边过夜。

她走到玄关时，邢在宇把一个纸袋子塞给她。

"是什么？"宋落拉开一看，是一个大保温杯，旁边是一盒药。

邢在宇把她搂到怀里，顺着她的背，心疼地说："刚给你熬的汤，等会儿喝了，要是吃了生冷的食物感觉不舒服，要记得吃药。"

"药？"宋落心中一紧，犹豫要不要装傻糊弄他。对上他那双漆黑的眸子，她笑笑："你知道了？"就是前段时间她喝太多酒引发急性肠胃炎进医院的事情。

宋落有时候在一些小事上大大咧咧的，邢在宇也是偶然发现了她包里的病历本。

"下次喝多了叫我去接你。"邢在宇说。

宋落说："我还以为你会不让我再去应酬。"

邢在宇摇头："宋落，你把我想简单了。应酬是你要去做的事情，我尊重你，但如果你不爱惜你的身体，我会真的生气。"严肃完，又哄着她说："下次他们再让你喝，你就说家里那位管得严，不能喝多。"

宋落哈哈笑了会儿，还家里那位，不过下次可以这样说，可能真的能躲两杯。

"知道了，我心里有分寸。"宋落搂着他的脖子，感慨道，"邢在宇，你真好，要是知道你这么好，我就早一点和你谈恋爱了。"

他喜欢她的假设，追问："多早？"

宋落笑着问："高考结束怎么样？"

"再早一点。"

"哥哥，再早我们就早恋了。"

他痞笑着接话:"早恋也能一起考上京北大学。"

宋落捧着他的脸,亲了亲他的薄唇:"真这样,班主任要被我们气死了。"

他回吻她,两人腻了好一会儿才分开。

不和她继续闹,他说:"好了,今晚结束告诉我,我去接你。"

她还在思考可行性。

"我熬夜学习,肯定没睡。"他搂着她走到门边,拉开门说,"先给我讨好富婆的机会,以后坐在豪车上才心安理得。"

很吃邢在宇的这一套,她说:"那我今晚必须得回来住。"

她站在门外,邢在宇大掌压在她后颈上,弯腰吻上她前坏笑着说:"亲一个再走。"

宋落不扭捏,迎着他的吻闹了一小会儿。怕再亲下去,她是真的不用走了,关键时刻还是邢在宇推开了她,嘱咐她好好工作,晚上见。

门合上,她拎着纸袋子开心地往电梯间走去,转身碰到了宋偲,她吓了一跳,脱口叫了声妈,心想她怎么在这儿?什么时候在这儿?是看到邢在宇了吗?

宋偲的目光才从宋落出来的那扇门移开,有些纠结地看向她:"小落,我们聊聊吧。"

第四十五章

宋落搅拌着咖啡,望着玻璃窗外的风景。

良久,宋偲抿了下唇,舔掉齿间苦味的咖啡,说道:"是书一南和我说你在这里的。"

宋落一顿,嘲笑说:"他是怎么说我的?乱搞男女关系,还是有订婚对象还和别人乱来?"

宋偲微微蹙眉,知道她对书一南不满,想安抚她的情绪,叫了声:"小落。"

"他怎么说我都不在乎。"宋落没奢求书一南能说什么好话,"你呢,你也这样想?"

宋偲听到她这样问,身子往前倾了倾,双手交叠放在桌子上:"没有。"

宋落看着眼前妆容精致的母亲。她看一个人的时候总会想到和这个人经历过的事情,很可惜的是,她对自己和母亲相处的记忆少之又少,想不起任何值得被记住的画面。

"他是邢在宇。"宋落淡淡地说道。

"你说……"宋偲的神情一时间变得复杂，"那个人是邢在宇？"

她记得这个人，甚至对他印象很深刻，那次的晚宴上，男人举止得体，谈吐优雅，看得出家教很好。有那么一个瞬间，她觉得邢在宇更适合作为联姻对象，邢琛比起他逊色许多。

"如果你对和邢琛订婚的事情不满意，其实……"宋偲琢磨怎么说比较好。

宋落打断她："我大二就和邢在宇在一起了。"

宋偲目光闪动，透着惊讶："那你为什么不和我们说？"

宋落说："因为你们不会当回事。我今天会告诉你这件事，不是想要更换联姻对象或者是取得你们的理解，只是通知你。"她不需要宋偲的成全，更不会把自己活成曾经的宋偲，心里放不下旧情人还和宋庆海结婚。

"时间差不多了，我走了。"宋落拎过包包和纸袋子站起来。

宋偲急急叫住她，放柔了语气："小落，我没有相信书一南的话，我也没有把你往不好的方向想。"

宋落停下脚步，听完笑了笑："谢谢。"

宋偲目送她走远，忽然发现她曾经对自己的孩子很过分，把家庭关系处理得很失败，到现在女儿有喜欢的人也只是通知她，她想祝福，换来的只是一句客气的谢谢。

宋落出了咖啡厅，第一件事就是给邢在宇打电话。

"怎么了？"邢在宇问。

宋落哽咽了一下："邢在宇，我和我妈说了我们的事。"

邢在宇听出她语气里的情绪波动，说："我去找你。"

宋落笑了，他以为她出事了，没有多问其他，第一反应就是要来找她。

"我没事，你放心，我确实还会因为见到我妈有情绪波动，但想到你就好多了。我就是想听听你的声音。"好让她心安一点。

邢在宇从书桌前站起来，走到二楼落地窗前，拉开白纱，看了看京北灰蒙蒙的天空，柔声说："今晚可能会有初雪，我给你备啤酒。"

宋落望了眼天空，轻声说好。

"纸袋里，有一封信。"

宋落拉开纸袋，取出那张粉色的卡纸，上面写着：

我永远忠于你，像宪法之于一般法，最高效力，没有之一。

落款邢在宇。

宋落看完，不禁笑了笑，轻抚他写下的文字。

"阿落，我等你回家。"

"好。"对的，是回家，有他的地方，就是她的家。

———〰———

宋落和邢在宇交往的第二年，迎来了毕业季。

最近因为毕业，要交的材料有点多，宋落都是住在学校宿舍。前段时间方柚白可怜巴巴地说要是她再不回来住，以后就没机会一块睡了，于是她果断地选择回去住一段时间。

她的应酬也多，秘书处要给她办欢送会，一起吃了一顿。学生会又集体办了一场欢送会，因为邢在宇也在，她就放开了喝，喝到人断片，第二天听邢在宇说他是从厕所带走她的。她给戚相宜和她老师投资的电影顺利上了院线，票房还不错，戚相宜拉着她要庆祝，又大吃大喝了一顿。她已经不关心是不是胖了，精力严重透支，只想快点度过毕业季。

就在她以为自己能在宿舍睡上一整天时，被通知论文获得了被选为优秀毕业论文的机会，需要进行二次答辩。接到消息的那一刻，她都有一种想要放弃争取优秀毕业论文的冲动，好在邢在宇陪着她准备二次答辩，因为邢在宇的论文也获得了被选为优秀毕业论文的机会，两人在他的公寓熬了两个晚上，累得她想要连夜打电话告诉老师自己放弃了。

论文答辩通过后，就是拍毕业照，宋落感觉自己似乎成了热门景点，不记得来找她拍照的有多少人，到最后都没时间和邢在宇拍一张。

晚上她回到公寓，捧着花，在睡衣外面套着学士服拉着同样穿着的邢在宇和她拍照。拍了几个小时，两人蹲在落地窗前看拍好的四十多张拍立得照片，邢在宇开玩笑说："你是习惯偷偷摸摸了，所以连拍照都是和我在家拍。"

"在宇哥生气了？"宋落低头去看他的表情。

邢在宇抬手捏她的鼻子："唬你的。"

宋落拿着手机拍了张两人蹲着的照片，感觉有点滑稽，学士袍长度才到膝盖，所以他们蹲下来的时候里面穿的睡裤看得一清二楚，她不禁笑出声。邢在宇凑过来吐槽了一句："这睡衣真丑。"

"丑你也得穿着。"宋落钩着他的脖子，用手机拍了张自拍。

以前邢在宇的睡衣很正常，白T恤搭黑色家居裤。前段时间她在网上看到情侣睡衣，图案是可爱风的，不跟他打招呼就买了，缠着他陪她穿，他无奈妥协。

"酷哥穿可爱睡衣，真不错。"宋落给他竖大拇指。

邢在宇整理完照片说："是不是该睡了？明天就是毕业典礼了。"

宋落趴到他背上，亲了亲他的脸颊："上楼！"

邢在宇背着她上去，到楼上催她把学士袍脱下收好。

楼下还没收拾好，宋落让他去关灯，把收拾学士袍的任务交给她，说自己一定装好，保准他们美美地参加毕业典礼。等邢在宇上楼，她已经裹着被子在玩手机了。

邢在宇关了灯，躺在床的另一边，手机里弹出几条微信消息，他点开。

管嘉傲：宇哥，嫂子朋友圈里那个男人是你吧？

万臣：牛。

邢在宇：？

管嘉傲：准确地说是嫂子牛。

万臣：也好秀。

管嘉傲：秀有什么用？鬼知道是宇哥，也就我们这几个人知道，宇哥在外还是没名没分的。

被"没名没分"四个字刺到，邢在宇看了一眼身边的女人，她不知道在看什么，一直含着笑。

点开她的朋友圈，他看到了最新的一条动态。

阿落：一起毕业！

下面是九张图片。

图片是他们一起拍的拍立得照片，以及她偷拍两人滑稽地在睡衣外套学士服的样子，但给两个人的脸都打了码。他们的共同好友很多，知道两人在谈的直接打趣回复，就连邢其源都私发消息给他开他玩笑。而不知情的——

郝大海：学妹竟然脱单了！

覃杳杳：终于肯秀恩爱了，三年了，可真能憋。这就是落落传说中的"丈夫"吧。

乔粟艺：好可惜啊！不露脸，想看露脸照！肯定超级配！

苏绘泠：男生的学士服是粉领，文学院？传媒学院？思想政治学院？外语学院？体育学院？

阿落回复苏绘泠：都不是。

苏绘泠：还有什么学院，美术学院吗？

戚相宜趁乱发言：美术学院有可能，毕竟落落谈对象看脸。

阿落：都不是，相宜别乱说。

周敬：都不是啊，难道是我们法学院的？

戚相宜：……

苏绘泠：……

乔粟艺：学长，你的发言好恐怖。

…………

邢在宇看到这儿皱了皱眉头，法学院有什么恐怖的？他忍不住问宋落："丈夫是什么情况？"

宋落放下手机，说了去法律援助时的事，邢在宇记起当时她的深情演绎，也跟着笑了起来。

她还在看评论，笑得不行，邢在宇凑过去看："什么事笑得这么开心？"

邢在宇看到了宋泽在她的评论区跳脚。

宋泽：这个男人到底是谁！！！

邢其源回复宋泽：你不知道？

傅斯朗回复宋泽：你姐没说？

楚栀回复宋泽：啊？我以为你知道，上次表姐给我发了合照，我觉得表姐夫很帅！

戚相宜回复宋泽：不会吧，你家里人不是都知道了？

宋泽：什么？我怎么感觉全世界就我不知道我姐的对象是谁，你们为什么都知道？

他问完，没有人再回复他，然后他给宋落发了很多愤怒的表情，严肃谴责宋落的欺瞒行为。

宋落滑着屏幕一边跟邢在宇说一边笑，他突然深深地看了她一眼，她哽住："怎……怎么了？"

邢在宇哼了一声，说："我应该开心？"

想到方才在楼下聊的，宋落放下手机讨好地说："你计较什么啊，人都是你的了。"

"你就敷衍我吧，前天还有人在表白墙上投稿讨论我们大学四年谁拿的第一多。"邢在宇冷声说。

正逢毕业季，常在表白墙上投稿的人没闲着，弄了一个他们谁拿的第一最多的比拼投稿。

"你拿的比我多，我还没说呢。"宋落从身后搂着他，柔声说。

邢在宇乜了她一眼："宋小姐，你确定这是哄人的话？"

宋落不害臊地凑过去："亲一个？"

邢在宇也不是真的计较，转身搂着她说："睡了，明天要早起。"

见他不气了，宋落柔声说好。

第二天起了个大早，晚上太开心，她睡眠严重不足，刷牙都是靠着邢在宇刷完的。

去学校的路上，她坐在副驾驶座无聊地刷手机。

方柚白在宿舍群嚷嚷：表白墙上有人投稿说落落姐脱单了，大家都在因为失恋而难过中。

万莺：大家消息滞后了吧，咱落落早在八百年前就脱单了。

在三人的记忆中，宋落大二就脱单了。

宋落没解释，她和邢在宇也真的在一起了，其中的种种懒得摆出去和别人聊。

蓝京溪：脱单饭都吃了两次了，他们真不行。

宋落心虚。第一次是为了应付她们才请的，第二次是真的脱单后请的。

方柚白这时发了张图片。

方柚白：我有点无语，咱落落姐脱单关邢在宇什么事，怎么这个也蹭？

宋落点进去看图片。

有人评论：不得不说一句，学霸们就连脱单都在暗自较劲。

——对对对，邢学霸追人的那个路演我真是百刷不厌，羡慕那个女孩子。落女神发的照片也好绝，睡衣加学士袍，可见两人很恩爱。学霸就连秀恩爱都这么会秀。

——话说有人录到路演那天落美女也在下面。

——真的假的，探军情来了？

宋落无语，什么叫探军情，就不能是作为女主角出席？

——一定是，我刚看了一遍，虽然镜头一闪而过，但确实是落美女，她那个沉思的表情，一定是在想如何反击。

宋落心想：谢谢，和你想的完全相反。

不再看离谱到家的评论，她望了眼开车的男人，说："这地下恋，是一天都不能谈了。"

邢在宇分心问："怎么了？"

宋落心里有了决定："没事，你开车。"

邢在宇的授位仪式在上午，他在外面穿学士服的时候，从袋子里拿出了一条银灰色的领子，他顿了顿。周敬见他没有动作，凑近一看，问道："怎么了，宇哥？"

邢在宇无奈，他就不该相信宋落，放个领子都能放错。

周敬拉出领子，乐呵呵地开玩笑说："银灰色的，宇哥不错，有志向，都知道我们粉领子出去工资低，改戴银灰领子了。"邢在宇冷冷地扫周敬一眼，他闭嘴了，但他总觉得这个场景应该和自己看到过的什么画面有关联，却怎么也想不起来。

邢在宇只能暂时去借领子，下来后给宋落打电话。

这边的宋落到学校后，跟着学院去拍照，宿舍几人互相帮忙穿学士服。方柚白帮她套领子，从里面拿出一条粉领，疑惑地问："落落姐……你是不是拿了你男朋友的领子？"

宋落一看，果然是。昨晚明明装好了，难道是他们拿反了？她着急半天，那边的邢在宇给她打了电话，说午饭时间给她送去，她有错在先，应答声都温柔多了。

熬到了中午，三人拉着她去食堂，说最后一天了，一定要再吃一次学校食堂的饭。

她刚进去，站在门口的几人就齐刷刷地看向她，然后低头小声讨论。她正疑惑是怎么回事，方柚白戳了戳她的胳膊，说道："看那儿。"

她看过去，与看向她这边的邢在宇视线撞上。

周敬忽然察觉到氛围不对劲，他一看，没想到会出现这么尴尬的场面，鲜少碰面的两人，竟然在食堂遇上了。

"要不，我们去二楼？"周敬笑着问邢在宇。

邢在宇口袋里的手机振了振，他拿出来看了一眼。

阿落：果然都在等我们打起来。

他回复：要不要真的顺了他们的意？

"落落怎么了？"万莺来回瞟着两人，好奇地问，"你们该不会私聊了吧？"

宋落漫不经心地说："挑衅信息。"

旁边的人一听，瞪大双眼，一副等八卦的样子。

表白墙资深玩家方柚白立马捂住宋落的嘴，压低声音说："好了，落落姐，可别说了，大学生真的很闲的。"再说下去，表白墙上又要热闹起来了。

宋落回完消息去打饭，没再理会他们。这边的周敬有点紧张，翻了下已经在盖楼的表白墙说："好了，本来今天大家就一直在讨论你们争第一的事情，现在你还给人家发挑衅信息，故意的吧？"

邢在宇疑惑。挑衅信息？他点开置顶联系人。

阿落：可以啊，今晚去哪儿？

阿落：我家怎么样？

他笑了笑，女人还真是表面一个样，私底下一个样。

———〜———

夏日的中午太阳大，人昏昏沉沉的，说是去拿领子，宋落却在车后座睡了一觉，邢在宇坐在前面处理律所的案件。

她爬起来的时候邢在宇还在忙，她把下巴搭在他的肩膀上，看着他平板电脑里的英文，懒得去翻译，问他："明天要出差吗？"她记得他前几天说过毕业典礼结束后要出差几天。

邢在宇点头："和袁律出国几天。"

律所接的案子大多是国际案件，偶尔要去国外出差。

"顺便去看一下那边租好的房子。"他说。

宋落紧紧贴着他，失落地说："对啊，你下半年就要出国念书了。"

邢在宇所有的手续都办好了，就等着去国外的大学报到了。

"等出差回来带你去旅游。"邢在宇用拿着电容笔的手揉了揉她的头发，"当初说让我出国念书不是挺果断的？"

宋落嘴硬："我也就念叨几秒，你还当真了。"

"知道了，你舍得我。"邢在宇从副驾驶座上拿出一束花，递到她面前，"给你的。"

是一束粉色的玫瑰。她眼前一亮。

"预祝你毕业生致辞圆满结束。"邢在宇雅笑说。

宋落差点忘了自己要作为优秀毕业生上台致辞。她从花束里翻出一张卡片，是他亲手写的"毕业快乐"。他们在一起一年半，因为两人都没什么仪式感，到特殊的节日就一块吃个饭，去酒吧看电影，然后散步回家。很简单，也很让人喜欢。难得收到他这样正式地送的花，虽是不经意的仪式感，她心里还是漾起了微妙的情绪。

"邢在宇，我送你一个毕业礼物吧。"宋落在他耳边说。

邢在宇停笔问："不是送了吗？"上周他买了一条手链作为毕业礼物送给她，她感动得不行，第二天送了他一块表，他手上戴的就是。

"那个不算，再送一个。"宋落神秘地说。

"好。"他点头。其实不送也没什么，能够和她在一起，他已经很满足了。

下午两点，授位仪式继续。宋落参加完授位仪式，还要去后台准备发言。

乔粟艺接替了宋落的位置，现在是秘书处的秘书长，她带着几个部员和宋落聊天。有人给她递水，还有人给她选最好的话筒让她等会儿拿着上去。

宋落笑着说："我第一次感觉到社团福利。"

乔粟艺把刚买的奶茶递给她，开玩笑回："那肯定是我们的礼仪没到位。"

乔粟艺叫人搬凳子来给她坐，接着和她闲聊："落落姐，你男朋友到底是哪个院的啊？"

她一问，旁边的学弟学妹都竖起了耳朵。

宋落嘬了口奶茶，说："这么好奇？"

乔粟艺笑笑："很好奇很好奇。"

宋落说："法学院的。"

"法学院？"一个学弟惊呼一声，随后意识到自己失态，抱歉地说，"我就是……嗓门大，学姐别在意。"

乔粟艺心怦怦跳，脑子高速运转。想了一会儿，说："落落姐，你别逗我了，我把我们院我认识的人全部回忆了一遍，我觉得不可能！"

在她心里，他们学院没有任何人配得上落落姐，也就邢学长勉强配得上她，但他们是对手，是最不可能在一起的。

"是真的，我实话实说。"宋落看到站在最后面的邢在宇，他拿着相机在那儿等着，要给她拍照，她朝他那边扬了扬下巴："在那儿。"

乔粟艺误会了，以为到了下一个话题。联想到今天表白墙上热闹非凡，大家非要给两人分出个第一第二，她讨好地说："落落姐，你放心，我，还有我们部门其他可爱的学弟学妹，永远支持你！"

其他学弟学妹低声应和。

"啊？我说邢在宇。"宋落认真纠正。

乔粟艺说："我懂，是不是他发的挑衅信息很过分？"

宋落意识到他们误解了，笑着说："挑衅信息没有，情书倒是有一箱子。"

前天收拾屋子，她把邢在宇给她写的所有"注意事项"以及卡片收好，装满了整整一个收纳箱。在一起后，他也没有断过，看到喜欢的诗句也会抄给她。

就在大家错愕的时候，台上的主持人宣布下一个流程，请优秀毕业生宋落上台发言。她放下奶茶，拿过学弟学妹给她精挑细选的话筒上台。她一上台，台下的观众就喊了起来。因为是在校最后一天，大家都放得很开，吹口哨的也有，老师们没拦着，让他们享受最后的狂欢。

宋落站在发言台后面，把麦拉向自己，透过人群看到了冲她挥手的男人。他示意她看镜头，宋落微笑着看向他。等到场内安静下来，她翻出发言稿，上面还有昨晚邢在宇帮她润色时写的笔记，她照着上面的话中规中矩地念出来。

本来无聊的发言大家都懒得听，但发言的是个美女，大家的目光也就没从宋落身上移开过。

最后的升华部分结束，宋落收起了稿子，说："是不是觉得我分享的大学生活很无趣？"

"不会，美女的生活特别精彩！"台下有男生回，说完才记起来台下还有老师，抱着头不敢看前面。

大家纷纷笑了。

宋落说："那就说点有趣的事情吧。"

"可以问八卦吗？"有人大胆提问。

宋落大方地说："我知道你们好奇我男朋友的事情。"

说到这儿，全场人都精神了。

她接着说："是的，我想和你们聊聊他。我和他认识彼此很久了，但真正接触对方才三年不到，有幸在真正接触对方的三年时间里，谈了快两年的恋爱。"

"这么久了！！！"台下的人反应过来是他们消息滞后了。

宋落望向邢在宇，他放下了相机，目光灼灼地盯着她。

"嗯，但我觉得时间很短。我跟他说过要是能早一点了解他就好了，他怂恿我早恋，我说那可不行，他说没什么不行的，反正我们都能考上京北大学。"

大家被她这番话逗到，纷纷笑了。

周敬拉着邢在宇问："我怎么……感觉好熟悉？这个人我们肯定认识！你看，早恋的话，就是高中就认识了，我想想我们认识的高中同学里后面考上京北大学的有谁。"

他想了半天得不出结果，因为他们那一届考上京北大学的有一百多号人。

他看向台上的宋落，继续获取有效信息。今天他非要弄清楚是哪个男人！

宋落看向邢在宇的方向，说道："我读过一句话，'每个人都是某个人的光明'。我问过我自己，是这样的吗？现在我可以回答，是的，确实是这样的。"

"我曾生活在一座被期望堆满的高塔里,我向往外面的世界,却总看着窗外面的世界幻想,不敢踏出去。当我以为就要这样暗无天日地活下去的时候,某一天,有个人敲开了这扇窗。他没有多问,甚至连声招呼都没打,就拽着我离开了那座高塔。从那以后,我的人生才变得光明。"

她声音轻柔,大家听得入迷,但还是没能猜出是谁。

"其实他没有给我发过什么挑衅信息,倒是给我写过一封情书:'我永远忠于你,像宪法之于一般法,最高效力,没有之一。'我记得那天是初雪,我想,我应该是收到了关于一辈子的承诺。"

她说完,全场安静得能听到空调的风声。

周敬憋不住了,颤抖着说:"宇哥……是你啊。"肯定句,不是疑问句。

高中、京北大学、挑衅信息、法学生。所有的信息都指向邢在宇。

前面的人全部转头去寻找男主角的身影,秘书处那边最先解密是谁,乔粟艺直接让部员递了话筒过来,邢在宇笑着接过,问了台上的宋落:"这是我的毕业礼物?"

当众表白。

宋落问:"喜欢吗?"

邢在宇说:"喜欢,和喜欢你一样。"

和喜欢你一样喜欢。

场面一度失控。他们反复质问自己,为什么觉得两人是冤家,明明暗地里谈了快两年了,他们是眼瞎了吗?那天路演宋落也不是去探军情的,人家是去接受告白的!

宋落下了台,前面的领导也很震惊,忙站出来稳住场面,让大家安静下来,进行下一项。

宋落交完话筒就跑了出去,在后门的花园看到等她的邢在宇。

"拍一张?"邢在宇扬了扬手里的相机。

宋落乐意至极,走到他旁边环住他的胳膊。

邢在宇拿起相机的时候,转头问她:"这次发照片还遮脸吗?"

宋落踮脚亲了他的脸颊一下:"现在谁还不知道你是我男朋友?"

邢在宇想也是。

望着男人俊朗的侧颜,她笑意加深。她有时候感觉他像海面的晨光,是她的救赎;有时候又觉得他像昏湿的小巷,引人堕落。不管是什么,以后他都会参与到她的人生里。在这个夏日里,他们热烈地爱着彼此。

于他们来说，夏日，是浪漫和心动的序章，写满了邢在宇和宋落的名字。

他摆正头，看向镜头，在摁下快门的那一刻，听到她说："邢在宇，毕业快乐。"

他勾唇笑了笑。

照片定格。

卷 四

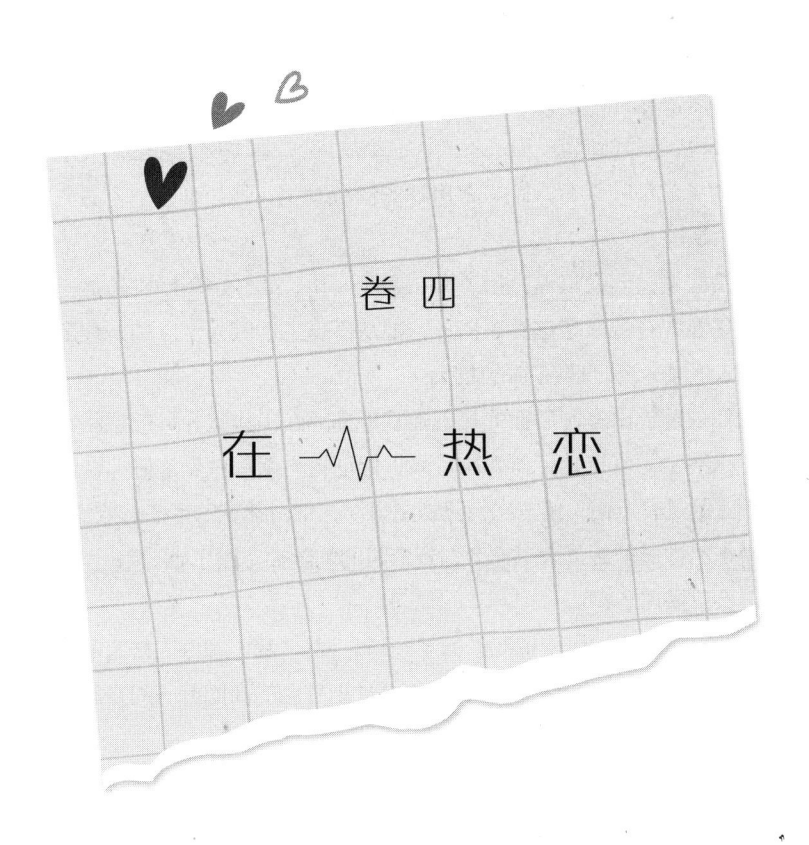

在 ⌁ 热 恋

我会在日出时和你告白……

"我会说'阿落,你都跟我到这儿了,可要喜欢我一辈子'。"

第 四 十 六 章

毕业后，宋落和邢在宇搬了家，他们在她工作室所在的写字楼附近的高档小区里租了一套公寓，正式同居。屋子不大，三个房间，其中一间是主卧，两间是书房。邢在宇说是为了避免吵架有人跑去客房睡的情况发生。吵架谁会气不过去睡客房不用多说，当然是她。

东西搬是搬了，但没整理，箱子堆在客厅一角。邢在宇和她说等他出差回来再弄，宋落很乐意，在做家务这件事情上，她从不是主动的人。以前她住的出租屋后面看着有点人气了，还是邢在宇的功劳。

第二天他去国外出差，后面的几天她几乎都睡在工作室。最近戚相宜打算自己做主导演，宋落全力支持她，作为制片人，保证各方面都做到最好，让她放心拍就行了。戚相宜倒是有点怕，第一次自己做主导演，怕白花花的银子打水漂了。

宋落坐在落地窗前的宽大书桌旁，看资料的间隙抽空看了她一眼："相宜，你什么时候变得畏首畏尾了？"

戚相宜抱着秘书刚送进来的奶茶喝了一口，说："我们刚办工作室的时候就是玩票性质，哪知道能做到今天这个规模？"能在寸土寸金的商圈有一间专属于她们的工作室。

"而且以前也想着家里有钱，就算亏了本，怎么也还得上，现在毕业了，心态也变了，真的亏本也不好意思和家里拿钱补上。"戚相宜捧着脸看着宋落。

宋落拨打内线电话，外面的秘书元玉玉接了，嗓音清甜："宋总您说。"

宋落淡声吩咐："让顾导来我办公室一趟。"

元玉玉说："好的。"

戚相宜问："你叫顾恬恬干什么？"

这是工作室刚招的新人，是小她们一届的学妹，是来实习的。

"你不拍我找其他人拍，这部片评级可不低。"宋落用钢笔在桌面上那一沓资料上点了点，"戚导挑一部就算仆街也不会亏本的剧拍？"

戚相宜："……"宋落把"资本家"三个字表现得淋漓尽致。

果然，生意面前无闺密。她不拍，宋落能拿最好的剧本去找毫无经验的新人拍，简直是……浪费钱。能不让人生气吗!

"行,你等着,让你亏本我戚相宜跟你姓!"戚相宜扯过桌上的剧本,转身出了她的办公室。

顾恬恬推门进来,还没开口就被戚相宜钩着脖子带出去。

"学……学姐,我们去哪儿?"顾恬恬蒙蒙地问。

戚相宜咬牙切齿地说:"研究剧本!"

宋落解决完戚相宜的问题,打内线电话让秘书准备等会儿的会议,她要亲自问一遍各部门的进度。忙到下班时间才缓过来,她看了眼电脑右下角的时间,拿过包包急匆匆地出门。

元玉玉见她出来,站起身问:"宋总,要我送您吗?"

宋落犹豫一下,把手里的车钥匙丢给她说:"送我去机场,然后你把车开回公司楼下。"

元玉玉接过,收拾好立马跟她下楼。

开车去机场的路上,元玉玉透过后视镜打量了宋落一番,她正在翻看最新的合同,黛眉微微拧在一起,唇瓣抿了一下,应该是在衡量条款的利弊。

"明天要去小区接您吗?"元玉玉问宋落。

宋落说:"不用了,我明后天不上班,接下来一周的工作,你请戚导拿主意。"

元玉玉问:"是要准备出差吗?"以往宋落出差她都是跟着的。

宋落摇头,唇角浮现淡笑:"毕业旅行。"

宋落不说,元玉玉都要忘了她前几天刚结束毕业典礼。

说起来也奇怪,宋落明明比她小两岁,但和宋落相比,她更像才步入社会的小年轻。她打心底佩服宋落雷厉风行的手段,不管是在谈判桌上还是酒局上,她都能淡然处之,谈笑风生。元玉玉心中暗道,如此优秀的老板,怕是无人能配得上。

宋落手边的手机响了,她接起放到耳边,含笑问:"到了?"

元玉玉瞟了一眼,不知道对面是谁,说了什么,向来神情淡然的老板嫣然笑了笑,整个人鲜活许多,语气柔和地说:"我马上到了,你就再等几分钟。我不是忙昏了吗,忘记了时间。我理亏,行了不?"

宋落唇角的笑容渐深,元玉玉能肯定对方是她很重要的人。

挂完电话,宋落的表情恢复淡然,不过仍有淡淡的笑容挂在脸上,藏不住的小雀跃跑了出来。

车子停在门口,宋落拿过资料包说:"你可以回去了,路上注意安全。"

"好,宋总您慢走。"元玉玉握着方向盘,掌心在皮革制的方向盘套上摩挲了一下，打算停留一会儿，想看看究竟是谁，能让宋落露出这副神情。

她不好意思跟下车，在车上看到刚下车的宋落冲刺几米，扑到了一个男人怀里。元玉玉愣住，心想是不是许久不见的亲人。下一秒，男人脸上的口罩被宋落拉下来，她大胆地把手搭在他颈后，踮起脚去吻他。

所以……老板其实有对象？真是个大八卦啊，以前怎么一点迹象也没有？

这边的宋落不知道员工心里在想什么，她整个人挂在邢在宇身上，靠着他的肩膀，笑着说："辛苦我们邢律了。"

邢在宇配合她开玩笑说："不辛苦不辛苦，命苦。"

"你还命苦，其他没有女朋友来接的，不是更苦？"宋落娇嗔。

"是是是，我一点都不苦。"邢在宇像给猫咪顺毛般温柔地说。

她是来接人的，结果手里的公文包到了邢在宇手里，他一手拿着他们的东西，一手牵着她往地下停车场走去。

"你说小泽想和我吃顿饭？"邢在宇和她聊上飞机前说到的事。

宋落点头："是啊，他每天都来烦我，想知道你是谁。"

其实宋泽身边每一个人都知道她和邢在宇在一起了，但大家似乎商量好了，一个字也不说，让宋泽抓耳挠腮，吃不好睡不好。今天早上宋泽给她发了个视频，他说要是再见不到她男朋友，他可能要得失心疯了。

"今晚叫他来吃饭。"邢在宇勾唇浅笑说。

宋落摇头："不是说休息两天，然后去毕业旅行吗？等我们回来再和他吃饭吧。"她暂时不想搭理宋泽。

回到家，宋落和邢在宇把公寓整理了一遍，按照她喜欢的风格布置。邢在宇把前几周她心血来潮画的一幅油画挂起来。

给他递工具的宋落说："表哥昨天打电话给我，问我要不要买房。"

"他怎么想起来问你这个？"

"我哪知道，还跟我说买了之后装修成这样。"

宋落掏出手机给邢在宇看，图上是原木装修风格。

"你怎么想？"邢在宇从凳子上下来，宋落给他递水。

她说："其实我觉得租房蛮不错的，没考虑过买房子。"

邢在宇问："租一辈子房？"

宋落望着他："你愿意吗？"

"跟你住，我愿意。"邢在宇笑着说。

宋落上前两步，搂紧他："邢在宇，你真好。"

"又不是露宿街头，我说句'愿意'就好了？"邢在宇揉了揉她的脑袋。

"怎么办啊，你就要出国了，以后我回家，家里真的就剩我一个人了。"宋落叹气说。

邢在宇逗她："这次是舍不得十秒？"

宋落埋在他颈窝里说："是真的舍不得。"她一直觉得自己是个适应性很强的人，不会被所谓的习惯绊住，但一想到回家时不会再有人给她留盏灯，心里就空落落的。

"傻瓜。"邢在宇低头吻她的发顶，一直以为她很舍得他来着。

"你要是出国了呢，我就一个月去见你一次。"宋落又觉得一个月一次会打扰到他，改口说，"不，你说什么时候方便，我就什么时候去见你。"

"任何时候都方便。"邢在宇说。

宋落微微跟他拉开距离，凝望着他，认真地看着抱着她的男人，用热烈的目光去描绘他的眉眼，似乎他眼里有星河，里面藏着银亮色的宝藏。

"走之前……"她迟疑地开口。

邢在宇以为她要办什么欢送会，准备开口答应。

"没事。"宋落笑了笑，"还是回来再说吧。"

邢在宇没太在意，以为她是觉得办欢送会麻烦，不想弄了。

吃完晚餐，两人出门兜风，宋落在环城路开了半圈就累了，坐回副驾驶座，让他来开。见她无精打采的，邢在宇看了她一眼说："今天工作很多？"

"不是。"宋落欲言又止，心想算了，想这么多干什么。

车停下来，她以为到家了，望向窗外，见到牌匾上那几个锋利的大字，她疑惑地问："你来高中是要办事？"

"逛逛。"邢在宇下车，走到她那边，帮她拉开车门。

宋落跟着他走进校门，下意识地缩回自己的手，邢在宇低头看她。

"差点忘记我毕业了，能谈恋爱了。"宋落又主动地把手塞回他的大掌里。

邢在宇被逗笑，低声说："其实我也有点怕。"

"这都怕啊，某人不是还说想和我早恋来着？"宋落逮着机会损他。

"你要是真的愿意，有什么不敢？"邢在宇自嘲，"我们本就擅长地下恋。"

宋落知道他是笑这一年半来跟着她"没名没分"。

和门口的保安沟通后，两人顺利进了学校。七月份正放暑假，偌大的校园空无一人，也不怕碰上认识的人。路过门口的成绩栏时，看到高三成绩月榜上有一排排一寸照，下面是个人奋斗格言。

宋落指着成绩栏说："我记得当年和你掐得老厉害了，我们的排名总是第一和第二。"

　　他们当年掐得厉害，现在回想起来只觉得好玩又搞笑。她记得邢在宇有两个格言，要是第一，他就用"NO.1"；要是第二，他就用"卷面问题，改不改看心情"。宋落被气到，也给自己准备了两个格言，第一就用"看，这是第一名"，第二就用"下个月会是NO.1"。

　　谁看了都觉得他们是要做一辈子冤家的，哪知道，最后冤家进了一家门。

　　邢在宇也想起来了，他说："当时的格言真的就是解释而已。"

　　宋落不信："你就是气我。"

　　邢在宇否认："我可没有。"

　　宋落指了指地标旁边的花坛说："我记得你还在那儿说过我的坏话。"

　　"你记错了吧？"邢在宇可以发誓这辈子就没说过她不好。

　　宋落说："当时我从操场赶回去，听到你和周敬在吹牛。"

　　宋落学着他的语气："你说'宋落啊——一般般吧'。"

　　邢在宇想了好久，想起来了，哼笑说："你怎么不来早一点，他们是在问隔壁三中跟我告白的校花和我们学校的校花比起来怎么样。"

　　宋落诧异，所以全话应该是隔壁校花比起她，一般般吧。是夸她。

　　"你不会因为这件事一直记恨我吧？"邢在宇问。

　　宋落摇头，打死不认："我可没有。"

　　邢在宇觉得有。

　　怕话题还要继续，宋落拉着他上教学楼。离开高中不过四年，学校已经大变样了，多了几栋新的教学楼，当年他们高三在的新楼成了老教学楼。

　　爬到四楼，宋落扶着扶手喘气，邢在宇先她几个台阶，抱着手看她："行不行？"

　　宋落撇嘴："邢在宇，你高中要是这态度，一定追不到我。"

　　人家见女朋友累着了，第一时间上前嘘寒问暖，哪会像他这样懒懒地一掀眼皮，挑衅发问？

　　他走到楼梯转角，半蹲下来："上来。"

　　宋落其实能走，但他愿意背她，她立马恢复元气，跨了一大步扑到他背上："走！"

　　邢在宇轻松地背起她，往六楼慢悠悠地走去。

　　"你说我们要是真的在高中谈，能做什么？"宋落问他，"一起去食堂？一起看晚霞？做课间操时躲在小树林里？"

这些都是年少时她见过的热烈又青涩的爱情互动,也是他们的青春里所没有的。邢在宇想到班上有个男生和隔壁班女生悄悄谈恋爱,细节倒是没想起来,只记得最后两个人被发现,一起进了老师办公室。

宋落只听到他轻笑,没听到他回答。"好吧,你不想谈。"她自己回答,说完从他背上下来,要自己走。

邢在宇跟在她身后问:"生气了?"

"哪能啊?"宋落先他一步,故意说,"也是,高中追你的可不只本校的人,隔壁二中、三中,甚至隔壁市区的七中都有人喜欢你。"

她当然没生气,不过是想听他说两句好话哄她。

楼道昏暗,她按照记忆去寻开关,在墙上摸了好几下,手背被压住,她趔趄几步,跌到角落里,一道暗影笼罩在她头上。她抬头,撞进男人汪洋般深沉的双眸里。

他骨节分明的五指撑在她耳边,弯下身子和她视线平齐,另一只手捏着她的下巴轻佻地小幅度摇了摇,无奈地笑着说:"你应该是高高在上,被别人虔诚仰望的。我怎么敢想?"

别人都说宋落是一中的女神,他认同。在他心里,她真的是女神,所以他的每一个假想,都是对她的玷污。

男人的嗓音低沉沙哑,信徒般的告白令她微微愣了一下,脸颊温度缓缓爬升,缓过来后,她怯生生地看了他一眼,忽然笑了。

他抚上她的脸颊:"满意了?"

宋落压着他的手背,感受男人有力的脉搏在跳动。似把这一刻的温情揉到了心窝里,她问:"其实今天下午我想问你,走之前——要不要结婚?"

她二十三,他也就二十四,像他们这种刚步入社会的大学生,一般不会选择这么早结婚,所以问之前,她犹豫了。

听完她的话,他把她按到怀里,紧紧地搂着她,沉声笑了。

"不好吗?"她惴惴不安地问。

邢在宇微微摇头,宋落仰头看他:"那,我们结婚?"

邢在宇从不敢奢望的事就在这一刻实现了,他笑着点头说好。

"你就没有什么表示?"自从她说结婚,他除了笑,就说了声好。

邢在宇额头抵上她的额头,嗓音低低的,很动听。

他说:"想请老天爷宽恕我的冒犯。"

她还没问冒犯是什么,他的吻就落在了她的唇瓣间,轻又密,似乎尝到了那年才有的晚霞的味道,炽热缠绵。

第四十七章

"放手。"宋落板着脸说。

邢在宇搂着人:"不放。"

宋落又一次甩开他的手,他另一只手搭在她的肩膀上,收紧,她撞上他的胸膛,整个人陷在他的怀里。

在高中,这个接触距离是要被记大过的。她也常在走廊里看到男生这样霸道地搂着女生路过,男生痞里痞气地调侃,女生被捉弄得面红耳赤,接着推开男生跑远。

高中做这些确实不好,但能在高中遇到心动的人,也是一种小幸运吧。

她面上还是气呼呼地看他。

邢在宇先发制人:"结婚的事定了,不许翻悔。"

宋落:"……"狗男人有能耐了,知道她要说不结婚的气话,先堵住她的嘴。

"翻悔又怎么样?"宋落傲气地说。

见她娇憨的模样,邢在宇揉着她的头发笑了笑。

两人经过高三的班级,宋落拉住他,站在窗边打着手机灯光照进去,指了指最后一排:"我记得你当时坐那儿。"

邢在宇也看过去:"嗯。"

宋落好奇地问:"你为什么总坐最后一排?"

月考完会换一次座位,班主任比较开明,让大家按照排名自由选择座位。邢在宇不是第一个选就是第二个选,每次都选最后一排的同一个座位。

"要听真话还是假话?"邢在宇抱着手含笑问。

宋落仰头瞥了眼不正经的男人,说:"要听我听完不会生气的话。"

邢在宇说:"方便看你。"

突如其来的情话让宋落的心跳漏了一拍。

她缓缓仰头:"那个……说真话吧。"她承受不住他的撩拨。

邢在宇说:"确实是为了方便看你。"他没说假话。

宋落不喜欢固定坐一个座位,这个月坐前排,下个月坐中排,后排只坐过一次,如果要观察她的一举一动,只有最后一排角落的座位最适合。

"你……对我就这么不满?"已经到需要时刻盯紧她的地步了?宋落微微蹙眉。

邢在宇说:"除了不满,你就想不到别的?"

宋落认真地想了想。别的?

"你……暗恋我?"宋落问出口后,自己都不信。

邢在宇笑道："就不能是想和你接触？"

宋落悟了："你是想泡我。"

邢在宇捏了她的脸一下："我们阿落是奥利奥吗？"

"反正不是喜欢我，管你是什么感受。"她心里知道他年少时只是对她产生了好奇心罢了。

"那我也算是你高中记忆里，最独特的存在吧。"宋落问。就算不是朋友关系，不是恋人关系，但他们对彼此来说都是青春期记忆里最特别的人。

"是。"邢在宇承认。

她环着他的腰身，紧紧地靠着他说："现在也不晚。"她又一次庆幸，他们没有兜兜转转浪费太多时间。

他捧着她的脸，见她笑得灿烂，正想吻她，一道光打过来。

宋落不知道这是今晚第几次被吓到了，把脸埋到邢在宇怀里，他也下意识地抱紧她，眼睛被光刺到，眯了眯眼。

"哪个班的，还没回家？"一道浑厚的中年男声传来。

宋落心慌意乱，这是被抓到了？是巡逻的老师吗？

"在宇！"男老师看清邢在宇的容貌后，惊喜大呼，快步走过去，一边说："怎么挑这个时间点回来？学弟学妹们都放假了。"

"怎么办？"宋落戚得不行。

邢在宇高中时可是学校的风云人物，被认出来很正常，同样，她也很可能被认出来。

邢在宇用两人才能听到的声音说："又不是早恋，教导处主任来也没事。"

说得在理，但宋落还是紧张。换个对象或许不会，要是看到和邢在宇搂在一起的是她，那老师不得被吓死？

刘陶率放下灯，邢在宇抬眼看去，认出来的人是他们的年级主任，也是他们高三时的语文老师。

"是老刘。"邢在宇笑着说。

宋落抓着他的T恤："一来就遇到大人物啊……"

老刘是谁？从高一带到他们高三，每次年级集会都要棒打鸳鸯，名言就是：现在是人生最关键的时刻，你们谈什么恋爱？不爱不能活是吗？都给我看清自己，实在忍不住的也给我毕业再谈，以后你们要是能成，我给包四位数红包。

刘陶率走近，看到邢在宇还抱着一个女生，欣慰地笑着说："原来是带女朋友回来参观我们学校啊，不错不错。"

宋落不好意思再窝在邢在宇怀里，慢慢地推开他，琢磨着该怎么面对刘陶率比较好。

邢在宇搂着宋落的肩膀说："是和我老婆回来逛逛。"

宋落一下愣住了。

刘陶率充满疑惑，老婆？他没听错吧，记忆中邢在宇今年才大学毕业。

宋落越发觉得男人不要脸，还没结婚，他的称呼就从女朋友变成老婆了。不能再放任邢在宇在这里胡编乱造，宋落转身冲刘陶率挥了挥手，礼貌地打招呼："刘老师好。"

刘陶率愣怔。是灯太暗了吗，怎么看到了和邢在宇同级的宋落？他们是夫妻？他们高中不是……掐得很厉害？

预料到了老师的反应，宋落见怪不怪。京北大学的表白墙上关于她和邢在宇的事的热度还没下来，一天一个话题，不带重样的。邢在宇压根不知道低调两个字怎么写，还是高中那个跩哥，酷酷地说："和阿落路过，就进来看看，没想到遇见了刘老师，下次来给您送结婚请帖。"

宋落碰了碰他的胳膊："少说两句。"

消化完"两人是一对，并且结婚了"这个令人震惊的消息，刘陶率哈哈笑了："好啊好啊，我刚才还在想你是带哪个姑娘过来了，原来是我们班里的宋落啊。配的。"

宋落疑惑地抬头，压低声音问邢在宇："老刘没事吧？怎么突然这么热情？"

邢在宇拍了拍她的肩："没事。"

刘陶率笑得眼睛都看不见了，一个劲地夸他们，还问了些大学和毕业的事情，知道他们过得不错，脸上的褶子又叠了一层，一种骄傲感油然而生，心想他们不愧是一中的王炸组合，一直优秀，从未被超越。

聊得差不多了，刘陶率赶着去办公室拿东西回老家，两人跟他约好有空再回来。

送走刘陶率，宋落松了口气说："你还别说……刚才真的有种被抓到的惊慌失措感。"

他忽然来了兴趣，问她："要是我们高中谈恋爱，然后被抓，怎么办？"

"能怎么办，进老师办公室啊。"宋落看见过两对进去后，不到三天就分了的情侣。

不过不是被拆散的，而是面对家长们的问话时，有人推卸责任，有人逃避回答，出来后皆觉得对方敢爱不敢认，吵一架就原地散伙了。

"哎，要是老师让我们分了，你妈也劝你分了，你怎么办？"宋落问他。

"你想分吗？"明明只是假设的问题，说两句好听的话就过去了，邢在宇却认真地思考起这个问题来。

宋落摇头："不想，但是怕被骂。"那时的宋落可没胆子去想恋爱的事情，被宋庆海知道的话，她可没好果子吃。

他沉默了，没接话。宋落突然明白那些高中恋爱的人为什么被叫家长后多半分了，面对恋人的沉默和自己的弱小，有点生气。生他的气，也生自己的气，气他们的不勇敢和不够爱。

她准备开口跳过这个话题，只是个假设，没必要让他们闹不愉快。

"要不要私奔？"

宋落愣住："什么？"

邢在宇勾唇笑了笑："我想当时的我从老师办公室出来后一定会问你这个问题。"

"好幼稚。"她笑着嗔怪说。

很幼稚，但是像年少不懂事的他们会做的事。

"我也一定会说好。"宋落代入那个场景。

不需要问为什么，少女时期的宋落确实怯懦，但遇到邢在宇，所有不可能的事情她都会去做，她要去感受他对她毫无保留的爱。

邢在宇牵着她从另一边的楼梯下去。"我们先去海边。"

宋落应和："要在深夜去露天酒吧，还要去踩浪。"

邢在宇回想那个疯狂的深夜。

"说啊，怎么不说了？"宋落催他接话。

邢在宇说："要在第二天去看一场日出。"

"那就看一场日出。"宋落觉得不赖，"然后呢？"

后面就回去了，没什么有趣的活动了。宋落不过是和他闲聊，邢在宇答什么都可以。

"我会在日出时和你告白。"

宋落停下脚步，眼里有掩饰不住的笑意，她依偎着男人，娇声问："真的吗？"

虽然是假想场景，但是她还是很喜欢。

"嗯。"邢在宇垂眸看着眼前因他而鲜活许多的女人，一字一顿地说，"我会说'阿落，你都跟我到这儿了，可要喜欢我一辈子'。"

"那阿落肯定会亲你。"就是要喜欢他一辈子的意思。

第 四 十 八 章

说领证，第二天两人就拿着户口本去了民政局，拿的是第一个号，火速办理好手续。

从民政局出来，邢在宇赶着去隔壁法院开庭，宋落顺路送他到门口，见到零星几人往大堂里走去，好奇地问："今天是什么案子？"

"一个凶杀案。"邢在宇本科毕业后比较明确以后发展的方向，接触的多是刑事案件。

宋落担忧地看他一眼，邢在宇好笑地问："怎么一脸我要去英勇就义的表情？"

"想太多了。"宋落冷下脸，"早点回来，今晚我想吃炒花甲。"

"知道了。"邢在宇用空着的手揽过她，低头在她光洁的额头上留下一个吻。

里面有个年轻的男人喊道："邢律，袁律已经在里面等我们了。"

邢在宇松开她，走前交代一句："路上注意安全。"

他迈步走向年轻男人，把搭在臂弯的黑色律师袍套在西装外，宋落望着他的背影，忍不住勾唇笑了一下。她想到大二那年，邢在宇把法官袍吊儿郎当地当风衣套着，拦在她面前。再看他如今把律师袍扣子扣得整整齐齐的模样，差别还真大。

邢在宇走过去，曲树好奇地笑着问："邢律，那是你女朋友吗？"

曲树是京北政法大学的大三学生，假期来律所实习，并不知道邢在宇和宋落的事情。

邢在宇勾唇笑笑，淡声说："是我太太。"

曲树一惊："邢律你……你结婚了？"

"嗯。"他手里还拿着结婚证，扬了扬，"刚领的。"

曲树看着眼前的男人，不知道是不是他的错觉，怎么感觉……邢律在暗暗炫耀？

"领完证就过来开庭？"曲树搞不懂，一般人领完证都庆祝去了，哪有人刚从民政局出来就进法庭的？

邢在宇小心翼翼地把结婚证收到西装内袋里，说："嗯，我们都忙。"

曲树又在猜想，邢律看起来家庭情况不错，前段时间有个中年男人来找他，还叫他小少爷，他在电视剧里见过大富人家的管家才这样叫。难道……他们是联姻关系？可听邢律的语气，不像啊，他一个糙汉都感受到了邢律说到"太太"两个字时，语气是多么温柔缱绻。

在远处等他们的袁澈看到邢在宇走来，笑着问："弄完了？"

邢在宇把红本拿出来，递到袁澈面前："刚弄好。"

袁澈不客气地接过来，翻开看到照片里的俊男靓女，夸道："你和小落般配啊，当年我就这样说过。"

他还记得宋落在小渔村的"野蛮撒泼"行为，又常听到邢在宇夸她，对她很有好感。

"谢谢师父。"邢在宇听到别人说他和宋落般配，唇角的笑意加深。

袁澈说："出国前带人来家里吃你师母做的饭。"

邢在宇应下："好，麻烦师父和师母了。"

袁澈笑得开心，就跟儿子娶妻一样，搂着邢在宇的肩膀往法庭里走，和他聊等会儿的案件细节。

曲树站在旁边把他们的对话全部听完了。所以他们不是联姻，还很恩爱，怎么以前没听邢律说过，藏得这么好？他不由得对门口的女人更好奇了，究竟是什么人拿下了他们律所的男神？

这边同样对宋落的行为不解的还有元玉玉，昨天宋落说两天不来上班，她以为是宋落家里有急事，结果一大早戚相宜带着她来找人，最后在市区的一个私人舞蹈室找到她了。

戚相宜围着宋落转，手里拿着一份文件，在掌心用力一拍："宋落你什么意思，为什么要我的团队去接万臣他们乐队的MV拍摄？"

宋落停下来，喝了几口运动饮料，用毛巾擦掉额头上的汗水，说："邢在宇推荐过来的，万臣他们想做新专辑，这次想要拍点不一样的MV，我要给他们找个会拍的导演。我这边除了你老师的团队，就你的团队不错。"所以她选她在情理之中。

"我是影视导演！"戚相宜气呼呼地从齿间蹦出这几个字。

宋落淡淡一瞥："哦，这样？"

戚相宜气愤地说："什么叫'哦，这样'？"

宋落说："我以为你是全能型的。"

"宋落，你想用激将法对不对？我不会上当的。"戚相宜抱着手怒视她。

"随便。"宋落透过全身镜看向后面的元玉玉："玉玉，你回头叫顾导给我打电话。"

元玉玉看两个老板吵得不可开交，咽了咽口水："好……"她默念她是宋落的秘书，所以听宋落的没错。

"宋落！"戚相宜气红了眼。

宋落见不得她委屈巴巴的样子，说："行了，多大点事，搞得跟我逼良为娼一样。"

戚相宜还想争辩："我……"

宋落钩着她的脖子："你要这样想，我现在呢，是给你一个机会，去了现场你是什么身份？你是导演，你说一不二，黑着脸说再来十条，有人敢反驳你？还有，你有多风光，被多少人捧着，不想让他看看？"

戚相宜听得一愣一愣的，她觉得宋落说得没错。她被宋落糊弄过去，完全忘了以前跑剧组的她有多狼狈。

"那……我拍？"戚相宜说。明明是疑惑的语气，宋落听到这句话却欣慰地拍了拍她的肩。

宋落说："这就对了。"

"还有事吗？"宋落去角落翻看手机，想知道邢在宇那边闭庭没有。

戚相宜暂时把工作的事情放一边，问她："你明天开始毕业旅行？"

宋落说："不是。"

戚相宜问："不去了？出事了？"

宋落笑着纠正："是新婚旅行暨毕业旅行。"

戚相宜被口水呛到："新婚？你结婚了？"

宋落两指夹着红色的本本扬了扬："上午出炉的。"

戚相宜一把夺过，翻开看。持证人是宋落，日期是今天，旁边是她和邢在宇的合照。难得见男人和女人开怀笑着，幸福感似要溢出来。

"你……为什么这么快去领证？"戚相宜惊愕。

宋落收好，说："想领就领了啊。"

同样震惊的还有元玉玉，她昨天才知道老板有对象，今天就结婚了？也太快了吧。

"你们怎么……不办个庆祝会？"戚相宜不好意思地摸了摸鼻子，相信她不是唯一一个被吓到的。

宋落把扎到裤子里的衣摆拉出来，说："不了，我们都不喜欢搞什么仪式。"

"结婚一辈子就一次，真不搞？"戚相宜至今不懂两人合拍的点在哪儿。

"只要不离婚，年年都能庆祝。"宋落收拾好东西，拍了拍戚相宜的肩，"或许我金婚的时候来兴致了，请你们参加我搞的聚会。"

留下一句"好好干"，她拎着运动包往舞蹈室外走，路过元玉玉时，她停下脚步，食指点了点，说："等戚导开工了，你陪她去。"

元玉玉点头："好。"

戚相宜气又上来了，宋落这是不相信她的职业素养，觉得她会意气用事，给万臣使绊子吧。

———〜———

宋落在开车回去的路上收到邢在宇的消息，说他已经搭袁律的顺风车回家，嘱咐她路上注意安全。

宋落连上蓝牙耳机，和傅斯朗聊买房的事情，疑惑他是不是要带她炒房。傅斯朗没多说，让她买，说后续他来跟进，交房后租给他。他奇奇怪怪的，宋落想，反正手头的钱也闲着，干脆投资好了。

中途宋泽的电话打进来好几次，她只好挂了傅斯朗的，无奈地接起宋泽的电话。

"说事。"她打了半圈方向盘，拐进一条主干道。

宋泽兴奋地说："姐，今晚我去给你改善伙食，我马上到你家！"

"我家？"宋落一顿，"哪个家？"

宋泽说："你放心，弟弟我做功课了，相宜姐和我说你搬新家了，我亲自上门给你办乔迁宴。"

她能说她不需要吗？还有戚相宜，偷偷告诉宋泽，打的是什么主意，她一眼就能看出来。

想到他还没见过邢在宇，宋落交代他在停车场的电梯旁等她。

宋泽豪爽地说："姐，你客气了，弟弟我既然买菜来给你做饭了，当然是你一到家就能吃，我先上去给你洗手做羹汤。"

"不是……"宋落头疼，不知道从哪里说起比较好，他们同居的事情也就来往频繁的几个好友知道。

"我上电梯啦。"听他这话，应该是连她的门牌号都打听到了。

电梯里信号不好，蓝牙耳机里传来"嘟嘟"声，宋落拔下耳机丢到杯槽里，提了速度往家里赶。

不到三分钟，宋泽又打来电话，她接起，以为他是在家里碰上了邢在宇，张口要给他解释。

那边的宋泽神秘兮兮地说："姐，你邻居是不是邢其源他表哥？"

"邻居？"不好意思，他们不是邻居，是同居。

宋泽说："我刚下电梯就见他提着两个超市购物袋往里面走，我一下子就认出他了。我还真是无语，虽然邢琛的事情早翻篇了，但我对邢家人还是一点好感都没有。"

"你最近不是在和邢其源做生意吗？"宋落打断他。

"生意是生意，咱们一码归一码。"宋泽走到宋落家门口，下意识地去摁门铃，然后笑着说，"看我都糊涂了，还摁门铃，你还没到家呢，要是有人给我开门就见鬼了。姐，你家门牌号是……"

"啊！"耳机里传来了宋泽穿破耳膜的吼叫声。

宋泽难以置信地往后退了一步，抬头看了一眼：2303。是戚相宜发的门牌号啊。那眼前一身家居服的邢在宇是……

"姐，有人私闯民宅！报警啊！"宋泽急红了眼，对电话里喊道。

第 四 十 九 章

宋落赶到家，宋泽抱着他拎来的那一袋食材坐在沙发上，板着脸，十分不友好地盯着邢在宇。

"来了？"宋落放下运动包，走向客厅。

宋泽拍了拍身旁的空位，转头看她，眼神里写满：你要是敢拒绝我，我就闹给你看。

于是，宋落坐在了宋泽身旁。

"他是谁？"宋泽冷声问。

宋落说："我丈夫，邢在宇。"

宋泽红着眼看她："你故意的。"

宋落无语。他这副表情不像演的，对她找对象这件事，宋泽反应真的这么大吗？

"他是你男朋友。"宋泽纠正宋落的用词。

宋落对弟弟没有怜悯心，直接道："今早刚去领证，准确地说，是我丈夫。"

宋泽怀里的购物袋从他腿上滑落，一根胡萝卜在光洁的木地板上滚了一圈，最后被茶几的脚卡住。

"你……"宋泽委屈极了，强忍着汹涌而来的情绪，语无伦次地控诉，"你谈恋爱不和我说，结婚也不和我说，所……所有人都知道，就我不知道，你就是不重视我。还有，你为什么就结婚啊，你才二十三，你们是不是同居了？"

他话锋一转，对坐在对面的沙发上冷静观察的邢在宇说："是不是你骗我姐？你欺负我姐年纪小，感情经历少，对不对？！"

宋落把崩溃的宋泽拉下来，安慰道："好了好了，多大点事啊。"

宋泽凶巴巴地反驳："你觉得事小吗？"

"我错了行了吧。"宋落想尽办法安抚炸毛的宋泽。

"你没错。"宋泽眉头轻蹙。

宋落心中警铃大作，估计他的……非主流忧伤少年病又要犯了。

果不其然。

宋泽说："可能是我做得不够好吧，所以你一直不愿意告诉我。是吧，是我太差劲了，要是姐姐你开心，那……"

"得了。"宋落烦死他这副样子，不哄了，"我和邢琛订婚的事情之所以作罢，大部分原因是爸妈知道了我和邢在宇在交往。"

后来宋庆海找她聊起邢在宇的事情，难得地，他很尊重她的选择，还告诉她宋偲也很开心她找到了喜欢的人。知道他们说好听的话是想缓和跟她的关系，但总归是父母的祝福，她也是开心的。

宋泽犹如被雷狠狠地劈了一下，他真的好傻。一直以来，他都以为是邢琛自己作死，排污指标严重超标，惹得邢老头子脸上无光，不再让邢琛当邢家未来的接班人，宋家才会取消婚约，原来真正的原因是宋落和邢在宇在一起了。

对面的邢在宇见姐弟俩一个盛气凌人，一个面露苦涩，开口劝和："今晚小泽过来了，多做两个菜。"

宋泽刚想说不需要，被宋落一瞪，他只发出了一个单音节："嗯。"

等邢在宇走进厨房，宋泽凑过去问宋落："你们……真的领证了？"

见弟弟这副可怜兮兮的模样，宋落终究是心软了。他从小给她做跟班，没有功劳也有苦劳，哄他说："真的，你是第一个知道的。"

"真的？"宋泽惊喜地问。

宋落点头，笑笑说："真的，我只告诉了你一个亲人。"

戚相宜是朋友，不是亲人。袁律师他们是邢在宇的同事，不是亲人。第一个知道的亲人是宋泽没错。

宋落在心里给自己点了赞，说得一点都没错！

"那……"宋泽脸上瞬间浮现笑容，"那行吧，我会帮你保密的。"

"不用保密啊。"宋落大大方方地说，"我们又不是隐婚，顺其自然就好。"

该知道的人总会知道，他们也不用特地宣告什么。

"好吧。"宋泽失望，还以为他能出去卖一段时间的关子。

"你别一副大失所望的样子。"宋落用胳膊肘推了他一下，"就是件小事，我们就是自然地恋爱然后结婚。"

"才不是。"宋泽鼓着腮帮子,"我姐的事情怎么能说是小事?"

宋落被逗笑,搂着他的肩膀,抬手揉乱他的头发。他明明比她高出一个头,却被她当大型宠物犬揉。

"我说真的,你就把这件事当成和吃饭一样平常就好了。"宋落笑盈盈地道。

宋泽望着厨房的方向,眼神一沉:"他是不是苛待你?"

他心想邢家也不是贫苦人家,商业版图比他们宋家的还大,连结婚都要委屈他姐?

"少看点电视剧,别乱想象我惨兮兮的场面。"宋落打住他,"是我不想弄得那么张扬,我觉得啊,和他在一起就好了,不是一定需要生活仪式,按照我们认为的仪式感生活就好。"

"你们……有什么仪式感?"宋泽压根没从他们身上看到什么仪式感,一年三百六十五天,情人节、七夕、春节以及各种纪念日,从没见她发过朋友圈,低调得过分了。

"就一块吃顿好的,回家舒舒服服地躺着。"

宋泽说:"这算什么仪式感?"

这次不是宋落装高深,她认真地说:"以后你就懂了。不是所有情侣过节都会送花然后拍照发朋友圈,我们就喜欢不被打扰地待在一起,我们想用这种方式过节,那这个就是我们的仪式感。"

两人步调一致就好。像她喜欢去旅游,但不喜欢把每天的行程都安排好,不然会有束缚感。邢在宇也是,更喜欢随心所欲地游玩。

所以,以往他们出门旅游都是临时起意想去哪个景点就去,实在不想出门就窝在酒店里看电影、吃好吃的。要是换一个对象和她在一起,可能对方会无法理解她这种懒散的态度,会觉得她浪费了难得出来旅游的机会,辜负了美景。

"那你……开心吗?"宋泽问她。

宋落毫不犹豫地说:"开心啊,我啊,特别开心。"她真的很开心能和邢在宇在一起,以及和他结婚。

她的笑容不假,其实他从没见过他姐笑得这么灿烂和阳光。他们从小活在高压家庭里,他身边的同辈都被各类要求压得死气沉沉的,唯独楚栀表姐不一样,她总是笑得如夏花一般烂漫。他以前总想着,什么时候他的姐姐能和楚栀表姐一样,按照自己的意愿去生活,脸上时常挂着笑容就好了。现在他姐就是这样,他感受得到她对生活是热爱的,他知道,这一切都是因为邢在宇。

"要是他欺负你,一定要告诉我!"宋泽压低声音说。

304

宋落失笑，又揉了他的头发一把："人小鬼大。不生气了？"

"生气有用吗？我反对你们结婚，怕你要和我断绝关系，我没这么蠢。"

宋泽其实早就接受他姐会恋爱结婚这件事了，虽然来得猝不及防，对象还是邢在宇，但一切以他姐为重，要是他姐真的受委屈了，他再找邢在宇麻烦也不迟。回想当时宋庆海让她和小邢好好相处，她点头点得老认真了，原来此小邢是邢在宇。

宋落把宋泽安抚好了，三人一块吃了顿饭，中途宋泽还会使绊子，邢在宇都笑着受下，顺着宋泽。毕竟，他可是娶了他珍视的姐姐。

——〰——

宋落从舞蹈室回来就困得不行，送走宋泽，洗个澡就睡了。邢在宇去书房加班，要赶在明天出发前把所有的工作处理完。

毕业旅行首先去了海边，不是京北附近的小渔村，而是特地飞了一趟海南。

到了下榻的酒店，两人一块睡了一觉，等到外头天黑得差不多了，宋落迷迷糊糊地醒了过来，发现她被男人紧紧抱在怀里。两人穿的是真丝面料的睡衣，宋落能清晰地感受到男人滚烫的温度，似乎要把她融化掉。她搂着他的脖子，鼻尖抵在他的锁骨处，蹭了蹭。邢在宇放在她背后的大掌抬起，压住她的脑袋，让两人从侧躺变成平躺，宋落整个人趴在他身上。

"早。"宋落吻了吻他的下巴，笑着说。

邢在宇用手指梳着她乌黑的秀发，刚睡醒，嗓音透着沙哑，说："应该是'晚上好'了。"

宋落说："那，晚好。"

"好。"他压着她的后脖颈，和她接了个吻。

等到两人分开，宋落无辜地眨了眨眼："今天就不出门了？"

邢在宇的吻落在她的脖子上："晚上去踩浪。"

"作息全乱了。"宋落觉得他的吻过轻，她痒得难受。

宋落推他坐起来，拉好睡袍说："先出门吧。"

晚上十点前，两人终于从酒店出去。去美食街吃完晚餐后，租了辆电动车在城市里游转。

海风迎面吹来，坐在后座的宋落抱着一个椰子喝了一大口椰汁，恰好的甜度让她心情愉悦。她靠近后备厢，见到邢在宇白色的T恤被猎猎的风吹得鼓鼓的，起了玩心，挪动着靠近他，搂住他的腰，把他们中间的风挤走。

"怎么了？"邢在宇微微偏头，提高音量问她。

宋落把下巴搭在他肩膀上，喊道："椰汁好甜！"

邢在宇笑笑说："马上到海边了。"

宋落大方地说："那我给你留一口。"

宋落其实喝不了多少，说是留一口，等到两人在海边漫步，椰子递到邢在宇手里时，他掂了掂，还有一大半。他喝了一口，果真很甜。

宋落先他几步走在前面，把鞋子脱掉提在手里，在沙子上印下一个又一个脚印。

"还是晚上出来好。"宋落开心地说，"人少，还不会被晒黑。"

夜晚的海边很热闹，有不少酒家，用餐的人也很多。宋落就沿着这条路往前走。邢在宇跟在她身后，等她走累了，就把椰子递给她，帮她提鞋。她把所有的椰汁喝完丢到垃圾桶里，跑回来扑到邢在宇怀里。

他接住她，柔声问："累了？"

"还没，再踩一会儿浪就回去。"宋落捧着他的脸亲了一下，又从他怀里出来。

这边的人少了许多，宋落往海里跑，邢在宇在身后嘱咐她："你小心点。"

宋落压根没把他的话放心里，裤脚也没挽，一直往海里走。

他见她兴致上来了，担心她的小身板被浪带走，急忙跟上。她走得很快，邢在宇才走到水里，水就没到她大腿根了。然后她双手在身前交叉，捏住衣角，往上一扯，把衣服脱了下来。虽然周围没人，邢在宇还是忍不住在心底骂了一句，他记得她里面穿的不是泳装，就是件普通的内衣。

"宋落！"邢在宇出声提醒她把野性收一收。

宋落转过身，风吹乱她的长发，散在肩头，挡住了春光，邢在宇喉结上下一滚。

"过来啊！"她挥着手里的白T恤。这件衣服还是他的，因为她说旅行要拍照片，所以带的几乎都是好看的衣裙。等到了，她又后悔了，说衣服好看是好看，但是穿着不舒服，于是理所当然地拿了他的衣服当休闲装穿。

邢在宇走过去，她搂着他的腰，埋到他怀里，仰头冲他嫣然一笑。

"怎么了？"邢在宇伸手帮她压住被吹乱的头发，"头发乱了。"

"邢在宇，给你一个惊喜。"她神秘地说。

她拉着他的领子说："你靠近点。"

邢在宇被她用力扯住，弯腰到和她同一个高度，她用手把头发拨到另一边，微微侧着头，露出性感迷人的肩颈线条，肌肤细腻，锁骨明显，身上透着淡淡的花香。

她往他眼前凑近，邢在宇借着海边的广告灯牌微弱的灯光，看清了这个惊喜。是个文身，和他脖子后面的一样，不过最后拼写的是他的名字。她肌肤上还透着粉红，还肿着，应该是刚文完。

"傻瓜，不疼吗？"邢在宇心疼地看着她。

女人却笑得开心："不疼。以后，你也是我的光明。"

他把她搂到怀里："真拿你没办法。"喜欢她喜欢到一点办法都没有。

"我也给你一个惊喜。"他在她耳边笑着说。

"什么？"宋落好奇地望着他，目光闪动，满心满眼全是他。

忽地感受到无名指被一个小环套住，她抬起手，是一枚素戒。

"你……昨天买的？"宋落小心地碰了碰，仿佛在她手上的是世间最珍贵的东西。

邢在宇拉起她的手，在她的无名指上落下轻轻一吻。珍重又绅士的吻手礼，让她心动不已。

"毕业前去国外的一家手工店做的。"

宋落记起来，毕业前他去日本出了一趟差。

"那时，我就想娶你了。"他凝视着她说，"一直在想要怎么求婚，又怕你不喜欢那种严肃的场面。"

宋落紧紧搂住他，开怀大笑："如果你真的认真求婚，我可能会跑。现在这样就很好。"

"我没有搞砸？"他笑着问。

宋落点头："是的，邢先生，恭喜你，娶到我了。"

不需要复杂的仪式，不需要漂亮的气球和玫瑰，如果爱她，想娶她，就直接大胆地告诉她。她希望被这样爱着，热烈又直白。

第 五 十 章

出国前，邢在宇老听宋落念叨以后会多想多想他，还担心常过去找他会影响他，事实却是——他在国外学习两年，两人倒是每天会互相发消息，但真正见面的次数都不到二十次。每次宋落过去都带着一堆工作，或者是要在当地见合作商。邢在宇侧面和她说过这个问题，宋落用她一贯的语气回他："也就三年，熬过三年我们有多少个三年？而且我现在工作是为了我们能有更好的未来，你要理解。"

年底宋泽去机场接邢在宇，从他嘴里听到宋落哄他的话，觉得难以置信："姐夫，我也就看电视剧里的渣男对女主说过这样的话，你……多看着我姐。"

邢在宇警觉地问："她最近有来往密切的人？"

宋泽回想了一下,说:"我姐那个工作你懂的,半只脚踏在娱乐圈的投资人,当然有不少男人晚上去敲她的门。不过你放心,我姐看都没看一眼,全部推给相宜姐了。"

"推给相宜?"邢在宇嗅到了不寻常的味道,"她们……"

"绝对没有,相宜姐直接把他们打发走了。"宋泽飞快地解释,生怕邢在宇误会她们闺密俩每天不做正经事。

邢在宇出国两年,重要的节日都没空回来,今年年底好不容易请假回来陪宋落了,他可不能刚接到人就拱火。

这是邢在宇出国后第一次回来,他望着窗外飞掠而过的街景,感叹这两年京北变化真大。

"今天她不上班吧?"邢在宇问宋落的日程。他上飞机前给她发了消息,但她一直没有回复,邢在宇以为她放假在家补觉。

"我姐今晚有个晚会要出席,估计在去的路上了。"宋泽本来也被邀请了,但事先答应了来接邢在宇,就没去。

邢在宇没有叫他姐来接自己,反而叫了他,他是有过怀疑的,后来想想邢在宇可能是想给他姐惊喜,为了他姐,他当然要亲自来接啦。

邢在宇是联系不上宋落才给宋泽打了电话,路上聊了几句后,他一颗心高高地提起,宋落……不会真的背着他做了些什么吧?

这边的宋落刚在外婆家吃完晚餐,傅斯朗听说她要出门参加一个颁奖晚会,也跟着去了。

宋落坐在副驾驶座上看合同,和正在开车的傅斯朗有一搭没一搭地聊着。

"在日本生活还不错吧?"宋落问。

傅斯朗淡淡地说:"一般。"

宋落想到买房的事情,问他:"房子装修好了?"

傅斯朗说:"差不多了,你要去看看?"

"不看了,我信你。"宋落翻过一页,"我前段时间听大表哥说你在找人,要不要我帮忙?"

傅斯朗迟疑片刻,碰到红灯,他踩下刹车,望着宋落犹豫。

"怎么了,觉得我不靠谱?"宋落挑眉,傲气地问他。

傅斯朗自嘲似的轻笑了一声:"不是,只是觉得希望太渺茫了。"

宋落看了眼精致的手表,说:"表哥,你别整得和宋泽一样,整天伤春悲秋的。"

被他冷冷地看了一眼,宋落拍了拍嘴:"当然,你这是工作繁忙累的,他就是自己瞎折腾。"

"你知道季暖吗？"傅斯朗神色平静地注视前方。

宋落说："哦！小暖啊，知道啊。"

傅斯朗握着方向盘的手微微收紧，问："她……最近和你联系了？"

"没有。"宋落没有察觉出他的不对劲，"毕业之后大家都很忙，没时间联系，别说社团认识的人，跟身边的好朋友有联系就不错了。"

"也是。"

宋落转头看他，总感觉这句"也是"里满是失落。随后觉得是她多想了，作为天之骄子的傅斯朗怎么会因为一点小事难过？

"你们认识？"宋落追问。她还记得当初傅斯朗特地停车载过季暖。

面对宋落的提问，傅斯朗一时不知道从何说起。最后，他淡声说："以前在一个作业小组待过。"

"这样啊。"宋落点点头，不疑有他。

傅斯朗转移了话题，问她："你呢，和邢在宇什么打算？"

谈到心爱的男人，宋落含着笑说："没什么打算，等他结束国外的学业再说。"

"他还打算读博？"

"目前没打算，不过他说就算读博也要回国读。"

"不习惯外面的生活？"

"是不习惯没有我的生活。"

傅斯朗身子一顿，瞥了眼身旁哼着小曲的表妹，宋泽说得没错，恋爱后，宋落是越来越自恋了。

"我还是支持他继续深造的。"宋落签完名，合上合同，"干他们这行的，不仅能力重要，专业知识也很重要。"

"不说这个了，结束了送你去机场。"才聊几句，宋落就有点想邢在宇了，翻出手机想回他消息，结果发现手机没电了。

傅斯朗不让她送，让她结束了就回去好好休息。宋落不放心，决定结束了给宋泽打电话，让他亲自送傅斯朗上飞机。

到了会场，宋落挽着傅斯朗的胳膊进去，公司的几个高层迎上来，一会儿工夫，她就喝了一杯香槟。

副总裁陪着她落座后，傅斯朗低头嘱咐她："你少喝点。"

宋落早就习惯了应酬。"已经算少了。表哥你信不信，我现在能把邢在宇喝倒？"

她上次去国外找他，两人拼了一次酒，邢在宇喝完倒头睡下，她还一个人把剩下的半瓶喝了。

傅斯朗忽然觉得宋落谈恋爱后变得和宋泽一样幼稚，总爱在小事情上攀比。

"倒是你，少抽点烟。"宋落扯着他的大衣嗅了嗅，"注意身体，这可是革命的本钱。"

两人互损的这段时间里，宋泽正好带着邢在宇找了过来，把他们所有亲昵的举动全部收入眼底。邢在宇脸色一沉。

宋泽眼皮跳了几下，心里暗道不好，他姐不会真的在外面有人了吧？

"姐夫……一定是个误会！"宋泽安抚情绪达到爆发点的邢在宇。

邢在宇冷漠地看着眼前的一切。

"一定是男伴！"宋泽想破脑袋找补，"我姐经常要出席这种宴会，常带她秘书处的一个男秘书出席。"

"男秘书？"

宋泽心说不好，怎么听出了咬牙切齿的感觉？

"就……跟着来帮她提包和谈生意的，宴会场也是生意场嘛。"宋泽觉得自己说得没错。他正要顺着这个理由往下解释，就看到前面有个英俊的男模找上宋落，递出了自己的名片。宋落没有拒绝，接过名片嫣然一笑，和身边的男人打了声招呼，向男模伸出了手。

宋泽无语。他姐为什么要作死啊，就算是说破天也说不清了。别说邢在宇会多想，他做弟弟的看到这一幕也觉得她不对劲，身边全是"莺莺燕燕"。

"姐夫，我去帮你叫人。"宋泽不能再放任她不管了，搞不好她牵完男模牵男演员。

"不用了。"邢在宇转身要离开会场。

宋泽一把拉住他："不行不行，我们还是得去看看。"

宋泽拽着邢在宇往前走，看到了陪着她的"男秘书"，惊讶地叫了一声："二表哥，你怎么在这里？"

傅斯朗也没想到会遇到宋泽和……邢在宇。

"跟你姐来看看。"傅斯朗目光落在邢在宇脸上："回来了？"

邢在宇脸色好了许多："刚到。"

上一次误会宋落和傅斯朗，这一次又误会了，邢在宇在心里笑了下自己，真的……是他想多了？

下一秒，前面的宋落放开了男模，迎上一个中年男演员，和他去了另一个休息区。

"我回酒店等她。"邢在宇说完和傅斯朗告别，然后转身走了。

人走后，宋泽两手一拍："你说我姐是不是作死啊？"

傅斯朗疑惑："作死？"

"算了算了，表哥你先去坐下，我找我姐去。"宋泽不想小夫妻年底好不容易见一次面还吵架。

宋泽没找到宋落，不知道她拐到哪儿去了。待到晚宴结束，傅斯朗告诉他宋落回酒店了，他不敢问酒店那边怎么样了，开着车送傅斯朗去机场。

———⚡———

宋落见到傅斯朗的时候，他就告诉她邢在宇来找她的事了，当时又走不开，差不多结束了她才有机会跑出来。去酒店的路上她一颗心怦怦地狂跳，两人上一次见面还是两个月前，虽然在外她总是表现出一副无所谓的样子，其实心里还是想他的。她刷卡进门，屋子里一片漆黑，她踢掉鞋子赤脚踩在毛毯上。

"邢在宇？"她叫了一声，没有人应答，难道是走了？

想用手机联系他，又想起手机没电，她赶紧去床头柜里找充电器。

刚推开卧室的门就被人拦腰抱起，她吓得叫出声，伸手钩住男人的脖子。

"你吓人啊！"宋落嗔怪道。

他把她压在床上，宋落配合地环住他的腰。

"还没看清我是谁就缠上来？"她的屁股被拍了一下。

在他抱住她的那一秒，她就知道是谁了，而她故意装糊涂。

"谁啊？我猜猜——"宋落把手搭在他的皮带上，"小元还是小覃？"

皮带"咔嗒"一声解开，她故意说："还是小吴？"

她的手腕被禁锢住，男人扯下领带慢慢绕着她的手腕缠起来。

邢在宇来了脾气，没想到女人还真的能数出个一二三，坏笑着说："还有？"

"没了没了。"宋落心中警铃大作，不敢再乱说话。

"没了？"

"没了！"

"真的没了？"

男人步步进逼，宋落眼珠子一转，狡黠地说："小邢？"

裙子腰侧的拉链被拉开，他问："哪个小邢？"

宋落手脚动不了了，在他俯身时，主动地亲了他的脸颊，服软说："邢爷，您行行好,我错了。"

"我还什么都没说,你就知道错了?"邢在宇伸手开了床头灯。

女人墨色的头发铺在白色床单上,娇笑着看着他,勾得他整颗心痒痒。

邢在宇替她解了领带,刚拿回主动权的宋落扑上去紧紧地搂住他,坐到他怀里。

"你怎么不等我啊?"宋落蹭着他小声问。

邢在宇回想她在宴会场上谈笑风生的模样,说:"我怕耽误你谈生意。"再看下去,他可不能保证不记仇。

"你回来都不和我说一声,我空出时间陪你。"

"说了,上飞机前给你留言了。"

宋落想起手机没电了,讪讪地笑了一下。

"生气了?"宋落悄悄打量他一眼。

邢在宇乜她:"你觉得呢?"

宋落赶紧求饶:"我错了我错了,我粗枝大叶。"

邢在宇特地飞回来又不是为了和她算账,抱着她从床上下来,说:"不至于生气。"

"可你脸上写满了不爽。"宋落用手指戳了戳他的脸颊。

邢在宇确实不爽,她又一副打破砂锅问到底的架势,他只好说:"小元、小覃、小吴,交代一下?"

宋落大笑:"我逗你的,小元是首席秘书,小覃是秘书处唯一的男丁,小吴是司机。"

"鬼主意多。"邢在宇听完,心情好了许多。

她弯腰凑到他面前,哇了一声:"不是吧,邢先生是真的怀疑我有异心?"

"是邢太太有魅力,我当然怕你跟人家跑了。"邢在宇捧着她的脸,用指腹摩挲着。

宋落坐在他怀里,抱住他,蹭着他的肩头信誓旦旦地说:"我都有邢先生了,其他人我可看不上。"

话音刚落,门铃声响起,他抱着她走到玄关,外面的人等不及,又喊了一声,是个男人的声音:"宋总,您在吗?今晚和您谈到的项目您觉得如何?"谈项目都谈到酒店来了。

邢在宇挑了挑眉,调侃道:"邢太太说一套做一套?"

宋落竖起三根手指:"我发誓啊,我绝对绝对没有乱来,我整颗心都是邢爷您的。"

邢在宇掐了她的腰一下："下来。"

宋落抱紧他："不下！"

"别耍赖。"

她搂着他悬空踢了踢腿，笔直的腿环上他的腰身："你说你不生气的，不许走！"

邢在宇宠溺地说："不是要走。"

宋落问："那你去哪儿？"

邢在宇和她咬耳朵："当然是赶走门口那个碍事的。"

宋落听完大笑，亲了下他的薄唇，乖乖地从他怀里下来，跑回卧室，缩到被子里等他。

门口的男人看到一个男人慢条斯理地拉开门，手搭在皮带上，应该是刚整好，他错愕一瞬。

"什么项目？"邢在宇淡漠地问道。

男人磕巴："就……就……"

他瞬间没了底气，灰头土脸地说："我明天再给宋总送合同。"说完就转身跑了。

业内都传宋总对各种英俊的男人没兴趣，他不信邪想试一下，碰一鼻子灰也认了，没想到房间里已经有人先来了。他回想男人帅气的脸，冷漠的语气，漫不经心地看他的那一眼，心想原来宋总喜欢这种类型的男人。

宋落压根不知道自己即将要被传什么谣言，邢在宇一走回卧室，她就热情地往他身上扑。

见男人臭着脸，宋落柔声问："生气了？"

邢在宇揉了揉她的脑袋："没事，以后少住酒店，尽量回家住。"

他不确定每个来的人都是对宋落有敬畏之心的，万一有人起了歹念怎么办？

"好。"宋落好声好气地说，"邢爷就别气了，管别人干什么？"

"你啊……"邢在宇心生无奈，"都不知道怎么说你好。"

"我怎么了？"宋落眨眨眼，盯着他，想要一个答案。

对上她清澈的双眼，邢在宇苦涩地说："总觉得你不在乎我。"

"胡说！"宋落搂着他，"我怎么会不在乎你啊？"她每天都很想他。

"是我想多了。"邢在宇准备跳过这个话题。

宋落松开他，望着他墨色的眸子，坦白说："其实……我是怕你烦我，我也想三天两头跑过去，但我每次过去，你的学习和生活就变得特别忙，我不想你这么累。"

说到底，他们就是相互心疼对方。

"不累，你每次来找我，我都很开心。"邢在宇拉起她的手。

宋落说："那……我过完年飞过去找你，住半个月！"

邢在宇笑着说："好。"

解决完小问题，她笑嘻嘻地问："那今晚小邢还陪不陪我过夜？"

"陪。"陪她继续玩这个霸道总裁游戏。

宋落跑到卫生间门口冲他招手："先洗澡。"

第 五 十 一 章

宋落的手机响个不停，她浑身疲软，把头埋到枕头下面，拒绝铃声的骚扰。

邢在宇也睡得迷迷糊糊，碰了她一下："电话。"

"你的。"宋落困得不行，昨晚也不知道几点才睡下，只看到天边泛白，接着下了一场大雪。

邢在宇坐起身，没见自己的手机屏幕亮，那就是她的。他循着声音去找手机，把床和床头柜都翻了一遍，还是没找到。

铃声响了老半天，宋落听清醒了，她坐起来，伸手从他睡的枕头下拿出自己的手机，接起放到耳边，黑着脸沉声说："最好是急事。"潜台词就是：不然就等死。

邢在宇愣了几秒，他忘了宋落的习惯，睡前玩完手机喜欢顺手塞在旁边的枕头下面，以往他都会帮她放到床头柜上，昨晚困忘了。

那边的宋泽咽了咽口水："姐……"怎么办，他也不知道自己的事算不算急事。

"没有？"宋落躺在床上冷笑，"一个月都别让我看到你，不然你就等着滚出宋家。"

"不不不，我有急事！！！"宋泽不想被宋魔女记恨上。

毕竟她狠心起来连自己家公司的单子都会搅黄，他的业绩很重要啊。

"哦？"宋落等着听他有什么急事。

宋泽说："就是……你在外面野也要小心一点，别让姐夫发现了，多伤人家的心啊。"

真不怪他这样想，要是有一天听说他们夫妻之间有一个人在外面乱搞，他觉得只有他姐有这个胆子。

"发现？"宋落不知道宋泽在说什么。

而宋泽听来就是：我在外面乱搞的事情被发现了？

他痛心疾首:"姐,你糊涂啊!!!姐夫这么好,外面的阿猫阿狗你也看得上?"

宋落拉开手机,看了眼面前拢着宽松睡袍的男人,指着听筒说:"宋泽说我出轨?"

邢在宇摇头:"我不知道。"

宋落问:"你信?"

邢在宇微微挑眉,暧昧地说:"经过昨晚,我不信。"

宋落脸微微泛红,压低声音警告:"闭嘴。"

夫妻俩的音量一点都不低,对面的宋泽听得一清二楚。得了,是他想多了,因为担心姐姐在外面乱搞,一个家庭面临破碎,他彻夜未眠。人家在做什么?甜甜蜜蜜度春宵。他还打扰了人家小夫妻的美好清晨。宋泽发誓,以后邢在宇的事,他再也不管了!

"还有事?"宋落面色恢复如常。

宋泽说:"没有,这一个月我都不会出现在你面前的。"他就差流着泪说这句话了。

"得了,别在我面前装可怜。"宋落拿过邢在宇的手机看了一眼时间,"晚上来我家吃饭。"

宋泽瞬间满血复活:"好嘞!我爱姐姐,我爱姐夫。"

挂掉宋泽的电话,宋落拉着被子躺下,拍了拍旁边的空位:"再睡会儿?"

邢在宇不太喜欢赖床,犹豫片刻,还是躺了下去,接着她飞快地钻到他怀里,换个舒服的姿势躺好。

她正在处理手机里堆积的消息,小脑袋一动一动的,头发蹭得他胸口痒痒的。

他抬手摁在她头顶上,问道:"想吃什么?"

"吃饭吧。"宋落打着哈欠。

"回家给你煮?"邢在宇想要不要做几个她爱吃的菜。

宋落说:"在酒店随便吃就好,晚上小泽过来吃饭再说。"

宋落把腿搭在他大腿上,怎么舒服怎么躺。

她拿过旁边桌子上的手机继续看消息,邢在宇就陪着她。

宋落习惯先看秘书元玉玉给她的留言,好了解今天要做的事情。

看到今天的留言,她微微愣了一下。

元玉玉:宋总,腾华飞娱乐公司的唐总想约您吃顿饭,谈一下您对他们公司项目的意向。

元玉玉:他特地让我转告您,影帝韦昶也会到场。

宋落不解,聊项目没问题啊,她确实有意向合作,带个影帝干什么?影帝不拍戏，来酒席上给他们倒酒？她让元玉玉安排时间，再让她转告唐总不用带影帝。

三分钟后，元玉玉回复：唐总说，如果您对影帝韦昶不满意，视帝沈故年也可以。

宋落：？

宋落：别带男人，端茶倒水有秘书。

元玉玉：……宋总您洁身自好是好事，但我看到这句话难过了三秒。不过想到您付我的高薪，我觉得我还可以挡酒。

元玉玉跟了宋落三年，也敢和她开一些小玩笑了。

宋落：你去打听一下，怎么又开始给我送男人了？

她的事业刚火起来的那一阵，很多人喜欢给她送，后来她明确拒绝了几次，就没人有想法了，和她聊生意都是公事公办。

元玉玉不需要多问，她回复：昨晚有人撞到从您酒店房间里出来一个男人，说他威武高大，清冷矜贵，各大影视公司的老总幡然醒悟，以为您拒绝他们送的人不是因为您不碰男人，是因为送的人不对您的胃口，所以才斗胆再试一试。

宋落回头看了眼"昨晚她房间里的男人"。

邢在宇轻佻地挑眉："有事？"

"没事。"宋落挡着手机屏幕，不让男人看到，怕他又乱吃醋，"我觉得有些老板眼瞎，怪不得投一部电影仆一部。"竟然觉得有人可以代替她家邢在宇，她男人是世界上独一无二的好吧！

宋落问元玉玉：你怎么知道这么多？

元玉玉：偶然听到的八卦，并且这个八卦在今天凌晨2：35左右有冲上热搜的趋势，我已经让公关部去处理了，至于散播谣言的人，已经报案了。

宋落就爱元玉玉这样的，开心地说：这个月加工资。

元玉玉：好的宋总，玉玉竭诚为您服务。

元玉玉了解自家老板的为人，她把私生活和工作分得很清楚，外面的男人她看都不看一眼，毕竟家里的男人很优秀，无人能比。

她了解过，邢律师也不是吃白饭的，邢律师所在的律所是京北前三的律所，他还是律所的合伙人，打官司毫无败绩，最近的几场重大经济和刑事案件都是他带的团队赢下的。他性子风趣幽默，也没有传说中的那么有距离感，每次他和宋总在一起，眼神就没从她身上移开过。他在外是铁面无私、不好相处的邢律师，回到家是对太太百依百顺的好丈夫。别说宋落，元玉玉都替她看不上其他男人。

宋落跟财务部交代完给元玉玉涨工资的事情，点开了和戚相宜的对话框。

戚相宜：你又干什么了？我最近不是准备导部科幻片嘛，怎么有经纪公司暗示我可以给你送两个男人，然后再和我申请面试的事情。你……干什么了？

宋落：没干什么，是外面谣传。

宋落和戚相宜大概说了昨晚的乌龙事件。

戚相宜：……还说不是隐婚，业内没有人知道你不是单身。

宋落：知道了，就不往我这儿送人？

戚相宜：要是知道你老公是那个接了几个经济大案并且赢得漂亮的邢在宇，他们还敢送？

宋落：说得好在理……不过我没看上，你可以看上，咱们戚导缺对象！

戚相宜去剧组后，脾气日渐暴躁，回复：你闭嘴吧！秀恩爱的都滚一边去！

宋落又看了一眼邢在宇，他无奈地笑着问："怎么了？"

"突然觉得我家先生也蛮厉害的。"宋落笑着说。

她把昨晚的事情说了一遍，拍着手哈哈大笑。

邢在宇听完反而脸一沉："怪不得今天早上管嘉傲发消息给我，问我这种没名没分的日子打算过多久。"

宋落无语。"管嘉傲乱说的，你别理他。"

"宋总，你不对我负责？"邢在宇大大咧咧地靠着浴缸，手搭在边沿，眯着眼看着她，勾唇笑着问。

这语气和姿态，嘴里喊着"宋总"，做态很"邢总"。宋落不知道还能怎么负责了。

第五十二章

吃完午餐，宋落去了趟公司。本来是不打算去的，但外面有关她的传闻太离谱，她觉得还是有必要露个面。因为邢在宇在浴室问的问题，她答得不好，出来后他就一直用疏离淡漠的眼神看着她，似乎她犯了天大的错。

元玉玉开车来接宋落，路上她透过后视镜打量自家老板，见她一脸严肃，手上的文件从上车到现在，还停留在第一页。

"宋总，有事情要盼咐？"元玉玉问。

宋落回神："没事。"她垂下头，继续翻阅手中的文件。

到了公司，才坐下没几分钟，戚相宜就敲响了办公室门。宋落抬手打断元玉玉的汇报。

元玉玉主动去给戚相宜倒水，然后站到宋落身后。

"有文件要批？"宋落抬头看了她一眼，接着处理文件。

戚相宜抱着手坐到她对面的椅子上，板着脸。

"又是哪里让你不顺心了？"宋落习惯了戚相宜三天两头到她办公室摆脸色，大部分原因是别的投资人要给她的剧组塞人，或者是对她一个女导演进行金钱打压。事业刚起步的时候，宋落还会亲自出面去和那些投资商周旋，后来公司有钱了，一听她抱怨，宋落就直接换了投资商。毕竟这三年多来，戚相宜也拍过一部爆剧和几部S级电视剧，有这个资格挑选投资商。

"万臣的MV我不接。"戚相宜把合同丢到桌子上。

元玉玉弯腰凑到宋落耳边小声说："要不要叫顾导？"

宋落正想说不用，看戚相宜这次是铁了心不想去，并不是来她这里找台阶下的。结果戚相宜抢先出声，黛眉一皱，无所谓地说："让小顾去拍完全可以。"

"那行，就让小顾去。"宋落摆摆手，让元玉玉把合同拿下去。

元玉玉快速收拾好桌面，把空间留给两位老板。

"死心了？"宋落直截了当地问。

戚相宜点头，疲惫地揉了揉眉心说："九年了，也该结束了。"

宋落抿唇，不知道怎么劝她比较好。"你要是想清楚了，我尊重你。"

戚相宜趴在办公桌上，仰头望着宋落，叹气说："落落，一转眼我们都毕业两年了，都二十五了。"

"你要是想和我感叹时光易逝，现在可以出门了。"宋落拿起旁边黑色的钢笔批阅文件，分心和她聊天。

戚相宜也不介意，宋落有多忙，她比谁都清楚。"落落，我发现你这个人真的很清楚自己要做什么，总是能很果断地迈出下一步。"

她还记得高中毕业那天，她从隔壁艺中去一中等她放学，看见很多人依依惜别，舍不得学校、舍不得老师，更舍不得同学，而宋落一脸淡然地走出校门，和旁边紧紧相拥、挂着眼泪的同学形成了鲜明对比。她没有任何不舍，心里已经在计划下一步要做什么了。从那时开始，戚相宜就发现她能很平常地看待每一段时光，果断地与过去告别。她只专注自己，过好每一天。

"我要是你就好了。"戚相宜目光闪动着，对宋落投去羡慕的眼神。

宋落笔一顿，勾唇嗤笑："要像我这样冷情？"

戚相宜点头，隔了几秒，又摇头："你……也没我想象的那么冷情吧，特别是和邢在宇在一起后。"似乎想到什么，戚相宜被感染到，她笑着说："以前吧，大家都说你不好相处，和谁都是泛泛之交，我也这么觉得。后来我发现不是的，你看到邢在宇时会开怀大笑，你会开玩笑，也会说一些不正经的话。我看到的时候，还以为你人设崩了。"

"人设？"宋落淡笑，"我还有人设啊？"

"对啊，清冷女神，对谁都冷淡得很。"戚相宜捧着脸望着她，"其实你面对我们的时候还是很冷淡，对邢在宇倒是越发温柔，在他的影响下，你偶尔也会对我们和颜悦色。当年邢在宇和你说的话没错，宋落啊，要和温柔的人在一起。"

"你倒是记得挺清楚。"聊到邢在宇，宋落难得露出了笑意。

戚相宜是羡慕两人的，从校服到婚纱，一场漫长的热恋，他们的感情持续升温，没有变淡。

"我也想清楚了，以后呢，"戚相宜站起身，"我也要和温柔的人在一起，我……不想再一直等一个人了。"

九年了，她回想起来，久得可怕。或许有过很美好的时光，但孑然一身的她在某个深夜想起这九年，觉得心冷得可怕。没有回音的暗恋，该结束了。

"相宜，你值得。"宋落望着她，认同地说。在她看来，戚相宜长得漂亮，家世又好，多才多艺，还有能力，赚钱能力不比男人差，这样的人，值得被人喜欢。

"你今天早点下班吧，后续的文件送到我办公室，我替你批了，拿不定主意的，我明天让玉玉转告你。"戚相宜拍了拍她手边的"小山"。

宋落毫不犹豫地拨了内线电话，让元玉玉搬文件。

看着宋落桌面上的文件逐渐被搬空，戚相宜唇角扯了扯："不是吧，你就提前下班一天，没必要全部给我吧？"她就是假装义气，宋落怎么还当真了？

"我的公司也是你的公司，不客气。"宋落拿过手包，拍了拍她的肩膀，转身离开了办公室。

到了停车场，宋泽给她打了电话，主动说要去给他们露一手，宋落回想宋泽的厨艺，咽了咽口水，拒绝了这个提议。

她开车回公寓，路上又想到今天早上脑子里冒出来的问题——要不要公开？等到了家也没得到一个准确的答案。她忽然想，为什么总要一个人拿主意？她应该和邢在宇说这件事情，两人一起讨论，应该尊重对方的意愿。

想清楚后，她迫不及待地按下上楼键。邢在宇出国后她搬过一次家，原先租的公寓偏小，她就在高档小区买了一个大平层。因为她很不喜欢上下楼，大平层也满足了她不想走楼梯的需求。说起来，邢在宇今天是第一次来新房子，不知道他适不适应。

电梯门打开，她碰到了邢在宇和宋泽。

"你们？"宋落先对宋泽发问，"你不用上班？"

宋泽以为宋落还有两个小时才下班，忙解释："难得来我姐姐家吃顿饭，我今天申请早退了。"

宋落和邢在宇结婚后，除了两人，最开心的就是宋泽，他三天两头往她这里跑，有时候也会和她一起出国去邢在宇那儿住一天。她很不解自己结婚他跟着高兴什么，宋泽说在他们家就像在自己家，很有家的氛围。

宋泽说自己和他们是一家人，是有证据的。结婚后邢在宇入了她的户口，而当时她和宋泽一个户口，她是户主，所以宋泽才理直气壮地说都是一个户口本上的人，怎么不是一家人？

除去玩笑的成分，宋落也懂宋泽话里的意思，原先的那个家，宋落也不喜欢，太冰冷了。

"去哪儿？"她看向邢在宇。

他上前牵着她："我们去超市买食材，你回去等。"

"我和你们一块去！"宋落跑进电梯，"你们在下面等我，我十分钟之内下来。"

她还穿着职业装，踩着高跟鞋，不方便。

两人等了二十分钟，谁也不敢催她，等宋落下了电梯，宋泽还第一个上前拍马屁："姐，你美得就跟仙女似的！"

宋落挽住邢在宇的胳膊："得了吧，你就是瞎夸。"

她就穿了件简单的毛衣，外面套着舒适的白色羽绒服，和邢在宇身上这件黑色的羽绒服是情侣款。

"姐夫，你说是不是？"宋泽不服。

邢在宇握着宋落的手放到他宽大的口袋里，低头雅笑说："是，比仙女还仙女。"

"得了，再晚一点没菜买了，你们自己做仙女喝露水吧。"宋落浅笑，还是很吃他们夸她这一套。

三人逛超市，宋泽推车，两人在前面选。宋泽百无聊赖地环顾四周，正想和宋落讨论下这家超市的规模，突然眼尖地瞥到不远处有一个熟悉的身影。

他兴奋地叫宋落："姐！你看，书绿茶在那儿。"

正在挑选水果的宋落一顿，转身往宋泽指的方向看去，是书一南。她两年没见过他了。

当初宋泽雄赳赳气昂昂地说要去公司教训他，加上邢在宇那些损招，宋泽过去还没有闹上半个月，宋家老爷子就被惊动，提着拐杖来到公司，二话不说就让宋偲当面把书一南辞退了。宋落不在现场，按照宋泽当时跟她说的，宋偲犹豫了，他看到母亲这个态度，气得不行，当场又在外公面前说了书一南的种种不是，外公拿着拐杖狠狠敲在瓷砖地板上，动静都传到下面二楼的业务部了。

宋泽说，当时公司的楼差点要被震垮了，后来外公放话，要是宋偲舍不得，就和书一南一起走。他一脸悲痛地喊祝家人怎么阴魂不散，祸害他的子孙来了，孙女都被气出去独户了。形势所逼，宋偲辞退了书一南，让祝家来接人。之后，宋偲被外公在办公室训了一个下午，那天之后书一南没脸再出现在公司，宋偲也没有再主动去见过书一南。

"我对那个绿茶男一点好感都没有。"宋泽把胳膊撑在推车扶手上，"他当时还想陷害我丢单子，我事前一句'单子没了又怎么样，本少爷不缺这个钱'，他就尿了，不敢动手了。"

不远处的书一南正在推搡一个妇人，脸上满是嫌弃，妇人拉着他的袖子不放，他们隐约听到她小声哭泣着说："小南，我是你妈妈，想见见你不行吗？"

书一南用力一甩袖子，妇人差点撞到货架上，接着他们听到书一南凶狠地说："我没有你这样的妈，当年要不是你不要脸爬上我爸的床，偲姨也不会和我爸分开。"

"你怎么总替那个女人说话？我才是你的妈妈。"妇人不服气地站起来，反驳回去。

"你不是！"书一南后退一步，"祝家给你的钱够你挥霍一辈子了，你就不要再来找我了。"

书一南转身要走，妇人拉住他说："妈妈老了，只有你一个儿子，而且你叔叔他们一家不是真的待见你，那个女人也不见你了，她根本不在乎你。小南，你不能这样对我，她以前抢我丈夫，现在又来抢我儿子……除了你，我什么都没有了。"

"我没有你这样丢人的妈。"书一南拉出自己的袖子，"如果没有你，我应该是他们的孩子！"

他扭头快步离开即将要被围观的现场，丝毫不心疼在原地哭成泪人的母亲。

宋泽退了两步，购物车直接挡住了书一南的去路，他讽刺地笑着说："我妈的种可长不成你这个丑样，别整天贴过来，恶不恶心？"

书一南被吓了一跳，意识到刚刚发生的事全被宋泽和宋落看到了，他恼羞成怒："宋泽，我没有招惹过你吧，你怎么总故意为难我？"

"惹大了。"宋泽吊儿郎当地抱着手，"惹了我姐，我没设套子让你蹲牢，你就谢天谢地吧，还好意思痴心妄想做我妈的亲儿子，这是我今天听过的最晦气的话。"

宋泽骂得正上头，小嘴叭叭的，旁边看戏的邢在宇凑到宋落耳边说："他挺能说的。"

"是啊，就是歪点子太多，不务正业，不然我建议他学法。"宋落开弟弟的玩笑一点也不客气。她说得也没错，若是没有人管着宋泽，他进了社会，面对各类诱惑，指不定要走歪路。

"你别再私下去见我妈，搞得我妈都不好意思和我说话，一副对不起我和我姐的样子。"宋泽指了指他刚挑选的礼盒，"你也可以继续去找她，我外公要是知道，直接把我妈扫地出门，你等着看吧。"

"你……"书一南被撑得说不出一句话。

宋泽骄傲地说："姐，总结发言，我们赶着回家做饭呢。"

宋落："……"刚入社会就浑成这样。

宋落看向书一南。这些年他变化很大，肉眼可见地沧桑了许多，生活的不如意让他心力交瘁。她开口打破了书一南最后的幻想："你也挺可笑的，自己有妈，非要盯着别人的妈不放。宋偲不会见你的，我想现在比起你爸，她更离不开的是我爸。"

宋偲一贯是商人思维，她还有子女和父母，面对陪伴自己许久的丈夫和已亡的初恋，如何选，答案早就出来了。

说完她挽着邢在宇的胳膊，不满地说："走吧，早知道就在家等你们了，晦气。"

"是吧是吧，我也觉得。"宋泽快速跟上。

书一南望着三人远去的背影，看得出宋落和宋泽过得很好，他也记得她依偎着的男人当初用网球砸过他，是她的男友。他和宋偲说过他们私下交往的事情，但他们现在还在一起，那宋偲就是支持他们，就算和邢家断了合作也无妨？所以，宋偲真的像他们说的那样，开始对他们和他们的父亲上心了？那他呢？他突然感觉自己很可怜。

回家的路上，宋泽和邢在宇一人提着一个购物袋，站在他们中间的宋落捧着一杯刚买的热奶茶，谁都没有再提起超市发生的事情。

宋泽的手机响起，是他的秘书打来的电话，他接起。

宋落看着邢在宇，心里郁闷，忍不住问他："你觉得书一南惨吗？"

邢在宇和她对视："咎由自取，活该。"

宋落点头："我也觉得。"他们之间的事情太复杂，今天书一南固执地不认亲生母亲，有宋偲过去几年偏爱和纵容的原因在。

"你还生你妈的气？"邢在宇比起那些，更担心她。

宋落说："也不是生气，就是不在乎了，我这辈子和我妈就这样了，有些缺了的东西不是可以弥补的。"

不仅面对她的母亲是这样，面对宋庆海她也是这样的态度，她小时候最缺少的东西他们没有给她，等到长大，也不需要他们给了。

"我有你了，其他的不重要。"她冲他笑笑。

邢在宇温柔的目光落在她脸上，看到鹅绒般的雪落在她的发顶和脸上，她下意识地眨了眨眼睛，脸颊微微泛红，看了让人心生喜爱。近距离看到这一幕的邢在宇内心被逐渐填满。他的女孩，真的很漂亮。

"对的，其他不重要了。"邢在宇笑着说。

宋落紧紧搂着他，提议："改天我们请双方父母一起吃个饭吧。"

"吃饭？"邢在宇不明所以。

宋落说："和他们说我们结婚的事情，然后今年我和你回你老家过年，你也要陪我去见外公外婆。"

他们领证是临时起意的，没跟家里人说，父母和老人家们都以为他们还是在谈恋爱。

"不是嫌麻烦吗？"邢在宇挑了挑眉，问。

宋落笑着靠他的肩膀："你不是要公开吗？那当然要走全部的流程。"

虽然他们的父母没有给他们完整美好的童年，但是宋落也想告知他们。不管能否得到祝福，他们都要去见彼此重要的亲人。重要的是，她想告诉外公外婆，她真的遇到了一个温柔的人，一个爱她、重视她、珍惜她，让她体会到世间更多美好情感的人。

邢在宇笑着说："见完面我会告诉身边的其他亲友，我早就娶到了你，我们结婚了。"

宋落轻声说好。

旁边的宋泽刚挂电话，他拉着身上的皮衣，打了个寒战："你俩别腻歪了，下雪了，赶紧回家！"他跑在前面，大喊跟上。

邢在宇揽着宋落的肩膀，小声说："今晚要不要喝啤酒？"

宋落嫣然一笑："要！"下雪的夜晚，一定要和爱的人喝啤酒，看雪。

第五十三章

邢在宇的毕业典礼如期举行。宋落为了能来参加，把一个月的工作全部压到一起处理，在毕业典礼的前一天才飞到国外，又因为要倒时差，她一觉睡到第二天十点。

她睁开眼，床的另一边早空了，邢在宇三个小时前就走了。她急急忙忙从床上下来，冲到厕所洗漱，用十分钟化了一个日常素颜妆，挑了条温柔的紫色法式裙套上，给住在附近酒店的宋泽打电话。同样因为时差沉睡的宋泽被吵醒，看到时间吓了一跳，保证二十分钟后去接她。

等不及宋泽来接她，宋落开车去附近的花店取花，然后到酒店接宋泽。

宋泽在白色T恤外面套着棕色的宽大短袖衬衫，一边跑向车子一边整理头发。

宋落今天开了辆拉风的红色敞篷车，戴着一副墨镜，头发用鲨鱼夹随意夹起，几缕秀发落在锁骨上，整个人在阳光下耀眼夺目。

宋泽从未见过他姐这么张扬，拉开副驾驶门，疑惑地问："姐……你怎么突然这么高调？"

"坐后面。"宋落扶着方向盘和手柄，"高调一天，有问题？"

她昨晚和邢在宇开玩笑，她还没尝试过开着最骚的车去接他这个男硕士生。邢在宇说明天就可以，于是她立马给元玉玉打电话，让元玉玉订车，保证第二天她可以开去学校。

不懂夫妻情趣的宋泽灰溜溜地上了后座，唯唯诺诺地坐好："没有任何问题。"

车子快靠近校门口时，宋落就看到了站在路边等他们的男人。周围的学生看到美女开着豪车，副驾驶座上还有一束红艳的玫瑰，忍不住停步观看，他们都好奇女人是来给谁祝贺的。

"帅哥，今晚一起喝一杯？"宋落摘下眼镜笑着问他。

邢在宇身子挺拔如松，身上的西装和长袍衬得他气质儒雅，脸上的一抹痞笑又让他看起来落拓不羁。

"姐……"宋泽被惊到，这是准备玩哪一出？他……应该在车上吗？

"好啊，能和这位小姐喝一杯，是我的荣幸。"邢在宇修长的五指搭在车门边，俯视着她。

两人对视几秒，宋落的笑容渐渐加深，他俯身吻住她，一触即分。

看戏的人全被惊到，几个人还抱在一起，用英语一直在感叹，宋泽也不例外，他抱紧了自己。

宋落无视旁人热烈的目光，拿过副驾驶座上的花下车，头也不回地对宋泽说："去泊车。"

宋泽："……知道了。"他告诉自己，他今天就是来当工具人的，要心平气和。

宋落淡笑着扑到邢在宇怀里，开心地说："毕业快乐！"

邢在宇抱住她，跟着笑起来，接过那一大束花："怎么不多睡会儿？"

"再睡我就要错过你的毕业典礼了。"宋落抱着他的胳膊，小声数落他，"我昨晚睡前都让你起来叫我一声了,你怎么就偷偷摸摸地走了?"

"早上是冗长的各种发言,你来了也会睡着,家里的床睡起来不是更舒服?"邢在宇哄着她说。

宋落仰头看他:"说得在理。"

不远处走来几个人,他们用英语和邢在宇打招呼,他礼貌地回应,接着有人注意到他怀里的女人,好奇地问她是谁。邢在宇眼里带着笑意,看了眼宋落,对他们说:"这是我妻子,宋落。"

大家惊叹,有女同学问:"你竟然结婚了?老天啊,简直让人难以置信。"

男同学也同样惊讶:"我们一直以为你单身,你平时这么忙,我们都猜你无心恋爱。"

宋落听得懂几人在说什么,故意推了推邢在宇,问:"他们说什么?"

邢在宇睁眼说瞎话:"说你有这样的老公简直是走了大运。"

宋落嘲讽:"你好不要脸。"

邢在宇一把搂住宋落,大大方方地说:"我们结婚三年了。"

听说他们大学毕业就结婚了,几个人又七嘴八舌地讨论起来,说他们的感情一定很好,看起来非常恩爱,让人羡慕不已之类的。

送走几人,宋落扶着邢在宇轻笑出声:"你国外的同学真的很热情。"

"那你还装听不懂,不上去聊两句?"邢在宇摘下她的墨镜,看清她漂亮的脸蛋。

"不了,我这人不爱跟人热烈地交谈。"宋落承受不住这种热情。

泊车的宋泽回来,喊了他们一声:"姐,姐夫。"

两人齐齐转身,宋泽举起相机,快速定格这一秒。

今天他的任务不仅是做提包小弟,还兼任摄影师。

宋落脸上闪过错愕:"你这样拍能好看?"

宋泽理所当然地说:"姐,你好看,怎么拍都好看。"

宋落凑过去:"我看看。"

照片上,回身的两人神情淡然,如出一辙,宋落指出:"明明我们前面还在笑,你一叫,我们就变得面无表情,你不觉得有问题?"

宋泽无语,能有什么问题,是他不受待见的问题吗?这个问题,他几百年前就知道了。

宋泽在心里吐槽两句,不敢说出口,装傻不作声。

"走吧,我带你们逛逛。"邢在宇打断两人。

宋落小跑过去牵起他的手,仰头看他。这几年邢在宇变了不少,身上的少年气褪去许多，变得成熟且有魅力。他的硕士长袍下是整齐的白色衬衣和深色领带，这一身打扮，犹如古希腊神话中穿着长袍的神明，带着不怒自威的强大气场。她有种错觉，似乎本科毕业就在昨天，他也是一身长袍，站在她身边，温柔地注视着她。

"没想到一眨眼，就过去三年了。"宋落感慨。

邢在宇和她十指相扣："听你的语气，是觉得时间过得太快了？"

宋落摇头："我的人生进度条要是能拉，我希望这三年过得再快点，往后的每一天就慢一点吧。"

"哦？"邢在宇挑了挑眉。

"因为以后，你都会在我身边了。和你在一起的时光，就能长一点。"宋落望着他认真地说。

"这次，我把行李全部打包好，和你回国。"邢在宇也想回去了。

出来三年，他只短暂地回去过两次，一次是跨年，还有一次是他们决定公开结婚消息的那个新年。

宋泽抱着照相机站到前面说："你们别走了，多拍几张留念。"他了解两人的习惯，若没有人督促他们拍照，他们今天怕是只会拍几张照片。

学院的毕业典礼开始前，宋泽指挥着两人在校园的几个地方拍了不少照片，到最后宋落懒得做表情，撂挑子不拍了。

邢在宇带着他们去场馆，等会儿还有授位仪式。

宋泽从邢在宇那儿了解完流程，开玩笑说："原来国外也是先给个证书空壳，然后走个过场合照留念，最后还要回收。真正的毕业证书三个月后才寄给本人。"

"你表情再嚣张一点，就要被群殴了。"宋落小声提醒他。

宋泽仰着头："我说的是中文。"

宋落说："万一有会中文的呢？"

宋泽只好说："行，我闭嘴。"

两人就你一言我一语聊到开始。

院领导发言结束后，是优秀毕业生代表发言，邢在宇很荣幸地获得了这个机会。当他走上场，全院的人挥手欢呼。

"姐夫在国外学校的人气不错啊。"宋泽也跟着挥手。

宋落没了解过邢在宇在国外的校园生活，她只知道他很忙，不仅要上学，还要赚钱。她说过自己有钱，可以暂时养家三年，让他不用介意。她诚挚地邀请他"吃软饭"，他就问："买一架飞机也可以？"

她当场就改变主意，"吃软饭"这件事还是让她来吧，他继续努力接案子，赚大钱。她也就是说说，邢在宇真的把工资卡交了上来，宋落也不客气，有时候出去购物会刷他给的卡。

听到有人夸他，宋落勾唇微笑，邢在宇本来就很优秀，他像是受老天爷眷顾的天才，学什么都很快，似乎有挥洒不完的精力用在专业上。

台上的邢在宇分享了三年的求学经历，宋泽听得昏昏欲睡："原来国内外的毕业发言都一样啊。"一样无聊和无趣。

跟宋泽不同，宋落很认真地听了他说的每句话，忽然明白了他当时在台下听自己发言时的心情——为心爱的人感到无比骄傲。

他们坐在观众席，离舞台不是很远，宋落微微抬起手，示意他看镜头。

邢在宇一直用余光注意宋落这边，她五指轻轻动了下，他就望向那儿，发言正好收尾，顿了一下，他临时加了一段："这三年的国外求学，我还想感谢我的妻子，宋落女士。她很好地做到了她说的，我读书期间她要变得更优秀，要不停地努力，能一直做站在我身边和我共进退的人。"他感谢她，顺便夸了她。

他说的是英语，台下的人听完一阵骚动，大部分人感叹校园风云人物邢在宇竟然已婚了，还有人难过地说了几句丧气话。有人想知道女主角来了没，左顾右盼开始找人，场内都是吹口哨声和鼓掌声。

邢在宇望着女人的方向，换了中文说："阿落，你做到了。我也在这里说一声，恭喜你的公司上市。以及，结婚三周年快乐。"

宋泽不知道怎么回事，姐夫明明看的是他姐，但他的心也跟着怦怦地乱跳。

宋落不想太张扬，竖起大拇指回应他。他不说，宋落都差点忘了今天也是他们的结婚纪念日。

"结婚纪念日？"宋泽反应过来，夸赞邢在宇，"姐夫真浪漫，在毕业典礼上公开示爱和庆祝。"

宋泽又想起来一件事，不管说多少遍，他还是很兴奋："还有，你们今年公开的时候，他竟然去登报了。"

宋落回想新年时发生的事情。她从身边的人那里知道邢在宇把他们结婚的事登报了，现在别人结婚更习惯发朋友圈，而邢在宇选了一个很老派的方式——登报官宣①。

报纸上的那段内容被拍下，也不知道被传了几个群，传到了她这里，不到一天，所有人都知道他们结婚了。不说那些群，京北大学的表白墙又把他们的事情拉出来

---

① 网络用语，指某人或某机构对外正式宣布消息。

说了一遍，认识的校友还送上了祝福。这个官宣……可以说是轰轰烈烈，他们怀疑是邢在宇憋了几年，来了个大的。

她看过那则报道，写得很正式。后面，她了解到登报是需要个人信息的，而且程序很麻烦。

宋落心里涌现一股暖流，在她面前，邢在宇总是很不正经，但关于她的事情，他会很上心，就算是烦琐的礼节，他也愿意为她去完成。

———〰———

典礼结束，她和宋泽先到外面等邢在宇。

宋泽选了几张好看的照片发给宋落，说："回头照片打印出来，我给你们送过去。"

"行，辛苦了。"宋落翻看她和邢在宇在校园里的合照。

思索片刻，她打开手机相册，不知道翻了多久，从一堆工作照片里找到了很久以前的合照，精挑细选出九张，点开了朋友圈。

一直在玩手机的宋泽看到朋友圈有新消息提示，他点进去看，竟然是宋落发的。

结婚三周年快乐，邢先生。

下面发了九张照片。

照片的时间跨度很大，有他们本科时开玩笑拼凑出来的情侣照，还有曾经表白墙投稿人偷拍到的邢在宇拉着她的照片。当然，她包得严实，没被认出，但她今天主动承认了自己就是照片中的女人。

有结婚时的持证照，还有这三年闲时拍的合照以及又一箱"情书"。

后面的两张照片是本科毕业时和今天他硕士毕业时两人的合照，最后是一条便笺的照片。

今天本来只是想祝邢学长毕业快乐，很凑巧，今天也是我们的结婚纪念日，那就也祝我们结婚三周年快乐。邢先生总说我做什么都喜欢"偷偷"的，像高中"偷偷"刷题，考试超过他，像本科"偷偷"和他谈恋爱，像毕业后"偷偷"和他结婚。

就算这样，他被人笑"没名没分"也从不生气，念叨我，又宠着我。

我可能某些方面做得不太好，但是我想说的是，我和任何人谈起他，都会骄傲地称赞他：我丈夫是我的尤金，是我的光明，我爱他的一切。

最后，邢先生，欢迎回家。

落款宋落。

宋泽看得牙酸："姐……你还是不要浪漫了，浪漫起来要命啊。"

怪不得他姐的高中作文总是优秀范文，太会写了。

宋落挑眉，她只是很认真地在朋友圈给邢在宇一个名分而已。

她看到红点冒出来，有无数人点赞和评论，说她虐狗来了。宋落扫了一眼，发现他的回复在最前面：

感谢邢太太认领，在校门口等我，一起回家。

第五十四章

借着陪邢在宇毕业旅行的机会，宋落也给自己放了一周的假，两人去了海边，就是京北附近的小渔村。

晚饭后，宋落和邢在宇手牵手去海边散步，他手里拿着喝了一半的椰汁，宋落两手空空，戴着墨镜好生潇洒。她一到海边就把鞋子脱下来提在手里，踩着软乎乎的沙子，伸了个懒腰："海风好舒服。"

邢在宇听到这句话反而忧心忡忡，生怕她又要做出什么疯狂的举动，而且现在天还没黑，海边人不少。

"先去冲个脚。"宋落扯着他往海里走去，邢在宇有意拖着步子，让她的行动变得艰难。

宋落把墨镜往上拉，卡在头顶，盯着白花花的浪花试探地伸出脚，倏地，被邢在宇一拽，扑在他怀里，他带着她回到沙滩上。

"晚一点再下水。"邢在宇垂眸淡淡地瞥她一眼，不相信她下了水什么都不做，上一次她把上衣脱了，着实把他吓到了。

"喊，你是不是觉得我是个疯婆娘？"宋落问。

邢在宇点头："好在我们家阿落有自知之明。"

宋落指了指自己身上的白色吊带："我不会再脱了。"

邢在宇特别佩服宋落的一点就是，不管去哪儿玩，她都能打扮得和本地居民一样，姿态悠闲，就像在这儿常住的百姓。她今天穿的是白色吊带背心和超短裤，若是其他人，恨不得穿上最好看的裙子在海边拍照留念，她却丝毫不在意这些。

"我们先去看相宜他们。"邢在宇转移她的注意力。

宋落忽然记起今天来这里的目的——监工。

戚相宜最近在导一部电影，大部分镜头要在小渔村取景。他们这次租的民宿小别墅就在戚相宜的隔壁，她昨晚去串门，难得不拍夜戏，正和编剧团队讨论后续剧情的戚相宜在看到她的那一秒，眼神带着狠意，她被吓了一跳。网友都叫戚相宜冷脸导演，人送外号"戚冷脸"。宋落听到元玉玉说的时候，忍不住哼笑一声，说她是不信的，戚相宜性子温软，这是他们这些朋友都知道的。昨晚一见，宋落信了，叫她"戚冷脸"都算友好了，看她浑身散发的寒意，叫她一声"戚北极"都不过分。

宋落走近海滩上的露天小酒馆，演员正在走戏，副导演正在给他们讲戏，没看到戚相宜，她目光四处寻找。

"宋总，您来了。"戚相宜的助理肖蕤跑过来笑着说。

她看到宋落身边的邢在宇，猜想是宋落的丈夫，忙问好："邢先生好。"

肖蕤叫完也不确定这人是不是邢在宇，虽然他们全公司都知道宋老板结婚了，但没见过她丈夫本人，就听戚导提过一嘴，说他是个超级大帅哥，虽然眼前的男人戴着墨镜，但不难看出是个大帅哥，还和宋总手牵手，那肯定没错了。

邢在宇点头回应："你好。"

听到他的回复，肖蕤松了口气，扬起笑容说："宋总，您找戚导是吧，她刚出去了，您跟我去帐篷那边等会儿。"

宋落指了指正在讲戏的副导演，问："相宜不亲自讲了？"她记得戚相宜很喜欢亲自讲戏，因为别人来讲总达不到她要的效果，干脆自己上了。

肖蕤脸上的笑容僵住，面对大老板的提问，老老实实回答："那个是女配角，是一个资方带来的，看她的外形条件和试演片段都不错，戚导就用了，结果真到镜头面前，一直调动不出戚导要的情绪，还有就是戚导讲戏讲了十遍她都没能理解，顾导怕戚导现场发飙，就主动去讲。"

"资方？"宋落目光淡淡地落在肖蕤脸上，"怎么没听相宜和我说？不合适就换掉，还留着干吗？"讲一遍两遍倒是能理解，讲十遍都没悟透，那是真的不合适。

宋落又霸气地补了一句："也别怕惹事。"

肖蕤感动得差点落泪。实话实说，他们公司能发展到今天的规模，都是因为前面有个杀伐果断和眼光独到的宋落，她对外强硬，对内很照顾他们员工。

"主要是戚导上次欠了人情,想着女配角缺人,她还算可以,就让她来了。"肖蕤说。

宋落拉下墨镜,往前走近几步,听到正在讲戏的顾恬恬几近崩溃又极力克制地说:"听到他内心剖白的时候,你眼神要有戏知道吗?细微的反应要出来,我们的镜头会给特写。"

女配角问:"是难过吗?"

"是克制的难过,苦涩,不是耷拉着脸,然后对戏的时候你稍微跟着男主角。"顾恬恬发现自己有点不会讲戏了,以前哪有这么费劲。

"你看着恬恬,要是不行,上去替她讲。"宋落怕顾恬恬变成第二个戚冷脸。

肖蕤忙点头:"好的,保证营造良好的拍戏氛围。"

那边的戚相宜怒气冲冲地回来,宋落拉着邢在宇上前。

"你们怎么来了?"戚相宜惊讶地问。

宋落坐在她的导演椅上:"探你的班,我让玉玉安排了夜宵车,有你爱吃的东西,今晚拍夜戏开心些。"

戚相宜呵呵一笑:"拍夜戏就像加夜班,你说谁会开心?"

"有人惹你?"宋落察觉到戚相宜语气里的不耐烦,她今天过于反常。

戚相宜收拾好情绪,摇头:"没有,你不用担心,你来度假就好好玩,剧组这边你不用担心,我们打工人会好好干的。"

"你还是打工人?"宋落嗤笑。这部电影出来,男女主两个票房保证,戚相宜要赚得盆满钵满了。

戚相宜躺在副导演的椅子上,不留情面地说:"这里除了你是资本家,我们都是打工人。"公司她有部分股份,但说到底她也是要给宋落打工的。

"行。"宋落拍了拍她的肩膀,"让我们戚冷脸好好拍戏,我先走了。还有那个女配角,你要是不好意思换,就和我说,我去交涉。"她下巴冲着还在发蒙的女配角方向抬了抬。

累了大半个月的戚相宜听到宋落这句话,感动得一塌糊涂,也不管身上全是汗,一把搂住香香的宋落:"落落,你要是男人就好了,我一定嫁给你,我倒贴都要嫁给你,在家给你洗衣做饭,你要是要我打工养家,我也一定毫无怨言!"

一直沉默的邢在宇清了清嗓子。

感动过后,戚相宜发现自己失态了,讪笑了一下:"宇哥,我开玩笑的,你别放在心上。"

宋落也不嫌弃戚相宜,虚虚地搂了她一下,从她怀里出来:"我让玉玉帮你交涉了，明晚休息一晚，我们一块吃个饭。"

光明正大使用特权给她放假，戚相宜的感动又上来了，不管不顾地搂着她，蹭着她的肩头说："落落，你太好了。"

邢在宇不动声色地扯过宋落，冷冷地瞧戚相宜一眼，以前防男人就算了，现在连女人也要防了？

"好了，不打扰你了，我们先走了。"宋落搂着邢在宇的胳膊，无声地讨好他。

戚相宜挥挥手："宋总慢走，明晚给你端茶倒水。"

宋落扬手回应。

两人沿着海边继续往前走，宋落凑到他面前，观察他的表情："生气了？"

邢在宇钩着她的脖子，把她带进怀里："我要是这么容易生气，怕是气不过来。"

回国这几天，他发现宋落不是一般受欢迎，是很受欢迎。办公室有个小隔间就是用来放她的爱慕者们送的鲜花的，多的话，一天能有十多束，而宋落全然不放在心上，她的眼里只有工作，其他的全都不搭理。

偶尔也有几个不长眼的公子哥，用高高在上的姿态威胁她，隔天宋泽就开着名车跑到人家公司楼下，当面讨说法。这样还只算小打小闹，还有一次宋泽是在娱乐场所见对方，直接在擂台上把人揍得鼻青脸肿。那公子哥回去告状，宋泽听说后直接回外公外婆家，跟老爷子哭着喊着他姐创业多么不容易，不学无术的人还想占他姐便宜，气得老头子提着拐杖先发制人，亲自找上门要个说法。做完这些，宋泽开车去找宋落讨奖励，宋落大大方方地递过自己的副卡，让宋泽随便刷。

邢在宇了解完姐弟俩这三年的经历，一时间都不知道说什么好。

"对了，万臣是交女朋友了吗？"宋落忽然想起别的事。

邢在宇被她的话拉回思绪："女朋友？万臣……交过女朋友？"

"没交过？"宋落露出难以置信的表情，"该不会是背着你们谈地下恋吧，毕竟他算公众人物。"

邢在宇笃定地说："没谈，他要是谈，管嘉傲肯定知道。"

昨天热搜上一个流量明星被曝恋情，冲浪达人管嘉傲还在小群里一个劲地夸万臣敬业，说他的粉丝最幸福，他单身二十六年，什么感情经历都没有。这看似夸实则损的话把万臣气得不行，差点冲到管嘉傲的大别墅里揍他一顿。

"这样啊……"宋落迟疑一下，或许戚相宜和万臣之间有误会？

别人的感情她不好干涉，很快便跳过了这个话题，和邢在宇去小渔村附近的集市逛街。

第二天，宋落睡到下午才爬起来处理元玉玉需要她拿主意的项目事宜。弄完后，两人去了和戚相宜约好的餐厅，远远看到一个戴着口罩和鸭舌帽的男人拦住戚相宜。宋落急匆匆地走过去，把戚相宜护在身后，警告说："再动手我就报警。"

男人不敢再有动作。宋落转身问戚相宜："没事吧？"

戚相宜脸色不是很好："我没事。"

邢在宇站在宋落跟前，望着男人，莫名觉得眼熟。

"万臣？"邢在宇对上男人的眼睛，一秒认出他。

"万臣？"宋落从邢在宇身后露出个头，不确定地问，"你是万臣？"

她远远看到他的时候，还以为是个身材看起来不错的变态，毕竟大热天的，没有谁还戴着口罩和帽子。

万臣拉下口罩，露出优越的山根和薄唇，淡声回答："是我。"

随后他急切地看向戚相宜，好声好气地哄她说："相宜，我们聊一聊好不好？"

戚相宜看都不看他一眼，拉住宋落的袖子："落落，我饿了。"

宋落左看右看，把邢在宇支开："你去把卡座升级成包厢。"

目前戚相宜不想见万臣，她就不会给万臣能靠近戚相宜的机会。

万臣还想再拦戚相宜，宋落打断他："万先生先回去吧，不要扫了我们的兴。"

宋落说话向来都是带刺的，万臣再想跟上去也不好意思。

宋落带着戚相宜去包厢，邢在宇借口去买东西，把空间留给两人。

"说吧，怎么回事？"宋落给她倒了杯果酒。

戚相宜精神不太好，叹气说："我有点累，想喝甜的。"

宋落又给她点了橙汁和椰汁。

"其实吧，不是什么大事，可能是我不太好。"戚相宜还没说事，就先否定自己。

宋落说："这句话重说，你要肯定自己，你很好。"

戚相宜轻笑："是真的，万臣其实……没做什么对不起我的事情。"

"你做了对不起他的事情？"宋落反推。

戚相宜顿了一下："真要论起来，算我不对。其实……那次我接了他的MV拍摄之后，我们走得挺近的，一块玩了一段时间，就自然而然地在一起了。

"在一起后，我是很开心，但总觉得哪里不对。我不适应这段关系，我一直搞不清楚是怎么回事，明明喜欢了这么久的人和我交往了，为什么我会是这样的？我们做着所有亲密的情侣都会做的事，我却感觉我离他越来越远，甚至比当初我站在台下仰慕着他时，还要远。"

戚相宜最后拿过最边上的果酒喝了一口："我就想，或许我们不合适吧。"

说到这儿，她忍不住红了眼眶："就挺不甘心的，我喜欢他这么久，我了解他的所有，我是因为他这个人才喜欢他的啊，怎么就不合适啊。"

宋落第一次接触到复杂的感情问题，挺出乎意料的，原来……并不是所有的暗恋成真后，都会像童话故事里的王子和公主那样圆满。

"后来我和他提了分手。"戚相宜说到这句话，声音颤了一下。

宋落问："他今天是来挽留你的？"

戚相宜说："我说分手的那段时间他正在办最后一场全国巡演，后来他来找过我，当时我陪我师哥去非洲拍纪录片了。"

宋落这才知道，为什么戚相宜突然要出差一个月去非洲拍纪录片，原来是躲万臣去了。

"他找过我几次，我……不太想和他交流。"戚相宜双手摩挲着酒杯，上面的水汽带走她掌心的温热，"好吧，我是胆小鬼，我不敢面对他。"

宋落深深地凝视着她："你最近不是在相亲吗？"

戚相宜点头："家里安排的，我不去怕我妈又去片场闹我。"

"相宜，感情的问题还是坦诚地聊一聊比较好。"宋落知道戚相宜在害怕什么。

喜欢一个人这么多年，终于跟他在一起了，却发现完全没有自己想象的那么美好。她已经鼓起勇气尝试过一次了，她害怕再次失望。

"我……"戚相宜悄悄看宋落一眼，"要是我听他说好话，我一定会心软。我们和好又怎么样，还是会回到从前的状态。"

"那你去告白吧。"宋落盯着她，认真地说。

戚相宜愣住："告……告白？你在说什么？"

宋落觉得自己说的没问题。她靠着沙发的靠背，抱着手，就像平时在会议室里分析公司各项指标一样冷静："你期待的感情是你暗恋的人能像你喜欢他一样喜欢你，但万臣不知道你对他的感情，从他的角度来看，你们纯粹是看对眼了所以在一起。他不知道你喜欢他这么多年。你和他在一起后，你对他的感情已经很深厚了，而他刚和你恋爱，他对你的感情是慢慢加深的，你们对这段感情的认知是不同的，所以你的期待全部落空了。"

宋落简单的几句话令戚相宜恍然大悟。

"去告白吧，如果这次不成功，这段感情才像你说的那样，是失败的。"宋落给出了自己的解决办法。

戚相宜愣在原地："我……"她心中有种微妙的感觉，之前不说，现在突然说这件事……

"他会为难吧。"戚相宜咬住下唇。

宋落说："万臣不是什么花花公子，他会很认真地思考你说的事情的。相信我，他会给你一个满意的答复，无论这段感情的走向是好是坏。"

戚相宜只能抓住宋落这根救命稻草，但还是有点担心，问她："真的吗？你确定？"

"真的。"宋落勾唇浅笑，信心满满地回答。

戚相宜说："我……嗯，会认真想想你说的话。"

见她情绪好了许多，宋落打电话叫邢在宇进门吃饭，等他坐下来，凑上去嗅了嗅："你抽烟了？"

邢在宇在外面碰上万臣，对方拉他去抽了两根。

"狗鼻子。"邢在宇捏了捏她的鼻子。

宋落不爽地拍开他的手："狗男人。"谁还不会骂人啊？

对面的戚相宜羡慕地看着他们，身边的朋友没有谁不羡慕宋落和邢在宇的感情，也都希望能像他们一样。

一顿晚餐结束，邢在宇带宋落去美食街买吃的，戚相宜难得放假，宋落让她回去早点睡觉。

"万臣和你说了什么？"宋落问他。

邢在宇乜她一眼："我还没打听戚相宜和你说了什么，你就先打听万臣和我说了什么？"

宋落冷漠地"哦"一声："不说就算了，不稀罕听。"

"没说什么。"邢在宇握住她要抽走的手，跟她十指相扣，"他是个闷葫芦，抽了两根烟后就走了。"

"怪不得相宜当时会跟我说那样的话。"宋落忽然全部想通了。

万臣的性子有点闷，戚相宜又有点着急，两个人的感情迟早会出问题。

"哪样？"邢在宇问。

宋落挨着他："她说，她也想和温柔的人在一起。这句话还是你告诉我的。"

邢在宇也想到了很久以前的事，含笑说："我当时不好意思说你应该和我在一起，怕你当场给我一个大嘴巴子。"

"啧，当时邢学长就图谋不轨了啊？"宋落戳着他结实的胳膊。

"早就图谋不轨了。"邢在宇说她爱听的好话。

宋落的手机里电话一个接着一个打进来。"明天要回去了，再住两天，我怕办公室里的文件要堆成山了。"

"确实。"邢在宇的卷宗也堆成山了，等着他回去处理。

两人迎着湿润的晚风走回民宿。

"邢在宇，我突然觉得虽然我们在一起没多久，但是我们好像一起度过了很多人生阶段。"宋落摇着他的手，时而撞到他怀里，两人悠闲自在地散着步。

邢在宇说："确实。"

宋落数起来："我们一起度过了高中、大学阶段，然后你开始了你的研究生生活，还有我们准备要开启的新生活。"

其实她的生活没有什么改变，公司的工作一如往常，多得处理不过来，每天都要面对形形色色的商人，却因为邢在宇的加入，生活的每一个节点都变得不一样。

"以后，我们还会经历很多不一样的人生阶段。"邢在宇反而觉得他们的人生刚刚开始，一切都还早。

"一转眼你也二十七了。"

"二十七怎么了？嫌我老了？"

或许是宋落说这句话时不小心叹了口气，邢在宇不满地用胳膊碰了碰她。

"没有！"宋落跳起来抱住他，小声说，"邢在宇想不想做爸爸啊？"

邢在宇一愣，不确定自己听到的话，垂眸对上怀里女人灼灼的目光。

"不想啊——"宋落问完，有点不好意思。

邢在宇伸手揉了揉她的头发："想，只想做你孩子的爸爸。"

"那，我们生一个孩子？"宋落笑意盈盈地望着他。

邢在宇俯身扣着她的脑袋吻她："好。"

他才亲一下，宋落就躲开了："狗男人，你还是先把烟戒了吧。"

邢在宇想，确实要把烟戒了。

宋落往前跑几步，到了民宿的门口，听到隔壁院子里有声音。他们隔壁住着戚相宜，宋落以为她碰上事了，正准备过去看看，突然听到一道男声近乎哀求地说道："相宜，你和他分手吧，以后我陪你。"

宋落听到这句话，愣住了。

同样听到了的还有邢在宇，他也就愣了两秒，然后上前牵着宋落走进院子，以便更清楚地听到隔壁的声响。

她还以为邢在宇是个正经人，原来是要带她听清晰版的墙脚。

隔壁的戚相宜被万臣逼到角落，后背抵在墙上。"万臣，够了。"

万臣的口罩早被拉下，下唇破了皮，是刚刚被戚相宜咬破的。

"你能不能不要去相亲，你和你未婚夫分手好不好？你要是觉得我有什么做得不好的地方，我可以改。"万臣望着戚相宜，"我不愿公开，否认恋情的那次让你不开心了，我道歉，我对不起你。"

戚相宜压根不在乎这些。"我不是这个意思。"

"相宜，你能不能再给我一次机会？"万臣前进一步。

戚相宜手抵在他胸前："万臣，你能不能好好说话？我说了我们需要时间冷静，我现在心里很乱，等我想好了，我们再见面可以吗？"

今天宋落和她说的那些点醒了她，她需要一些时间去梳理和消化。

"想清楚了，就不要我了，对吗？"万臣望着她，眼眶红了。

"不是……"戚相宜真的拿万臣没办法。

外面有脚步声靠近，几个女生在交谈。

"万臣怎么会跑来这里啊，不是马上要去国外演出了吗？"

"我也是偶然查到他的航班消息的，反正其他人不知道，我们看到他就找他合照，要签名。"

宋落看了眼邢在宇："私生饭[①]？"只有这种人会偷偷去查艺人的行程。

隔壁院子传来关门声，戚相宜心软地让万臣先在她这边避一段时间。邢在宇也带宋落进门了。

"谁说万臣不会说话来着？"宋落笑他说。

邢在宇也没想到万臣是这样的人。"确实不会说，你看他刚刚说的都是什么？"

"他总给我一种……含泪给相宜当小三的错觉。确实不会说话。"她点头赞同。

人前清冷的万臣，背地里原来是这副模样，怪不得戚相宜拿他没办法，她完全被吃死了。

"好可惜，听不到隔壁在说什么了。"宋落嘴上这样说，脸上却没露出一点感兴趣的样子。

邢在宇随便她偷懒，开始收拾两人的行李。

回京北差不多一周后，宋落收到了戚相宜的消息。

戚相宜：我说了。

宋落放下钢笔，抽空回复：怎么说？

戚相宜：他是傻掉了还是避之不及，我不知道，反正他望着我没说出一句话。

[①] 网络用语，指明星的粉丝中行为极端的一类人。他们为了满足自己的私欲，常通过跟踪、偷拍等方式侵犯明星的个人隐私，影响明星的私生活。

算了，就这样吧，结束了。我该说的都说了，该做的都做了。

宋落不忍心见她这样，忍不住发消息和邢在宇打听。

邢在宇最近在负责一个国际刑事案件，忙得两天没见人影。

邢在宇：你问万臣？昨晚管嘉傲和他喝酒去了，具体的我就不知道了。

宋落支着脑袋苦思，都到了需要喝酒的地步？知道自己被喜欢，不应该开心？

邢在宇：我今晚去接你。

宋落被转移了注意力：来接我？你不忙了？

邢在宇：再忙也要和我太太吃个晚饭啊。

宋落：哦，只是吃个晚饭啊。

邢在宇不正经地回复：怎么，今晚想造小浪花？

宋落：你最好一直不回家，记得每个月给我打钱就好。都这么忙了，还有时间打趣，看来是不够忙。

宋落：孩子是男是女都不知道，你就叫他小浪花，是不是不太好？

小浪花是邢在宇给孩子起的小名，他说宋落这么喜欢浪花，孩子就叫小浪花。可她明明是喜欢踩浪花啊，孩子知道了肯定不开心。

邢在宇：反正我就这么叫了。

宋落：儿子会记恨你的。

邢在宇：会是女儿的。

宋落无所谓是儿子还是女儿，只要是她和邢在宇的孩子就好。但邢在宇比较坚持，他有信心一举得女，他觉得还是女孩子可爱一点，像她一样。宋落回想这句"像她一样"，对自己的优缺点了如指掌的她忍不住打了个寒战，女儿……还是别像她吧，她可搞不定。

两人闲扯到下班时间，邢在宇说动身来接她，但她一直没等到邢在宇的电话，疑惑他是不是半路堵车了，堵也不会堵很久啊，她的公司和他的律所都在商圈，一条街的距离而已。

戚相宜发来了信息：他……问我要不要重新跟他在一起。

宋落：这不是好事吗？

戚相宜：可偷偷喜欢人家这么久，突然全都说开了，我不知道该怎么面对他。

宋落回想万臣在民宿院子里堵着戚相宜的场景，心想戚相宜算是栽了。

宋落：你别担心，他恨不得你喜欢他一辈子。这种人偏执起来，是真的会认死理的。

戚相宜：那我算脱单了？

宋落：别老自我怀疑了，改天找你吃饭。

戚相宜：那行……

对和万臣见面这件事，戚相宜还是感到不安，她尽，告白都是在网上说的。

宋落正准备打电话给邢在宇，听到外面一阵吵闹声，急忙站起身，以为是记者闹到公司了，以往这些事也有不少，毕竟他们是干娱乐相关的行业。

宋落刚站起来，办公室的门就被推开，西装革履的邢在宇反手带上门，扬了扬手里的奶茶，冲她笑着说："给你买的。"

"你……怎么上来了？"宋落怔住。两人结婚三年，他也来公司接过她，但从没上过楼，更没有直接找到办公室过。

邢在宇迈着修长的双腿走到宽大的办公桌前面，放下奶茶说："再不来，你办公室里的花就要堆到我们家门口了。"

原来他打的是这个主意，宋落失笑。

"邢先生这是来宣示主权啊？"宋落饶有兴趣地问。

邢在宇见到她，随意了很多，拉了拉领带说："邢太太不给我名分，我不得亲自来？"

"得了吧你，少臭美。"宋落走到他跟前，把他的领带拉好，"回家再耍流氓。"

邢在宇把她圈在办公桌和自己之间，搂着她吻下来，宋落躲都躲不及。

好不容易推开他，宋落气喘吁吁地坐在办公桌上，瞪他一眼："谁要是像你这样来和我谈生意，我直接让保安打出去了。"

邢在宇轻佻地捏着她的下巴，眯着眼，懒懒地说："要不要聘我做你们公司的法务？"

"哪有你这样谈生意的啊？"宋落拉开他的手，不吃这一套。

邢在宇撑着桌子，凑近她："人都亲了，不该给点好处吗，宋总？"

"亲我，我就给饭碗？"宋落冷哼一声，反问，"我们公司的钱是大风刮来的？"

"不逗你了。"邢在宇拍了拍她的腰，"想吃什么？"

"不要饭碗了？"宋落环着他的脖子问。

邢在宇说："要先把我们宋总喂饱。"

宋落嫣然一笑。

闹了一会儿，宋落和他回家。拧开办公室门前，邢在宇牢牢牵住她的手。她不知道男人要做什么。等到从出门到下楼出写字楼，引来一堆人好奇的目光和她完全能听到的"悄悄话"，她就懂了。是男人莫名的占有欲在作怪。

"行了，现在全写字楼的人都知道我的丈夫帅得人神共愤了。"宋落跟他走在商业街上，开玩笑打趣他。

"知道就好。"邢在宇搂着她的肩膀，"去那家店买点你爱吃的甜点，再回去。"

宋落拉着他的手说好。

他们走在人群里，和大多数人一样穿着职业装，不过外貌和气质给他们加了分，惹来不少人的目光。

宋落没注意周围人的目光，很享受这个状态，手里的包包早就挂到了邢在宇的肩膀上，被他衬得小巧。

"以前，我从没想过和你在一起的日子会是这样的。"宋落望着天边的晚霞说。

邢在宇也没想过。"不敢想了，能和你在一起已经是最大的幸运了。"

"邢在宇，下半年我们换一个大房子住吧。"宋落前两天看到几栋别墅，有点心动。

邢在宇问："不是不喜欢上下楼梯吗？"她买的那个大平层他还没住到半年。

宋落说："可以慢慢喜欢上啊。我都可以慢慢喜欢上你，上下楼梯算什么？"

邢在宇听着不是滋味："我和楼梯能比？"

"不能，对不起，我语文不好。"宋落道歉得很没诚意。

邢在宇戳穿她："高三第二次模拟考，你的语文作文被评为全市模范作文，语文成绩全市第二。"

宋落说："……看出来了，你高中真的很记恨我，我的成绩你比我记得清楚。"

邢在宇和她对视，他们在彼此眼里看到强烈的胜负欲。

他淡淡地开口："第三次模拟考，我物理成绩拿了全年级第一。"

"你乱说，那次我理综成绩力压你拿了全年级第一，其中物理成绩甩了你五分！"宋落反驳。

邢在宇得逞地笑了笑："你就没记恨过我？"

"狗男人！"宋落气得打了他一下，他这是套她话来了。

"好了，我的错。"邢在宇闹完认错很快，再不服软，今晚可是要睡客厅的。

"怎么突然想买别墅了？"邢在宇问她。

她忽然亲昵地回答："因为大房子才可以装下我对你的爱啊。"

邢在宇哼笑："这样啊，那我觉得我们得买一个宫殿。"这样她对他的爱会更多一点。

"买不买啊？"宋落催他回答。

邢在宇坚定地回："买。"虽然他嫌换房子麻烦，但是和她在一起，换去哪里都行。

宋落很开心地说："忽然觉得蛮神奇的。我们以前租单身公寓，后来同居换了大一点的公寓，再后来买了大平层，现在我们就要住大别墅了。"

"全靠宋总打拼，我们家才有今天。"邢在宇捧她。

"这是我们的几个人生第一次了？"她有点数不清了，"算了，管他呢，只要和邢在宇在一起，每一次都是第一次。"

第五十五章

打算要孩子后，宋落和邢在宇去看了医生，在医生的建议下开始健康地备孕，然而大半年过去了，宋落迟迟没怀上，愁得她怀疑自己是哪里出问题了。邢在宇安慰她说要看缘分，让她不用太担心，可宋落心里总是不安。

邢在宇早戒烟了，宋落却心烦得自己躲在阳台抽了起来，还是被邢在宇抓到才乖乖把囤的两包烟上交。怕宋落有负担，邢在宇干脆说不备孕了，想吃什么就吃什么，开心就好。宋落觉得也是，孩子还没来就把他们搞得心力交瘁，要是真的来了，那还得了？可能是心态好了，放弃备孕不到半年，宋落就怀孕了。

十个月后，宋落在十一月十日生下了他们的第一个儿子，儿子和邢在宇的生日就差一天，他们给他取名邢珈颂，小名小浪花。虽然邢在宇的女儿梦破灭了，但他还是坚持要给儿子取这个小名。

宋泽来看宋落的那天，看了外甥出生证上的名字，无语地吐槽他们取名敷衍，怎么可以因为想不出名字，就拿两个人的姓做了简单的相加？宋落倒是觉得儿子的名字不错，她反驳说其实用心了，不然就叫邢加宋了，哪还会给他找这么好看的两个字？

邢珈颂出生后，可能从取名开始，其他人都觉得父母对他的爱是有，但不多，所以其他人都宠着他，对他是有求必应，也养成了他小浑球的性子。

本来宋落觉得孩子小时候调皮也好，说明性格开朗，但在邢珈颂三岁去幼儿园后，宋落改变想法了。

新学期开学不到两个月，宋落已经五次被叫去幼儿园了。今天又接到了老师的电话，这次是因为邢珈颂把小朋友们刚打扫成小山堆的树叶全部弄散，几个小朋友看到小山堆没了之后，一个接一个地哭了起来，园里一片混乱。

挂完老师的电话，宋落长叹一口气，靠在椅子上，双目空洞。

"宋……总，您看我们下半年的投资项目……"元玉玉在想怎么开口比较好，看宋落的表情，肯定又是孩子惹了事。

宋落说："你看着来吧，选到烂片也不会让公司破产。"她儿子已经让她这个做妈的崩溃了。

元玉玉咽了咽口水，向来冷静自持的宋落都崩溃了，为了孩子是操碎了心。

宋落让元玉玉先去忙，她给邢在宇打电话，电话快自动挂断时，男人的声音急急地传来："刚开完会，怎么了？"

宋落臭着脸吩咐："下午你去接儿子。"

邢在宇看了看手里的卷宗："行，你要去忙吗？"

宋落说："这几天我不回去了，你照顾好儿子。"

邢在宇问："出差？"怎么没听她说过。

"就在公司。"前年公司迁到了新的写字楼，她的办公室里有一个设备齐全的休息间，偶尔邢在宇中午过来找她也会在这里休息，休息间算是两人难得的二人世界。

邢在宇敏锐地发现不对劲："老师给你打电话了？"

宋落冷淡地回："嗯。"

邢在宇笑了笑："下午我过去，你好好休息，晚上还是回去好，不然小浪花找不到你睡不着。"

"他也会睡不着啊，他妈我才要失眠呢。"宋落揉了揉额角，"你说他在哪里继承的这种品质，你和我上学的时候没被老师说过一句重话，怎么到了儿子上学的时候，曾经没受过的苦难全都砸向了我们？"

"阿落，听说过吗？负负得正。"邢在宇笑着说。

没想到这个时候男人还有心情和她开玩笑，宋落问："我们是负吗？我们是正吧，正正应该得正啊。"

"行了，你先好好上班，剩下的交给我。"邢在宇怕宋落真的不回家。

宋落挂了电话。她嘴上说着不担心儿子，但晚上下班时间一到，她就往家里赶。

在家等了差不多半个小时，邢在宇的车子开进了家里的院子，宋落站在玄关抱着手等人进门。

五分钟后，大门被拧开，门被缓缓推开。邢珈颂因为身高不够，是踮着脚去开的门锁，门开了，他重心不稳，握着门把手晃了晃，接着探出一个小脑袋，一见站在门口等他的人，肉乎乎的脸上便挂上了灿烂的笑容，奶声奶气地大喊："妈妈！"

宋落一直沉着脸，指了指前面的位置："过来站好。"

邢珈颂没忘记自己干了什么，乖乖地脱鞋，然后走到宋落指的地方站好，仰着头看她。

"妈妈!"邢珈颂开开心心地又喊了一声。

宋落真不知道孩子的性子像谁,狠心地冷着脸问他:"你在幼儿园又做什么了?老师怎么说的?"

邢珈颂如实告知:"小球他们打扫树叶,然后我想帮忙拿去倒进垃圾桶里,但我找不到能装的桶,我就抱着拿去垃圾桶。"

宋落才发现他穿的衣服不是今天早上出门穿的那套,身后鼓鼓的书包里估计装的就是脏衣服。

"你抱就抱,为什么树叶会撒一地?"宋落撑着膝盖弯腰问他。

邢珈颂说:"我发现怎么抱都会掉,而且学校的大垃圾桶好高,我丢不上去。"

宋落明白是怎么回事了,儿子好心办了坏事。

"你爸呢?"宋落舍不得骂孩子,她想知道老师和邢在宇说了什么。

"妈妈,你生气了吗?"邢珈颂站在原地,攥着小拳头问宋落。

她低头看了眼儿子,他脸上全是倔强,她心软地摸了摸他的头发:"我是气我儿子是个小笨蛋,想做好事都找不到好方法。"

邢珈颂摸了摸自己的软发:"可奶奶说我很聪明,外公外婆也夸我机灵。"

宋落无语,心想,儿子啊,他们哄你开心说的话,你也信啊!

邢珈颂养成小浑球性子的大部分原因是家里人都太宠他了。可能是她和邢在宇的爸妈觉得亏待了他们,又不知道怎么弥补,所以在邢珈颂出生后,他们就想尽办法对他们的孩子好。以往她和邢在宇忙,假期邢珈颂今天住奶奶家,明天住外婆家,被送回来的时候都吃胖了几斤。

"怎么不进去?"邢在宇提着购物袋进来。

邢珈颂看了一眼邢在宇,先跑进去了。

宋落问:"你说他了?"

邢在宇摇头:"我说你以前念书多厉害,然后很遗憾地说宋落的孩子怎么老被叫家长,他腮帮子就鼓了一路。"

"你损不损?"宋落被逗笑。邢珈颂调皮是调皮,在家里敢和宋泽梗着脖子吵架,天不怕地不怕,别人说什么都不听,但最听不得别人说他不像宋落的儿子,算是他的雷区。

"这是他最介意的事。"邢在宇把购物袋放在旁边的木桌上,摊手说,"也不知道他这一点像谁。"

宋落不接话,其实儿子这一点像她。她小时候很崇拜宋偲,别人也总和她说她的妈妈多厉害多厉害,所以她就想成为宋偲那样的人,最爱别人夸她有宋偲的风范,最讨厌别人说她不像宋偲。

邢在宇走过来，搂住她，半个身子的重量压在她身上。

宋落推他："干什么？"

邢在宇的手放在她的后脑勺上，不让她乱动，鼻尖蹭着她的脖子："喘个气。"

因为一个案件，邢在宇带团队加了一个月的班，前两天都没空回来。

宋落见他工作起来比她还不要命，手放到他后背，开玩笑说："邢律要不别干了，回家做全职爸爸，我养你。"

邢在宇掀开眼皮看了她一眼："那可不行，经济独立还是要的，万一哪天我被你踹了怎么办？"

宋落说："你怕什么，我要是真的踹你，你不得把我告得身败名裂？"

邢在宇说："知道就好，你可千万别有坏心思。"

日常互拌两句，宋落见好就收，拍了拍他："起来了，做饭去。"

邢在宇看了一眼在门口偷看的小矮子，小声和宋落商量："把他送去爸妈家几天，我带你去玩，怎么样？"

"不怎么样。"宋落推开他，走过去牵孩子进客厅，"不能再把他往爸妈那边送了，不然他下次回来就敢和你这个老子吵架了。"

邢在宇笑笑。或许吧，反正小浪花只怕宋落，对他是给个面子怕一下。

"小浪花。"邢在宇叫他。

邢珈颂眼睛瞪得圆圆的："我不叫小浪花！"

上次舅舅告诉他，他的小名是爸爸给他取的，爸爸以为他会是个漂亮的女孩子，没想到是个男孩子。

"花什么的，最难听了！"邢珈颂不服地扬起下巴。

宋落手里端着一杯水，蹲下来喝了一口，戳他的脸颊说："小梨花表姐小名也带花，你去她面前说去。"

邢珈颂立马摇头："梨花表姐不和我玩怎么办？她不和我玩，表哥他们就都不和我玩了。"

宋落失笑："这就把你拿捏了？"

"其实……小浪花也挺好听的。"邢珈颂不好意思地红了脸，"但是爸爸妈妈不许在外面叫我小浪花。"

"你才几岁，就这么要面子。"邢在宇走过去把他抱起来，"先去洗手，爸爸教你择菜。"

邢珈颂不乐意："我想学别的。"

邢在宇拿过昨天特地给他买的小围裙:"你知道你妈妈喜欢什么样的男人吗?"

邢珈颂觑了眼父亲:"爸爸你骗人,你上次说妈妈喜欢会自己收拾玩具的男人,可是妈妈还是会骂我。"

"你做错事不骂你,难道还宠着你?"邢在宇把他放到凳子上,他站上去正好够到洗菜池。

"那,你知道成为什么样的男人,妈妈才不会骂我吗?"他背着手,挺着身子,努力让自己的气势不输给父亲。而在邢在宇看来,儿子举止滑稽,把圆圆的"西瓜肚"凸了出来。

"你想知道啊?"邢在宇挑了挑眉。

邢珈颂点头,他希望妈妈永远开心,不要生气骂他了。

邢在宇指了指自己:"你妈只喜欢我这样的男人。"

邢珈颂瘪嘴:"才不是!"

邢在宇拍了拍他的头顶:"你赶紧把菜择了,作为你妈最喜欢的男人,我今晚一定在她面前帮你美言几句,保证她明天不生你气。"

"爸爸你好自恋。"邢珈颂小声吐槽了一句。就算他内心抗拒,还是要和父亲学着做家务,因为老师留了家庭作业,今天要帮爸爸妈妈做一件事。

宋落被邢在宇叫来拍作业照,她随便抓拍了几张,在照片上备注好"小五班邢珈颂",然后发到幼儿园的家长群,等老师查收。

宋落盯着手机屏幕,无语地说:"他上个幼儿园,知道的是他上,不知道的以为是我们上。"

现在幼儿园的家庭作业的形式五花八门的,要是遇上比赛拉票,那可真是考验父母人脉。

"上上次的手工作业让他自己做,结果全班就他做的最丑,其他同学的好看得不像话,一问才知道都是爸爸妈妈做的,孩子负责拿作业去交。"宋落靠在厨台边,抱着手盯着父子俩做晚饭,"上次的绘图活动倒是帮他画图了,但觉得我们儿子没这水平,还是让他拿自己画的印象派画作去交了。"

"我倒觉得挺好的。"邢在宇回头冲她温和一笑,"虽然垫底了,但起码孩子自己去做了,这也是在教他做事。"

"也好在我们儿子心大。"宋落见邢在宇的袖子掉下来,过去帮他把袖子往上挽,接着说,"就算没有好名次,也没心没肺的,不会难过。"

"有这样的孩子你就开心吧。"邢在宇说。

宋落望着儿子的小脸,他长得和邢在宇有七八分像,板着脸的时候特别像邢在宇，浑蛋的时候也像邢在宇，毕竟邢在宇也痞里痞气的，父子俩如出一辙。

"确实开心。"宋落摸了摸儿子的脸。

邢珈颂出生那天，护士把孩子抱给她看，他已经不哭了，睡得特别安静，当她抱过他的那一刻，他浅浅地冲她笑了。她心想，小浪花以后一定是个特别爱笑的孩子，当时就无比庆幸他能成为她的孩子。

"妈妈你看，这片叶子好大。"邢珈颂用湿漉漉的手拿起大菜叶放到脸前面，盖住了他整张脸。

宋落把他的手压回池子里，不让水滴下来脏了地板，说："好好洗，别开小差。"

"不然再要个女儿？"邢在宇问。

宋落说："可别，万一生了个小作女给你，可有的头疼了。"

邢在宇的基因太强大了，孩子多半像他，就算不像他，像她也是很难搞定的。

邢在宇勾唇笑着说："像你的小作女也不赖。"

听到他损她，她快步走过去："谁作？"

邢在宇把她往旁边推："小心油溅到你。"

宋落一动不动："不要转移话题。"

一直在旁边看爸妈拌嘴的邢珈颂问："什么是作啊？"

宋落看了眼儿子，回答不出他的问题，便对邢在宇说："你说。"

邢在宇想了想："作就是……你妈妈这样的。"

他说完，胳膊狠狠地挨了宋落一巴掌。

邢珈颂把水关掉，若有所思地点头，随后笑容灿烂，目光炯炯地说道："那作很可爱啊！"

宋落："……"

邢在宇笑出声。

邢珈颂完全不知道自己被父亲误导了，以为作是夸人的词，很认真地对宋落说："妈妈你很作，很可爱，我特别喜欢！"

"邢在宇！"宋落瞪他，"和儿子好好解释！"

"行行行。"邢在宇搂着她的腰，把她带到餐桌边，"你坐着，不用去监工了。"

邢珈颂择完菜，跑去客厅看少儿频道了，宋落上前接过他剩下的工作。

让孩子做家务是老师布置的作业，两人顺便借此机会培养他的家务意识，不是真的要求他做得多好。

"你说小浪花以后不会真的学习一般般吧？"宋落忧心地问。

邢在宇瞥她一眼："怕他成为学渣？"

宋落微微摇头："就怕他自己心里不开心。"

孩子现在小，当他长大，知道自己爸妈当初念书多厉害，加上同学给的压力，心态失衡怎么办？

邢在宇拿过一颗刚洗干净的提子，放到宋落嘴边，她轻轻咬住，嚼碎，细细品尝果肉的甘甜。

"老天爷考虑得比我们周到，提前给了他一个好心态。"邢在宇并不担心儿子，"而且，我们的任务就是陪着他长大，等到他懂事了，往后的路就让他自己走了，要过什么样的生活，他自己去选择。"邢在宇走回炉子旁，调大火收汁。

宋落和邢在宇默契地达成一个共识，他们只会陪小浪花看他人生一半的风景，剩下的风景他要自己去感受，他们不会干涉他的选择。

"我挺羡慕我们家小浪花的。"宋落走到他身后，搂着他的窄腰，"能有我们这样的父母。"

从前他们最羡慕的就是他们这样的父母，也因为没有拥有过，就想把曾经想得到的一切都给他们的孩子。

邢在宇关掉火，转身把她搂到怀里，轻声说："你放心，有一天小浪花也会羡慕我们。"

宋落问："羡慕我们什么？"

"羡慕你聪明能干，羡慕我们感情好。"他顿了一下，"应该换一个说法，他会因为拥有我们这样的父母而骄傲。"

宋落笑了笑。对的，小浪花会因为拥有他们这样的父母而骄傲。

"我忽然发现，我已经和无法和解的过去和解了。还有曾经缺失的，也已经以另一种方式得到了。"宋落望着眼前的男人，"如果没有遇见你，或许我会过着另外一种——特别不开心的生活。"

"再也不说我当时在车上问你的话不正经了吧？"邢在宇调侃道。

宋落放在他背后的手拍了他一下："别混为一谈啊。"

"行，我不正经。"邢在宇宠溺地说。

宋落仰头看他："其实吧，你当时刚从车上下来，意气风发的样子，谁都没办法拒绝你吧。"

所以她才会上了他的车，理智回来了才意识到要拒绝他。

"看来我们阿落对我的印象挺好的。"

"你要不要再问一次？"

"再问一次？"

宋落不等他问，凝视着他，学着他当时不正经的语气问："邢在宇，你要不要跟我好？"

他勾唇笑了笑："哪种好？"

宋落故作深沉："大概是那种结婚生子，在一起一辈子的好。"

"那当然要。"邢在宇说。

宋落看着他，四目相对，两人眼里泛起一抹只有彼此才能读懂的笑意。他们从年少至今，共享着只有彼此才知道的秘密，昏湿的暗巷、雨夜的欢爱、海边的拥吻……以及其他每一个心动的瞬间。

"其实宋落成长的时候也遇到了温柔的人。"宋落说。

"嗯？"邢在宇好奇地看她。

宋落淡淡一笑："高中时，陪着宋落的邢在宇。"

就算当时两人还不熟，但那种陪伴是无法替代的。

邢在宇心里一热，抱着她说："孩子没在看，亲一个。"

宋落笑出声，主动踮脚去吻他。

（正文完）

番外

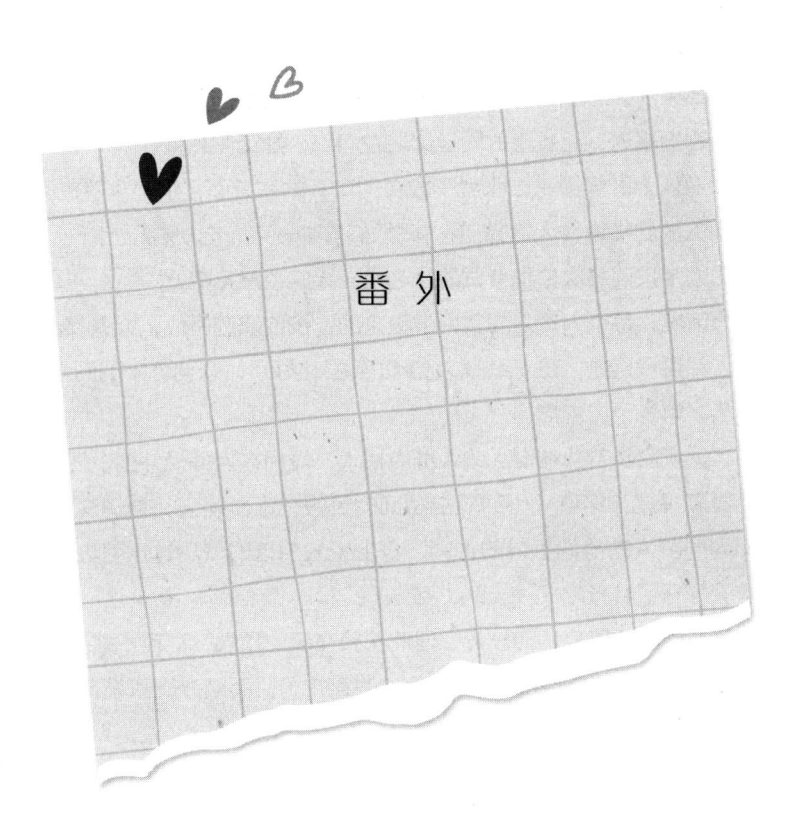

寄给我的心动,
寄给你全宇宙的爱和自大古至永劫的思念。

番外一　高中回忆

高三分班结束后，意味着迎来了高考最后的冲刺阶段。

早上宋落姗姗来迟，见班里的同学都堵在门口，她错愕几秒。

班长不知道什么时候搬来一张凳子放在门口，站在上面，手里拿着班级花名册，把用纸做的喇叭放到嘴边，大声喊道："同学们安静一下，老班说以后半个月换一次座位，选座的顺序按照每次模拟考试的排名来，大家没意见吧？"

一班是火箭班，每个人都是靠实力考进来的，按成绩选座位，大家都没意见。

在场的人都说没问题，班长继续大着嗓门说："好了，念到名字的同学从我这里往楼梯间排队。第一个，宋落。"

念完名字，大家转着头在混乱的人群中找人，最后在人群最外围发现了宋落。

少女扎着高马尾，穿着一中的蓝白相间的校服，素面朝天，神情淡然，眸中透着一种让作为同龄人的他们恐惧的锐利，身上生人勿近的气场过于强大，大家看了一眼，便纷纷挪开了目光。

虽然宋落是他们全校公认的校花，但此花长在天山顶端，谁也不敢妄想采摘。

原先和宋落一个班的同学已经习惯女神的存在了，而刚分到火箭班的其他人不一样，往日他们想看宋落一眼都要看运气，现在怎么会错过这个能近距离看的机会？一时间，人群里有人躁动起来，还有些人已经开始小声细数关于宋落的八卦了。

宋落无视大家复杂的目光，从大家让出的小道走到门口，站好。

班长和宋落原来是一个班的，跟她还算熟悉，他笑着说："宋美女，你先选吧。"

宋落淡淡地瞥他一眼，礼貌地说："谢谢。"然后站在门口往教室里看去，犹豫坐哪儿好。

班长被宋落看一眼，心里直打战。为了缓解自己的紧张，他拿着"喇叭"继续报名字："第二个，邢在宇。"

听到邢在宇的名字，走廊里爆发出此起彼伏的惊呼声。

"真的要和邢在宇一个班了？做梦都没想到啊。"

"圆梦了，以前在隔壁班，想偷偷看他一眼都难，现在可以光明正大地看了。"

"话说宋落和邢在宇一个班……两人会不会打起来啊？"

"打起来不至于吧，邢学霸很绅士的。"

"哪里绅士了，我发小说上周看到他翻围墙去网吧打游戏，还有前两天见到他把小一级的学弟堵在回家的小巷子里。"

"这么浑？看来以后，宋美女有苦头吃啰。"

正认真思考哪个座位看黑板不累的宋落顿住，不悦地蹙眉，怎么个个都觉得她和邢在宇一个班，吃苦头的一定是她？说到这儿，她回想起昨天回家时在楼梯间听到的他说的那句话——我又不吃人。

她在心里嗤笑，谁压谁一头还不一定呢。

"邢在宇来了吗？"班长没听见人应答，又喊了一声。

"这儿。"一道漫不经心的应答声响起。

同学们看过去，见邢在宇刚走楼梯上来，他冲他们挥了挥手："早，一时忘了班级在六楼。"

他身上明明穿着和他们一样的校服，却有种说不出的好看。

邢在宇背着白色的斜挎包，脚上是一双简单的白鞋，手腕上是黑色的男士运动手表，简单的男高中生打扮，少年感十足。

宋落也看了他一眼，对上他那张笑得妖冶的脸，觉得他很欠揍。

他的眼神和她昨天在楼梯间见到的一样，有种说不出的热烈，还有种不怀好意。

邢在宇走到她身后站好，班长跟他说了选座位的事情，他问："她先我后？"

班长愣住："嗯……我们这次选座位的顺序……是按照高二下学期期末考试的年级排名排的。宋落第一。"他第二。不过班长不敢说，点到为止，不再多说话。

所有人都看了过来，邢在宇为什么这样问，难道对总分比他高出二点五分的宋落不满吗？他们会不会打起来？到时候要劝架吗？

班里的同学你看看我，我看看你，急着从对方的眼神里找答案，虽然怕闹大，但……其实他们还挺想看学霸们干起来，都好奇文化人是怎么躬架的。

"行，我第二。"邢在宇笑着说。

走廊拥挤，他就站在她身后不到二十厘米的地方。

宋落比他矮一个头，少年个头蹿得飞快，宽肩窄腰，身上已经有了点成熟男人的气息。她清晰地听到他的轻笑声，怪让她烦的。

他话音刚落，宋落就拉着书包带子走进教室，在大家的注视下，坐在了倒数第三排中间。

这个位置看黑板不用仰头，也不用伸长脖子，她觉得刚刚好。

邢在宇似乎早就选好了，双手插着裤兜，从她身边走过。

"我的天，坐她后面？"

"不是吧……难道那儿是风水宝地？"

"那我等会儿选宋美女旁边。"

"你左我右，说好了。"

…………

宋落对他们的讨论不感兴趣，拿出课本，又把昨晚写到一半的错题拿出来。邢在宇走到最后一排的角落，把小白包丢在课桌上，大大咧咧地坐下去。门外的人又疑惑了。

"最后一排也能是风水宝地？"

"得了吧，人家学霸坐哪儿，哪儿就是风水宝地，你懂什么？"

"算了算了，我还是挨着宋美女坐吧，不懂的问题还可以问她。"

"你敢？"

"你管我敢不敢，你敢问邢在宇？"

"我不敢……"

…………

宋落只觉得聒噪，放下笔冷冷地扫了眼外面。选座飞快进行，在下早读课前全部弄完了。

宋落没有时间，更没有心情去注意周围发生了什么事情，赶着把今天的学习任务完成。

放学前，班长在讲台上动员大家报名参加十月份的年级趣味活动。

"不是说高三要好好学习吗，怎么还搞这种浪费时间的事情？"

"对啊，我们学习就够累了，还搞体育。"

班长忙着解释："这是年级主任为了让我们以更好的状态备考，特地举办的活动。也希望同学们能积极地参与，就当是让大家释放学习压力。"

"就不能不办吗？一天天的只会搞形式主义。"

"对啊，我们班就不参加了吧。"

"反正我不去，你们谁想去就去吧。"

一直站在班长旁边的体育委员拍了拍桌子："安静！"底下的人闭上了嘴，不敢作声。

体育委员块头大，听说他以前是短跑运动员，因为脚受伤了不能再跑步，所以转出了体育班，用心搞学习，成绩突飞猛进，连续一年都排在全年级前三十名。

班长继续游说。

到放学时间了，宋落收拾东西准备回家，班长拿着名单走到她面前，脸上挂着亲切的笑容："宋美女……你看。"

"不去。"宋落直接拒绝，顿了一下，解释道，"我不擅长玩游戏，你找其他人吧。"

班长沮丧地离开。他一个一个问下去，没有人愿意参加，都觉得浪费时间。

宋落走到门口，听到邢在宇懒懒地笑着说："趣味活动啊，行啊，反正也没事干，替我写个名字。"

班长宛如看到救世主，望着邢在宇的眼神里满是感激，激动地说："那……那我给邢学霸写个名字。"

"周敬，去不去？"邢在宇把手边的废稿纸团成一团，往前排趴在桌上写字的男生头上砸。

周敬忙着写英语卷子，摸了摸后脑勺，没时间细想，胡乱挥手说："宇哥你说了算，你去我就去。"

"行。"邢在宇斜靠在桌子边，指着班长手上的空白报名表问："一个人能报几项？"

班长说："一个人最多能报两项，最后的团体活动不限制。"

邢在宇接过报名表，扫了一眼项目，然后把报名表递回去。

"给周敬选两个，团体的也报一个。"邢在宇点了点报名表。

班长不安地问："要不让周敬同学自己选？"

邢在宇说："他这人没主意，你替他选。"

班长选了两个难度不大的项目给周敬，做完这些，就差含泪给邢在宇磕头了。

周敬刚写完作业，走过来看报名表，没有任何意见，甚至提议道："宇哥，叫老秦也来报一个。"他口中的老秦是班上和他们关系还不错的同学。

邢在宇把书包甩到肩膀上，说："随便，你帮他写。"

周敬直接把好友的名字往空白处填。

宋落等人走完，站起身，犹豫了一下，走到班长旁边。

正在清点作业的班长被吓了一跳，望着她问："宋……宋美女，有事吗？"

宋落看着他手边的报名表问："能看看吗？"

班长立刻拿出来："可……可以的。"

宋落对这些项目都不太了解，没看几秒就还回去了，走之前说："给我报两个项目。"

班长惊呆了："你报名？"她刚刚不是拒绝他了？

353

"嗯。"宋落背好书包，"你看着来。"

她走后，班长无措地盯着报名表看。他看着来？这怎么看着来？

班长把事情顺了一遍，本来宋落是不参加的，但她又改变了主意。她这个人眼里似乎只有学习，平时也不爱和班里的同学打交道，和谁都是泛泛之交，不会是有人劝说了她。那她改变主意的原因……班长只想到一个可能——邢在宇报名了。

对的，就是因为邢在宇报名了，所以宋落也要报，不愧是排名榜上掐得激烈的对手啊！作为一班之长，维护班级和谐是最重要的，最后他给宋落选了两个没有邢在宇在的项目。

宋落走在回家的路上，觉得自己刚才的决定有点草率了。前几天宋庆海再三交代她，高三了，要收心好好备考，任何娱乐活动都不准参加，转头她就报了年级趣味活动。她惴惴不安起来，怕宋庆海知道后要骂她一顿。

她走到一条小巷里，听到一个嚣张的男声，貌似是有人正在威胁低年级的学生。正想回学校去找保安时，她看到了一个熟悉的背影。是邢在宇。

她想到班里同学讨论的事情，难道他真的在校外欺负低年级的学生？可就在刚刚他还为了不让班长为难，主动报名了年级趣味活动。宋落躲在隐蔽的地方，一时间搞不清楚邢在宇这人到底是好是坏。

在小巷里，三个人围着一个少年。

"我说了这么多，你一句都没听进去？"管嘉傲叼着吃完雪糕留下的木棍，蹲在台阶上看着眼前不动于衷的少年，拍了拍他的肩膀，"哥给的条件你不心动？"

"管哥……我真的不行。"少年不敢看他，垂眸看着地板。

管嘉傲撸起袖子，站起来，叉着腰说："宇哥也在这儿，你好好说话，你有什么难言之隐啊？就你难啊，我们谁不难？"

宋落心想，这是恐吓低年级学生，要零花钱？邢在宇家庭条件这么好……不至于啊。

另外两个男生分别穿的是隔壁二中和艺中的校服，脚上的鞋子都有四位数，不像缺钱的样子。

"管哥，算我求你了，你就放过我吧。"少年可怜兮兮地哀求，"我真的做不到你说的那些。"

管嘉傲把嘴里的木棍往地上一摔，"唰"地站起来："嘿，你小子敬酒不吃吃罚酒是吧?"

见管嘉傲一步一步走近少年,宋落决定了,他要是敢动手她就报警。

"好了。"邢在宇看不下去,把手里的烟盒丢到垃圾桶里,慢条斯理地拍了拍衣服,"你是想搞校园霸凌?"

"我……"管嘉傲耸了耸肩膀,"我可没有,宇哥你别冤枉我,给我一百个胆子我也不敢,回头我爸直接'大义灭亲',把我送进军营里。"

万臣站起来说:"实在不行就算了。"

管嘉傲不甘心:"怎么能算了,辛辛苦苦找了这么久,就这么放过他啊?"

邢在宇懒懒地掀开眼皮看管嘉傲:"你就不能好好说话?"

"我还不是为了我们?我说话好听着呢!"管嘉傲不服,"我不行,宇哥你来。"

他做出一个"请"的姿势。

邢在宇走到蹲在地上的少年跟前,拉了拉校裤,蹲下来说:"我帮你补课。"

随后他用大拇指往后指了指:"你陪他搞三个月乐队。"

少年愣在原地。邢在宇帮他补课?学霸帮他补课?

管嘉傲听到后,反应迅速,拍手说:"哎呀哎呀,我怎么就没想到,小蒋担心期末成绩进不了年级前一百名被他妈骂,那我们就帮他补课搞好成绩啊!这不就解决了,我们乐队可不能缺键盘手啊,键盘可是灵魂啊。"

万臣看不下去:"给他补课的不是我们,是宇哥。"

管嘉傲瞪了他一眼:"得了,我知道我们是学渣。"

"万臣,你这话说得不厚道啊,我们都是为了陪你练习才组乐队的。"管嘉傲钩住万臣的脖子,和他推搡着开玩笑。

"年级前五十。"邢在宇提高条件。

"真的假的?"少年震惊地问。

邢在宇说:"做了才知道。"

少年犹豫了一下:"那……行,但是我每周只能去练习三次。"

"够了。"万臣终于露出笑容。

管嘉傲比谁都开心:"这样的话,我们的乐队就算成立了哟!走啊,我请大家吃饭!"

宋落听到这里松了一口气。她还以为是校园霸凌事件,原来只是一个乌龙。她怕等会儿被人发现她偷听,转身走远。

管嘉傲一手拉着一个人走出巷子,走到外边,发现邢在宇没动静,回身见他望着巷口另一边,不知道他在想什么,喊道:"宇哥,走啦!"

邢在宇这才收回目光，回想他看到的背影，勾唇笑了笑："来了。"

---⋀⋁---

十月的京北开始降温。被繁重的学业压着，大家睡眠严重不足，宋落也是。宋落早上站在走廊转角啃着红豆包醒神，打算把今天要背的单词全部过一遍。

班长站在门口喊一班的同学进来集合一下，宋落吃完最后一口红豆包，收拾好课本往班里走，在楼梯口差点撞上匆匆跑上来的人。眼前的人太高，她下意识地抬起头，对上了一双带着玩味的眼眸。

邢在宇穿着黑色帽衫，外面松松垮垮地套着校服，袖子拉上去露出小臂，一边的手臂还夹着篮球。他的眼神让她难以捉摸，她抿了下唇，往后退了一步，一句话都没说就走开了。

邢在宇不免觉得好笑，少女仰头看着他的时候，腮帮子鼓鼓的，嘴里还嚼着早餐，像一只在进食的小仓鼠。他对她的印象有点改变了，她好像也没那么冷傲，还挺可爱的。她吃的貌似是红豆包，邢在宇已经连续几天见她吃的早餐都是红豆包了，看起来她是真的很喜欢红豆包。

回到班里，宋落坐到自己的座位上，邢在宇坐在和她隔了两桌的斜对角。班里换了两次座位，邢在宇每次都选了最后面一排，就算第一个选也是。宋落不免好奇，难道最后一排视野很好？宋落选了一次后排，感觉和坐在前排没有任何区别。

后来宋落发现邢在宇课上总喜欢开小差，自习课还偷偷地睡觉，她才知道他为什么总选最后排。就这种学习态度，上次考试他还拿了第一，她被甩开了十分。两人的成绩差距还是第一次这么大，为此宋落又买了一份物理压轴卷，决心下一次一定要超过他。

班长跟大家说了等会儿的趣味赛流程，鼓励他们拿第一，宋落才记起来今天有半天不上课，全年级办比赛，她还报了两个项目。

趣味比赛比较简单，都是你画我猜、两人三足、接力闯关这一类的游戏。宋落报的项目比较简单，是你画我猜和两人三足，和她组队的是隔壁桌的女生，她们默契一般，两个游戏都拿了第二，也算给班里一个交代了。

其他的游戏还在进行，宋落不好意思先回班里，她去观众席坐下来，打算看错题打发时间。

"宋美女，马上就进行班级团体赛了，你不去加油吗？"一旁的班长问她。

"在哪儿？"宋落抬头问。

班长拿着红色小旗子指了指不远处已经围成一个圈的人群："在那儿。"

宋落不喜欢人多的地方，淡淡地说："等会儿再去吧。"她是想等人散得差不多了再去。

班长听来却是另一个意思：邢在宇在的比赛，我压根不想去看，但是你都提了，我等下就象征性地去看看吧。

"没事没事，你……在这儿好好休息，刚刚比赛辛苦了。"班长尴尬地摸了摸鼻子。

宋落没想太多，点了点头。

差不多半个小时过去了，那边传来一阵又一阵欢呼声。

有人大喊："一班牛！邢在宇牛！"

宋落放下笔记本，看过去，见邢在宇被班里的男生簇拥着，笑得很得意。

"怎么了？"她问班长。

班长对现场的情况一清二楚："听人说趣味接力游戏，邢在宇最后一棒反超了隔壁三班和九班，替我们班拿了第一，现在我们班可是积分榜第一名！"

说到班级荣耀，班长双眼放光："邢在宇真的牛！"

"嗯。"宋落也觉得他体育挺不错。

班长意识到他又失态了，咳了咳："宋美女你也厉害，我没见过你画我猜玩得像你这么厉害的。"

"谢谢。"宋落站起身。

最后的班级集体赛都结束了，应该可以回教室了，宋落不喜欢被挤在楼梯间，想先走一步。

她往教学楼走去，忽然觉得肚子不是很舒服，心想难道是拉肚子？她加快了步伐。

那边的邢在宇下意识地看了一眼观众席上自己班所在的区域，没见到少女的身影，他往教学楼方向看，看到了她远去的背影，目光下移，注意到了什么，微微蹙眉。

周敬喊他："宇哥，过来拍照留念！"

邢在宇收回目光，严肃地问："生活委员在哪儿？"

"在……啦啦队那边吧。"周敬不知道他找生活委员干什么。

邢在宇转身去啦啦队找人。

宋落往前走了一段距离，后面有一个女生叫住她。

宋落停下脚步，转身看她："怎么了？"

来找她的人是班里的生活委员。

女生跑得气喘吁吁的，顾不上解释，把臂弯里的衣服拉开，绑到她腰间，帮她整理好，小声地在她耳边说："你来事了。"

宋落脸慢慢变红，明白她说的"来事"指的是什么。

"谢谢……你。"宋落抓着女生带来的衣服，要跑去超市买卫生巾。

女生拦住宋落："我去帮你买，你先去厕所。"

宋落道谢说好。

因为裤子脏了，宋落又没有带备用的，女生说她可以把衣服拿回家，之后再还给她。

回到家，宋落洗完澡，身上舒服许多。她拿过那件校服外套，抖了抖，准备放到洗衣机里，发现衣服的码数比她穿的还要大上许多，穿在身上像披着大衣。生活委员的身材和她的差不多，衣服不是她的啊……她回想今天生活委员来找她的时候，是穿着校服外套的，难道是借了别的同学的外套给她？

宋落没多想，只想着明天得好好感谢人家，要不是她，自己就要在众人面前出糗了。

番外二　难得的假期

周五邢珈颂从幼儿园回来便在念叨他周末想去游乐场玩，坐在沙发上的宋落翻着合同，漫不经心地点头说好。

邢珈颂觉得妈妈没听进去，走到她跟前，捧起她的脸，认真地说："落落妈妈，你答应了明天要带我去游乐场玩的。"

"儿子，你上个月不是刚去吗？"宋落只好把目光从文件上移开，看着眼前肉乎乎的儿子。

邢珈颂说："上个月是上个月。"

"可……"宋落拍了拍旁边的几份合同，"这些文件等着妈妈签，能不能下次？"

邢珈颂望着那几份字密密麻麻的合同，噘着嘴委屈地说："我想要妈妈陪。"

宋落把儿子捞到怀里："陪，当然陪。妈妈不是抱着你吗？"

邢在宇听到了母子俩的对话，从厨房出来，调侃儿子说："你先排队，她还没匀出时间陪她老公呢。"

宋落冷冷地提醒："怎么和儿子说话呢？"

她陪他陪得还少？仗着两家公司离得近，他每天中午都过来跟她一起吃午餐。

"妈妈，我们明天去游乐场好不好？"邢珈颂搂住宋落的脖子，小嘴巴贴到她的耳垂处，痒得她从合同里分了心。

宋落手里的事等着她拿主意，"嗯嗯"几声敷衍儿子。

得到肯定答复的邢珈颂乖乖地坐在她怀里玩玩具，美滋滋地幻想明天去游乐场的事。

晚上宋落困得不行，闭眼前想到答应儿子的事情，眯着眼看着在旁边看书的邢在宇。

"明天上午你陪儿子玩，我下午再过去吧。"宋落打了个哈欠。

邢在宇早习惯她"偷懒"育儿，拖着调子懒懒地说："我也想睡懒觉。"

宋落说："你想得美，麻溜地'伺候'你儿子去。"

邢在宇慨叹一声，一副不乐意的样子。宋落撑着他的胳膊爬到他怀里，捏着他的下巴，强迫他和自己对视。

宋落问："又想要小作精？"

"该不该说想？"邢在宇挑眉问。

宋落说："别了吧，一个我就累死了。"

和邢在宇在一起待久了，倔强如宋落也学会了偶尔示弱，放软了态度。

"再生一个的话，又要戒烟，又这不能吃那不能吃，坐牢都没这么痛苦。"宋落把怀孕时觉得最痛苦的事情拿出来说一通。

"阿落。"邢在宇摩挲着她的腰，"我们到底谁是浑蛋？"

有了孩子后他碰烟少了，宋落不买烟，但他备着的烟有一半都是她顺走的。

"听过一句老话没？"宋落摸着他的耳洞，非要把他白皙的皮肤揉红才放手。

"嗯？"

宋落用食指把他的眼镜钩到他的鼻尖，和他四目相对，笑着说："一个被窝睡不出两种人。"

邢在宇哼笑："我们俩应该倒过来。"

"邢律有何高见？"宋落把他的眼镜丢到床头柜上，书早就被她挤到一边，邢在宇的怀里只有她。

邢在宇说："我们是同类人才睡到一个被窝。"

宋落懂了："你就是想说我们都是浑蛋才睡到一起的呗，装什么啊？"

"宋落妈妈，早点睡吧，允许你睡懒觉，我和儿子在游乐场等你。"邢在宇妥协。

宋落闭眼前，和邢在宇说："谢谢我们邢律。"

"宋总，不客气。"他说着不客气，人又压过来，讨了一个绵长的吻才肯消停。

第二天邢在宇是被母子俩的吵闹声吓醒的，他匆匆走出房间，看到母子两人穿着睡衣面对面站在走廊上，邢珈颂的哭声要把屋顶掀翻，而宋落颤抖地翻着手上的资料。

"怎么了？"邢在宇走到宋落身边。

宋落声音都在抖："你看看你儿子做了什么……"

她手里的合同上全部是儿子画的线条，歪歪扭扭的虫爬体，不难看出是儿子的名字，名字旁边还画了一只代表他的卡通动物——像小狗的老虎。

今天宋落特意早起，想着难得的周末，就好好陪儿子一天吧，周日再睡懒觉也不迟，结果一出房门，就看到儿子拿着油画棒在她的文件上涂涂画画，她火气噌地就上来了。

"你……你把他送走，我今天都不想看到他。"宋落把手压在胸口，努力保持镇定。

邢珈颂委屈地提高哭声："我只是想帮妈妈分担工作。"

"这……"宋落要反驳，被邢在宇一把拉回来。

为了避免事态升级，邢在宇把大的抱走，带回房间里，然后去把小的哄好，大清早的，再闹下去，要被邻居投诉扰民了。

十分钟后邢在宇回到房间，宋落态度强硬："必须要教育他，这种文件是能乱画的？"

邢在宇没说不行。"确实，我刚才已经给你爸妈和我妈打电话了，未来两个月他就去老人家那边思过。"

宋落忽然又不忍心了："真送走？"

"我妈在来的路上了。"邢在宇沉声说。

"其实吧……"宋落知道儿子是想让她多一些时间陪他，才想帮她分担工作，平时见她在文件上签名，他才有样学样地在上面画他的专属签名——名字和老虎。

邢在宇说："我挺你。"

"不是……"宋落试图解释。

"走吧，我带你出门找好吃的，别理浑蛋儿子。"

"我也不是很生气,要是两个月见不到小浪花……"她还是很想他的。

邢在宇不逗宋落了,笑着说:"我妈带他出去玩一天,晚上就送回来。"

"真的?"

"真的,去换衣服,我们去吃饭。"

"我们去哪儿?"宋落想在家偷懒。

"你上次不是说想玩赛车吗?"邢在宇一句话勾出宋落的玩心。

宋落说:"打算让我开两圈了?"

邢在宇说:"不。"

"喊,嫌弃我车技烂。"宋落说,"不去了,我要在家睡觉。"

"玩卡丁车也不去?"

宋落兴奋地坐起来:"比两局?"

大车开不了可以开小的啊,这是她没想到的。

"输了的,负责接送儿子上学半年!"宋落说。

邢在宇说:"分开赌。"

宋落知道男人没安好心:"你想赌什么?不会又想让我给你跳舞吧,告诉你,死都不可能!"她死都不会再跳女团舞了。

邢在宇勾唇笑:"我赢了,我们生个女儿?"

宋落双手合十放到额前,求他不要再想这件事了:"哥哥我错了,上次是我不好,我算计你。"

邢在宇抱着手,挑衅地问:"怂了?"

宋落想说是,但邢在宇挑事的表情越看越欠扁,她咬着牙说:"谁怂谁孙子!"

她不信她会输,要是输了再说,反正又不是没耍赖过。

番外三 今日想给你全宇宙的爱

邢珈颂醒来,看到坐在床边的舅舅,逐渐清醒,苦着小脸,转身把头埋到枕头里,百般不情愿地说:"怎么是你啊……"

宋泽放下手里的平板电脑,本来看报表就看得心里郁闷,被大外甥一嫌弃,他更郁闷了:"什么叫怎么是我,你看到是我很失望吗?"

邢珈颂露出一只圆溜溜的大眼睛,委屈巴巴地说:"是舅舅叫我起床的,说明爸爸妈妈不在家了。"

他怎么能不难过？今天周末，他想和爸爸妈妈一块出门吃东西，这个月他还没吃汉堡包和薯条呢。

"你爸妈去参加同学聚会了，你和我待一天。"宋泽愤愤地点平板电脑，嫌弃地说，"你以为我想伺候你？我工作忙得要死，要不是因为你妈是我姐，我才不搭理你。"

邢珈颂坐起来："舅舅，我妈妈如果不是你姐姐，你也没资格出现在我们家了。"

宋泽不服，他可有资格了。"户口本第四页的人没资格对户口本第三页的人指指点点。"

邢珈颂撇嘴："舅舅，你赶紧结婚吧。"

赶紧把户口从他家迁出去，以后和小舅妈一本户口本，别总借此打压他的家庭地位。

宋泽不和小魔王争辩，掀开被子催促："你小子别废话！起床，和我一起去公司。"

邢珈颂噘着嘴坐起来，心里想的是他的爸爸妈妈什么时候才能来接他，他不想去公司，一点意思都没有。

另一边，宋落和邢在宇正在卡丁车俱乐部比赛。

给两人数圈数的管嘉傲无语地掰着手指头，在他们冲线后大声说："都只剩下一圈了，加油啊。"一声"加油"喊得有气无力。

戚相宜咬着棒棒糖，双手撑着栏杆说："孩子都上幼儿园了，两人还是这个性子，有了分歧就要比一场。"

管嘉傲更无语，打着哈欠，生理性泪水涌出来："大好的周末，被拉到这冷飕飕的山里给他们数圈数，我上辈子是欠他们的吗？"

戚相宜笑着说："不得不说，他俩从恋爱到结婚，一直都跟别人挺不一样的，不走寻常路。"

管嘉傲收回手，瞥了眼两辆缠在一起的车："是宋美女不爱走寻常路，宇哥就宠着她。"

赛道上，最后一圈。前面一直保留实力的宋落猛地加快速度，在转弯处超车，车尾和车头擦过，差点撞上，邢在宇只能放慢速度。过弯后，他紧追上去，两人再次并排，你追我赶。

管嘉傲瞪大眼睛看夫妻俩弯道惊悚飙车十几秒，感叹道："多少年了，他俩比起赛来还是发了狠地要压过对方拿第一，平时不是恩爱得腻死人吗……"

就他们这样，也不怪第一次认识他们的人总会问上一句两人是不是对手。

戚相宜习以为常地说:"这也是恩爱的一种,夫妻情趣,懂?"

管嘉傲投降,他实在不懂,等到宋落率先冲过终点线,他拿着喇叭宣布结果。

外面风大,比赛也结束了,两人不逗留,先一步回到屋子里。

宋落从卡丁车上下来,把头盔摘了,把贴在脖子上汗湿了的头发拨开,露出明艳的鹅蛋脸,拉开跑车服绑在腰间,单穿着一件白色的工字背心,露出的胳膊虽然纤细,但因为常年坚持锻炼,线条流畅漂亮。她把头盔夹在腰和手之间,倚着边栏对正在解衣服的邢在宇说:"邢 par①,愿赌服输。"

邢在宇绑好衣服,走到她面前勾唇笑:"提条件。"

宋落早就想好条件了,把头盔放在旁边,拍了拍:"合同快到期了,我改天叫助理和你续。"

邢在宇无奈:"宋女士,这是打白工的意思?"

宋落的公司聘用了邢在宇的团队做法律顾问,但没给过一分钱,邢在宇不仅拿不到钱,还要自掏腰包给团队的成员开工资。

"邢 par 还是很有觉悟的。"宋落给他竖大拇指。

邢在宇低头无奈地笑笑,水是他放的,他心甘情愿给她打白工。

宋落正盘算续约的事,邢在宇不知道什么时候走到她旁边,掐住她的腰轻松一提,把她抱到栏杆上,吓得她抓住他的肩膀。邢在宇搂着她的腰,护着她不让她掉下去。

"开心了?"邢在宇用手帕给宋落擦汗,顺了顺她被风吹乱的秀发。

宋落摇头:"邢 par 什么时候带我去开跑车,而不是开卡丁车,我会特别开心。"

邢在宇沉默,宋落耸肩,用掌心揉他的帅脸:"我的车技也没有很烂吧,惜命成这样。"

邢在宇握住她的手腕:"宋女士,这辈子只有我敢坐你的副驾驶座,惜命不惜命,还需要说?"

"喊。"宋落低头,用额头碰他的额头,微微用力,想要弄疼他。

邢在宇手疾眼快,伸手压在她脖子后,吻上她的唇瓣,使坏地咬了一下,宋落不甘示弱,捧着他的脸吻回去,比他更凶。两人闹了好一会儿,分开时都喘着气笑对方幼稚。

宋落笑着窝到他怀里:"不闹了,休战。"

邢在宇把人稳稳抱住,带回屋子里洗澡换身干净的衣服。

---

① par 即 partner,合伙人。这里称呼邢在宇"邢 par"是因为他是律师事务所的合伙人。

下午邢在宇和宋落要回学校参加校庆。戚相宜因为约了孕检要晚到，管嘉傲不是京北大学的，打算回去补觉，最后回学校的只有邢在宇和宋落。

—⋀⋁—

两人是荣誉校友，但谁也不想去参加无聊的会议，所以在别人一身正装、意气风发地回到学校时，他们就穿着和大学生差不多的衣服，融入学生中，很难被认出。

宋落牵着邢在宇走在校园大道上，看着旁边挂着的横幅，发现前面有个公开栏，凑过去看，发现上面有两人的照片和名字。

"我记得高中每次放榜，我和你的照片就这样贴着。"宋落拿出手机拍了一张，"然后看一次你写的格言，我就气一次。"

邢在宇记得，但此时只能装傻，要不然宋落来劲非要计较，他可没好果子吃。

"当年要是知道我们会结婚，我绝对不那么嚣张。"邢在宇能屈能伸，把好话全说给宋落听。

宋落钩着他的脖子，强迫他弯腰："算你识趣。"

宋落把照片发给儿子，继续逛校园。

今天两人和校道上来往的大学生无二，也有人会多看他们几眼，好奇学校里什么时候有这么高颜值的情侣。一路玩到大礼堂，邢在宇沿路给宋落拍了不少照片，她全部给儿子发过去，哄着他先和舅舅待在一起，晚上就能见面。

邢在宇在签名墙上写完名字，从工作人员那里取过便笺，写下祝福贴到旁边的祝福墙上，迟迟不见宋落过来，说："别和他聊了。"

"等会儿。"宋落正在输入最后一句话。

邢在宇放下签字笔，走上前拿过手机给儿子发语音："好好和舅舅待着，别打扰你妈妈难得的假期。"

儿子回了一个哭脸。

"去吧。"邢在宇把手机放到袋子里，不打算还给宋落。

宋落也想放开玩，但手机隔段时间就弹出工作消息等她处理，邢在宇没收她的手机，她正好装作看不到那些合作方发来的消息。

进了大礼堂，宋落和邢在宇找了一个角落坐下，身边都是不认识的人。因为他们年轻的穿着打扮，别人也只当两人是来目睹学长学姐风采的大学生。

宋落看着互相递名片的校友，问邢在宇："邢par，你不去扩展一下业务？"

邢在宇指尖漫不经心地点着玻璃杯："我的案子已经排到明年了，没必要。"

"你不去？"邢在宇反问。

宋落说："不了，手握两部大制作，暂时不缺项目。"

谁也没有去社交的想法，干脆在角落闲聊。

有笑声盖过了他们的对话声，宋落看去，发现西装革履的周敬坐在那儿，旁边是乔粟芝，两人十指相扣，黏黏糊糊的。听说他们是去年年底刚领的证，新婚宴尔，周围的同学正在打趣他们，不知不觉聊到当年的校园情侣，多数毕业没多久就分开了，不少人感到惋惜。

"说起这个，邢学霸和宋美女是真的从校服走到婚纱。"有人羡慕地感叹。

"是啊，听说有个儿子。"

"都有儿子了？他们结婚了吗？"

"你消息延迟成这样，宇哥出国留学前两人就领了证，儿子都上幼儿园了。"

"不愧是学霸，事业爱情两手抓，都没耽误。"

"话说，今天怎么没见到他们啊？"

说到这儿，所有人的目光都落在周敬身上，旁边的男同学问："老周，你不是今年成了宇哥律所的合伙人吗？他人呢？"

周敬也不知道邢在宇去哪儿了，昨天问他，他是说来的，现在开幕式早结束了，也没见到他人："可能是家里有事耽误了。"

"也是，夫妻俩都没见到。"人没来，大家聊起跟他们相关的话题也没了限制。

"我记得学校表白墙有一个板块是专门统计他们谁拿第一更多的，你们还记得不？"

"肯定啊。"

"统计出来了？"

"好像是宇哥多一些吧。"

宋落转头，盯着邢在宇，微微挑眉。

邢在宇也没算过，哪里知道谁多谁少，再说了，陈年旧事，再提只会伤害夫妻感情。

"我觉得是你比我多。"邢在宇表明立场。

那边的同学说："我也记得是宇哥多，大二还是大三来着，有一学年，宋美女没参加任何活动，考试成绩也是中等水平。"

宋落脸色又变黑了，邢在宇连忙劝："那一年不算，你压根没心思搞学习。还是你最多。"

邢在宇这边在哄老婆，那边持续拆台，甚至有种要争论起来的架势，他不敢再沉默下去，站起身。

他突然出现，把对面八卦的人吓了一跳，八卦的人差点咬到舌头。

周敬面对他们的方向，尴尬地笑着问好："宇……宇哥。"

本来讨论得热烈的几人也噤声，心虚地看向邢在宇。

"原来你们还记得这么清楚？"邢在宇痞气的模样还没变，"你们再讨论下去，我今晚可能进不了家门了。"

周敬正想打圆场："嫂子……"这不是不在吗？

他话还没说完，邢在宇就把坐在沙发里的宋落拽起来，两人站在众人面前，男帅女靓，过分赏心悦目。

场面更沉默了。

"我们乱说的，开玩笑的。"乔粟艺帮老公解围，打着哈哈把话题岔开了。

他们的穿着引来大家的好奇，周敬被推出来作为代表说话。

周敬问："宇哥，你们怎么穿成这样……就来了？"

邢在宇挽着宋落走过去，说道："难得校庆，当然要融入大学生中，重温当年校园恋爱的美好。"

他语气里的得意藏都藏不住，大家吐槽是一回事，也打心底羡慕夫妻俩感情好。

宋落在外一贯保持清冷美艳的形象，含着淡笑，客套地和同学们寒暄，大家识趣地转移话题，聊一些当年的趣事。

聚会持续到下午五点，宋落和邢在宇领完伴手礼，散步回职工宿舍接儿子。

夏日天气晴朗，太阳落山后，天边的云被染上橙红色，热风拂过树叶，带出细碎的沙沙声。

宋落牵着邢在宇，时不时回头看他，邢在宇捕捉到她的视线，跟他四目相对："看我干什么？"

宋落挽上他的胳膊："突然想到那年我跟你去小渔村，晚上我们也是这样沿着海边的公路漫步。我从没想过，我会和你在一起，还在一起这么久。"

"哎，你说，我为什么会和你在一起？"宋落故意装傻问。

邢在宇说："可能你太爱我了吧。"

宋落回他一记白眼。

邢在宇紧紧握住她的手，怕她甩开，哄着她说："是我对你穷追不舍，非要你爱我。"

"这还差不多。"宋落满意地点头。

说完玩笑话，宋落环顾四周，校园变化不大，陌生又熟悉，她心里生出了一些感慨。

"我记得当初你在广场给我唱的歌。"宋落指着不远处的大学生活动中心说,"还有当时为了追我,每天写一首诗和早餐一块送来。"

"邢太太语气怎么酸溜溜的,我是现在没有这样做吗?"邢在宇搂着她问。

邢在宇说到做到,这么多年过去,依旧保持给她送情诗的习惯。

宋落伸手:"有吗?哪里啊,你上次送还是在上个月。"

面对她的不满,邢在宇拿出一张便利贴放到她掌心。

他没正形地笑着说:"早有准备。"

宋落打开,看完莞尔一笑,在他脸颊上留下一吻:"谢谢我们邢par。"

"不客气。"邢在宇凝视着他心爱的女孩,"落落,我很开心,我们能一起走过这么多年。"

听完他的告白,宋落笑得更开心了,原来不只她故地重游会心生感慨,邢在宇也是。

便利贴上写的是:寄给我的心动,寄给你全宇宙的爱和自太古至永劫的思念。

© 中南博集天卷文化传媒有限公司。本书版权受法律保护。未经权利人许可，任何人不得以任何方式使用本书包括正文、插图、封面、版式等任何部分内容，违者将受到法律制裁。

图书在版编目（CIP）数据

寄给心动/初厘著 . -- 长沙：湖南文艺出版社，2024.6

ISBN 978-7-5726-1651-8

Ⅰ . ①寄… Ⅱ . ①初… Ⅲ . ①长篇小说－中国－当代 Ⅳ . ① I247.5

中国国家版本馆 CIP 数据核字（2024）第 043029 号

上架建议：畅销·青春文学

JI GEI XINDONG
寄给心动

著　　者：初　厘
出 版 人：陈新文
责任编辑：匡杨乐
监　　制：邢越超
策划编辑：郭妙霞
特约编辑：彭诗雨
营销支持：文刀刀
装帧设计：马睿君
插图绘制：carrrrrie 加里　昭　昭　视觉中国
内文排版：百朗文化
出　　版：湖南文艺出版社
　　　　　（长沙市雨花区东二环一段 508 号　邮编：410014）
网　　址：www.hnwy.net
印　　刷：三河市鑫金马印装有限公司
经　　销：新华书店
开　　本：680 mm × 955 mm　1/16
字　　数：447 千字
印　　张：23
插　　页：4
版　　次：2024 年 6 月第 1 版
印　　次：2024 年 6 月第 1 次印刷
书　　号：ISBN 978-7-5726-1651-8
定　　价：49.80 元

若有质量问题，请致电质量监督电话：010-59096394
团购电话：010-59320018